U0640587

中华传世藏书

【图文珍藏版】

鲁迅全集

鲁迅全集

鲁迅⊙原著

姜涛⊙整理

第四册

线装书局

四　又是一个童话

有一天的早晨的二十一天之后，拘留所里开审了。一间阴暗的小屋子里，上面坐着两位老爷，一东一西。东边的一个是马褂，西边的一个是西装，不相信世上有人吃人的事情的乐天派，录口供的。警察吆喝着连抓带拖地弄进一个十八岁的学生来，苍白脸，脏衣服，站在下面。马褂问过他的姓名，年龄，籍贯之后，就又问道：

“你是木刻研究会的会员吗？”

“是的。”

“谁是会长呢？”

“Ch……正的，H……副的。”

“他们现在在哪里？”

“他们都被学校开除了，我不晓得。”

“你为什么要鼓动风潮呢，在学校里？”

“阿！……”青年只惊叫了一声。

“哼。”马褂随手拿出一张木刻的肖像来给他看，“这是你刻的吗？”

“是的。”

“刻的是谁呢？”

“是一个文学家。”

“他叫什么名字？”

“他叫卢那却尔斯基。”

“他是文学家？——他是那一国人？”

“我不知道！”这青年想逃命，说谎了。

“不知道？你不要骗我！这不是露西亚人吗？这不是明明白白的露西亚红军军官吗？我在露西亚的革命史上亲眼看见他的照片的呀！你还想赖？”

“那里！”青年好像头上受到了铁锥的一击，绝望地叫了一声。

“这是应该的，你是普罗艺术家，刻起来自然要刻红军军官呀！”

“那里……这完全不是……”

“不要强辩了，你总是‘执迷不悟’！我们很知道你在拘留所里的生活很苦。但你得从实说来，好使我们早些把你送给法院判决。——监狱里的生活比这里好得多。”

青年不说话——他十分明白了说和不说一样。

“你说，”马褂又冷笑了一声，“你是CP，还是CY？”

“都不是的。这些我什么也不懂！”

“红军军官会刻，CP，CY就不懂了？人这么小，却这样的刁顽！去！”于是一只手顺势向前一摆，一个警察很聪明而熟练地提着那青年就走了。

我抱歉得很，写到这里，似乎有些不像童话了。但如果不称它为童话，我将称它为什么呢？特别的只在我说得出这事的年代，是一九三二年。

五　一封真实的信

“敬爱的先生：

你问我出了拘留所以后的事情吗，我现在大略叙述在下面——

在当年的最后一月的最后一天，我们三个被××省政府解到了高等法院。一到就开检查庭。这检察官的审问很特别，只问了三句：

‘你叫什么名字？’——第一句；

‘今年你几岁？’——第二句；

‘你是哪里人？’——第三句。

开完了这样特别的庭，我们又被法院解到了军人监狱。有谁要看统治者的统治艺术的全般的吗？那只要到军人监狱里去。他的虐杀异已，屠戮人民，不残酷是不快意的。时局一紧张，就拉出一批所谓重要的政治犯来枪毙，无所谓刑期不刑期的。例如南昌陷于危急的时候，曾在三刻钟之内，打死了二十二个；福建人民政府成立时，也枪毙了不少。刑场就是狱里的五亩大的菜园，囚犯的尸体，就靠泥埋在菜园里，上面栽起菜来，当作肥料用。

约莫隔了两个半月的样子，起诉书来了。法官只问我们三句话，怎么可以做起诉书的呢？可以的！原文虽然不在手头，但是我背得出，可惜的是法律的条目已经忘记了

‘……Ch……H……所组织之木刻研究会，系受共党指挥，研究普罗艺术之团体也。被告等皆为该会会员，……核其所刻，皆为红军军官及劳动饥饿者之景象，借以鼓动阶级斗争而示无产阶级必有专政之一日。……’

之后，没有多久，就开审判庭。庭上一字儿坐着老爷五位，威严得很。然而我倒并不怎样的手足无措，因为这时我的脑子里浮出了一幅图画，那是陀密埃（Honré DauIni—er）的《法官》，真使我赞叹！

审判庭开后的第八日，开最后的判决庭，宣判了。判决书上所开的罪状，也还是起诉书上的那么几句，只在它的后半段里，有——

‘核其所为，当依危害民国紧急治罪法第×条，刑法第×百×十×条第×款，各处有期徒刑五年。……然被告等皆年幼无知，误入歧途，不无可悯，特依××法第×千×百×十×条第×款之规定，减处有期徒刑二年六个月。于判决书送到后十日以内，不服上诉……’云云。

我还用得到‘上诉’吗？‘服’得很！反正这是他们的法律！

总结起来，我从被捕到放出，竟游历了三处残杀人民的屠场。现在，我除了感激他们不砍我的头之外，更感激的是增加了我不知几多的知识。单在刑罚一方面，我才晓得现在的中国有：一，抽藤条，二，老虎凳，都还是轻的；三，踏杠，是叫犯人跪下，把铁杠放在他的腿弯上，两头站上彪形大汉去，起先两个，逐渐加到八人；四，跪火链，是把烧红的铁链盘在地上，使犯人跪上去；五，还有一种叫‘吃’的，是从鼻孔里灌辣椒水，火油，醋，烧酒……；六，还有反绑着犯人的手，另用细麻绳缚住他的两个大拇指，高悬起来，吊着打，我叫不出这刑罚的名目。

我认为最惨的还是在拘留所里和我同栊的一个年青的农民。老爷硬说他是红军军长，但他死不承认。呵，来了，他们用缝衣针插在他的指甲缝里，用榔头敲进去。敲进去了一只，不承认，敲第二只，仍不承认，又敲第三只……第四只……终于十只指头都敲满了。直到现在，那青年的惨白的脸，凹下的眼睛，两只满是鲜血的手，还时常浮在我的眼前，使我难于忘却！使我苦痛！……

然而，入狱的原因，直到我出来之后才查明白。祸根是在我们学生对于学校有不满之处，尤其是对于训育主任，而他却是省党部的政治情报员。他为了要镇压全体学生的不满，就把仅存的三个木刻研究会会员，抓了去做示威的牺牲了。而那个硬派卢那却尔斯基为红军军官的马褂老爷，又是他的姐夫，多么便利呵！

写完了大略，抬头看看窗外，一地惨白的月色，心里不禁渐渐地冰凉了起来。然而我自信自己还并不怎样的怯弱，然而，我的心冰凉起来了……

愿你的身体康健！

人凡。四月四日，后半夜。”

（附记：从《一个童话》后半起至篇末止，均据人凡君信及《坐牢略记》。四月七日）

三月的租界

今年一月，田军发表了一篇小品，题目是《大连丸上》，记着一年多以前，他们夫妇俩怎样幸而走出了对于他们是荆天棘地的大连——

“第二天当我们第一眼看到青岛青青的山角时,我们的心才又从冻结里蠕活过来。

“啊! 祖国!”

我们梦一般这样叫了!

他们的回“祖国”,如果是做随员,当然没有人会说话,如果是剿匪,那当然更没有人会说话,但他们竟不过来出版了《八月的乡村》。这就和文坛发生了关系。那么,且慢“从冻结里蠕活过来”罢。三月里,就“有人”在上海的租界上冷冷地说道——

“田军不该早早地从东北回来!”

谁说的呢? 就是“有人”。为什么呢? 因为这部《八月的乡村》“里面有些还不真实”。然而我的传话是“真实”的。有《大晚报》副刊《火炬》的奇怪毫光之一,《星期文坛》上的狄克先生的文章为证——

“《八月的乡村》整个地说,他是一首史诗,可是里面有些还不真实,像人民革命军进攻了一个乡村以后的情况就不够真实。有人这样对我说:‘田军不该早早地从东北回来’,就是由于他感觉到田军还需要长时间的学习,如果再丰富了自己以后,这部作品当更好。技巧上,内容上,都有许多问题在,为什么没有人指出呢?”

这些话自然不能说是不对的。假如“有人”说,高尔基不该早早不做码头脚夫,否则,他的作品当更好;吉须不该早早逃亡外国,如果坐在希忒拉的集中营里,他将来的报告文学当更有希望。倘使有谁去争论,那么,这人一定是低能儿。然而在三月的租界上,却还有说几句话的必要,因为我们还不到十分“丰富了自己”,免于来做低能儿的幸福的时期。

这样的时候,人是很容易性急的。例如罢,田军早早地来做小说了,却“不够真实”,狄克先生一听到“有人”的话,立刻同意,责别人不来指出“许多问题”了,也等不及“丰富了自己以后”,再来做“正确的批评”。但我以为这是不错的,我们有投枪就用投枪,正不必等候刚在制造或将要制造的坦克车和烧夷弹。可惜的是这么一来,田军也就没有什么“不该早早地从东北回来”的错处了。立论要稳当真也不容易。

况且从狄克先生的文章上看起来,要知道“真实”似乎也无须久留在东北似的,这位“有人”先生和狄克先生大约就留在租界上,并未比田军回来得晚,在东北学习,但他们却知道够不够真实。而且要作家进步,也无须靠“正确”的批评,因为在没有人指出《八月的乡村》的技巧上,内容上的“许多问题”以前,狄克先生也已经断定了:“我相信现在有人在写,或预备写比《八月的乡村》更好的作品,因为读者需要!”

到这里,就是坦克车正要来,或将要来了,不妨先折断了投枪。

到这里,我又应该补叙狄克先生的文章的题目,是:《我们要执行自我批判》。

题目很有劲。作者虽然不说这就是“自我批判”,但却实行着抹杀《八月的乡村》的“自我批判”的任务的,要到他所希望的正式的“自我批判”发表时,这才解除它的任务,而《八月的乡村》也许再有些生机。因为这种模模糊糊的摇头,比列举十大罪状更有害于对手,列举还有条款,含糊的指摘,是可以令人揣测到坏到茫无界限的。

自然,狄克先生的“要执行自我批判”是好心,因为“那些作家是我们的”的缘故。但我以为同时可也万万忘记不得“我们”之外的“他们”,也不可专对“我们”之中的“他们”。要批判,就得彼此都给批判,美恶一并指出。如果在还有“我们”和“他们”的文坛上,一味自责以显其“正确”或公平,那其实是在向“他们”献媚或替“他们”缴械。

四月十六日

《出关》的“关”

我的一篇历史的速写《出关》在《海燕》上一发表,就有了不少的批评,但大抵自谦为“读后感”。于是有人说:“这是因为作者的名声的缘故”。话是不错的。现在许多新作家的努力之作,都没有这么的受批评家注意,偶或为读者所发现,销上一二千部,便什么“名利双收”呀,“不该回来”呀,“叽哩咕噜”呀,群起而打之,唯恐他还有活气,一定要弄到此后一声不响,这才算天下太平,文坛万岁。然而别一方面,慷慨激昂之士也露脸了,他戟指大叫道:“我们中国有半个托尔斯泰没有?有半个歌德没有?”惭愧得很,实在没有。不过其实也不必这么激昂,因为从地壳凝结,渐有生物以至现在,在俄国和德国,托尔斯泰和歌德也只有各一个。

我并没有遭着这种打击和恫吓,是万分幸福的,不过这回却想破了向来对于批评都守缄默的老例,来说几句话,这也并无他意,只以为批评者有从作品来批判作者的权利,作者也有从批评来批判批评者的权利,咱们也不妨谈一谈而已。

看所有的批评,其中有两种,是把我原是小小的作品,缩得更小,或者简直封闭了。

一种,是以为《出关》在攻击某一个人。这些话,在朋友闲谈,随意说笑的时候,自然是无所不可的,但若形诸笔墨,昭示读者,自以为得了这作品的魂灵,却未免像后街阿狗的妈妈。她是只知道,也只爱听别人的阴私的。不幸我那《出关》并不合于这一流人的胃口,于是一种小报上批评道:“这好像是在讽刺傅东华,然而又不是。”既然“然而又不是”,就可见并不“是在讽刺傅东华”了,这不是该从别处着眼了吗?然而他因此又觉得毫

无意味，一定要实在“是在讽刺傅东华”，这才尝出意味来。

这种看法的人们，是并不很少的，还记得作《阿Q正传》时，就曾有小政客和小官僚惶怒，硬说是在讽刺他，殊不知阿Q的模特儿，却在别的小城市中，而他也实在正在给人家捣米。但小说里面，并无实在的某甲或某乙的吗？并不是的。倘使没有，就不成为小说。纵使写的是妖怪，孙悟空一个筋斗十万八千里，猪八戒高老庄招亲，在人类中也未必没有谁和他们精神上相像。有谁相像，就是无意中取谁来做了模特儿，不过因为是无意中，所以也可以说是谁竟和书中的谁相像。我们的古人，是早觉得做小说要用模特儿的，记得有一部笔记，说施耐庵——我们也姑且认为真有这作者罢——请画家画了一百零八条梁山泊上的好汉，贴在墙上，揣摩着各人的神情，写成了《水浒》。但这作者大约是文人，所以明白文人的伎俩，而不知道画家的能力，以为他倒能凭空创造，用不着模特儿来做标本了。

作家的取人为模特儿，有两法。一是专用一个人，言谈举动，不必说了，连微细的癖性，衣服的式样，也不加改变。这比较的易于描写，但若在书中是一个可恶或可笑的角色，在现在的中国恐怕大抵要认为作者在报个人的私仇——叫作“个人主义”，有破坏“联合战线”之罪，从此很不容易做人。二是杂取种种人，合成一个，从和作者相关的人们里去找，是不能发现切合的了。但因为“杂取种种人”，一部分相像的人也就更其多数，更能招致广大的惶怒。我是一向取后一法的，当初以为可以不触犯某一个人，后来才知道倒触犯了一个以上，真是“悔之无及”，既然“无及”，也就不悔了。况且这方法也和中国人的习惯相合，例如画家的画人物，也是静观默察，烂熟于心，然后凝神结想，一挥而就，向来不用一个单独的模特儿的。

不过我在这里，并不说傅东华先生就做不得模特儿，他一进小说，是有代表一种人物的资格的；我对于这资格，也毫无轻视之意，因为世间进不了小说的人们倒多得很。然而纵使谁整个地进了小说，如果作者手腕高妙，作品久传的话，读者所见的就只是书中人，和这曾经实有的人倒不相干了。例如《红楼梦》里贾宝玉的模特儿是作者自己曹霑，《儒林外史》里马二先生的模特儿是冯执中，现在我们所觉得的却只是贾宝玉和马二先生，只有特种学者如胡适之先生之流，这才把曹霜和冯执中念念不忘地记在心儿里：这就是所谓人生有限，而艺术却较为永久的话罢。

还有一种，是以为《出关》乃是作者的自况，自况总得占点上风，所以我就是其中的老子。说得最凄惨的是邱韵铎先生——

“……至于读了之后，留在脑海里的影子，就只是一个全身心都浸淫着孤独感的老人的身影。我真切地感觉着读者是会坠入孤独和悲哀去，跟着我们的作者。要是这样，那么，这篇小说的意义，就要无形地削弱了，我相信，鲁迅先生以及像鲁迅先生一样的作家们的本意是不在这里的。……”（《每周文学》的《海燕读后记》）

这一来真是非同小可，许多人都“坠入孤独和悲哀去”，前面一个老子，青牛屁股后面一个作者，还有“以及像鲁迅先生一样的作家们”，还有许多读者们连丘韵铎先生在内，竟一窝蜂似的涌“出关”去了。但是，倘使如此，老子就又不“只是一个全身心都浸淫着孤独感的老人的身影”，我想他是会不再出关，回上海请我们吃饭，出题目征集文章，做道德五百万言的了。

所以我现在想站在关口，从老子的青牛屁股后面，挽留住“像鲁迅先生一样的作家们”以及许多读者们连邱韵铎先生在内。首先是请不要“坠入孤独和悲哀去”，因为“本意是不在这里”，邱先生是早知道的，但是没说出在那里，也许看不出在那里。倘是前者，真是“这篇小说的意义，就要无形地削弱了”；倘因后者，那么，却是我的文字坏，不够分明的传出“本意”的缘故。现在略说一点，算是敬扫一回两月以前“留在脑海里的影子”罢——

老子的西出函谷，为了孔子的几句话，并非我的发现或创造，是三十年前，在东京从太炎先生口头听来的，后来他写在《诸子学略说》中，但我也并不信为一定的事实。至于孔老相争，孔胜老败，却是我的意见：老，是尚柔的；“儒者，柔也”，孔也尚柔，但孔以柔进取，而老却以柔退走。这关键，即在孔子为“知其不可为而为之”的事无大小，均不放松的

老子出关图

实行者，老则是“无为而无不为”的一事不做，徒作大言的空谈家。要无所不为，就只好一无所为，因为一有所为，就有了界限，不能算是“无不为”了。我同意于关尹子的嘲笑：他是连老婆也娶不成的。于是加以漫画化，送他出了关，毫无爱惜，不料竟惹起邱先生的这

样的凄惨，我想，这大约一定因为我的漫画化还不足够的缘故了，然而如果更将他的鼻子涂白，是不只“这篇小说的意义，就要无形地削弱”而已的，所以也只好这样子。

再引一段邱韵铎先生的独白——

“……我更相信，他们是一定会继续地运用他们的心力和笔力，倾注到更有利于社会变革方面，使凡是有利的力量都集中起来，加强起来，同时使凡是可能有利的力量都转为有利的力量，以联结成一个巨大无比的力量。”

一为而“成一个巨大无比的力量”，仅次于“无为而无不为”一等，我“们”是没有这种玄妙的本领的，然而我“们”和邱先生不同之处却就在这里，我“们”并不“坠入孤独和悲哀去”，而邱先生却会“真切地感觉着读者是会坠入孤独和悲哀去”的关键也在这里。他起了有利于老子的心思，于是不禁写了“巨大无比”的抽象的封条，将我的无利于老子的具象的作品封闭了。但我疑心：邱韵铎先生以及像邱韵铎先生一样的作家们的本意，也许倒只在这里的。

四月三十日

《呐喊》捷克译本序言

记得世界大战之后，许多新兴的国家出现的时候，我们曾经非常高兴过，因为我们也是曾被压迫，挣扎出来的人民。捷克的兴起，自然为我们所大欢喜；但是奇怪，我们又很疏远，例如我，就没有认识过一个捷克人，看见过一本捷克书，前几年到了上海，才在店铺里目睹了捷克的玻璃器。

我们彼此似乎都不很互相记得。但以现在的一般情况而论，这并不算坏事情，现在各国的彼此念念不忘，恐怕大抵未必是为了交情太好了的缘故。自然，人类最好是彼此不隔膜，相关心。然而最平正的道路，却只有用文艺来沟通，可惜走这条道路的人又少得很。

出乎意外地，译者竟首先将试尽这任务的光荣，加在我这里了。我的作品，因此能够展开在捷克的读者的眼前，这在我，实在比被译成通行很广的别国语言更高兴。我想，我们两国，虽然民族不同，地域相隔，交通又很少，但是可以互相了解，接近的，因为我们都曾经走过艰难的道路，现在还在走——一面寻求着光明。

一九三六年七月二十一日，鲁迅

答徐懋庸并关于抗日统一战线问题

鲁迅先生：

贵恙已痊愈否？念念。自先生一病，加以文艺界的纠纷，我就无缘再亲聆教诲，思之常觉怆然！

我现因生活困难，身体衰弱，不得不离开上海，拟往乡间编译一点卖现钱的书后，再来沪上。趁此机会，暂作上海"文坛"的局外人，仔细想想一切问题，也许会更明白些的罢。

在目前，我总觉得先生最近半年来的言行，是无意地助长着恶劣的倾向的。以胡风的性情之诈，以黄源的行为之谄，先生都没有细察，永远被他们据为私有，眩惑群众，若偶像然，于是从他们的野心出发的分离运动，遂一发而不可收矣。胡风他们的行动，显然是出于私心的，极端的宗派运动，他们的理论，前后矛盾，错误百出。即如"民族革命战争的大众文学"这口号，起初原是胡风提出来用以和"国防文学"对立的，后来说一个是总的，一个是附属的，后来又说一个是左翼文学发展到现阶段的口号，如此摇摇荡荡，即先生亦不能替他们圆其说。对于他们的言行，打击本极易，但徒以有先生做着他们的盾牌，人谁不爱先生，所以在实际解决和文字斗争上都感到绝大的困难。

我很知道先生的本意。先生是唯恐参加统一战线的左翼战友，放弃原来的立场，而看到胡风们的样子"左"得可爱；所以赞同了他们的。但我要告诉先生，这是先生对于现在的基本的政策没有了解之故。现在的统一战线——中国的和全世界的都一样——固然是以普洛为主体的，但其成为主体，并不由于它的名义，它的特殊地位和历史，而是由于它的把握现实的正确和斗争能力的巨大。所以在客观上，普洛之为主体，是当然的。但在主观上，普洛不应该挂起明显的徽章，不以工作，只以特殊的资格去要求领导权，以至吓跑别的阶层的战友。所以，在目前的时候，到联合战线中提出左翼的口号来，是错误的，是危害联合战线的。所以先生最近所发表的《病中答客问》，既说明"民族革命战争的大众文学"是普洛文学到现在的一发展，又说这应该作为统一战线的总口号，这是不对的。

再说参加"文艺家协会"的"战友"，未必个个右倾堕落，如先生所疑虑者；况集合在先生的左右的"战友"，既然包括巴金和黄源之流，难道先生以为凡参加"文艺家协会"的人们，竟个个不如巴金和黄源吗？我从报章杂志上，知道法西两国"安那其"之反动，破坏联合战线，无异于托派，中国的“安那其”的行为，则更卑劣。黄源是一个根本没有思想，只靠捧名流为生的东西。从前他奔走于傅郑门下之时，一副谄佞之相，固不异于今日之对先生效忠致敬。先生可与此辈为伍，而不屑与多数人合作，此理我实不解。

我觉得不看事而只看人，是最近半年来先生的错误的根由。先生的看人又看得不准。譬如，我个人，诚然是有许多缺点的，但先生却把我写字糊涂这一层当作大缺点，我觉得实在好笑。（我为什么故意要把“邱韵铎”三字，写成像“郑振铎”的样子呢？难道郑振铎是先生所喜欢的人吗？）为此小故，遽拒一个人于千里之外，我实以为不对。

我今天就要离沪，行色匆匆，不能多写了，也许已经写得太多。以上所说，并非存心攻击先生，实在很希望先生仔细想一想各种事情。

拙译《斯大林传》快要出版，出版后当寄奉一册，此书甚望先生细看一下，对原意和译文，均望批评。敬颂痊安。

懋庸上八月一日

以上，是徐懋庸给我的一封信，我没有得他同意就在这里发表了，因为其中全是教训我和攻击别人的话，发表出来，并不损他的威严，而且也许正是他准备我将它发表的作品。但自然，人们也不免因此看得出：这发信者倒是有些“恶劣”的青年！

但我有一个要求：希望巴金，黄源，胡风诸先生不要学徐懋庸的样。因为这信中有攻击他们的话，就也报答以牙眼，那恰正中了他的诡计。在国难当头的现在，白天里讲些冠冕堂皇的话，暗夜里进行一些离间，挑拨，分裂的勾当的，不就正是这些人吗？这封信是有计划的，是他们向没有加入“文艺家协会”的人们的新的挑战，想这些人们去应战，那时他们就加你们以“破坏联合战线”的罪名，“汉奸”的罪名。然而我们不，我们决不要把笔锋去专对几个个人，“先安内而后攘外”，不是我们的办法。

但我在这里，有些话要说一说。首先是我对于抗日的统一战线的态度。其实，我已经在好几个地方说过了，然而徐懋庸等似乎不肯去看一看，却一味地咬住我，硬要诬陷我“破坏统一战线”，硬要教训我说我“对于现在基本的政策没有了解”。我不知道徐懋庸们有什么“基本的政策”。（他们的基本政策不就是要咬我几口吗？）然而中国目前的革命的政党向全国人民所提出的抗日统一战线的政策，我是看见的，我是拥护的，我无条件地加入这战线，那理由就因为我不但是一个作家，而且是一个中国人，所以这政策在我是认为非常正确的，我加入这统一战线，自然，我所使用的仍是一支笔，所做的事仍是写文章，译书，等到这支笔没有用了，我可自己相信，用起别的武器来，决不会在徐懋庸等辈之下！

其次，我对于文艺界统一战线的态度。我赞成一切文学家，任何派别的文学家在抗日的口号之下统一起来的主张。我也曾经提出过我对于组织这种统一的团体的意见过，那些意见，自然是被一些所谓"指导家"格杀了，反而即刻从天外飞来似的加我以"破坏统一战线"的罪名。这首先就使我暂不加入"文艺家协会"了，因为我要等一等，看一看，他们究竟干的什么勾当；我那时实在有点怀疑那些自称"指导家"以及徐懋庸式的青年，因为据我的经验，那种表面上扮着"革命"的面孔，而轻易诬陷别人为"内奸"，为"反革命"，为"托派"，以至为"汉奸"者，大半不是正路人；因为他们巧妙地格杀革命的民族的力量，不顾革命的大众的利益，而只借革命以营私，老实说，我甚至怀疑过他们是否系敌人所派遣。我想，我不如暂避无益于人的危险，暂不听他们指挥罢。自然，事实会证明他们到底的真相，我决不愿来断定他们是什么人，但倘使他们真的志在革命与民族，而不过心术的不正当，观念的不正确，方式的蠢笨，那我就以为他们实有自行改正一下的必要。我对于"文艺家协会"的态度，我认为它是抗日的作家团体，其中虽有徐懋庸式的人，却也包含了一些新的人；但不能以为有了"文艺家协会"，就是文艺界的统一战线告成了，还远得很，还没有将一切派别的文艺家都联为一气。那原因就在"文艺家协会"还非常浓厚的含有宗派主义和行帮情形。不看别的，单看那章程，对于加入者的资格就限制得太严；就是会员要缴一元入会费，两元年费，也就表示着"作家阀"的倾向，不是抗日"人民式"的了。在理论上，如《文学界》创刊号上所发表的关于"联合问题"和"国防文学"的文章，是基本上宗派主义的；一个作者引用了我在一九三〇年讲的话，并以那些话为出发点，因此虽口口声声说联合任何派别的作家，而仍自己一厢情愿地制定了加入的限制与条件。这是作者忘记了时代。我以为文艺家在抗日问题上的联合是无条件的，只要他不是汉奸，愿意或赞成抗日，则不论叫哥哥妹妹，之乎者也，或鸳鸯蝴蝶都无妨。但在文学问题上我们仍可以互相批判。这个作者又引例了法国的人民阵线，然而我以为这又是作者忘记了国度，因为我们的抗日人民统一战线是比法国的人民阵线还要广泛得多的。另一个作者解释"国防文学"，说"国防文学"必须有正确的创作方法，又说现在不是"国防文学"就是"汉奸文学"，欲以"国防文学"一口号去统一作家，也先预备了"汉奸文学"这名词作为后日批评别人之用。这实在是出色的宗派主义的理论。我以为应当说：作家在"抗日"的旗帜，或者在"国防"的旗帜之下联合起来；不能说：作家在"国防文学"的口号下联合起来，因为有些作者不写"国防为主题"的作品，仍可从各方面来参加抗日的联合战线；即使他像我一样没有加入"文艺家协会"，也未必就是"汉奸"。"国防文学"不能包括一切文学，因为在"国防文学"与"汉奸文学"之外，确有既非前者也非后者的文学，除非他们有本领也证明了《红楼梦》,《子夜》,《阿Q正传》是"国防文学"或"汉奸文学"。这种文学存在着,但它不是杜衡,韩侍桁,杨邨人之流的什么"第三种文学"。因此,我很同意郭沫若先生的"国防文艺是广义的爱国主义的文学"和"国防文艺是作家关系间的标志,不是作品原则上的标志"的意见。我提议"文艺家协会"应该克服它的理论上与行动上的宗派主义与行帮现象,把限度放得更宽些,同时最好将所谓"领导权"移到那些确能认真做事的作家和青年手里去,不能专让徐懋庸之流的人在包办。至于我个人的加入与否,却并非重要的事。

其次,我和"民族革命战争的大众文学"这口号的关系。徐懋庸之流的宗派主义也表现在对于这口号的态度上。他们既说这是"标新立异",又说是与"国防文学"对抗。我真料不到他们会宗派到这样的地步。只要"民族革命战争的大众文学"的口号不是"汉奸"的口号,那就是一种抗日的力量;为什么这是"标新立异"?你们从那里看出这是与"国防文学"对抗?拒绝友军之生力的,暗暗的谋杀抗日的力量的,是你们自己的这种比"白衣秀士"王伦还要狭小的气魄。我以为在抗日战线上是任何抗日力量都应当欢迎的,同时在文学上也应当容许各人提出新的意见来讨论,"标新立异"也并不可怕;这和商人的专卖不同,并且事实上你们先前提出的"国防文学"的口号,也并没有到南京政府或"苏维埃"政府去注过册。但现在文坛上仿佛已有"国防文学"牌与"民族革命战争大众文学"牌的两家,这责任应该徐懋庸他们来负,我在病中答访问者的一文里是并没有把它们看成两家的。自然,我还得说一说"民族革命战争的大众文学"这口号的无误及其与"国防文学"口号之关系。——我先得说,前者这口号不是胡风提的,胡风做过一篇文章是事实,但那是我请他做的,他的文章解释得不清楚也是事实。这口号,也不是我一个人的"标新立异",是几个人大家经过一番商议的,茅盾先生就是参加商议的一个。郭沫若先生远在日本,被侦探监视着,连去信商问也不方便。可惜的就只是没有邀请徐懋庸们来参加议讨。但问题不在这口号由谁提出,只在它有没有错误。如果它是为了推动一向囿于普洛革命文学的左翼作家们跑到抗日的民族革命战争的前线上去,它是为了补救"国防文学"这名词本身的在文学思想的意义上的不明了性,以及纠正一些注进"国防文学"这名词里去的不正角的意见,为了这些理由而被提出,那么它是正当的,正确的。如果人不用脚底皮去思想,而是用过一点脑子,那就不能随便说句"标新立异"就完事。"民族革命战争的大众文学"这名词,在本身上,比"国防文学"这名词,意义更明确,更深刻,更有内容。"民族革命战争的大众文学",主要是对前进的一向称左翼的作家们提倡的,希望这些作家们努力向前进,在这样的意义上,在进行联合战线的现在,徐懋庸说不能提出这样的口号，是胡说！“民族革命战争的大众文学”，也可以对一般或各派作家提倡的，希望的，希望他们也来努力向前进，在这样的意义上，说不能对一般或各派作家提这样的口号，也是胡说！但这不是抗日统一战线的标准，徐懋庸说我“说这应该作为统一战线的总口号”，更是胡说！我问徐懋庸究竟看了我的文章没有？人们如果看过我的文章，如果不以徐懋庸他们解释“国防文学”的那一套来解释这口号，如聂绀弩等所致的错误，那么这口号和宗派主义或关门主义是并不相干的。这里的“大众”，即照一向的“群众”，“民众”的意思解释也可以，何况在现在，当然有“人民大众”这意思呢。我说“国防文学”是我们目前文学运动的具体口号之一，为的是“国防文学”这口号，颇通俗，已经有很多人听惯，它能扩大我们政治的和文学的影响，加之它可以解释为作家在国防旗帜下联合，为广义的爱国主义的文学的缘故。因此，它即使曾被不正确的解释，它本身含义上有缺陷，它仍应当存在，因为存在对于抗日运动有利益。我以为这两个口号的并存，不必像辛人先生的“时期性”与“时候性”的说法，我更不赞成人们以各种的限制加到“民族革命战争的大众文学”上。如果一定要以为“国防文学”提出在先，这是正统，那么就将正统权让给要正统的人们也未始不可，因为问题不在争口号，而在实做；尽管喊口号，争正统，固然也可作为“文章”，取点稿费，靠此为生，但尽管如此，也到底不是久计。

最后，我要说到我个人的几件事。徐懋庸说我最近半年的言行，助长着恶劣的倾向。我就检查我这半年的言行。所谓言者，是发表过四五篇文章，此外，至多对访问者谈过一些闲天，对医生报告我的病状之类；所谓行者，比较的多一点，印过两本版画，一本杂感，译过几章《死魂灵》，生过三个月的病，签过一个名，此外，也并未到过咸肉庄或赌场，并未出席过什么会议。我真不懂我怎样助长着，以及助长什么恶劣倾向。难道因为我生病吗？除了怪我生病而竟不死以外，我想就只有一个说法：怪我生病，不能和徐懋庸这类恶劣的倾向来搏斗。

其次，是我和胡风，巴金，黄源诸人的关系。我和他们，是新近才认识的，都由于文学工作上的关系，虽然还不能称为至交，但已可以说是朋友。不能提出真凭实据，而任意诬我的朋友为“内奸”，为“卑劣”者，我是要加以辩证的，这不仅是我的交友的道义，也是看人看事的结果。徐懋庸说我只看人，不看事，是诬枉的，我就先看了一些事，然后看见了徐懋庸之类的人。胡风我先前并不熟识，去年的有一天，一位名人约我谈话了，到得那里，却见驶来了一辆汽车，从中跳出四条汉子：田汉，周起应，还有另两个，一律洋服，态度轩昂，说是特来通知我：胡风乃是内奸，官方派来的。我问凭据，则说是得自转向以后的穆木天口中。转向者的言谈，到左联就奉为圣旨，这真使我口呆目瞪。再经几度问答之

后,我的回答是:证据薄弱之极,我不相信!当时自然不欢而散,但后来也不再听人说胡风是“内奸”了。然而奇怪,此后的小报,每当攻击胡风时,便往往不免拉上我,或由我而涉及胡风。最近的则如《现实文学》发表了O.V.笔录的我的主张以后,《社会日报》就说O.V.是胡风,笔录也和我的本意不合,稍远的则如周文向傅东华抗议删改他的小说时,同报也说背后是我和胡风。最阴险的则是同报在去年冬或今年春罢,登过一则花边的重要新闻:说我就要投降南京,从中出力的是胡风,或快或慢,要看他的办法。我又看自己以外的事:有一个青年,不是被指为“内奸”,因而所有朋友都和他隔离,终于在街上流浪,无处可归,遂被捕去,受了毒刑的吗?又有一个青年,也同样的被诬为“内奸”,然而不是因为参加了英勇的战斗,现在坐在苏州狱中,死活不知吗?这两个青年就是事实证明了他们既没有像穆木天等似的做过堂皇的悔过的文章,也没有像田汉似的在南京大演其戏。同时,我也看人:即使胡风不可信,但对我自己这人,我自己总还可以相信的,我就并没有经胡风向南京讲条件的事。因此,我倒明白了胡风耿直,易于招怨,是可接近的,而对于周起应之类,轻易诬人的青年,反而怀疑以至憎恶起来了。自然,周起应也许别有他的优点。也许后来不复如此,仍将成为一个真的革命者;胡风也自有他的缺点,神经质,烦琐,以及在理论上的有些拘泥的倾向,文字的不肯大众化,但他明明是有为的青年,他没有参加过任何反对抗日运动或反对过统一战线,这是纵使徐懋庸之流用尽心机,也无法抹杀的。

至于黄源,我以为是一个向上的认真的译述者,有《译文》这切实的杂志和别的几种译书为证。巴金是一个有热情的有进步思想的作家,在屈指可数的好作家之列的作家,他固然有“安那其主义者”之称,但他并没有反对我们的运动,还曾经列名于文艺工作者联名的战斗的宣言。黄源也签了名的。这样的译者和作家要来参加抗日的统一战线,我们是欢迎的,我真不懂徐懋庸等类为什么要说他们是“卑劣”?难道因为有《译文》存在碍眼?难道连西班牙的“安那其”的破坏革命,也要巴金负责?

还有,在中国近来已经视为平常,而其实不但“助长”,却正是“恶劣的倾向”的,是无凭无据,却加给对方一个很坏的恶名。例如徐懋庸地说胡风的“诈”,黄源的“谄”,就都是。田汉周起应们说胡风是“内奸”,终于不是,是因为他们发昏;并非胡风诈作“内奸”,其实不是,致使他们成为说谎。《社会日报》说胡风拉我转向,而至今不转,是撰稿者有意的诬陷;并非胡风诈作拉我,其实不拉,以致记者变了造谣。胡风并不“左得可爱”,但我以为他的私敌,却实在是“左得可怕”的。黄源未尝作文捧我,也没有给我做过传,不过专办着一种月刊,颇为尽责,舆论倒还不坏。怎么便是“谄”,怎么便是对于我的“效忠致敬”？难道《译文》是我的私产吗？黄源“奔走于傅郑门下之时，一副谄佞之相”，徐懋庸大概是奉谕知道的了，但我不知道，也没有见过，至于他和我的往还，却不见有“谄佞之相”，而徐懋庸也没有一次同在，我不知道他凭着什么，来断定和谄佞于傅郑门下者“无异”？当这时会，我也就是证人，而并未实见的徐懋庸，对于本身在场的我，竟可以如此信口胡说，含血喷人，这真可谓横暴恣肆，达于极点了。莫非这是“了解”了“现在的基本的政策”之故吗？“和全世界都一样”的吗？那么，可真要吓死人！

其实“现在的基本政策”是决不会这样的好像天罗地网的。不是只要“抗日”，就是钱友吗？“诈”何妨，“谄”又何妨？又何必定要剿灭胡风的文字，打倒黄源的《译文》呢，莫非这里面都是“二十一条”和“文化侵略”吗？首先应该扫荡的，倒是拉大旗作为虎皮，包着自己，却吓唬别人；小不如意，就倚势（！）定人罪名，而且重得可怕的横暴者。自然，战线是会成立的，不过这吓成的战线，做不得战。先前已有这样的前车，而覆车之鬼，至死不悟，现在在我面前，就附着徐懋庸的肉身而出现了。

在左联结成的前后，有些所谓革命作家，其实是破落户的飘零子弟。他也有不平，有反抗，有战斗，而往往不过是将败落家族的妇姑勃谿，叔嫂斗法的手段，移到文坛上。嘁嘁喳喳，招事生非，搬弄口舌，决不在大处着眼。这衣钵流传不绝。例如我和茅盾，郭沫若两位，或相识，或未尝一面，或未冲突，或曾用笔墨相讥，但大战斗却都为着同一的目标，决不日夜记着个人的恩怨。然而小报却偏喜欢记些鲁比茅如何，郭对鲁又怎样，好像我们只要争座位，斗法宝。就是《死魂灵》，当《译文》停刊后，《世界文库》上也登完第一部的，但小报却说“郑振铎腰斩《死魂灵》”，或鲁迅一怒中止了翻译。这其实正是恶劣的倾向，用谣言来分散文艺界的力量，近于“内奸”的行为的。然而也正是破落文学家最末的道路。

我看徐懋庸也正是一个嘁嘁喳喳的作者，和小报是有关系了，但还没有坠入最末的道路。不过也已经糊涂得可观。（否则，便是骄横了。）例如他信里说：“对于他们的言行，打击本极易，但徒以有先生作他们的盾牌，……所以在实际解决和文字斗争上都感到绝大的困难。”是从修身上来打击胡风的诈，黄源的谄，还是从作文上来打击胡风的论文，黄源的《译文》呢？——这我倒并不急于知道；我所要问的是为什么我认识他们，“打击”就“感到绝大的困难”？对于造谣生事，我固然决不肯附和，但若徐懋庸们义正词严，我能替他们一手掩尽天下耳目的吗？而且什么是“实际解决”？是充军，还是杀头呢？在“统一战线”这大题目之下，是就可以这样锻炼人罪，戏弄威权的？我真要祝祷“国防文学”有大作品，倘不然，也许又是我近半年来，“助长着恶劣的倾向”的罪恶了。

临末，徐懋庸还叫我细细读《斯大林传》。是的，我将细细地读，倘能生存，我当然仍要学习；但我临末也请他自己再细细地去读几遍，因为他翻译时似乎毫无所得，实有重新细读的必要。否则，抓到一面旗帜，就自以为出人头地，摆出奴隶总管的架子，以鸣鞭为唯一的业绩——是无药可医，于中国也不但毫无用处，而且还有害处的。

八月三——六日

关于太炎先生二三事

前一些时，上海的官绅为太炎先生开追悼会，赴会者不满百人，遂在寂寞中闭幕，于是有人慨叹，以为青年们对于本国的学者，竟不如对于外国的高尔基的热诚。这慨叹其实是不得当的。官绅集会，一向为小民所不敢到；况且高尔基是战斗的作家，太炎先生虽先前也以革命家现身，后来却退居于宁静的学者，用自己所手造的和别人所帮造的墙，和时代隔绝了。纪念者自然有人，但也许将为大多数所忘却。

我以为先生的业绩，留在革命史上的，实在比在学术史上还要大。回忆三十余年之前，木板的《訄书》已经出版了，我读不断，当然也看不懂，恐怕那时的青年，这样的多得很。我知道中国有太炎先生，并非因为他的经学和小学，是为了他驳斥康有为和作邹容的《革命军》序，竟被监禁于上海的西牢。那时留学日本的浙籍学生，正办杂志《浙江潮》，其中即载有先生狱中所作诗，却并不难懂。这使我感动，也至今并没有忘记，现在抄两首在下面——

狱中赠邹容

邹容吾小弟，被发下瀛洲。快剪刀除辫，干牛肉作餱。英雄一入狱，天地亦悲秋。临命须掺手，乾坤只两头。

狱中闻沈禹希见杀

不见沈生久，江湖知隐沦，萧萧悲壮士，今在易京门。螭魅羞争焰，文章总断魂。中阴当待我，南北几新坟。

一九〇六年六月出狱，即日东渡，到了东京，不久就主持《民报》。我爱看这《民报》，但并非为了先生的文笔古奥，索解为难，或说佛法，谈“俱分进化”，是为了他和主张保皇的梁启超斗争，和“××”的×××斗争，和“以《红楼梦》为成佛之要道”的×××斗争，真是所向披靡，令人神往。前去听讲也在这时候，但又并非因为他是学者，却为了他是有学问的革命家，所以直到现在，先生的音容笑貌，还在目前，而所讲的《说文解字》，却一句也不记得了。

民国元年革命后,先生的所志已达,该可以大有作为了,然而还是不得志。这也是和高尔基的生受崇敬,死备哀荣,截然两样的。我以为两人遭遇的所以不同,其原因乃在高尔基先前的理想,后来都成为事实,他的一身,就是大众的一体,喜怒哀乐,无不相通;而先生则排满之志虽伸,但视为最紧要的"第一是用宗教发起信心,增进国民的道德;第二是用国粹激动种性,增进爱国的热肠"(见《民报》第六本),却仅止于高妙的幻想;不久而袁世凯又攘夺国柄,以遂私图,就更使先生失却实地,仅垂空文,至于今,惟我们的"中华民国"之称,尚系发源于先生的《中华民国解》(最先亦见《民报》),为巨大的纪念而已,然而知道这一重公案者,恐怕也已经不多了。既离民众,渐入颓唐,后来的参与投壶,接收馈赠,遂每为论者所不满,但这也不过白圭之玷,并非晚节不终。考其生平,以大勋章作扇坠,临总统府之门,大诟袁世凯的包藏祸心者,并世无第二人;七被追捕,三人牢狱,而革命之志,终不屈挠者,举世亦无第二人:这才是先哲的精神,后生的楷范。近有文侩,勾结小报,竟也作文奚落先生以自鸣得意,真可谓"小人不欲成人之美",而且"蚍蜉撼大树,可笑不自量"了!

但革命之后,先生亦渐为昭示后世计,自藏其锋芒。浙江所刻的《章氏丛书》,是出于手定的,大约以为驳难攻讦,至于忿詈,有违古之儒风,足以贻讥多士的罢,先前的见于期刊的斗争的文章,竟多被刊落,上文所引的诗两首,亦不见于《诗录》中。一九三三年刻《章氏丛书续编》于北平,所收不多,而更纯谨,且不取旧作,当然也无斗争之作,先生遂身衣学术的华衮,粹然成为儒宗,执贽愿为弟子者綦众,至于仓皇制《同门录》成册。近阅日报,有保护版权的广告,有三续丛书的记事,可见又将有遗著出版了,但补入先前战斗的文章与否,却无从知道。战斗的文章,乃是先生一生中最大,最久的业绩,假使未备,我以为是应该一一辑录,校印,使先生和后生相印,活在战斗者的心中的。然而此时此际,恐怕也未必能如所望罢,呜呼!

十月九日

曹靖华译《苏联作家七人集》序

曾经有过这样的一个时候,宣传有好几位名人都要译《资本论》,自然依据着原文,但有一位还要参照英,法,日,俄各国的译本。到现在,至少已经满六年,还不见有一章发表,这种事业之难可想了。对于苏联的文学作品,那时也一样的热心,英译的短篇小说集

一到上海，恰如一胛羊肉坠入狼群中，立刻撕得一片片，或则化为“飞脚阿息普”，或则化为“飞毛腿奥雪伯”；然而到得第二本英译《蔚蓝的城》输入的时候，志士们却已经没有这么起劲，有的还早觉得“伊凡”“彼得”，还不如“一洞”“八索”之有趣了。

然而也有并不一哄而起的人，当时好像落后，但因为也不一哄而散，后来却成为中坚。靖华就是一声不响，不断的翻译着的一个。他二十年来，精研俄文，默默地出了《三姊妹》，出了《白茶》，出了《烟袋》和《四十一》，出了《铁流》以及其他单行小册很不少，然而不尚广告，至今无煊赫之名，且受挤排，两处受封锁之害。但他依然不断地在改定他先前的译作，而他的译作，也依然活在读者们的心中。这固然也因为一时自称“革命作家”的过于吊儿郎当，终使坚实者成为硕果，但其实却大半为了中国的读书界究竟有进步，读者自有确当的批判，不再受空心大老的欺骗了。

靖华是未名社中之一员；未名社一向设在北京，也是一个实地劳作，不尚叫嚣的小团体。但还是遭些无妄之灾，而且遭得颇可笑。它被封闭过一次，是由于山东督军张宗昌的电报，听说发动的倒是同行的文人；后来没有事，启封了。出盘之后，靖华译的两种小说都积在台静农家，又和“新式炸弹”一同被没收，后来虽然证明了这“新式炸弹”其实只是制造化妆品的机器，书籍却仍然不发还，于是这两种书，遂成为天地之间的珍本。为了我的《呐喊》在天津图书馆被焚毁，梁实秋教授掌青岛大学图书馆时，将我的译作驱除，以及未名社的横祸，我那时颇觉得北方官长，办事较南方为森严，元朝分奴隶为四等，置北人于南人之上，实在并非无故。后来知道梁教授虽居北地，实是南人，以及靖华的小说想在南边出版，也曾被锢多日，就又明白我的决论其实是不确的了。这也是所谓“学问无止境”罢。

但现在居然已经得到出版的机会，闲话休提，是当然的。言归正传：则这是合两种译本短篇小说集而成的书，删去两篇，加入三篇，以篇数论，有增无减。所取题材，虽多在二十年前，因此其中不见水闸建筑，不见集体农场，但在苏联，还都是保有生命的作品，从我们中国人看来，也全是亲切有味的文章。至于译者对于原语的学力的充足和译文之可靠，是读书界中早有定论，不待我多说的了。

靖华不厌弃我，希望在出版之际，写几句序言，而我久生大病，体力衰惫，不能为文，以上云云，几同塞责。然而靖华的译文，岂真有待于序，此后亦如先前，将默默地有益于中国的读者，是无疑的。倒是我得以乘机打草，是一幸事，亦一快事也。

一九三六年十月十六日，鲁迅记于上海且介亭之东南角

因太炎先生而想起的二三事

写完题目，就有些踌躇，怕空话多于本文，就是俗语之所谓“雷声大，雨点小”。

做了《关于太炎先生二三事》以后，好像还可以写一点闲文，但已经没有力气，只得停止了。第二天一觉醒来，日报已到，拉过来一看，不觉自己摩一下头顶，惊叹道：“二十五周年的双十节！原来中华民国，已过了一世纪的四分之一了，岂不快哉！”但这“快”是迅速的意思。后来乱翻增刊，偶看见新作家的憎恶老人的文章，便如兜顶浇半瓢冷水。自己心里想：老人这东西，恐怕也真为青年所不耐的。例如我吧，性情即日见乖张，二十五年而已，却偏喜欢说一世纪的四分之一，以形容其多，真不知忙着什么；而且这摩一下头顶的手势，也实在可以说是太落伍了。

这手势，每当惊喜或感动的时候，我也已经用了一世纪的四分之一，犹言“辫子究竟剪去了”，原是胜利的表示。这种心情，和现在的青年也是不能相通的。假使都会上有一个拖着辫子的人，三十左右的壮年和二十上下的青年，看见了恐怕只以为珍奇，或者竟觉得有趣，但我却仍然要憎恨，愤怒，因为自己是曾经因此吃苦的人，以剪辫为一大公案的缘故。我的爱护中华民国，焦唇敝舌，恐其衰微，大半正为了使我们得有剪辫的自由，假使当初为了保存古迹，留辫不剪，我大约是决不会这样爱它的。张勋来也好，段祺瑞来也好，我真自愧远不及有些士君子的大度。

当我还是孩子时，那时的老人指教我说：剃头担上的旗杆，三百年前是挂头的。满人入关，下令拖辫，剃头人沿路拉人剃发，谁敢抗拒，便砍下头来挂在旗杆上，再去拉别的人。那时的剃发，先用水擦，再用刀刮，确是气闷的，但挂头故事却并不引起我的惊惧，因为即使我不高兴剃发，剃头人不但不来砍下我的脑袋，还从旗杆斗里摸出糖来，说剃完就可以吃，已经换了怀柔方略了。见惯者不怪，对辫子也不觉其丑，何况花样繁多，以姿态论，则辫子有松打，有紧打，辫线有三股，有散线，周围有看发（即今之“刘海”），看发有长短，长看发又可打成两条细辫子，环于顶搭之周围，顾影自怜，为美男子；以作用论，则打架时可拔，犯奸时可剪，做戏的可挂于铁竿，为父的可鞭其子女，变把戏的将头摇动，能飞舞如龙蛇，昨在路上，看见巡捕拿人，一手一个，以一捕二，倘在辛亥革命前，则一把辫子，至少十多个，为治民计，也极方便的。不幸的是所谓“海禁大开”，士人渐读洋书，因知比较，纵使不被洋人称为“猪尾”，而既不全剃，又不全留，剃掉一圈，留下一撮，打成尖辫，如慈菇芽，也未免自己觉得毫无道理，大可不必了。

我想，这是纵使生于民国的青年，一定也都知道的。清光绪中，曾有康有为者变过法，不成，作为反动，是义和团起事，而八国联军遂入京，这年代很容易记，是恰在一千九百年，十九世纪的结束。于是满清官民，又要维新了，维新有老谱，照例是派官出洋去考察，和派学生出洋去留学。我便是那时被两江总督派赴日本的人们之中的一个，自然，排满的学说和辫子的罪状和文字狱的大略，是早经知道了一些的，而最初在实际上感到不便的，却是那辫子。

凡留学生一到日本，急于寻求的大抵是新知识。除学习日文，准备进专门的学校之外，就赴会馆，跑书店，往集会，听讲演。我第一次所经历的是在一个忘了名目的会场上，看见一位头包白纱布，用无锡腔讲演排满的英勇的青年，不觉肃然起敬。但听下去，到得他说"我在这里骂老太婆，老太婆一定也在那里骂吴稚晖"，听讲者一阵大笑的时候，就感到没趣，觉得留学生好像也不外乎嬉皮笑脸。"老太婆"者，指清朝的西太后。吴稚晖在东京开会骂西太后，是眼前的事实无疑，但要说这时西太后也正在北京开会骂吴稚晖，我可不相信。讲演固然不妨夹着笑骂，但无聊的打诨，是非徒无益，而且有害的。不过吴先生这时却正在和公使蔡钧大战，名驰学界，白纱布下面，就藏着名誉的伤痕。不久，就被递解回国，路经皇城外的河边时，他跳了下去，但立刻又被捞起，押送回去了。这就是后来太炎先生和他笔战时，文中之所谓"不投大壑而投阳沟，面目上露"。其实是日本的御沟并不狭小，但当警官护送之际，却即使并未"面目上露"，也一定要被捞起的。这笔战愈来愈凶，终至夹着毒詈，今年吴先生讥刺太炎先生受国民政府优遇时，还提起这件事，这是三十余年前的旧账，至今不忘，可见怨毒之深了。但先生手定的《章氏丛书》内，却都不收录这些攻战的文章。先生力排清虏，而服膺于几个清儒，殆将希踪古贤，故不欲以此等文字自秽其著述——但由我看来，其实是吃亏，上当的，此种淳风，正使物能遁形，贻患千古。

剪掉辫子，也是当时一大事。太炎先生去发时，作《解辫发》，有云——

"……共和二千七百四十一年，秋七月，余年三十三矣。是时满洲政府不道，戕虐朝士，横挑强邻，戮使略贾，四维交攻。愤东胡之无状，汉族之不得职，陨涕涔涔曰，余年已立，而犹被戎狄之服，不违咫尺，弗能剪除，余之罪也。将荐绅束发，以复近古，日既不给，衣又不可得。于是日，昔祁班孙，释隐玄，皆以明氏遗老，断发以殁。《春秋谷梁传》曰：'吴祝发'，《汉书》《严助传》曰：'越劗发'，（晋灼曰：'劗，张揖以为古剪字也'）余故吴越间民，去之亦犹行古之道也。……"

文见于木刻初版和排印再版的《訄书》中，后经更定，改名《检论》时，也被删掉了。

我的剪辫，却并非因为我是越人，越在古昔，“断发文身”，今特效之，以见先民仪矩，也毫不含有革命性。归根结底，只为了不便：一不便于脱帽，二不便于体操，三盘在囟门上，令人很气闷。在事实上，无辫之徒，回国以后，默然留长，化为不二之臣者也多得很。而黄克强在东京作师范学生时，就始终没有断发，也未尝大叫革命，所略显其楚人的反抗的蛮性者，唯因日本学监，诫学生不可赤膊，他却偏光着上身，手挟洋瓷脸盆，从浴室经过大院子，摇摇摆摆地走入自修室去而已。

附集

文人比较学

齐物论

《国闻周报》十二卷四十三期上，有一篇文章指出了《国学珍本丛书》的误用引号，错点句子；到得四十六期，“主编”的施蛰存先生来答复了，承认是为了“养生主”，并非“修儿孙福”，而且该承认就承认，该辩解的也辩解，态度非常磊落。末了，还有一段总辩解云：

“但是虽然失败，虽然出丑，幸而并不能算是造了什么大罪过。因为充其量还不过是印出了一些草率的书来，到底并没有出卖了别人的灵魂与血肉来为自己的‘养生主’，如别的一些文人们也。”

中国的文人们有两“些”，一些，是“充其量还不过印出了一些草率的书来”的，“别的一些文人们”，却是“出卖了别人的灵魂与血肉来为自己的‘养生主’”的，我们只要想一想“别的一些文人们”，就知道施先生不但“并不能算是造了什么大罪过”，其实还能够算是修了什么“儿孙福”。

但一面也活活的画出了“洋场恶少”的嘴脸——不过这也并不是“什么大罪过”，“如别的一些文人们也”。

大小奇迹

何干

元旦看报，《申报》的第三面上就见了商务印书馆的“星期标准书”，这回是“罗家伦先生选定”的希特拉著《我之奋斗》（A.Hitler：My Battle），遂“摘录罗先生序”云：

“希特拉之崛起于德国，在近代史上为一大奇迹。……希特拉《我之奋斗》一书系为其党人而作；唯其如此，欲认识此一奇迹者尤须由此处入手。以此书列为星期标准书至为适当。”

希特勒

但即使不看译本，仅“由此处人手”，也就可以认识三种小“奇迹”，其一，是堂堂的一个国立中央编译馆，竟在百忙中先译了这一本书；其二，是这“近代史上为一大奇迹”的东西，却须从英文转译；其三，堂堂的一位国立中央大学校长，却不过“欲认识此一奇迹者尤须由此处入手”。

真是奇杀人哉！

难答的问题

何干

大约是因为经过了“儿童年”的缘故罢，这几年来，向儿童们说话的刊物多得很，教训呀，指导呀，鼓励呀，劝谕呀，七嘴八舌，如果精力的旺盛不及儿童的人，是看了要头昏的。

最近，二月九日《申报》的《儿童专刊》上，有一篇文章在对儿童讲《武训先生》。它说他是一个乞丐，自己吃臭饭，喝脏水，给人家做苦工，“做得了钱，却把它储起来。只要有人给他钱，甚至他可以跪下来的”。

这并不算什么特别。特别的是他得了钱，却一文也不化，终至于开办了一个学校。

于是这篇《武训先生》的作者提出一个问题来道：

“小朋友！你念了上面的故事，有什么感想？”

我真也极愿意知道小朋友将有怎样的感想。假如念了上面的故事的人，是一个乞丐，或者比乞丐景况还要好，那么，他大约要自愧弗如，或者愤慨于中国少有这样的乞丐。然而小朋友会怎样感想呢，他们恐怕只好圆睁了眼睛，回问作者道：

“大朋友！你讲了上面的故事，是什么意思？”

登错的文章

何干

印给少年们看的刊物上，现在往往见有描写岳飞呀，文天祥呀的故事文章。自然，这两位，是给中国人挣面子的，但来做现在的少年们的模范，却似乎迂远一点。

他们俩，一位是文官，一位是武将，倘使少年们受了感动，要来模仿他，他就先得在普通学校卒业之后，或进大学，再应文官考试，或进陆军学校，做到将官，于是武的呢，准备被十二金牌召还，死在牢狱里；文的呢，起兵失败，死在蒙古人的手中。

宋朝怎么样呢？有历史在，恕不多谈。

不过这两位，却确可以励现任的文官武将，愧前任的降将逃官，我疑心那些故事，原是为办给大人老爷们看的刊物而作的文字，不知怎么一来，却错登在少年读物上面了，要不然，作者是绝不至于如此低能的。

《海上述林》上卷序言

这一卷里，几乎全是关于文学的论说；只有《现实》中的五篇，是根据了杂志《文学的遗产》撰述的，再除去两篇序跋，其余就都是翻译。

编辑本集时，所据的大抵是原稿；但《绥拉菲摩维支〈铁流〉序》，却是由排印本收入的。《十五年来的书籍版画和单行版画》一篇，既系摘译，又好像曾由别人略加改易，是否合于译者本意，已不可知，但因为关于艺术的只有这一篇，所以仍不汰去。

《冷淡》所据的也是排印本，本该是收在《高尔基论文拾补》中的，可惜发见得太迟一点，本书已将排好了，因此只得附在卷末。

对于文辞，只改正了几个显然的笔误和补上若干脱字；至于因为断续的翻译，遂使人地名的音译字，先后不同，或当时缺少参考书籍，注解中偶有未详之处，现在均不订正，以存其真。

关于搜罗文稿和校印事务种种，曾得许多友人的协助，在此一并致谢。

一九三六年三月下旬，编者

我的第一个师父

不记得是那一部旧书上看来的了，大意说是有一位道学先生，自然是名人，一生拼命辟佛，却名自己的小儿子为“和尚”。有一天，有人拿这件事来质问他。他回答道：“这正是表示轻贱呀！”那人无话可说而退云。

其实，这位道学先生是诡辩。名孩子为“和尚”，其中是含有迷信的。中国有许多妖魔鬼怪，专喜欢杀害有出息的人，尤其是孩子；要下贱，他们才放手，安心。和尚这一种人，从和尚的立场看来，会成佛——但也不一定，——固然高超得很，而从读书人的立场一看，他们无家无室，不会做官，却是下贱之流。读书人意中的鬼怪，那意见当然和读书人相同，所以也就不来搅扰了。这和名孩子为阿猫阿狗，完全是一样的意思：容易养大。

还有一个避鬼的法子，是拜和尚为师，也就是舍给寺院了的意思，然而并不放在寺院里。我生在周氏是长男，“物以稀为贵”，父亲怕我有出息，因此养不大，不到一岁，便领到长庆寺里去，拜了一个和尚为师了。拜师是否要贽见礼，或者布施什么的呢，我完全不知道。只知道我却由此得到一个法名叫作“长庚”，后来我也偶尔用作笔名，并且在《在酒楼上》这篇小说里，赠给了恐吓自己的侄女的无赖；还有一件百家衣，就是“衲衣”，论理，是应该用各种破布拼成的，但我的却是橄榄形的各色小绸片所缝就，非喜庆大事不给穿；还有一条称为“牛绳”的东西，上挂零星小件，如历本，镜子，银筛之类，据说是可以避邪的。

这种布置，好像也真有些力量：我至今没有死。

不过，现在法名还在，那两件法宝却早已失去了。前几年回北平去，母亲还给了我婴儿时代的银筛，是那时的唯一的纪念。仔细一看，原来那筛子圆径不过寸余，中央一个太极图，上面一本书，下面一卷画，左右缀着极小的尺，剪刀，算盘，天平之类。我于是恍然大悟，中国的邪鬼，是怕斩钉截铁，不能含糊的东西的。因为探究和好奇，去年曾经去问上海的银楼，终于买了两面来，和我的几乎一式一样，不过缀着的小东西有些增减。奇怪得很，半世纪有余了，邪鬼还是这样的性情，避邪还是这样的法宝。然而我又想，这法宝成人却用不得，反而非常危险的。

但因此又使我记起了半世纪以前的最初的先生。我至今不知道他的法名，无论谁，都称他为“龙师父”，瘦长的身子，瘦长的脸，高颧细眼，和尚是不应该留须的，他却有两绺下垂的小胡子。对人很和气，对我也很和气，不教我念一句经，也不教我一点佛门规矩；他自己呢，穿起袈裟来做大和尚，或者戴上毗卢帽放焰口，“无祀孤魂，来受甘露味”的时候,是庄严透顶的,平常可也不念经,因为是住持,只管着寺里的琐屑事,其实——自然是由我看起来——他不过是一个剃光了头发的俗人。

因此我又有一位师母,就是他的老婆。论理,和尚是不应该有老婆的,然而他有。我家的正屋的中央,供着一块牌位,用金字写着必须绝对尊敬和服从的五位:“天地君亲师”。我是徒弟,他是师,决不能抗议,而在那时,也决不想到抗议,不过觉得似乎有点古怪。但我是很爱我的师母的,在我的记忆上,见面的时候,她已经大约有四十岁了,是一位胖胖的师母,穿着玄色纱衫裤,在自己家里的院子里纳凉,她的孩子们就来和我玩耍。有时还有水果和点心吃,——自然,这也是我所以爱她的一个大原因;用高洁的陈源教授的话来说,便是所谓“有奶便是娘”,在人格上是很不足道的。

不过我的师母在恋爱故事上,却有些不平常。“恋爱”,这是现在的术语,那时我们这偏僻之区只叫作“相好”。《诗经》云:“式相好矣,毋相尤矣”,起源是算得很古,离文武周公的时候不怎么久就有了的,然而后来好像并不算十分冠冕堂皇的好话。这且不管它罢。总之,听说龙师父年轻时,是一个很漂亮而能干的和尚,交际很广,认识各种人。有一天,乡下做社戏了,他和戏子相识,便上台替他们去敲锣,精光的头皮,簇新的海青,真是风头十足。乡下人大抵有些顽固,以为和尚是只应该念经拜忏的,台下有人骂了起来。师父不甘示弱,也给他们一个回骂。于是战争开幕,甘蔗梢头雨点似的飞上来,有些勇士,还有进攻之势,“彼众我寡”,他只好退走,一面退,一面一定追,逼得他又只好慌张得躲进一家人家去。而这人家,又只有一位年青的寡妇。以后的故事,我也不甚了然了,总而言之,她后来就是我的师母。

自从《宇宙风》出世以来,一向没有拜读的机缘,近几天才看见了“春季特大号”。其中有一篇铢堂先生的《不以成败论英雄》,使我觉得很有趣,他以为中国人的“不以成败论英雄”,“理想是不能不算崇高”的,“然而在人群的组织上实在要不得。抑强扶弱,便是永远不愿意有强。崇拜失败英雄,便是不承认成功的英雄”。“近人有一句流行话,说中国民族富于同化力,所以辽金元清都并不曾征服中国。其实无非是一种惰性,对于新制度不容易接收罢了”。我们怎样来改悔这“惰性”呢,现在姑且不谈,而且正在替我们想法的人们也多得很。我只要说那位寡妇之所以变了我的师母,其弊病也就在“不以成败论英雄”。乡下没有活的岳飞或文天祥,所以一个漂亮的和尚在如雨而下的甘蔗梢头中,从戏台逃下,也就是一个货真价实的失败的英雄。她不免发现了祖传的“惰性”,崇拜起来,对于追兵,也像我们的祖先的对于辽金元清的大军似的,“不承认成功的英雄”了。在历史上,这结果是正如铢堂先生所说:“乃是中国的社会不树威是难得帖服的”,所以活该有

"扬州十日"和"嘉定三屠"。但那时的乡下人,却好像并没有"树威",走散了,自然,也许是他们料不到躲在家里。

因此我有了三个师兄,两个师弟。大师兄是穷人的孩子,舍在寺里,或是埋在寺里的;其余的四个,都是师父的儿子,大和尚的儿子做小和尚,我那时倒并不觉得怎么稀奇。大师兄只有单身;二师兄也有家小,但他对我守着秘密,这一点,就可见他的道行远不及我的师父,他的父亲了。而且年龄都和我相差太远,我们几乎没有交往。

三师兄比我恐怕要大十岁,然而我们后来的感情是很好的,我常常替他担心。还记得有一回,他要受大戒了,他不大看经,想来未必深通什么大乘教理,在剃得精光的囟门上,放上两排艾绒,同时烧起来,我看是总不免要叫痛的,这时善男信女,多数参加,实在不大雅观,也失了我做师弟的体面。这怎么好呢?每一想到,十分心焦,仿佛受戒的是我自己一样。然而我的师父究竟道力高深,他不说戒律,不谈教理,只在当天大清早,叫了我的三师兄去,厉声吩咐道:"拼命熬住,不许哭,不许叫,要不然,脑袋就炸开,死了!"这一种大喝,实在比什么《妙法莲花经》或《大乘起信论》还有力,谁高兴死呢,于是仪式很庄严的进行,虽然两眼比平时水汪汪,但到两排艾绒在头顶上烧完,的确一声也不出。我嘘一口气,真所谓"如释重负",善男信女们也个个"合十赞叹,欢喜布施,顶礼而散"了。

出家人受了大戒,从沙弥升为和尚,正和我们在家人行过冠礼,由童子而为成人相同。成人愿意"有室",和尚自然也不能不想到女人。以为和尚只记得释迦牟尼或弥勒菩萨,乃是未曾拜和尚为师,或与和尚为友的世俗的谬见。寺里也有确在修行,没有女人,也不吃荤的和尚,例如我的大师兄即是其一,然而他们孤僻,冷酷,看不起人,好像总是郁郁不乐,他们的一把扇或一本书,你一动他就不高兴,令人不敢亲近他。所以我所熟识的,都是有女人,或声明想女人,吃荤,或声明想吃荤的和尚。

我那时并不诧异三师兄在想女人,而且知道他所理想的是怎样的女人。人也许以为他想的是尼姑罢,并不是的,和尚和尼姑"相好",加倍的不便当。他想的乃是千金小姐或少奶奶;而作这"相思"或"单相思"——即今之所谓"单恋"也——的媒介的是"结"。我们那里的阔人家,一有丧事,每七日总要做一些法事,有一个七日,是要举行"解结"的仪式的,因为死人在未死之前,总不免开罪于人,存着冤结,所以死后要替他解散。方法是在这天拜完经忏的傍晚,灵前陈列着几盘东西,是食物和花,而其中有一盘,是用麻线或白头绳,穿上十来文钱,两头相合而打成蝴蝶式,八结式之类的复杂的,颇不容易解开的结子。一群和尚便环坐桌旁,且唱且解,解开之后,钱归和尚,而死人的一切冤结也从此完全消失了。这道理似乎有些古怪,但谁都这样办,并不为奇,大约也是一种"惰性"。不过解结是并不如世俗人的所推测，个个解开的，倘有和尚以为打得精致，因而生爱，或者故意打得结实，很难解散，因而生恨的，便能暗暗的整个落到僧袍的大袖里去，一任死者留下冤结，到地狱里去吃苦。这种宝结带回寺里，便保存起来，也时时鉴赏，恰如我们的或亦不免偏爱看看女作家的作品一样。当鉴赏的时候，当然也不免想到作家，打结子的是谁呢，男人不会，奴婢不会，有这种本领的，不消说是小姐或少奶奶了。和尚没有文学界人物的清高，所以他就不免睹物思人，所谓"时涉遐想"起来，至于心理状态，则我虽曾拜和尚为师，但究竟是在家人，不大明白底细。只记得三师兄曾经不得已而分给我几个，有些实在打得精奇，有些则打好之后，浸过水，还用剪刀柄之类砸实，使和尚无法解散。解结，是替死人设法的，现在却和和尚为难，我真不知道小姐或少奶奶是什么意思。这疑问直到二十年后，学了一点医学，才明白原来是给和尚吃苦，颇有一点虐待异性的病态的。深闺的怨恨，会无线电似的报在佛寺的和尚身上，我看道学先生可还没有料到这一层。

后来，三师兄也有了老婆，出身是小姐，是尼姑，还是"小家碧玉"呢，我不明白，他也严守秘密，道行远不及他的父亲了。这时我也长大起来，不知道从哪里，听到了和尚应守清规之类的古老话，还用这话来嘲笑他，本意是在要他受窘。不料他竟一点不窘，立刻用"金刚怒目"式，向我大喝一声道：

"和尚没有老婆，小菩萨那里来！？"

这真是所谓"狮吼"，使我明白了真理，哑口无言，我的确早看见寺里有丈余的大佛，有数尺或数寸的小菩萨，却从未想到他们为什么有大小。经此一喝，我才彻底地省悟了和尚有老婆的必要，以及一切小菩萨的来源，不再产生疑问。但要找寻三师兄，从此却艰难了一点，因为这位出家人，这时就有了三个家了：一是寺院，二是他的父母的家，三是他自己和女人的家。

我的师父，在约略四十年前已经去世；师兄弟们大半做了一寺的住持；我们的交情是依然存在的，却久已彼此不通消息。但我想，他们一定早已各有一大批小菩萨，而且有些小菩萨又有小菩萨了。

四月一日

《海上述林》下卷序言

这一卷所收的，都是文学的作品：诗，剧本，小说。也都是翻译。

编辑时作为根据的，除《克里慕·萨慕京的生活》的残稿外，大抵是印本。只有《没工夫唾骂》曾据译者自己校过的印本改正几个错字。高尔基的早年创作也因为得到原稿校对，补入了几条注释，所可惜的是力图保存的《第十三篇关于列尔孟托夫的小说》的原稿终被遗失，印本上虽有可疑之处，也无从质证，而且连小引也恐怕和初稿未必完全一样了。

译者采择翻译的底本，似乎并无条理。看起来：大约一是先要能够得到，二是看得可以发表，这才开手来翻译。而且有时也许还因了插图的引动，如雷赫台莱夫(B.A.Lekhterev)和巴尔多(R.Barto)的绘画，都曾为译者所爱玩，观最末一篇小说之前的小引，即可知。所以这里就不顾体例和上卷不同，凡原本所有的图画，也全数插入，——这，自然想借以增加读者的兴趣，但也有些所谓"悬剑空垅"的意思的。至于关于词句的办法，却和上卷悉同，兹不赘。

一九三六年四月末，编者

答托洛斯基派的信

一　来信

鲁迅先生：

一九二七年革命失败后，中国康缪尼斯脱不采取退兵政策以预备再起，而乃转向军事投机。他们放弃了城市工作，命令党员在革命退潮后到处暴动，想在农民基础上制造Reds以打平天下。七八年来，几十万勇敢有为的青年，被这种政策所牺牲掉，使现在民族运动高涨之时，城市民众失掉革命的领袖，并把下次革命推远到难期的将来。

现在Reds打天下的运动失败了。中国康缪尼斯脱又盲目地接受了莫斯科官僚的命令，转向所谓"新政策"。他们一反过去的行为，放弃阶级的立场，改换面目，发宣言，派代表交涉，要求与官僚，政客，军阀，甚而与民众的刽子手"联合战线"。藏匿了自己的旗帜，模糊了民众的认识，使民众认为官僚，政客，刽子手，都是民族革命者，都能抗日，其结果必然是把革命民众送交刽子手们，使再遭一次屠杀。史太林党的这种无耻背叛行为，使中国革命者都感到羞耻。

现在上海的一般自由资产阶级与小资产阶级上层分子无不欢迎史太林党的这"新政策"。这是无足怪的。莫斯科的传统威信，中国Reds的流血史迹与现存力量——还有比这更值得利用的东西吗？可是史太林党的“新政策”越受欢迎，中国革命便越遭毒害。

我们这个团体，自一九三〇年后，在百般困苦的环境中，为我们的主张做不懈的斗争。大革命失败后我们即反对史太林派的盲动政策，而提出“革命的民主斗争”的道路。我们认为大革命既然失败了，一切只有再从头做起。我们不断地团结革命干部，研究革命理论，接受失败的教训，教育革命工人，期望在这反革命的艰苦时期，为下次革命打下坚固的基础。几年来的各种事变证明我们的政治路线与工作方法是正确的。我们反对史太林党的机会主义，盲动主义的政策与官僚党制，现在我们又坚决打击这叛背的“新政策”。但恰因为此，我们现在受到各投机分子与党官僚们的嫉视。这是幸呢，还是不幸？

先生的学识文章与品格，是我十余年来所景仰的，在许多有思想的人都沉溺到个人主义的坑中时，先生独能本自己的见解奋斗不息！我们的政治意见，如能得到先生的批评，私心将引为光荣。现在送上近期刊物数份，敬乞收阅。如蒙赐复，请留存×处，三日之内当来领取。顺颂

健康！

陈××

六月三日

二　回信

陈先生：

先生的来信及惠寄的《斗争》《火花》等刊物，我都收到了。

总括先生来信的意思，大概有两点，一是骂史太林先生们是官僚，再一是斥毛泽东先生们的“各派联合一致抗日”的主张为出卖革命。

这很使我“糊涂”起来了，因为史太林先生们的苏维埃俄罗斯社会主义共和国联邦在世界上的任何方面的成功，不就说明了托洛斯基先生的被逐，漂泊，潦倒，以致“不得不”用敌人金钱的晚景的可怜吗？现在的流浪，当与革命前西伯利亚的当年风味不同，因为那时怕连送一片面包的人也没有；但心境又当不同，这却因了现在苏联的成功。事实胜于雄辩，竟不料现在就来了如此无情面的讽刺的。其次，你们的“理论”确比毛泽东先生们高超得多，岂但得多，简直一是在天上，一是在地下。但高超固然是可敬佩的，无奈这高超又恰恰为日本侵略者所欢迎，则这高超仍不免要从天上掉下来，掉到地上最不干净的地方去。因为你们高超的理论为日本所欢迎，我看了你们印出的很整齐的刊物，就不禁为你们捏一把汗，在大众面前，倘若有人造一个攻击你们的谣，说日本人出钱叫你们办

报,你们能够洗刷得很清楚吗?这绝不是因为从前你们中曾有人跟着别人骂过我拿卢布,现在就来这一手以报复。不是的,我还不至于这样下流,因为我不相信你们会下做到拿日本人钱来出报攻击毛泽东先生们的一致抗日论。你们决不会的。我只要敬告你们一声,你们的高超的理论,将不受中国大众所欢迎,你们的所为有悖于中国人现在为人的道德。我要对你们讲的话,就仅仅这一点。

最后,我倒感到一点不舒服,就是你们忽然寄信寄书给我,不是没有原因的。那就因为我的某几个"战友"曾指我是什么什么的缘故。但我,即使怎样不行,自觉和你们总是相离很远的罢。那切切实实,足踏在地上,为着现在中国人的生存而流血奋斗者,我得引为同志,是自以为光荣的。要请你原谅,因为三日之期已过,你未必会再到那里去取,这信就公开作答了。即颂大安。

鲁迅六月九日

(这信由先生口授,O.V.笔写。)

论现在我们的文学运动

——病中答访问者,O.V.笔录

"左翼作家联盟"五六年来领导和战斗过来的,是无产阶级革命文学的运动。这文学和运动,一直发展着;到现在更具体底地,更实际斗争的地发展到民族革命战争的大众文学。民族革命战争的大众文学,是无产阶级革命文学的一发展,是无产革命文学在现在这时候的真实的更广大的内容。这种文学,现在已经存在着,并且即将在这基础之上,再受着实际战斗生活的培养,开起烂漫的花来罢。因此,新的口号的提出,不能看作革命文学运动的停止,或者说"此路不通"了。所以,绝非停止了历来的反对法西主义,反对一切反动者的血的斗争,而是将这斗争更深入,更扩大,更实际,更细微曲折,将斗争具体化到抗日反汉奸的斗争,将一切斗争汇合到抗日反汉奸斗争这总流里去。绝非革命文学要放弃它的阶级的领导的责任,而是将它的责任更加重,更放大,重到和大到要使全民族,不分阶级和党派,一致去对外。这个民族的立场,才真是阶级的立场。托洛斯基的中国的徒孙们,似乎糊涂到连这一点都不懂的。但有些我的战友,竟也有在做相反的"美梦"者,我想,也是极糊涂的昏虫。

但民族革命战争的大众文学,正如无产革命文学的口号一样,大概是一个总的口号罢。在总口号之下,再提些随时应变的具体的口号,例如"国防文学""救亡文学""抗日文艺”……等等，我以为是无碍的。不但没有碍，并且是有益的，需要的。自然，太多了也使人头昏，混乱。

不过，提口号，发空论，都十分容易办。但在批评上应用，在创作上实现，就有问题了。批评与创作都是实际工作。以过去的经验，我们的批评长流于标准太狭窄，看法太肤浅；我们的创作也常现出近于出题目做八股的弱点。所以我想现在应当特别注意这点：民族革命战争的大众文学绝不是只局限于写义勇军打仗，学生请愿示威……等等的作品。这些当然是最好的，但不应这样狭窄。它广泛得多，广泛到包括描写现在中国各种生活和斗争的意识的一切文学。因为现在中国最大的问题，人人所共的问题，是民族生存的问题。所有一切生活(包含吃饭睡觉)都与这问题相关；例如吃饭可以和恋爱不相干，但目前中国人的吃饭和恋爱却都和日本侵略者多少有些关系，这是看一看满洲和华北的情形就可以明白的。而中国的唯一的出路，是全国一致对日的民族革命战争。懂得这一点，则作家观察生活，处理材料，就如理丝有序；作者可以自由地去写工人，农民，学生，强盗，娼妓，穷人，阔佬，什么材料都可以，写出来都可以成为民族革命战争的大众文学。也无须在作品的后面有意地插一条民族革命战争的尾巴，翘起来当作旗子；因为我们需要的，不是作品后面添上去的口号和矫作的尾巴，而是那全部作品中的真实的生活，生龙活虎的战斗，跳动着的脉搏，思想和热情，等等。

六月十日

《苏联版画集》序

——前大半见上面《记苏联版画展览会》，

而将《附记》删去。再后便接下文：

右一篇，是本年二月间，苏联版画展览会在上海开会的时候，我写来登在《申报》上面的。这展览会对于中国给了不少的益处；我以为因此由幻想而入于脚踏实地的写实主义的大约会有许多人。良友图书公司要印一本画集，我听了非常高兴，所以当赵家璧先生希望我参加选择和写作序文的时候，我都毫不思索地答应了：这是我所愿意做，也应该做的。

参加选择绘画，尤其是版画，我是践了夙诺的，但后来却生了病，缠绵月余，什么事情也不能做了，写序之期早到，我却还连拿一张纸的力量也没有。停印等我，势所不能，只好仍取旧文，印在前面，聊以塞责。不过我自信其中之所说也还可以略供参考，要请读者见恕的是我竟偏在这时候生病，不能写出一点新的东西来。

这一个月来，每天发热，发热中也有时记起了版画。我觉得这些作者，没有一个是潇洒，飘逸，伶俐，玲珑的。他们个个如广大的黑土的化身，有时简直显得笨重，自十月革命以后，开山的大师就忍饥，斗寒，以一个放大镜和几把刀，不屈不挠地开拓了这一部门的艺术。这回虽然已是复制了，但大略尚存，我们可以看见，有那一幅不坚实，不恳切，或者是有取巧，弄乖的意思的呢？

我希望这集子的出世，对于中国的读者有好影响，不但可见苏联的艺术的成绩而已。

一九三六年六月二十三日，鲁迅述，许广平记

半夏小集

一

A：你们大家来品评一下罢，B竟蛮不讲理地把我的大衫剥去了！

B：因为A还是不穿大衫好看。我剥它掉，是提拔他；要不然，我还不屑剥呢。

A：不过我自己却以为还是穿着好……

C：现在东北四省失掉了，你漫不管，只嚷你自己的大衫，你这利己主义者，你这猪猡！

C：太太：他竟毫不知道B先生是合作的好伴侣，这浑蛋！

二

用笔和舌，将沦为异族的奴隶之苦告诉大家，自然是不错的，但要十分小心，不可使大家得着这样的结论："那么，到底还不如我们似的做自己人的奴隶好。"

三

"联合战线"之说一出，先前投敌的一批"革命作家"，就以"联合"的先觉者自居，渐渐出现了。纳款，通敌的鬼蜮行为，一到现在，就好像都是"前进"的光明事业。

四

这是明亡后的事情。

凡活着的，有些出于心服，多数是被压服的。但活得最舒服横恣的是汉奸；而活得最

清高，被人尊敬的，是痛骂汉奸的逸民。后来自己寿终林下，儿子已不妨应试去了，而且各有一个好父亲。至于默默抗战的烈士，却很少能有一个遗孤。

我希望目前的文艺家，并没有古之逸民气。

五

A：B，我们当你是一个可靠的好人，所以几种关于革命的事情，都没有瞒了你。你怎么竟向敌人告密去了？

B：岂有此理！怎么是告密！我说出来，是因为他们问了我呀。

A：你不能推说不知道吗？

B：什么话！我一生没有说过谎，我不是这种靠不住的人！

六

A：啊呀，B先生，三年不见了！你对我一定失望了罢？……

B：没有的事……为什么？

A：我那时对你说过，要到西湖上去做二万行的长诗，直到现在，一个字也没有，哈哈哈！

B：哦，……我可并没有失望。

A：您的"世故"可是进步了，谁都知道您记性好，"责人严"，不会这么随随便便的，您现在也学会了说谎。

B：我可并没有说谎。

A：那么，您真的对我没有失望吗？

B：唔，无所谓失不失望，因为我根本没有相信过你。

七

庄生以为"在上为乌鸢食，在下为蝼蚁食"，死后的身体，大可随便处置，因为横竖结果都一样。

我却没有这么旷达。假使我的血肉该喂动物，我情愿喂狮虎鹰隼，却一点也不给癞皮狗们吃。

养肥了狮虎鹰隼，它们在天空，岩角，大漠，丛莽里是伟美的壮观，捕来放在动物园里，打死制成标本，也令人看了神往，消去鄙吝的心。

但养胖一群癞皮狗，只会乱钻，乱叫，可多么讨厌！

八

琪罗编辑圣·蒲孚的遗稿，名其一部为《我的毒》(Mes Poisons)；我从日译本上，看见了这样的一条：

“明言着轻蔑什么人，并不是十足的轻蔑。惟沉默是最高的轻蔑。——我在这里说，也是多余的。”

诚然，“无毒不丈夫”，形诸笔墨，却还不过是小毒。最高的轻蔑是无言，而且连眼珠也不转过去。

九

作为缺点较多的人物的模特儿，被写入一部小说里，这人总以为是晦气的。

殊不知这并非大晦气，因为世间实在还有写不进小说里去的人。倘写进去，而又逼真，这小说便被毁坏。

譬如画家，他画蛇，画鳄鱼，画龟，画果子壳，画字纸篓，画垃圾堆，但没有谁画毛毛虫，画癞头疮，画鼻涕，画大便，就是一样的道理。

有人一知道我是写小说的，便回避我，我常想这样的劝止他，但可惜我的毒还不到这程度。

“这也是生活”……

这也是病中的事情。

有一些事，健康者或病人是不觉得的，也许遇不到，也许太微细。到得大病初愈，就会经验到；在我，则疲劳之可怕和休息之舒适，就是两个好例子。我先前往往自负，从来不知道所谓疲劳。书桌面前有一把圆椅，坐着写字或用心的看书，是工作；旁边有一把藤躺椅，靠着谈天或随意的看报，便是休息；觉得两者并无很大的不同，而且往往以此自负。现在才知道是不对的，所以并无大不同者，乃是因为并未疲劳，也就是并未出力工作的缘故。

我有一个亲戚的孩子，高中毕了业，却只好到袜厂里去做学徒，心情已经很不快活的了，而工作又很繁重，几乎一年到头，并无休息。他是好高的，不肯偷懒，支持了一年多。

有一天，忽然坐倒了，对他的哥哥道：“我一点力气也没有了。”

他从此就站不起来，送回家里，躺着，不想饮食，不想动弹，不想言语，请了耶稣教堂的医生来看，说是全体什么病也没有，然而全体都疲乏了。也没有什么法子治。自然，连接而来的是静静的死。我也曾经有过两天这样的情形，但原因不同，他是做乏，我是病乏的。我的确什么欲望也没有，似乎一切都和我不相干，所有举动都是多事，我没有想到死，但也没有觉得生；这就是所谓“无欲望状态”，是死亡的第一步。曾有爱我者因此暗中下泪；然而我有转机了，我要喝一点汤水，我有时也看看四近的东西，如墙壁，苍蝇之类，此后才能觉得疲劳，才需要休息。

象心纵意地躺倒，四肢一伸，大声打一个呵欠，又将全体放在适宜的位置上，然后弛懈了一切用力之点，这真是一种大享乐。在我是从来未曾享受过的。我想，强壮的，或者有福的人，恐怕也未曾享受过。

记得前年，也在病后，做了一篇《病后杂谈》，共五节，投给《文学》，但后四节无法发表，印出来只剩了头一节了。虽然文章前面明明有一个“一”字，此后突然而止，并无“二”“三”，仔细一想是就会觉得古怪的，但这不能要求于每一位读者，甚而至于不能希望于批评家。于是有人据这一节，下我断语道：“鲁迅是赞成生病的。”现在也许暂免这种灾难了，但我还不如先在这里声明一下：“我的话到这里还没有完。”

有了转机之后四五天的夜里，我醒来了，喊醒了广平。

“给我喝一点水。并且去开开电灯，给我看来看去的看一下。”

“为什么？……”她的声音有些惊慌，大约是以为我在讲昏话。

“因为我要过活。你懂得吗？这也是生活呀。我要看来看去的看一下。”

“哦……”她走起来，给我喝了几口茶，徘徊了一下，又轻轻地躺下了，不去开电灯。

我知道她没有懂得我的话。

街灯的光穿窗而人，屋子里显出微明，我大略一看，熟识的墙壁，壁端的棱线，熟识的书堆，堆边的未订的画集，外面地进行着的夜，无穷的远方，无数的人们，都和我有关。我存在着，我在生活，我将生活下去，我开始觉得自己更切实了，我有动作的欲望—但不久我又坠入了睡眠。

第二天早晨在日光中一看，果然，熟识的墙壁，熟识的书堆……这些，在平时，我也时常看它们的，其实是算作一种休息。但我们一向轻视这等事，纵使也是生活中的一片，却排在喝茶搔痒之下，或者简直不算一回事。我们所注意的是特别的精华，毫不在枝叶。给名人作传的人，也大抵一味铺张其特点，李白怎样作诗，怎样耍颠，拿破仑怎样打仗，怎样不睡觉，却不说他们怎样不要颠，要睡觉。其实，一生中专门要颠或不睡觉，是一定活不下去的，人之有时能要颠和不睡觉，就因为倒是有时不要颠和也睡觉的缘故。然而人们以为这些平凡的都是生活的渣滓，一看也不看。

于是所见的人或事，就如盲人摸象，摸着了脚，即以为象的样子像柱子。中国古人，常欲得其"全"，就是制妇女用的"乌鸡白凤丸"，也将全鸡连毛血都收在丸药里，方法固然可笑，主意却是不错的。

删夷枝叶的人，决定得不到花果。

为了不给我开电灯，我对于广平很不满，见人即加以攻击；到得自己能走动了，就去一翻她所看的刊物，果然，在我卧病期中，全是精华的刊物已经出得不少了，有些东西，后面虽然仍旧是"美容妙法"，"古木发光"，或者"尼姑之秘密"，但第一面却总有一点激昂慷慨的文章。作文已经有了"最中心之主题"，连义和拳时代和德国统帅瓦德西睡了一些时候的赛金花，也早已封为九天护国娘娘了。

尤可惊服的是先前用《御香缥缈录》，把清朝的宫廷讲得津津有味的《申报》上的《春秋》，也已经时而大有不同，有一天竟在卷端的《点滴》里，教人当吃西瓜时，也该想到我们土地的被割碎，像这西瓜一样。自然，这是无时无地无事而不爱国，无可訾议的。但倘使我一面这样想，一面吃西瓜，我恐怕一定咽不下去，即使用劲咽下，也难免不能消化，在肚子里咕咚地响它好半天。这也未必是因为我病后神经衰弱的缘故。我想，倘若用西瓜作比，讲过国耻讲义，却立刻又会高高兴兴地把这西瓜吃下，成为血肉的营养的人，这人恐怕是有些麻木。对他无论讲什么讲义，都是毫无功效的。

我没有当过义勇军，说不确切。但自己问：战士如吃西瓜，是否大抵有一面吃，一面想的仪式的呢？我想：未必有的。他大概只觉得口渴，要吃，味道好，却并不想到此外任何好听的大道理。吃过西瓜，精神一振，战斗起来就和喉干舌敝时候不同，所以吃西瓜和抗敌的确有关系。但和应该怎样想的上海设定的战略，却是不相干。这样整天哭丧着脸去吃喝，不多久，胃口就倒了，还抗什么敌。

然而人往往喜欢说得稀奇古怪，连一个西瓜也不肯主张平平常常的吃下去。其实，战士的日常生活，是并不全部可歌可泣的，然而又无不和可歌可泣之部相关联，这才是实际上的战士。

八月二十三日

“立此存照”(一)

晓角

海派《大公报》的《大公园地》上,有《非庵漫话》,八月二十五日的一篇,题为《太学生应试》,云:

“这次太学生应试,国文题在文科的是:《士先器识而后文艺》,理科的是《拟南粤王复汉文帝书》,并把汉文帝遗南粤王赵佗书的原文附在题后。也许这个试题,对于现在的异动,不无见景生情之意。但是太学生对于这两个策论式的命题,很有些人摸不着头脑。有一位太学生在试卷上大书:‘汉文帝三字仿佛故识,但不知系汉高祖几代贤孙,答南粤王赵他,则素昧平生,无从说起。且回去用功,明年再见。’某试官见此生误佗为他,辄批其后云:‘汉高文帝爸,赵佗不是他;今年既不中,明年再来吧。’又一生在《士先器识而后文艺》题后,并未作文,仅书‘若见关人甘下拜,凡闻过失要回头’一联,掷笔出场而去。某试官批云:‘闻鼓鼙而思将帅之臣,临考试而动爱美之心,幸该生尚能悬崖勒马,否则应打竹板四十,赶出场外。’是亦孤城落日中堪资谈助者”

寥寥三百余字耳,却已将学生对于旧学之空疏和官师态度之浮薄写尽,令人觉自言“歇后郑五做宰相,天下事可知”者,诚亦古之人不可及也。

但国文亦良难:汉若无赵他,中华民国亦岂得有“太学生”哉。

“立此存照”(二)

晓角

《申报》(八月九日)载本地人盛阿大,有一养女,名杏珍,年十六岁,于六日忽然失踪,盛在家检点衣物,从杏珍之箱箧中发现他人寄予之情书一封,原文云:

“光阴如飞地过去了,倏忽已六个月半矣,在此过程中,很是觉得闷闷的,然而细想真有无穷快乐在眼前矣,细算时日,不久快到我们的时候矣,请万事多多秘密为要,如有东西,有机会拿来,请你爱惜金钱,不久我们需要金钱应用,幸勿浪费,是幸,你的身体爱惜,我睡在床上思想你,早晨等在阳台上,看你开门,我多看见你芳影,很是快活,请你勿要想念,再会吧,日健,爱书,”盛遂将信呈交捕房,不久果获诱拐者云云。

案这种事件,是不足为训的。但那一封信,却是十足道地的语录体情书,置之《宇宙风》中,也堪称佳作,可惜林语堂博士竟自赴美国讲学,不再顾念中国文风了。

现在录之于此,以备他日作《中国语录体文学史》者之采择,其作者,据《申报》云,乃法租界蒲石路四七九号协盛水果店伙无锡项三宝也。

死

当印造凯绥·珂勒惠支(Kaethe Kollwitz)所作版画的选集时,曾请史沫德黎(A.smedley)女士做一篇序。自以为这请得非常合适,因为她们俩原极熟识的。不久做来了,又逼着茅盾先生译出,现已登在选集上。其中有这样的文字:

"许多年来,凯绥·珂勒惠支——她从没有一次利用过赠授给她的头衔——做了大量的画稿,速写,铅笔作的和钢笔作的速写,木刻,铜刻。把这些来研究,就表示着有二大主题支配着,她早年的主题是反抗,而晚年的是母爱,母性的保障,救济,以及死。而笼罩于她所有的作品之上的,是受难的,悲剧的,以及保护被压迫者深切热情的意识。

"有一次我问她:'从前你用反抗的主题,但是现在你好像很有点抛不开死这观念。这是为什么呢?'用了深有所苦的语调,她回答道,'也许因为我是一天一天老了!'……"

我那时看到这里,就想了一想。算起来:她用"死"来作画材的时候,是一九一〇年顷;这时她不过四十三四岁。我今年的这"想了一想",当然和年纪有关,但回忆十余年前,对于死却还没有感到这么深切。大约我们的生死久已被人们随意处置,认为无足重轻,所以自己也看得随随便便,不像欧洲人那样的认真了。有些外国人说,中国人最怕死。这其实是不确的,——但自然,每不免模模糊糊的死掉则有之。

大家所相信的死后的状态,更助成了对于死的随便。谁都知道,我们中国人是相信有鬼(近时或谓之"灵魂")的,既有鬼,则死掉之后,虽然已不是人,却还不失为鬼,总还不算是一无所有。不过设想中的做鬼的久暂,却因其人的生前的贫富而不同。穷人们是大抵以为死后就去轮回的,根源出于佛教。佛教所说的轮回,当然手续繁重,并不这么简单,但穷人往往无学,所以不明白。这就是使死罪犯人绑赴法场时,大叫"二十年后又是一条好汉",面无惧色的原因。况且相传鬼的衣服,是和临终时一样的,穷人无好衣裳,做了鬼也决不怎么体面,实在远不如立刻投胎,化为赤条条的婴儿的上算。我们曾见谁家生了小孩,胎里就穿着叫花子或是游泳家的衣服的吗?从来没有。这就好,重新来过。也许有人要问,既然相信轮回,那就说不定来生会堕入更穷苦的景况,或者简直是畜生道,更加可怕了。但我看他们是并不这样想的,他们确信自己并未造出该入畜生道的罪孽,他们从来没有能随畜生道的地位,权势和金钱。

然而有着地位,权势和金钱的人,却又并不觉得该堕畜生道;他们倒一面化为居士,准备成佛,一面自然也主张读经复古,兼做圣贤。他们像活着时候的超出人理一样,自以为死后也超出了轮回的。至于小有金钱的人,则虽然也不觉得该受轮回,但此外也别无雄才大略,只预备安心做鬼。所以年纪一到五十上下,就给自己寻葬地,合寿材,又烧纸锭,先在冥中存储,生下子孙,每年可吃羹饭。这实在比做人还享福。假使我现在已经是鬼,在阳间又有好子孙,那么,又何必零星卖稿,或向北新书局去算账呢,只要很闲适地躺在楠木或阴沉木的棺材里,逢年逢节,就自有一桌盛馔和一堆国币摆在眼前了,岂不快哉!

就大体而言,除极富贵者和冥律无关外,大抵穷人利于立即投胎,小康者利于长久做鬼。小康者的甘心做鬼,是因为鬼的生活(这两字大有语病,但我想不出适当的名词来),就是他还未讨厌的人的生活的连续。阴间当然也有主宰者,而且极其严厉,公平,但对于他独独颇肯通融,也会收点礼物,恰如人间的好官一样。

有一批人是随随便便,就是临终也恐怕不大想到的,我向来正是这随便党里的一个。三十年前学医的时候,曾经研究过灵魂的有无,结果是不知道;又研究过死亡是否苦痛,结果是不一律,后来也不再深究,忘记了。近十年中,有时也为了朋友的死,写点文章,不过好像并不想到自己。这两年来病特别多,一病也比较的长久,这才往往记起了年龄,自然,一面也为了有些作者们笔下的好意的或是恶意的不断的提示。

从去年起,每当病后休养,躺在藤躺椅上,每不免想到体力恢复后应该动手的事情:做什么文章,翻译或印行什么书籍。想定之后,就结束道:就是这样罢—但要赶快做。这“要赶快做”的想头,是为先前所没有的,就因为在不知不觉中,记得了自己的年龄。却从来没有直接地想到“死”。

直到今年的大病,这才分明的引起关于死的预想来。原先是仍如每次的生病一样,一任着日本的S医师的诊治的。他虽不是肺病专家,然而年纪大,经验多,从习医的时期说,是我的前辈,又极熟识,肯说话。自然,医师对于病人,纵使怎样熟识,说话还是有限度的,但是他至少已经给了我两三回警告,不过我仍然不以为意,也没有转告别人。大约实在是日子太久,病象太险了的缘故罢,几个朋友暗自协商定局,请了美国的D医师来诊察了。他是在上海的唯一的欧洲的肺病专家,经过打诊,听诊之后,虽然誉我为最能抵抗疾病的典型的中国人,然而也宣告了我的就要灭亡;并且说,倘是欧洲人,则在五年前已经死掉。这判决使善感的朋友们下泪。我也没有请他开方,因为我想,他的医学从欧洲学来,一定没有学过给死了五年的病人开方的法子。然而 D 医师的诊断却实在是极准确的,后来我照了一张用 x 光透视的胸像,所见的景象,竟大抵和他的诊断相同。

我并不怎么介意于他的宣告,但也受了些影响,日夜躺着,无力谈话,无力看书。连报纸也拿不动,又未曾炼到"心如古井",就只好想,而从此竟有时要想到"死"了。不过所想的也并非"二十年后又是一条好汉",或者怎样久住在楠木棺材里之类,而是临终之前的琐事。在这时候,我才确信,我是到底相信人死无鬼的。我只想到过写遗嘱,以为我倘曾贵为宫保,富有千万,儿子和女婿及其他一定早已逼我写好遗嘱了,现在却谁也不提起。但是,我也留下一张罢。当时好像很想定了一些,都是写给亲属的,其中有的是:

一,不得因为丧事,收受任何人的一文钱。——但老朋友的,不在此例。

二,赶快收敛,埋掉,拉倒。

三,不要做任何关于纪念的事情。

四,忘记我,管自己生活。——倘不,那就真是糊涂虫。

五,孩子长大,倘无才能,可寻点小事情过活,万不可去做空头文学家或美术家。

六,别人应许给你的事物,不可当真。

七,损着别人的牙眼,却反对报复,主张宽容的人,万勿和他接近。

此外自然还有,现在忘记了。只还记得在发热时,又曾想到欧洲人临死时,往往有一种仪式,是请别人宽恕,自己也宽恕了别人。我的怨敌可谓多矣,倘有新式的人问起我来,怎么回答呢?我想了一想,决定的是:让他们怨恨去,我也一个都不宽恕。

但这仪式并未举行,遗嘱也没有写,不过默默地躺着,有时还发生更迫切的思想:原来这样就算是在死下去,倒也并不苦痛;但是,临终的一刹那,也许并不这样的吧;然而,一世只有一次,无论怎样,总是受得了的……。后来,却有了转机,好起来了。到现在,我想,这些大约并不是真的要死之前的情形,真的要死,是连这些想头也未必有的,但究竟如何,我也不知道。

九月五日

女吊

大概是明末的王思任说的罢:"会稽乃报仇雪耻之乡,非藏垢纳污之地!"这对于我们绍兴人很有光彩,我也很喜欢听到,或引用这两句话。但其实,是并不的确的;这地方,无论为那一样都可以用。

不过一般的绍兴人,并不像上海的"前进作家"那样憎恶报复,却也是事实。单就文艺而言,他们就在戏剧上创造了一个带复仇性的,比别的一切鬼魂更美,更强的鬼魂。这就是"女吊"。我以为绍兴有两种特色的鬼。一种是表现对于死的无可奈何。而且随随便便的"无常",我已经在《朝花夕拾》里得了介绍给全国读者的光荣了,这回就轮到另一种。

"女吊"也许是方言,翻成普通的白话,只好说是"女性的吊死鬼"。其实,在平时,说起"吊死鬼",就已经含有"女性的"的意思的,因为投缳而死者,向来以妇人女子为最多。有一种蜘蛛,用一枝丝挂下自己的身体,悬在空中,《尔雅》上已谓之"蚬,缢女"。可见在周朝或汉朝,自经的已经大抵是女性了,所以那时不称它为男性的"缢夫"或中性的"缢者"。不过一到做"大戏"或"目连戏"的时候,我们便能在看客的嘴里听到"女吊"的称呼。也叫作"吊神"。横死的鬼魂而得到"神"的尊号的,我还没有发现过第二位,则其受民众之爱戴也可想。但为什么这时独要称她"女吊"呢?很容易解:因为在戏台上,也要有"男吊"出现了。

我所知道的是四十年前的绍兴,那时没有达官显宦,所以未闻有专门为人(堂会?)的演剧。凡做戏,总带着一点社戏性,供着神位,是看戏的主体,人们去看,不过叨光。但"大戏"或"目连戏"所邀请的看客,范围可较广了,自然请神。而又请鬼。尤其是横死的怨鬼。所以仪式就更紧张,更严肃。一请怨鬼,仪式就格外紧张严肃,我觉得这道理是很有趣的。

也许我在别处已经写过。"大戏"和"目连",虽然同是演给神、人、鬼看的戏文,但两者又很不同。不同之点:一在演员,前者是专门的戏子,后者则是临时集合的Amateur——农民和工人;一在尉本,前者有许多种,后者却好歹总只演一本《目连救母记》。然而开场的"起殇",中间的鬼魂时时出现,收场的好人升天,恶人落地狱,是两者都一样的。

当没有开场之前,就可看出这并非普通的社戏,为的是台两旁早已挂满了纸帽,就是高长虹之所谓"纸糊的假冠",是给神道和鬼魂戴的。所以凡内行人,缓缓地吃过夜饭,喝过茶,闲闲而去,只要看挂着的帽子,就能知道什么鬼神已经出现。因为这戏开场较早,"起殇"在太阳落尽时候,所以饭后去看,一定是做了好一会了,但都不是精彩的部分。"起殇"者,绍兴人现已大抵误解为"起丧",以为就是召鬼,其实是专限于横死者的。《九歌》中的《国殇》云:"身既死兮神以灵,魂魄毅兮为鬼雄",当然连战死者在内。明社垂绝,越人起义而死者不少,至清被称为叛贼,我们就这样的一同招待他们的英灵。在薄暮中，十几匹马，站在台下了；戏子扮好一个鬼王，蓝面鳞纹，手执钢叉，还得有十几名鬼卒，则普通的孩子都可以应募。我在十余岁时候，就曾经充过这样的义勇鬼，爬上台去，说明志愿，他们就给在脸上涂上几笔彩色，交付一柄钢叉。待到有十多人了，即一拥上马，疾驰到野外的许多无主孤坟之处，环绕三匝，下马大叫，将钢叉用力地连连刺在坟墓上，然后拔叉驰回，上了前台，一同大叫一声，将钢叉一掷，钉在台板上。我们的责任，这就算完结，洗脸下台，可以回家了，但倘被父母所知，往往不免挨一顿竹篠（这是绍兴打孩子的最普通的东西）。一以罚其带着鬼气，二以贺其没有跌死，但我却幸而从来没有被觉察，也许是因为得了恶鬼保佑的缘故罢。

这一种仪式，就是说，种种孤魂厉鬼，已经跟着鬼王和鬼卒，前来和我们一同看戏了，但人们用不着担心，他们深知道理，这一夜决不丝毫作怪。于是戏文也接着开场，徐徐进行，人事之中，夹以出鬼：火烧鬼，淹死鬼，科场鬼（死在考场里的），虎伤鬼……孩子们也可以自由去扮，但这种没出息鬼，愿意去扮的并不多，看客也不将它当作一回事。一到"跳吊"时分一"跳"是动词，意义和"跳加官"之"跳"同——情形的松紧可就大不相同了。台上吹起悲凉的喇叭来，中央的横梁上，原有一团布，也在这时放下。长约戏台高度的五分之二。看客们都屏着气，台上就闯出一个不穿衣裤，只有一条犊鼻裈，面施几笔粉墨的男人，他就是"男吊"。一登台，径奔悬布，像蜘蛛的死守着蛛丝。也如结网，在这上面钻，挂。他用布吊着各处：腰，胁，胯下，肘弯，腿弯，后项窝……一共七七四十九处。最后才是脖子，但是并不真套进去的，两手扳着布，将颈子一伸，就跳下，走掉了。这"男吊"最不易跳，演目连戏时，独有这一个角色须特请专门的戏子。那时的老年人告诉我，这也是最危险的时候，因为也许会招出真的"男吊"来。所以后台上一定要扮一个王灵官，一手捏诀，一手执鞭，目不转睛地看着一面照见前台的镜子。倘镜中见有两个，那么，一个就是真鬼了，他得立刻跳出去，用鞭将假鬼打落台下。假鬼一落台，就该跑到河边，洗去粉墨，挤在人丛中看戏，然后慢慢地回家。倘打得慢，他就会在戏台上吊死；洗得慢，真鬼也还会认识，跟住他。这挤在人丛中看自己们所做的戏，就如要人下野而念佛，或出洋游历一样，也正是一种缺少不得的过渡仪式。

这之后，就是"跳女吊"。自然先有悲凉的喇叭；少顷，门幕一掀，她出场了。大红衫子，黑色长背心，长发蓬松，颈挂两条纸锭，垂头，垂手，弯弯曲曲地走一个全台，内行人说：这是走了一个"心"字。为什么要走"心"字呢？我不明白。我只知道她何以要穿红衫。看王充的《论衡》，知道汉朝的鬼的颜色是红的，但再看后来的文字和图画，却又并无一定颜色，而在戏文里，穿红的则只有这"吊神"。意思是很容易了然的；因为她投缳之际，准备作厉鬼以复仇，红色较有阳气，易于和生人相接近，……绍兴的妇女，至今还偶有搽粉穿红之后，这才上吊的。自然，自杀是卑怯的行为，鬼魂报仇更不合于科学，但那些都是愚妇人，连字也不认识，敢请"前进"的文学家和"战斗"的勇士们不要十分生气吧。我真怕你们要变呆鸟。

她将披着的头发向后一抖，人这才看清了脸孔：石灰一样白的圆脸，漆黑的浓眉，乌黑的眼眶，猩红的嘴唇。听说浙东的有几府的戏文里，吊神又拖着几寸长的假舌头，但在绍兴没有。不是我袒护故乡，我以为还是没有好；那么，比起现在将眼眶染成淡灰色的时式打扮来，可以说是更彻底，更可爱。不过下嘴角应该略略向上，使嘴巴成为三角形：这也不是丑模样。假使半夜之后，在薄暗中，远处隐约着一位这样的粉面朱唇，就是现在的我，也许会跑过去看看的，但自然，却未必就被诱惑得上吊。她两肩微耸，四顾，倾听，似惊，似喜，似怒，终于发出悲哀的声音，慢慢地唱道：

"奴奴本是杨家女，

呵呀，苦呀，天哪！……"

下文我不知道了。就是这一句，也还是刚从克士那里听来的。但那大略，是说后来去做童养媳，备受虐待，终于弄到投缳。唱完就听到远处的哭声，这也是一个女人，在衔冤悲泣，准备自杀。她万分惊喜，要去"讨替代"了，却不料突然跳出"男吊"来，主张应该他去讨。他们由争论而至动武，女的当然不敌，幸而王灵官虽然脸相并不漂亮，却是热烈的女权拥护家，就在危急之际出现，一鞭把男吊打死，放女的独去活动了。老年人告诉我说：古时候，是男女一样的要上吊的，自从王灵官打死了男吊神。才少有男人上吊；而且古时候，是身上有七七四十九处，都可以吊死的，自从王灵官打死了男吊神，致命处才只在脖子上。中国的鬼有些奇怪。好像是做鬼之后，也还是要死的，那时的名称，绍兴叫作"鬼里鬼"。但男吊既然早被王灵官打死，为什么现在"跳吊"，还会引出真的来呢？我不懂这道理，问问老年人，他们也讲说不明白。

而且中国的鬼还有一种坏脾气，就是"讨替代"，这才完全是利己主义；倘不然，是可以十分坦然的和他们相处的。习俗相沿，虽女吊不免，她有时也单是"讨替代"，忘记了复仇。绍兴煮饭，多用铁锅，烧的是柴或草，烟煤一厚，火力就不灵了，因此我们就常在地上看见刮下的锅煤。但一定是散乱的，凡村姑乡妇，谁也决不肯省些力，把锅子伏在地面上，团团一刮，使烟煤落成一个黑圈子。这是因为吊神诱人的圈套，就用煤圈炼成的缘故。散掉烟煤，正是消极的抵制，不过为的是反对"讨替代"，并非因为怕她去报仇。被压迫者即使没有报复的毒心，也绝无被报复的恐惧，只有明明暗暗，吃血吃肉的凶手或其帮

闲们,这才赠人以“犯而勿校”或“勿念旧恶”的格言,——我到今年,也愈加看透了这些人面东西的秘密。

九月十九——二十日

“立此存照”(三)

晓角

饱暖了的白人要搔痒的娱乐,但非洲食人蛮俗和野兽影片已经看厌,我们黄脸低鼻的中国人就被搬上银幕来了。于是有所谓“辱华影片”事件,我们的爱国者,往往勃发了义愤。

五六年前罢,因为《月宫盗宝》这片子,和范朋克大闹了一通,弄得不欢而散。但好像彼此到底都没有想到那片子上其实是蒙古王子,和我们不相干;而故事是出于《天方夜谭》的,也怪不得只是演员非导演的范朋克。

不过我在这里,也并无替范朋克叫屈的意思。

今年所提起的《上海快车》事件,却比《盗宝》案切实得多了。我情愿做一回“文剪公”,因为事情和文章都有意思,太删节了怕会索然无味。首先,是九月二十日上海《大公报》内《大公俱乐部》上所载的,萧运先生的《冯史丹堡过沪再志》:

“这几天,上海的电影界,忙于招待一位从美国来的贵宾,那便是派拉蒙公司的名导演约瑟夫·冯史丹堡(Josef von Sternberg),当一些人在热烈地欢迎他的时候,同时有许多人在向他攻击,因为他是辱华片《上海快车》(Shanghai Express)的导演人。他对于我国曾有过重大的侮蔑。这是令人难忘的一回事!

“说起《上海快车》,那是五年前的事了,上海正当一二八战事之后,一般人的敌忾心理还很敏锐,所以当这部歪曲了事实的好莱坞出品在上海出现时,大家不由都一致发出愤慨的呼声,像昙花一现地,这部影片只映了两天,便永远在我国人眼前消灭了。到了五年后的今日,这部片子的导演人还不能避免舆论的谴责。说不定经过了这回教训之后,冯史丹堡会明白,无理侮蔑他人是不值得的。

“拍《上海快车》的时候,冯史丹堡对于中国,可以说一点印象没有,中国是怎样的,他从来不晓得,所以他可以替自己辩护,这回侮辱中国,并非有意如此。但是现在,他到过中国了,他看过中国了,如果回好莱坞之后,他再会制出《上海快车》那样作品,那才不可恕呢。他在上海时对人说他对中国的印象很好,希望他这是真话。”(下略。)

但是，究竟如何？不幸的是也是这天的《大公报》，而在《戏剧与电影》上，登有弃扬先生的《艺人访问记》，云：

“以《上海快车》一片引起了中国人注意的导演人约瑟夫·冯史登堡氏，无疑，从这次的旅华后，一定会获得他的第二部所谓辱华的题材的。

“‘中国人没有自知，《上海快车》所描写的，从此次的来华，益给了我不少证实……’不像一般来华的访问者，一到中国就改变了他原有的论调；冯史登堡氏确有着这样一种隽然的艺术家风度，这是很值得我们的敬佩的。”

（中略。）

“没有极正面去抗议《上海快车》这作品，只把他在美时和已来华后，对中日的感想来问了。

“不立刻置答，继而莞然地说：

“‘在美时和已来华后，并没有什么不同，东方风味确然两样，日本的风景很好。中国的北平亦好，上海似乎太繁华了，苏州太旧，神秘的情调，确实是有的。许多访问者都以《上海快车》事来质问我，实际上，不必掩饰是确有其事的。现在是更留得了一个真切的印象。……我不带摄影机，但我的眼睛。是不会叫我忘记这一些的。’使我想起了数年前南京中山路，为了招待外宾而把茅棚拆除的故事。……”

原来他不但并不改悔，倒更加坚决了，怎样想着，便怎么说出，真有日耳曼人的好的一面的蛮风，我同意记者之所说：“值得我们的敬佩”。

我们应该有“自知”之明，也该有知人之明：我们要知道他并不把中国的“舆论的谴责”放在心里，我们要知道中国的舆论究有多大的权威。

“但是现在，他到过中国了，看过中国了”，“他在上海时对人说他对中国的印象很好”。据《访问记》，也确是“真话”。不过他说“好”的是北平，是地方，不是中国人，中国的地方，从他们看来，和人们已经几乎并无关系了。

况且我们其实也并无什么好的人事给他看。我看过关于冯史丹堡的文章，就去翻阅前一天的，十九日的报纸，也没有什么体面事，现在就剪两条电报在这里：

“（北平十八日中央社电）平九一八纪念日，警宪戒备极严，晨六时起，保安侦缉两队全体出动，在各学校公共场所冲到街巷等处配置一切，严加监视，所有军警，并停止休息一日。全市空气颇呈紧张，但在平安中度过。”

“（天津十八日下午十一时专电）本日傍晚，丰台日军突将二十九军驻防该处之冯治安部包围，勒令缴械，入夜尚在相持中。日军已自北平增兵赴丰台，详况不明。查月来日

方迭请宋哲元部将冯部撤退,宋迄未允。"跳下一天,二十日的报上的电报:

"(丰台十九日同里社电)十八日之丰台事件,于十九日上午九时半圆满解决,同时日本军解除包围形势,集合于车站前大坪,中国军亦同样整列该处,互释误会。"再下一天,二十一日报上的电报:

"(北平二十日中央社电)丰台中日军误会解决后,双方当局为避免今后再发生同样事件,经详细研商,决将两军调至较远之地方,故我军原驻丰台之二营五连,已调驻丰台迤南之赵家村,驻丰日军附近,已无我军踪迹矣。"

我不知道现在冯史丹堡在那里,倘还在中国,也许要错认今年为"误会年",十八日为"学生造反日"的罢。

其实。中国人是并非"没有自知"之明的,缺点只在有些人安于"自欺",由此并想"欺人"。譬如病人,患着浮肿,而讳疾忌医,但愿别人糊涂,误认他为肥胖。妄想既久,时而自己也觉得好像肥胖,并非浮肿;即使还是浮肿,也是一种特别的好浮肿,与众不同。如果有人,当面指明:这非肥胖,而是浮肿,且并不"好",病而已矣。那么,他就失望,含羞,于是成怒,骂指明者,以为昏妄。然而还想吓他,骗他,又希望他畏惧主人的愤怒和骂詈,惴惴地再看一遍,细寻佳处,改口说这的确是肥胖。于是他得到安慰,高高兴兴,放心的浮肿着了。

不看"辱华影片",于自己是并无益处的,不过自己不看见,闭了眼睛浮肿着而已。但看了而不反省,却也并无益处。我至今还在希望有人翻出斯密斯的《支那人气质》来。看了这些,而自省,分析,明白那几点说的对,变革,挣扎,自做工夫,却不求别人的原谅和称赞,来证明究竟怎样的是中国人。

"立此存照"(四)

晓角

近年的期刊有《越风》,撰人既非全是越人,所谈也非尽属越事,殊不知其命名之所以然。自然,今年是必须痛骂贰臣和汉奸的,十七期中,有高越天先生作的《贰臣汉奸的丑史和恶果》,第一节之末云:

"明朝颇崇气节,所以亡国之际,忠臣义烈,殉节不屈的多不胜计,实为我汉族生色。但是同时汉奸贰臣,却也不少,最大汉奸吴三桂,贰臣洪承畴,这两个没廉耻的东西,我们今日闻名,还须掩鼻。其实他们在当时昧了良心努力讨好清廷,结果还是'鸟尽弓藏,兔

死狗烹'，真是愚不可及，大汉奸的下场尚且如此，许多次等汉奸，结果自更属可惨。……"

后又据《雪庵絮墨》，述清朝对于开创功臣，皆配享太庙，然无汉人之耿精忠，尚可喜，吴三桂，洪承畴四名，洪且由乾隆列之《贰臣传》之首，于是诫曰：

"似这样丢脸的事情，我想不独舍怨泉下的洪经略要大吃一惊，凡一班吃里爬外，枪口向内的狼鼠之辈，读此亦当憬然而悟矣。"

这种训诫，是反问不得的。倘有不识时务者问："如果那时并不'鸟尽弓藏，兔死狗烹'，而且汉人也配享太庙，洪承畴不入《贰臣传》，则将如何？"我觉得颇费唇舌。

因为卫国和经商不同，值得与否，并不是第一着也。

"立此存照"(五)

晓角

《社会日报》久不载《艺人腻事》了，上海《大公报》的《本埠增刊》上，却载起《文人腻事》来。"文""腻"两音差多，事也并不全"腻"，这真叫作"一代不如一代"。但也常有意外的有趣文章，例如九月十五日的《张资平在女学生心中》条下，有记的是：

"他虽然是一个恋爱小说作家，而他却是一个颇为精明方正的人物。并没有文学家那一种浪漫热情不负责任的习气，他之精明强干，恐怕在作家中找不出第二个来吧。胖胖的身材，矮矮的个子，穿着一身不合身材的西装，衬着他一副团团的黝黑的面孔，一手里经常的夹着一个大皮包，大有洋行大板公司经理的派头，可是，他的大皮包内没有支票账册，只有恋爱小说的原稿与大学里讲义。"

原意大约是要写他的"颇为精明方正的"，但恰恰画出了开乐群书店赚钱时代的张资平老板面孔。最妙的是"一手里经常夹着一个大皮包"，但其中"只有恋爱小说的原稿与大学里讲义"：都是可以赚钱的货色，至于"没有支票账册"，就活画了他用不着记账，和开支票付钱。所以当书店关门时，老板依然"一副团团的黝黑的面孔"，而有些卖稿或抽版税的作者，却成了一副尖尖的晦气色的面孔了。

"立此存照"(六)

晓角

崇祯八年(一六三五)新正，张献忠之一股陷安徽之巢县，秀水人沈国元在彼地，被斫不死,改名常,字存仲,作《再生纪异录》。今年春,上虞罗振常重校印行,改名《流寇陷巢记》,多此一改,怕是生意经了。其中有这样的文字:

“元宵夜,月光澄湛,皎如白日。邑前居民神堂火起,严大尹拜灭之;戒市人勿张灯。时余与友人薛希珍扬子乔同步街头,各有忧色。盖以贼锋甚锐,毫无防备。城不可守也。街谈巷议,无不言贼事。各以‘来了’二字,互相惊怖。及贼至,果齐声呼‘来了来了’:非市谶先兆乎?”

《热风》中有《来了》一则,臆测而已。这却是具象的实写;而贼自己也喊“来了”,则为《热风》作者所没有想到的。此理易明:“贼”即民耳,故逃与追不同,而所喊的话如一:易地则皆然。

又云:

“二十二日,……余……匿金身后,即闻有相携而蠢者,有痛楚而呻者,有襁负而至者,一闻贼来,无地可入,真人生之绝境也。及贼徜徉而前,仅一人提刀斫地示威耳;有猛犬逐之,竟惧而走。……”

非经宋元明三朝的压迫,杀戮和麻醉,不能到这田地。民觉醒于四年前之春,而宋元明清之教养亦醒矣。

“立此存照”(七)

晓角

近来的日报上做兴附“专刊”,有讲医药的,有讲文艺的,有谈跳舞的;还有“大学生专刊”,“中学生专刊”,自然也有“小学生”和“儿童专刊”;只有“幼稚园生专刊”和“婴儿专刊”,我还没有看见过。

九月二十七日,偶然看《申报》,遇到了《儿童专刊》,其中有一篇叫作《救救孩子!》,还有一篇“儿童作品”,教小朋友不要看无用的书籍,如果有工夫。“可以看些有用的儿童刊物,或则看看星期日《申报》出版的《儿童专刊》,那是可以增进我们儿童知识的”。

在手里的就是这《儿童专刊》,立刻去看第一篇。果然,发现了不忍删节的应时的名文:

小学生们应有的认识

梦苏

最近一个月中，四川的成都，广东的北海，湖北的汉口，以及上海公共租界上，连续出了不幸的案件，便是日本侨民及水兵的被人杀害，国交显出分外严重的不安。

小朋友对于这种不幸的案件，做何感想？于我们民族前途的关系是极大的。

国际的交涉，在非常时期，做国民的不可没有抗敌御侮的精神；但国交尚在常态的时期，却绝对不可有伤害外侨的越轨行动。倘若以个人的私愤，而杀害外侨，这比较杀害自国人民，罪加一等。因为被杀害的虽然是绝少数人，但会引起别国的误会，加重本国外交上的困难；甚至发生意外的纠纷，把整个民族复兴运动的步骤乱了。这种少数人无意识的轨外行动，实是国法的罪人，民族的败类。我们当引为大戒。要知道这种举动，和战士在战争时的杀敌致果，功罪是绝对相反的。

小朋友们！试想我们住在国外的侨民，倘使被别国人非法杀害，虽然我们没有兵舰派去登陆保侨，小题大做：我们政府不会提出严厉的要求，得不到丝毫公道的保障；但总禁不住我们同情的愤慨。

我们希望别国人民敬视我们的华侨，我们也当敬视任何的外侨；使伤害外侨的非法行为以后不再发生。这才是大国民的风度。

这“大国民的风度”非常之好，虽然那“总禁不住”“同情的愤慨”，还嫌过激一点，但就大体而言，是极有益于敦睦邦交的。不过我们站在中国人的立场上，却还“希望”我们对于自己，也有这“大国民的风度”，不要把自国的人民的生命价值，估计得只值外侨的一半，以至于“罪加一等”。主杀奴无罪，奴杀主重办的刑律，自从民国以来（呜呼，二十五年了！）不是早经废止了吗？

真的要“救救孩子”。这“于我们民族前途的关系是极大的”！

而这也是关于我们的子孙。大朋友，我们既然生着人头，努力来讲人话罢！

九月二十七日

后记

《且介亭杂文》共三集，一九三四和三五年的两本，由先生自己于三五年最末的两天编好了，只差未有重看一遍和标明格式。这，或者因为那时总不大健康，所以没有能够

做到。

一九三六年作的《末编》,先生自己把存稿放在一起的,是自第一篇至《曹靖华译〈苏联作家七人集〉序》。《因太炎先生而想起的二三事》,和《关于太炎先生二三事》,似乎同属姊妹篇,虽然当时因是未完稿而另外搁开,此刻也把它放在一起了。

《附集》的文章,收自《海燕》,《作家》,《现实文学》,《中流》等。《半夏小集》,《这也是生活》,《死》,《女吊》四篇,先生另外保存的,但都是这一年的文章,也就附在《末编》一起了。

先生在《白莽作〈孩儿塔〉序》中说:"一个人如果还有友情,那么,收存亡友的遗文。真如捏着一团火,常要觉得寝食不安,给它企图流布的。"所以就不自量其浅陋,和排印,装订的草率,急于出版的罢。

这里重承好几位朋友的帮助,使这集子能够迅速付印。又蒙内山先生给予便利,得以销行,谨当深深表示谢意的。

一九三七年六月二十五日,许广平记

集外集

序言

听说:中国的好作家是大抵"悔其少作"的,他在自定集子的时候,就将少年时代的作品尽力删除,或者简直全部烧掉。我想,这大约和现在的老成的少年,看见他婴儿时代的出屁股,衔手指的照相一样,自愧其幼稚,因而觉得有损于他现在的尊严,——于是以为倘使可以隐蔽,总还是隐蔽的好。但我对于自己的"少作",愧则有之,悔却从来没有过。出屁股,衔手指的照相,当然是惹人发笑的,但自有婴年的天真,绝非少年以至老年所能有。况且如果少时不做,到老恐怕也未必就能作,又怎么还知道悔呢?

先前自己编了一本《坟》,还留存着许多文言文,就是这意思;这意思和方法,也一直至今没有变。但是,也有漏落的:是因为没有留存着底子,忘记了。也有故意删掉的:是或者因为看去好像抄译,却又年远失记,连自己也怀疑;或者因为不过对于一人,一时的事,和大局无关,情随事迁,无须再录;或者因为本不过开些玩笑,或是出于暂时的误解,几天之后,便无意义,不必留存了。

但使我吃惊的是霁云先生竟抄下了这么一大堆,连三十多年前的时文,十多年前的新诗,也全在那里面。这真好像将我五十多年前的出屁股,衔手指的照相,装潢起来,并且给我自己和别人来赏鉴。连我自己也诧异那时的我的幼稚,而且近乎不识羞。但是,有什么法子呢?这的确是我的影像,——由它去吧。

不过看起来也引起我一点回忆。例如最先的两篇,就是我故意删掉的。一篇是"雷锭"的最初的介绍,一篇是斯巴达的尚武精神的描写,但我记得自己那时的化学和历史的程度并没有这样高,所以大概总是从什么地方偷来的,不过后来无论怎么记,也再也记不起它们的老家;而且我那时初学日文,文法并未了然,就急于看书,看书并不很懂,就急于翻译,所以那内容也就可疑得很。而且文章又多么古怪,尤其是那一篇《斯巴达之魂》,现在看起来。自己也不免耳朵发热。但这是当时的风气,要激昂慷慨,顿挫抑扬,才能被称为好文章,我还记得"被发大叫,抱书独行,无泪可挥,大风灭烛"是大家传诵的警句。但我的文章里,也有受着严又陵的影响的,例如"涅伏",就是"神经"的腊丁语的音译,这是现在恐怕只有我自己懂得的了。以后又受了章太炎先生的影响，古了起来，但这集子里却一篇也没有。

以后回到中国来，还给日报之类做了些古文，自己不记得究竟是什么了，霁云先生也找不出，我真觉得侥幸得很。

以后是抄古碑。再做就是白话；也做了几首新诗。我其实是不喜欢做新诗的——但也不喜欢做古诗——只因为那时诗坛寂寞，所以打打边鼓，凑些热闹；待到称为诗人的一出现，就洗手不做了。我更不喜欢徐志摩那样的诗，而他偏爱到各处投稿，《语丝》一出版，他也就来了，有人赞成他，登了出来，我就做了一篇杂感，和他开一通玩笑，使他不能来，他也果然不来了。这是我和后来的"新月派"积仇的第一步；语丝社同人中有几位也因此很不高兴我。不过不知道为什么没有收在《热风》里，漏落，还是故意删掉的呢，已经记不清，幸而这集子里有，那就是了。

只有几篇讲演，是现在故意删去的。我曾经能讲书，却不善于讲演，这已经是大可不必保存的了。而记录的人，或者为了方言的不同，听不很懂，于是漏落，错误；或者为了意见的不同，取舍因而不确，我以为要紧的，他并不记录，遇到空话，却详详细细记了一大通；有些则简直好像是恶意的捏造，意思和我所说的正是相反的。凡这些，我只好当作记录者自己的创作，都将它由我这里删掉。

我惭愧我的少年之作，却并不后悔，甚而至于还有些爱，这真好像是"乳犊不怕虎"，乱攻一通，虽然无谋，但自有天真存在。现在是比较的精细了，然而我又别有其不满于自己之处。我佩服会用拖刀计的老将黄汉升，但我爱莽撞的不顾利害而终于被部下偷了头去的张翼德；我却又憎恶张翼德型的不问青红皂白，抡板斧"排头砍去"的李逵，我因此喜欢张顺的将他诱进水里去，淹得他两眼翻白。

一九三四年十二月二十日夜，鲁迅记于上海之卓面书斋

一九〇三年

斯巴达之魂

西历纪元前四百八十年，波斯王泽耳士大举侵希腊。斯巴达王黎河尼佗将市民三百，同盟军数千，扼温泉门（德尔摩比勒）。敌由间道至。斯巴达将士殊死战，全军歼焉。

兵气萧森，鬼雄昼啸，迨浦累皆之役。大仇斯复，迄今读史，犹懔懔有生气也。我今掇其逸事，贻我青年。呜呼！世有不甘自下于巾帼之男子乎？必有掷笔而起者矣。译者无文，不足模拟其万一。噫，吾辱读者，吾辱斯巴达之魂！

依格那海上之曙色，潜入摩利逊之湾，衣驮第一峰之宿云，亦冉冉呈霁色。湾山之间，温泉门石垒之后，大无畏大无敌之希腊军，置黎河尼佗王麾下之七千希腊同盟军，露刃枕戈，以待天曙。而孰知波斯军数万，已乘深夜，得间道，拂晓而达衣驮山之绝顶。趁朝暾之瑟然，偷守兵之微睡。如长蛇赴壑，蜿蜒以逾峰后。

旭日最初之光线，今也闪闪射垒角，照此淋漓欲滴之碧血，其语人以昨日战争之烈兮。垒外死士之残甲累累成阜，上刻波斯文“不死军”三字，其示人以昨日敌军之败绩兮。然大军三百万，夫岂惩此败北，夫岂消其锐气。噫嘻，今日血战哉！血战哉！黎河尼佗终夜防御，以待袭来。然天既曙而敌竟杳，敌幕之乌，向初日而噪，众军大惧；而果也斥候于不及防之地，赍不及防之警报至。

有奢刹利人曰爰飞得者，以衣驮山中峰有他间道告敌；故敌军万余，乘夜进击，败佛雪守兵，而攻我军背。

咄咄危哉！大事去矣！警报戟脑，全军沮丧，退军之声，嚣嚣然挟飞尘以磅礴于军中。黎河尼佗爰集同盟将校，以议去留，佥谓守地既失，留亦徒然，不若退温泉门以为保护希腊将来计。黎河尼佗不复言，而徐告诸将曰，“希腊存亡，系此一战，有为保护将来计而思退者，其速去此。惟斯巴达人有‘一履战地，不胜则死’之国法，今惟决死！今惟决死战！余者其留意。”

于是而胚罗蓬诸州军三千退，而访嘻斯军一千退，而螺克烈军六百退，未退者惟刹司骇人七百耳。慨然偕斯巴达武士，誓与同生死，同苦战，同名誉，以留此危及凄极壮绝之旧垒。惟西蒲斯人若干，为反复无常之本国质，而被抑留于黎河尼佗。

嗟此斯巴达军，其数仅三百；然此大无畏大无敌之三百军，彼等曾临敌而笑，结怒欲冲冠之长发，以示一瞑不视之决志。黎河尼佗王，亦于将战之时，毅然谓得“王不死则国亡”之神诫；今无所迟疑，无所犹豫，同盟军既旋，乃向亚波罗神而再拜，从斯巴达之军律，舆榇以待强敌，以待战死。

呜呼全军，惟待战死。然有三人焉，王欲生之者也，其二为王戚，一则古名祭司之裔，曰预言者息每卡而向以神告诫王者也。息每卡故侍王侧，王窃语之，彼固有家，然彼有子，彼不欲亡国而生，誓愿殉国以死，遂侃然谢王命。其二王戚，则均弱冠矣；正抚大好头颅，屹立阵头，以待进击。而孰意王召之至，全军肃肃，谨听王言。噫二少年，今日生矣，

意者其雀跃返国，聚父母亲友作再生之华筵耶！而斯巴达武士岂其然？噫，如是我闻，而王遂语，且熟视其乳毛未褪之颜。

王“卿等知将死乎？”少年甲“然，陛下。”王“何以死？”甲“不待言：战死！战死！”王“然则与卿等以最佳之战地，何如？”甲乙“臣等固所愿。”王“然则卿等持此书返国以报战状。”

异哉！王何心乎？青年愕然疑，肃肃全军，谛听谛听。而青年恍然悟，厉声答王曰，“王欲生我乎？臣以执盾至，不做寄书邮。”志决矣，示必死矣，不可夺矣。而王犹欲遣甲，而甲不奉诏；欲遣乙，而乙不奉诏。曰，“今日之战，即所以报国人也。”噫，不可夺矣。而王乃曰，“伟哉，斯巴达之武士！予复何言。”一青年退而谢王命之辱。飘飘大旗，荣光闪烁，於铄豪杰，鼓铸全军，诸君诸君，男儿死耳！

初日上，征尘起。睁目四顾，唯见如火如荼之敌军先锋队，挟三倍之势，潮鸣电掣以阵于斯巴达军后。然未挑战，未进击，盖将待第二第三队至也。斯巴达王以斯巴达军为第一队，剎司骇军次之，西蒲斯军殿；策马露刃，以速制敌。壮哉劲气亘天，踆乌退舍。未几唯闻“进击”一声，而金鼓忽大振于血碧沙晶之大战斗场里；此大无畏，大无敌之劲军，于左海右山，危不容足之峡间。与波斯军遇。呐喊格击，鲜血倒流，如鸣潮飞沫，奔腾喷薄于荒矶。不刹那顷，而敌军无数死于刃，无数落于海，无数蹂躏于后援。大将号令，指挥官叱咤，队长鞭遁者，鼓声盈耳哉。然敌军不敢迎此朱血涂附，日光斜射，愈增熯灿，而霍霍如旋风之白刃，大军一万，蜂拥至矣。然敌军不能撼此拥盾屹立，士气如山，若不动明王之大磐石。

然未与此战者，犹有斯巴达武士二人存也；以罹目疾故，远送之爱尔俾尼之邑。于郁郁闲居中，忽得战报。其一欲止，其一遂行。偕一仆以赴战场，登高远瞩，呐喊盈耳，踊跃三百，勇魂早浮动盘旋于战云黯淡处。然日光愈烈，目不得瞬，徒促仆而问战状。

刃碎矣！镞尽矣！壮士歼矣！王战死矣！敌军猬集，欲劫王尸，而我军殊死战，咄咄……然危哉，危哉！其仆之言盖如是。嗟此壮士，热血滴沥于将盲之目，攘臂大跃，直趋战垒；其仆欲劝止，欲代死，而不可，而终不可。今也主仆联袂，大呼“我亦斯巴达武士”一声，以闯入层层乱军里。左顾王尸，右拂敌刃，而再而三；终以疲惫故，引入热血朱殷之垒后，而此最后决战之英雄队.遂向敌列战死之枕。噫，死者长已矣，而我闻其言：

汝旅人兮。我从国法而战死，其告我斯巴达之同胞。

巍巍乎温泉门之峡，地球不灭，则终存此斯巴达武士之魂；而七百剎司骇人，亦掷头颅，洒热血，以分其无量名誉。此荣光纠纷之旁，犹记通敌卖国之奢剎利人爱飞得，降敌乞命之四百西蒲斯军。虽然，此温泉门一战而得无量光荣无量名誉之斯巴达武士间，乃亦有由爱尔俾尼目病院而生还者。

夏夜半阑，屋阴覆路，惟柝声断续，犬吠如豹而已。斯巴达府之山下，犹有未寝之家。灯光黯然，微透窗际。未几有一少妇，送老妪出，切切作离别语；旋铿然阖门，惨淡入闺里。孤灯如豆，照影成三；首若飞蓬，非无膏沐，盖将临蓐，默祝愿生刚勇强毅之丈夫子，为国民有所尽耳。时适万籁寂寥，酸风戛窗，默默无言，似闻叹息，忆征戍欤？梦沙场欤？噫此美少妇而女丈夫也，宁有叹息事？叹息岂斯巴达女子事？惟斯巴达女子能支配男儿，惟斯巴达女子能生男儿。此非黎河尼佗王后格尔歌与夷国女王应答之言，而添斯巴达女子以万丈荣光者乎。噫斯巴达女子宁知叹息事。

长夜未央，万籁悉死。噫，触耳膜而益明者何声欤？则有剥啄叩关者。少妇出问曰："其克力泰士君乎？请以明日至。"应曰，"否否，予生还矣！"咄咄，此何人？此何人？时斜月残灯，交映其面，则温泉门战士其夫也。

少妇惊且疑。久之久之乃言曰："何则……生还……污妾耳矣！我夫既战死，生还者非我夫，意其鬼雄欤。告母国以吉占兮，归者其鬼雄，愿归者其鬼雄。"

读者得勿疑非人情乎？然斯巴达固尔尔也。激战告终，例行国葬，烈士之毅魄，化无量微尘分子，随军歌激越间，而磅礴戟刺于国民脑筋里。而国民乃大呼曰，"为国民死！为国民死！"且指送葬者一人曰，"若夫为国民死，名誉何若！荣光何若！"而不然者，则将何以当斯巴达女子之嘉名？诸君不见下第者乎？泥金不来，妇泣于室，异感而同情耳。今夫也不良，二三其死，奚能勿悲，能勿怒？而户外男子曰，"涘烈娜乎？卿勿疑。予之生还也，故有理在。"遂推户脱扃，潜入室内，少妇如怨如怒，疾诘其故。彼具告之。且曰，"前以目疾未愈，不甘徒死。设今夜而有战地也，即洒吾血耳。"

少妇曰，"君非斯巴达之武士乎？何故其然，不甘徒死，而遽生还。则彼三百人者，奚为而死？噫嘻君乎！不胜则死，忘斯巴达之国法耶？以目疾而遂忘斯巴达之国法耶？'愿汝持盾而归来，不然则乘盾而归来。'君习闻之……而目疾乃更重于斯巴达武士之荣光乎？来日之行葬式也，妾为君妻，得参其列。国民思君，友朋思君，父母妻子，无不思君。呜呼，而君乃生还矣！"

侃侃哉其言。如风霜疾来，袭击耳膜；懦夫懦夫，其勿言矣。而彼犹嗫嚅曰，"以爱卿故。"少妇怫然怒曰，"其诚言耶！夫夫妇之契，孰则不相爱者。然国以外不言爱之斯巴达武士，其爱其妻为何若？而三百人中，无一生还者何……君诚爱妾，曷不誉妾以战死者之妻。妾将娩矣，设为男子，弱也则弃之泰噶托士之谷；强也则忆温泉门之陈迹，将何以厕身于为国民死之同胞间乎？……君诚爱妾，愿君速亡，否则杀妾。呜呼，君犹佩剑，剑犹佩于君，使剑而有灵，奚不离其人？奚不为其人折？奚不断其人首？设其人知耻，奚不解剑？奚不以其剑战？奚不以其剑断敌人头？噫，斯巴达之武德其式微哉！妾辱夫矣，请伏剑于君侧。"

丈夫生矣，女子死耳。颈血上薄，其气魂魂，人或疑长夜之曙光云。惜也一应一答，一死一生，暮夜无知，伟影将灭。不知有慕涘烈娜之克力泰士者，虽遭投梭之拒，而未能忘情者也。是时也，彼乃潜行墙角以去。

初日瞳瞳，照斯巴达之郊外。旅人寒起，胥驻足于大逵。中有老人，说温泉门地形，杂以往事；昔也石垒，今也战场，絮絮不休止。噫，何为者？——则其间有立木存，上书曰：

"有捕温泉门堕落武士亚里士多德至者膺上赏。"

盖政府之令，而克力泰士所诉也。亚里士多德者，昔身受迅雷，以霁神怒之贤王，而其余烈，乃不能致一士之战死，咄咄不可解。

观者益众，聚讼嚣嚣。遥望斯巴达府，有一队少年军，鳌甲映旭日，闪闪若金蛇状。及大逵，析为二队.相背驰去，且抗声而歌曰：

"战哉！此战场伟大而庄严兮，尔何为遗尔友而生还兮？尔生还兮蒙大耻，尔母笞尔兮死则止！"

老人曰，"彼等其觅亚里士多德者欤……不闻抗声之高歌乎？此二百年前之军歌也，迄今犹歌之。"

而亚里士多德则何如？史不曰：浦累皆之战乎，世界大决战之一也，波斯军三十万，拥大将漠多尼之尸，如秋风吹落叶，纵横零乱于大漠。斯巴达鬼雄三百，则凭将军柏撒纽，以敌人颈血，一洗积年之殊怨。酸风夜鸣，薤露竞落，其窃告人生之脆者欤。初月相照。皎皎残尸，马迹之间，血痕犹湿，其悲蝶尔飞神之不灵者欤。斯巴达军人，各觅其同胞至高至贵之遗骸，运于高原，将行葬式。不图累累敌尸间，有凛然僵卧者，月影朦胧，似曾相识。其一人大呼曰，"何战之烈也！噫，何不死于温泉门而死于此。"识者谁：克力泰士也。彼已为戍兵矣，遂奔告将军柏撒纽。将军欲葬之，以询全军；而全军哗然，甚咎亚里士多德。将军乃演说于军中曰：

"然则从斯巴达军人之公言，令彼无墓。然吾见无墓者之战死，益令我感，令我喜，吾益见斯巴达武德之卓绝。夫子勖哉，不见夫杀国人媚异族之奴隶国乎，为谍为伥又美论？而我国则宁弃不义之余生，以偿既破之国法。嗟尔诸士，彼虽无墓，彼终有斯巴达武士之魂！”

克力泰士不觉卒然呼曰，“是因其妻涘烈娜以死谏！”阵云寂寂，响渡寥天；万目如炬，齐注其面。将军柏撒纽返问曰，“其妻以死谏？”

全军咽唾，耸听其说。克力泰士欲言不言，愧恧无地；然以不忍没女丈夫之轶事也，乃述颠末。将军推案起曰，

“猗欤女丈夫……为此无墓者之妻立纪念碑则何如？”

军容益庄，惟呼欢殷殷若春雷起。

斯巴达府之北，侑洛佗士之谷，行人指一翼然倚天者走相告曰，“此涘烈娜之碑也，亦即斯巴达之国！”

说鈤

昔之学者曰：“太阳而外，宇宙间殆无所有。”历纪以来，翕然从之；怀疑之徒，竟不可得。乃不谓忽有一不可思议之原质，自发光热，煌煌焉出现于世界，辉新世纪之曙光，破旧学者之迷梦。若能力保存说，若原子说，若物质不灭说，皆蒙极酷之袭击，跄踉倾欹，不可终日。由是而思想界大革命之风潮，得日益磅薄，未可知也！此新原质以何因缘，乃得发现？则不能不曰：“X线（旧译透物电光）之赐。”

X线者，一八九五年顷，德人林达根所发明者也。其性质之奇异：若（一）贯通不透明体，（二）感写真干板，（三）与气体以导电性等。大惹学者之注意，谓x线外，当更有Y线，若Z线等者。相率覃思，冀获新质。乃果也驰运涅伏，必获报酬。翌年而法人勃克雷复有一大发现。

或曰，勃氏以厚黑纸二重，包写真干板，暴之日光，越一二日，略无感应，乃上置磷光体铀盐，欲再行实验，而天适晦，不得已姑纳机兜中，数日后检之，则不待日光，已感干板。勃氏大骇异，细测其理，知其力非借磷光，而铀之盐类，实自具一种类似X线之辐射线.爰名之曰铀线，生此种线之体日刺伽刻怯夫体。此种物体所放射之线，则例以发现者之名名之曰勃克雷线。犹X线之亦名林达根线也。然铀线则无待器械电气之助，而自能放射，故较X线已大进步。

尔后研究益盛，学者涅伏中，均结种种Y线Z线之影。至一八九八年，休密德氏于钍之化合物中，亦发现林达根线。

同时，法国巴黎工艺化学学校教授古篱夫人，于授业时，为空气传导之装置，偶于别

及不兰(奥地利产之复杂矿物)中,见有类似 X 线之放射线,闪闪然光甚烈。亟告其夫古篱,研究之末,知含有铋化合物,其放射性凡四千倍于铀盐。以夫人生于坡兰德故,即以坡罗尼恩名之。既发表于世,学者大感谢,法国学士会院复酬以四千法郎,古篱夫妇益奋励,日事研究,遂于别及不兰中,又得一新原质曰鈤(Ra-dium),符号为 Ra。(按旧译 Germanium 曰鈤。然其音义于 Radium 尤惬,故篡取之,而 Germanium 则别立新名可耳。)

一八九九年,独比伦氏亦于别及不兰中得他种刺伽刻怯夫体,名曰爱客地恩。然其辐射性不及鈤。

坡罗尼恩与铋,爱客地恩与钍,鈤与钡,均有相似之性质。而其纯质,皆不可得。惟鈤则经古篱夫人辛苦经营,始得略纯粹者少许,测定分剂及光图,已确认为一新原质,其他则尚在疑似之间,或谓仅得保存其能力而已。

鈤盐类之水溶液,加以铔,或轻二硫,或铔二硫,不生沉淀。鈤硫养四或鈤炭养三,不溶解于水,其鈤绿二,则易溶于水,而不溶解于强盐酸及酒精中。利用此性,可于制铀之别及不兰残滓中,分析鈤质。然因性殊类钡,故钡恒羼杂其间,去钡之法,须先令成盐化物,溶于水中,再注酒精,即生沉淀,然终不免有钡少许,存留溶液内,反复至再,始得略纯之鈤盐。至于纯质,则迄今未能得也。且其量极稀,制铀残滓五千吨,所得鈤盐不及一启罗格兰,此三年间所取纯与不纯者合计仅五百格兰耳。而有谓世界中全量恐已尽是者,其珍贵如此。故值亦綦昂,虽含钡甚多者,每一格兰,非三十五弗不能得。至古篱氏之最纯品,以世界唯一称者,亦仅如微尘大,积二万购之,犹不可得,其放射力则强于铀盐百万倍云。

此最纯品,即鈤绿二也。昨年古篱夫人化分其绿,令成银绿二,计其量,然后算得鈤之分剂为二百二十五。

多漠尔愢氏曾照以分光器,鈤之特有光图外,不复有他光图,亦为新原质之一证。鈤线虽多与 X 线同。而此外复有与玻璃冉器以褐色或革色,令银绿二复原。岩盐带色,染白纸,一昼夜同变黄磷为赤磷,及灭亡种子发芽力之种种性。又以色儿路多皿贮鈤盐(放射性强于铀线五千倍者),握掌中二时间,则皮肤被灼,今古篱氏伤痕历历犹未灭也。古篱氏曰:"若有人入置纯鈤一密里格兰之室中,则当丧明焚身,甚或致死。"而加奈大之卢索夫氏,则谓纯鈤一格兰,足起一磅之重高及一呎。甚或有谓足击英国所有军舰,飞上英国第一高山辩那维之巅者,则维廉可洛克之言也。综观诸说,虽觉近夸,而放射力之强,亦可想见矣。尤奇者,其放射力,毫不假于外物,而自发于微小之本体中,与太阳无异。

鈤线亦若 X 线然,有贯通金属力,此外若纸木皮肉等,俱无所沮。然放射后,每为被贯通之物质所吸收，而力变弱，设以鈤线通过○○○二五密里之铂箔，则强率变为其初之四十九%，再一次则又减为三十六%，二次以后，减率乃不如初之著矣。由是知鈤线绝非单纯，有易被他物所吸收者，有强于贯通力者，其贯物而过也若滤分然。各放射线，析为数种，感写真干板之力强者。即贯通线也，其中复有善感眼之组织者，故虽瞑目不视，而仍见其所在。

铝之奇性，犹不止是。有拔尔敦者，曾于暗室中，解包出鈤，忽闪闪然发青白色光，室中骤明，其纸裹亦受微光，良久不灭。是即副放射线，感写真干板之作用，亦与主放射同。盖鈤能本体发光，及与光于接近物体之二性质，宛如太阳与光于周围游星然。其能力之根源，竟不可测。

或曰勃克雷氏贮比较的纯鈤于管中，藏之衣底，六小时后，体上忽现焦灼痕，未几忽隐现于头腕间，不能指其定处。后古篱氏乃设法测其热度，法用热电柱，其一方接合点，置纯铜盐，他方接合点，置含铜盐六分一之锡盐。计算所生电流之强率，知置铜盐处之温度，高一度半。又以篷然测热器，测定○·○八格兰之纯钼盐所生温度，一小时凡十四加罗厘；即一格兰所放射之热，每一小时凡百加罗厘以上也。其光与热，既非出于燃烧，亦无化学的变化，不知此多量能力，以何为根？如曰本体所自发欤，则昔所谓能力之原则者，不得不破。如曰由外围能力而发欤，则铝必当有利用外围能力之性，而此能力之本性，又为吾人所未及知者也。

鈤线亦有与空气以导电性之性质，设有钢板及锌板各一，联以铜丝，两板间之空气，令鈤线通过之，则铜丝即生电流，与两板各浸于稀硫酸液中无稍异。盖鈤线能令气体为衣盎（集于两极间之电解质之总名），分出荷阴阳电气之部分，故气体之作用，遂与液体电解质同。鈤线中之易被他物吸收者，此性尤著。

从克尔格司管阴极发生之恺多图线，及林达根线，及鈤线，若受强磁力之作用，则进行必偏，设与鈤线成直角之方向，有磁力作用，则钼线即越与磁力相对之左而行；然因鈤线非单纯者，故析出屈于磁力及不屈于磁力之种种线，进路各不相同，与日光过三棱玻璃而成七色无异。鈤线中之强于贯通力者，此性尤著，且因对于磁力之作用，故鈤线之大部分，遂含有荷阴电气而飞运极迅之微粒云。

被磁力而偏之鈤线中，既含有荷阴电之微粒，则以之投射于或物体，亦当得阴电。古篱夫妇曾用封蜡绝缘之导电体，投以鈤线，而确得阴电；又以同法绝缘之铜盐，因带阴电之微粒飞去，而荷阳电。此电气之集积量，每一平方密厘每一秒时凡得 4×19^{-12} 安培云。鈤线中带阴电之微粒，在强电场时，必偏其进行方向，即在一密厘有一万波的之强电场，

则偏四生的许，此勃克雷氏所实证者也。

自鈤所发射微粒之速度，每秒凡 1.6×10^{10} 密厘，约当光速度之半，因此微粒之飞散，故鈤于一小时所失之能力额凡 4.4×10^{-6} 加罗厘，与前记之放出热量较，则觉甚微。又从鈤之表面一平方密厘所放射之微粒，其质量亦綦少，计每一格兰之飞散，约需十亿万年。准此，则其微粒之大，应为轻气原子三千分之一，是名电子。

电子说曰，"凡物质中，皆含原子，而原子中，复含电子，电子之于原子，犹原子之于物质也。此电子受四围之电气与磁气之感化，循环飞运，无有已时，凡诸物体，罔不如是，虽吾人类。亦由是成。然飞运迟速，则因物而异，鈤之电子，乃极速者，以过速故，有一部分，飞出体外，而光与热，自然发生，为辐射线。"然是说也，必电子自具物质构成之能，乃得秩然成理。不然，则纵调和之曰飞散极微，悠久之曰须无量载，而于物质不灭之说，则仍无救也。且创原子说者，非以是为至微极小，分割物质之达于究极者乎。电子说兴，知飞动之微点，实小于原子千分之一，乃不得不褫原子宇宙间小达极点之嘉名，以归电子，而原子说亡。

自 X 线之研究，而得鈤线；由鈤线之研究，而生电子说。由是而关于物质之观念，倏一震动，生大变象。最人涅伏，吐故纳新，败果既落，新葩欲吐，虽曰古篱夫人之伟功，而终当脱冠以谢十九世末之 X 线发现者林达根氏。

一九一八年

梦

很多的梦，趁黄昏起哄。
前梦才挤却大前梦时，后梦又赶走了前梦。
去的前梦黑如墨，在的后梦墨一般黑；
去的在的仿佛都说，"看我真好颜色。"
颜色许好，暗里不知；
而且不知道，说话的是谁？
暗里不知，身热头痛。
你来你来！明白的梦。

爱之神

一个小娃子,展开翅子在空中,
一手搭箭,一手张弓,
不知怎么一下,一箭射着前胸。
“小娃子先生,谢你胡乱栽培!
但得告诉我:我应该爱谁?”
娃子着慌,摇头说,“唉!
你是还有心胸的人,竟也说这宗话。
你应该爱谁,我怎么知道。
总之我的箭是放过了!
你要是爱谁,便没命的去爱他;
你要是谁也不爱,也可以没命的去自己死掉。”

桃花

春雨过了,太阳又很好,随便走到园中。
桃花开在园西,李花开在园东。
我说,“好极了!桃花红,李花白。”
(没说,桃花不及李花白。)
桃花可是生了气,满面涨作“杨妃红”。
好小子!真了得!竟能气红了面孔。
我的话可并没得罪你,你怎的便涨红了面孔!
唉!花有花道理,我不懂。

他们的花园

小娃子,卷螺发,
银黄面庞上还有微红,——看他意思是正要活。

走出破大门，望见邻家：
他们大花园里，有许多好花。
用尽小心机，得了一朵百合；
又白又光明，像才下的雪。
好生拿了回家，映着面庞，分外添出血色。
苍蝇绕花飞鸣，乱在一屋子里——
"偏爱这不干净花，是糊涂孩子！"
忙看百合花，却已有几点蝇矢。
看不得；舍不得。
瞪眼望天空，他更无话可说。
说不出话，想起邻家：
他们大花园里，有许多好花。

人与时

一人说，将来胜过现在。
一人说，现在远不及从前。
一人说，什么？
时道，你们都侮辱我的现在。
从前好的，自己回去。
将来好的，跟我前去。
这说什么的，
我不和你说什么。

渡河与引路

玄同兄：

两日前看见《新青年》五卷二号通信里面，兄有唐俟也不反对 EsPeranto，以及可以一齐讨论的话；我于 EsPeranto 固不反对，但也不愿讨论：因为我的赞成 Esperanto 的理由，十分简单，还不能开口讨论。

要问赞成的理由,便只是依我看来,人类将来总当有一种共同的言语;所以赞成 Esperanto。

至于将来通用的是否 Esperanto,却无从断定。大约或者便从 Esperanto 改良,更加圆满;或者别有一种更好的出现;都未可知。但现在既是只有这 Esperanto,便只能先学这 Esperanto。现在不过草创时代,正如未有汽船,便只好先坐独木小舟;倘使因为预料将来当有汽船,便不造独木小舟,或不坐独木小舟,那便连汽船也不会发明,人类也不能渡水了。

然问将来何以必有一种人类共通的言语,却不能拿出确凿证据。说将来必不能有的,也是如此。所以全无讨论的必要;只能各依自己所信的做去就是了。

但我还有一个意见,以为学 Esperanto 是一件事,学 Esperanto 的精神,又是一件事。——白话文学也是如此。——倘若思想照旧,便仍然换牌不换货:才从"四目仓圣"面前爬起,又向"柴明华先师"脚下跪倒;无非反对人类进步的时候,从前是说 no,现在是说 ne;从前写作"咈哉",现在写作"不行"罢了。所以我的意见,以为灌输正当的学术文艺,改良思想,是第一事;讨论 Esperanto,尚在其次;至于辩难驳诘,更可一笔勾销。

《新青年》里的通信,现在颇觉发达。读者也都喜看。但据我个人意见,以为还可酌减:只需将诚恳切实的讨论,按期登载;其他不负责任的随口批评,没有常识地问难,至多只要答他一回,此后便不必多说,省出纸墨,移作别用。例如见鬼,求仙,打脸之类,明明白白全是毫无常识的事情,《新青年》却还和他们反复辩论,对他们说"二五得一十"的道理,这功夫岂不可惜,这事业岂不可怜。

我看《新青年》的内容,大略不外两类:一是觉得空气闭塞污浊,吸这空气的人,将要完结了;便不免皱一皱眉,说一声"唉"。希望同感的人,因此也都注意,开辟一条活路。假如有人说这脸色声音,没有妓女的眉眼一般好看,唱小调一般好听,那是极确的真话;我们不必和他分辩,说是皱眉叹气,更为好看。和他分辩,我们就错了。一是觉得历来所走的路,万分危险,而且将到尽头;于是凭着良心,切实寻觅,看见别一条平坦有希望的路,便大叫一声说,"这边走好。"希望同感的人,因此转身,脱了危险,容易进步。假如有人偏向别处走,再劝一番,固无不可;但若仍旧不信,便不必拚命去拉,各走自己的路。因为拉得打架,不独于他无益,连自己和同感的人,也都耽搁了工夫。

耶稣说,见车要翻了,扶他一下。Nietzsche 说,见车要翻了,推他一下。我自然是赞成耶稣的话;但以为倘若不愿你扶,便不必硬扶,听他罢了。此后能够不翻,固然很好;倘若终于翻倒,然后再来切切实实的帮他抬。

老兄,硬扶比抬更为费力,更难见效。翻后再抬,比将翻便扶,于他们更为有益。

唐俟十一月四日

一九二四年

“说不出”

看客在戏台下喝倒彩,食客在膳堂里发标,伶人厨子,无嘴可开,只能怪自己没本领。但若看客开口一唱戏,食客动手一做菜,可就难说了。

所以,我以为批评家最平稳的是不要兼做创作。假如提起一支屠城的笔,扫荡了文坛上一切野草,那自然是快意的。但扫荡之后,倘以为天下已没有诗,就动手来创作,便每不免做出这样的东西来:

宇宙之广大呀,我说不出;

父母之恩呀,我说不出;

爱人的爱呀,我说不出。

啊呀啊呀,我说不出!

这样的诗,当然是好的,——倘就批评家的创作而言。太上老君的《道德》五千言,开头就说“道可道非常道”,其实也就是一个“说不出”,所以这三个字,也就替得五千言。

呜呼,“王者之迹熄,而《诗》亡;《诗》亡,然后《春秋》作。”“予岂好辩哉?予不得已也!”

记“杨树达”君的袭来

今天早晨,其实时候是大约已经不早了。我还睡着,女工将我叫了醒来,说:“有一个师范大学的杨先生,杨树达,要来见你。”我虽然还不大清醒,但立刻知道是杨遇夫君,他名树达,曾经因为邀我讲书的事,访过我一次的。我一面起来,一面对女工说:“略等一等,就请罢。”

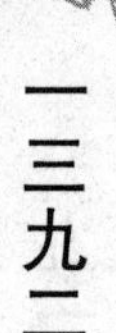

我起来看钟,是九点二十分。女工也就请客去了。不久,他就进来,但我一看很愕然,因为他并非我所熟识的杨树达君,他是一个方脸,淡赭色脸皮,大眼睛长眼梢,中等身

材的二十多岁的学生风的青年。他穿着一件藏青色的爱国布(?)长衫,时式的大袖子。手上拿一顶很新的淡灰色中折帽,白的围带;还有一个彩色铅笔的扁匣,但听那摇动的声音,里面最多不过是两三支很短的铅笔。

"你是谁?"我诧异地问,疑心先前听错了。

"我就是杨树达。"

我想:原来是一个和教员的姓名完全相同的学生,但也许写法并不一样。

"现在是上课时间,你怎么出来的?"

"我不乐意上课!"

我想:原来是一个孤行己意,随随便便的青年,怪不得他模样如此傲慢。

"你们明天放假吧……"

"没有,为什么?"

"我这里可是有通知的,……"我一面说,一面想,他连自己学校里的纪念日都不知道了,可见是已经多天没有上课,或者也许不过是一个假借自由的美名的游荡者罢。

"拿通知给我看。"

"我团掉了。"我说。

"拿团掉的我看。"

"拿出去了。"

"谁拿出去的?"

我想:这奇怪,怎么态度如此无礼?然而他似乎是山东口音,那边的人多是率直的,况且年轻的人思想简单……或者他知道我不拘这些礼节:这不足为奇。

"你是我的学生吗?"但我终于疑惑了。

"哈哈哈,怎么不是。"

"那么,你今天来找我干什么?"

"要钱呀,要钱!"

我想:那么,他简直是游荡者,荡窘了,各处乱钻。

"你要钱什么用?"我问。

"穷呀。要吃饭不是总要钱吗?我没有饭吃了!"他手舞足蹈起来。

"你怎么问我来要钱呢?"

"因为你有钱呀。你教书,做文章,送来的钱多得很。"他说着,脸上做出凶相,手在身上乱摸。

我想:这少年大约在报章上看了些什么上海的恐吓团的记事,竟模仿起来了,还是防着点罢。我就将我的座位略略移动,预备容易取得抵抗的武器。

“钱是没有。”我决定地说。

“说谎! 哈哈哈,你钱多得很。”

女工端进一杯茶来。

“他不是很有钱吗?”这少年便问他,指着我。

女工很惶窘了,但终于很怕的回答:“没有。”

“哈哈哈,你也说谎!”

女工逃出去了。他换了一个座位,指着茶的热气说:

“多么凉。”

我想:这意思大概算是讥刺我,犹言不肯将钱助人,是凉血动物。

“拿钱来!”他忽而发出大声,手脚也愈加舞蹈起来,“不给钱是不走的!”

“没有钱。”我仍然照先地说。

“没有钱? 你怎么吃饭? 我也要吃饭。哈哈哈哈。”

“我有我吃饭的钱,没有给你的钱。你自己挣去。”

“我的小说卖不出去。哈哈哈!”

我想:他或者投了几回稿,没有登出,气昏了。然而为什么向我为难呢? 大概是反对我的作风的。或者是有些神经病的罢。

“你要做就做,要不做就不做,一做就登出,送许多钱,还说没有,哈哈哈哈。晨报馆的钱已经送来了罢,哈哈哈。什么东西! 周作人,钱玄同;周树人就是鲁迅,做小说的,对不对? 孙伏园;马裕藻就是马幼渔,对不对? 陈通伯,郁达夫。什么东西! Tolstoi, Andreev 张三,什么东西! 哈哈哈,冯玉祥,吴佩孚,哈哈哈。”

“你是为了我不再向晨报馆投稿的事而来的吗?”但我又即刻觉到我的推测有些不确了,因为我没有见过杨遇夫马幼渔在《晨报副镌》上做过文章,不至于拉在一起;况且我的译稿的稿费至今还没有着落,他该不至于来说反话的。

“不给钱是不走的。什么东西,还要找! 还要找陈通伯去。我就要找你的兄弟去,找周作人去,找你的哥哥去。”

我想:他连我的兄弟哥哥都要找遍,大有恢复灭族法之意了,的确古人的胸心都遗传在现在的青年中。我同时又觉得这意思有些可笑,就自己微笑起来。

“你不舒服罢?”他忽然问。

“是的,有些不舒服,但是因为你骂得不中肯。”

“我朝南。”他又忽而站起来,向后窗立着说。

我想:这不知道是什么意思。

他忽而在我的床上躺下了。我拉开窗幔,使我的佳客的脸显得清楚些,以便格外看见他的笑貌。他果然有所动作了,是使他自己的眼角和嘴角都颤抖起来,以显示凶相和疯相,但每一抖都很费力,所以不到十抖;脸上也就平静了。

我想:这近于疯人的神经性痉挛,然而颤动何以如此不调匀,牵连的范围又何以如此之大;并且很不自然呢?——一定,他是装出来的。

我对于这杨树达君的纳罕和相当的尊重,忽然都消失了,接着就涌起要呕吐和沾了龌龊东西似的感情来。原来我先前的推测,都太近于理想的了。初见时我以为简率的口调,他的意思不过是装疯,以热茶为冷,以北为南的话,也不过是装疯。从他的言语举动综合起来,其本意无非是用了无赖和狂人的混合状态,先向我加以侮辱和恫吓,希图由此传到别个,使我和他所提出的人们都不敢再做辩论或别样的文章。而万一自己遇到困难的时候,则就用“神经病”这一个盾牌来减轻自己的责任。但当时不知怎样,我对于他装疯技术的拙劣,就是其拙至于使我在先觉不出他是疯人,后来渐渐觉到有些疯意,而又立刻露出破绽的事,尤其抱着特别的反感了。

他躺着唱起歌来。但我于他已经毫不感到兴味,一面想,自己竟受了这样浅薄卑劣的欺骗了,一面却照了他的歌调吹着口笛,借此嘘出我心中的厌恶来。

“哈哈哈!”他翘起一足,指着自己鞋尖大笑。那是玄色的深梁的布鞋,裤是西式的,全体是一个时髦的学生。

我知道,他是在嘲笑我的鞋尖已破,但已经毫不感到什么兴味了。

他忽而起来,走出房外去,两面一看,极灵敏地找着了厕所,小解了。我跟在他后面,也陪着他小解了。

我们仍然回到房里。

“吓!什么东西!……”他又要开始。

我可是有些不耐烦了,但仍然恳切地对他说:

“你可以停止了。我已经知道你的疯是装出来的。你此来也另外还藏着别的意思。如果是人,见人就可以明白地说,无须装怪相。还是说真话罢,否则,白费许多工夫,毫无用处的。”

他貌如不听见,两手接着裤裆,大约是扣扣子,眼睛却注视着壁上的一张水彩画。过了一会，就用第二个指头指着那画大笑：

“哈哈哈！”

这些单调的动作和照例的笑声，我本已早经觉得枯燥的了，而况是假装的，又如此拙劣，便愈加看得烦厌。他侧立在我的前面，我坐着，便用了曾被讥笑的破的鞋尖一触他的胫骨，说：

“已经知道是假的了，还装什么呢？还不如直说出你的本意来。”

但他貌如不听见，徘徊之间，突然取了帽和铅笔匣，向外走去了。

这一着棋是又出乎我的意料的，因为我还希望他是一个可以理喻，能知惭愧地青年。他身体很强壮，相貌很端正。Tolstoi 和 Andreev 的发音也还正。

我追到风门前，拉住他的手。说道，“何必就走，还是自己说出本意来罢，我可以更明白些……”他却一手乱摇，终于闭了眼睛，拼两手向我一挡，手掌很平的正对着我：他大概是懂得一点国粹的拳术的。

他又往外走。我一直送到大门口，仍然用前说去固留，而他推而且挣，终于挣出大门了。他在街上走得很傲然，而且从容地。

这样子，杨树达君就远了。

我回进来，才向女工问他进来时候的情形。

“他说了名字之后，我问他要名片，他在衣袋里掏了一会，说道，‘阿，名片忘了，还是你去说一声罢。’笑嘻嘻，一点不像疯的。”女工说。

我愈觉得要呕吐了。

然而这手段却确乎使我受损了，——除了先前的侮辱和恫吓之外。我的女工从此就将门关起来，到晚上听得打门声，只大叫是谁，却不出去，总须我自己去开门。我写完这篇文字之间，就放下了四回笔。

“你不舒服罢？”杨树达君曾经这样问过我。

是的，我的确不舒服。我历来对于中国的情形，本来多已不舒服的了，但我还没有预料到学界或文界对于他的敌手竟至于用了疯子来做武器，而这疯子又是假的，而装这假疯子的又是青年的学生。

二四年十一月十三日夜

关于杨君袭来事件的辩正

一

今天有几位同学极诚实地告诉我,说十三日访我的那一位学生确是神经错乱的,十三日是发病的一天,此后就加重起来了。我相信这是真实情形,因为我对于神经患者的初发状态没有实见和注意研究过,所以很容易有看错的时候。

现在我对于我那记事后半篇中神经过敏的推断这几段,应该注销。但以为那记事却还可以存在:这是意外地发露了人对人——至少是他对我和我对他——互相猜疑的真面目了。

当初,我确是不舒服,自己想,倘使他并非假装,我即不至于如此恶心。现在知道是真的了,却又觉得这牺牲实在太大,还不如假装的好。然而事实是事实,还有什么法子呢?我只能希望他从速回复健康。

十一月二十一日

伏园兄:

今天接到一封信和一篇文稿,是杨君的朋友,也是我的学生做的,真挚而悲哀,使我看了很觉得惨然,自己感到太易于猜疑,太易于愤怒。他已经陷入这样的境地了,我还可以不赶紧来消除我那对于他的误解吗?所以我想,我前天交出的那一点辩正,似乎不够了,很想就将这一篇在《语丝》第三期上给他发表。但纸面有限,如果排工有工夫,我极希望增刊两版(大约此文两板还未必容得下),也不必增价,其责任即由我负担。

由我造出来的酸酒,当然应该由我自己来喝干。

鲁迅十一月二十四日

烽话五则

父子们冲突着。但倘用神通将他们的年纪变成约略相同,便立刻可以像一对志同道合的好朋友。

伶俐人叹"人心不古"时,大抵是他的巧计失败了;但老太爷叹"人心不古"时,则无非因为受了儿子或姨太太的气。

电报曰:天祸中国。天曰:委实冤枉!

精神文明人作飞机论曰:较之灵魂之自在游行,一钱不值矣。写完,遂率家眷移入东交民巷使馆界。

倘诗人睡在烽火旁边,听得烘烘地响时,则烽火就是听觉。但此说近于味觉。因为太无味。然而无为即无不为,则无味自然就是至味了。对不对?

“音乐”?

夜里睡不着,又计划着明天吃辣子鸡,又怕和前回吃过的那一碟做得不一样,愈加睡不着了。坐起来点灯看《语丝》,不幸就看见了徐志摩先生的神秘谈,——不,“都是音乐”,是听到了音乐先生的音乐:

“……我不仅会听有音的乐。我也会听无音的乐(其实也有音就是你听不见),我直认我是一个甘脆的 Mystic。我深信……”

此后还有什么什么“都是音乐”云云,云云云云。总之:“你听不着就该怨你自己的耳郭太笨或是皮粗”!

我这时立即疑心自己皮粗,用左手一摸右胳膊,的确并不滑;再一摸耳轮,却摸不出笨也与否。然而皮是粗定了:不幸而“拊不留手”的竟不是我的皮,还能听到什么庄周先生所指教的天籁地籁和人籁。但是,我的心还不死,再听罢,仍然没有,——阿,仿佛有了,像是电影广告的军乐。呸!错了。这是“绝妙的音乐”吗?再听罢,没……唔,音乐,似乎有了:

“……慈悲而残忍的金苍蝇,展开馥郁的安琪儿的黄翅,唵,颉利,弥缚谛弥谛,从荆芥萝卜玎琤淜洋的彤海里起来。Br-rrr tatata tahi taI 无终始的金刚石天堂的娇臬鬼茱萸,蘸着半分之一的北斗的蓝血,将翠绿的忏悔写在腐烂的鹦哥伯伯的狗肺上!你不懂吗?咄!吁,我将死矣!婀娜涟漪的天狼的香而秽恶的光明的利镞。射中了塌鼻阿牛的妖艳光滑蓬松而冰冷的秃头,一匹黯黮欢愉的瘦螳螂飞去了。哈,我不死矣!无终……”

危险,我又疑心我发热了,发昏了,立刻自省,即知道又不然。这不过是一面想吃辣子鸡,一面自己胡说八道;如果是发热发昏而听到的音乐,一定还要神妙些。并且其实连电影广告的军乐也没有听到,倘说是幻觉,大概也不过自欺之谈,还要给粗皮来粉饰的妄想。我不幸终于难免成为一个苦韧的非 Mystic 了,怨谁呢。只能恭颂志摩先生的福气大,能听到这许多“绝妙的音乐”而已。但倘有不知道自怨自艾的人,想将这位先生“送进疯人院”去,我可要拼命反对,尽力呼冤的,——虽然将音乐送进音乐里去,从甘脆的Mystic看来,并不算什么一回事。

然而音乐又何等好听呵,音乐呀！再来听一听罢,可惜而且可恨,在檐下已有麻雀儿叫起来了。

咦,玲珑零星邦滂砰珉的小雀儿呵,你总依然是不管什么地方都飞到,而且照例来唧唧啾啾地叫,轻飘飘地跳吗？然而这也是音乐呀,只能怨自己的皮粗。

只要一叫而人们大抵震悚的怪鸱的真的恶声在那里！?

我来说“持中”的真相

风闻有我的老同学玄同其人者,往往背地里褒贬我,褒固无妨,而又有贬,则岂不可气呢？今天寻出漏洞,虽然与我无干,但也就来回敬一箭罢:报仇雪恨,《春秋》之义也。

他在《语丝》第二期上说,有某人挖苦叶名琛的对联“不战,不和,不守;不死,不降,不走。”大概可以作为中国人“持中”的真相之说明。我以为这是不对的。

夫近乎“持中”的态度大概有二:一者“非彼即此”,二者“可彼可此”也。前者是无主意,不盲从,不附势,或者别有独特的见解;但境遇是很危险的,所以叶名琛终至于败亡,虽然他不过是无主意。后者则是“骑墙”,或是极巧妙的“随风倒”了,然而在中国最得法,所以中国人的“持中”大概是这个。倘改篡了旧对联来说明,就该是:

“似战,似和,似守;

似死,似降,似走。”

于是玄同即应据精神文明法律第九万三千八百九十四条,治以“误解真相,惑世诬民”之罪了。但因为文中用有“大概”二字,可以酌给末减:这两个字是我也很喜欢用的。

一九二五年

咬嚼之余

我的一篇《咬文嚼字》的“滥调”,又引起小麻烦来了,再说几句罢。

我那篇的开首说:“以摆脱传统思想之束缚……”

第一回通信的某先生似乎没有看见这一句，所以多是枝叶之谈，况且他大骂一通之后，即已声明不管，所以现在也不在话下。

第二回的潜源先生的通信是看见那一句的了，但意见和我不同，以为都非不能"摆脱传统思想之束缚……"。各人的意见，当然会各式各样的。

他说女名之所以要用"轻靓艳丽"字眼者，(一)因为"总常想知道他或她的性别"。但我却以为这"常想"就是束缚。小说看下去就知道，戏曲是开首有说明的。(二)因为便当，譬如托尔斯泰有一个女儿叫作 Elizabeth Tolstoi，全译出来太麻烦，用"妥妳丝苔"就明白简单得多。但假如托尔斯泰还有两个女儿，叫作 Mary Tolstoi et HildaTolstoi，即又须别想八个"轻靓艳丽"字样，反而麻烦得多了。

他说 Go 可译郭，Wi 可译王，Ho 可译何，何必故意译做"各""旺""荷"呢？再者，《百家姓》为什么不能有伟力？但我却以为译"郭""王""何"才是"故意"，其游魂是《百家姓》；我之所以诧异《百家姓》的伟力者，意思即见前文的第一句中。但来信又反问了，则又答之曰：意思即见前文第一句中。

再说一遍罢，我那篇的开首说："以摆脱传统思想之束缚……。"所以将翻译当作一种工具，或者图便利，爱折中的先生们是本来不在所讽的范围之内的。两位的通信似乎于这一点都没有看清楚。

末了，我对于潜源先生的"末了"的话，还得辩证几句。(一)我自己觉得我和三苏中之任何一苏，都绝不相类，也不愿意比附任何古人，或者"故意"凌驾他们。倘以某古人相似，我也明知是好意，但总是满身不舒服，和见人使 Gorky 姓高相同。(二)其实《呐喊》并不风行，其所以略略流行于新人物间者。因为其中的讽刺在表面上似乎大抵针对旧社会的缘故，但使老先生们一看，恐怕他们也要以为"吹敲""苛责"，深恶而痛绝之的。(三)我并不觉得我有"名"，即使有之，也毫不想因此而作文更加郑重，来维持已有的名，以及别人的信仰。纵使别人以为无聊的东西，只要自己以为有聊，且不被暗中禁止阻碍.便总要发表暴露出来，使厌恶滥调的读者看看，可以从速改正误解，不相信我。因为我觉得我若专讲宇宙人生的大话，专刺旧社会给新青年看，希图在若干人们中保存那由误解而来的"信仰"，倒是"欺读者"，而于我是苦痛的。

一位先生当面，一位通信，问我《现代评论》里面的一篇《鲁迅先生》，为什么没有了。我一查，果然，只剩了前面的《苦恼》和后面的《破落户》，而本在其间的《鲁迅先生》确乎没有了。怕还有同样的误解者，我在此顺便声明一句：我一点不知道为什么。

假如我说要做一本《妥妳丝苔传》，而暂不出版。人便去质问托尔斯泰的太太或女儿，我以为这办法实在不很对，因为她们是不会知道我所玩的是什么把戏的。

一月二十日

【备考】:

“无聊的通信”

伏园先生:

自从先生出了征求“青年爱读书十部”的广告之后,《京报副刊》上就登了关于这类的许多无聊的通信;如“年轻妇女是否可算‘青年’”之类。这样无聊的文字,这样简单的脑筋,有登载的价值吗?除此,还有前天的副刊上载有鲁迅先生的《咬文嚼字》一文,亦是最无聊的一种,亦无登载的必要!《京报副刊》的篇幅是有限的,请先生宝贵它吧,多登些有价值的文字吧!兹寄上一张征求的表请收下。

十三,仲潜

凡记者收到外间的来信,看完以后认为还有再给别人看看的必要,于是在本刊上发表了。例如廖仲潜先生这封信,也认为有公开的价值,虽然或者有人(也许连廖先生自己)要把它认为“无聊的通信”。我发表“青年二字是否连妇女也包括在内?”的李君通信,是恐怕读者当中还有像李君一般怀疑的,看了我的答案可以连带地明白了。关于这层我没有什么其他的答辩。至于鲁迅先生的《咬文嚼字》,在记者个人的意见,是认为极重要极有意义的文字的,所以特用了二号字的标题,四号字的署名,希望读者特别注意。因为鲁迅先生所攻击的两点,在记者也以为是晚近翻译界堕落的征兆,不可不力求改革的。中国从翻译印度文字以来,似乎数千年中还没有人想过这样的怪思想,以为女人的名字应该用美丽的字眼,男人的名字的第一音应该用《百家姓》中的字,的确是近十年来的人发明的(这种办法在严几道时代还未通行),而近十年来的翻译文字的错误百出也可以算得震烁前古的了。至于这两点为什么要攻击,只要一看鲁迅先生的讽刺文字就会明白。他以中国“周家的小姐不另姓绸”去映衬有许多人用“玛丽亚”,“婀娜”,“娜拉”这些美丽字眼译外国女人名字之不当,以“吾家 rky”一语去讥讽有许多人将无论哪一国的人名硬用《百家姓》中的字作第一音之可笑,只这两句话给我们的趣味已经够深长够浓厚了,而廖先生还说它是“最无聊”的文字吗?最后我很感谢廖先生热心的给我指导,还很希望其他读者如对于副刊有什么意见时不吝赐教。

伏园敬复

一九二五年一月十五日《京报副刊》

关于《咬文嚼字》

伏园先生：

我那封短信，原系私人的通信，应无发表的必要；不过先生认为有公开的价值，就把它发表了。但因此那封信又变为无聊的通信了，岂但无聊而已哉，且恐要惹起许多无聊的是非来，这个挑拨是非之责，应该归记者去担负吧！所以如果没有彼方的答辩则已；如有，我可不理了。至于《咬文嚼字》一文，先生认为原意中攻击的两点是极重要且极有意义的，我不无怀疑之点：A，先生照咬文嚼字的翻译看起来，以为是晚近翻译界堕落的征兆。为什么是堕落？我不明白。你以为女人的名字应该用美丽的字眼，男人的名字的第一音应该用《百家姓》中的字，是近来新发明的，因名之曰怪思想吗？但我要问先生认它为"堕落"的，究竟是不是"怪思想"？我以为用美丽的字眼翻译女性的名字是翻译者完全的自由与高兴，无关紧要的；虽是新发明，却不是堕落的征兆，更不是怪思想！B，外国人的名是在前，姓是在后。"高尔基"三个音连成的字，是Gorky的姓，并不是他就是姓"高"；不过便于中国人的习惯及记忆起见，把第一音译成一个相似的中国姓，或略称某氏以免重复的累赘的困难。如果照中国人的姓名而认他姓高，则尔基就变成他的名字了？岂不是笑话吗！又如，Wilde可译为王尔德，可译魏尔德，又可译为樊尔德，然则他一人姓了王又姓魏又姓樊，此理可说的通吗？可见所谓"吾家rky"者，我想，是鲁迅先生新发明的吧！不然，就是说"吾家rky"的人，根本不知"高尔基"三音连合的字是他原来的姓！因同了一个"高"字，就贸贸然称起吾家还加上rky来，这的确是新杜撰的滑稽话！却于事实上并无滑稽的毫末，只惹得人说他无意思而已，说他是门外汉而已，说他是无聊而已！先生所谓够深长够浓厚极重要极有意义的所在，究竟何所而在？虽然，记者有记者个人的意见，有记者要它发表不发表的权力，所以二号字的标题与四号字的署名，就刊出来了。最后我很感谢先生上次的盛意并希望先生个人认为很有意思的文字多登载几篇。还有一句话：将来如有他方面的各种的笔墨官司打来，恕我不再来答辩了，不再来凑无聊的热闹了。此颂撰安！

鲁迅故居一角

十六，弟仲潜敬复

“高尔基三个音连成的字，是 Gorky 的姓，并不是他就姓高。”廖先生这句话比鲁迅先生的文字更有精彩。可惜这句话不能天天派一个人对读者念着，也不能叫翻译的人在篇篇文章的原著者下注着“高尔基不姓高，王尔德不姓王，白利欧不姓白……，”廖先生这篇通信登过之后不几天，廖先生这句名言必又被人忘诸脑后了。所以，鲁迅先生的讽刺还是重要，如果翻译界的人被鲁迅先生的“吾家尔基”一语刺得难过起来，竟毅然避去《百家姓》中之字而以声音较近之字代替了（如哥尔基，淮尔德，勃利欧……），那么阅者一望而知“三个音连成的字是姓，第一音不是他的姓，”不必有烦廖先生的耳提面命了。不过这样改善以后，其实还是不妥当，所以用方块儿字译外国人名的办法，其寿命恐怕至多也不过还有五年，进一步是以注音字母译（钱玄同先生等已经实行了，昨天记者遇见钱先生，他就说即使第一音为《百家姓》中的字之办法改良以后，也还是不妥），再进一步是不译，在欧美许多书籍的原名已经不译了，主张不译人名即使在今日的中国恐怕也不算过激罢。

伏园附注

一九二五年一月十八日《京报副刊》

《咬文嚼字》是“滥调”

伏园先生：

鲁迅先生《咬文嚼字》一篇，在我看来，实在毫无意义。仲潜先生称它为“最无聊”之作，极为得体。不料先生在仲潜先生信后的附注，对于这“最无聊”三字大为骇异，并且说鲁迅先生所举的两种，为翻译界堕落的现象，这真使我大为骇异了。

我们对于一个作家或小说戏剧上的人名，总常想知道他或她的性别（想知道性别，并非主张男女不平等）。在中国的文字上，我们在姓底下有“小姐”“太太”或“夫人”，若把姓名全写出来，则中国女子的名字，大多有“芳”“兰”“秀”等等“轻靓艳丽”的字眼。周家的姑娘可以称之为周小姐，陈家的太太可以称之为陈太太，或者称为周菊芳陈兰秀亦可。从这些字样中，我们知道这个人物是女性。在外国文字中可就不同了。外国人的姓名有好些 Syllables 是极多的，用中文把姓名全译出来非十数字不可，这是何等惹人讨厌的事。年来国内人对于翻译作品之所以比较创造作品冷淡，就是因为翻译人名过长的缘故（翻译作品之词句不顺口，自然亦是原因中之一）。假如托尔斯泰有一个女叫作 Elizabeth Tolstoi，我们全译出来，成为“托尔斯泰伊丽莎白”八字，何等麻烦。又如有一个女子叫作 Mary Hilda Stuwart，我们全译出来，便成为“玛丽海尔黛司徒渥得”也很讨厌。但是我们又不能把这些名字称为托尔斯泰小姐或司徒握得夫人，因为这种六个字的称呼，比起我们看惯了周小姐陈太太三字的称呼多了一半，也不方便。没法，只得把名字删去，“小姐”，“太太”也省略，而用“妥嫁丝苔”译 Elizabeth Tolstoi，用“丝图娃德”译 Mary Hilda Stuwart，这诚是不得已之举。至于说为适合中国人的胃口，故意把原名删去，有失原意的，那么，我看根本外国人的名字，便不必译，直照原文写出来好。因为中国人能看看不惯的译文，多少总懂得点洋文的。鲁迅先生此举诚未免过于吹毛求疵？

至于用中国姓译外国姓，我看也未尝不可以。假如 Gogol 的 Go 可以译做郭，Wilde 的 Wi 可以译做王，Holz 的 Ho 可以译做何，我们又何必把它们故意译做“各”“旺”“荷”呢？再者，《百家姓》为什么不能有伟力？

诚然，国内的翻译界太糟了，太不令人满意了！翻译界堕落的现象正多，却不是这两种。伏园先生把它用二号字标题，四号字标名，也算多事，气力要卖到大地方去，却不可做这种吹敲的勾当。

末了，我还要说几句：鲁迅先生是我所佩服的。讥刺的言辞，尖锐的笔锋，精细的观察，诚可引人无限的仰慕。《呐喊》出后，虽不曾名噪天下，也名噪国中了。他的令弟启明先生，亦为我崇拜之一人。读书之多，令人惊叹。《自己的园地》为国内文艺界一朵奇花。我尝有现代三周（还有一个周建人先生），驾乎从前三苏之慨。不过名人名声越高，作品也越要郑重。若故意纵事吹敲或失之苛责，不免带有失却人信仰的危险。而记者先生把名人的“滥调”来充篇幅，又不免带有欺读者之嫌。冒犯，恕罪！顺祝健康。

潜源

一月十七日于唐山大学

鲁迅先生的那篇《咬文嚼字》，已有两位“潜”字辈的先生看了不以为然，我猜想青年中这种意见或者还多，那么这篇文章不是“滥调”可知了。你也会说，我也会说，我说了你也同意，你说了他也说这不消说：那是滥调。鲁迅先生那两项主张，在簇新头脑的青年界中尚且如此通不过去，名为滥调，是冤枉了，名为最无聊，那更冤枉了。记者对于这项问题，是加入讨论的一人，自知态度一定不能公平，所以对于“潜”字辈的先生们的主张，虽然万分不以为然。也只得暂且从缓答辩。好在超于我们的争论点以上，还有两项更高一层的钱玄同先生的主张，站在他的地位看我们这种争论也许是无谓已极，无论谁家胜了也只赢得“不妥”二字的考语罢了。

伏园附注

一九二五年一月二十日《京报副刊》

咬嚼未始"乏味"

对于四日副刊上潜源先生的话再答几句：

一、原文云：想知道性别并非主张男女不平等。答曰：是的。但特别加上小巧的人工，于无须区别的也多加区别者，又作别论。从前独将女人缠足穿耳，也可以说不过是区别；现在禁止女人剪发，也不过是区别，偏要逼她头上多加些"丝苔"而已。

二、原文云：却于她字没有讽过。答曰：那是译 she 的，并非无风作浪。即不然，我也并无遍讽一切的责任，也不觉得有要讽草头丝旁，必须从讽她字开头的道理。

三、原文云："常想"真是"传统思想的束缚"吗？答曰：是的，因为"性意识"强。这是严分男女的国度里必有的现象，一时颇不容易脱体的，所以正是传统思想的束缚。

四、原文云：我可以反问：假如托尔斯泰有两兄弟，我们不要另想几个"非轻靓艳丽"的字眼吗？答曰：断然不必。我是主张连男女的姓也不要妄加分别的，这回的辩难一半就为此。怎么忽然又忘了？

五、原文云：赞成用郭译 Go……习见故也。答曰："习见"和"是"毫无关系。中国最习见的姓是"张王李赵"，《百家姓》的第一句是"赵钱孙李"，"潜"字却似乎颇不习见，但谁能说"钱"是而"潜"非呢？

六、原文云：我比起三苏，是因为"三"字凑巧，不愿意，"不舒服"，马上可以去掉。答曰：很感谢。我其实还有一个兄弟'，早死了。否则也要防因为"四"字"凑巧"，比起"四凶"，更加使人着急。

【备考】：

咬嚼之乏味

潜源

当我看《咬文嚼字》那篇短文时，我只觉得这篇短文无意义，其时并不想说什么。后来伏园先生在仲潜先生信后的附注中，把这篇文字大为声张，说鲁迅先生所举的两点是翻译界堕落的现象，所以用二号字标题，四号字标名；并反对在我以为"极为得体"的仲潜先生的"最无聊"三字的短评。因此，我才写信给伏园先生。

在给伏园先生的信中，我说过："气力要卖到大地方去，却不可从事吹敲，""记者先生用二号字标题，四号字标名，也是多事，"几句话。我的意思是：鲁迅先生所举的两点是翻译界极小极小的事，用不着去声张作势；翻译界可论的大事正多着呢，何不到那去卖气力？（鲁迅先生或者不承认自己声张，然伏园先生却为之声张了。）就是这两点极小极小的事，我也不能迷信“名人说话不会错的”而表示赞同，所以后面对于这两点加以些微非议。

在未入正文之先，我要说几句关于“滥调”的话。

实在，我的“滥调”的解释与普通一般的解释有点不同。在“滥调”二字旁，我加了“”，表示它的意义是全属于字面的(literal)。即是指“无意义的论调”或直指“无聊的论调”亦可。伏园先生与江震亚先生对于“滥调”二字似乎都有误解，放顺便提及。

现在且把我对于鲁迅先生《咬嚼之余》一篇的意见说说。

先说第一点吧：鲁迅先生在《咬嚼之余》说，“我那篇开首说：‘以摆脱传统思想之束缚……’……两位的通信似乎于这一点都没有看清楚。”于是我又把《咬文嚼字》再看一遍。的确，我看清楚了。那篇开首明明写着“以摆脱传统思想的束缚而来主张男女平等的男人，却……”，那面的意思即是：主张男女平等的男人，即已摆脱传统思想的束缚了，我在前次通信曾说过，“加些草头，女旁，丝旁”，“来译外国女人的姓氏”，是因为我们想知道他或她的性别，然而知道性别并非主张男女不平等。（鲁迅先生对于此点没有非议。）那么，结论是，用“轻靓艳丽”的字眼译外国女人名，既非主张男女不平等，则其不受传统思想的束缚可知。糟就糟在我不该在“想”字上面加个“常”字，于是鲁迅先生说，“‘常想’就是束缚。”“常想”真是“束缚”吗？是“传统思想的束缚”吗？口吻太“幽默”了，我不懂。“小说看下去就知道，戏曲是开首有说明的。”作家的姓名呢？还有，假如照鲁迅先生的说法，数年前提倡新文化运动的人们特为“创”出一个“她”字来代表女人，比“想”出“轻靓艳丽”的字眼来译女人的姓氏，不更为受传统思想的束缚而更麻烦吗？然而鲁迅先生对于用“她”字却没有讽过。至于说托尔斯泰有两个女儿，又须别想八个“轻靓艳丽”的字眼，麻烦得多，我认此点并不在我们所谈之列。我们所谈的是“两性间”的分别，而非“同性间”。而且，同样我可以反问：假如托尔斯泰有两兄弟，我们不要另想几个“非轻靓艳丽”的字眼吗？

关于第二点，我仍觉得把Cogol的Go译做郭，把Wilde的Wi译做王，……既不曾没有“介绍世界文学”，自然已“摆脱传统思想的束缚”。鲁迅说“故意”译做“郭”“王”是受传统思想的束缚，游魂是《百家姓》，也未见得。我少时简直没有读过《百家姓》，我却赞成用“郭”译Goal的Go，用“王”译Wilde的Wi，为什么？“习见”故也。

他又说：“将翻译当作一种工具，或者图便利，爱折中的先生们是本来不在所讽的范围之内的。"对于这里我自然没有话可说。但是反面"以摆脱传统思想束缚的,而借翻译以主张男女平等,介绍世界文学"的先生们,用"轻靓艳丽"的字眼译外国女人名,用郭译Go,用王译Wi,我也承认是对的,而"讽"为"吹敲",为"无聊",理由上述。

正话说完了。鲁迅先生"末了"的话太客气了。(一)我比起三苏,是因为"三"字凑巧,不愿意,"不舒服",马上可以去掉。(二)《呐喊》风行得很;讽刺旧社会是对的,"故意"讽刺已摆脱传统思想的束缚的人们是不对。(三)鲁迅先生名是有的:《现代评论》有《鲁迅先生》,以前的《晨报附刊》对于"鲁迅"这个名字,还经过许多滑稽的考据呢!

最后我要说几句好玩的话。伏园先生在我信后的附注中,指我为簇新青年,这自然挖苦的成分多,真诚的成分少。假如我真是"簇新",我要说用"她"字来代表女性,是中国新文学界最堕落的现象,而加以"讽刺"呢。因为非是不足以表现"主张男女平等",非是不足以表现"摆脱传统思想的束缚"!

二,一,一九二五,唐大

一九二五年二月四日《京报副刊》

杂语

称为神的和称为魔的战斗了,并非争夺天国,而在要得地狱的统治权。所以无论谁胜,地狱至今也还是照样的地狱。

两大古文明国的艺术家握手了,因为可图两国的文明的沟通。沟通是也许要沟通的,可惜"诗哲"又到意大利去了。

"文士"和老名士战斗,因为……,一我不知道要怎样。但先前只许"之乎者也"的名公捧角,现在却也准ABCD的"文士"入场了。这时戏子便化为艺术家,对他们点点头。

新的批评家要站出来吗?您最好少说话,少作文,不得已时,也要做得短。但总须弄几个人交口说您是批评家。那么,您的少说话就是高深,您的少作文就是名贵,'永远不会失败了。

新的创作家要站出来吗?您最好是在发表过一篇作品之后,另造一个名字,写点文章去恭维;倘有人攻击了,就去辩护。而且这名字要造得艳丽一些,使人们容易疑心是女性。倘若真能有这样的一个,就更佳;倘若这一个又是爱人,就更更佳。"爱人呀!"这三个字就多么旖旎而饶于诗趣呢?正不必再有第四字,才可望得到奋斗的成功。

编完写起

近几天收到两篇文章，是答陈百年先生的《一夫多妻的新护符》的，据说，《现代评论》不给登他们的答辩，又无处可投，所以寄到我这里来了，请为介绍到可登的地方去。诚然，《妇女杂志》上再不见这一类文章了，想起来毛骨悚然，悚然于阶级很不同的两类人，在中国竟会联成一气。但我能向那里介绍呢，饭碗是谁都有些保重的。况且，看《现代评论》的预告，已经登在二十二期上了，我便决意将这两篇没收。

但待到看见印成的《现代评论》的时候，我却又决计将它登出来，因为比那挂在那边的尾巴上的一点详得多，但是委屈得很，只能在这无聊的《莽原》上。我于他们三位都是熟识之至，又毫没有研究过什么性伦理性心理之类，所以不敢来说外行话。可是我总以为章周两先生在中国将这些议论发得太早，——虽然外国已经说旧了，但外国是外国。可是我总觉得陈先生满口"流弊流弊"，是论利害，不像论是非，莫名其妙。

但陈先生文章的末段，读来却痛快——

"……至于法律和道德相比，道德不妨比法律严些，法律所不禁止的，道德尽可加以禁止。例如拍马吹牛，似乎不是法律所禁止的……然则我们在道德上也可以容许拍马屁，认为无损人格吗？"

这我敢回答：是不能容许的。然而接着又起了一个类似的问题：例如女人被强奸，在法律上似乎不至于处死刑，然则我们在道德上也可以容许被强奸，认为无须自杀吗？章先生的驳文似乎激昂些，因为他觉得陈先生的文章发表以后，攻击者便源源而来，就疑心到"教授"的头衔上去。那么，继起者就有"拍马屁"的嫌疑了，我想未必。但教授和学者的话比起一个小编辑来容易得社会信任，却也许是实情，因此从论敌看来，这些名称也就有了流弊了，真所谓有一利必有一弊。

十一日

【按语】：

案：这《编完写起》共有三段，第一段和第三段都已经收在《华盖集》里了，题为《导师》和《长城》。独独这一段没有收进去，大约是因为那时以为只关于几个人的事情，并无多谈的必要的缘故。

然而在当时，却也并非小事情。《现代评论》是学者们的喉舌，经它一喝，章锡琛先生的确不久就失去《妇女杂志》的编辑的椅子，终于从商务印书馆走出，——但积久却做了开明书店的老板,反而获得予夺别人的椅子的威权,听说现在还在编辑所的大门口也站起了巡警,陈百年先生是经理考试去了。这真叫人不胜今昔之感。

就这文章的表面看来,陈先生是意在防“弊”,欲以道德济法律之穷,这就是儒家和法家的不同之点。但我并不是说:陈先生是儒家,章周两先生是法家,——中国现在,家数又并没有这么清清楚楚。

一九三五年二月十五日晨,补记

俄文译本《阿Q正传》序及著者自叙传略

《阿Q正传》序

这在我是很应该感谢。也是很觉得欣幸的事,就是:我的一篇短小的作品,仗着深通中国文学的王希礼(B.A.Vassiliev)先生的翻译,竟得展开在俄国读者的面前了。

我虽然已经试做,但终于自己还不能很有把握,我是否真能够写出一个现代的我们国人的魂灵来。别人我不得而知,在我自己,总仿佛觉得我们人人之间各有一道高墙,将各个分离,使大家的心无从相印。这就是我们古代的聪明人,即所谓圣贤,将人们分为十等,说是高下各不相同。其名目现在虽然不用了,但那鬼魂却依然存在,并且,变本加厉,连一个人的身体也有了等差,使手对于足也不免视为下等的异类。造化生人,已经非常巧妙,使一个人不会感到别人的肉体上的痛苦了,我们的圣人和圣人之徒却又补了造化之缺,并且使人们不再会感到别人的精神上的痛苦。

我们的古人又造出了一种难到可怕的一块一块的文字;但我还并不十分怨恨,因为我觉得他们倒并不是故意的。然而,许多人却不能借此说话了,加以古训所筑成的高墙,更使他们连想也不敢想。现在我们所能听到的不过是几个圣人之徒的意见和道理,为了他们自己;至于百姓,却就默默地生长,萎黄,枯死了,像压在大石底下的草一样,已经有四千年!

要画出这样沉默的国民的魂灵来,在中国实在算一件难事,因为,已经说过,我们究竟还是未经革新的古国的人民,所以也还是各不相通,并且连自己的手也几乎不懂自己的足。我虽然竭力想摸索人们的魂灵,但时时总自憾有些隔膜。在将来,围在高墙里面的一切人众,该会自己觉醒,走出,都来开口的罢,而现在还少见,所以我也只得依了自己的觉察,孤寂地姑且将这些写出,作为在我的眼里所经过的中国的人生。

我的小说出版之后,首先收到的是一个青年批评家的谴责;后来,也有以为是病的。也有以为滑稽的,也有以为讽刺的;或者还以为冷嘲,至于使我自己也要疑心自己的心里真藏着可怕的冰块。然而我又想,看人生是因作者而不同,看作品又因读者而不同,那么,这一篇在毫无"我们的传统思想"的俄国读者的眼中,也许又会照见别样的情景的罢,这实在是使我觉得很有意味的。

一九二五年五月二十六日,于北京鲁迅

著者自叙传略

我于一八八一年生在浙江省绍兴府城里的一家姓周的家里。父亲是读书的;母亲姓鲁,乡下人,她以自修得到能够看书的学力。听人说,在我幼小时候,家里还有四五十亩水田,并不很愁生计。但到我十三岁时,我家忽而遭了一场很大的变故,几乎什么也没有了;我寄住在一个亲戚家,有时还被称为乞食者。我于是决心回家,而我的父亲又生了重病,约有三年多,死去了。我渐至于连极少的学费也无法可想;我的母亲便给我筹办了一点旅费,教我去寻无须学费的学校去,因为我总不肯学做幕友或商人,——这是我乡衰落了的读书人家子弟所常走的两条路。

其时我是十八岁,便旅行到南京,考入水师学堂了,分在机关科。大约过了半年我又走出,改进矿路学堂去学开矿,毕业之后,即被派往日本去留学。但待到在东京的预备学校毕业,我已经决意要学医了,原因之一是因为我确知道了新的医学对于日本的维新有很大的助力。我于是进了仙台(Sendai)医学专门学校,学了两年。这时正值俄日战争,我偶然在电影上看见一个中国人因做侦探而将被斩,因此又觉得在中国还应该先提倡新文艺。我便弃了学籍,再到东京,和几个朋友立了些小计划,但都陆续失败了。我又想往德国去,也失败了。终于,因为我的母亲和几个别的人很希望我有经济上的帮助,我便回到中国来;这时我是二十九岁。

我一回国,就在浙江杭州的两级师范学堂做化学和生理学教员,第二年就走出,到绍兴中学堂去做教务长,第三年又走出,没有地方可去,想在一个书店去做编译员,到底被拒绝了。但革命也就发生。绍兴光复后,我做了师范学校的校长。革命政府在南京成立,教育部长招我去做部员,移入北京,一直到现在。近几年,我还兼做北京大学,师范大学,女子师范大学的国文系讲师。

我在留学时候,只在杂志上登过几篇不好的文章。初做小说是一九一八年,因了我的朋友钱玄同的劝告,做来登在《新青年》上的。这时才用"鲁迅"的笔名(Pen-name);也常用别的名字做一点短论。现在汇印成书的只有一本短篇小说集《呐喊》,其余还散在几种杂志上。别的,除翻译不计外,印成的又有一本《中国小说史略》。

【备考】:

自传

鲁迅,以一八八一年生于浙江之绍兴城内姓周的一个大家族里。父亲是秀才;母亲姓鲁,乡下人,她以自修到能看文学作品的程度。家里原有祖遗的四五十亩田,但在父亲死掉之前,已经卖完了。这时我大约十三四岁,但还勉强读了三四年多的中国书。

因为没有钱,就得寻不用学费的学校,于是去到南京,住了大半年,考进了水师学堂。不久,分在管轮班,我想,那就上不了舱面了,便走出,另考进了矿路学堂,在那里毕业,被送往日本留学。但我又变计,改而学医,学了两年,又变计,要弄文学了。于是看些文学书,一面翻译,也做些论文,设法在刊物上发表。直到一九一〇年,我的母亲无法生活,这才回国,在杭州师范学校做助教,次年在绍兴中学作监学。一九一二年革命后,被任为绍兴师范学校校长。

但绍兴革命军的首领是强盗出身,我不满意他的行为,他说要杀死我了,我就到南京,在教育部办事,由此进北京,做到社会教育司的第二科科长。一九一八年“文学革命”运动起,我始用“鲁迅”的笔名作小说,登在《新青年》上,以后就时时做些短篇小说和短评;一面也做北京大学,师范大学,女子师范大学的讲师。因为做评论,敌人就多起来,北京大学教授陈源开始发表这“鲁迅”就是我,由此弄到段祺瑞将我撤职,并且还要逮捕我。我只好离开北京,到厦门大学做教授;约有半年,和校长以及别的几个教授冲突了,便到广州,在中山大学做了教务长兼文科教授。

又约半年,国民党北伐分明很顺利,厦门的有些教授就也到广州来了,不久就清党,我一生从未见过有这么杀人的,我就辞了职。回到上海,想以译作谋生。但因为加入自由大同盟,听说国民党在通缉我了,我便躲起来,此后又加入了左翼作家联盟,民权同盟。到今年,我的一九二六年以后出版的译作,几乎全被国民党所禁止。

我的工作,除翻译及编辑的不算外,创作的有短篇小说集二本。散文诗一本,回忆记一本,论文集一本,短评八本,中国小说史略一本。

田园思想(通讯)

白波先生:

我们憎恶的所谓“导师”,是自以为有正路,有捷径,而其实却是劝人不走的人。倘有领人向前者,只要自己愿意,自然也不妨追踪而往;但这样的前锋,怕中国现在还找不到罢。所以我想,与其找糊涂导师,倒不如自己走,可以省却寻觅的工夫,横竖他也什么都不知道。至于我那“遇见森林,可以辟成平地,……”这些话,不过是比方,犹言可以用自力克服一切困难,并非真劝人都到山里去。

【备考】:

来信

鲁迅先生:

上星期偶然到五马路一爿小药店里去看我一个小表弟——他现在是店徒——走过亚东书馆,顺便走了进去。在杂乱的书报堆里找到了几期《语丝》,便买来把它读。在广告栏中看见了有所谓《莽原》的广告和目录,说是由先生主编的,定神一想。似乎刚才在亚东书馆也乱置在里面,便懊悔的什么似的。要再乘电车出去,时钱两缺,暂时把它丢开了。可是当我把《语丝》读完的时候,想念《莽原》的心思却忽然增高万倍,急中生智,马上写了一封信给我的可爱的表弟。下二天,我居然能安安逸逸地读《莽原》了。三期中最能引起我的兴致的,便是先生的小杂感。

上面不过要表明对于《莽原》的一种渴望,不是存心要耗费先生的时间。今天,我的表弟又把第四期的《莽原》寄给我了,白天很热,所以没有细读,现在是半夜十二时多了,在寂静的大自然中,洋烛光前,细读《编完写起》,一字一字的。尤其使我百读不厌的,是第一段关于“青年与导师”的话。因为这个念头近来把我扰的头昏,时时刻刻想找一些文章来读,借以得些解决。

先生:“你们所多的是生力,遇见深林,可以开成平地的,遇见旷野,可以栽种树木的……,寻什么乌烟瘴气的鸟导师!”可真痛快之至了!

先生,我不愿对你说我是怎么烦闷的青年啦,我是多么孤苦啦,因为这些无聊的形容词非但不能引人注意,反生厌恶。我切急要对先生说的,是我正在找个导师呵!我所谓导师,不是说天天把书讲给我听,把道德……等指示我的,乃是正在找一个能给我一些真实的人生观的师傅!

大约一月前,我把嚣俄的《哀史》念完了。当夜把它的大意仔细温习一遍,觉得嚣俄之所以写了这么长的一部伟著,其用意也不过是指示某一种人的人生观。他写《哀史》是在流放于 Channel Island 时,所以他所指示的人是一种被世界,人类,社会,小人……甚至一个侦探所舍弃的人,但同时也是被他们监视的人。一个无辜的农夫,偷了一点东西来养母亲,卒至终生做了罪犯;逃了一次监,罪也加重一层。后来,竟能化名办实业,做县知事,乐善好施,救出了无数落难的人。而他自己则布衣素食,保持着一副沉毅的态度,还在夜间明灯攻读,以补少年失学之缺憾(这种处所,正是浪漫作家最得意之笔墨)。可是他终被一个侦探(社会上实有这种人的!)怀疑到一个与他同貌的农夫,及至最后审判的一天,他良心忍不住了,投案自首,说他才是个逃犯。至此,他自己知道社会上决不能再容他存在了。于是他一片赤诚救世之心,却无人来接受!这是何等的社会!可是他的身体可以受种种的束缚,他的心却是活的!所以他想出了以一个私生女儿为终生的安慰!他可为她死!他的生也是为了她。试看 Gosett 与人家发生了爱,他老人家终夜不能入睡,是多么的烦闷呵!最后,她嫁了人,他老人家觉得责任已尽,人生也可告终了。于是也失踪了。

我以为嚣俄是指导被社会压迫与弃置的人,尽可做一些实在的事;其中未始没有乐趣。正如先生所谓"遇见深林……",虽则在动机上彼此或有些不同。差不多有一年之久,我终日想自己去做一些工作,不倚靠别人,总括一句,就是不要做知识阶级的人了,自己努力去另辟一新园地。后来又读托尔斯泰小说 Anna Karenina,看到主人 Vron-sky 的田园生活,更证明我前念之不错。及至后来读了 Hardy 的悲观色彩十分浓厚的 Tess,对于乡村实在有些入魔了!不过以 Hardy 的生活看来,勤勤恳恳的把 Wessex 写给了世人,自己孜孜于文学生涯,觉得他的生活,与嚣俄或托尔斯泰所写的有些两样,一是为了他事失败而才从事的,而哈代则生来愿意如此(虽然也许是我妄说,但不必定是哈代,别的人一定很多)。虽然结果一样,其"因"却大相径庭。一是进化的,前者却是退化了。

因为前天在某文上见引用一句歌德的话:"做是容易的,想却难了!"于是从前种种妄想,顿时消灭的片屑不存。因为照前者的入田园,只能算一种"做",而"想"却绝对谭不到,平心而论,一个研究学问或做其他事业的人一旦遭了挫折,便去归返自然,只能算"做"一些简易的工作,和我国先前的隐居差不多,无形中已陷于极端的消极了!一个愚者而妄想"想",自然痴的可怜,但一遇挫折已便反却,却是退化了。

先生的意思或许不是这些,但现今田园思想充斥了全国青年的头脑中,所以顺便写

了一大堆无用的话。但不知先生肯否给我以稍为明了一些的解释呢?

先生虽然万分的憎恶所谓"导师",我却从心坎里希望你做一些和厨川白村相像的短文(这相像是我虚拟的),给麻木的中国人一些反省。

白波,上海同文书院六月

流言和谎话

这一回编辑《莽原》时,看见论及北京女子师范大学风潮的投稿里,还有用"某校"字样和几个方框子的,颇使我觉得中国实在还很有存心忠厚的君子,国事大有可为。但其实,报章上早已明明白白地登载过许多次了。

今年五月,为了"同系学生同时登两个相反的启事已经发现了……"那些事,已经使"喜欢怀疑"的西滢先生有"好像一个臭茅厕"之叹(见《现代评论》二十五期《闲话》),现在如果西滢先生已回北京,或者要更觉得"世风日下"了罢,因为三个相反,或相成的启事已经发现了:一是"女师大学生自治会";二是"杨荫榆";三是单叫作"女师大"。

报载对于学生"停止饮食茶水",学生亦云"既感饥荒之苦,复虑生命之危。"而"女师大"云"全属子虚",是相反的;而杨荫榆云"本校原望该生等及早觉悟自动出校并不愿其在校受生活上种种之不便也",则似乎确已停止,和"女师大"说相反,与报及学生说相成。

学生云"杨荫榆突以武装入校,勒令同学全体即刻离校,嗣复命令军警肆意毒打侮辱……"而杨荫榆云"荫榆于八月一日到校……暴劣学生肆行滋扰……故不能不请求警署拨派巡警保护……"是因为"滋扰"才请派警,与学生说相反的;而"女师大"云"不料该生等非特不肯遵命竟敢任情谩骂极端侮辱……幸先经内右二区派拨警士在校防护……"是派警在先,"滋扰"在后,和杨荫榆说相反的;至于京师警察厅行政处公布,则云"查本厅于上月三十一日准国立北京女子师范大学函……请准予八月一日照派保安警察三四十名来校……"乃又与学生及"女师大"说相成了。杨荫榆确是先期准备了"武装入校",而自己竟不知道,以为临时叫来,真是离奇。

杨先生大约真如自己的启事所言,"始终以培植人才恪尽职守为素志……服务情形为国人所共鉴"的罢。"素志"我不得而知,至于服务情形,则不必再说别的,只要一看本月一日至四日的"女师大"和她自己的两启事之离奇闪烁就足够了!撒谎造谣,即在局外者也觉得。如果是严厉的观察和批评者,即可以执此而推论其他。

但杨先生却道:"所以勉力维持至于今日者非贪恋个人之地位为彻底整饬学风计

也”,窃以为学风是绝非造谣撒谎所能整饬的;地位自然不在此例。

且住,我又来说话了,或者西滢先生们又许要听到许多“流言”。然而请放心,我虽然确是“某籍”,也做过国文系的一两点钟的教员,但我并不想谋校长,或仍做教员以至增加钟点;也并不为子孙计,防她们在女师大被诬被革,挨打挨饿,我借一句 Ler-montov 的愤激的话告诉你们:“我幸而没有女儿!”

八月五日

通信

霉江先生:

如果“叛徒”们造成战线而能遇到敌人,中国的情形早已不至于如此,因为现在所遇见的并无敌人,只有暗箭罢了。所以想有战线,必须先有敌人,这事情恐怕还辽远得很,若现在,则正如来信所说,大概连是友是仇也不大容易分辨清楚的。

我对于《语丝》的责任,只有投稿,所以关于刊载的事,不知其详。至于江先生的文章,我得到来信后。才看了一点。我的意见,以为先生太认真了,大约连作者自己也未必以为他那些话有这么被人看得值得讨论。

先生大概年纪还轻,所以竟这样愤慨,而且推爱及我,代我发愁,我实在不胜感谢。这事其实是不难的,只要打听大学教授陈源(即西滢)先生,也许能够知道章士钊是否又要“私禀执政”,因为陈教授那里似乎常有“流言”飞扬。但是,这不是我的事。

鲁迅九月一日

【备考】:

来信

鲁迅先生:

从近来《现代评论》之主张单独对英以媚亲日派的政府,侮辱学界之驱章为“打学潮糊涂账”以媚教育当局,骂“副刊至少有产生出来以备淘汰的价值”以侮辱“青年叛徒”及其领导者,藉达其下流的政客式的学者的拍卖人格的阴谋等等方面看来,我们深觉得其他有良心的学者和有人格的青年太少,太没有责任心,太怯懦了! 从牠的销售数目在各种周刊之上看(虽然有许多是送看的),从牠的页数增加上看,我们可以知道卑污恶浊的社会里的读者最欢迎这类学术界中的《红》,《半月》或《礼拜六》。自从《新青年》停刊以

后,思想界中再没有得力的旂帜鲜明的冲锋队了。如今,新青年的老同志有的投降了,有的退伍了,而新的还没练好",而且"势力太散漫了。"我今天上午着手草《联合战线》一文,致猛进社,语丝社,莽原社同人及全国的叛徒们的,目的是将三社同人及其他同志联合起来,印行一种刊物,注全力进攻我们本阶级的恶势力的代表:一系反动派的章士钊的《甲寅》,一系与反动派朋比为奸的《现代评论》。我正在写那篇文章的时候,N君拿着一份新出来的《语丝》,指给我看这位充满"阿Q精神"兼"推敲大教育家"江绍原的"小杂种",里面说道,"至于民报副刊,有人说是共产党办的。"江君翻打自己的嘴巴,乱生"小

鲁迅纪念馆

杂种",一被谑于米先生(见京报副刊),再见斥于作《阿Q的一点精神》(见民报副刊)的辛人,老羞成怒,竟迁怒到民副记者的身上去了。最巧妙的是江君偏在不入大人老爷之×(原刊不清)的语丝上诡谲地加上"有人说"三个字。N君××(原刊不清)"大约这位推敲大家在共出十五期的民副上,曾推出一句共产的宣来同而睡,(原刊如此)时对于这位归国几满三年,从未作过一句宣传的文章,从未加入任何政党,从本卷入任何风潮,从未做任何活动的民副记者——一个颓废派诗人梭罗古勃的爱慕者,也终不能查出共产党的证据。所以只能加上'有人说'三字,一方面可以摆脱责任,一方面又可造谣。而拈阄还凑巧正拈到投在语丝上……"我于是立刻将我的《联合战线》一文撕得粉碎;我万没想到这《现代评论》上的好文章,竟会在《语丝》上刊出来。实在,在这个世界上谁是谁的伙伴或仇敌呢?我们永远感受着胡乱握手与胡乱刺杀的悲哀。

我看你们时登民副记者的文章,那么,你不是窝藏共产党的(即使你不是共产党)吗?至少"有人说"你是的。章士钊褫你的职还不足以泄其愤吧,谨防着他或者又会"私禀执政"把你当乱党办的。一笑。

下一段是N君仿江绍原的"小杂种"体编的,我写的——

"……胡适之怎样？……想起来了，那位博士近来盛传被'皇上''德化'了，招牌怕不香吧。

"陈西滢怎样？……听说近来被人指为'英日帝国主义者和某军阀的走狗章士钊'的'党徒'……

"至于江绍原，有人说他是一般人所指为学者人格拍卖公司现代评论社的第口支部总经理。……"。

本函倘可给莽原补白，尚祈教正，是荷。

霉江谨上

一九二六年

《痴华鬘》题记

尝闻天竺寓言之富，如大林深泉，他国艺文，往往蒙其影响。即翻为华言之佛经中，亦随在可见，明徐元太辑《喻林》，颇加搜录，然卷帙繁重，不易得之。佛藏中经，以譬喻为名者，亦可五六种，惟《百喻经》最有条贯。其书具名《百句譬喻经》；《出三藏记集》云，天竺僧伽斯那从《修多罗藏》十二部经中钞出譬喻，聚为一部，凡一百事，为新学者，撰说此经。萧齐永明十年九月十日，中天竺法师求那毗地出。以譬喻说法者，本经云，"如阿伽陀药，树叶而裹之，取药涂毒竟，树叶还弃之，嬉笑如叶裹，实义在其中"也。王君品青爱其设喻之妙，因除去教诫，独留寓言；又缘经末有"尊者僧伽斯那造作《痴华鬘》竟"语，即据以回复原名，仍印为两卷。尝称百喻，而实缺二者，疑举成数，或并以卷首之引，卷末之偈为二事也。尊者造论，虽以正法为心，譬故事于树叶，而言必及法，反多拘牵；今则已无阿伽陀药，更何得有药裹，出离界域，内外洞然，智者所见，盖不唯佛说正义而已矣。

中华民国十五年五月十二日，鲁迅

《穷人》小引

千八百八十年，是陀思妥夫斯基完成了他的巨制之一《卡拉玛卓夫兄弟》这一年；他在手记上说："以完全的写实主义在人中间发现人。这是彻头彻尾俄国的特质。在这意义上，我自然是民族的。……人称我为心理学家(psychologist)。这不得当。我但是在高的意义上的写实主义者，即我是将人的灵魂的深，显示于人的。”第二年，他就死了。

显示灵魂的深者，每要被人看作心理学家；尤其是陀思妥夫斯基那样的作者。他写人物，几乎无须描写外貌，只要以语气，声音，就不独将他们的思想和感情，便是面目和身体也表示着。又因为显示着灵魂的深，所以一读那作品，便令人发生精神的变化。灵魂的深处并不平安，敢于正视的本来就不多，更何况写出？因此有些柔软无力的读者，便往往将他只看作“残酷的天才”。

陀思妥夫斯基将自己作品中的人物们，有时也委实太置之万难忍受的，没有活路的，不堪设想的境地，使他们什么事都做不出来。用了精神的苦刑，送他们到那犯罪，痴呆，酗酒，发狂，自杀的路上去。有时候，竟至于似乎并无目的，只为了手造的牺牲者的苦恼，而使他受苦，在骇人的卑污的状态上，表示出人们的心来。这确凿是一个“残酷的天才”，人的灵魂的伟大的审问者。

然而，在这“在高的意义上的写实主义者”的实验室里，所处理的乃是人的全灵魂。他又从精神的苦刑，送他们到那反省，矫正，忏悔，苏生的路上去；甚至于又是自杀的路。到这样，他的“残酷”与否，一时也就难于断定，但对于爱好温暖或微凉的人们，却还是没有什么慈悲的气息的。

相传陀思妥耶夫斯基不喜欢对人述说自己，尤不喜欢述说自己的困苦；但和他一生相纠结的却正是困难和贫穷。便是作品，也至于只有一回是并没有预支稿费的著作。但他掩藏着这些事。他知道金钱的重要，而他最不善于使用的又正是金钱；直到病得寄养在一个医生的家里了，还想将一切来诊的病人当作佳客。他所爱，所同情的是这些，——贫病的人们，——所记得的是这些，所描写的是这些；而他所毫无顾忌地解剖，详检，甚而至于鉴赏的也是这些。不但这些，其实，他早将自己也加以精神的苦刑了，从年轻时起，一直拷问到死灭。

凡是人的灵魂的伟大的审问者，同时也一定是伟大的犯人。审问者在堂上举劾着他的恶，犯人在阶下陈述他自己的善；审问者在灵魂中揭发污秽，犯人在所揭发的污秽中阐明那埋藏的光耀。这样，就显示出灵魂的深。

在甚深的灵魂中，无所谓“残酷”，更无所谓慈悲；但将这灵魂显示于人的，是“在高的意义上的写实主义者”。

陀思妥夫斯基的著作生涯一共有三十五年，虽那最后的十年很偏重于正教地宣传了，但其为人，却不妨说是始终一律。即作品，也没有大两样。从他最初的《穷人》起，最后的《卡拉玛卓夫兄弟》止，所说的都是同一的事，即所谓“捉住了心中所实验的事实，使读者追求着自己思想的径路，从这心的法则中。自然显示出伦理的观念来。”

这也可以说：穿掘着灵魂的深处。使人受了精神的苦刑而得到创伤，又即从这得伤和养伤和愈合中，得到苦的涤除，而上了苏生的路。

《穷人》是作于千八百四十五年，到第二年发表的；是第一部，也是使他即刻成为大家的作品；格里戈洛维奇和涅克拉梭夫为之狂喜，培林斯基曾给他公正的褒词。自然，这也可以说，是显示着“谦逊之力”的。然而，世界竟是这么广大，而又这么狭窄；穷人是这么相爱，而又不得相爱；暮年是这么孤寂，而又不安于孤寂。他晚年的手记说：“富是使个人加强的，是器械底和精神的满足。因此也将个人从全体分开。”富终于使少女从穷人分离了，可怜的老人便发了不成声的绝叫。爱是何等的纯洁，而又何其有搅扰诅咒之心呵！

而作者其时只有二十四岁，却尤其是惊人的事。天才的心诚然是博大的。

中国的知道陀思妥夫斯基将近十年了，他的姓已经听得耳熟，但作品的译本却未见。这也无怪，虽是他的短篇，也没有很简短，便于急就的。这回丛芜才将他的最初的作品，最初介绍到中国来，我觉得似乎很弥补了些缺憾。这是用 Constance Garnett 的英译本为主，参考了 Modern Library 的英译本译出的，歧异之处，便由我比较了原白光的日文译本以定从违，又经素园用原文加以校定。在陀思妥夫斯基全集十二巨册中，这虽然不过是一小分，但在我们这样只有微力的人，却很用去许多工作了。藏稿经年，才得印出，便借了这短引，将我所想到的写出，如上文。陀思妥夫斯基的人和他的作品，本是一时钻研不尽的，统论全般，决非我的能力所及，所以这只好算作管窥之说；也仅仅略翻了三本书：Dostoievsky´s Litemrsche Schriften, Mereschkovsky´s Dostoievsky und Tolstoy，昇曙梦的《露西亚文学研究》。

俄国人姓名之长，常使中国的读者觉得繁难，现在就在此略加解释。那姓名全写起来，是总有三个字的：首先是名，其次是父名，第三是姓。例如这书中的解屋斯金，是姓；人却称他马加尔亚列舍维奇，意思就是亚列舍的儿子马加尔，是客气的称呼；亲昵的人就只称名，声音还有变化。倘是女的，便叫她“某之女某”。例如瓦尔瓦拉亚列舍夫那，意思就是亚列舍的女儿瓦尔瓦拉；有时叫她瓦兰加，则是瓦尔瓦拉的音变，也就是亲昵的称呼。

一九二六年六月二日之夜，鲁迅记于东壁下

通信

未名先生：

多谢你的来信，使我们知道，知道我们的《莽原》原来是“谈社会主义”的。

这也不独武昌的教授为然，全国的教授都大同小异。一个已经足够了，何况是聚起来成了“会”。他们的根据，就在“教授”，这是明明白白的。我想他们的话在“会”里也一定不会错。为什么呢？就因为他们是教授。我们的乡下评定是非，常是这样：“赵太爷说对的，还会错吗？他田地就有二百亩！”

至于《莽原》，说起来实在惭愧，正如武昌的C先生来信所说，不过“是些废话和大部分的文艺作品”。我们倒也并不是看见社会主义四个字就吓得两眼朝天，口吐白沫，只是没有研究过，所以也没有谈，自然更没有用此来宣传任何主义的意思。“为什么要办刊物？一定是要宣传什么主义。为什么要宣传主义？一定是在得某国的钱”这一类的教授逻辑，在我们的心里还没有。所以请你尽可放心看去，总不至于因此会使教授化为白痴，富翁变成乞丐的。——但保险单我可也不写。

你的名字用得不错，在现在的中国，这种“加害”的确要防的。北京大学的一个学生因为投稿用了真名，已经被教授老爷谋害了。《现代评论》上有人发议论道，“假设我们把知识阶级完全打倒后一百年，世界成个什么世界呢？”你看他多么“心上有杞天之虑”？

鲁迅六，九

顺便答复C先生：来信已到，也就将上面那些话作为回答吧。

【备考】：

来信

鲁迅先生：

我们学校里也有一个小小的图书馆，虽说不到国内的报章刊物杂志一切尽有，大概也有一二种；而办学者虽说不到以全副力量在这里办学，总算得是出了一点狗力在这里厮闹。

有一天，一位同学要求图书馆主任订购《莽原》，主任把这件事提交教授会议——或者是评议会，经神圣的教授会审查，说《莽原》是谈社会主义的，不能订。然而主任敌不过那同学的要求，终究订了。

我自从听到《莽原》是谈社会主义的以后，便细心地从第一期起，重行翻阅一回，始终一点儿证据也找不着。不知他们所说的根据在何处？——恐怕他们的见解独到罢。这是要问你的一点。

因为我喜欢看《莽原》，忽然听到教授老爷们说它谈社会主义，像我这样的学生小子，自然是要起恐慌的。因为社会主义这四字是不好的名词，像洪水猛兽的一般，——在他们看起来。因为现在谈社会主义的书，就像从前"有图画的本子，就要被塾师，就是当时的'引导青年的前辈'禁止，呵斥，甚而至于打手心"一样。因为恐怕他们禁止我读我爱读的《莽原》，而要我去读"人之初性本善"，至于呵斥，打手心，所以害怕得要死。这也是要问你的一点，要问你一个明白的一点。

有此两点，所以要问你，因为大学教授说的话，比较的正确——不是放屁，所以要问你，要问你《莽原》到底是不是谈社会主义。

六，一，未名于武昌

我并不是姓未名名，也不是名未名，未名也不是我的别号，也不是像你们未名社没有取名字的意义。我的名二十一年前已经取好了，只是怕你把它宣布出来，那么他们教授老爷就要加害于我，所以不写出来。因为没有写出自己的真名字，就名之曰未名。

一九二七年

文艺与政治的歧途

——十二月二十一日在上海暨南大学讲

我是不大出来讲演的；今天到此地来，不过因为说过了好几次，来讲一回也算了却一件事。我所以不出来讲演，一则没有什么意见可讲，二则刚才这位先生说过，在座的很多读过我的书，我更不能讲什么。书上的人大概比实物好一点，《红楼梦》里面的人物，像贾宝玉林黛玉这些人物，都使我有异样的同情；后来，考究一些当时的事实，到北京后，看看梅兰芳姜妙香扮的贾宝玉林黛玉，觉得并不怎样高明。

我没有整篇的鸿论，也没有高明的见解，只能讲讲我近来所想到的。我每每觉到文艺和政治时时在冲突之中；文艺和革命原不是相反的，两者之间，倒有不安于现状的同一。唯政治是要维持现状，自然和不安于现状的文艺处在不同的方向。不过不满意现状

的文艺，直到十九世纪以后才兴起来，只有一段短短历史。政治家最不喜欢人家反抗他的意见，最不喜欢人家要想，要开口。而从前的社会也的确没有人想过什么，又没有人开过口。且看动物中的猴子，它们自有它们的首领；首领要它们怎样，它们就怎样。在部落里，他们有一个酋长，他们跟着酋长走，酋长的吩咐，就是他们的标准。酋长要他们死，也只好去死。那时没有什么文艺，即使有，也不过赞美上帝(还没有后人所谓 God 那么玄妙)罢了！那里会有自由思想？后来，一个部落一个部落你吃我吞，渐渐扩大起来，所谓大国，就是吞吃那多多少少的小部落；一到了大国，内部情形就复杂得多，夹着许多不同的思想，许多不同的问题。这时，文艺也起来了，和政治不断地冲突；政治想维系现状使它统一，文艺催促社会进化使它渐渐分离；文艺虽使社会分裂，但是社会这样才进步起来。文艺既然是政治家的眼中钉，那就不免被挤出去。外国许多文学家，在本国站不住脚，相率亡命到别个国度去；这个方法，就是"逃"。要是逃不掉，那就被杀掉，割掉他的头；割掉头那是最好的方法，既不会开口，又不会想了。俄国许多文学家，受到这个结果，还有许多充军到冰雪的西伯利亚去。

有一派讲文艺的，主张离开人生，讲些月呀花呀鸟呀的话(在中国又不同，有国粹的道德，连花呀月呀都不许讲，当作别论)，或者专讲"梦"，专讲些将来的社会，不要讲得太近。这种文学家，他们都躲在象牙之塔里面；但是"象牙之塔"毕竟不能住得很长久的呀！象牙之塔总是要安放在人间，就免不掉还要受政治的压迫。打起仗来，就不能不逃开去。北京有一班文人，顶看不起描写社会的文学家，他们想，小说里面连车夫的生活都可以写进去，岂不把小说应该写才子佳人一首诗生爱情的定律都打破了吗？现在呢，他们也不能做高尚的文学家了，还是要逃到南边来；"象牙之塔"的窗子里，到底没有一块一块面包递进来的呀！

等到这些文学家也逃出来了，其他文学家早已死的死，逃的逃了。别的文学家，对于现状早感到不满意，又不能不反对，不能不开口，"反对""开口"就是有他们的下场。我以为文艺大概由于现在生活的感受，亲身所感到的，便影印到文艺中去。挪威有一文学家，他描写肚子饿，写了一本书，这是依他所经验的写的。对于人生的经验，别的且不说，"肚子饿"这件事，要是欢喜。便可以试试看，只要两天不吃饭，饭的香味便会是一个特别的诱惑；要是走过街上饭铺子门口，更会觉得这个香味一阵阵冲到鼻子来。我们有钱的时候，用几个钱不算什么；直到没有钱，一个钱都有它的意味。那本描写肚子饿的书里，它说起那人饿得久了，看见路人个个是仇人，即是穿一件单褂子的，在他眼里也见得那是骄傲。我记起我自己曾经写过这样一个人，他身边什么都光了，时常抽开抽屉看看，看角上边上可以找到什么；路上一处一处去找，看有什么可以找得到；这个情形，我自己是体验过来的。

从生活窘迫过来的人，一到了有钱，容易变成两种情形：一种是理想世界，替处同一境遇的人着想，便成为人道主义；一种是什么都是自己挣起来，从前的遭遇，使他觉得什么都是冷酷，便流为个人主义。我们中国大概是变成个人主义者多。主张人道主义的，要想替穷人想想法子，改变改变现状，在政治家眼里，倒还不如个人主义的好；所以人道主义者和政治家就有冲突。俄国文学家托尔斯泰讲人道主义，反对战争，写过三册很厚的小说——那部《战争与和平》，他自己是个贵族，却是经过战场的生活，他感到战争是怎么一个惨痛。尤其是他一临到长官的铁板前（战场上重要军官都有铁板挡住枪弹），更有刺心的痛楚。而他又眼见他的朋友们，很多在战场上牺牲掉。战争的结果，也可以变成两种态度：一种是英雄，他见别人死的死伤的伤，只有他健存，自己就觉得怎样了不得，这么那么夸耀战场上的威雄。一种是变成反对战争的，希望世界上不要再打仗了。托尔斯泰便是后一种，主张用无抵抗主义来消灭战争。他这么主张，政府自然讨厌他；反对战争，和俄皇的侵掠欲望冲突；主张无抵抗主义，叫兵士不替皇帝打仗，警察不替皇帝执法，审判官不替皇帝裁判，大家都不去捧皇帝；皇帝是全要人捧的，没有人捧，还成什么皇帝，更和政治相冲突。这种文学家出来，对于社会现状不满意，这样批评。那样批评，弄得社会上个个都自己觉到，都不安起来，自然非杀头不可。

但是，文艺家的话其实还是社会的话，他不过感觉灵敏，早感到早说出来（有时，他说得太早，连社会也反对他，也排轧他）。譬如我们学兵式体操，行举枪礼，照规矩口令是"举……枪"这般叫，一定要等"枪"字令下，才可以举起，有些人却是一听到"举"字便举起来。叫口令的要罚他，说他做错。文艺家在社会上正是这样；他说得早一点，大家都讨厌他。政治家认定文学家是社会扰乱的煽动者，心想杀掉他，社会就可平安。殊不知杀了文学家，社会还是要革命；俄国的文学家被杀掉的充军的不在少数，革命的火焰不是到处燃着吗？文学家生前大概不能得到社会的同情，潦倒地过了一生，直到死后四五十年，才为社会所认识，大家大闹起来。政治家因此更厌恶文学家，以为文学家早就种下大祸根；政治家想不准大家思想，而那野蛮时代早已过去了。在座诸位的见解，我虽然不知道；据我推测，一定和政治家是不相同；政治家既永远怪文艺家破坏他们的统一，偏见如此，所以我从来不肯和政治家去说。

到了后来，社会终于变动了；文艺家先时讲的话，渐渐大家都记起来了，大家都赞成他，恭维他是先知先觉。虽是他活的时候，怎样受过社会的奚落。刚才我来讲演，大家一阵子拍手，这拍手就见得我并不怎样伟大；那拍手是很危险的东西，拍了手或者使我自以为伟大不再向前了，所以还是不拍手的好。上面我讲过，文学家是感觉灵敏了一点，许多观念，文学家早感到了，社会还没有感到。譬如今天××先生穿了皮袍，我还只穿棉袍；××先生对于天寒的感觉比我灵。再过一月，也许我也感到非穿皮袍不可，在天气上的感觉，相差到一个月，在思想上的感觉就得相差到三四十年。这个话，我这么讲，也有许多文学家在反对。我在广东，曾经批评一个革命文学家——现在的广东，是非革命文学不能算作文学的，是非"打打打，杀杀杀，革革革，命命命"，不能算作革命文学的——我以为革命并不能和文学连在一块儿，虽然文学中也有文学革命。但做文学的人总得闲定一点，正在革命中，哪有工夫做文学。我们且想想：在生活困乏中，一面拉车，一面"之乎者也"，到底不大便当。古人虽有种田作诗的，那一定不是自己在种田；雇了几个人替他种田，他才能吟他的诗；真要种田，就没有功夫作诗。革命时候也是一样；正在革命，哪有工夫作诗？我有几个学生，在打陈炯明时候，他们都在战场；我读了他们的来信，只见他们的字与词一封一封生疏下去。俄国革命以后，拿了面包票排了队一排一排去领面包；这时，国家既不管你什么文学家艺术家雕刻家；大家连想面包都来不及，哪有功夫去想文学？等到有了文学，革命早成功了。革命成功以后，闲空了一点；有人恭维革命，有人颂扬革命，这已不是革命文学。他们恭维革命颂扬革命，就是颂扬有权力者，和革命有什么关系？

这时，也许有感觉灵敏的文学家，又感到现状的不满意，又要出来开口。从前文艺家的话，政治革命家原是赞同过；直到革命成功，政治家把从前所反对那些人用过的老法子重新采用起来.在文艺家仍不免于不满意，又非被排轧出去不可，或是割掉他的头。割掉他的头，前面我讲过，那是顶好的法子咾，——从十九世纪到现在，世界文艺的趋势，大都如此。

十九世纪以后的文艺，和十八世纪以前的文艺大不相同。十八世纪的英国小说，它的目的就在供给太太小姐们的消遣，所讲的都是愉快风趣的话。十九世纪的后半世纪，完全变成和人生问题发生密切关系。我们看了，总觉得十二分的不舒服，可是我们还得气也不透地看下去。这因为以前的文艺，好像写别一个社会，我们只要鉴赏；现在的文艺，就在写我们自己的社会，连我们自己也写进去；在小说里可以发现社会，也可以发现我们自己；以前的文艺，如隔岸观火，没有什么切身关系；现在的文艺，连自己也烧在这里面，自己一定深深感觉到；一到自己感觉到，一定要参加到社会去！

十九世纪，可以说是一个革命的时代；所谓革命，那不安于现在，不满意于现状的都是。文艺催促旧的渐渐消灭的也是革命（旧的消灭，新的才能产生），而文学家的命运并不因自己参加过革命而有一样改变，还是处处碰钉子。现在革命的势力已经到了徐州，在徐州以北文学家原站不住脚；在徐州以南，文学家还是站不住脚，即共了产，文学家还是站不住脚。革命文学家和革命家竟可说完全两件事。诋斥军阀怎样怎样不合理，是革命文学家；打倒军阀是革命家；孙传芳所以赶走，是革命家用炮轰掉的，绝不是革命文艺家做了几句"孙传芳呀，我们要赶掉你呀"的文章赶掉的。在革命的时候，文学家都在做一个梦，以为革命成功将有怎样怎样一个世界；革命以后，他看看现实全不是那么一回事，于是他又要吃苦了。照他们这样叫，啼，哭都不成功；向前不成功，向后也不成功，理想和现实不一致，这是注定的运命；正如你们从《呐喊》上看出的鲁迅和讲坛上的鲁迅并不一致；或许大家以为我穿洋服头发分开，我却没有穿洋服，头发也这样短短的。所以以革命文学自命的，一定不是革命文学，世间哪有满意现状的革命文学？除了吃麻醉药！苏俄革命以前，有两个文学家，叶遂宁和梭波里，他们都讴歌过革命，直到后来，他们还是碰死在自己所讴歌希望的现实碑上，那时，苏维埃是成立了！

不过，社会太寂寞了，有这样的人，才觉得有趣些。人类是欢喜看看戏的，文学家自己来做戏给人家看，或是绑出去砍头，或是在最近墙脚下枪毙，都可以热闹一下子。且如上海巡捕用棒打人，大家围着去看，他们自己虽然不愿意挨打，但看见人家挨打，倒觉得颇有趣的。文学家便是用自己的皮肉在挨打的啦！

今天所讲的：就是这么一点点，给它一个题目，叫作……《文艺与政治的歧途》。

一九二九年

关于《关于红笑》

今天收到四月十八日的《华北日报》，副刊上有鹤西先生的半篇《关于红笑》的文章。《关于红笑》，我是有些注意的，因为自己曾经译过几页，那预告，就登在初版的《域外小说集》上，但后来没有译完，所以也没有出版。不过也许是有些旧相识之故罢，至今有谁讲到这本书，大抵总还喜欢看一看。可是看完这《关于红笑》，却令我大觉稀奇了，也不能不说几句话。为要头绪分明，先将原文转载些在下面——

"昨天到蹇君家去，看见第二十卷第一号的《小说月报》，上边有梅川君译的《红笑》，这部书，因为我和骏祥也译过，所以禁不住要翻开看看，并且还想来说几句关于《红笑》

的话。

“自然,我不是要说梅川君不该译《红笑》,没有这样的理由也没有这样的权力。不过我对于梅川君的译文有一点怀疑的地方,固然一个人原不该随便地怀疑别个,但世上偏就是这点奇怪。尽有是让人意想不到的事情。不过也许我的过虑是错的,而且在梅川君看来也是意想不到的事,那么,这错处就在我,而这篇文字也就只算辨明我自己没有抄袭别人。现在我先讲讲事实的经过。

“《红笑》,是我和骏祥,在去年暑假中一个多星期内赶完的,……赶完之后就给北新寄去。过了许久才接到小峰君十一月七日的信,说是因系两人所译,前后文不连贯,托石民君校阅,又说稿费在月底准可寄来。以后我一连写了几封信去催问,均未得到回信,……所以年假中就将底稿寻出,又改译了一遍。文气是重新顺了一遍(特别是后半部),错误及不妥的地方一共改了几十处,交岐山书局印行。稿子才交出不久,却接到小峰二月十九日的信,钱是寄来了,虽然被抹去一点零头,因为稿子并未退回,所以支票我也暂时存着,没有退去,以后小峰君又来信说,原书,译稿都可退还,叫我将支票交给袁家骅先生。我回信说已照办,并请将稿子退了回来。但如今,书和稿子,始终还没有见面!

“这初次的译稿,我不敢一定说梅川君曾经见过,虽然我想梅川君有见到的可能。自然梅川君不一定会用我们的译文作蓝本来翻译,但是第一部的译文,句法神情都很相似的这一点,不免使我有一点怀疑。因为原来我们的初译是第一部比第二部流畅得多,同时梅川君的译文也是第一部比第二部好些,而彼此神似的又就是这九个断片。在未有更确切的证明时,我也不愿将抄袭这样的字眼,加于别人的头上,但我很希望对这点,梅川君能高兴给一个答复。假如一切真是我想错了呢,前边已经说过.这些话就作为我们就要出版的单行本并非抄袭的证明。”

文辞虽然极委婉曲折之致,但主旨却很简单的,就是:我们的将出版的译本和你的已出版的译本,很相类似,而我曾将译稿寄给北新书局过,你有见到的可能,所以我疑心是你抄袭我们的,假如不然,那么“这些话就作为我们就要出版的单行本并非抄袭的证明”。

其实是,照原文的论法,则假如不然之后,就要成为“我们抄袭”你的了的,然而竟这么一来,化为神妙的“证明”了。但我并不想研究这些,仅要声明几句话,对于两方面——北新书局,尤其是小说月报社——声明几句话,因为这篇译稿,是由我送到小说月报社去的。

梅川君这部译稿,也是去年暑假时候交给我的,要我介绍出售,但我很怕做中人,就压下了。这样压着的稿件,现在还不少。直到十月,小说月报社拟出增刊,要我寄稿,我才记得起来，据日本二叶亭四迷的译本改了二三十处，和我译的《竖琴》一并送去了。另外有一部《红笑》在北新书局吃苦，我是一点都不知道的。至于梅川，他在离上海七八百里的乡下，那当然更不知道。

那么，他可有鹤西先生的译稿一到北新，便立刻去看的"可能"呢？我想，是不"能"的，因为他和北新中人一个不认识，倘跑进北新编辑部去翻稿件，那罪状是不止"抄袭"而已的。我却是"可能"的，不过我从去年春天以后，一趟也没有去过编辑部，这要请北新诸公谅察。

那么，为什么两本的好处有些相像呢？我虽然没有见过那一译本，也不知所据的是谁的英译，但想来，大约所据的是同一英译，而第二部也比第一部容易译，彼此三位的英文程度又相仿佛，所以去年是相像的，而鹤西先生们的译本至今未出，英文程度也大有进步了，改了一回，于是好处就多起来了。

因为鹤西先生的译本至今未出，所以也无从知道类似之度，究竟如何。倘仅有彼此神似之处，我以为那是因为同一原书的译本，并不足异的，正不必如此神经过敏，只因"疑心"，而竟想入非非，根据"世上偏就是这点奇怪，尽有是让人意想不到的事情"的理由，而先发制人，诬别人为"抄袭"，而且还要被诬者"给一个答复"，这真是"世上偏就是这点奇怪"了。

但倘若很是相同呢？则只要证明了梅川并无看见鹤西先生们的译稿的"可能"以后，即不用"世上偏就是这点奇怪"的论法，嫌疑也总要在后出这一本了。

北平的日报，我不寄去，梅川是决不会看见的。我就先说几句，俟印出时一并寄去。大约这也就够了，阿弥陀佛。

四月二十日

写了上面这些话之后，又陆续看到《华北日报》副刊上《关于红笑》的文章，其中举了许多不通和误译之后，以这样的一段作结：

"此外或者还有些，但我想我们或许总要比梅川君错得少点，而且也较为通顺，好在是不是，我们的译稿不久自可以证明。"

那就是我先前的话都多说了。因为鹤西先生已在自己切实证明了他和梅川的两本之不同。他的较好，而"抄袭"都成了"不通"和错误的较坏，岂非奇谈？倘说是改掉的，那就是并非"抄袭"了。倘说鹤西译本原也是这样地"不通"和错误的，那不是许多刻薄话，都是"今日之我"在打"昨日之我"的嘴巴吗？总之，一篇《关于红笑》的大文，只证明了焦躁的自己广告和参看先出译本，加以修正，而反诬别人为"抄袭"的苦心。这种手段，

是中国翻译界的第一次。

四月二十四日，补记

这一篇还未在《语丝》登出，就收到小说月报社的一封信，里面是剪下的《华北日报》副刊，就是那一篇鹤西先生的《关于红笑》。据说是北平寄来，给编辑先生的。我想，这大约就是作者所玩的把戏。倘使真的，盖未免恶辣一点；同一著作有几种译本，又何必如此惶惶上诉。但一面说别人不通，自己却通，别人错多，自己错少。而一面又要证明别人抄袭自己之作，则未免恶辣得可怜可笑。然而在我，乃又颇叹介绍译作之难于今为甚也。为刷清和报答起见，我确信我也有将这篇送给《小说月报》编辑先生，要求再在本书上发表的义务和权利，于是乎亦寄之。

五月八日

通讯

逢汉先生：

接到来信，我们很感谢先生的好意。

大约凡是译本，倘不标明“并无删节”或“正确的翻译”，或鼎鼎大名的专家所译的，欧美的本子也每每不免有些节略或差异。译诗就更其难，因为要顾全音调和协韵，就总要加添或减去些原有的文字。世界语译本大约也如此，倘若译出来的还是诗的格式而非散文。但我们因为想介绍些名家所不屑道的东欧和北欧文学，而又少懂得原文的人，所以暂时只能用重译本，尤其是巴尔干诸小国的作品。原来的意思，实在不过是聊胜于无，且给读书界知道一点所谓文学家，世界上并不止几个受奖的泰戈尔和漂亮的曼殊斐儿之类。但倘有能从原文直接译出的稿子见寄，或加以指正，我们自然是十分愿意领受的。

这里有一件事很抱歉，就是我们所交易的印刷所里没有俄国字母，所以来信中的原文，只得省略，仅能将译文发出，以供读者的参考了。希见谅为幸。

鲁迅六月二十五日，于上海

【备考】:

关于孙用先生的几首译诗

编者先生:

我从均风兄处借来《奔流》第九期一册,看见孙用先生自世界语译的莱芒托夫几首诗,我发觉有些处与原本不合。孙先生是由世界语转译的,想必经手许多,有几次是失掉了原文的精彩的。孙先生第一首译诗《帆》原文是:

(原文从略—编者。)

按着我的意思应当译为(曾刊登于《语丝》第五卷第三期):

孤独发白的船帆。
在云雾中蔚蓝色的大海里……
他到很远的境域去寻找些什么?
他在故土里留弃着什么?

波涛汹涌,微风吼啸,
船桅杆怒愤着而发着噶吱吱的音调……
喂!他不寻找幸福,
也不是从幸福中走逃!

他底下是一行发亮光的苍色水流,
他顶上是太阳的金色的光芒:
可是他,反叛的,希求着飓风,
好像在飓风中有什么安宁!

第二首《天使》,孙先生译的有几处和我译的不同。(原文从略—编者。)我是这样的译:

夜半天使沿着天空飞翔。
寂静的歌曲他唱着:
月,星,和乌云一起很用心听那神的歌曲。

他歌着在天堂花园里树叶子的底上那无罪
灵魂的幸福,
他歌咏着伟大的上帝,

真实的赞美着他。

他抱拢了年青们的心灵,
为的是这悲苦和泪的世界;
歌曲的声音,留在青年人的灵魂里是——
没有只字,但却是活着。

为无边的奇怪的希望,
在这心灵,长久的于世界上不得安静,
人间苦闷的乐曲。
是不能够代替天上的歌声。

其余孙先生所译两首《我出来》和《三棵棕榈树》,可惜原本现时不在我手里。以后有工夫时可向俄国朋友处借看。我对孙先生的译诗,并不是来改正,乃本着真挚的心情,随便谈谈,请孙先生原谅!此请撰安。

张逢汉一九二九,五,七,于哈尔滨灿星社

一九三二年

《淑姿的信》序

夫嘉葩失荫,薄寒夺其芳菲,思士陵天,骄阳毁其羽翮。盖幽居一出,每仓皇于太空,坐驰无穷,终陨颠于实有也。爰有静女,长自山家,林泉陶其慧心,峰嶂隔兹尘俗,夜看朗月,觉天人之必圆,春撷繁花,谓芳馨之永住。虽生旧第,亦溅新流,既茁爱萌,遂通佳讯,排微波而径逝,矢坚石以偕行,向曼远之将来,构辉煌之好梦。然而年华春短,人海澜翻。远瞩所至,始见来日之大难,修眉渐颦,终敛当年之巧笑,衔深哀于不答,铸孤愤以成辞,远人焉居,长途难即。何期忽逢二竖,遽释诸纷,闷绮颜于一棺,腐芳心于抔土。从此西楼良夜,凭槛无人,而中国韶年,乐生依旧。呜呼,亦可悲矣,不能久也。逝者如是,遗简廑存,则有生人,付之活字,文无雕饰,呈天真之纷纶,事具悲欢,露人生之鳞爪,既驩娱以善始,遂凄恻而令终。诚足以分追悼于有情,散余悲于无著者也。属为小引,愧乏长才,率缀芜词，聊陈涯略云尔。

一九三二年七月二十日，鲁迅撰

一九三三年

选本

今年秋天，在上海的日报上有一点可以算是关于文学的小小的辩论，就是为了一般的青年，应否去看《庄子》与《文选》以作文学上的修养之助。不过这类的辩论，照例是不会有结果的，往复几回之后，有一面一定拉出"动机论"来，不是说反对者"别有用心"，便是"哗众取宠"；客气一点，也就"彼亦一是非，此亦一是非"，而问题于是呜呼哀哉了。

但我因此又想到"选本"的势力。孔子究竟删过《诗》没有，我不能确说，但看它先"风"后"雅"而末"颂"，排得这么整齐，恐怕至少总也费过乐师的手脚，是中国现存的最古的诗选。由周至汉，社会情形太不同了。中间又受了《楚辞》的打击，晋宋文人如二陆束皙陶潜之流，虽然也做四言诗以支持场面，其实都不过是每句省去一字的五言诗，"王者之迹熄而《诗》亡"了。不过选者总是层出不穷的，至今尚存，影响也最广大者，我以为一部是《世说新语》，一部就是《文选》。

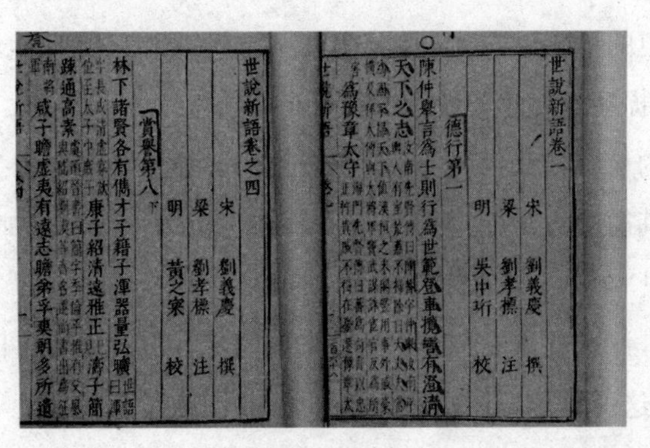
世說新語卷一
宋 劉義慶 撰
梁 劉孝標 注
明 吳中珩 校
德行第一
陳仲舉言為士則行為世範登車攬轡有澄清
天下之志
為豫章太守

世說新語卷之四
宋 劉義慶 撰
梁 劉孝標 注
明 黃之寀 校
賞譽第八 下
林下諸賢各有儁才子籍子渾器量弘曠
康子紹清遠雅正濤子簡
疏通高素
咸子瞻虛夷有遠志瞻弟孚爽朗多所遺

《世说新语》书影

《世说新语》并没有说明是选的，好像刘义庆或他的门客所搜集，但检唐宋类书中所存裴启《语林》的遗文，往往和《世说新语》相同，可见它也是一部钞撮故书之作，正和《幽明录》一样。它的被清代学者所宝重，自然因为注中多有现今的逸书，但在一般读者，却还是为了本文，自唐迄今，拟作者不绝，甚至于自己兼加注解。袁宏道在野时要做官，做了官又大叫苦，便是中了这书的毒，误明为晋的缘故。有些清朝人却较为聪明，虽然辫发胡服，厚禄高官，他也一声不响，只在倩人写照的时候，在纸上改作斜领方巾，或芒鞋竹笠，聊过"世说"式瘾罢了。

《文选》的影响却更大。从曹宪至李善加五臣,音训注释书类之多,远非拟《世说新语》可比。那些繁难字面,如草头诸字,水旁山旁诸字,不断地被摘进历代的文章里面去,五四运动时虽受奚落,得“妖孽”之称,现在却又很有复辟的趋势了。而《古文观止》也一同渐渐地露了脸。

以《古文观止》和《文选》并称,初看好像是可笑的,但是,在文学上的影响,两者却一样的不可轻视。凡选本,往往能比所选各家的全集或选家自己的文集更流行,更有作用。册数不多,而包罗诸作,固然也是一种原因,但还在近则由选者的名位,远则凭古人之威灵,读者想从一个有名的选家,窥见许多有名作家的作品。所以自汉至梁的作家的文集,并残本也仅存十余家,《昭明太子集》只剩一点辑本了,而《文选》却在的。读《古文辞类纂》者多,读《惜抱轩全集》的却少。凡是对于文术,自有主张的作家,他所赖以发表和流布自己的主张的手段,倒并不在作文心,文则,诗品,诗话,而在出选本。

选本可以借古人的文章,寓自己的意见。博览群籍,采其合于自己意见的为一集,一法也,如《文选》是。择取一书,删其不合于自己意见的为一新书,又一法也。如《唐人万首绝句选》是。如此,则读者虽读古人书,却得了选者之意,意见也就逐渐和选者接近,终于“就范”了。

读者的读选本,自以为是由此得了古人文笔的精华的,殊不知却被选者缩小了眼界,即以《文选》为例罢,没有嵇康《家诫》,使读者只觉得他是一个愤世嫉俗,好像无端活得不快活的怪人;不收陶潜《闲情赋》,掩去了他也是一个既取民间《子夜歌》意,而又拒以圣道的迂士。选本既经选者所滤过,就总只能吃他所给予的糟或醨。况且有时还加以批评,提醒了他之以为然,而默杀了他之以为不然处。纵使选者非常糊涂,如《儒林外史》所写的马二先生,游西湖漫无准备,须问路人,吃点心又不知选择,要每样都买一点,由此可见其衡文之毫无把握吧,然而他是处州人,一定要吃“处片”,又可见虽是马二先生,也自有其“处片”式的标准了。

评选的本子,影响于后来的文章的力量是不小的,恐怕还远在名家的专集之上,我想,这许是研究中国文学史的人们也该留意的罢。

十一月二十四日记

一九一二年

哭范爱农

把酒论天下，先生小酒人。
大圜犹酩酊，微醉合沉沦。
幽谷无穷夜，新宫自在春。
旧朋云散尽，余亦等轻尘。

一九三一年

送 O.E.君携兰归国

椒焚桂折佳人老，独托幽岩展素心。
岂惜芳馨遗远者，故乡如醉有荆榛。　二月十二日

无题

大野多钩棘，长天列战云。
几家春袅袅，万籁静愔愔。
下土惟秦醉，中流辍越吟。
风波一浩荡，花树已萧森。　三月

赠日本歌人

春江好景依然在，远国征人此际行。
莫向遥天望歌舞，西游演了是封神。　三月

湘灵歌

昔闻湘水碧如染，今闻湘水胭脂痕。
湘灵妆成照湘水，皎如皓月窥彤云。
高丘寂寞竦中夜，芳荃零落无余春。
鼓完瑶瑟人不闻，太平成像盈秋门。　　三月

一九三二年

自嘲

运交华盖欲何求，未敢翻身已碰头。
破帽遮颜过闹市，漏船载酒泛中流。
横眉冷对千夫指，俯首甘为孺子牛。
躲进小楼成一统，管他冬夏与春秋。　　十月十二日

无题

洞庭木落楚天高，眉黛猩红涴战袍。
泽畔有人吟不得，秋波渺渺失离骚。　　十二月

一九三三年

二十二年元旦

云封高岫护将军，霆击寒村灭下民。
到底不如租界好，打牌声里又新春。

一月二十六日

题《彷徨》

寂寞新文苑，平安旧战场。
两间余一卒，荷戟独彷徨。　　三月

题三义塔

三义塔者，中国上海闸北三义里遗鸠埋骨之塔也，在日本，农人共建之。

奔霆飞熛歼人子，败井颓垣剩饿鸠。
偶值大心离火宅，终遗高塔念瀛洲。
精禽梦觉仍衔石，斗士诚坚共抗流。
度尽劫波兄弟在，相逢一笑泯恩仇。　　六月二十一日

悼丁君

如磐夜气压重楼，剪柳春风导九秋。
瑶瑟凝尘清怨绝，可怜无女耀高丘。　　六月

赠人

明眸越女罢晨装，荇水荷风是旧乡。
唱尽新词欢不见，旱云如火扑晴江。

其二

秦女端容理玉筝，梁尘踊跃夜风轻。
须臾响急冰弦绝，但见奔星劲有声。　　七月

阻郁达夫移家杭州

钱王登假仍如在,伍相随波不可寻。
平楚日和憎健翮。小山香满蔽高岑。
坟坛冷落将军岳,梅鹤凄凉处士林。
何似举家游旷远,风波浩荡足行吟。　　十二月

附录

一九二八年——一九二九年

《奔流》编校后记

一

创作自有他本身证明,翻译也有译者已经解释的。现在只将编后想到的另外的事,写上几句——

Iwan Turgeniew 早因为他的小说,为世所知,但论文甚少。这一篇《Hamlet und DonQuichotte》是极有名的,我们可以看见他怎样的观察人生。《Hamlet》中国已有译文,无须多说;《Don Quichotte》则只有林纾的文言译,名《魔侠传》,仅上半部,又是删节过的。近两年来,梅川君正在大发《Don Quixote》翻译热,但愿不远的将来,中国能够得到一部可看的译本,即使不得不略去其中的闲文也好。

《Don Quixote》的书虽然将近一千来页,事迹却很简单,就是他爱看侠士小说,因此发了游侠狂,硬要到各处去除邪惩恶,碰了种种钉子,闹了种种笑话,死了;临死才回复了他的故我。所以 Furgenjew 取毫无烦闷,专凭理想而勇往直前去做事的为"DonQuixote tvPe",来和一生冥想,怀疑,以致什么事也不能做的 Hamlet 相对照。后来又有人和这专凭理想的"Don Qlixoteism 式"相对,称看定现实,而勇往直前去做事的为"Marxism 式"。中国现在也有人嚷些什么"Don Quixote"了,但因为实在并没有看过这一部书,所以和实际是一点不对的。

《大旱的消失》是 Essay，作者的底细，我不知道，只知道是 1902 年死的。Essay 本来不容易译，在此只想介绍一个格式。将来倘能得到这一类的文章，也还想登下去。

跋司珂（Vasco）族是古来住在西班牙和法兰西之间的 Pyrenees 山脉两侧的大家视为世界之谜的人种。巴罗哈（Pio Baroja y Nessi）就禀有这族的血液，以一八七二年十二月廿八日，生于靠近法境的圣舍跋斯丁市。原是医生，也做小说，两年后，便和他的哥哥 Ricardo 到马德里开面包店去了，一共开了六年。现在 Ricardo 是有名的画家；他是最独创底的作家，早和 Vicente Blasco Ibanez 并称现代西班牙文坛的巨擘。他的著作至今大约有四十种，多是长篇。这里的小品四篇，是从日本的《海外文学新选》第十三编《跋司珂牧歌调》内，永田宽定的译文重翻的；原名《Vidas Sombrias》，因为所写的是跋司珂族的性情，所以仍用日译的题目。

今年一说起"近视眼看匾"来，似乎很有几个自命批评家郁郁不乐，又来大做其他的批评。为免去蒙冤起见，只好特替作者在此声明几句：这故事原是一种民间传说，作者收来编作"狂言"样子，还在前年的秋天，本预备登在《波艇》上的。倘若其中仍有冒犯了批评家的处所，那实在是老百姓的眼睛也很亮，能看出共通的暗病的缘故，怪不得传述者的。

俄国的关于文艺的争执，曾有《苏俄的文艺论战》介绍过，这里的《苏俄的文艺政策》，实在可以看作那一部的续编。如果看过前一书，则看起这篇来便更为明了。序文上虽说立场有三派的不同，然而约减起来，不过是两派。即对于阶级文艺，一派偏重文艺，如瓦浪斯基等，一派偏重阶级，是《那巴斯图》的人们；Bukharin 们自然也主张支持劳动阶级作家的，但又以为最要紧的是要有创作。发言的人们之中，几个是委员，如 Voronsky，Bukharin，lakovlev，Trotsky，Lunacharsky 等；也有"锻冶厂"一派，如 Pletni-jov；最多的是《那巴斯图》的人们，如 Vardin，IMevitch，Averbach，Rodov，Besamensky 等，译载在《苏俄的文艺论战》里的一篇《文学与艺术》后面，都有署名在那里。

《那巴斯图》派的攻击，几乎集中于一个 Voronsky，《赤色新地》的编辑者；对于他的《作为生活认识的艺术》，Lelevitch 曾有一篇《作为生活组织的艺术》，引用布哈林的定义，以艺术为"感情的普遍化"的方法，并且指摘 Voronsky 的艺术论，乃是超阶级底的。这意思在评议会的论争上也可见。但到后来，藏原惟人在《现代俄国的批评文学》中说，他们两人之间的立场似乎有些接近了，Voronsky 承认了艺术的阶级性之重要，Lelevitch 的攻击也较先前稍为和缓了。现在是 Trotsky，Radek 都已放逐，Voronsky 大约也退职，状况也许又很不同了罢。

从这记录中，可以看见在劳动阶级文学大本营的俄国的文学的理论和实际，于现在的中国，恐怕是不为无益的。其中有几个空字，是原译本如此，因无别国译本，不敢妄补，倘有备着原书，通函见教，或指正其错误的，必当随时补正。

一九二八年六月五日，鲁迅

二

Rudolf Lindau 的《幸福的摆》，全篇不过两章，因为纸数的关系，只能分登两期了。篇末有译者附记，以为"小说里有一种 Kosmopolifisch 的倾向，同时还有一种厌世的东洋色彩"，这是极确凿的。但作者究竟是德国人，所以也终于不脱日耳曼气，要绘图立说，来发明"幸福的摆"，自视为生路，而其实又是死因。我想，东洋思想的极致，是在不来发明这样的"摆"，不但不来，并且不想；不但不想到"幸福的摆"，并且连世间有所谓"摆"这一种劳什子也不想到。这是令人长寿平安，使国古老拖延的秘法。老聃作五千言，释迦有恒河沙数说，也还是东洋人中的"好事之徒"也。

奥国人 René Fueloep-Miller 的叙述苏俄状况的书，原名不知道是什么，英译本曰《The Mind and Face of Bolshevism》，今年上海似乎到得很不少。那叙述，虽说是客观的，然而倒是指摘缺点的地方多，唯有括画二百余，则很可以供我们的参考，因为图画是人类共通的语言，很难由第三者从中作梗的。可惜有些"艺术家"，先前生吞"琵亚词侣"，活剥蕗谷虹儿，今年突变为"革命艺术家"，早又顺手将其中的几个作家撕碎了。这里翻印了两张，都是 I.Annllenkov 所做的画像；关于这画像，著者这样说——

"……其中主要的是画家 Iuanii Annenkov。他依照未来派艺术家的原则工作，且爱在一幅画上将各刹那并合于一件事物之中，但他设法寻出一个为这些原质的综合。他的画像即意在'由一个人的传记里，抄出脸相的各种表现来'。俄国的批评家特别称许他的才能在于将细小微末的详细和画中的实物发生关联，而且将这些制成更加恳切地显露出来的性质。他并不区别有生和无生，对于他的题目的周围的各种琐事，他都看作全体生活的一部分。他爱一个人的所有物，这生命的一切细小的碎片；一个脸上的各个抓痕，各条皱纹，或一个赘疣，都自有它的意义的。"

那 Maxim Gorky 的画像，便是上文所讲的那些的好例证。他背向西欧的机械文明，面对东方，佛像表印度，瓷器表中国，赤色的地方，旗上明写着"R.S.F.S.R."，当然是"俄罗斯苏维埃联邦社会主义共和国"了，但那颜色只有一点连到 Gorky 的脑上，也许是含有不满之意的罢——我想。这像是一九二〇年作，后三年，Gorky 便往意大利去了，今年才大家嚷着他要回去。

N.Evreinov的画像又是一体,立方派的手法非常浓重的。Evreinov是俄国改革戏剧的三大人物之一,我记得画室先生译的《新俄的演剧和跳舞》里,曾略述他的主张。这几页"演剧杂感",论人生应该以意志修改自然,虽然很豪迈,但也仍当看如何的改法,例如中国女性的修改其足,便不能和蝴蝶结相提并论了。

这回登载了Gorky的一篇小说,一篇关于他的文章,一半还是由那一张画像所引起的,一半是因为他今年六十岁。听说在他的本国,为他所开的庆祝会,是热闹极了;我原已译成了一篇昇曙梦的《最近的Gorky》说得颇详细,但也还因为纸面关系,不能登载,且待下几期的余白罢。

一切事物,虽说以独创为贵,但中国既然是世界上的一国,则受点别国的影响,即自然难免,似乎倒也无须如此娇嫩,因而脸红。单就文艺而言,我们实在还知道得太少,吸收得太少。然而一向迁延,现在单是介绍也来不及了。于是我们只好这样:旧的呢,等他五十岁,六十岁……大寿,生后百年阴寿,死后N年忌辰时候来讲;新的呢,待他得到诺贝尔奖奖金。但是还是来不及,倘是月刊,专做庆吊的机关也不够。那就只好挑几个于中国较熟悉,或者较有意义的来说说了。

生后一百年的大人物,在中国又较耳熟的,今年就有两个:Leov Tolstoy和HenrikIbsen。Ibsen的著作,因潘家洵先生的努力,中国知道的较多。本刊下期就想由语堂,达夫,梅川,我,译上几篇关于他的文章,如H.Ellis,G.Brandes,E.Roberts,L.Aas,有岛武郎之作;并且加几幅图像,自年青的Ibsen起,直到他的死尸,算作一个纪念。

一九二八年七月四日,鲁迅

三

前些时,偶然翻阅日本青木正儿的《支那文艺论丛》,看见在一篇《将胡适漩在中心的文学革命》里,有云——

"民国七年(1918)六月,《新青年》突然出了《易卜生号》。这是文学的革命军进攻旧剧的城的鸣镝。那阵势,是以胡将军的《易卜生主义》为先锋,胡适罗家伦共译的《娜拉》(至第三幕),陶履恭的《国民之敌》和吴弱男的《小爱友夫》(各第一幕)为中军,袁振英的《易卜生传》为殿军,勇敢地出阵。他们的进攻这城的行动,原是战斗的次序,非向这里不可的,但使他们至于如此迅速地成为奇兵底的原因,却似乎是这样——因为其时恰恰昆曲在北京突然盛行,所以就有对此叫出反抗之声的必要了。那真相,征之同誌的翌月号上钱玄同君之所说(随感录十八),漏着反抗的口吻,是明明白白的。……"

但何以大家偏要选出。Ibsen 来呢?如青木教授在后文所说,因为要建设西洋式的新剧,要高扬戏剧到真的文学的地位,要以白话来兴散文剧,还有,因为事已亟矣,便只好先以实例来刺戟天下读书人的直感:这自然都确当的。但我想,也还因为 Ibsen 敢于攻击社会,敢于独战多数,那时的介绍者,恐怕是颇有以孤军而被包围于旧垒中之感的罢,现在细看墓碣,还可以觉到悲凉,然而意气是壮盛的。

那时的此后虽然颇有些纸面上的纷争,但不久也就沉寂,戏剧还是那样旧,旧垒还是那样坚;当时的《时事新报》所斥为"新偶像"者,终于也并没有打动一点中国的旧家子的心。后三年,林纾将"Gengangere"译成小说模样,名曰《梅孽》——但书尾校者的按语,却偏说"此书曾由潘家洵先生编为戏剧,名曰《群鬼》"——从译者看来,Ibsen 的作意还不过是这样的——

"此书用意甚微:盖劝告少年,勿作浪游,身被隐疾,肾宫一败,生子必不永年。……余恐读者不解,故弁以数言。"

然而这还不算不幸。再后几年,则恰如 Ibsen 名成身退,向大众伸出和睦的手来一样,先前欣赏那汲 Ibsen 之流的剧本《终身大事》的英年,也多拜倒于《天女散花》,《黛玉葬花》的台下了。

不知是有意呢还是偶然,潘家洵先生的《Hedda Gabler》的译本,今年突然在《小说月报》上发表了,计算起来,距作者的诞生是一百年,距《易卜生号》的出版已经满十年。我们自然并不是要继《新青年》的遗踪,不过为追怀这曾经震动一时的巨人起见,也翻了几篇短文,聊算一个纪念。因为是短文的杂集,系统是没有的。但也略有线索可言:第一篇可略知 lbsen 的生平和著作;第二篇叙述得更详明;第三篇将他的后期重要著作,当作一大篇剧曲看,而作者自己是主人。第四篇是通叙他的性格,著作的琐屑的来由和在世界上的影响的,是只有他的老友 G.Brandes 才能写作的文字。第五篇则说他的剧本所以为英国所不解的缘故,其中有许多话,也可移赠中国的。可惜他的后期著作,惟 Brandes 略及数言,没有另外的详论,或者有岛武郎的一篇《卢勃克和伊里纳的后来》,可以稍弥缺憾的罢。这曾译载在本年一月的《小说月报》上,那意见,和 Brandes 的相同。

"人"第一,"艺术底工作"第一呢?这问题,是在力作一生之后,才会发生,也才能解答。独战到底,还是终于向大家伸出和睦之手来呢?这问题,是在战斗一生之后,才能发生,也才能解答。不幸 Ibsen 将后一问解答了,他于是尝到"胜者的悲哀"。

世间大约该还有从集团主义的观点,来批评 Ibsen 的论文罢,无奈我们现在手头没有这些，所以无从介绍。这种工作，以待“革命的知识阶级”及其“指导者”罢。

此外，还想将校正《文艺政策》时所想到地说几句：

托罗兹基是博学的，又以雄辩著名，所以他的演说，恰如狂涛，声势浩大，喷沫四飞。但那结尾的预想，其实是太过于理想的——据我个人的意见。因为那问题的成立，几乎是并非提出而是袭来，不在将来而在当面。文艺应否受党的严谨的指导的问题，我们且不问；我觉得耐人寻味的，是在“那巴斯图”派因怕主义变质而主严，托罗兹基因文艺不能孤生而主宽的问题。许多言辞，其实不过是装饰的枝叶。这问题看去虽然简单，但倘以文艺为政治斗争的一翼的时候，是很不容易解决的。

一九二八年八月十一日，鲁迅

四

有岛武郎是学农学的，但一面研究文艺，后来就专心从事文艺了。他的《著作集》，在生前便陆续辑印，《叛逆者》是第四辑，内收关于三个文艺家的研究；译印在这里的是第一篇。

以为中世纪在文化上，不能算黑暗和停滞，以为罗丹的出现，是再兴戈谛克的精神：都可以见作者的史识。当这第四辑初出时候，自己也曾翻译过，后来渐觉得作者的文体，移译颇难，又念中国留心艺术史的人还很少，印出来也无用，于是没有完工，放下了。这回金君却勇敢地完成了这工作，是很不易得的事，就决计先在《奔流》上发表，顺次完成一本书。但因为对于许多难译的文句，先前也曾用过心，所以遇有自觉较妥的，便参酌了几处，出版期迫，不及商量，这是希望译者加以原宥的。

要讲罗丹的艺术，必须看罗丹的作品，——至少，是作品的影片。然而中国并没有这一种书。所知道的外国文书，图画尚多，定价较廉，在中国又容易入手的，有下列的二种——

《The Art of Rodin.》64 Reproductions. Introduction by Louis Weinberg.《Modern library》第 41 本。95cents net. 美国纽约 Boni and Liveright, Inc. 出版。

《Rodin.》高村光太郎著。《Ars 美术丛书》第二十五编。特制本一圆八十钱，普及版一圆。日本东京 Ars 社出版。

罗丹的雕刻，虽曾震动了一时，但和中国却并不发生什么关系地过去了。后起的有 Ivan. Mestrovic（1883 年生），称为塞尔维亚的罗丹，则更进，而以太古底情热和酷烈的人间苦为特色的，曾见英国和日本，都有了影印的他的雕刻集。最近，更有 Konenkov，称为俄

罗斯的罗丹,但与罗丹所代表是西欧的有产者不同,而是东欧的劳动者。可惜在中国也不易得到资料,我只在昇曙梦编辑的《新露西亚美术大观》里见过一种木刻,是装饰全俄农工博览会内染织馆的《女工》。

一九二八年九月十五夜,鲁迅

五

本月中因为有印刷局的罢工,这一本的印成,大约至少要比前四本迟十天了。

《她的故乡》是从北京寄来的,并一封信,其中有云:

"这篇小文是我在二年前,从《World´s Classics》之'Selected Modern English Es-says'里无意中译出的,译后即搁在书堆下;前日在北海图书馆看到 W.H.Hudson 的集子十多大本,觉得很惊异。然而他的大著我仍然没有细读过,虽然知道他的著作有四种很著名。……

"作者的事情,想必已知?我是不知道,只能从那选本的名下,知他生于一八四一,死于一九二二而已。

"末了,还有一极其微小的事要问:《大旱之消失》的作者,《编校后记》上说是一九〇二年死的,然而我看《World´s Classics》关于他的生死之注,是:1831-1913,这不知究竟怎样?"

W.H.Hudson 的事情,我也不知道。新近得到一本 C.Sampson 增补的 S.A.Brooke 所编《Primer of English Literature》,查起来,在第九章里,有下文那样的几句——

"Hudson 在《Far Away and Long Ago》中,讲了在南美洲的他的青年时代事,但于描写英国的鸟兽研究,以及和自然界最为亲近的农夫等,他也一样地精工。仿佛从丰饶的心中,直接溢出似的他的美妙而平易的文章,在同类中,最为杰出。《Green Mansions》,《The Naturalist In La Plata》,《The Purple Land》,《A Shepherd's Life》等,是在英文学中,各占其地位的。"

再查《蔷薇》的作者 P.Smith,没有见;White 却有的,在同章中的"后期维多利亚朝的小说家"条下,但只有这几句,就是——

"'Mark Rutherford'(即 Wm.Hale White)的描写非国教主义者生活的阴郁的小说,是有古典之趣的文章,表露着英国人心的一面的。"

至于生卒之年,那是《World's Classics》上的对,我写后记时所据的原也是这一本书,不知怎的却弄错了。

近来时或收到并不连接的期刊之类，其中往往有关于我个人或和我有关的刊物的文章，但说到《奔流》者很少。只看见两次。一，是说译著以个人的趣味为重，所以不行。这是真的。《奔流》决定底地没有这力量，会每月选定全世界上有世界的意义的文章，汇成一本，或者满印出有世界的意义的作品来。说到“趣味”，那是现在确已算一种罪名了，但无论人类的也罢，阶级的也罢，我还希望总有一日弛禁，讲文艺不必定要“没趣味”。又其一，是说《奔流》的“执事者都是知名的第一流人物”，“选稿也许是极严吧？而于著，译，也分得极为明白，不仅在《奔流》中目录，公布着作译等字样，即是在《北新》，《语丝》……以及一切旁的广告上，也是如此。”但

“汉君作的《一握泥土》，实实在在道道地地的的确确是‘道地’地从翻译而来的。……原文不必远求西版书，即在商务出版的《college English Reading》中就有。题目是：

《A Handful of Clay,》

作者是 Henry Van Dyke。这种小错误，其实不必吹毛求疵般斤斤计较，不过《奔流》既然如此地分得明白，那么译而曰作，似乎颇有掠美之嫌，故敢代为宣布。此或可使主编《奔流》的先生，小心下一回耳。”

其实，《奔流》之在目录及一切广告上声明译作，倒是小心之过，因为恐怕爱读创作而买时未暇细看内容的读者，化了冤钱，价又不便宜，便定下这一种办法，竟不料又弄坏了。但这回的译作不分，却因编者的“浅薄”，一向没有读过那一种“Reading”之类，也未见别的译文，投稿上不写原作者名，又不称译，便以为是做的，简直当创作看了，“掠美”的坏意思，自以为倒并没有的。不过无论如何小心，此后也难保再没有这样的或更大的错误，那只好等读者的指摘，检切要的在此一本中订正了。

顺便还要说几句别的话。诸位投稿者往往因为一时不得回信，给我指示，说编辑者应负怎样的责任。那固然是的。不过所谓奔流社的“执事者”，其实并无和这一种堂皇名号相符的大人物；就只有两三个人，来译，来做，来看，来编，来校，搜材料，寻图画，于是信件收送，便只好托北新书局代办。而那边人手又少，十来天送一次，加上本月中邮局的罢工积压，所以催促和训斥的信，好几封是和稿件同到的。无可补救。各种惠寄的文稿及信件，也因为忙，未能一一答复，这并非自恃被封为“知名的第一流人物”之故，乃是时光有限，又须谋生，若要周到，便没有了性命，也编不成《奔流》了。这些事，倘肯见谅，是颇望见谅的。因为也曾想过许多回，终于没有好方法，只能这样的了。

一九二八年十月二十六日，鲁迅

六

编目的时候，开首的四篇诗就为难，因为三作而一译，真不知用怎样一个动词好。幸而看见桌上的墨，边上印着“曹素功监制”字样，便用了这“制”字，算是将“创作”和“翻译”都包括在内，含混过去了。此外，能分清的，还是分清。

这一本几乎是三篇译作的天下，中间夹着三首译诗，不过是充充配角的。而所以翻译的原因，又全是因为插画，那么，诗之不关重要，也就可想而知了。第一幅的作者 Arthur Rackham 是英国作插画颇颇有名的人，所做的有《Esop’s Fables》的图画等多种，这幅从《The Springtide of Life》里选出，原有彩色，我们的可惜没有了。诗的作者 Alger-non Charles Swinburne(1837—1909)是维多利亚朝末期的诗人，世称他最受欧洲大陆的影响，但从我们亚洲人的眼睛看来，就是这一篇，也还是英国气满满的。

《跳蚤》的木刻者 R.Dufy 有时写作 Dufuy，是法国有名的画家，也擅长装饰；而这《禽虫吟》的一套木刻尤有名。集的开首就有一篇诗赞美他的木刻的线的崇高和强有力；L.Pichon 在《法国新的书籍图饰》中也说——

“……G.Apollinaire 所著《Le Bestiaire au Cort6ge d’Orph6e》的大的木刻，是令人极意称赞的。是美好的画因的丛画，作成各种殊别动物的相沿的表象。由它的体的分布和线的玄妙，以成最佳的装饰的全形。”

这书是千九百十一年，法国 Deplanch 出版；日本有堀口大学译本，名《动物诗集》，第一书房(东京)出版的，封余的译文，即从这本转译。

蕗谷虹儿的画，近一两年曾在中国突然造成好几个时行的书籍装饰画家；这一幅专用白描，而又简单，难以含糊，所以也不被模仿，看起来较为新鲜一些。

一九二八年十一月十八日，鲁迅

七

生存八十二年，作文五十八年，今年将出全集九十三卷的托尔斯泰，即使将一本《奔流》都印了关于他的文献的目录，恐怕尚且印不下，更何况登载纪念的文章。但只有这样的财力便只能做这样的事，所以虽然不过一本小小的期刊，也还是趁一九二八年还没有全完的时候，来做一回托尔斯泰诞生后百年的纪念。

关于这十九世纪的俄国的巨人，中国前几年虽然也曾经有人介绍，今年又有人叱骂，然而他于中国的影响，其实也还是等于零。他的三部大著作中，《战争与和平》至今无人翻译;传记是只有 Ch.Sarolea 的书的文言译本和一小本很不完全的《托尔斯泰研究》。前几天因为要查几个字,自己和几个朋友走了许多外国书的书店,终竟寻不到一部横文的他的传记。关于他的著作,在中国是如此的。说到行为,那是更不相干了。我们有开书店造洋房的革命文豪,没有分田给农夫的地主——因为这也是“浅薄的人道主义”;有软求“出版自由”的“著作家”兼店主,没有写信直斥皇帝的糊涂虫——因为这是没有用的,倒也并非怕危险。至于“无抵抗”呢,事实是有的,但并非由于主义,因事不同,因人不同,或打人的嘴巴,或将嘴巴给人打,倘以为会有俄国的许多“灵魂的战士”(Doukhobor)似的,宁死不当兵卒,那实在是一种“杞忧”。

所以这回是意在介绍几篇外国人——真看过托尔斯泰的作品,明白那历史的背景的外国人——的文字,可以看看先前和现在,中国和外国,对于托尔斯泰的评价是怎样的不同。但自然只能从几个译者所见到的书报中取材,并非说惟这几篇是现在世间的定论。

首先当然要推 Corky 的《回忆杂记》,用极简洁的叙述,将托尔斯泰的真诚底和粉饰的两面,都活画出来,仿佛在我们面前站着。而作者 Corky 的面目,亦复跃如。一面可以见文人之观察文人,一面可以见劳动出身者和农民思想者的隔膜之处。达夫先生曾经提出一个小疑问,是第十一节里有 Nekassov 这字,也许是错的,美国版的英书,往往有错误。我因为常见俄国文学史上有 Nekrassov,便于付印时候改了,一面则寻访这书的英国印本,来资印证,但待到三校已完,而英国本终于得不到,所以只得暂时存疑,如果所添的“r”是不对的,那完全是编者的责任。

第一篇通论托尔斯泰的一生和著作的,是我所见的一切中最简洁明了的文章,从日本井田孝平的译本《最新露西亚文学研究》重译;书名的英译是《Sketches for the History of Recent Russian Literature》,但不知全书可有译本。原本在一九二三年出版;著者先前是一个社会民主党员,屡被拘囚,终遭放逐,研究文学便是在狱中时的工作。一九〇九年回国,渐和政治离开,专做文笔劳动和文学讲义的事了。这书以 Marxism 为依据,但侧重文艺方面,所以对于托尔斯泰的思想,只说了“反对这极端底无抵抗主义而起的,是 Korolienko 和 Gorki,以及革命底俄国”这几句话。

从思想方面批评托尔斯泰,可以补前篇之不足的,是 A.Lunacharski 的讲演。作者在现代批评界地位之重要,已可以无须多说了。这一篇虽讲在五年之前,其目的多在和政敌“少数党”战斗,但在那里面,于非有产阶级的唯物主义(Marxism)和非有产阶级的精神主义(Tolstoism)的不同和相碍,以及 Tolstoism 的缺陷及何以有害于革命之点,说得非常分明,这才可以照见托尔斯泰,而且也照见那以托尔斯泰为“卑汙的说教者”的中国创造社旧旗下的"文化批判"者。

Lvov-Rogachevski 以托尔斯泰比卢梭，Lunacharski 的演说里也这样。近来看见 Plekhanov 的一篇论文《KarlMarx 和 Tolstoi》的附记里，却有云，"现今开始以托尔斯泰来比卢梭了，然而这样的比较，不过得到否定底的结论。卢梭是辩证论者（十八世纪少数的辩证论者之一人），而托尔斯泰则到死为止，是地道的形而上学者（十九世纪的典型底形而上学者的一人）。敢于将托尔斯泰和卢梭并列者，是没有读过那有名的《人类不平等起原论》或读而不懂的人所做的事。在俄国文献里，卢梭的辩证法底特质，在十二年前，已由札思律支弄明白了。"三位都是马克思学者的批评家，我则不但"根本不懂唯物史观"，且未曾研究过卢梭和托尔斯泰的书，所以无从知道那一说对，但能附载于此，以供读者的参考罢了。

小泉八云在中国已经很有人知道，无须介绍了。他的三篇讲义，为日本学生而讲，所以在我们看去，也觉得很了然。其中含有一个很够研究的问题，是句子为一般人所不懂，是否可以算做好文学。倘使为大众所不懂而仍然算好，那么这文学也就绝不是大众的东西了。托尔斯泰所论及的这一层，确是一种卓识。但是住在都市里的小资产阶级，实行是极难的，先要"到民间去"，用过一番苦功。否则便会像创造社的革命文学家一样，成仿吾刚大叫到劳动大众间去安慰指导他们（见本年《创造月刊》），而"诗人王独清教授"又来减价，只向"革命的印贴利更追亚"说话（见《我们》一号）。但过了半年，居然已经悟出，修善寺温泉浴场和半租界洋房中并无"劳动大众"，这是万分可"喜"的。

Maiski 的讲演也是说给外国人听的，所以从历史说起，直到托尔斯泰作品的特征，非常明了。日本人的办事真敏捷，前月底已有一本《马克思主义者之所见的托尔斯泰》出版，计言论九篇，但大抵是说他的哲学有妨革命，而技术却可推崇。这一篇的主意也一样，我想，自然也是依照"苏维埃艺术局"的纲领书的，所以做法纵使万殊，归趣却是一致。奖其技术，贬其思想，是一种重新估价运动，也是廓清运动。虽然似乎因此可以引出一个问题，是照此推论起来，技术的生命，长于内容，"为艺术的艺术"，于此得到苏甦的消息。然而这还不过是托尔斯泰诞生一百年后的托尔斯泰论。在这样的世界上，他本国竟以纪念观念相反的托尔斯泰的盛典普示世界，以他的优良之点讲给外人，其实是十分寂寞的事。到了将来，自然还会有不同的言论的。

托尔斯泰晚年的出奔，原因很复杂，其中的一部，是家庭的纠纷。我们不必看别的记录，只要看《托尔斯泰自己的事情》一篇，便知道他的长子 L.L.Folstoi 便是一个不满于父亲的亲母派。《回忆杂记》第二十七节说托尔斯泰喜欢盘问人家，如"你想我的儿子莱阿，是有才能的吗?”的莱阿,便是他。末尾所记的 To the doctor he would say:“All myarrangements must be destroyed.”尤为奇特,且不易解。托尔斯泰死掉之前,他的夫人没有进屋里去,作者又没有说这是医生所传述,所以令人觉得很可疑怪的。

末一篇是没有什么大关系的,不过可以知道一点前年的 Iasnaia Poliana 的情形。

这回的插图,除卷面的一幅是他本国的印本,卷头的一幅从 J.Drinkwater 编的《The Outline of Literature》,他和夫人的一幅从《Sphere》取来的之外,其余七幅,都是出于德人 Julius Hart 的《托尔斯泰论》和日本译的《托尔斯泰全集》里的。这全集共六十本,每本一图,倘使挑选起来,该可以得到很适宜的插画,可惜我只有六本,因此其中便不免有所迁就了。卷面的像上可以看见 Gorky 看得很以为奇的手;耕作的图是 Riepin 于一八九二年所作,颇为有名,本期的 Lvov-Rogachevski 和藏原唯人的文章里,就都提起它,还有一幅坐像,也是 Riepin 之作,也许将来可以补印。那一张谑画(Caricature),不知作者,我也看不大懂,大约是以为俄国的和平,维持只靠兵警,而托尔斯泰却在拆掉这局面罢。一张原稿,是可以印证他怎样有闲,怎样细致,和 Dostoievski 的请女速记者做小说怎样两路的:一张稿子上,改了一回,删了两回,临末只剩了八行半了。

托尔斯泰

至于纪念日的情形,在他本国的,中国已有记事登在《无轨列车》上。日本是由日露艺术协会电贺全苏维埃对外文化联络协会;一面在东京读卖新闻社讲堂上开托尔斯泰纪念讲演会,有 Maiski 的演说,有 Napron 女士的 Esenin 诗的朗吟。同时又有一个纪念会,大约是意见和前者相反的人们所办的,仅看见《日露艺术》上有对于这会的攻击,不知其详。

欧洲的事情,仅有赵景深先生写给我一点消息——

“顷阅《伦敦麦考莱》十一月号,有这样几句话:‘托尔斯泰研究会安排了各种百年纪念的庆祝。十月末《黑暗的势力》和《教育之果》在艺术剧院上演。AnnaStannard 将《Anna Karenina》改编剧本,亦将于十一月六日下午三时在皇家剧院上演。同日下午八时 P.E.N.会将为庆祝托尔斯泰聚餐,Galsworthy 亦在席云。’

“又阅《纽约时报》十月七号的《书报评论》,有法国纪念托尔斯泰的消息。大意说,托尔斯泰游历欧洲时,不大到法国去,因为他是主张为人生的艺术的,所以不大欢喜法国的文学。他在法国文学中最佩服三个人,就是 Stendhal,Balzac 和 Flaubert。对于他们的后辈 Maupassant,Mirbeau 等,也还称赞。法国认识托尔斯泰是很早的,一八八四年即有《战争与和平》的法译本,一八八五年又有《Anna Karen-ina》和《忏悔》的法译本。M. Bienstock 曾译过他的全集,可惜没有完。自从 Eugène Melchior-de Vogüe 在一八八六年作了一部有名的《俄国小说论》,法国便普遍的知道托尔斯泰了。今年各杂志上更大大的著论介绍,其中有 M.RaPPoPort 很反对托尔斯泰的无抵抗主义,说他是个梦想的社会主义者。但大致说来,对于他还都是很崇敬的,罗曼·罗兰对他依旧很是忠心,与以前做《托尔斯泰传》时一样。"

在中国,有《文学周报》和《文化战线》,都曾为托尔斯泰出了纪念号;十二月的《小说月报》上,有关于他的图画八幅和译著三篇。

一九二八年十二月二十三日,鲁迅记

八

这一本校完之后,自己觉得并没有什么话非说不可。

单是,忽然想起,在中国的外人,译经书,子书的是有的,但很少有认真地将现在的文化生活——无论高低,总还是文化生活——介绍给世界。有些学者,还要在载籍里竭力寻出食人风俗的证据来。这一层,日本比中国幸福得多了,他们常有外客将日本的好的东西宣扬出去,一面又将外国的好的东西,循循善诱地输运进来。在英文学方面,小泉八云便是其一,他的讲义,是多么简要清楚,为学生们设想。中国的研究英文,并不比日本迟,所接触的,是英文书籍多,学校里的外国语,又十之八九是英语,然而关于英文学的这样讲义,却至今没有出现。现在登载它几篇,对于看看英文,而未曾留心到史的关系的青年,大约是很有意义的。

先前的北京大学里,教授俄,法文学的伊发尔(Ivanov)和铁捷克(Tretiakov)两位先生,我觉得却是善于诱掖的人,我们之有《苏俄的文艺论战》和《十二个》的直接译本而且是译得可靠的,就出于他们的指点之赐。现在是,不但俄文学系早被"正人君子"们所击散,连译书的青年也不知所往了。

大约是四五年前罢,伊发尔先生向我说过,"你们还在谈 Sologub 之类,以为新鲜,可是这些名字,从我们的耳朵听起来,好像已经是一百来年以前的名字了。"我深信这是真的,在变动,进展的地方,十年的确可以抵得我们的一世纪或者还要多。然而虽然对于这些旧作家,我们也还是不过"谈谈",他的作品的译本,终于只有几篇短篇,那比较长些的有名的《小鬼》,至今并没有出版。

这有名的《小鬼》的作者梭罗古勃,就于去年在列宁格勒去世了,活了六十五岁。十月革命时,许多文人都往外国跑,他却并不走,但也没有著作,那自然,他是出名的"死的赞美者",在那样的时代和环境里,当然做不出东西来的,做了也无从发表。这回译载了他的一篇短篇——也许先前有人译过的——并非说这是他的代表作,不过借此做一点纪念。那所描写,我想,凡是不知道集团主义的饥饿者,恐怕多数是这样的心情。

一九二九年一月十八日,鲁迅

九

这算是第一卷的末一本了,此后便是第二卷的开头。别的期刊不敢妄揣,但在《奔流》,却不过是印了十本,并无社会上所珍重的"夏历"过年一样,有必须大放爆竹的神秘的玄机。惟使内容有一点小小的结束,以便读者购阅的或停或续的意思,却是有的。然而现在还有《炸弹和征鸟》未曾完结,不过这是在重要的时代,涉及广大的地域,描写多种状况的长篇,登在期刊上需要一年半载,也正是必然之势,况且每期所登也必有两三章,大概在大度的读者是一定很能够谅解的罢。

其次,最初的计划,是想,倘若登载将来要印成单行本的译作,便须全部在这里发表,免得读者再去买一本一部分曾经看过的书籍。但因为译作者的生活关系,这计划恐怕办不到了,纵有匿名的"批评家"以先在期刊上横横直直发表而后来集印成书为罪状,也没有法子。确是全部登完了的只有两种:一是《叛逆者》,一是《文艺政策》。

《叛逆者》本文三篇,是有岛武郎最精心结撰的短论文,一对于雕刻,二对于诗,三对于画;附录一篇,是译者所作;插画二十种,则是编者加上去的,原本中并没有。《文艺政策》原译本是这样完结了,但又见过另外几篇关于文艺政策的文章,倘再译了出来,一切大约就可以知道得更清楚。此刻正在想:再来添一个附录,如何呢?但一时还没有怎样的决定。

《文艺政策》另有画室先生的译本,去年就出版了。听说照例的创造社革命文学诸公又在"批判",有的说鲁迅译这书是不甘"落伍",有的说画室居然捷足先登。其实我译这书,倒并非救"落",也不在争先,倘若译一部书便免于"落伍",那么,先驱倒也是轻松的玩意。我的翻译这书不过是使大家看看各种议论,可以和中国的新的批评家的批评和主张相比较。与翻刻王羲之真迹,给人们可以和自称王派的草书来比一比,免得糊里糊涂的意思,是相仿佛的,借此也到"修善寺"温泉去洗澡,实非所望也。

又其次,是原想每期按二十日出版,没有迟误的,但竟延误了一个月。近时得到几位爱读者的来信,责以迟延,勉以努力。我们也何尝不想这样办;不过一者其中有三回增刊,共加添二百页,即等于十个月内,出了十一本的平常刊;二者这十个月中,是印刷局的两次停工和举国同珍的一回"夏历"岁首,对于这些大事,几个《奔流》同人除跳黄浦江之外,是什么办法也没有的。譬如要办上海居民所最爱看的"大出丧",本来算不得乌托邦的空想,但若角色都回家拜岁去了,就必然地出不出来。所以,据去年一年所积累的经验,是觉得"凡例"上所说的"倘无意外障碍,定于每月中旬出版"的上一句的分量,实在着重起来了。

孙用先生寄来译诗之后,又寄一篇作者《Lermontov 小记》来。可惜那时第九本已经印好,不及添上了,现在补录在这里——

"密哈尔·古列维支·莱芒托夫(Mikhail Gurievitch Lermontov)在一八一四年十月十五日生于莫斯科,死于一八四一年七月廿七日。是一个俄国的诗人及小说家,被称为'高加索的诗人'的,他曾有两次被流放于高加索(1837,1840),也在那儿因决斗而死。他的最有名的著作是小说《我们的时代的英雄》和诗歌《俄皇伊凡·华西里维支之歌》,《Lsmail-Bey》及《魔鬼》等。"韦素园先生有一封信,有几处是关于 Gorky 的《托尔斯泰回忆杂记》的,也摘录于下——

"读《奔流》七号上达夫先生译文,所记有两个疑点,现从城里要来一本原文的 Gorky 回忆托尔斯泰,解答如下:

1.《托尔斯泰回忆记》第十一节 Nekassov 确为 Nekrassov 之误。涅克拉梭夫是俄国十九世纪有名的国民诗人。

2."Volga 宣教者"的 Volga 是河名,中国地理书上通译为涡瓦河,在俄国农民多呼之为'亲爱的母亲',有人译为'卑污的说教者',当系错误。不过此处,据 Gorky《回忆杂记》第三十二节原文似应译为'涡瓦河流域'方合,因为这里并不只 Volga 一个字,却在前面有一前置词(za)故也。

以上系根据彼得堡一九一九年格尔热宾出版部所印行的本子作答的,当不致有大误。不过我看信比杂记写得还要好。

说到那一封信,我的运动达夫先生一并译出,实在也不止一次了。有几回,是诱以甘言,说快点译出来,可以好好地合印一本书,上加好看的图像;有一回,是特地将读者称赞译文的来信寄去,给看看读书界的期望是怎样地热心。见面时候谈起来,倒也并不如那跋文所说，暂且不译了，但至今似乎也终于没有动手，这真是无可如何。现在索性将这情形公表出来，算是又一回猛烈的“恶毒”的催逼。

一九二九年三月二十五日，鲁迅记

十

E.Dowden 的关于法国的文学批评的简明扼要的论文，在这一本里已经终结了，我相信于读者会有许多用处，并且连类来看英国的批评家对于批评的批评。

这回译了一篇野口米次郎的《爱尔兰文学之回顾》，以译文而论，自然简直是续貂。但也很简明扼要，于爱尔兰文学运动的来因去果，是说得了分明的；中国前几年，于Yeats，Synge 等人的事情和作品，曾经屡有介绍了，现在有这一篇，也许更可以帮助一点理解罢。

但作者是诗人，所以那文中有许多诗的词句，是无须赘说的。只有一端，当翻译完毕时，还想添几句话。那就是作者的“无论哪一国的文学，都必须知道古代的文化和天才，和近代的时代精神有怎样的关系，而从这处所，来培养真生命的”的主张。这自然也并非作者一人的话，在最近，虽是最革命底国度里，也有搬出古典文章来之势，编印托尔斯泰全集还是小事，如 Trotsky，且明说可以读 Dante 和 Pushkin，Luna-charski 则以为古代一民族兴起时代的文艺，胜于近来十九世纪末的文艺。但我想，这是并非中国复古的两派——遗老的神往唐虞，遗少的归心元代——所能引为口实的——那两派的思想，虽然和 Trotsky 等截然不同，但觉得于自己有利时，我可以保证他们也要引为口实。现在的幻想中的唐虞，那无为而治之世，不能回去的乌托邦，那确实性，比到“阴间”去还稀少；至于元，那时东取中国，西侵欧洲，武力自然是雄大的，但他是蒙古人，倘以这为中国的光荣，则现在也可以归降英国，而自以为本国的国旗——但不是五色的——“遍于日所出入处”了。

要之，倘若先前并无可以师法的东西，就只好自己来开创。拉旧来帮新，结果往往只差一个名目，拖《红楼梦》来附会十九世纪式的恋爱，所造成的还是宝玉，不过他的姓名是“少年威德”，说《水浒传》里有革命精神，因风而起者便不免是涂面剪径的假李逵——但他的雅号也许却叫作“突变”。

卷末的一篇虽然不过是对于 Douglas Percy Bliss 的《A History Of Wood—Engraving》的批评，但因为可以知道那一本书——欧洲木刻经过的大略，所以特地登载了。本卷第一，二两册上，还附有木刻的插图，作为参考；以后也许还要附载，以见各派的作风。我的私见，以为在印刷术未曾发达的中国，美术家倘能兼作木刻，是颇为切要的，因为容易印刷而不至于很失真，因此流布也能较广远，可以不再如巨幅或长卷，固定一处，仅供几个人的鉴赏了。又，如果刻印章的人，以铁笔兼刻绘画，大概总也能够开一新生面的。

但虽是翻印木刻，中国现在的制版术和印刷术，也还是不行，偶尔看看，倒也罢了，如要认真研究起来，则几张翻印的插图，真是贫窭到不足靠，归根结底，又只好说到去看别国的书了。Bliss 的书，探究历史是好的，倘看作品，却不合宜，因为其中较少近代的作品。为有志于木刻的人们起见，另举两种较为相宜的书在下面——

《The Modern Woodcut》by Herbert Furst, published by John Lane, London.42s. 1924.

《The Woodcut of To-day at Home and Abroad》,
commentary by M.C.Talaman, published by
The Studio Ltd London.7s.6d.1927.

上一种太贵；下一种原是较为便宜，可惜今年已经卖完，旧本增价到 21s.了。但倘若随时留心着欧美书籍广告，大概总有时可以遇见新出的相宜的本子。

一九二九年五月十日，鲁迅记

十一

A Mickiewicz(1798—1855)是波兰在异族压迫之下的时代的诗人，所鼓吹的是复仇，所希求的是解放，在二三十年前，是很足以招致中国青年的共鸣的。我曾在《摩罗诗力说》里，讲过他的生涯和著作，后来收在论文集《坟》中；记得《小说月报》很注意于被压迫民族的文学的时候，也曾有所论述，但我手头没有旧报，说不出在那一卷那一期了。最近，则在《奔流》本卷第一本上，登过他的两篇诗。但这回介绍的主意，倒在巴黎新成的雕像；《青春的赞颂》一篇，也是从法文重译的。

1.Matsa 是匈牙利的出亡在外的革命者，现在以科学的社会主义的手法，来解剖西欧现代的艺术，著成一部有名的书，曰《现代欧洲的艺术》。这《艺术及文学的诸流派》便是其中的一篇，将各国的文艺，在综合底把握之内，加以检查。篇页也并不多，本应该一期登毕，但因为后半篇有一幅图表，一时来不及制版，所以只好分为两期了。

这篇里所举的新流派，在欧洲虽然多已成为陈迹，但在中国，有的却不过徒闻其名，有的则连名目也未经介绍。在这里登载这一篇评论，似乎颇有太早，或过时之嫌。但我以为是极有意义的。这是一种预先的消毒，可以"打发"掉只偷一些新名目，以自夸耀，而其实毫无实际的“文豪”。因为其中所举的各主义，倘不用科学之光照破，则可借以藏拙者还是不少的。

Lunacharski说过，文艺上的各种古怪主义，是发生于楼顶房上的文艺家，而旺盛于贩卖商人和好奇的富翁的。那些创作者，说得好，是自信很强的不遇的才人，说得坏，是骗子。但此说嵌在中国，却只能合得一半，因为我们能听到某人在提倡某主义——如成仿吾之大谈表现主义，高长虹之以未来派自居之类——而从未见某主义的一篇作品，大吹大擂地挂起招牌来，孪生了开张和倒闭，所以欧洲的文艺史潮，在中国毫未开演，而又像已经——演过了。

得到汉口来的一封信，是这样写着的：

“昨天接到北新寄来的《奔流》二卷二期，我于匆匆浏览了三幅插画之后，便去读《编辑后记》——这是我的老脾气。在这里面有一句话使我很为兴奋，那便是：‘……又，如果刻印章的人，以铁笔兼刻绘画，大概总也能够开一新生面的。’我在学校的最后一年和离校后的失业时期颇曾学过刻印，虽然现在已有大半年不亲此道了。其间因偶然尝试，曾刻过几颗绘画的印子，但是后来觉得于绘画没有修养，很少成功之望，便不曾继续努力。不过所刻的这几颗印子，却很想找机会在什么地方发表一下。因此曾寄去给编《美育》的李金髮先生，然而没有回音。第二期《美育》又增了价，要二元一本，不知里面有否刊登。此外亦曾寄到要出画报的汉口某日报去，但是画报没有出，自然更是石沉大海了。倒是有一家小报很承他们赞赏，然而据说所刻的人物大半是‘俄国人’，不妥，劝我刻几个党国要人的面像；可恨我根本就不曾想要刻要人们的尊容。碰了三次壁，我只好把这几枚印子塞到箱子底里去了。现在见到了你这句话，怎不令我兴奋呢？兹特冒盛暑在蒸笼般的卧室中找出这颗印子钤奉一阅。如不笑其拙劣，能在《奔流》刊登，则不胜大欢喜也。

谨上七月十八日。”

从远远的汉口来了这样的一个响应，对于寂寞的我们，自然也给以很可感谢的兴奋的。《美育》第二期我只在日报上见过目录，不记得有这一项。至于憾无刻要人的小报，则大约误以版画家为照相店了，只有照相店是专挂要人的放大相片的，现在隐然有取以相比之意，所以也恐怕并非真赏。不过这次可还要碰第四次的壁的罢。《奔流》版心太大而图版小，所以还是不相宜，或者就寄到《朝花旬刊》去。但希望刻者告诉我一个易于认识的名字。

还有，《子见南子》在山东曲阜第二师范学校排演，引起了一场“圣裔”控告，名人震怒的风潮。曾经搜集了一些公文之类，想做一个附录来发表，但这回为了页数的限制，已经不能排人，只好等别的机会或别的处所了。这或者就寄到《语丝》去。

读者诸君，再见罢。

鲁迅八月十一日

十二

豫计这一本的出版，和第四本当有整三个月的距离，读者也许要觉得生疏了。这迟延的原因，其一，据出版所之说，是收不回成本来，那么，这责任只好归给各地贩卖店的乾没……。但现在总算得了一笔款，所以就尽其所有，来出一本译文的增刊。

增刊偏都是译文，也并无什么深意，不过因为所有的稿件，偏是译文多，整理起来，容易成一个样子。去年挂着革命文学大旗的"青年"名人，今年已很有些化为"小记者"，有一个在小报上鸣不平道："据书业内人说，今年创作的书不行了，翻译的而且是社会科学的那才好销。上海一般专靠卖小说吃饭的大小文学家那才倒霉呢！如果这样下去，文学家便非另改行业不可了。小记者的推测，将来上海的文学家怕只留着一班翻译家了。"这其实只在说明"革命文学家"之所以化为"小记者"的原因。倘若只留着一班翻译家，——认真的翻译家，中国的文坛还不算堕落。但《奔流》如果能出下去，还是要登创作的，另一小报说："白薇女士近作之《炸弹与征鸟》，连刊《奔流》二卷各期中，近闻北新书局即拟排印单行本发卖，自二卷五期起，停止续刊。"编者却其实还没有听见这样的新闻，也并未奉到北新书局饬即"停止续刊"的命令。

对于这一本的内容，编者也没有什么话可说，因为世界上一切文学的好坏，即使是"鸟瞰"，恐怕现在只有"赵景深氏"知道。况且译者在篇末大抵附有按语，便无须编者来多谈。但就大体而言，全本是并无一致的线索的，首先是五个作家的像，评传，和作品，或先有作品而添译一篇传，或有了评传而搜求一篇文或诗。这些登载以后，便将陆续积存，以为可以介绍的译文，选登几篇在下面，到本子颇有些厚了才罢。

收到第一篇《彼得斐行状》时，很引起我青年时的回忆，因为他是我那时所敬仰的诗人。在满洲政府之下的人，共鸣于反抗俄皇的英雄，也是自然的事。但他其实是一个爱国诗人，译者大约因为爱他，便不免有些掩护，将"nation"译作"民众"，我以为那是不必的。他生于那时，当然没有现代的见解，取长弃短，只要那"斗志"能鼓动青年战士的心，就足够了。

介绍彼得斐最早的，有半篇译文叫《裴象飞诗论》，登在二十多年前在日本东京出版的杂志《河南》上，现在大概是消失了。其次，是我的《摩罗诗力说》里也曾说及，后来收在《坟》里面。一直后来，则《沉钟》月刊上有冯至先生的论文；《语丝》上有 L.S.的译诗，和这里的诗有两篇相重复。近来孙用先生译了一篇叙事诗《勇敢的约翰》，是十分用力的工作，可惜有一百页之多，《奔流》为篇幅所限，竟容不下，只好另出单行本子了。

契诃夫要算在中国最为大家所熟识的文人之一，他开手创作，距今已五十年，死了也满二十五年了。日本曾为他开过创作五十年纪念会，俄国也出了一本小册子，为他死后二十五年纪念，这里的插画，便是其中的一张。我就译了一篇觉得很平允的论文，接着是他的两篇创作。《爱》是评论中所提及的，可做参考，倘再有《草原》和《谷间》，就更好了，然而都太长，只得作罢。《熊》这剧本，是从日本米川正夫译的《契诃夫戏曲全集》里译出的，也有曹靖华先生的译本，名《蠢货》，在《未名丛刊》中。俄国称蠢人为"熊"，盖和中国之称"笨牛"相类。曹译语气简捷，这译本却较曲折，互相对照，各取所长，恐怕于扮演时是很有用处的。米川的译本有关于这一篇的解题，译载于下——

"一八八八年冬，契诃夫在莫斯科的珂尔修剧场，看法国喜剧的翻案《对胜利者无裁判》的时候，心折于扮演粗暴的女性征服者这角色的演员梭罗孚卓夫的本领，便觉到一种诱惑，要给他写出相像的角色来。于是一任如流的创作力的动弹，乘兴而真是在一夜中写成的，便是这轻妙无比的《熊》一篇。不久，这喜剧便在珂尔修剧场的舞台上，由梭罗孚卓夫之手开演了，果然得到非常的成功。为了作这成功的纪念。契诃夫便将这作品（的印本上，题了）献给梭罗孚卓夫。"

"J.Aho"是芬兰的一个幽婉凄艳的作家，生长于严酷的天然物的环境中，后来是受了些法国文学的影响。《域外小说集》中曾介绍过一篇他的小说《先驱者》，写一对小夫妇，怀着希望去开辟荒林，而不能战胜天然之力，终于灭亡。如这一篇中的艺术家，感到天然之美而无力表现，正是同一意思。Aho 之前的作家 Päivârinta 的《人生图录》（有德译本在《Reclam's Universal Pibliothek》中），也有一篇写一个人因为失恋而默默地颓唐到老，至于做一种特别的跳舞供人玩笑，来换取一杯酒，待到他和旅客（作者）说明原因之后，就死掉了。这一种 TyPe，大约芬兰是常有的。那和天然的环境的相关，看 F.PoPPenberg 的一篇《阿河的艺术》就明白。这是很好的论文，虽然所讲的偏重在一个人的一部书，然而芬兰自然的全景和文艺思潮的一角，都描写出来了。达夫先生译这篇时，当面和通信里，都有些不平，连在本文的附记上，也还留着"怨声载道"的痕迹，这苦楚我很明白，也很抱歉的，因为当初原想自己来译，后来觉得麻烦，便推给他了，一面也预料他会"好，好，可以，可以"的担当去。虽然这种方法，很像"革命文学家"的自己浸在温泉里，却叫别人去革命一样，然而……倘若还要做几天编辑，这些"政策"，且留着不说破它罢。

Kogan 教授的关于 Gorky 的短文，也是很简要的；所说的他的作品内容的出发点和变迁，大约十分中肯。早年所做的《鹰之歌》有韦素园先生的翻译，收在《未名丛刊》之一的《黄花集》中。这里的信却是近作，可以看见他的坦白和天真，也还很盛气。“机械的市民”其实也是坦白的人们，会照他心里所想的说出，并不涂改招牌，来做“狮子身中虫”。若在中国，则一派握定政权以后，谁还未明白地唠叨自己的不满。眼前的例，就如张勋在时，盛极一时的“遗老”“遗少”气味，现在表面上已经销声匿迹；《醒狮》之流，也只要打倒“共产党”和“共产党的走狗”，而遥向首都虔诚地进“忠告”了。至于革命文学指导者成仿吾先生之逍遥于巴黎，“左翼文艺家”蒋光 Y 先生之养疴于日本（or 青岛？），盖犹其小焉者耳。

V.Lidin 只是一位“同路人”，经历是平常的，如他的自传。别的作品，我曾译过一篇《竖琴》，载在去年一月的《小说月报》上。

东欧的文艺经七手八脚弄得糊七八遭了之际，北欧的文艺恐怕先要使读书界觉得新鲜，在事实上，也渐渐看见了作品的介绍和翻译，虽然因为近年诺贝尔奖奖金屡为北欧作者所得，于是不胜佩服之至，也是一种原因。这里介绍丹麦思潮的是极简要的一篇，并译了两个作家的作品，以供参考，别的作者，我们现在还寻不到可作标本的文章。但因为篇中所讲的是限于最近的作家，所以出现较早的如 Jacobsen，Bang 等，都没有提及。他们变迁得太快，我们知道得太迟，因此世界上许多文艺家，在我们这里还没有提起他的姓名的时候，他们却早已在他们那里死掉了。

跛佐夫在《小说月报》上，还是由今年不准提起姓名的茅盾先生所编辑的时候，已经介绍过；巴尔干诸国作家之中，恐怕要算中国最为熟识的人了，这里便不多赘。确木努易的小品，是从《新兴文学全集》第二十五本中横泽芳人的译本重译的，作者的生平不知道，查去年出版的 V.Lidin 所编的《文学的俄国》，也不见他的姓名，这篇上注着“遗稿”，也许是一个新作家，而不幸又早死的罢。

末两篇不过是本卷前几本中未完译文的续稿。最后一篇的下半，已在《文艺与批评》中印出，本来可以不必再印，但对于读者，这里也得有一个结束，所以仍然附上了。《文艺政策》的附录，原定四篇，中二篇是同作者的《苏维埃国家与艺术》和《关于科学的文艺批评之任务的提要》，也已译载《文艺与批评》中；末一篇是 Maisky 的《文化，文学和党》，现在关于这类理论的文籍，译本已有五六种，推演起来，大略已不难揣知，所以拟不再译，即使再译，也将作为独立的一篇，这《文艺政策》的附录，就算即此完结了。

一九二九年十一月二十日，鲁迅

集外集拾遗

一九一二年

怀旧

吾家门外有青桐一株，高可三十尺，每岁实如繁星，儿童掷石落桐子，往往飞入书窗中，时或正击吾案，一石人，吾师秃先生辄走出斥之。桐叶径大盈尺，受夏日微瘁，得夜气而苏，如人舒其掌。家之阍人王叟，时汲水沃地去暑热，或掇破几椅，持烟筒，与李妪谈故事，每月落参横，仅见烟斗中一星火，而谈犹弗止。

彼辈纳晚凉时，秃先生正教予属对，题曰："红花。"予对："青桐。"则挥曰："平仄弗调。"令退。时予已九龄，不识平仄为何物，而秃先生亦不言，则姑退。思久弗属，渐展掌拍吾股使发大声如扑蚊，冀秃先生知吾苦，而先生仍弗理；久之久之，始作摇曳声曰："来。"余健进。便书绿草二字曰："红平声，花平声，绿人声，草上声。去矣。"余弗遑听，跃而出。秃先生复作摇曳声曰："勿跳。"余则弗跳而出。

予出，复不敢戏桐下，初亦尝扳王翁膝，令道山家故事。而秃先生必继至，作厉色曰："孺子勿恶作剧！食事既耶？盍归就尔夜课矣。"稍迕，次日便以界尺击吾首曰："汝作剧何恶，读书何笨哉？"我秃先生盖以书斋为报仇地者，遂渐弗去。况明日复非清明端午中秋，予又何乐？设清晨能得小恙，映午而愈者，可借此作半日休息亦佳；否则，秃先生病耳，死尤善。弗病弗死，吾明日又上学读《论语》矣。

明日，秃先生果又按吾《论语》，头摇摇然释字义矣。先生又近视，故唇几触书，作欲啮状。人常咎吾顽，谓读不半卷，篇页便大零落；不知此咻咻然之鼻息，日吹拂是，纸能弗破烂，字能弗漫漶耶！予纵极顽，亦何至此极耶！秃先生曰："孔夫子说，我到六十便耳顺；耳是耳朵。到七十便从心所欲，不逾这个矩了。……"余都不之解，字为鼻影所遮，余亦不之见，但见《论语》之上，载先生秃头，烂然有光，可照我面目；特颇模糊臃肿，远不如后圃古池之明晰耳。

先生讲书久，战其膝，又大点其头，似自有深趣。予则大不耐，盖头光虽奇，久观亦自厌倦，势胡能久。

“仰圣先生！仰圣先生！”幸门外突作怪声，如见眚而呼救者。

“耀宗兄耶？……进可耳。”先生止《论语》不讲，举其头，出而启门，且作礼。

予初殊弗解先生何心，敬耀宗竟至是。耀宗金氏，居左邻，拥巨资；而敝衣破履，日日食菜，面黄肿如秋茄，即王翁亦弗之礼。尝曰：“彼自蓄多金耳！不以一文见赠，何礼为？”故翁爱予而对耀宗特傲，耀宗亦弗恤，且聪慧不如王翁，每听谈故事，多不解，唯唯而已。李媪亦谓，彼人自幼至长，但居父母膝下如囚人，不出而交际，故识语殊聊聊。如语及米，则竟曰米，不可别粳糯；语及鱼，则竟曰鱼，不可分鲂鲤。否则不解，须加注几百句，而注中又多不解语，须更用疏，疏又有难词，则终不解而止，因不好与谈。惟秃先生特优遇，王翁等甚讶之。

予亦私揣其故，知耀宗曾以二十一岁无子，急蓄妾三人；而秃先生亦云以不孝有三，无后为大，故尝投三十一金，购如夫人一，则优礼之故，自因耀宗纯孝。王翁虽贤，学终不及先生，不测高深，亦无足怪；盖即予亦经覃思多日，始得其故者。

“先生，闻今朝消息耶？”

“消息？……未之闻，……甚消息耶？”

“长毛且至矣！”

“长毛！……哈哈，安有是者。……”

耀宗所谓长毛，即仰圣先生所谓髪逆；而王翁亦谓之长毛，且云，时正三十岁。今王翁已越七十，距四十余年矣，即吾亦知无是。

“顾消息得自何墟三大人，云不日且至矣。……”

“三大人耶？……则得自府尊者矣。是亦不可不防。”先生之仰三大人也，甚于圣，遂失色绕案而踱。

“云可八百人，我已遣底下人复至何墟探听。问究以何日来。……”

“八百？……然安有是，哦，殆山贼或近地之赤巾党耳。”

秃先生智慧胜，立悟非是。不知耀宗固不论山贼海盗白帽赤巾，皆谓之长毛；故秃先生所言，耀宗亦弗解。

“来时当须备饭。我家厅事小，拟借张睢阳庙庭飨其半。彼辈既得饭，其出示安民耶。”耀宗禀性鲁，而箪食壶浆以迎王师之术，则有家训。王翁曾言其父尝遇长毛，伏地乞命，叩额赤肿如鹅，得弗杀，为之治庖侑食，因获殊宠，得多金。逮长毛败，以术逃归，渐为

富室,居芜市云。时欲以一饭博安民,殊不如乃父智。

“此种乱人,运必弗长,试搜尽《纲鉴易知录》,岂见有成者?……特特亦间不无成功者。饭之,亦可也。虽然,耀宗兄!足下切勿自列名,委诸地甲可耳。”

“然!先生能为书顺民二字乎。”

“且勿且勿,此种事殊弗宜急,万一竟来,书之未晚。且耀宗兄!尚有一事奉告,此种人之怒,固不可撄,然亦不可太与亲近。昔髮逆反时,户贴顺民字样者,间亦无效;贼退后,又窘于官军,故此事须待贼薄芜市时再议。唯尊眷却宜早避,特不必过远耳。”

“良是良是,我且告张睢阳庙道人去耳。”

耀宗似解非解,大感佩而去。人谓遍搜芜市,当以我秃先生为第一智者,语良不诬。先生能处任何时世,而使己身无几微之痏,故虽自盘古开辟天地后,代有战争杀伐治乱兴衰,而仰圣先生一家,独不殉难而亡,亦未从贼而死,绵绵至今,犹巍然拥皋比为予顽弟子讲七十而从心所欲不逾矩。若由今日天演家言之,或曰由宗祖之遗传;顾自我言之,则非从读书得来,必不有是。非然,则我与王翁李媪,岂独不受遗传,而思虑之密,不如此也。

耀宗既去,秃先生亦止书不讲,状颇愁苦,云将返其家,令予废读。予大喜,跃出桐树下,虽夏日炙吾头,亦弗恤,意桐下为我领地,独此一时矣。少顷,见秃先生急去,挟衣一大缚。先生往日,惟通令节或年暮一归,归必持《八铭塾钞》数卷;今则全帙俨然在案,但携破箧中衣履去耳。

予窥道上,人多于蚁阵,而人人悉函惧意,惘然而行。手多有挟持,或徒其手,王翁语予,盖图逃难者耳。中多何墟人,来奔芜市;而芜市居民,则争走何墟。王翁自云前经患难,止吾家勿仓皇。李媪亦至金氏问讯,云仆犹弗归,独见众如夫人,方检脂粉芗泽纨扇罗衣之属,纳行箧中。此富家姨太太,似视逃难亦如春游,不可废口红眉黛者。予不暇问长毛事,自扑青蝇诱蚁出,践杀之,又舀水灌其穴,以窘蚁禹。未几见日脚遽去木末,李媪呼予饭。予殊弗解今日何短,若在平日,则此时正苦思属对,看秃先生作倦面也。饭已,李媪挈予出。王翁亦已出而纳凉,弗改常度。惟环而立者极多,张其口如睹鬼怪,月光娟娟,照见众齿,历落如排杇琼,王翁吸烟,语甚缓。

“……当时,此家门者,为赵五叔,性极憨。主人闻长毛来,令逃,则曰:‘主人去,此家虚,我不留守,不将为贼占耶?……”

“唉,蠢哉!……”李媪斗作怪叫,力斥先贤之非。

“而司爨之吴妪亦弗去,其人盖七十余矣,日日伏厨下不敢出。数日以来,但闻人行声,犬吠声,入耳惨不可状。既而人行犬吠亦绝,阴森如处冥中。一日远远闻有大队步

声，经墙外而去。少顷少顷，突有数十长毛入厨下，持刀牵吴妪出，语格磔不甚可辨，似曰：'老妇！尔主人安在？趣将钱来！'吴妪拜曰：'大王，主人逃矣。老妇饿已数日，且乞大王食我，安有钱奉大王。'一长毛笑曰：'若欲食耶？当食汝。'斗以一圆物掷吴妪怀中，血模糊不可视，则赵五叔头也……"

"啊，吴妪不几吓杀耶？"李媪又大惊叫，众目亦益瞠，口亦益张。

"盖长毛叩门，赵五叔坚不启，斥曰：'主人弗在，若辈强欲人盗耳。'长……"

"将得真消息来耶？……"则秃先生归矣。予大窘，然察其颜色，颇不似前时严厉，因亦弗逃。思倘长毛来，能以秃先生头掷李媪怀中者，余可日日灌蚁穴，弗读《论语》矣。

"未也。……长毛遂毁门，赵五叔亦走出，见状大惊，而长毛……"

"仰圣先生！我底下人返矣。"耀宗竭全力作大声，进且语。

"如何？"秃先生亦问且出，睁其近眼，逾于余常见之大。余人亦竟向耀宗。

"三大人云长毛者谎，实不过难民数十人，过何墟耳。所谓难民，盖犹常来我家乞食者。"耀宗虑人不解难民二字，因尽其所知，为作界说，而界说只一句。

"哈哈！难民耶！……呵……"秃先生大笑，似自嘲前此仓皇之愚，且嗤难民之不足惧。众亦笑，则见秃先生笑，故助笑耳。

众既得三大人确消息，一哄而散，耀宗亦自归，桐下顿寂，仅留王翁辈四五人。秃先生踱良久，云："又须归慰其家人，以明晨返。"遂持其《八铭塾钞》去。临去顾余曰："一日不读，明晨能熟背否？趣去读书，勿恶作剧。"余大忧，目注王翁烟火不能答，王翁则吸烟不止。余见火光闪闪，大类秋萤堕草丛中，因忆去年扑萤误堕芦荡事，不复虑秃先生。

"唉，长毛来，长毛来，长毛初来时良可恐耳，顾后则何有。"王翁辍烟，点其首。

"翁盖曾遇长毛者，其事奈何？"李媪随急询之。

"翁曾作长毛耶？"余思长毛来而秃先生去，长毛盖好人，王翁善我，必长毛耳。

"哈哈！未也。——李媪，时尔年几何？我盖二十余矣。"

"我才十一，时吾母挈我奔平田，故不之遇。"

"我则奔幌山。——当长毛至吾村时，我适出走。邻人牛四，及我两族兄稍迟，已为小长毛所得，牵出太平桥上，一一以刀斫其颈，皆不殊，推入水，始毙。牛四多力，能负米二石五升走半里，今无如是人矣。我走及幌山，已垂暮，山颠乔木，虽略负日脚，而山趺之田禾，已受夜气，色较白日为青。既达山趺，后顾幸无追骑，心稍安。而前瞻不见乡人，则凄寂悲凉之感，亦与并作。久之神定，夜渐深，寂亦弥甚，入耳绝无人声，但有吱吱！汪汪汪！……"

“汪汪?”余大惑,问题不觉脱口。李媪则力握余手禁余,一若余之怀疑,能贻大祸于媪者。

“蛙鸣耳。此外则猫头鹰,鸣极惨历。……唉,李媪,尔知孤木立黑暗中,乃大类人耶?……哈哈,顾后则何有,长毛退时,我村人皆操锹锄逐之,逐者仅十余人,而彼虽百人不敢返斗。此后每日必去打宝,何墟三大人,不即因此发财者耶。”

“打宝何也?”余又惑。

“唔,打宝打宝,……凡我村人穷追,长毛必投金银珠宝少许,令村人争拾,可以缓追。余曾得一明珠,大如戎菽,方在惊喜,牛二突以棍击吾脑,夺珠去;不然纵不及三大人,亦可作富家翁矣。彼三大人之父何狗保,亦即以是时归何墟,见有打大辫子之小长毛,伏其家破柜中。……”

“啊!雨矣,归休乎。”李媪见雨,便生归心。

“否否,且住。”余殊弗愿,大类读小说者,见作惊人之笔后,继以欲知后事如何且听下回分解;则偏欲急看下回,非尽全卷不止,而李媪似不然。

“咦!归休耳,明日晏起,又要吃先生界尺矣。”

雨益大,打窗前芭蕉巨叶,如蟹爬沙,余就枕上听之,渐不闻。

“啊!先生!我下次用功矣。……”

“啊!甚事?梦耶?……我之噩梦,亦为汝吓破矣。……梦耶?何梦?”李媪趋就余榻,拍余背者屡。

“梦耳!……无之。……媪何梦?”

“梦长毛耳!……明日当为汝言,今夜将半,睡矣,睡矣。”

一九一九年

对于《新潮》一部分的意见

孟真先生:

来信收到了。现在对于《新潮》没有别的意见:倘以后想到什么,极愿意随时通知。

《新潮》每本里面有一二篇纯粹科学文,也是好的。但我的意见,以为不要太多;而且最好是无论如何总要对于中国的老病刺他几针,譬如说天文忽然骂阴历,讲生理终于打医生之类。现在的老先生听人说“地球椭圆”，“元素七十七种”，是不反对的了。《新潮》里装满了这些文章，他们或者还暗地里高兴。（他们有许多很鼓吹少年专讲科学，不要议论，《新潮》三期通信内有史志元先生的信，似乎也上了他们的当。）现在偏要发议论，而且讲科学，讲科学而仍发议论，庶几乎他们依然不得安稳，我们也可告无罪于天下了。总而言之，从三皇五帝时代的眼光看来，讲科学和发议论都是蛇，无非前者是青梢蛇，后者是蝮蛇罢了；一朝有了棍子，就都要打死的。既然如此，自然还是毒重的好。——且蛇自己不肯被打，也自然不消说得。

《新潮》里的诗写景叙事的多，抒情的少，所以有点单调。此后能多有几样作风很不同的诗就好了。翻译外国的诗歌也是一种要事，可惜这事很不容易。

《狂人日记》很幼稚，而且太逼促，照艺术上说，是不应该的。来信说好，大约是夜间飞禽都归巢睡觉，所以单见蝙蝠能干了。我自己知道实在不是作家，现在的乱嚷，是想闹出几个新的创作家来，——我想中国总该有天才，被社会挤倒在底下，——破破中国的寂寞。

《新潮》里的《雪夜》，《这也是一个人》，《是爱情还是苦痛》（起首有点小毛病），都是好的。上海的小说家梦里也没有想到过。这样下去，创作很有点希望。《扇误》译的很好。《推霞》实在不敢恭维。

鲁迅四月十六日

一九二四年

又是“古已有之”

太炎先生忽然在教育改进社年会的讲坛上“劝治史学”以“保存国性”，真是慨乎言之。但他漏举了一条益处，就是一治史学，就可以知道许多“古已有之”的事。

衣萍先生大概是不甚治史学的，所以将多用惊叹符号应该治罪的话，当作一个“幽默”。其意盖若曰，如此责罚，当为世间之所无有者也。而不知“古已有之”矣。

我是毫不治史学的。所以于史学很生疏。但记得宋朝大闹党人的时候，也许是禁止元祐学术的时候罢，因为党人中很有几个是有名的诗人，便迁怒到诗上面去，政府出了一条命令，不准大家作诗，违者笞二百！

而且我们应该注意，这是连内容的悲观和乐观都不问的，即使乐观，也仍然笞一百！

那时大约确乎因为胡适之先生还没有出世的缘故罢，所以诗上都没有用惊叹符号，如果用上，那可就怕要笞一千了，如果用上而又在“唉”“呵呀”的下面，那一定就要笞一万了，加上“缩小像细菌放大像炮弹”的罪名，至少也得笞十万。衣萍先生所拟的区区打几百关几年，未免过于从轻发落，有姑容之嫌，但我知道他如果去做官，一定是一个很宽大的“民之父母”，只是想学心理学是不很相宜的。

然而作作诗又怎么开了禁呢？听说是因为皇帝先做了一首，于是大家便又动手做起来了。

可惜中国已没有皇帝了，只有并不缩小的炮弹在天空里飞，哪有谁来用这还未放大的炮弹呢？

呵呀！还有皇帝的诸大帝国皇帝陛下呀，你做几首诗，用些惊叹符号，使敝国的诗人不至于受罪罢！唉！！！

这是奴隶的声音，我防爱国者要这样说。

诚然，这是对的，我在十三年之前，确乎是一个他族的奴隶，国性还保存着，所以“今尚有之”，而且因为我是不甚相信历史的进化的，所以还怕未免“后仍有之”。旧性是总要流露的，现在有几位上海的青年批评家，不是已经在那里主张“取缔文人”，不许用“花呀”“吾爱呀”了吗？但还没有定出“笞令”来。

倘说这不定“笞令”，比宋朝就进化；那么，我也就可以算从他族的奴隶进化到同族的奴隶，臣不胜屏营欣忭之至！

通讯（致郑孝观）

孝观先生：

我的无聊的小文，竟引出一篇大作，至于将记者先生打退，使其先“敬案”而后“道歉”，感甚佩甚。

我幼时并没有见过《涌幢小品》；回想起来，所见的似乎是《西湖游览志》及《志余》，明嘉靖中田汝成作。可惜这书我现在没有了，所以无从复案。我想，在那里面，或者还可以得到一点关于雷峰塔的材料罢。

鲁迅。二十四日。

案：我在《论雷峰塔的倒掉》中，说这就是保俶塔，而伏园以为不然。郑孝观先生遂作

《雷峰塔与保俶塔》一文，据《涌幢小品》等书，证明以这为保俶塔者盖近是。文载二十四日副刊中，甚长，不能具引。

一九三五年二月十三日，补记

一九二五年

诗歌之敌

大前天第一次会见“诗孩”，谈话之间，说到我可以对于《文学周刊》投一点什么稿子。我暗想倘不是在文艺上有伟大的尊号如诗歌小说评论等，多少总得装一些门面，使与尊号相当，而是随随便便近于杂感一类的东西，那总该容易的罢，于是即刻答应了。此后玩了两天，食粟而已，到今晚才向书桌坐下来预备写字，不料连题目也想不出，提笔四顾，右边一个书架，左边一口衣箱，前面是墙壁，后面也是墙壁，都没有给我少许灵感之意。我这才知道：大难已经临头了。

幸而因“诗孩”而联想到诗，但不幸而我于诗又偏是外行，倘讲些什么“义法”之流，岂非“鲁班门前掉大斧”。记得先前见过一位留学生，听说是大有学问的。他对我们喜欢说洋话，使我不知所云，然而看见洋人却常说中国话。这记忆忽然给我一种启示，我就想在《文学周刊》上论打拳；至于诗呢？留待将来遇见拳师的时候再讲。但正在略略踌躇之际，却又联想到较为妥当的，曾在《学灯》——不是上海出版的《学灯》——上见过的一篇春日一郎的文章来了，于是就将他的题目直抄下来：《诗歌之敌》。

那篇文章的开首说，无论什么时候，总有“反诗歌党”的。编成这一党派的分子：一、是凡要感到专诉于想象力的或种艺术的魅力，最要紧的是精神的炽烈的扩大，而他们却已完全不能扩大了的固执的智力主义者；二、是他们自己曾以媚态奉献于艺术神女，但终于不成功，于是一变而攻击诗人，以图报复的著作者；三、是以为诗歌的热烈的感情的奔进，足以危害社会的道德与平和的那些怀着宗教精神的人们。但这自然是专就西洋而论。

诗歌不能凭仗了哲学和智力来认识，所以感情已经冰结的思想家，即对于诗人往往有谬误的判断和隔膜的揶揄。最显著的例是洛克，他观作诗，就和踢球相同。在科学方面发扬了伟大的天才的巴士凯尔，于诗美也一点不懂，曾以几何学者的口吻断结说：“诗者，非有少许稳定者也。”凡是科学的人们，这样的很不少，因为他们精细地钻研着一点有限的视野，便绝不能和博大的诗人的感得全人间世，而同时又领会天国之极乐和地狱之大苦恼的精神相通。近来的科学者虽然对于文艺稍稍加以重视了，但如意大利的伦勃罗梭一流总想在大艺术中发现疯狂，奥国的佛罗特一流专一用解剖刀来分割文艺，冷静到入了迷，至于不觉得自己的过度的穿凿附会者，也还是属于这一类。中国的有些学者，我不能妄测他们于科学究竟到了怎样高深，但看他们或者至于诧异现在的青年何以要介绍被压迫民族文学，或者至于用算盘来算定新诗的乐观或悲观，即以决定中国将来的运命，则颇使人疑是对于巴士凯尔的冷嘲。因为这时可以改篡他的话：“学者，非有少许稳定者也。”

但反诗歌党的大将总要算柏拉图。他是艺术否定论者，对于悲剧喜剧，都加攻击，以为足以灭亡我们灵魂中崇高的理性，鼓舞劣等的情绪，凡有艺术，都是模仿的模仿，和“实在”尚隔三层；又以同一理由，排斥荷马。在他的《理想国》中，因为诗歌有能鼓动民心的倾向，所以诗人是看作社会的危险人物的，所许可者，只有足供教育资料的作品，即对于神明及英雄的颂歌。这一端，和我们中国古今的道学先生的意见，相差似乎无几。然而柏拉图自己却是一个诗人，著作之中，以诗人的感情来叙述的就常有；即《理想国》，也还是一部诗人的梦书。他在青年时，又曾委身于艺圃的开拓，待到自己知道胜不过无敌的荷马，却一转而开始攻击，仇视诗歌了。但自私的偏见，仿佛也不容易支持长久似的，他的高足弟子亚里士多德做了一部《诗学》，就将为奴的文艺从先生的手里一把抢来，放在自由独立的世界里了。

柏拉图

第三种是中外古今触目皆是的东西。如果我们能够看见罗马法皇宫中的禁书目录，或者知道旧俄国教会里所诅咒的人名，大概可以发现许多意料不到的事的罢，然而我现在所知道的却都是耳食之谈，所以竟没有写在纸上的勇气。总之，在普通的社会上，历来就骂杀了不少的诗人，则都有文艺史实来作证的了。中国的大惊小怪，也不下于过去的西洋，绰号似的造出许多恶名，都给文人负担，尤其是抒情诗人。而中国诗人也每未免感到太浅太偏，走过宫人斜就做一首“无题”，看见树丫杈就赋一篇“有感”。和这相应，道学先生也就神经

过敏之极了:一见“无题”就心跳,遇“有感”则立刻满脸发烧,甚至于必以学者自居,生怕将来的国史将他附入文苑传。

说文学革命之后而文学已有转机,我至今还未明白这话是否真实。但戏曲尚未萌芽,诗歌却已奄奄一息了,即有几个人偶然呻吟,也如冬花在严风中颤抖。听说前辈老先生,还有后辈而少年老成的小先生,近来尤厌恶恋爱诗;可是说也奇怪,咏叹恋爱的诗歌果然少见了。从我似的外行人看起来,诗歌是本以发抒自己的热情的,发讫即罢;但也愿意有共鸣的心弦,则不论多少,有了也即罢;对于老先生的一颦蹙,殊无所用其惭愧。纵使稍稍带些杂念,即所谓意在撩拨爱人或是“出风头”之类,也并非大悖人情,所以正是毫不足怪,而且对于老先生的一颦蹙,即更无所用其惭愧。因为意在爱人,便和前辈老先生犹如风马牛之不相及,倘因他们一摇头而慌忙辍笔,使他高兴,那倒像撩拨老先生,反而失敬了。

倘我们赏识美的事物,而以伦理学的眼光来论动机,必求其“无所为”,则第一先得与生物离绝。柳荫下听黄鹂鸣,我们感到天地间春气横溢,见流萤明灭于丛草里,使人顿怀秋心。然而鹂歌萤照是“为”什么呢?毫不客气,那都是所谓“不道德”的,都正在大“出风头”,希图觅得配偶。至于一切花,则简直是植物的生殖机关了。虽然有许多披着美丽的外衣,而目的则专在受精,比人们的讲神圣恋爱尤其露骨。即使清高如梅菊,也逃不出例外——而可怜的陶潜林逋,却都不明白那些动机。

一不小心,话又说得不甚驯良了,倘不急行检点,怕难免真要拉到打拳。但离题一远,也就很不容易勒转,只好再举一种近似的事,就此收场罢。

豢养文士仿佛是赞助文艺似的,而其实也是敌。宋玉司马相如之流,就受着这样的待遇,和后来的权门的“清客”略同,都是位在声色狗马之间的玩物。查理九世的言动,更将这事十分透彻地证明了的。他是爱好诗歌的,常给诗人一点酬报,使他们肯做一些好诗,而且时常说:“诗人就像赛跑的马,所以应该给吃一点好东西。但不可使他们太肥;太肥,他们就不中用了。”这虽然对于胖子而想兼做诗人的,不算一个好消息,但也确有几分真实在内。匈牙利最大的抒情诗人彼象飞(A.Petofi)有题B.Sz.夫人照相的诗,大旨说“听说你使你的丈夫很幸福,我希望不至于此,因为他是苦恼的夜莺,而今沉默在幸福里了。苛待他罢,使他因此常常唱出甜美的歌来。”也正是一样的意思。但不要误解,以为我是在提倡青年要做好诗,必须在幸福的家庭里和令夫人天天打架。事情也不尽如此的。相反的例并不少,最显著的是勃朗宁和他的夫人。

一九二五年一月一日

关于《苦闷的象征》

王铸先生：

我很感谢你远道而至的信。

我看见厨川氏关于文学的著作的时候，已在地震之后，《苦闷的象征》是第一部，以前竟没有留心他。那书的末尾有他的学生山本修二氏的短跋，我翻译时，就取跋文的话做了几句序。跋的大意是说这书的前半部原在《改造》杂志上发表过，待到地震后掘出遗稿来，却还有后半，而并无总名，所以自己便依据登在《改造》杂志上的端绪，题为《苦闷的象征》，付印了。

照此看来，那书的经历已经大略可以明了。(1)作者本要做一部关于文学的书，——未题总名的，——先成了《创作论》和《鉴赏论》两篇，便登在《改造》杂志上；《学灯》上明权先生的译文，当即从《改造》杂志翻出。(2)此后他还在做下去，成了第三第四两篇，但没有发表，到他遭难之后，这才一起发表出来，所以前半是第二次公开，后半是初次。(3)四篇的稿子本是一部书，但作者自己并未定名，于是他的学生山本氏只好依了第一次公表时候的端绪，给他题为《苦闷的象征》。至于怎样的端绪，他却并未说明，或者篇目之下，本有这类文字，也说不定的，但我没有《改造》杂志，所以无从查考。

就全体的结构看起来，大约四篇已算完具，所缺的不过是修饰补缀罢了。我翻译的时候，听得丰子恺先生也有译本，现则闻已付印，为《文学研究会丛书》之一；上月看见《东方杂志》第二十号，有仲云先生译的厨川氏一篇文章，就是《苦闷的象征》的第三篇；现得先生来信，才又知道《学灯》上也早经登载过，这书之为我国人所爱重，居然可知。现在我所译的也已经付印，中国就有两种全译本了。

鲁迅一月九日

【备考】:

给鲁迅先生的一封信

鲁迅先生:

我今天写这封信给你,也许像你在《杨树达君的袭来》中所说的,“我们并不曾认识了哪”;但是我这样的意见,忍耐得好久了,终于忍不住地说出来,这在先生也可以原谅的罢。

先生在《晨报》副镌上所登的《苦闷的象征》,在这篇的文字的前面,有了你的自序;记不切了,也许是像这样的说吧!“它本是厨川君劫后的作品,由了烧失的故纸堆中,发出来的,是一包未定稿。本来没有什么名字,他的友人,径直的给他定下了,——叫作《苦闷的象征》。”先生这样的意见,或者是别有所见而云然。但以我在大前年的时候,所见到的这篇东西的译稿,像与这里所说的情形,稍有出入;先生,让我在下面说出了吧。

在《学灯》上,有了一位叫明权的,曾译载过厨川君的一篇东西,叫作《苦闷的象征》。我曾经拿了他的译文与先生的对照,觉得与先生所译的一毫不差。不过他只登了《创作论》与《鉴赏论》,下面是什么也没有了,大约原文是这样的吧。这篇译文,是登在一九二一年的,那时日本还没地震,厨川君也还健在;这篇东西,既然有了外国人把它翻译过,大概原文也已揭载过了罢。这篇东西的命名,自然也是厨川君所定的,不是外国人所能杜撰出来的。若然,先生在自序上所说的,他友人给他定下了这个名字,——《苦闷的象征》,——至少也有了部分的错误了罢。

这个理由,是很明白的;因为那时候日本还没有地震,厨川君也还没有死,这篇名字,已经出现过而且发表的了。依我的愚见,这篇东西,是厨川君的未定稿,大约是靠底住的;厨川君先前有了《创作论》和《鉴赏论》,又已发表过,给他定下了名字,叫作《苦闷的象征》。后来《文艺上的几个根本问题的考察》,《文艺的起源》,又先后的做成功了。或者也已发表过,这在熟于日本文坛事实的,自然知道,又把它摒集在一块去。也许厨川君若没有死,还有第五第六的几篇东西,也说不定呢!但是不幸厨川君是死了,而且是死于地震的了;他的友人,就把他这一包劫后的遗稿,已经命名过的,——《苦闷的象征》,——发表出来,这个名字,不是他的友人——编者——所臆定的,是厨川君自己定下的;这个假定,大约不至有了不对了罢。

以上几则,是我的未曾作准的见解,先生看见了它,可以给我个明白而且彻底的指导吗?先生,我就在这里止住了罢?

王铸

聊答"……"

柯先生：

我对于你们一流人物，退让得够了。我那时的答话，就先不写在"必读书"栏内，还要一则曰"若干"，再则曰"参考"，三则曰"或"，以见我并无指导一切青年之意。我自问还不至于如此之昏，会不知道青年有各式各样。那时的聊说几句话，乃是但以寄几个曾见和未见的或一种改革者，愿他们知道自己并不孤独而已。如先生者，倘不是"喂"的指名叫了我，我就毫没有和你攀谈的必要的。

照你大作的上文看来，你的所谓"……"，该是"卖国"。到我死掉为止，中国被卖与否未可知，即使被卖，卖的是否是我也未可知，这是未来的事，我无须对你说废话。但有一节要请你明鉴：宋末，明末，送掉了国家的时候；清朝割台湾，旅顺等地的时候，我都不在场；在场的也不如你所"尝听说"似的，"都是留学外国的博士硕士"；达尔文的书还未介绍，罗素也还未来华，而"老子，孔子，孟子，荀子辈"的著作却早经行世了。钱能训扶乩则有之，却并没有要废中国文字，你虽然自以为"哈哈！我知道了"，其实是连近时近地的事都很不了了的。

你临末，又说对于我的经验，"真的百思不得其解"。那么，你不是又将自己的判决取消了吗？判决一取消，你的大作就只剩了几个"啊""哈""唉""喂"了。这些声音，可以吓洋车夫，但是无力保存国粹的，或者倒反更丢国粹的脸。

鲁迅

【备考】：

偏见的经验　　柯柏森

我自读书以来，就很信"开卷有益"这句话是实在话，因为不论什么书，都有它的道理，有它的事实，看它总可以增广些智识，所以《京副》上发表"青年必读书"的征求时，我就发生"为什么要分青年必读的书"的疑问，到后来细思几次，才得一个"假定"的回答，就是说：青年时代，"血气未定，经验未深"，分别是非能力，还没有充足，随随便便买书来看，恐怕引导人于迷途；有许多青年最爱看情书，结果坠入情网的不知多少，现在把青年应该读的书选出来，岂不很好吗？

因此，看见胡适之先生选出"青年必读书"后，每天都要先看"青年必读书"才看"时事新闻”,不料二月二十一日看到鲁迅先生选的,吓得我大跳。鲁迅先生说他“从来没有留心过,所以现在说不出”,这也难怪。但是,他附注中却说“要趁这机会,略说自己的经验,以供若干读者的参考”云云,他的经验怎样呢?他说:

我看中国书时,总觉得就沉静下去,与实人生离开;读外国书时(但除了印度),往往就与人生接触,想做点事。

中国书中虽有劝人入世的话,也多是僵尸的乐观,外国书即使是颓唐和厌世的。但却是活人的颓唐和厌世。

我以为要少——或者竟不——看中国书,多看外国书。

少看中国书,其结果不过不能作文而已,但现在的青年最要紧的是“行”,不是“言”,只要是活的,不能作文算什么大不了的事呢。

啊!的确,他的经验真巧妙,“看中国书就沉静下去,与实人生离开;读外国书,就与人生接触,想做点事。中国书虽有劝人入世的话,也多是僵尸的乐观,外国书即使是颓唐和厌世的,但却是活人的颓唐和厌世。”这种经验,虽然钱能训要废中国文字不得专美于前,却是“万绿丛中一点红”的经验了。

唉!是的!“看中国书就沉静下去,与实人生离开,读外国书,就与人生接触,想做点事”,所谓“人生”,究竟是什么的人生呢?“欧化”的人生哩?抑“美化”的人生呢?尝听说:卖国贼们,都是留学外国的博士硕士。大概鲁迅先生看了活人的颓唐和厌世的外国书,就与人生接触,想做点……事吗?

哈哈!我知道了,鲁迅先生是看了达尔文罗素等外国书,即忘了梁启超胡适之等的中国书了。不然,为什么要说中国书是僵死的?假使中国书僵死的,为什么老子,孔子,孟子,荀子辈,尚有他的著作遗传到现在呢?

喂!鲁迅先生!你的经验……你自己的经验,我真的百思不得其解,无以名之,名之曰:“偏见的经验”。

十四,二,二十三(自警官高等学校寄)

报《奇哉所谓……》

有所谓熊先生者,以似论似信的口吻,惊怪我的“浅薄无知识”和佩服我的胆量。我可是大佩服他的文章之长。现在只能略答几句。

一、中国书都是好的,说不好即不懂;这话是老得生了锈的老兵器。讲《易经》的就多用这方法:“易”,是玄妙的,你以为非者,就因为你不懂。我当然无凭来证明我能懂得任何中国书,和熊先生比赛;也没有读过什么特别的奇书。但于你所举的几种,也曾略略一翻,只是似乎本子有些两样,例如我所见的《抱朴子》外篇,就不专论神仙的。杨朱的著作我未见;《列子》就有假托的嫌疑,而况他所称引。我自愧浅薄,不敢据此来衡量杨朱先生的精神。

二、“行要学来辅助”,我知道的。但我说:要学,须多读外国书。“只要行,不要读书”,是你的改本,你虽然就此又发了一大段牢骚,我可是没有再说废话的必要了。但我不解青年何以就不准做代表,当主席,否则就是“出锋头”。莫非必须老头子如赵尔巽者,才可以做代表当主席吗?三、我说,“多看外国书”,你却推演为将来都说外国话,变成外国人了。你是熟精古书的,现在说话的时候就都用古文,并且变了古人,不是中华民国国民了吗?你也自己想想去。我希望你一想就通,这是只要有常识就行的。

四、你所谓“五胡中国化……满人读汉文,现在都读成汉人了”这些话,大约就是因为懂得古书而来的。我偶翻几本中国书时,也常觉得其中含有类似的精神,——或者就是足下之所谓“积极”。我或者“把根本忘了”也难说,但我还只愿意和外国以宾主关系相通,不忍见再如五胡乱华以至满洲入关那样,先以主奴关系而后有所谓“同化”!假使我们还要依据“根本”的老例,那么,大日本进来,被汉人同化,不中用了,大美国进来,被汉人同化,又不中用了……以至黑种红种进来,都被汉人同化,都不中用了。此后没有人再进来,欧美非澳和亚洲的一部都成空地,只有一大堆读汉文的杂种挤在中国了。这是怎样的美谈!

五、即如大作所说,读外国书就都讲外国话罢,但讲外国话却也不即变成外国人。汉人总是汉人,独立的时候是国民,覆亡之后就是“亡国奴”,无论说的是那一种话。因为国的存亡是在政权,不在语言文字的。美国用英文,并非英国的隶属;瑞士用德法文,也不被两国所瓜分;比国用法文,没有请法国人做皇帝。满洲人是“读汉文”的,但革命以前,是我们的征服者,以后,即五族共和,和我们共存同在,何尝变了汉人。但正因为“读汉文”,传染上了“僵尸的乐观”,所以不能如蒙古人那样,来蹂躏一通之后就跑回去,只好和汉人一同恭候别族的进来,使他同化了。但假如进来的又像蒙古人那样,岂不又折了很大的资本吗?大作又说我“大声急呼”之后,不过几年,青年就只能说外国话。我以为是不省人事之谈。国语的统一鼓吹了这些年了,不必说一切青年,便是在学校的学生,可曾都忘却了家乡话?即使只能说外国话了,何以就“只能爱外国的国”?蔡松坡反对袁世凯,因为他们国语不同之故吗?满人入关,因为汉人都能说满洲话,爱了他们之故吗?清末革命，因为满人都忽而不读汉文了，所以我们就不爱他们了之故吗？浅显的人事尚且不省，谈什么光荣，估什么价值。

六、你也同别的一两个反对论者一样，很替我本身打算利害，照例是应该感谢的。我虽不学无术，而于相传"处于才与不才之间"的不死不活或人世妙法，也还不无所知，但我不愿意照办。所谓"素负学者声名"，"站在中国青年前面"这些荣名，都是你随意给我加上的，现在既然觉得"浅薄无知识"了，当然就可以仍由你随意革去。我自愧不能说些讨人喜欢的话，尤其是合于你先生一流人的尊意的话。但你所推测的我的私意，是不对的，我还活着，不像杨朱墨翟们的死无对证，可以确定为只有你一个懂得。我也没有做什么《阿鼠传》，只做过一篇《阿Q正传》。

到这里，就答你篇末的诘问了："既说'从来没有留心过'"者，指"青年必读书"，写在本栏内；"何以果决地说这种话"者，以供若干读者的参考，写在"附记"内。虽然自谦句子不如古书之易懂，但也就可以不理你最后的要求。而且，也不待你们论定。纵使论定，不过空言，决不会就此通行天下，何况照例是永远论不定，至多不过是"中虽有坏的，而亦有好的；西虽有好的，而亦有坏的"之类的微温说而已。我虽至愚，亦何至呈书目于如先生者之前乎？

临末，我还要"果决地"说几句：我以为如果外国人来灭中国，是只教你略能说几句外国话，却不至于劝你多读外国书，因为那书是来灭的人们所读的。但是还要奖励你多读中国书，孔子也还要更加崇奉，像元朝和清朝一样。

【备考】：

奇哉！所谓鲁迅先生的话　　熊以谦

奇怪！真的奇怪！奇怪素负学者声名，引起青年瞻仰的鲁迅先生说出这样浅薄无知识的话来了！鲁先生在《京报副刊》征求青年必读书里面说：

我看中国书时，总觉得就沉静下去，与实人生离开；读外国书——但除了印度——书时，往往就与人生接触，想做点事。

鲁先生！这不是中国书贻误了你，是你糟蹋了中国书。我不知道先生平日读的中国书是些什么书？或者先生所读的中国书——使先生沉静下去，与实人生离开的书——是我们一班人所未读到的书。以我现在所读到的中国书，实实在在没有一本书是和鲁先生所说的那样。鲁先生！无论古今中外，凡是能够著书立说的，都有他一种积极的精神；他所说的话，都是现世人生的话。他如若没有积极的精神，他决不会作千言万语的书，决不会立万古不变地说。后来的人读他的书,不懂他的文辞,不解他的理论则有之,若说他一定使你沉静,一定使你与人生离开,这恐怕太冤枉中国书了,这恐怕是明白说不懂中国书,不解中国书。不懂就不懂,不解就不解,何以要说这种冤枉话,浅薄话呢？古人的书,贻留到现在的,无论是经,是史,是子,是集,都是说的实人生的话。舍了实人生,再没有话可说了。不过各人对于人生的观察点有不同。因为不同,说他对不对(?)是可以的,说他离开了实人生是不可以的。鲁先生！请问你,你是爱做小说的人,不管你做的是写实的也好,是浪漫的也好,是《狂人日记》也好,是《阿鼠传》也好,你离开了实人生做根据,你能说出一句话来吗？所以我读中国书,——外国书也一样,适与鲁先生相反。我以为鲁先生只管自己不读中国书,不应教青年都不读;只能说自己不懂中国书,不能说中国书都不好。

鲁迅先生又说:

中国书中虽有劝人入世的话,也多是僵尸的乐观;外国书即使是颓唐和厌世的,但却是活人的颓唐和厌世。

我承认外国书即是颓唐和厌世的,也是活人的颓唐和厌世。但是,鲁先生,你独不知道中国书也是即是颓唐和厌世的,也是活人的颓唐和厌世吗？不有活人,那里会有书？既有书,书中的颓唐和厌世,当然是活人的颓唐和厌世。难道外国的书,是活人的书,中国的书,是死人的书吗？死人能著书吗？鲁先生！说得通吗？况且中国除了几种谈神谈仙的书之外,没有那种有价值的书不是入世的。不过各人入世的道路不同,所以各人说的话不同。我不知鲁先生平日读的什么书,使他感觉虽有劝人入世的话,也多是僵尸的乐观。我想除了葛洪的《抱朴子》这类的书,像关于儒家的书,没有一本书,每本书里没有一句话不是入世的。墨家不用说,积极入世的精神更显而易见。道家的学说以老子《道德经》及《庄子》为主,而这两部书更有它们积极的精神,人世的精神,可惜后人学他们学错了,学得像鲁先生所说的颓唐和厌世了。然而即就学错了的人说,也怕不是死人的颓唐和厌世吧！杨朱的学说似乎是鲁先生所说的“虽有劝人入世的话,也多是僵尸的乐观”。但是果真领略到杨朱的精神,也会知道杨朱的精神是积极的。是入世的,不过他积极的方向不同,入世的道路不同就是了。我不便多引证了,更不便在这篇短文里实举书的例。我只要请教鲁先生！先生所读的是那类中国书,这些书都是僵尸的乐观,都是死人的颓唐和厌世。

我佩服鲁先生的胆量！我佩服鲁先生的武断！鲁先生公然有胆子武断这样说:

我以为要少——或者竟不——看中国书,多看外国书。鲁先生所以有这胆量武断的理由是：

少看中国书，其结果不过不能作文而已。但现在的青年最要紧的是“行”，不是“言”。……

鲁先生：你知道青年最要紧的是行，但你也知道行也要学来辅助吗？古人已有“不学无术”的讥言。但古人做事，——即使做国家大事，——有一种家庭和社会的传统思想做指导，纵不从书本子上学，误事的地方还少。时至今日，世界大变，人事大改，漫说家庭社会里的传统思想多成了过去的，即圣经贤传上的嘉言懿行，我们也要重新估定他的价值，然后才可以拿来做我们的指导。夫有古人的嘉言懿行做指导，犹恐行有不当，要重新估定，今鲁先生一口抹杀了中国书，只要行，不要读书，那种行，明白点说，怕不是胡闹，就是横闯吧！鲁先生也看见现在不爱读书专爱出风头的青年吗？这种青年，做代表，当主席是有余，要他拿出见解，揭明理由就见鬼了。倡破坏，倡捣乱就有余，想他有什么建设，有什么成功就失望了。青年出了这种流弊，鲁先生乃青年前面的人，不加以挽救，还要推波助澜地说要少或竟不读中国书，因为要紧的是行，不是言。这种贻误青年的话，请鲁先生再少说吧！鲁先生尤其说得不通的是“少看中国书，其结果不过不能作文而已”。难道中国古今所有的书都是教人作文，没有教人做事的吗？鲁先生！我不必多说，请你自己想，你的说话通不通？

好的鲁先生虽教青年不看中国书，还教青年看外国书。以鲁先生最推尊的外国书，当然也就是人们行为的模范。读了外国书，再来做事，当然不是胸无点墨，不是不学无术。不过鲁先生要知道，一国有一国的国情，一国有一国的历史。你既是中国人，你既想替中国做事。那么，关于中国的书，还是请你要读吧！你是要做文学家的人，那么，请你还是要做中国的文学家吧！即使先生之志不在中国，欲做世界的文学家，那么，也请你做个中国的世界文学家吧！莫从大处希望，就把根本忘了吧！从前的五胡人不读他们五胡的书，要读中国书，五胡的人都中国化了。回纥人不读他们回纥的书，要读中国书，回纥人也都中国化了。满洲人不读他们的满文，要入关来读汉文，现在把满人也都读成汉人了。日本要灭朝鲜，首先就要朝鲜人读日文。英国要灭印度，首先就要印度人读英文。好了，现在外国人都要灭中国，外国人方挟其文字作他们灭中国的利器，唯恐一时生不出急效，现在站在中国青年前面的鲁迅先生来大声疾呼，中国青年不要读中国书，只多读外国书，不过几年，所有青年，字只能认外国的字，书只能读外国的书，文只能作外国的文，话只能说外国的话，推到极点，事也只能做外国的事，国也只能爱外国的国，古先圣贤都只知尊崇外国的，学理主义都只知道信仰外国的，换句话说，就是外国的人不费丝毫的力,你自自然然会变成一个外国人,你不称我们大日本,就会称我们大美国,否则就大英国,大德国,大意国地大起来,这还不光荣吗,不做弱国的百姓,做强国的百姓!?

我最后要请教鲁先生一句:鲁先生既说“从来没有留心过”,何以有这样果决说这种话?既说了这种话,可不可以把先生平日看的中国书明白指示出来,公诸大家评论,看到底是中国书误害了先生呢?还是先生冤枉了中国书?

十四,二,二十一,北京。

《陶元庆氏西洋绘画展览会目录》序

陶璇卿君是一个潜心研究了二十多年的画家,为艺术上的修养起见,去年才到这暗赭色的北京来的。到现在,就是有携来的和新制的作品二十余种藏在他自己的卧室里,谁也没有知道,——但自然除了几个他熟识的人们。

在那黯然埋藏着的作品中,却满显出作者个人的主观和情绪,尤可以看见他对于笔触,色彩和趣味,是怎样的尽力与经心,而且,作者是夙擅中国画的,于是固有的东方情调,又自然而然地从作品中渗出,融成特别的丰神了,然而又并不由于故意的。

将来,会当更近于神化之域罢,但现在他已经要回去了。几个人惜其独往独来,因将那不多的作品,做一个小结构的短时期的展览会,以供有意于此的人的一览。但是,在京的点缀和离京的纪念,当然也都可以说得的罢。

一九二五年三月一六日,鲁迅

这是这么一个意思

从赵雪阳先生的通信(三月三十一日本刊)里,知道对于我那篇“青年必读书”的答案曾有一位学者向学生发议论,以为我“读得中国书非常的多。……如今偏不让人家读,……这是什么意思呢!”

我读确是读过一点中国书,但没有“非常的多”;也并不“偏不让人家读”。有谁要读,当然随便。只是倘若问我的意见,就是:要少——或者竟不——看中国书,多看外国书。

这是这么一个意思——

我向来是不喝酒的,数年之前,带些自暴自弃的气味地喝起酒来了,当时倒也觉得有点舒

服。先是小喝,继而大喝,可是酒量愈增,食量就减下去了,我知道酒精已经害了肠胃。现在有时戒除,有时也还喝,正如还要翻翻中国书一样。但是和青年谈起饮食来,我总说:你不要喝酒。听的人虽然知道我曾经纵酒,而都明白我的意思。

我即使自己出的是天然痘,决不因此反对牛痘;即使开了棺材铺,也不来讴歌瘟疫的。

就是这么一个意思。

还有一种顺便而不相干的声明。一个朋友告诉我,《晨报副刊》上有评玉君的文章,其中提起我在《民众文艺》上所载的《战士和苍蝇》的话。其实我做那篇短文的本意,并不是说现在的文坛。所谓战士者,是指中山先生和民国元年前后殉国而反受奴才们讥笑糟蹋的先烈;苍蝇则当然是指奴才们。至于文坛上,我觉得现在似乎还没有战士,那些批评家虽然其中也难免有有名无实之辈,但还不至于可厌到像苍蝇。现在一并写出,庶几乎免于误会。

【备考】:

青年必读书

伏园先生:

青年必读十部书的征求,先生费尽苦心为青年求一指导。各家所答,依各人之主观,原是当然的结果;富于传统思想的,贻误青年匪浅。鲁迅先生交白卷,在我看起来,实比选十部书得的教训多,不想竟惹起非议。发表过的除掉副刊上熊以谦先生那篇文章,我还听说一位学者关于这件事向学生发过议论,则熊先生那篇文章实在不敢过责为浅薄,不知现在青年多少韫藏那种思想而未发呢!兹将那位学者的话录后,多么令人可惊呵!

他们弟兄(自然连周二先生也在内了)读得中国书非常的多。他家中藏的书很多,家中又便易,凡想着看而没有的书,总要买到。中国书好的很多,如今他们偏不让人家读,而自家读得那么多,这是什么意思呢!

这真是什么意思呢!试过的此路不通行,宣告了还有罪吗?鲁迅先生那一点革命精神,不彀他这几句话扑灭,这是多么可悲呵!

这几年以来,各种反动的思想,影响于青年,实在不堪设想;其腐败较在《新青年》杂志上思想革命以前还甚;腐朽之上,还加以麻木的外套,这比较的要难于改革了。偏僻之地还不晓得"新"是什么,譬如弹簧之一伸,他们永远看那静的故态吧。请不要动气,不要自饰,

不要闭户空想，实地去观察，看看得的结果惊人不惊？（下略）

赵雪阳三月二十七日

一九二五年三月三十一日《京报副刊》

《苏俄的文艺论战》前记

俄国既经一九一七年十月的革命，遂入战时共产主义时代，其时的急务是铁和血，文艺简直可以说在麻痹状态中。但也有lmaginist（想象派）和Futurist（未来派）试行活动，一时执了文坛的牛耳。待到一九二一年，形势就一变了，文艺顿有生气，最兴盛的是左翼未来派，后有机关杂志曰《烈夫》，——即联结Levy From Iskustva的头字的略语，意义是艺术的左翼战线，——就是专一猛烈地宣传Constructism（构成主义）的艺术和革命底内容的文学的。

但《烈夫》的发生，也很经过许多波澜和变迁。一九〇五年第一次革命的反动，是政府和工商阶级的严酷的压迫，于是特殊的艺术也出现了：象征主义，神秘主义，变态性欲主义。又四五年，为改革这一般的趣味起见，印象派终于出而开火，在战斗状态中者三整年，末后成为未来派，对于旧的生活组织更加以激烈的攻击，第一次的杂志在一九一四年出版，名曰《批社会趣味的嘴巴》！

旧社会对于这一类改革者，自然用尽一切手段，给以骂詈和诬谤；政府也出而干涉，并禁杂志的刊行；但资本家，却其实毫未觉到这批颊的痛苦。然而未来派依然继续奋斗，至二月革命后，始分为左右两派。右翼派与民主主义者共鸣了。左翼派则在十月革命时受了波尔雪维艺术的洗礼，于是编成左翼队，守着新艺术的左翼战线，以十月二十五日开始活动，这就是“烈夫”的起源。

但“烈夫”的正式除幕，——机关杂志的发行，是在一九二三年二月一日；此后即动作日加活泼了。那主张的要旨，在推倒旧来的传统，毁弃那欺骗国民的耽美派和古典派的已死的资产阶级艺术，而建设起现今的新的活艺术来。所以他们自称为艺术即生活的创造者，诞生日就是十月，在这日宣言自由的艺术，名之曰无产阶级的革命艺术。

不独文艺，中国至今于苏俄的新文化都不了然，但间或有人欣幸他资本制度的复活。任国桢君独能就俄国的杂志中选译文论三篇，使我们借此稍稍知道他们文坛上论辩的大概，实在是最为有益的事，——至少是对于留心世界文艺的人们。别有《蒲力汗诺夫与艺术问题》一篇，是用Marxism于文艺的研究的，因为可供读者连类的参考，也就一并附

上了。

一九二五年四月十二日之夜，鲁迅记

通讯（复高歌）

高歌兄：

来信收到了。

你的消息，长虹告诉过我几句，大约四五句罢，但也可以说是知道大概了。

"以为自己抢人是好的，抢我就有点不乐意"，你以为这是变坏了的性质吗？我想这是不好不坏，平平常常。所以你终于还不能证明自己是坏人。看看许多中国人罢，反对抢人，说自己愿意施舍；我们也毫不见他去抢，而他家里有许许多多别人的东西。

迅　四月二十三日

通讯（复吕蕴儒）

蕴儒兄：

得到来信了。我极快慰于开封将有许多骂人的嘴张开来，并且祝你们"打将前去"的胜利。

我想，骂人是中国极普通的事，可惜大家只知道骂而没有知道何以该骂，谁该骂，所以不行。现在我们须得指出其可骂之道，而又继之以骂。那么，就很有意思了，于是就可以由骂而生出骂以上的事情来的罢。

（下略。）

迅　〔四月二十三日〕

通讯（致向培良）

培良兄：

我想，河南真该有一个新一点的日报了；倘进行顺利，就好。我们的《莽原》于明天出版，统观全稿，殊觉未能满足。但我也不知道是真不佳呢，还是我的希望太奢。

"琴心"的疑案揭穿了，这人就是欧阳兰。以这样手段为自己辩护，实在可鄙；而且

"听说雪纹的文章也是他做的"。想起孙伏园当日被红信封绿信纸迷昏,深信一定是"一个新起来的女作家"的事来,不觉发一大笑。

《莽原》第一期上,发了《槟榔集》两篇。第三篇斥朱湘的,我想可以删去,而移第四为第三。因为朱湘似乎也已掉下去,没人提他了——虽然是中国的济慈。我想你一定很忙,但仍极希望你常常有作品寄来。

迅 〔四月二十三日〕

通讯(致孙伏园)

伏园兄:

今天接到向培良兄的一封信,其中的有几段,是希望公表的,现在就粘在下面——

"我来开封后,觉得开封学生智识不大和时代相称,风气也锢蔽,很想尽一点力,而不料竟有《晨报》造谣生事,作糟蹋女生之新闻!

《晨报》二十日所载开封军士,在铁塔奸污女生之事,我可以下列二事证明其全属子虚。

一:铁塔地处城北,隔中州大学及省会不及一里,既有女生登临,自非绝荒僻。军士奸污妇女,我们贵国本是常事,不必讳言,但绝不能在平时,在城中,在不甚荒僻之地行之。况且我看开封散兵并不很多,军纪也不十分混乱。

二:《晨报》载军士用刺刀割开女生之衣服,但现在并无遮兵,外出兵士。非公干不得带刺刀。说是行这事的是外出公干的兵士,我想谁也不肯信的。

其实,在我们贵国,杀了满城人民,烧了几十村房子,兵大爷高兴时随便干干,并不算什么大不了的事。但是,号为有名的报纸,却不应该这样无风作浪。本来女子在中国并算不了人,新闻记者随便提起笔来写一两件奸案逃案,或者女学生折白等等,以娱读者耳目,早已视若当然,我也不过就耳目之所及,说说罢了。报馆为销行计,特约访员为稿费计,都是所谓饭的问题,神圣不可侵犯的。我其奈之何?"

其实,开封的女学生也太不应该了。她们只应该在深闺绣房,到学校里已经十分放肆,还要"出校散步,大动其登临之兴",怪不得《晨报》的访员要警告她们一下了,说:"你看,只要一出门,就有兵士要来奸污你们了!赶快回去,躲在学校里,不妥,还是躲到深闺绣房里去吧。"

其实,中国本来是撒谎国和造谣国的联邦,这些新闻并不足怪。即在北京,也层出不穷：什么“南下洼的大老妖”，什么“借尸还魂”，什么“拍花”，等等。非“用刺刀割开”他们的魂灵，用净水来好好地洗一洗，这病症是医不好的。

但他究竟是好意，所以我便将它寄奉了。捧了进去，想不至于像我去年那篇打油诗《我的失恋》一般，恭逢总主笔先生白眼，赐以驱除，而且至于打破你的饭碗的罢。但占去了你所赏识的琴心女士的“啊呀体”诗文的纸面，却实在不胜抱歉之至，尚祈恕之。不宣。请了。

鲁迅四月二十七日于灰棚

【备考】：

并非《晨报》造谣

素昧

昨日本刊《来信》的标题之下，叙及开封女生被兵士怎么的新闻，因系《晨报》之所揭载，似疑《晨报》造谣，或《晨报》访员报告不实，其实皆不然的，我可以用事实来证明。

上述开封女学生被兵士〇〇的新闻，是一种不负责任捏名投稿，这位投稿的先生，大约是同时发两封信，一给《京报》，一给《晨报》（或者尚有他报），我当时看了这封信，用观察新闻的眼光估量，似乎有些不对，就送他到字纸篓中去了。《晨报》所揭载的，一字不差，便是这样东西，我所以说并不是《晨报》造谣，也不是《晨报》访员报告不实，至多可以说他发这篇稿欠郑重斟酌罢了。

一九二五年五月五日《京报副刊》

一个“罪犯”的自述

《民众文艺》虽说是民众文艺，但到现在印行的为止，却没有真的民众的作品，执笔的都还是所谓“读书人”。民众不识字的多，怎会有作品，一生的喜怒哀乐。都带到黄泉里去了。

但我竟有了介绍这一类难得的文艺的光荣。这是一个被获的“抢犯”做的；我无庸说出他的姓名，也不想借此发什么议论。总之，那篇的开首是说不识字之苦，但怕未必是真话，因为那文章是说给教他识字的先生看的；其次，是说社会如何欺侮他，使他生计如何失败；其次，似乎说他的儿子也未必能比他更有多大的希望。但关于抢劫的事，却一字不提。

原文本有圈点，今都仍旧；错字也不少。则将猜测出来的本字用括弧注在下面。

四月七日，附记于没有雅号的屋子里。

我们不认识字的。吃了好多苦。光绪二十九年。八月十二日。我进京来。卖猪。走平字们(则门)外。我说大庙堂们口(门口)。多坐一下。大家都见我笑。人家说我事(是)个王八但(蛋)。我就不之到(知道)。人上头写折(着)。清真里白四(礼拜寺)。我就不之到(知道)。人打骂。后来我就打猪。白(把)猪都打。不吃东西了。西城郭九猪店。家里。人家给。一百八十大洋元。不卖。我说进京来卖。后来卖了。一百四十元钱。家里都说我不好。后来我的。曰(岳)母。他只有一个女。他没有学生(案谓儿子)。他就给我钱。给我一百五十大洋元。他的女。就说买地。买了十一母(亩)地。(原注:一个六母一个五母洪县元年十。三月二十四日)白(把)六个母地文曰(又白?)丢了。后来他又给钱。给了二百大洋。我万(同?)他说。做个小买卖。(原注:他说好我也说好。你就给钱。)他就(案脱一字)了一百大洋元。我上集买卖(麦)子。买了十石(担)。我就卖白面(殃)。长新店。有个小买卖。他吃白面。吃来吃去吃了。一千四百三十七斤。(原注:中华民国六年卖白面)算一算。五十二元七毛。到了年下。一个钱也没有。长新店。人家后来。白都给了。露娇。张十石头。他吃的。白面钱。他没有给钱。三十六元五毛。他的女说。你白(把)钱都丢了。你一个字也不认的。他说我没有处(?)后来。我们家里的。他说等到。他的儿子大了。你看一看。我的学生大了。九岁。上学。他就万(同?)我一个样的。

启事

我于四月二十七日接到向君来信后,以为造谣是中国社会上的常事,我也亲见过厌恶学校的人们,用了这一类方法来中伤各方面的,便写好一封信,寄到《京副》去。次日,两位C君来访,说这也许并非谣言,而本地学界中人为维持学校起见,倒会虽然受害,仍加隐瞒,因为倘一张扬,则群众不责加害者,而反指摘被害者,从此学校就会无人敢上;向君初到开封,或者不知底细;现在切实调查去了。我便又发一信,请《京副》将前信暂勿发表。五月二日Y君来,通知我开封的信已转,那确乎是事实。这四位都是我所相信的诚实的朋友,我又未曾亲自调查,现既所闻不同,自然只好姑且存疑,暂时不说什么。但当我又写信,去抽回前信时,则已经付印,来不及了。现在只得在此声明我所续得的矛盾的消息,以供读者的参考。

鲁迅五月四日

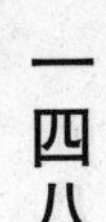

【备考】:

那几个女学生真该死

荫棠

开封女师范的几个学生被奸致命的事情,各报上已经登载了。而开封教育界对于此毫无一点表示,大概为的是她们真该死吧!

她们的校长钦定的规则,是在平常不准她们出校门一步;到星期日与纪念日也只许她们出门两点钟。她们要是恪守规则,在闷的时候就该在校内大仙楼上凭览一会,到后操场内散散步,谁教她们出门?即令出门了,去商场买东西是可以的,去朋友家瞧一瞧是可以的,是谁教她们去那荒无人迹的地方游铁塔?铁塔虽则是极有名的古迹,只可让那督军省长去凭览,只可让名人学士去题名;说得低些,只让那些男学生们去顶上大呼小叫,她们女人那有游览的资格?以无资格去游的人,而竟去游,实属僭行非分,岂不该死?

"饿死事小,失节事大",她们虽非为吃饭而失节,其失节则一,也是该死的!她们不幸遭到丘八的凌辱,即不啻她们的窗门上打上了"该死"的印子。回到学校,她们的师长,也许在表面上表示可怜的样子,而他们的肉眼中便不断地映着那"该死"的影子,她们的同学也许规劝她们别生气,而在背后未必不议着她们"该死"。设若她们不死,父母就许不以为女,丈夫就许不以为妻,仆婢就许不以为主;一切,一切的人,就许不以为人。她们处在这样的环境之中,抬头一看,是"该死",低头一想,是"该死"。"该死"的空气使她们不能出气,她们打算好了,唯有一死干净,唯有一死方可涤滤耻辱。所以,所以,就用那涩硬的绳子束在她们那柔软的脖颈上,结果了她们的性命。当她们的舌头伸出,眼睛僵硬,呼吸断绝时,社会的群众便鼓掌大呼曰,"好,好!巾帼丈夫!"

可怜的她们竟死了!而她们是"该死"的!但不有丘八,她们怎能死?她们一死。倒落巾帼好汉。是她们的名节,原是丘八们成就的。那么,校长先生就可特别向丘八们行三鞠躬礼了,那还有为死者雪耻涤辱的勇气呢?校长先生呵!我们的话都气得说不出了,你也扭着你那两缕胡子想一想吗?你以前在学校中所读过的教育书上,就是满印着"吃人,吃人,""该死,该死,"吗?或者你所学的只有"保饭碗"的方子么?不然,你为什么不把这项事情宣诸全国,激起舆论,攻击军阀,而为死者鸣冤呢?想必是为的她们该死吧!

末了,我要问河南的掌兵权的人。禹县的人民,被你们的兵士所焚掠,屠杀,你们推到土匪军队憨玉琨的头上,这铁塔上的奸杀案,难道说也是憨的土匪兵跑到那里所办的吗？伊洛间人民所遭的灾难你们可以委之于未见未闻，这发现在你们的眼皮底下，耳朵旁边的事情，你们还可以装聋卖哑吗？而此事发生了十余日了，未闻你们斩一兵，杀一卒，我想着你们也是为的她们该死吧！呀！

一九二五年五月六日《京报》《妇女周刊》第二十一期

谣言的魔力

编辑先生：

前为河南女师事，曾撰一文，贵刊慨然登载，足见贵社有公开之态度，感激，感激。但据近数日来调查，该事全属子虚，我们河南留京学界为此事，牺牲光阴与金钱，皆此谣言之赐予。刻我接得友人及家属信四五封，皆否认此事。有个很诚实地老师的信中有几句话颇扼要：

“……平心细想，该校长岂敢将三个人命秘而不宣！被害学生的家属岂能忍受？兄在该校兼有功课，岂能无一点觉察？此事本系‘是可忍孰不可忍’之事，关系河南女子教育，全体教育，及住家的眷属俱甚大，该校长胆有多大，岂敢以一手遮天？……”

我们由这几句话看起来，河南女师没有发生这种事情，已属千真万确，我的女人在该校上学，来信中又有两个反证：

“我们的心理教员周调阳先生闻听此事，就来校暗察。而见学生游戏的游戏，看书的看书，没有一点变异，故默默而退。历史教员王钦斋先生被许多人质问，而到校中见上堂如故，人数不差，故对人说绝无此事，这都是后来我们问他们他们才对我们说的。”

据她这封信看来，河南女师并无发生什么事，更足征信。

现在谣言已经过去，大家都是追寻谣言的起源。有两种说法：一说是由于恨军界而起的。就是我那位写信的老师也在那封信上说：

“近数月来，开封曾发生无根的谣言，求其同一之点，皆不利于军事当局。”

我们由此满可知道河南的军人是否良善？要是“基督将军”在那边，绝不会有这种谣言；就是有这种谣言，人也不会信它。

又有一说，这谣言是某人为争饭碗起见，并且他与该校长有隙，而造的。信此说者甚多。昨天河南省议员某君新从开封来，他说开封教育界许多人都是这样的猜度。

但在京的同乡和别的关心河南女界的人，还是在半信半疑的态度。有的还硬说实在真有事，有的还说也许是别校的女生被辱了。咳，这种谣言，在各处所发生的真数见不鲜了。到末后，无论怎样证实它的乌有，而有一部分人总还要信它，它的魔力，真正不少！

我为要使人明白真相，故草切地写这封信。不知先生还肯登载贵刊之末否？即颂著安！

弟赵荫棠上八日

一九二五年五月十三日《京报》《妇女周刊》第二十二期

铁塔强奸案的来信

S.M.

丁人：

……你说军队奸杀女生案，我们国民党更应游行示威，要求惩办其团长营长等。我们未尝不想如此。当此事发生以后，我们即质问女师校长有无此事，彼力辩并无此事。敝校地理教员王钦斋先生，亦在女师授课，他亦说没有，并言该校既有自杀女生二人。为何各班人数皆未缺席，灵柩停于何处？于是这个提议，才取消了。后来上海大学河南学生亦派代表到汴探听此事，女师校长，又力白其无，所以开封学生会亦不便与留京学生通电，于是上海的两个代表回去了。关于此事，我从各方面调查，确切已成事实，万无疑议，今将调查的结果，写在下面：

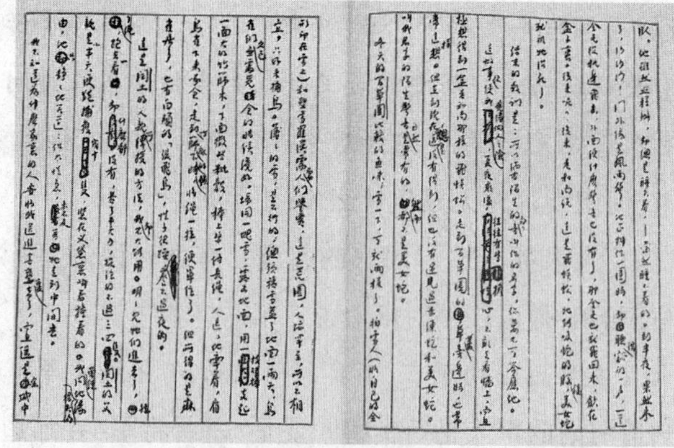

鲁迅手稿

A.铁塔被封之铁证

我听了这事以后，于是即往铁塔调查，铁塔在冷静无人的地方，宪兵营稽查是素不往那里巡查的，这次我去到那里一看，宪兵营稽查非常多，并皆带手枪。看见我们学生，很不满意，又说："你们还在这里游玩呢！前天发生那事您不知道吗？你没看铁塔的门，不是已封了吗？还游什么？"丁人！既没这事，铁塔为何被封，宪兵营为何说出这话？这不

是一个确实证据吗？B.女师学生之自述

此事发生以后，敝班同学张君即向女师询其姑与嫂有无此事，他们总含糊不语。再者我在刷绒街王仲元处，遇见霍君的妻，Miss w.T.Y.（女师的学生），我问她的学校有“死人”的事否？她说死二人，系有病而死，亦未说系何病。她说话间，精神很觉不安，由此可知确有此事。你想彼校长曾言该校学生并未缺席，王女士说该校有病死者二人，这不是自相矛盾吗？这不是确有此事的又一个铁证吗？

总而言之，军队奸杀女生，确切是有的，至于详情，由同学朱君在教育厅打听得十分详细，今我略对你叙述一下：

四月十二号（星期日），女师学生四人去游铁塔，被六个丘八看见，等女生上塔以后，他们就二人把门，四人上塔奸淫，并带有刺刀威吓，使她们不敢作声，于是轮流行污，并将女生的裙，每人各撕一条以作纪念。淫毕复将女生之裤放至塔之最高层。乘伊等寻裤时。丘八才趁隙逃走。……然还有一个证据：从前开封齐鲁花园，每逢星期，女生往游如云，从此事发生后，各花园，就连龙亭等处再亦不睹女生了。关于此事的真实，已不成问题，所可讨论的就是女师校长对于此事，为什么谨守秘密？据我所知，有几种原因：

1.女师校长头脑之顽固

女师校长系武昌高师毕业，头脑非常顽固。对于学生，全用压迫手段，学生往来通信，必经检查，凡收到的信，皆交与教务处，若信无关系时，才交本人，否则立时焚化，或质问学生。所以此事发生，他恐丑名外露，禁止职员学生关于此事泄露一字。假若真无此事，他必在各报纸力白其无。那么，开封男生也不忍摧残女界同胞。

2.与国民军的密约

此事既生，他不得不向督署声明，国民军一听心内非常害怕，以为此事若被外人所知，对于该军的地盘军队很受影响，于是极力安慰女师校长。使他不要发作。他自尽力去办，于两边面子都好看。听说现在铁塔下正法了四人，其余二人，尚未查出，这亦是他谨守秘密的一种原因。

我对于此事的意见，无论如何，是不应守秘密的。况女生被强奸，并不是什么可耻，与她们人格上，道德上，都没有什么损失，应极力宣传，以表白豺狼丘八之罪恶，女同胞或者因此觉悟，更可使全国军队，官僚，……知道女性的尊严，那么女界的前途才有一线光明。我对于这个问题，早已骨鲠在喉，不得不吐，今得痛痛快快全写出来，我才觉着心头很舒宁。

S.M.十四，五，九，夜十二点，开封一中

一九二五年五日二十一日《旭光周刊》第二十四期

铁塔强奸案中之最可恨者

我于女师学生在铁塔被奸之次日离开开封，当时未闻此事，所以到了北京，有许多人问我这件事确否，我仅以“不知道”三个字回答。停了几天旅京同学有欲开会讨论要求当局查办的提议，我说：警告他们一下也好。这件事已经无法补救了，不过防备将来吧。后来这个提议就无声无息地消灭了。我很疑惑。不久看见报纸上载有与此事相反的文字，我说，无怪，本来没有，怎么能再开会呢。心里却很怨那些造谣者的多事。现在S.M.君的信发表了（五月二十一的《旭光》和五月二十七的《京报》附设之《妇女周刊》）。别说一般人看了要相信，恐怕就是主张绝对没有的人也要相信了。

呀！何等可怜呵！被人骂一句，总要还一句。被人打一下，还要复一拳。甚至猫狗小动物，无故踢一脚，它也要喊几声表示它的冤枉。这几位女生呢？被人奸污以后忍气含声以至于死了，她们的冤枉不能暴露一点！这都是谁的罪过呢？

唉！女师校长的头脑顽固，我久闻其名了。以前我以为他不过检查检查学生的信件和看守着校门罢了。那知道，别人不忍做的事，他竟做了出来！他掩藏这件事，如果是完全为他的头脑顽固的牵制，那也罢了。其实按他守秘密的原因推测起来：（一）恐丑名外露——这却是顽固的本态——受社会上盲目的批评，影响到学校和自己。（二）怕得罪了军人，于自己的位置发生关系。

总而言之，是为保守饭碗起见。因为保守饭碗，就昧没了天良，那也是应该的。天良那有生活要紧呢。现在社会上像这样的事情还少吗？但是那无知识的动物做出那无知识的事情，却是很平常的。可是这位校长先生系武昌高等师范毕业。受过高等国民之师表的教育，竟能做出这种教人忍无可忍的压迫手段！我以为他的罪恶比那六个强奸的丘八还要重些！呀！女师同学们住在这样专制的学校里边！

唯亭十四，五，二十七，北京

一九二五年五月三十一日《京报副刊》

我才知道

时常看见些讣闻，死的不是“清封什么大夫”便是“清封什么人”。我才知道中华民国国民一经死掉，就又去降了清朝了。

时常看见些某封翁某太夫人几十岁的征诗启，儿子总是阔人或留学生。我才知道一有这样的儿子，自己就像“中秋无月”“花下独酌大醉”一样，变成作诗的题目了。

女校长的男女的梦

我不知道事实如何，从小说上看起来，上海洋场上恶虔婆的逼勒良家妇女，都有一定的程序：冻饿，吊打。那结果，除被虐杀或自杀之外，是没有一个不讨饶从命的；于是乎她就为所欲为，造成黑暗的世界。

这一次杨荫榆的对付反抗她的女子师范大学学生们，听说是先以率警殴打，继以断绝饮食的，但我却还不为奇，以为还是她从哥伦比亚大学学来的教育的新法，待到看见今天报上说杨氏致书学生家长，使再填入学愿书，“不交者以不愿再入学校论”，这才恍然大悟，发生无限的哀感，知道新妇女究竟还是老妇女，新方法究竟还是老方法，去光明非常辽远了。

女师大的学生，不是各省的学生吗？那么故乡就多在远处，家长们怎么知道自己的女儿的境遇呢？怎么知道这就是威逼之后的勒令讨饶乞命的一幕呢？自然，她们可以将实情告诉家长的；然而杨荫榆已经以校长之尊，用了含糊的话向家长们撒下网罗了。

为了“品性”二字问题，曾有六个教员发过宣言，证明杨氏的诬妄。这似乎很触着她的致命伤了，“据接近杨氏者言”，她说“风潮内幕，现已暴露，前如北大教员□□诸人之宣言，……近如所谓‘市民’之演说。……”（六日《晨报》）直到现在，还以诬蔑学生的老手段，来诬蔑教员们。但仔细看来，是无足怪的，因为诬蔑是她的教育法的根源，谁去摇动它，自然就要得到被诬蔑的恶报。

最奇怪的是杨荫榆请警厅派警的信，“此次因解决风潮改组各班学生诚恐某校男生来校援助恳请准予八月一日照派保安警察三四十名来校借资防护”云云，发信日是七月三十一日。入校在八月初，而她已经在七月底做着“男生来帮女生”的梦，并且将如此梦话，叙入公文，倘非脑里有些什么贵恙，大约总该不至于此的罢。我并不想心理学者似的来解剖思想，也不想道学先生似的来诛心，但以为自己先设立一个梦境，而即以这梦境来诬人，倘是无意的，未免可笑，倘是有意，便是可恶，卑劣；“学笈重洋，教鞭十载”，都白糟蹋了。

我真不解何以一定是男生来帮女生。因为同类吗？那么，请男巡警来帮的，莫非是女巡警？给女校长代笔的，莫非是男校长吗？

“对于学生品性学业，务求注重实际”，这实在是很可佩服的。但将自己夜梦里所做的事，都诬栽在别人身上，却未免和实际相差太远了。可怜的家长，怎么知道你的孩子遇到了这样的女人呢！

我说她是梦话，还是忠厚之辞；否则，杨荫榆便一钱不值；更不必说一群躲在黑幕里的一班无名的蛆虫！

八月六日

一九二六年

中山先生逝世后一周年

中山先生逝世后无论几周年，本用不着什么纪念的文章。只要这先前未曾有的中华民国存在，就是他的丰碑，就是他的纪念。

凡是自承为民国的国民，谁有不记得创造民国的战士，而且是第一人的？但我们大多数的国民实在特别沉静，真是喜怒哀乐不形于色，而况吐露他们的热力和热情。因此就更应该纪念了；因此也更可见那时革命有怎样的艰难，更足以加增这纪念的意义。

记得去年逝世后不很久，甚至于就有几个论客说些风凉话。是憎恶中华民国呢，是所谓“责备贤者”呢，是卖弄自己的聪明呢，我不得而知。但无论如何，中山先生的一生历史具在，站出世间来就是革命，失败了还是革命；中华民国成立之后，也没有满足过，没有安逸过，仍然继续着进向近于完全的革命的工作。直到临终之际，他说道：革命尚未成功，同志仍须努力！

那时新闻上有一条琐载，不下于他一生革命事业地感动过我，据说当西医已经束手的时候，有人主张服中国药了；但中山先生不赞成，以为中国的药品固然也有有效的，诊断的知识却缺如。不能诊断，如何用药？毋须服。人当濒危之际，大抵是什么也肯尝试的，而他对于自己的生命，也仍有这样分明的理智和坚定的意志。

他是一个全体，永远的革命者。无论所做的那一件，全都是革命。无论后人如何追求他，冷落他，他终于全都是革命。

为什么呢？托洛茨基曾经说明过什么是革命艺术。是：即使主题不谈革命，而有从革命所发生的新事物藏在里面的意识一贯着者是；否则，即使以革命为主题，也不是革命艺术。中山先生逝世已经一年了,“革命尚未成功”,仅在这样的环境中做一个纪念。然而这纪念所显示,也还是他终于永远带领着新的革命者前行,一同努力于进向近于完全的革命的工作。

三月十日晨

《何典》题记

《何典》的出世,至少也该有四十七年了,有光绪五年的《申报馆书目续集》可证。我知道那名目,却只在前两三年,向来也曾访求,但到底得不到。现在半农加以校点,先示我印成的样本,这实在使我很喜欢。只是必须写一点序,却正如阿Q之画圆圈,我的手不免有些发抖。我是最不擅长于此道的,虽然老朋友的事,也还是不会捧场,写出洋洋大文,俾于书,于店,于人,有什么涓埃之助。

我看了样本,以为校勘有时稍迂,空格令人气闷,半农的士大夫气似乎还太多。至于书呢?那是,谈鬼物正像人间,用新典一如古典。三家村的达人穿了赤膊大衫向大成至圣先师拱手,甚而至于翻筋斗,吓得“子日店”的老板昏厥过去;但到站直之后,究竟都还是长衫朋友。不过这一个筋斗,在那时,敢于翻的人的魄力,可总要算是极大的了。

成语和死古典又不同,多是现世相的神髓,随手拈掇,自然使文字分外精神,又即从成语中,另外抽出思绪:既然从世相的种子出,开的也一定是世相的花。于是作者便在死的鬼画符和鬼打墙中,展示了活的人间相,或者也可以说是将活的人间相,都看作了死的鬼画符和鬼打墙。便是信口开河的地方,也常能令人仿佛有会于心,禁不住不很为难的苦笑。

够了。并非博士般角色,何敢开头?难违旧友的面情,又该动手。应酬不免,圆滑有方;只作短文,庶无大过云尔。

中华民国十五年五月二十五日,鲁迅谨撰

《十二个》后记

俄国在一九一七年三月的革命,算不得一个大风暴;到十月,才是一个大风暴,怒吼着,震荡着,枯朽的都拉杂崩坏,连乐师画家都茫然失措,诗人也沉默了。

就诗人而言,他们因为禁不起这连底的大变动,或者脱出国界,便死亡,如安得列夫;

或者在德法做侨民，如梅垒什珂夫斯奇，巴理芒德；或者虽然并未脱走，却比较的失了生动，如阿尔志跋绥夫。但也有还是生动的，如勃留梭夫和戈理奇，勃洛克。

但是，俄国诗坛上先前那样盛大的象征派的衰退，却并不只是革命之赐；从一九一一年以来，外受未来派的袭击，内有实感派，神秘的虚无派，集合地主我派们的分离，就已跨进了崩溃时期了。至于十月的大革命，那自然，也是额外的一个沉重的打击。

梅垒什珂夫斯奇们既然作了侨民，就常以痛骂苏俄为事；别的作家虽然还有创作，然而不过是写些“什么”，颜色很黯淡，衰弱了。象征派诗人中，收获最多的，就只有勃洛克。

勃洛克名亚历山大，早就有一篇很简单的自叙传——

“一八八〇年生在彼得堡。先学于古其中学，毕业后进了彼得堡大学的言语科。一九〇四年工作《美的女人之歌》这抒情诗，一九〇七年又出抒情诗两本，曰《意外的欢喜》，曰《雪的假面》。抒情悲剧《小游览所的主人》，《广场的王》，《未知之女》，不过才脱稿。现在担当着《梭罗忒亚卢拿》的批评栏.也和别的几种新闻杂志关系着。”

此后，他的著作还很多：《报复》，《文集》，《黄金时代》，《从心中涌出》，《夕照是烧尽了》，《水已经睡着》，《运命之歌》。当革命时，将最强烈的刺戟给予俄国诗坛的，是《十二个》。

他死时是四十二岁，在一九二一年。

从一九〇四年发表了最初的象征诗集《美的女人之歌》起，勃洛克便被称为现代都会诗人的第一人了。他之为都会诗人的特色，是在用空想，即诗的幻想的眼，照见都会中的日常生活，将那朦胧的印象，加以象征化。将精气吹入所描写的事项里，使它苏生；也就是在庸俗的生活，尘嚣的市街中。发现诗歌的要素。所以勃洛克所擅长者，是在取卑俗，热闹，杂沓的材料，造成一篇神秘的写实的诗歌。

中国没有这样的都会诗人。我们有馆阁诗人，山林诗人，花月诗人……；没有都会诗人。

能在杂沓的都会里看见诗者，也将在动摇的革命中看见诗。所以勃洛克做出《十二个》，而且因此“在十月革命的舞台上登场了”。但他的能上革命的舞台，也不只因为他是都会诗人；乃是，如托罗兹基言，因为他“向着我们这边突进了。突进而受伤了”。

《十二个》于是便成了十月革命的重要作品，还要永久地流传。

旧的诗人沉默，失措，逃走了，新的诗人还未弹他的奇颖的琴。勃洛克独在革命的俄国中，倾听“咆哮狰狞，吐着长太息的破坏的音乐”。他听到黑夜白雪间的风，老女人的哀怨，教士和富翁和太太的彷徨，会议中地讲嫖钱，复仇的歌和枪声，卡基卡的血。然而他又听到癞皮狗似的旧世界:他向着革命这边突进了。

然而他究竟不是新兴的革命诗人,于是虽然突进,却终于受伤,他在十二个之前,看见了戴着白玫瑰花圈的耶稣基督。

但这正是俄国十月革命"时代的最重要的作品"。

呼唤血和火的,咏叹酒和女人的,赏味幽林和秋月的,都要真的神往的心,否则一样是空洞。人多是"生命之川"之中的一滴,承着过去,向着未来,倘不是真的特出到异乎寻常的,便都不免并含着向前和反顾。诗《十二个》里就可以看见这样的心:他向前,所以向革命突进了,然而反顾,于是受伤。

篇末出现的耶稣基督,仿佛可有两种的解释:一是他也赞同,一是还须靠他得救。但无论如何,总还以后解为近是。故十月革命中的这大作品《十二个》,也还不是革命的诗。

然而也不是空洞的。

这诗的体式在中国很异样;但我以为很能表现着俄国那时(!)的神情;细看起来,也许会感到那大震撼,大咆哮的气息。可惜翻译最不易。我们曾经有过一篇从英文的重译本;因为还不妨有一种别译,胡成才君便又从原文译出了。不过诗是只能有一篇的,即使以俄文改写俄文,尚且绝不可能,更何况用了别一国的文字。然而我们也只能如此。至于意义,却是先由伊发尔先生校勘过的;后来,我和韦素园君又酌改了几个字。

前面的《勃洛克论》是我译添的,是《文学与革命》(Literatura;Revolutzia)的第三章,从茂森唯士氏的日本文译本重译;韦素园君又给对校原文,增改了许多。

在中国人的心目中,大概还以为托罗兹基是一个喑呜叱咤的革命家和武人。但看他这篇,便知道他也是一个深解文艺的批评者。他在俄国,所得的俸钱,还是稿费多。但倘若不深知他们文坛的情形,似乎不易懂;我的翻译的拙涩,自然也是一个重大的原因。

书面和卷中的四张画,是玛修丁(V.Masiutin)所做的。他是版画的名家。这几幅画,即曾被称为艺术底版画的典型;原本是木刻。卷头的勃洛克的画像,也不凡,但是从《新俄罗斯文学的曙光期》转载的,不知道是谁作。

俄国版画的兴盛,先前是因为照相版的衰颓和革命中没有细致的纸张,倘要插图,自然只得应用笔路分明的线画。然而只要人民有活气,这也就发达起来,在一九二二年弗罗连斯的万国书籍展览会中,就得了非常的赞美了。

一九二六年七月二十一日,鲁迅记于北京

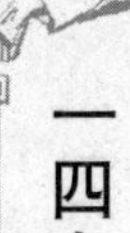

《争自由的波浪》小引

俄国大改革之后，我就看见些游览者的各种评论。或者说贵人怎样惨苦，简直不像人间；或者说平民究竟抬了头，后来一定有希望。或褒或贬，结论往往正相反。我想，这大概都是对的。贵人自然总要较为苦恼，平民也自然比先前抬了头。游览的人各照自己的倾向，说了一面的话。近来虽听说俄国怎样善于宣传，但在北京的报纸上，所见的却相反，大抵是要竭力写出内部的黑暗和残酷来。这一定是很足使礼教之邦的人民惊心动魄的罢。但倘若读过专制时代的俄国所产生的文章，就会明白即使那些话全是真的，也毫不足怪。俄皇的皮鞭和绞架，拷问和西伯利亚，是不能造出对于怨敌也极仁爱的人民的。

以前的俄国的英雄们，实在以种种方式用了他们的血，使同志感奋，使好心肠人坠泪，使刽子手有功，使闲汉得消遣。总是有益于人们，尤其是有益于暴君，酷吏，闲人们的时候多；餍足他们的凶心，供给他们的谈助。将这些写在纸上，血色早已轻淡得远了；如但兼珂的慷慨，托尔斯多的慈悲，是多么柔和的心。但当时还是不准印行。这做文章，这不准印，也还是使凶心得餍足，谈助得加添。英雄的血，始终是无味的国土里的人生的盐，而且大抵是给闲人们作生活的盐，这倒实在是很可诧异的。

这书里面的梭斐亚的人格还要使人感动，戈理基笔下的人生也还活跃着，但大半也都要成为流水账簿罢。然而翻翻过去的血的流水账簿，原也未始不能够推见将来，只要不将那账目来做消遣。

有些人到现在还在为俄国的上等人鸣不平。以为革命的光明的标语，实际倒成了黑暗。这恐怕也是真的。改革的标语一定是较光明的；做这书中所收的几篇文章的时代，改革者大概就很想普给一切人们以一律的光明。但他们被拷问，被幽禁，被流放，被杀戮了。要给，也不能。这已经都写在账上，一翻就明白。假使遏绝革新，屠戮改革者的人物，改革后也就同浴改革的光明，那所处的倒是最稳妥的地位。然而已经都写在账上了，因此用血的方式，到后来便不同，先前似的时代在他们已经过去。

中国是否会有平民的时代，自然无从断定。然而，总之，平民总未必会舍命改革以后，倒给上等人安排鱼翅席，是显而易见的，因为上等人从来就没有给他们安排过杂合面。只要翻翻这一本书，大略便明白别人的自由是怎样挣来的前因，并且看看后果，即使将来地位失坠，也就不至于妄鸣不平，较之失意而学佛，切实得多多了。所以，我想，这几篇文章在中国还是很有好处的。

一九二六年十一月十四日风雨之夜,鲁迅记于厦门

一九二七年

老调子已经唱完

——二月十九日在香港青年会讲

今天我所讲的题目是“老调子已经唱完”:初看似乎有些离奇,其实是并不奇怪的。

凡老的,旧的,都已经完了!这也应该如此。虽然这一句话实在对不起一般老前辈,可是我也没有别的法子。

中国人有一种矛盾思想,即是:要子孙生存,而自己也想活得很长久,永远不死;及至知道没法可想,非死不可了,却希望自己的尸身永远不腐烂。但是,想一想罢,如果从有人类以来的人们都不死,地面上早已挤得密密的,现在的我们早已无地可容了;如果从有人类以来的人们的尸身都不烂,岂不是地面上的死尸早已堆得比鱼店里的鱼还要多,连掘井,造房子的空地都没有了吗?所以,我想,凡是老的,旧的,实在倒不如高高兴兴的死去的好。

在文学上,也一样,凡是老的和旧的,都已经唱完,或将要唱完。举一个最近的例来说,就是俄国。他们当俄皇专制的时代,有许多作家很同情于民众,叫出许多惨痛的声音,后来他们又看见民众有缺点,便失望起来,不很能怎样歌唱,待到革命以后,文学上便没有什么大作品了。只有几个旧文学家跑到外国去,作了几篇作品,但也不见得出色,因为他们已经失掉了先前的环境了,不再能照先前似的开口。

在这时候,他们的本国是应该有新的声音出现的,但是我们还没有很听到。我想,他们将来是一定要有声音的。因为俄国是活的,虽然暂时没有声音,但他究竟有改造环境的能力,所以将来一定也会有新的声音出现。

再说欧美的几个国度罢。他们的文艺是早有些老旧了,待到世界大战时候,才发生了一种战争文学。战争一完结,环境也改变了,老调子无从再唱,所以现在文学上也有些寂寞。将来的情形如何,我们实在不能预测。但我相信,他们是一定也会有新的声音的。

现在来想一想我们中国是怎样。中国的文章是最没有变化的,调子是最老的,里面

的思想是最旧的。但是,很奇怪,却和别国不一样。那些老调子,还是没有唱完。

这是什么缘故呢?有人说,我们中国是有一种“特别国情”。——中国人是否真是这样“特别”,我是不知道,不过我听得有人说,中国人是这样。——倘使这话是真的,那么,据我看来,这所以特别的原因,大概有两样。

第一,是因为中国人没记性,因为没记性,所以昨天听过的话,今天忘记了,明天再听到,还是觉得很新鲜。做事也是如此,昨天做坏了的事,今天忘记了,明天做起来,也还是“仍旧贯”的老调子。

第二,是个人的老调子还未唱完,国家却已经灭亡了好几次了。何以呢?我想,凡有老旧的调子,一到有一个时候,是都应该唱完的,凡是有良心。有觉悟的人,到一个时候,自然知道老调子不该再唱,将它抛弃。但是,一般以自己为中心的人们,却决不肯以民众为主体,而专图自己的便利,总是三番四复地唱不完。于是,自己的老调子固然唱不完,而国家却已被唱完了。

宋朝的读书人讲道学,讲理学,尊孔子,千篇一律。虽然有几个革新的人们,如王安石等等,行过新法,但不得大家的赞同,失败了。从此大家又唱老调子,和社会没有关系的老调子,一直到宋朝的灭亡。

宋朝唱完了,进来做皇帝的是蒙古人——元朝。那么,宋朝的老调子也该随着宋朝完结了罢,不,元朝人起初虽然看不起中国人,后来却觉得我们的老调子,倒也新奇,渐渐生了羡慕,因此元人也跟着唱起我们的调子来了,一直到灭亡。

这个时候,起来的是明太祖。元朝的老调子,到此应该唱完了罢,可是也还没有唱完。明太祖又觉得还有些意趣,就又教大家接着唱下去。什么八股咧,道学咧,和社会,百姓都不相干,就只向着那条过去的旧路走,一直到明亡。

清朝又是外国人。中国的老调子。在新来的外国主人的眼里又见得新鲜了,于是又唱下去。还是八股,考试.做古文,看古书。但是清朝完结,已经有十六年了。这是大家都知道的。他们到后来,倒也略略有些觉悟,曾经想从外国学一点新法来补救,然而已经太迟,来不及了。

老调子将中国唱完,完了好几次,而它却仍然可以唱下去。因此就发生一点小议论。有人说:“可见中国的老调子实在好,正不妨唱下去。试看元朝的蒙古人,清朝的满洲人,不是都被我们同化了吗?照此看来,则将来无论何国,中国都会这样地将他们同化的。”原来我们中国就如生着传染病的病人一般,自己生了病,还会将病传到别人身上去,这倒是一种特别的本领。

殊不知这种意见,在现在是非常错误的。我们为什么能够同化蒙古人和满洲人呢?是因为他们的文化比我们的低得多。倘使别人的文化和我们的相敌或更进步,那结果便要大不相同了。他们倘比我们更聪明,这时候,我们不但不能同化他们,反要被他们利用了我们的腐败文化,来治理我们这腐败民族。他们对于中国人,是毫不爱惜的,当然任凭你腐败下去。现在听说又很有别国人在尊重中国的旧文化了,那里是真在尊重呢,不过是利用!

从前西洋有一个国度,国名忘记了,要在非洲造一条铁路。顽固的非洲土人很反对,他们便利用了他们的神话来哄骗他们道:"你们古代有一个神仙,曾从地面造一道桥到天上。现在我们所造的铁路,简直就和你们的古圣人的用意一样。"非洲人不胜佩服,高兴,铁路就造起来。——中国人是向来排斥外人的,然而现在却渐渐有人跑到他那里去唱老调子了,还说道:"孔夫子也说过,'道不行,乘桴浮于海。'所以外人倒是好的。"外国人也说道:"你家圣人的话实在不错。"

倘照这样下去,中国的前途怎样呢?别的地方我不知道。只好用上海来类推。上海是:最有权势的是一群外国人,接近他们的是一圈中国的商人和所谓读书的人,圈子外面是许多中国的苦人,就是下等奴才。将来呢,倘使还要唱着老调子,那么,上海的情状会扩大到全国,苦人会多起来。因为现在是不像元朝清朝时候,我们可以靠着老调子将他们唱完,只好反而唱完自己了。这就因为,现在的外国人,不比蒙古人和满洲人一样,他们的文化并不在我们之下。

那么,怎么好呢?我想,唯一的方法,首先是抛弃了老调子。旧文章,旧思想,都已经和现在社会毫无关系了,从前孔子周游列国的时代,所坐的是牛车。现在我们还坐牛车吗?从前尧舜的时候,吃东西用泥碗,现在我们所用的是什么?所以,生在现今的时代,捧着古书是完全没有用处的了。

但是,有些读书人说,我们看这些古东西,倒并不觉得于中国怎样有害,又何必这样决绝地抛弃呢?是的。然而古老东西的可怕就正在这里。倘使我们觉得有害,我们便能警戒了,正因为并不觉得怎样有害,我们这才总是觉不出这致死的毛病来。因为这是"软刀子"。这"软刀子"的名目,也不是我发明的,明朝有一个读书人,叫作贾凫西的,鼓词里曾经说起纣王,道:"几年家软刀子割头不觉死,只等得太白旗悬才知道命有差。"我们的老调子,也就是一把软刀子。

中国人倘被别人用钢刀来割,是觉得痛的,还有法子想;倘是软刀子,那可真是"割头不觉死",一定要完。

我们中国被别人用兵器来打,早有过好多次了。例如,蒙古人满洲人用弓箭,还有别国人用枪炮。用枪炮来打的后几次,我已经出了世了,但是年纪轻。我仿佛记得那时大家倒还觉得一点苦痛的,也曾经想有些抵抗,有些改革。用枪炮来打我们的时候,听说是因为我们野蛮;现在,倒不大遇见有枪炮来打我们了,大约是因为我们文明了罢。现在也的确常常有人说,中国的文化好得很,应该保存。那证据,是外国人也常在赞美。这就是软刀子。用钢刀,我们也许还会觉得的,于是就改用软刀子。我想:叫我们用自己的老调子唱完我们自己的时候,是已经要到了。

中国的文化,我可是实在不知道在那里。所谓文化之类。和现在的民众有什么关系,什么益处呢?近来外国人也时常说,中国人礼仪好,中国人肴馔好。中国人也附和着。但这些事和民众有什么关系?车夫先就没有钱来做礼服,南北的大多数的农民最好的食物是杂粮。有什么关系?

中国的文化,都是侍奉主子的文化,是用很多的人的痛苦换来的。无论中国人,外国人,凡是称赞中国文化的,都只是以主子自居的一部分。

以前,外国人所做的书籍,多是嘲骂中国的腐败;到了现在,不大嘲骂了,或者反而称赞中国的文化了。常听到他们说:"我在中国住得很舒服呵!"这就是中国人已经渐渐把自己的幸福送给外国人享受的证据。所以他们愈赞美,我们中国将来的苦痛要愈深的!

这就是说:保存旧文化,是要中国人永远做侍奉主子的材料,苦下去,苦下去。虽是现在的阔人富翁,他们的子孙也不能逃。我曾经做过一篇杂感,大意是说:"凡称赞中国旧文化的,多是住在租界或安稳地方的富人,因为他们有钱,没有受到国内战争的痛苦,所以发出这样的赞赏来。殊不知将来他们的子孙,营业要比现在的苦人更其贱,去开的矿洞,也要比现在的苦人更其深。"这就是说,将来还是要穷的,不过迟一点。但是先穷的苦人,开了较浅的矿,他们的后人,却须开更深的矿了。我的话并没有人注意。他们还是唱着老调子,唱到租界去,唱到外国去。但从此以后,不能像元朝清朝一样,唱完别人了,他们是要唱完了自己。

这怎么办呢?我想,第一,是先请他们从洋楼,卧室,书房里踱出来,看一看身边怎么样,再看一看社会怎么样,世界怎么样。然后自己想一想,想得了方法,就做一点。"跨出房门,是危险的。"自然。唱老调子的先生们又要说。然而,做人是总有些危险的,如果躲在房里,就一定长寿,白胡子的老先生应该非常多;但是我们所见的有多少呢?他们也还是常常早死,虽然不危险,他们也糊涂死了。

要不危险,我倒曾经发现了一个很合适的地方。这地方,就是:牢狱。人坐在监,牢里便不至于再捣乱，犯罪了；救火机关也完全，不怕失火；也不怕盗劫，到牢狱里去抢东西的强盗是从来没有的。坐监是实在最安稳。

但是，坐监却独独缺少一件事，这就是：自由。所以，贪安稳就没有自由，要自由就总要历些危险。只有这两条路。那一条好，是明明白白的，不必待我来说了。

现在我还要谢诸位今天到来的盛意。

《游仙窟》序言

《游仙窟》今惟日本有之，是旧抄本，藏于昌平学；题宁州襄乐县尉张文成作。文成者，张鷟之字；题署著字，古人亦常有，如晋常璩撰《华阳国志》，其一卷亦云常道将集矣。张鷟，深州陆浑人；两《唐书》皆附见《张荐传》，云以调露初登进士第，为岐王府参军，屡试皆甲科，大有文誉，调长安尉迁鸿胪丞。证圣中，天官刘奇以为御史；性躁卞，傥荡无检，姚崇尤恶之；开元初，御史李全交劾鷟讪短时政，贬岭南，旋得内徙，终司门员外郎。《顺宗实录》亦谓鷟博学工文词，七登文学科。《大唐新语》则云，后转洛阳尉，故有《咏燕诗》，其末章云，"变石身犹重，衔泥力尚微，从来赴甲第，两起一双飞。"时人无不讽咏。《唐书》虽称其文下笔立成，大行一时，后进莫不传记，日本新罗使至，必出金宝购之，而又訾为浮艳少理致，论著亦率诋诮芜秽。鷟书之传于今者，尚有《朝野佥载》及《龙筋凤髓判》，诚亦多诋诮浮艳之辞。《游仙窟》为传奇，又多俳调，故史志皆不载；清杨守敬作《日本访书志》，始著于录，而贬之一如《唐书》之言。日本则初颇珍秘，以为异书；尝有注，似亦唐时人作。河世宁曾取其中之诗十余首人《全唐诗逸》，鲍氏刊之《知不足斋丛书》中；今矛尘将具印之，而全文始复归华土。不特当时之习俗如酬对舞咏，时语如瞧眩嫈嫇，可资博识；即其始以骈俪之语作传奇，前于陈球之《燕山外史》者千载，亦为治文学史者所不能废矣。

中华民国十六年七月七日，鲁迅识。

一九二九年

《近代木刻选集》(1)小引

中国古人所发明,而现在用以做爆竹和看风水的火药和指南针,传到欧洲,他们就应用在枪炮和航海上,给本师吃了许多亏。还有一件小公案,因为没有害,倒几乎忘却了。那便是木刻。

虽然还没有十分的确证,但欧洲的木刻,已经很有几个人都说是从中国学去的,其时是十四世纪初,即一三二〇年顷。那先驱者,大约是印着极粗的木版图画的纸牌;这类纸牌,我们至今在乡下还可看见。然而这博徒的道具,却走进欧洲大陆,成了他们文明的利器的印刷术的祖师了。

木版画恐怕也是这样传去的;十五世纪初德国已有木版的圣母像,原画尚存比利时的勃吕舍勒博物馆中,但至今还未发现过更早的印本。十六世纪初,是木刻的大家调垒尔(A.Dürer)和荷勒巴因(H.Holbein)出现了,而调垒尔尤有名,后世几乎将他当作木版画的始祖。到十七八世纪,都沿着他们的波流。

木版画之用,单幅而外,是作书籍的插图。然则巧致的铜版图术一兴,这就突然中衰,也正是必然之势。惟英国输入铜版术较晚,还在保存旧法,且视此为义务和光荣。一七七一年,以初用木口雕刻,即所谓"白线雕版法"而出现的,是毕维克(TH.Be-wick)。这新法进入欧洲大陆,又成了木刻复兴的动机。

但精巧的雕镌,后又渐偏于别种版式的模仿,如拟水彩画,蚀铜版,网铜版等,或则将照相移在木面上,再加绣雕,技术固然极精熟了,但已成为复制底木版。至十九世纪中叶,遂大转变,而创作底木刻兴。

所谓创作底木刻者,不模仿,不复刻,作者捏刀向木,直刻下去。——记得宋人,大约是苏东坡罢,有请人画梅诗,有句云:"我有一匹好东绢,请君放笔为直干!"这放刀直干,便是创作底版画首先所必须,和绘画的不同,就在以刀代笔,以木代纸或布。中国的刻图。虽是所谓"绣梓",也早已望尘莫及,那精神.唯以铁笔刻石章者,仿佛近之。

因为是创作底,所以风韵技巧,因人不同,已和复制木刻离开,成了纯正的艺术,现今的画家,几乎是大半要试作的了。

在这里所介绍的,便都是现今作家的作品;但只这几枚,还不足以见种种的作风,倘为事情所许,我们逐渐来输运罢。木刻的回国。想来绝不至于象别两样的给本师吃苦的。

一九二九年一月二十日,鲁迅记于上海。

《近代木刻选集》(1)附记

本集中的十二幅木刻,都是从英国的《The Bookman》,《The Studio》,《The Wood-cutof To-day》(Edited by G.Holme)中选取的,这里也一并摘录几句解说。

鲁迅作品中的人物形象

惠勃(C.C.Webb)是英国现代著名的艺术家,从一九二二年以来,都在毕明翰(Birmingham)中央学校教授美术。第一幅《高架桥》是圆满的大图画,用一种独创的方法所刻,几乎可以数出他雕刻的笔数来。统观全体,则是精美的发光的白色标记,在一方纯净的黑色地子上。《农家的后园》,刀法也多相同。《金鱼》更可以见惠勃的作风,新近在 Studio 上,曾大为 George Sheringham 所称许。

司提芬·蓬(Stephen Bone)的一幅,是 George Bourne 的《A Farmer's Life》的插图之一。论者谓英国南部诸州的木刻家无出作者之右,散文得此,而妙想愈明云。

达格力秀(E.Fitch Daglish)是伦敦动物学会会员,木刻也有名,尤宜于作动植物书中的插画,能显示最严正的自然主义和纤巧敏慧的装饰的感情。《田凫》是 E.M.Nicholson 的《Birds in England》中插画之一;《淡水鲈鱼》是 Izaak Walton and Charles Cot-ton 的《The Compleate Angler》中的。观这两幅,便可知木刻术怎样有裨于科学了。

哈曼·普耳(Herman Paul),法国人,原是作石版画的,后改木刻,后又转通俗(Popular)画。曾说"艺术是一种不断的解放",于是便简单化了。本集中的两幅,已很可窥见他后来的作风。前一幅是Rabelais著书中的插画,正当大雨时;后一幅是装饰André Marry的诗集《La Doctrine desPreux》(《勇士的教义》)的,那诗的大意是——

看残废的身体和面部的机轮,

染毒的疮疤红了面容,

少有勇气与丑陋的人们,传闻

以千辛万苦获得了好的名声。

迪绥尔多黎(Benvenuto Disertori),意大利人,是多才的艺术家,善于刻石,蚀铜,但木刻更为他的特色。《La Musadel Loreto》是一幅具有律动的图像,那印象之自然,就如本来在木上所创生的一般。

麦格努斯·拉该兰支(S.Magnus-Lagercranz)夫人是瑞典的雕刻家,尤其擅长花卉。她的最重要的工作,是一册瑞典诗人Atterbom的诗集《群芳》的插图。

富耳斯(C.B.Falls)在美国,有最为多才的艺术家之称。他于诸艺术无不尝试,而又无不成功。集中的《岛上的庙》,是他自己选出的得意的作品。

华惠克(Edward Worwick)也是美国的木刻家。《会见》是装饰与想象的版画,含有强烈的中古风味的。

书面和首页的两种小品,是法国画家拉图(Alfred Latour)之作,自《The Wood-cutof To-day》中取来,目录上未列,附记于此。

《蕗谷虹儿画选》小引

中国的新的文艺的一时的转变和流行,有时那主权是简直大半操于外国书籍贩卖者之手的。来一批书,便给一点影响。《Modem Library》中的A.V.Beardsley画集一入中国,那锋利的刺激力,就激动了多年沉静的神经,于是有了许多表面的模仿。但对于沉静,而又疲弱的神经,Beardsley的线究竟又太强烈了,这时适有蕗谷虹儿的版画运来中国,是用幽婉之笔,来调和了Beardsley的锋芒,这尤合中国现代青年的心,所以他的模仿就至今不绝。

但可惜的是将他的形和线任意的破坏,——不过不经比较,是看不出底细来的。现在就从他的画谱《睡莲之梦》中选取六图,《悲凉的微笑》中五图,《我的画集》中一图,大

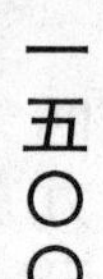

约都是可显现他的特色之作,虽然中国的复制,不能高明,然而究竟较可以窥见他的真面目了。

至于作者的特色之所在,就让他自己来说罢——

“我的艺术,以纤细为生命,同时以解剖刀一般的锐利的锋芒为力量。

“我所引的描线,必需小蛇似的敏捷和白鱼似的锐敏。

“我所画的东西,单是‘如生’之类的现实的姿态,是不够的。

“于悲凉,则画彷徨湖畔的孤星的水妖(Nymph),于欢乐,则画在春林深处,和地祇(Pan)相谑的月光的水妖罢。

“描女性,则选多梦的处女,且备以女王之格,注以星姬之爱罢。

“描男性,则愿探求神话,拉出亚波罗(Apollo)来,给穿上漂泊的旅鞋去。

“描幼儿,则加以天使的羽翼,还于此被上五色的文绫。

“而为了孕育这些爱的幻想的模特儿们,我的思想,则不可不如深夜之暗黑,清水之澄明。”(《悲凉的微笑》自序)

这可以说,大概都说尽了。然而从这些美点的另一面看,也就令人所以评他为倾向少年男女读者的作家的原因。

作者现在是往欧洲留学去了,前途正长,这不过是一时期的陈迹,现在又作为中国几个作家的秘密宝库的一部分,陈在读者的眼前,就算一面小镜子,——要说得堂皇一些,那就是,这才或者能使我们逐渐认真起来,先会有小小的真的创作。

从第一到十一图,都有短短的诗文的,也就逐图译出,附在各图前面了,但有几篇是古文,为译者所未曾研究,所以有些错误,也说不定的。首页的小图也出《我的画集》中,原题曰《瞳》,是作者所爱描的大到超于现实的眸子。

一九二九年一月二十四日,鲁迅在上海记。

哈谟生的几句话

《朝花》六期上登过一篇短篇的瑙威作家哈谟生,去年日本出版的《国际文化》上,将他算作左翼的作家,但看他几种作品,如《维多利亚》和《饥饿》里面,贵族的处所却不少。

不过他在先前,很流行于俄国。二十年前罢,有名的杂志《Nieva》上,早就附印他那时为止的全集了。大约他那尼采和陀思妥夫斯基气息,正能得到读者的共鸣。十月革命后的论文中,也有时还在提起他,可见他的作品在俄国影响之深,至今还没有忘却。

他的许多作品，除上述两种和《在童话国里》——俄国的游记——之外，我都没有读过。去年，在日本片山正雄作的《哈谟生传》里，看见他关于托尔斯泰和伊孛生的意见，又值这两个文豪的诞生百年纪念，原是想介绍的，但因为太零碎，终于放下了。今年搬屋理书，又看见了这本传记，便于三闲时译在下面。

那是在他三十岁时之作《神秘》里面的，作中的人物那该尔的人生观和文艺论，自然也就可以看作作者哈谟生的意见和批评。他跺着脚骂托尔斯泰——

"总之，叫作托尔斯泰的汉子，是现代的最为活动底的蠢材，……那教义，比起救世军的唱 Halleluiah（上帝赞美歌——译者）来，毫没有两样。我并不觉得托尔斯泰的精神比蒲斯大将（那时救世军的主将一译者）深。两个都是宣教者，却不是思想家。是买卖现成的货色的，是弘布原有的思想的，是给人民廉价采办思想的，于是掌着这世间的舵。但是，诸君，倘做买卖，就得算算利息，而托尔斯泰却每做一回买卖，就大折其本……不知沉默的那多嘴的品行，要将愉快的人世弄得铁盘一般平坦的那努力，老嬉客似的那道德的唠叨，像煞雄伟一般不识高低地胡说的那坚决的道德，一想到他，虽是别人的事，脸也要红起来……。"

说也奇怪，这简直好像是在中国的一切革命底和遵命底的批评家的暗疮上开刀。至于对同乡的文坛上的先辈伊孛生——尤其是后半期的作品——是这样说——

"伊孛生是思想家。通俗的讲谈和真的思索之间，放一点小小的区别，岂不好吗？诚然，伊孛生是有名人物呀。也不妨尽讲伊孛生的勇气，讲到人耳朵里起茧罢。然而，论理的勇气和实行的勇气之间，舍了私欲的不羁独立的革命底勇猛心和家庭的的煽动的勇气之间，莫非不见得有放点小小的区别的必要吗？其一，是在人生上发着光芒，其一，不过是在戏园里使看客咋舌……要谋叛的汉子，不带软皮手套来捏钢笔杆这一点事，是总应该做的，不应该是能做文章的一个小畸人，不应该仅是为德国人的文章上的一个概念，应该是名曰人生这一个热闹场里的活动的人物。伊孛生的革命的勇气，大约是确不至于陷其人于危地的。箱船之下，敷设水雷之类的事，比起活的，燃烧似的实行来，是贫弱的桌子上的空论罢了。诸君听见过撕开苎麻的声音吗？嘻嘻嘻，是多么盛大的声音呵。"

这于革命文学和革命，革命文学家和革命家之别，说得很露骨，至于遵命文学，那就不在话下了。也许因为这一点，所以他倒是左翼底罢，并不全在他曾经做过各种的苦工。

最颂扬的，是伊孛生早先文坛上的敌对，而后来成了儿女亲家的毕伦存（B. Björnson）。他说他活动着，飞跃着，有生命。无论胜败之际，都贯注着个性和精神。是有着灵感和神的闪光的瑙威唯一的诗人。但我回忆起看过的短篇小说来，却并没有看哈谟生作品那样的深的感印。在中国大约并没有什么译本,只记得有一篇名叫《父亲》的,至少翻过了五回。

哈谟生的作品我们也没有什么译本。五四运动时候,在北京的青年出了一种期刊叫《新潮》,后来有一本《新著介绍号》,预告上似乎是说罗家伦先生要介绍《新地》(NewErde)。这便是哈谟生做的,虽然不过是一种倾向小说,写些文士的生活,但也大可以借来照照中国人。所可惜的是这一篇介绍至今没有印出罢了。

三月三日,于上海。

《近代木刻选集》(2)小引

我们进小学校时,看见教本上的几个小图画;倒也觉得很可观,但到后来初见外国文读本上的插画,却惊异于它的精工,先前所见的就几乎不能比拟了。还有英文字典里的小画,也细巧得出奇。凡那些,就是先回说过的"木口雕刻"。

西洋木版的材料,固然有种种,而用于刻精图者大概是柘木。同是柘木,因锯法两样,而所得的板片,也就不同。顺木纹直锯,如箱板或桌面板的是一种,将木纹横断,如砧板的又是一种。前一种较柔,雕刻之际,可以挥凿自如,但不宜于细密,倘细,是很容易碎裂的。后一种是木丝之端,攒聚起来的板片,所以坚,宜于刻细,这便是"木口雕刻"。这种雕刻,有时便不称 wood-cut,而别称为 wood-engraving 了。中国先前刻木一细,便曰"绣梓",是可以做这译语的。和这相对,在箱板式的板片上所刻的,则谓之"木面雕刻"。

但我们这里所介绍的,并非教科书上那样的木刻,因为那是意在逼真,在精细,临刻之际,有一张图画作为底子的,既有底子,便是以刀拟笔,是依样而非独创,所以仅仅是"复刻板画"。至于"创作板画",是并无别的粉本的,乃是画家执了铁笔,在木版上作画,本集中的达格力秀的两幅;永濑义郎的一幅,便是其例。自然也可以逼真,也可以精细,然而这些之外有美,有力;仔细看去,虽在复制的画幅上,总还可以看出一点"有力之美"来。

但这"力之美"大约一时未必能和我们的眼睛相宜。流行的装饰画上,现在已经多是削肩的美人,枯瘦的佛子,解散了的构成派绘画了。

有精力弥满的作家和观者,才会生出"力"的艺术来。"放笔直干"的图画,恐怕难以生存于颓唐,小巧的社会里的。

附带说几句,前回所引的诗,是将作者记错了。季黻来信道:"我有一匹好东绢……"

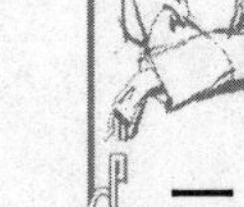

系出于杜甫《戏韦偃为双松图》,末了的数句,是"重之不减锦绣段,已令拂拭光凌乱,请君放笔为直干"。并非苏东坡诗。

一九二九年三月十日,鲁迅记。

《近代木刻选集》(2)附记

本集中的十二幅木刻大都是从英国的《The Woodcut of To-day》《The Studio》,《TheSmaller Beasts》中选取的,这里也一并摘录几句解说。

格斯金(Arthur J.Gaskin),英国人。他不是一个始简单后精细的艺术家。他早懂得立体的黑色之浓淡关系。这幅《大雪》的凄凉和小屋底景致是很动人的。雪景可以这样比其他种种方法更有力地表现,这是木刻艺术的新发现。《童话》也具有和《大雪》同样的风格。

杰平(Robert Gibbings)早是英国木刻家中一个最丰富而多方面的作家。他对于黑白的观念常是意味深长而且独创的。E.Powys Mathers 的《红的智慧》插画在光耀的黑白相对中有东方的艳丽和精巧的白线的律动。他的令人快乐的《闲坐》,显示他在有意味的形式里黑白对照的气质。

达格力秀(Eric Fitch Daglish)在我们的《近代木刻选集》(1)里已曾叙述了。《伯劳》见 J.H.Fabre 的《Animal Life in Field and Garden》中。《海狸》见达格力秀自撰的 Animal in Black and White 丛书第二卷《The Smaller Beasts》中。

凯亥勒(Emile Charles Carlegle)原籍瑞士,现入法国籍。木刻于他是种直接的表现的媒介物,如绘画,蚀铜之于他人。他配列光和影,指明颜色的浓淡;他的作品颤动着生命。他没有什么美学理论,他以为凡是有趣味的东西能使生命美丽。

奥力克(Emil Orlik)是最早将日本的木刻方法传到德国去的人。但他却将他自己本国的种种方法融合起来刻木的。

陀蒲晋司基(M.Dobuzinski)的《窗》,我们可以想象无论何人站在那里,如那个人站着的,张望外面的雨天,想念将要遇见些什么。俄国人是很想到站在这个窗下的人的。

左拉舒(William Zorach)是俄国种的美国人。他注意于有趣的在黑底子上的白块,不斤斤于用意的深奥。《游泳的女人》由游泳的眼光看来,是有些炫目的。这看去像油漆布雕刻,不大像木刻。游泳是美国木刻家所好的题材,各人用各人的手法创造不同的风格。

永濑义郎,曾在日本东京美术学校学过雕塑,后来颇尽力于版画,著《给学版画的人》

一卷。《沉钟》便是其中的插画之一，算作“木口雕刻”的作例，更经有名的刻手菊地武嗣复刻的。现在又经复制，但还可推荐黑白配列的妙处。

《比亚兹莱画选》小引

比亚兹莱（Aubrey Beardsley 1872—1898）生存只有二十六年，他是死于肺病的。生命虽然如此短促，却没有一个艺术家，作黑白画的艺术家，获得比他更为普遍的名誉；也没有一个艺术家影响现代艺术如他这样的广阔。比亚兹莱少时的生活的第一个影响是音乐，他真正的嗜好是文学。除了在美术学校两月之外，他没有艺术的训练。他的成功完全是由自习获得的。

以《阿赛王之死》的插画他才涉足文坛。随后他为《The Studio》作插画，又为《黄书》（《The Yellow Book》）的艺术编辑。他是由《黄书》而来，由《The Savoy》而去的。无可避免地，时代要他活在世上。这九十年代就是世人所称的世纪末（fin desiècle）。他是这年代底独特的情调底唯一的表现者。九十年代底不安的，好考究的，傲慢的情调呼他出来的。

比亚兹莱是个讽刺家，他只能如 Baudelaire 描写地狱，没有指出一点现代的天堂底反映。这是因为他爱美而美的堕落才困制他；这是因为他如此极端地自觉美德而败德才有取得之理由。有时他的作品达到纯粹的美，但这是恶魔的美，而常有罪恶地自觉，罪恶首受美而变形又复被美所暴露。

视为一个纯然的装饰艺术家，比亚兹莱是无匹的。他把世上一切不一致的事物聚在一堆，以他自己的模型来使他们织成一致。但比亚兹莱不是一个插画家。没有一本书的插画至于最好的地步——不是因为较伟大而是不相称，甚且不相干。他失败于插画者，因为他的艺术是抽象的装饰；它缺乏关系性的律动——恰如他自身缺乏在他前后十年间的关系性。他埋葬在他的时期里有如他的画吸收在它自己的坚定的线里。

比亚兹莱不是印象主义者，如 Manet 或 Renoir，画他所“看见”的事物；他不是幻想家，如 William Blake，画他所“梦想”的事物；他是个有理智的人，如 George Freder-ick Watts，画他所“思想”的事物。虽然无日不和药炉为伴，他还能驾驭神经和情感。他的理智是如此的强健。

比亚兹莱受他人影响却也不少，不过这影响于他是吸收而不是被吸收。他时时能受影响，这也是他独特的地方之一。Burne-Jones 有助于他在他作《阿赛王之死》的插画的时候;日本的艺术,尤其是英泉的作品,助成他脱离在《The Rape of the Lock》底 Eisen 和 Saint-Aubin 所显示给他的影响。但 Burne-Jones 地狂喜的疲弱的灵性变为怪诞的睥睨的肉欲——若有疲弱的,罪恶的疲弱的话。日本的凝冻的实在性变为西方的热情底焦灼的影像表现在黑白底锐利而清楚的影和曲线中,暗示即在彩虹的东方也未曾梦想到的色调。

他的作品,因为翻印了《Salomè》的插画,还因为我们本国时行艺术家的摘取,似乎连风韵也颇为一般所熟识了。但他的装饰画,却未经诚实地介绍过。现在就选印这十二幅,略供爱好比亚兹莱者看看他未经撕剥的遗容,并摘取 Arthur Symons 和 HolbrookJackson 的话,算作说明他的特色的小引。

一九二九年四月二十日,朝花社识。

一九三〇年

《新俄画选》小引

大约三十年前,丹麦批评家乔治·勃兰兑斯(Georg Brandes)。游帝制俄国,作《印象记》,惊为"黑土"。果然,他的观察证实了。从这"黑土"中,陆续长育了文化的奇花和乔木,使西欧人士震惊,首先为文学和音乐,稍后是舞蹈,还有绘画。

但在十九世纪末,俄国的绘画是还在西欧美术的影响之下的,一味追随,很少独创,然而握美术界的霸权,是为学院派(Academismus)。至九十年代,"移动展览会派"出现了,对于学院派的古典主义,力加掊击,斥模仿,崇独立,终至收美术于自己的掌中,以鼓吹其见解和理想。然而排外则易倾于慕古,慕古必不免于退婴,所以后来,艺术遂见衰落,而祖述法国色彩画家绥珊的一派(Cezannist)兴。同时,西南欧的立体派和未来派,也传入而且盛行于俄国。

十月革命时,是左派(立体派及未来派)全盛的时代,因为在破坏旧制——革命这一点上,和社会革命者是相同的,但问所向的目的,这两派却并无答案。尤其致命的是虽属新奇,而为民众所不解,所以当破坏之后,渐入建设,要求有益于劳农大众的平民易解的美术时,这两派就不得不被排斥了。其时所需要的是写实一流,于是右派遂起而占了暂时的胜利。但保守之徒,新力是究竟没有的,所以不多久,就又以自己的作品证明了自己的破灭。

这时候，是对于美术和社会的建设相结合的要求，左右两派，同归失败，但左翼中实已先就起了分崩，离合之后，别生一派曰"产业派"，以产业主义和机械文明之名，否定纯粹美术，制作目的，专在工艺上的功利。更经和别派的斗争，反对者的离去，终成了以泰忒林(Tatlin)和罗直兼珂(Rodschenko)为中心的"构成派"(konstructivis)。他们的主张不在 komposition 而在 konstruktion，不在描写而在组织，不在创造而在建设。罗直兼珂说，"美术家的任务，非色和形的抽象的认识，而在解决具体底事物的构成上的任何的课题。"这就是说，构成主义上并无永久不变的法则，依着其时的环境而将各个新课题，重新加以解决，便是它的本领。既是现代人，便当以现代的产业的事业为光荣，所以产业上的创造，便是近代天才者的表现。汽船，铁桥，工厂，飞机，各有其美，既严肃，亦堂皇。于是构成派画家遂往往不描物形，但作几何学底图案，比立体派更进一层了。如本集所收 Krinsky 的三幅中的前两幅，便可作显明的标准。

Gastev 是主张善用时间，别树一帜的，本集只收了一幅。

又因为革命所需要，有宣传，教化，装饰和普及，所以在这时代，版画——木刻，石版，插画，装画，蚀铜版——就非常发达了。左翼作家之不甘离开纯粹美术者。颇遁人版画中，如玛修丁(有《十二个》中的插画四幅，在《未名丛刊》中)，央南珂夫(本集有他所做的《小说家萨弥亚丁像》)是。构成派作家更因和产业结合的目的，大行活动，如罗直兼珂和力锡兹基所装饰的现代诗人的诗集，也有典型的艺术底版画之称，但我没有见过一种。

木版作家，以法孚尔斯基(本集有《莫斯科》)为第一，古泼略诺夫(本集有《熨衣的妇女》)，保里诺夫(本集有《培林斯基像》)，玛修丁，是都受他的影响的。克里格里珂跋女士本是蚀铜版画(Etching)名家，这里所收的两幅是影画，《奔流》曾经介绍的一幅(《梭罗古勃像》)，是雕镂画，都是她的擅长之作。

新俄的美术，虽然现在已给世界上以甚大的影响，但在中国，记述却还很聊聊。这区区十二页，又真是实不符名，毫不能尽介绍的重任，所取的又多是版画，大幅结构，反成遗珠，这是我们所十分抱憾的。

但是，多取版画，也另有一些原因：中国制版之术，至今未精，与其变相，不如且缓，一也；当革命时，版画之用最广，虽极匆忙，顷刻能办，二也。《艺苑朝华》在初创时，即已注意此点，所以自一集至四集，悉取黑白线图，但竟为艺苑所弃，甚难继续，今复送第五集出世，恐怕已是晌午之际了，但仍愿若干读者们，由此还能够得到多少裨益。

本文中的叙述及五幅图，是摘自昇曙梦的《新俄美术大观》的。其余八幅，则从 R.Fueloep-Miller 的《The Mindand Face of Bolshevism》所载者复制,合并声明于此。

一九三〇年二月二十五夜,鲁迅。

文艺的大众化

文艺本应该并非只有少数的优秀者才能够鉴赏,而是只有少数的先天的低能者所不能鉴赏的东西。

倘若说,作品愈高,知音愈少。那么,推论起来,谁也不懂的东西,就是世界上的绝作了。

但读者也应该有相当的程度。首先是识字,其次是有普通的大体的知识,而思想和情感,也须大抵达到相当的水平线。否则,和文艺即不能发生关系。若文艺设法俯就,就很容易流为迎合大众,媚悦大众。迎合和媚悦,是不会于大众有益的。——什么谓之"有益",非在本问题范围之内,这里且不论。

所以在现下的教育不平等的社会里,仍当有种种难易不同的文艺,以应各种程度的读者之需。不过应该多有为大众设想的作家,竭力来做浅显易解的作品,使大家能懂,爱看,以挤掉一些陈腐的劳什子。但那文字的程度,恐怕也只能到唱本那样。

因为现在是使大众能鉴赏文艺的时代的准备,所以我想,只能如此。

倘若此刻就要全部大众化,只是空谈。大多数人不识字;目下通行的白话文,也非大家能懂的文章;言语又不统一,若用方言,许多字是写不出的,即使用别字代出,也只为一处地方人所懂,阅读的范围反而收小了。

总之,多作或一程度的大众化的文艺,也固然是现今的急务。若是大规模的设施,就必须政治之力的帮助,一条腿是走不成路的,许多动听的话,不过文人的聊以自慰罢了。

《浮士德与城》后记

这一篇剧本,是从英国 L.A Magnus 和 K.Walter 所译的《Three Plays of A.V.Lunachawski》中译出的。原书前面,有译者们合撰的导言,与本书所载尾濑敬止的小传,互有详略之处,着眼之点,也颇不同。现在摘录一部分在这里,以供读者的参考——

"Anatoli vasilievich Lunacharski"以一八七六年生于 Poltava 省,他的父亲是一个地主,Lunacharski 族本是半贵族的大地主系统,曾经出过很多的智识者。他在 Kiew 受中学教育,然后到 Zurich 大学去。在那里和许多俄国侨民以及 Avenarius 和 Axelrod 相遇,决定了未来的状态。从这时候起,他的光阴多费于瑞士,法兰西,意大利,有时则在俄罗斯。

他原先便是一个布尔塞维克,那就是说,他是属于俄罗斯社会民主党的马克思派的。这派在第二次及第三次会议占了多数,布尔塞维克这字遂变为政治上的名词,与原来的简单字义不同了。他是第一种马克思派报章 Kry‖ia(翼)的撰述人;是一个属于特别一团的布尔塞维克,这团在本世纪初,建设了马克思派的杂志 vpenëcl(前进),并且为此奔走,他同事中有 Pokrovski,Bogdánov 及 Gorki 等,设讲演及学校课程,一般地说,是从事于革命的宣传工作的。他是莫斯科社会民主党结社的社员,被流放到 Vologda,又由此逃往意大利。在瑞士,他是 Iskra(火花)的一向的编辑,直到一九〇六年被门维克所封禁。一九一七年革命后,他终于回了俄罗斯。

这一点事实即以表明 Lunacharski 的灵感的创生,他极通晓法兰西和意大利;他爱博学的中世纪底本乡;许多他的梦想便安放在中世纪上。同时他的观点是绝对属于革命底俄国的。在思想中的极端现代主义也一样显著地不同,连系着半中世纪的城市,构成了“现代”莫斯科的影子。中世纪主义与乌托邦在十九世纪后的媒介物上相遇——极像在《无何有乡的消息》里——中世纪的郡自治战争便在苏维埃俄罗斯名词里出现了。

社会改进的浓厚的信仰,使 Lunacharski 的作品着色,又在或一程度上,使他和他的伟大的革命底同时代人不同。Blok,是无匹的,可爱的抒情诗人,对于一个佳人,就是俄罗斯或新信条,怀着 Sidney 式的热诚,有一切美,然而纤弱;恰如 Shelley 和他的伟大;Esènin 对于不大分明的理想,更粗鲁而热情地叫喊,这理想,在俄国的人们,是能够看见,并且觉得其存在和有生活的力量的;Demian Bedny 是通俗的讽刺家;或者别一派,大家知道的 LEF(艺术的左翼战线),这法兰西的 Esprit Noveau(新精神),在做新颖的大胆的诗,这诗学的未来派和立体派;凡这些,由或一意义说,是较纯粹的诗人,不甚切于实际的。Lunacharski 常常梦想建设,将人类建设得更好,虽然往往还是“复故”(relapsing)。所以从或一意义说,他的艺术是平凡的,不及同时代人的高翔之超迈,因为他要建设,并不浮进经验主义者里面去;至于 Blok 和 Bely,是经验主义者一流,高超,而无所信仰的。

Lunacharski 的文学的发展大约可从一九〇〇年算起。他最先的印本是哲学的讲谈。他是著作极多的作家。他的三十六种书,可成十五巨册。早先的一本为《研求》,是从马克思主义者的观点出发的关于哲学的随笔集。讲到艺术和诗,包括 Maeterlinck 和 Ko-ro-lenko 的评赞,在这些著作里,已经预示出他那极成熟的诗学来。《实证美学的基础》《革命底侧影》和《文学的侧影》都可归于这一类。在这一群的短文中,包含对于知识阶级的

攻击；争论，偶然也有别样的文字，如《资本主义下的文化》《假面中的理想》《科学、艺术及宗教》《宗教》《宗教史导言》等。他往往对于宗教感兴趣，置身于俄国现在的反宗教运动中。……

Lunacharski又是音乐和戏剧的大威权，在他的戏剧里，尤其是在诗剧，人感到里面鸣着未曾写出的伤痕。……

十二岁时候，他就写了《诱惑》，是一种未曾成熟的作品，讲一青年修道士有更大的理想，非教堂所能满足，魔鬼诱以情欲(Lust)，但那修道士和情欲去结婚时，则讲说社会主义。第二种剧本为《王的理发师》，是一篇淫猥的专制主义的挫败的故事，在监狱里写下来的。其次为《浮士德与城》，是俄国革命程序的预想，终在一九一六年改定，初稿则成于一九〇八年。后作喜剧，总名《三个旅行者和它》。《麦奇》是一九一八年作(它的精华存在一九〇五年所写的论文《实证主义与艺术》中)，一九一九年就出了《贤人华西理》及《伊凡在天堂》。于是他试写历史剧《OliVer Cromwell》和《ThomasCampanella》；然后又回到喜剧去，一九二一年成《宰相和铜匠》及《被解放的堂吉诃德》。后一种是一九一六年开始的。《熊的婚仪》则出现于一九二二年。(开时摘译。)

就在这同一的英译本上，有作者的小序，更详细地说明着他之所以写这本《浮士德与城》的缘故和时期——

“无论那一个读者倘他知道Goethe的伟大的‘Fanst’，就不会不知道我的《浮士德与城》，是被‘Faust’的第二部的场面所启发出来的。在那里Goethe的英雄寻到了一座‘自由的城’。这天才的产儿和它的创造者之间的相互关系，那问题的解决，在戏剧的形式上，一方面，是一个天才和他那种开明专制的倾向，别一方面，则是德莫克拉西的——这观念影响了我而引起我的工作。在一九〇六年，我结构了这题材。一九〇八年，在Abrazzi Introdacque地方的宜人的乡村中，费一个月光阴，我将剧本写完了。我搁置了很长久。至一九一六年，在特别幽美的环境中，Geneva湖的st.Leger这乡村里，我又做一次最后的修改；那重要的修改即在竭力的剪裁(Cut)。”(柔石摘译)

这剧本，英译者以为是“俄国革命程序的预想”，是的确的。但也是作者的世界革命的程序的预想。浮士德死后，戏剧也收场了。然而在《实证美学的基础》里，我们可以发现作者所预期于此后的一部分的情形——

“……新的阶级或种族，大抵是发达于对于以前的支配者的反抗之中的。而且憎恶他们的文化，是成了习惯。所以文化发达的事实底的步调，大概断断续续。在种种处所，在种种时代，人类开始建设起来。而一达到可能的程度，便倾于衰颓。这并非因为遇到了客观的不可能，乃是主观底的可能性受了害。

"然而，最为后来的世代，却和精神的发达，即丰富的联想，评价原理的设定，历史的意义及感情的生长一同，愈加学着客观底地来享乐一切的艺术的。于是吸鸦片者的呓语似的华丽而奇怪的印度人的伽蓝，压人地沉重地施了烦腻的色彩的埃及人的庙宇，希腊人的雅致，戈谛克的法悦，文艺复兴期的暴风雨似的享乐性，在他，都成为能理解，有价值的东西。为什么呢，因为是新的人类的这完人，于人类的东西，什么都是无所关心的。将或种联想压倒，将别的联想加强，完人在自己的心里的深处，唤起印度人和埃及人的情绪来。能够并无信仰，而感动于孩子们的祷告，并不喝血，而欣然移情于亚契莱斯的破坏底的愤怒，能够沉潜于浮士德的无底的深的思想中，而以微笑凝眺着欢娱底的笑剧和滑稽的喜歌剧。"（鲁迅译《艺术论》，一六五至一六六页）

因为新的阶级及其文化，并非突然从天而降，大抵是发达于对于旧支配者及其文化的反抗中，亦即发达于和旧者的对立中，所以新文化仍然有所承传，于旧文化也仍然有所择取。这可说明卢那卡尔斯基当革命之初，仍要保存农民固有的美术；怕军人的泥靴踏烂了皇宫的地毯；在这里也使开辟新城而倾于专制的——但后来是悔悟了的——天才浮士德死于新人们的歌颂中的原因。这在英译者们的眼里，我想就被看成叫作"复故"的东西了。

所以他之主张择存文化的遗产，是因为"我们继承着人的过去，也爱人类的未来"的缘故；他之以为创业的雄主，胜于世纪末的颓唐人，是因为古人所创的事业中，即含有后来的新兴阶级皆可以择取的遗产，而颓唐人则自置于人间之上，自放于人间之外，于当时及后世都无益处的缘故。但自然也有破坏，这是为了未来的新的建设。新的建设的理想，是一切行动的指南针，倘没有这而言破坏，便如未来派，不过是破坏的同路人，而言保存，则全然是旧社会的维持者。

Lunacharski 的文字，在中国，翻译要算比较的多的了。《艺术论》（并包括《实证美学的基础》，大江书店版）之外，有《艺术之社会的基础》（雪峰译，水沫书店版），有《文艺与批评》（鲁迅译，同店版），有《霍善斯坦因论》（译者同上，光华书局版）等，其中所说，可作含在这《浮士德与城》里的思想的印证之处，是随时可以得到的。

编者，一九三〇年六月，上海。

《静静的顿河》后记

本书的作者是新近有名的作家，一九二七年珂刚（P.S.Kogan）教授所做的《伟大的十年的文学》中，还未见他的姓名，我们也得不到他的自传。卷首的事略，是从德国辑译的《新俄新小说家三十人集》（Dreising neue Erxaehler desnewen Russland）的附录里翻译出来的。

这《静静的顿河》的前三部，德国就在去年由 Olga Halpern 译成出版，当时书报上曾有比小传较为详细的介绍的文辞：

“唆罗诃夫是那群直接出自民间，而保有他们的本源的俄国的诗人之一。约两年前，这年青的哥萨克的名字，才始出现于俄国的文艺界，现在已被认为新俄最有天才的作家们中的一个了。他未到十四岁，便已实际上参加了俄国革命的斗争，受过好几回伤，终被反革命的军队逐出了他的乡里。

“他的小说《静静的顿河》开手于一九一三年，他用炎炎的南方的色彩，给我们描写哥萨克人（那些英雄的，叛逆的奴隶们 Pugatchov，Stenka Rasin，Bulavin 等的苗裔，这些人们的行为在历史上日见其伟大）的生活。但他所描写，和那部分底地支配着西欧人对于顿河哥萨克人的想象的不真实的罗曼主义，是并无共通之处的。

“战前的家长制度的哥萨克人的生活，非常出色地描写在这小说中。叙述的中枢是年青的哥萨克人格黎高里和一个邻人的妻阿珂新亚，这两人被有力的热情所熔接，共尝着幸福与灭亡。而环绕了他们俩，则俄国的乡村在呼吸，在工作，在歌唱，在谈天，在休息。

“有一天，在这和平的乡村里蓦地起了一声惊呼：战争！最有力的男人们都出去了。这哥萨克人的村落也流了血。但在战争的持续间却生长了沉郁的憎恨，这就是逼近目前的革命豫兆……”

出书不久，华斯珂普（F.K.Weiskopf）也就给以正当的批评：

“唆罗诃夫的《静静的顿河》，由我看来好像是一种预约——那青年的俄国文学以法兑耶夫的《溃灭》，班弗罗夫的《贫农组合》，以及巴贝勒的和伊凡诺夫的小说与传奇等对于那倾耳谛听着的西方所定下的预约的完成；这就是说，一种充满着原始力的新文学生长起来了，这种文学，它的浩大就如俄国的大原野，它的清新与不羁则如苏联的新青年。凡在青年的俄国作家们的作品中不过是一种豫示与胚胎的（新的观点，从一个完全反常的，新的方面来观察问题，那新的描写），在唆罗诃夫这部小说里都得到十分的发展了。这部小说为了它那构想的伟大，生活的多样，描写的动人，使我们记起托尔斯泰的《战争与和平》来。我们紧张地盼望着续卷的出现。”

德译的续卷，是今年秋天才出现的，但大约总还须再续，因为原作就至今没有写完。

这一译本，即出于 Olga Halpern 德译本第一卷的上半，所以“在战争的持续间却生长了沉郁的憎恨”的事，在这里还不能看见。然而风物既殊，人情复异，写法又明朗简洁，绝无旧文人描头画角，宛转抑扬的恶习，华斯珂普所说的“充满着原始力的新文学”的大概，已灼然可以窥见。将来倘有全部译本，则其启发这里的新作家之处，一定更为不少。但能否实现，却要看这古国的读书界的魄力而定了。

一九三〇年九月十六日。

《梅斐尔德木刻士敏土之图》序言

小说《士敏土》为革拉特珂夫所做的名篇，也是新俄文学的永久的碑碣。关于那内容，戈庚教授在《伟大的十年的文学》里曾有简要的说明。他以为在这书中，有两种社会的要素在相克，就是建设的要素和退婴，散漫，过去的颓唐的力。但战斗却并不在军事的战线上，而在经济底战线上。这时的大题目，已蜕化为人类的意识对于与经济复兴相冲突之力来斗争的心理的题目了。作者即在说出怎样的用了巨灵的努力，这才能使被破坏了的工厂动弹，沉默了的机械运转的颠未来。然而和这历史一同，还展开着别样的历史——人类心理的一切秩序的蜕变的历史。机械出自幽暗和停顿中，用火焰辉煌了工厂的昏暗的窗玻璃。于是人类的智慧和感情，也和这一同辉煌起来了。

这十幅木刻，即表现着工业的从寂灭中而复兴。由散漫而有组织，因组织而得恢复，自恢复而至盛大。也可以略见人类心理的顺遂的变形，但作者似乎不很顾及两种社会的要素之在相克的斗争——意识的纠葛的形象。我想，这恐怕是因为写实底地显示心境，绘画本难于文章，而刻者生长德国，所经历的环境也和作者不同的缘故罢。

关于梅斐尔德的事情，我知道得极少。仅听说他在德国是一个最革命底的画家，今年才二十七岁，而消磨在牢狱里的光阴倒有八年。他最爱刻印含有革命底内容的版画的连作，我所见过的有《汉堡》《抚育的门徒》和《你的姊妹》，但都还隐约可以看见悲悯的心情，惟这《士敏土》之图，则因为背景不同，却很示人以粗豪和组织的力量。

小说《士敏土》已有董绍明蔡咏裳两君合译本，所用的是广东的译音；上海通称水门汀，在先前，也曾谓之三合土。

一九三〇年九月二十七日。

一九三一年

《铁流》编校后记

到这一部译本能和读者相见为止，是经历了一段小小的艰难的历史的。

去年上半年，是左翼文学尚未很遭迫压的时候，许多书店为了在表面上显示自己的前进起见，大概都愿意印几本这一类的书；即使未必实在收稿罢，但也极力要发一个将要出版的书名的广告。这一种风气，竟也打动了一向专出碑版书画的神州国光社，肯出一种收罗新俄文艺作品的丛书了，那时我们就选出了十种世界上早有定评的剧本和小说，约好译者，名之为《现代文艺丛书》。

那十种书，是一

1.《浮士德与城》，A.卢那卡尔斯基作，柔石译。

2.《被解放的堂吉诃德》，同人作，鲁迅译。

3.《十月》，A.雅各武莱夫作，鲁迅译。

4.《精光的年头》.B.毕力涅克作，蓬子译。

5.《铁甲列车》，V.伊凡诺夫作，侍桁译。

6.《叛乱》，P.孚尔玛诺夫作，成文英译。

7.《火马》，F.革拉特珂夫作，侍桁译。

8.《铁流》，A.绥拉菲摩维支作，曹靖华译。

9.《毁灭》，A.法捷耶夫作，鲁迅译。

10《静静的顿河》，M.唆罗诃夫作，侯朴译。

里培进斯基的《一周间》和革拉特珂夫的《士敏土》，也是具有纪念碑性的作品，但因为在先已有译本出版，这里就不编进去了。

这时候实在是很热闹。丛书的目录发表了不多久，就已经有别种译本出现在市场上，如杨骚先生译的《十月》和《铁流》，高明先生译的《克服》其实就是《叛乱》。此外还听说水沫书店也准备在戴望舒先生的指导之下，来出一种相似的丛书。但我们的译述却进行得很慢，早早交了卷的只有一个柔石，接着就印了出来；其余的是直到去年初冬为止，这才陆续交去了《十月》《铁甲列车》和《静静的顿河》的一部分。

然而对于左翼作家的压迫，是一天一天的吃紧起来，终于紧到使书店都害怕了。神州国光社也来声明，愿意将旧约作废，已经交去的当然收下，但尚未开手或译得不多的其余六种，却千万勿再进行了。那么，怎么办呢？去问译者，都说，可以的。这并不是中国书店的胆子特别小，实在是中国官府的压迫特别凶，所以，是可以的。于是就废了约。

但已经交去的三种，至今早的一年多，迟的也快要一年了，都还没有出版。其实呢，这三种是都没有什么可怕的。

然而停止翻译的事，我们却独独没有通知靖华。因为我们晓得《铁流》虽然已有杨骚先生的译本，但因此反有另出一种译本的必要。别的不必说，即其将贵胄子弟出身的士官幼年生译作"小学生"，就可以引读者陷于极大的错误。小学生都成群的来杀贫农，这世界不真是完全发了疯吗？译者的邮寄译稿，是颇为费力的。中俄间邮件的不能递到，是常有的事，所以他翻译时所用的是复写纸，以备即使失去了一份，也还有底稿存在。后来补寄作者自传，论文，注解的时候，又都先后寄出相同的两份，以备其中或有一信的遗失。但是，这些一切，却都收到了，虽有因检查而被割破的，却并没有失少。

为了要译印这一部书，我们信札往来至少也有二十次。先前的来信都弄掉了，现在只钞最近几封里的几段在下面。对于读者，这也许有一些用处的。

五月三十日发的信，其中有云：

"《铁流》已于五一节前一日译完，挂号寄出。完后自看一遍，觉得译文很拙笨，而且怕有错字，脱字，望看的时候随笔代为改正一下。

"关于插画，两年来找遍了，没有得到。现写了一封给毕斯克列夫的信，向作者自己征求，但托人在莫斯科打听他的住址，却没有探得。今天我到此地的美术专门学校去查，关于苏联的美术家的住址，美专差不多都有，但去查了一遍，就是没有毕氏的。……此外还有《铁流》的原本注解，是关于本书的史实，很可助读者的了解，拟日内译成寄上。另有作者的一篇，《我怎么写铁流的》也想译出作为附录。又，新出的原本内有地图一张，照片四张，如能用时，可印入译本内。……"

毕斯克列夫（N.Piskarev）是有名的木刻家，刻有《铁流》的图若干幅，闻名已久了，寻求他的作品，是想插在译本里面的，而可惜得不到。这回只得仍照原本那样，用了四张照片和一张地图。

七月二十八日信有云：

"十六日寄上一信，内附'《铁流》正误'数页，怕万一收不到，那时就重抄了一份，现在再为寄上，希在译稿上即时改正一下，至感。因《铁流》是据去年所出的第五版和廉价

丛书的小版翻译的，那两本并无差异。最近所出的第六版上，作者在自序里却道此次是经作者亲自修正，将所有版本的错误改过了。所以我就照着新版又仔细校阅了一遍，将一切错误改正，开出奉寄。……"

八月十六日发的信里，有云：

"前连次寄上之正误，原注。作者自传，都是寄双份的，不知可全收到否？现在挂号寄上作者的论文《我怎么写铁流的？》一篇并第五，六版上的自序两小节；但后者都不关重要，只在第六版序中可以知道这是经作者仔细订正了的。论文系一九二八年在《在文学的前哨》（即先前的《纳巴斯图》）上发表，现在收入去年（一九三〇）所出的二版《论绥拉菲摩维支集》中，这集是尼其廷的礼拜六出版部印行的《现代作家批评丛书》的第八种，论文即其中的第二篇，第一篇则为前日寄上的《作者自传》。这篇论文，和第六版《铁流》原本上之二四三页——二四八页的《作者的话》（编者涅拉陀夫记的），内容大同小异，各有长短，所以就不译了。此外尚有绥氏全集的编者所作对于《铁流》的一篇序文，在原本卷前，名：《十月的艺术家》，原也想译它的，奈篇幅较长，又因九月一日就开学，要编文法的课程大纲，要开会等许多事情纷纷临头了，再没有翻译的工夫，《铁流》又要即时出版，所以只得放下，待将来再译，以备第二版时加入罢。

"我们本月底即回城去。到苏逸达后，不知不觉已经整两月了，夏天并未觉到，秋天，中国的冬天似的秋天却来了。中国夏天是到乡间或海边避暑，此地是来晒太阳。

"毕氏的住址转托了许多人都没有探听到，莫城有一个'人名地址问事处'，但必须说出他的年龄履历才能找，这怎么说得出呢？我想来日有机会我能到莫城时自去探访一番，如能找到，再版时加入也好。此外原又想选译两篇论《铁流》的文章如 D.Furmanov 等的，但这些也只得留待有工夫时再说了。……"

没有木刻的插图还不要紧，而缺乏一篇好好的序文，却实在觉得有些缺憾。幸而，史铁儿竟特地为了这译本而将涅拉陀夫的那篇翻译出来了，将近二万言，确是一篇极重要的文字。读者倘将这和附在卷末的《我怎么写铁流的》都仔细的研读几回，则不但对于本书的理解，就是对于创作，批评理论的理解，也都有很大的帮助的。

还有一封九月一日写的信：

"前几天迭连寄上之作者传，原注，论文，《铁流》原本以及前日寄出之绥氏全集卷一（内有数张插图，或可采用：1.一九三〇年之作者；2.右边，作者之母及怀抱中之未来的作者，左边作者之父；3.一八九七年在马理乌里之作者；4.列宁致作者信），这些不知均得如数收到否？

"毕氏的插图,无论如何找不到;最后,致函于绥拉菲摩维支,绥氏将他的地址开来,现已写信给了毕氏,看他的回信如何再说。

"当给绥氏信时,顺便问及《铁流》中无注的几个字,如'普迦奇'等。承作者好意,将书中难解的古班式的乌克兰话依次用俄文注释,打了字寄来,计十一张。这么一来,就发现了译文中的几个错处,除注解的外,翻译时,这些问题,每一字要问过几个精通乌克兰话的人,才敢决定,然而究竟还有解错的,这也是十月后的作品中特有而不可免的钉子。现依作者所注解,错的改了一下,注的注了起来,快函寄奉,如来得及时,望费神改正一下,否则,也只好等第二版了。……"

当第一次订正表寄到时,正在排印,所以能够全数加以改正,但这一回却已经校完了大半,没法改动了,而添改的又几乎都在上半部。现在就照录在下面,算是一张《铁流》的订正及添注表罢:

一三页二行"不晓得吗!"上应加:"呸,发昏了吗!"

一三页二〇行"种瓜的"应改:"看瓜的"。

一四页一七行"你发昏了吗?!"应改:"大概是发昏了吧?!"

三四页六行"回子"本页末应加注:"回子"是沙皇时代带着大俄罗斯民族主义观点的人们对于一般非正教的,尤其是对于回民及土耳其人的一种最轻视,最侮辱的称呼。——作者给中译本特注。

三六页三行"你要长得好像一个男子呵。"应改:"我们将来要到地里做活的呵。"

三八页三行"一个头发很稀的"之下应加:"蓬乱的"。

四三页二行"杂种羔子"应改:"发疯了的私生子"。

四四页一六行"喝吗"应改:"去糟蹋吗"。

四六页八行"侦缉营"本页末应加注:侦缉营(译者:俄文为普拉斯东营):黑海沿岸之哥萨克平卧在草地里,芦苇里,密林里埋伏着,以等待敌人,戒备敌人。——作者特注。

四九页一四行"平底的海面"本页末应加注:此处指阿左夫(Azoph)海,此海有些地方水甚浅。渔人们都给它叫洗衣盆。——作者特注。

四九页一七行"接连着就是另一个海"本页末应加注:此处指黑海。——作者特注。

五〇页四行"野牛"本页末应加注:现在极罕见的,差不多已经绝种了的颈被龙毛的野牛。——作者特注。

五二页七行"沙波洛塞奇"本页末应加注:自由的沙波洛塞奇:是乌克兰哥萨克的一种组织,发生于十六世纪,在德尼普江的"沙波罗"林岛上。沙波罗人常南征克里木及黑海附近一带,由那里携带许多财物回来。沙波罗人参加于乌克兰哥萨克反对君主专制的俄罗斯的暴动。沙波罗农民的生活,在果戈理(Gogol)的《达拉斯·布尔巴》(Taras Bulba)里写的有。——作者特注。

五三页六行“尖肚子奇加”本页末应加注:哥萨克村内骑手们的骂玩的绰号。由土匪奇加之名而来。——作者特注。

五三页一一行“加克陆克”本页末应加注:即土豪。——作者特注。

五三页一一行“普迦奇”本页末应加注:鞭打者;猫头鹰;田园中的干草人(吓雀子用的)。——作者特注。

五六页三行“贪得无厌的东西!”应改:“无能耐的东西!”

五七页一五行“下处”应改:“鼻子”。

七一页五——六行“它平坦的横亘着一直到海边呢?”应改:“它平坦的远远的横亘着一直到海边呢?”

七一页八行“当摩西把犹太人由埃及的奴隶下救出的时候”本页末应加注:据《旧约》,古犹太人在埃及,在埃及王手下当奴隶,在那里建筑极大的金字塔,摩西从那里将他们带了出来。——作者特注。

七一页一三行“他一下子什么都会做好的”应改:“什么法子他一下子都会想出来的。”

七一页一八行“海湾”本页末应加注:指诺沃露西斯克海湾。——作者特注。

九四页一二行“加芝利”本页末应加注:胸前衣服上用绲子缝的小袋,作装子弹用的。——作者特注。

一四五页一四行“小屋”应改:“小酒铺”。

一七九页二一行“妖精的成亲”本页末应加注:“妖精的成亲”是乌克兰的俗话,譬如雷雨之前——突然间乌黑起来,电闪飞舞,这叫作“妖女在行结婚礼”了,也指一般的阴晦和湿雨。——译者。

以上,计二十五条。其中的三条,即“加克陆克”,“普迦奇”,“加芝利”是当校印之际,已由校者据日文译本的注,加了解释的,很有点不同,现在也已经不能追改了。但读者自然应该信任作者的自注。

至于《绥拉菲摩维支全集》卷一里面的插图,这里却都未采用。因为我们已经全用了那卷十(即第六版的《铁流》这一本)里的四幅,内中就有一幅作者像;卷头又添了拉迪诺夫(I.Radinov)所绘的肖像,中间又加上了原是大幅油画,法棱支(R.Frenz)所做的《铁流》。毕斯克列夫的木刻画因为至今尚无消息，就从杂志《版画》（Graviora）第四集（一九二九）里取了复制缩小的一幅，印在书面上了，所刻的是“外乡人”在被杀害的景象。

别国的译本，在校者所见的范围内，有德，日的两种。德译本附于涅威罗夫的《粮食充足的城市，达什干德》（A.Neverow：Taschkent，die brotreiche Stadt）后面，一九二九年柏林的新德意志出版所（Neur Deutscher Verlag）出版，无译者名，删节之处常常遇到，不能说是一本好书。日译本却完全的，即名《铁之流》，一九三〇年东京的丛文阁出版，为《苏维埃作家丛书》的第一种；译者藏原惟人，是大家所信任的翻译家，而且难解之处，又得了苏俄大使馆的康士坦丁诺夫（konstantinov）的帮助，所以是很为可靠的。但是，因为原文太难懂了，小错就仍不能免，例如上文刚刚注过的“妖精的成亲”，在那里却译作“妖女的自由”，分明是误解。

我们这一本，因为我们的能力太小的缘故，当然不能称为“定本”，但完全实胜于德译，而序跋，注解，地图和插画的周到，也是日译本所不及的。只是，待到攒凑成功的时候，上海出版界的情形早已大异从前了：没有一个书店敢于承印。在这样的岩石似的重压之下，我们就只得宛委曲折，但还是使她在读者眼前开出了鲜艳而铁一般的新花。

这自然不算什么“艰难”，不过是一些琐屑，然而现在偏说了些琐屑者，其实是愿意读者知道：在现状之下，很不容易出一本较好的书，这书虽然仅仅是一种翻译小说，但却是尽三人的微力而成，——译的译，补的补，校的校，而又没有一个是存着借此来自己消闲，或乘机哄骗读者的意思的。倘读者不因为她没有《潘彼得》或《安徒生童话》那么“顺”，便掩卷叹气，去喝咖啡，终于肯将她读完，甚而至于再读，而且连那序言和附录，那么我们所得的报酬，就足够了。

一九三一年十月十日，鲁迅。

好东西歌

南边整天开大会，北边忽地起烽烟，北人逃难南人嚷，请愿打电闹连天。还有你骂我来我骂你，说得自己蜜样甜。文的笑道岳飞假，武的却云秦桧奸。相骂声中失土地，相骂声中捐铜钱，失了土地捐过钱，喊声骂声也寂然。文的牙齿痛，武的上温泉，后来知道谁也不是岳飞或秦桧，声明误解释前嫌，大家都是好东西，终于聚首一堂来吸雪茄烟。

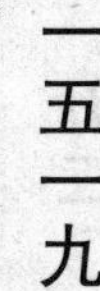

公民科歌

何键将军捏刀管教育，说道学校里边应该添什么。首先叫作“公民科”，不知这科教的是什么。但愿诸公勿性急，让我来编教科书，做个公民实在不容易，大家切莫耶耶乎。第一着，要能受，蛮如猪猡力如牛，杀了能吃活就做，瘟死还好熬熬油。第二着，先要磕头，先拜何大人，后拜孔阿丘，拜得不好就砍头，砍头之际莫讨命，要命便是反革命，大人有刀你有头，这点天职应该尽。第三着，莫讲爱，自由结婚放洋屁，最好是做第十第廿姨太太，如果爹娘要钱化，几百几千可以卖，正了风化又赚钱，这样好事还有吗？第四着，要听话，大人怎说你怎么做。公民义务多得很，只有大人自己心里懂，但愿诸公切勿死守我的教科书，免得大人一不高兴便说阿拉是反动。

南京民谣

大家去谒灵，强盗装正经。

静默十分钟，各自想拳经。

一九三二年

“言词争执”歌

一中全会好忙碌，忽而讨论谁卖国，粤方委员叽哩咕，要将责任归当局。吴老头子老益壮，放屁放屁来相嚷，说道卖的另有人，不近不远在场上。有的叫道对对对，有的吹了嘘嘘嘘，嘘嘘一通不打紧，对对恼了皇太子，一声不响出“新京”，会场旗色昏如死。许多要人夹屁追，恭迎圣驾请重回，大家快要一同“赴国难”，又拆台基何苦来？香槟走气大菜冷，莫使同志久相等，老头自动不出席，再没狐狸来作梗。况且名利不双全，那能推苦只尝甜？卖就大家都卖不都不，否则一方面子太难堪。现在我们再去痛快淋漓喝几巡，酒酣耳热都开心，什么事情就好说，这才能慰在天灵。理论和实际，全都呱呱叫，点点小龙头，又上火车道。只差大柱石，似乎还在想火并，展堂同志血压高，精卫先生糖尿病，国难

一时赶不成，虽然老吴已经受告警。这样下去怎么好，中华民国老是没头脑，想受党治也不能，小民恐怕要苦了。但愿治病统一都容易，只要将那“言词争执”扔在茅厕里，放屁放屁放狗屁，真真岂有此理。

帮忙文学与帮闲文学

——十一月二十二日在北京大学第二院讲

我四五年来未到这边，对于这边情形，不甚熟悉；我在上海的情形，也非诸君所知。所以今天还是讲帮闲文学与帮忙文学。

这当怎么讲？从五四运动后，新文学家很提倡小说；其故由当时提倡新文学的人看见西洋文学中小说地位甚高，和诗歌相仿佛；所以弄得像不看小说就不是人似的。但依我们中国的老眼睛看起来，小说是给人消闲的，是为酒余茶后之用。因为饭吃得饱饱的，茶喝得饱饱的，闲起来也实在是苦极的事，那时候又没有跳舞场：明末清初的时候，一份人家必有帮闲的东西存在的。那些会念书会下棋会画画的人，陪主人念念书，下下棋，画几笔画，这叫作帮闲，也就是篾片！所以帮闲文学又名篾片文学。小说就做着篾片的职务。汉武帝时候，只有司马相如不高兴这样，常常装病不出去。至于究竟为什么装病，我可不知道。倘说他反对皇帝是为了卢布，我想大概是不会的，因为那个时候还没有卢布。大凡要亡国的时候，皇帝无事，臣子谈谈女人，谈谈酒，像六朝的南朝，开国的时候，这些人便做诏令。做敕，做宣言，做电报，——做所谓皇皇大文。主人一到第二代就不忙了，于是臣子就帮闲。所以帮闲文学实在就是帮忙文学。

鲁迅故居餐厅一角

中国文学从我看起来，可以分为两大类：(一)廊庙文学，这就是已经走进主人家中，非帮主人的忙，就得帮主人的闲；与这相对的是(二)山林文学。唐诗即有此两种。如果用现代话讲起来，是“在朝”和“下野”。后面这一种虽然暂时无忙可帮，无闲可帮，但身在山林，而“心存魏阙”。如果既不能帮忙，又不能帮闲，那么，心里就甚是悲哀了。

中国是隐士和官僚最接近的。那时很有被聘的希望,一被聘,即谓之征君;开当铺,卖糖葫芦是不会被征的。我曾经听说有人做世界文学史,称中国文学为官僚文学。看起来实在也不错。一方面固然由于文字难,一般人受教育少,不能做文章,但在另一方面看起来,中国文学和官僚也实在接近。

现在大概也如此。唯方法巧妙得多了,竟至于看不出来。今日文学最巧妙的有所谓为艺术而艺术派。这一派在五四运动时代,确是革命的,因为当时是向"文以载道"说进攻的,但是现在却连反抗性都没有了。不但没有反抗性,而且压制新文学的发生。对社会不敢批评,也不能反抗,若反抗,便说对不起艺术。故也变成帮忙柏勒思(Plus)帮闲。为艺术而艺术派对俗事是不问的,但对于俗事如主张为人生而艺术的人是反对的,则如现代评论派,他们反对骂人,但有人骂他们,他们也是要骂的。他们骂骂人的人,正如杀杀人的一样——他们是刽子手。

这种帮忙和帮闲的情形是长久的。我并不劝人立刻把中国的文物都抛弃了,因为不看这些,就没有东西看;不帮忙也不帮闲的文学真也太不多。现在做文章的人们几乎都是帮闲帮忙的人物。有人说文学家是很高尚的,我却不相信与吃饭问题无关,不过我又以为文学与吃饭问题有关也不打紧,只要能比较的不帮忙不帮闲就好。

今春的两种感想

——十一月二十二日在北平辅仁大学讲

我是上星期到北平的,论理应当带点礼物送给青年诸位,不过因为奔忙匆匆未顾得及,同时也没有什么可带的。

我近来是在上海,上海与北平不同,在上海所感到的,在北平未必感到。今天又没预备什么,就随便谈谈吧。

那年东北事变详情我一点不知道,想来上海事变诸位一定也不甚了然。就是同在上海也是彼此不知,这里死命地逃死,那里则打牌的仍旧打牌,跳舞的仍旧跳舞。

打起来的时候,我是正在所谓火线里面,亲遇见捉去许多中国青年。捉去了就不见回来,是生是死也没人知道,也没人打听,这种情形是由来已久了,在中国被捉去的青年素来是不知下落的。东北事起,上海有许多抗日团体,有一种团体就有一种徽章。这种徽章,如被日军发现死是很难免的。然而中国青年的记性确是不好,如抗日十人团,一团十人,每人有一个徽章,可是并不一定抗日,不过把它放在袋里。但被捉去后这就是死的证据。还有学生军们,以前是天天练操,不久就无形中不练了,只有军装的照片存在,并且把操衣放在家中,自己也忘却了。然而一被日军查出时是又必定要送命的。像这一般青年被杀,大家大为不平,以为日人太残酷。其实这完全是因为脾气不同的缘故,日人太认真,而中国人却太不认真。中国的事情往往是招牌一挂就算成功了。日本则不然。他们不像中国这样只是做戏似的。日本人一看见有徽章,有操衣的,便以为他们一定是真在抗日的人,当然要认为是劲敌。这样不认真的同认真的碰在一起,倒霉是必然的。

中国实在是太不认真,什么全是一样。文学上所见的常有新主义,以前有所谓民族主义的文学也者,闹得很热闹,可是自从日本兵一来,马上就不见了。我想大概是变成为艺术而艺术了吧。中国的政客,也是今天谈财政,明日谈照相,后天又谈交通,最后又忽然念起佛来了。外国不然。以前欧洲有所谓未来派艺术。未来派的艺术是看不懂的东西。但看不懂也并非一定是看者知识太浅,实在是它根本上就看不懂。文章本来有两种:一种是看得懂的,一种是看不懂的。假若你看不懂就自恨浅薄,那就是上当了。不过人家是不管看懂与不懂的——看不懂如未来派的文学,虽然看不懂,作者却是拼命地,很认真的在那里讲。但是中国就找不出这样例子。

还有感到的一点是我们的眼光不可不放大,但不可放的太大。

我那时看见日本兵不打了,就搬了回去,但忽然又紧张起来了。后来打听才知道是因为中国放鞭炮引起的。那天因为是月蚀,故大家放鞭炮来救她。在日本人意中以为在这样的时光,中国人一定全忙于救中国抑救上海,万想不到中国人却救的那样远,去救月亮去了。

我们常将眼光收得极近,只在自身,或者放得极远,到北极,或到天外,而这两者之间的一圈可是绝不注意的,譬如食物吧,近来馆子里是比较干净了,这是受了外国影响之故,以前不是这样。例如某家烧卖好,包子好,好的确是好,非常好吃,但盘子是极污秽的,去吃的人看不得盘子,只要专注在吃的包子烧卖就是,倘使你要注意到食物之外的一圈,那就非常为难了。

在中国做人,真非这样不成,不然就活不下去。例如倘使你讲个人主义,或者远而至于宇宙哲学,灵魂灭否,那是不要紧的。但一讲社会问题,可就要出毛病了。北平或者还好,如在上海则一讲社会问题,那就非出毛病不可,这是有验的灵药,常常有无数青年被捉去而无下落了。

在文学上也是如此。倘写所谓身边小说,说苦痛呵,穷呵,我爱女人而女人不爱我呵,那是很妥当的,不会出什么乱子。如要一谈及中国社会,谈及压迫与被压迫,那就不成。不过你如果再远一点，说什么巴黎伦敦，再远些，月界，天边，可又没有危险了。但有一层要注意，俄国谈不得。

上海的事又要一年了，大家好似早已忘掉了，打牌的仍旧打牌，跳舞的仍旧跳舞。不过忘只好忘，全记起来恐怕脑中也放不下。倘使只记着这些，其他事也没工夫记起了。不过也可以记一个总纲。如"认真点"，"眼光不可不放大但不可放的太大"，就是。这本是两句平常话，但我的确知道了这两句话，是在死了许多性命之后。许多历史的教训，都是用极大的牺牲换来的。譬如吃东西罢，某种是毒物不能吃，我们好像全惯了，很平常了。不过，这一定是以前有多少人吃死了，才知道的。所以我想，第一次吃螃蟹的人是很可佩服的，不是勇士谁敢去吃它呢？螃蟹有人吃，蜘蛛一定也有人吃过，不过不好吃，所以后人不吃了。像这种人我们当极端感谢的。

我希望一般人不要只注意在近身的问题，或地球以外的问题，社会上实际问题是也要注意些才好。

一九三三年

英译本《短篇小说选集》自序

中国的诗歌中，有时也说些下层社会的苦痛。但绘画和小说却相反，大抵将他们写得十分幸福，说是"不识不知，顺帝之则"，平和得像花鸟一样。是的，中国的劳苦大众，从知识阶级看来，是和花鸟为一类的。

我生长于都市的大家庭里，从小就受着古书和师傅的教训，所以也看得劳苦大众和花鸟一样。有时感到所谓上流社会的虚伪和腐败时，我还羡慕他们的安乐。但我母亲的母家是农村，使我能够间或和许多农民相亲近，逐渐知道他们是毕生受着压迫，很多苦痛，和花鸟并不一样了。不过我还没法使大家知道。

后来我看到一些外国的小说，尤其是俄国，波兰和巴尔干诸小国的，才明白了世界上也有这许多和我们的劳苦大众同一运命的人，而有些作家正在为此而呼号，而战斗。而历来所见的农村之类的景况，也更加分明地再现于我的眼前。偶然得到一个可写文章的机会，我便将所谓上流社会的堕落和下层社会的不幸，陆续用短篇小说的形式发表出来了。原意其实只不过想将这示给读者，提出一些问题而已，并不是为了当时的文学家之所谓艺术。

但这些东西，竟得了一部分读者的注意，虽然很被有些批评家所排斥，而至今终于没有消灭，还会译成英文，和新大陆的读者相见，这是我先前所梦想不到的。

但我也久没有做短篇小说了。现在的人民更加困苦，我的意思也和以前有些不同，又看见了新的文学的潮流，在这景况中，写新的不能，写旧的又不愿。中国的古书里有一个比喻，说：邯郸的步法是天下闻名的，有人去学，竟没有学好，但又已经忘却了自己原先的步法，于是只好爬回去了。

我正爬着。但我想再学下去，站起来。

一九三三年三月二十二日，鲁迅记于上海。

《不走正路的安得伦》小引

现在我被托付为该在这本小说前面，写一点小引的角色。这题目是不算繁难的，我只要分为四节，大略来说一说就够了。

1.关于作者的经历，我曾经记在《一天的工作》的后记里，至今所知道的也没有加增，就照抄在下面：

“聂维洛夫（Aleksandr neverov）的真姓是斯珂培莱夫（Skobelev），以一八八六年生为萨玛拉（Samara）州的一个农夫的儿子。一九〇五年师范学校第二级卒业后，做了村学的教师。内战时候，则为萨玛拉的革命底军事委员会的机关报《赤卫军》的编辑者。一九二〇至二一年大饥荒之际，他和饥民一同从伏尔迦逃往塔什干；二二年到莫斯科，加入文学团体‘锻冶厂’；二三年冬，就以心脏停搏死去了，年三十七。他的最初的小说，在一九〇五年发表，此后所作，为数甚多，最著名的是《丰饶的城塔什干》，中国有穆木天译本。”

2.关于作者的批评，在我所看见的范围内，最简要的也还是要推珂刚教授在《伟大的十年的文学》里所说的话。这回是依据了日本黑田辰男的译本，重译一节在下面：

“出于‘锻冶厂’一派的最有天分的小说家，不消说，是善于描写崩坏时代的农村生活者之一的亚历山大·聂维洛夫了。他吐着革命的呼吸，而同时也爱人生。他用了爱，以观察活人的个性，以欣赏那散在俄国无边的大平野上的一切缤纷的色彩。他之于时事问题，是远的，也是近的。说是远者，因为他出发于挚爱人生的思想，说是近者，因为他看见那站在迈向人生和幸福和完全的路上的力量，觉得那解放人生的力量。聂维洛夫——是从日常生活而上达于人类的东西之处的作家之一，是观察周到的现实主义者，也是生活描写者的他,在我们面前,提出生活的、现代的相貌来,一直上升到人性的所谓'永久底'的性质的描写,用别的话来说,就是更深刻地捉住了展在我们之前的现象和精神状态,深刻地加以照耀,使这些都显出超越了一时底,一处底界限的兴味来了。"

3.这篇小说,就是他的短篇小说集《人生的面目》里的一篇,故事是旧的,但仍然有价值。去年在他本国还新印了插画的节本,在《初学丛书》中。前有短序,说明着对于苏联的现在的意义:

"A.聂维洛夫是一九二三年死的。他是最伟大的革命的农民作家之一。聂维洛夫在《不走正路的安得伦》这部小说里,号召着毁灭全部的旧式的农民生活。不管要受多么大的痛苦和牺牲。

"这篇小说所讲的时代,正是苏维埃共和国结果了白党而开始和平的建设的时候。那几年恰好是黑暗的旧式农村第一次开始改造。安得伦是个不妥协的激烈的战士,为着新生活而奋斗,他的工作环境是很艰难的。这样和富农斗争,和农民的黑暗愚笨斗争,——需要细密的心计,谨慎和透彻。稍微一点不正确的步骤就可以闯乱子的。对于革命很忠实的安得伦没有估计这种复杂的环境。他艰难困苦建设起来的东西,就这么坍台了。但是,野兽似的富农虽然杀死了他的朋友,烧掉了他的房屋,然而始终不能够动摇他的坚决的意志和革命的热忱。受伤了的安得伦决心向前走去,走上艰难的道路,去实行社会主义的改造农村。

"现在,我们的国家胜利的建设着社会主义,而要在整个区域的集体农场化的基础之上,去消灭富农阶级。因此《不走正路的安得伦》里面说得那么真实,那么清楚的农村里的革命的初步,——现在回忆一下也是很有益处的。"

4.关于译者,我可以不必再说。他的深通俄文和忠于翻译,是现在的读者大抵知道的。插图五幅,即从《初学丛书》的本子上取来,但画家蔼支(Ez)的事情,我一点不知道。

一九三三年五月十三夜。鲁迅。

译本高尔基《一月九日》小引

当屠格纳夫,柴霍夫这些作家大为中国读书界所称颂的时候,高尔基是不很有人很注意的。即使偶然有一两篇翻译,也不过因为他所描的人物来得特别,但总不觉得有什么大意思。

这原因,现在很明白了:因为他是"底层"的代表者,是无产阶级的作家。对于他的作品，中国的旧的知识阶级不能共鸣，正是当然的事。

然而革命的导师，却在二十多年以前，已经知道他是新俄的伟大的艺术家，用了另一种兵器，向着同一的敌人，为了同一的目的而战斗的伙伴，他的武器——艺术的言语——是有极大的意义的。

而这先见，现在已经由事实来确证了。

中国的工农，被压榨到救死尚且不暇，怎能谈到教育；文字又这么不容易，要想从中出现高尔基似的伟大的作者，一时恐怕是很困难的。不过人的向着光明，是没有两样的，无祖国的文学也并无彼此之分，我们当然可以先来借看一些输入的先进的范本。

这小本子虽然只是一个短篇，但以作者的伟大，译者的诚实，就正是这一种范本。而且从此脱出了文人的书斋，开始与大众相见，此后所启发的是和先前不同的读者，它将要生出不同的结果来。

这结果，将来也会有事实来确证的。

一九三三年五月二十七日，鲁迅记。

《解放了的堂吉诃德》后记

假如现在有一个人，以黄天霸之流自居，头打英雄结，身穿夜行衣靠，插着马口铁的单刀，向市镇村落横冲直撞，去除恶霸，打不平，是一定被人哗笑的，决定他是一个疯子或昏人，然而还有一些可怕。倘使他非常孱弱，总是反而被打，那就只是一个可笑的疯子或昏人了，人们警戒之心全失，于是倒爱看起来。西班牙的文豪西万提斯（Miguel de Cervantes Saavedra，1547—1616）所作《堂吉诃德传》（Vida y hechosdel ingenioso hidalgo Don Quixote de Ia Mancha）中的主角，就是以那时的人，偏要行古代游侠之道，执迷不悟，终于困苦而死的资格，赢得许多读者的开心，因而爱读，传布的。

但我们试问：十六十七世纪时的西班牙社会上可有不平存在呢？我想，恐怕总不能不答道：有。那么，吉诃德的立志去打不平，是不能说他错误的；不自量力，也并非错误。错误是在他的打法。因为糊涂的思想，引出了错误的打法。侠客为了自己的“功绩”不能打尽不平，正如慈善家为了自己的阴功，不能救助社会上的困苦一样。而且是“非徒无益，而又害之”的。他惩罚了毒打徒弟的师傅，自以为立过“功绩”，扬长而去了，但他一走，徒弟却更加吃苦，便是一个好例。

但嘲笑吉诃德的旁观者，有时也嘲笑得未必得当。他们笑他本非英雄，却以英雄自命，不识时务，终于赢得颠连困苦；由这嘲笑，自拔于“非英雄”之上，得到优越感；然而对于社会上的不平，却并无更好的战法，甚至于连不平也未曾觉到。对于慈善者，人道主义者，也早有人揭穿了他们不过用同情或财力，买得心的平安。这自然是对的。但倘非战士，而只劫取这一个理由来自掩他的冷酷，那就是用一毛不拔，买得心的平安了，他是不花本钱的买卖。

这一个剧本，就将吉诃德拉上舞台来，极明白地指出了古诃德主义的缺点，甚至于毒害。在第一场上，他用谋略和自己的挨打救出了革命者，精神上是胜利的；而实际上也得了胜利，革命终于起来，专制者人了牢狱；可是这位人道主义者，这时忽又认国公们为被压迫者了，放蛇归壑，使他又能流毒，焚杀淫掠，远过于革命的牺牲。他虽不为人们所信仰，——连跟班的山嘉也不大相信，——却常常被奸人所利用，帮着使世界留在黑暗中。

国公，傀儡而已；专制魔王的化身是伯爵谟尔却（Graf Murzio）和侍医巴坡的帕波（Pappo del Babbo）。谟尔却曾称堂吉诃德的幻想为“牛羊式的平等幸福”，而说出他们所要实现的“野兽的幸福来”，道——

“O！堂吉诃德，你不知道我们野兽。粗暴的野兽，咬着小鹿儿的脑袋，啃断它的喉咙，慢慢地喝它的热血，感觉到自己爪牙底下它的小腿儿在抖动，渐渐的死下去，——那真正是非常之甜蜜。然而人是细腻的野兽。统治着，过着奢华的生活，强迫人家对着你祷告，对着你恐惧而鞠躬，而卑躬屈节。幸福就在于感觉到几百万人的力量都集中到你的手里，都无条件地给了你，他们像奴隶，而你像上帝，世界上最幸福最舒服的人就是罗马皇帝，我们的国公能够像复活的尼罗一样，至少也要和赫里沃哈巴尔一样。可是，我们的宫廷很小，离这个还远哩。毁坏上帝和人的一切法律，照着自己的意旨的法律，替别人打出新的锁链出来！权力！这个字眼里面包含一切：这是个神妙的使人沉醉的字眼。生活要用权力的程度来量它。谁没有权力，他就是个死尸。”（第二场）

这个秘密，平常是很不肯明说的，谟尔却诚不愧为“小鬼头”，他说出来了，但也许因为看得吉诃德“老实”的缘故。吉诃德当时虽曾说牛羊应当自己防御，但当革命之际，他又忘却了，倒说“新的正义也不过是旧的正义的同胞姊妹”，指革命者为魔王，和先前的专制者同等。于是德里戈（Drigo Pazz）说——

“是的，我们是专制魔王，我们是专政的。你看这把剑——看见罢？——它和贵族的剑一样，杀起人来是很准的；不过他们的剑是为着奴隶制度去杀人，我们的剑是为着自由去杀人。你的老脑袋要改变是很难的了。你是个好人；好人总喜欢帮助被压迫者。现在，我们在这个短期间是压迫者。你和我们来斗争昙。我们也一定要和你斗争，因为我

们的压迫,是为着要叫这个世界上很快就没有人能够压迫。”(第六场)

这是解剖得十分明白的。然而吉诃德还是没有觉悟,终于去掘坟;他掘坟,他也“准备”着自己担负一切的责任。但是,正如巴勒塔萨(Don Balthazar)所说:这种决心有什么用处呢?

而巴勒塔萨始终还爱着吉诃德,愿意给他去担保,硬要做他的朋友,这是因为巴勒塔萨出身知识阶级的缘故。但是终于改变他不得。到这里,就不能不承认德里戈的嘲笑,憎恶,不听废话,是最为正当的了,他是有正确的战法,坚强的意志的战士。

这和一般的旁观者的嘲笑之类是不同的。

不过这里的吉诃德,也并非整个是现实所有的人物。

原书以一九二二年印行,正是十月革命后六年,世界上盛行着反对者的种种谣诼,竭力企图中伤的时候,崇精神的,爱自由的,讲人道的,大抵不平于党人的专横,以为革命不但不能复兴人间,倒是得了地狱。这剧本便是给予这些论者们的总答案。吉诃德即由许多非议十月革命的思想家,文学家所合成的。其中自然有梅垒什珂夫斯基(Merezhkovsky),有托尔斯泰派;也有罗曼·罗兰,爱因斯坦因(Einstein)。我还疑心连高尔基也在内,那时他正为种种人们奔走,使他们出国,帮他们安身,听说还至于因此和当局者相冲突。

但这种的辩解和预测,人们是未必相信的,因为他们以为一党专政的时候,总有为暴政辩解的文章,即使做得怎样巧妙而动人,也不过一种血迹上的掩饰。然而几个为高尔基所救的文人,就证明了这预测的真实性,他们一出国,便痛骂高尔基,正如复活后的谟尔却伯爵一样了。

而更加证明了这剧本在十年前所预测的真实的是今年的德国。在中国,虽然已有几本叙述希特拉的生平和勋业的书,国内情形,却介绍得很少,现在抄几段巴黎《时事周报》“Vu”的记载(素琴译,见《大陆杂志》十月号)在下面——

“‘请允许我不要说你已经见到过我,请你不要对别人泄露我讲的话。……我们都被监视了。……老实告诉你罢,这简直是一座地狱。’对我们讲话的这一位是并无政治经历的人,他是一位科学家。……对于人类命运,他达到了几个模糊而大度的概念,这就是他的得罪之由。……”

“‘倔强的人是一开始就给铲除了的,’在幕尼锡我们的向导者已经告诉过我们,……但是别的国社党人则将情形更推进了一步。‘那种方法是古典的。我们叫他们到军营那边去取东西回来,于是,就打他们一靶。打起官话来,这叫作:图逃格杀。”

"难道德国公民的生命或者财产对于危险的统治是有敌意的吗？……爱因斯坦的财产被没收了没有呢？那些连德国报纸也承认的几乎每天都可在空地或城外森林中发现的胸穿数弹身负伤痕的死尸，到底是怎样一回事呢？难道这些也是共产党的挑激所致吗？这种解释似乎太容易一点了吧？……"

但是，十二年前，作者却早借谟尔却的嘴给过解释了。另外，再抄一段法国的《世界》周刊的记事（博心译，见《中外书报新闻》第三号）在这里——

"许多工人政党领袖都受着类似的严刑酷法。在哥伦，社会民主党员沙罗曼所受的真是更其超人想象了！最初，沙罗曼被人轮流殴击了好几个钟头。随后，人家竟用火把烧他的脚。同时又以冷水淋他的身，晕去则停刑，醒来又遭殃。流血的面孔上又受他们许多次数的便溺。最后，人家以为他已死了，把他抛弃在一个地窖里。他的朋友才把他救出偷偷运过法国来，现在还在一个医院里。这个社会民主党右派沙罗曼对于德文《民声报》编辑主任的探问，曾有这样的声明：'三月九日，我了解法西主义比读什么书都透彻。谁以为可以在知识言论上制胜法西主义，那必定是痴人说梦。我们现在已到了英勇的战斗的社会主义时代了。'"

这也就是这部书的极透彻的解释，极确切的实证，比罗曼·罗兰和爱因斯坦因的转向，更加晓畅，并且显示了作者的描写反革命的凶残，实在并非夸大。倒是还未淋漓尽致的了。是的，反革命者的野兽性，革命者倒是会很难推想的。

一九二五年的德国，和现在稍不同.这戏剧曾在国民剧场开演，并且印行了戈支（I. Gotz）的译本。不久，日译本也出现了，收在《社会文艺丛书》里；还听说也曾开演于东京。三年前，我曾根据二译本，翻了一幕，载《北斗》杂志中。靖华兄知道我在译这部书，便寄给我一本很美丽的原本。我虽然不能读原文，但对比之后，知道德译本是很有删节的，几句几行的不必说了，第四场上吉诃德吟了这许多工夫诗，也删得毫无踪影。这或者是因为开演，嫌它累坠的缘故罢。日文的也一样，是出于德文本的。这么一来，就使我对于译本怀疑起来，终于放下不译了。

但编者竟另得了从原文直接译出的完全的稿子，由第二场续登下去，那时我的高兴，真是所谓"不可以言语形容"。可惜的是登到第四场，和《北斗》的停刊一同中止了。后来辗转觅得未刊的译稿，则连第一场也已经改译，和我的旧译颇不同，而且注解详明，是一部极可信任的本子。藏在箱子里，已将一年，总没有刊印的机会。现在有联华书局给它出版，使中国又多一部好书，这是极可庆幸的。

原本有毕斯凯莱夫（N.Piskarev）木刻的装饰画，也复制在这里了。剧中人物地方时代表，是据德文本增补的；但《堂吉诃德传》第一部，出版于一六〇四年，则那时当是十六世纪末，而表作十七世纪，也许是错误的吧，不过这也没什么大关系。

一九三三年十月二十八日，上海。鲁迅。

《北平笺谱》序

镂像于木，印之素纸，以行远而及众，盖实始于中国。法人伯希和氏从敦煌千佛洞所得佛像印本，论者谓当刊于五代之末，而宋初施以采色，其先于日耳曼最初木刻者，尚几四百年。宋人刻本，则由今所见医书佛典，时有图形；或以辨物，或以起信，图史之体具矣。降至明代，为用愈宏，小说传奇，每作出相，或拙如画沙，或细于擘髪，亦有画谱，累次套印，文彩绚烂，夺人目睛，是为木刻之盛世。清尚朴学，兼斥纷华，而此道于是凌替。光绪初，吴友如据点石斋，为小说作绣像，以西法印行，全像之书，颇复腾踊，然绣梓遂愈少，仅在新年花纸与日用信笺中，保其残喘而已。及近年，则印绘花纸，且并为西法与俗工所夺，老鼠嫁女与静女拈花之图，皆渺不复见；信笺亦渐失旧型，复无新意，惟日趋于鄙倍。北京夙为文人所聚，颇珍楮墨，遗范未堕，尚存名笺。顾迫于时会，苓落将始，吾修好事，亦多杞忧。于是搜索市廛，拔其尤异，各就原版，印造成书，名之曰《北平笺谱》。于中可见清光绪时纸铺，尚止取明季画谱，或前人小品之相宜者，镂以制笺，聊图悦目；间亦有画工所作，而乏韵致，固无足观。宣统末，林琴南先生山水笺出，似为当代文人特作画笺之始，然未详。及中华民国立，义宁陈君师曾入北京，初为镌铜者作墨合，镇纸画稿，俾其雕镂；既成拓墨，雅趣盎然。不久复廓其技于笺纸，才华蓬勃，笔简意饶，且又顾及刻工省其奏刀之困，而诗笺乃开一新境。盖至是而画师梓人，神志暗会，同力合作，遂越前修矣。稍后有齐白石，吴待秋，陈半丁，王梦白诸君，皆画笺高手，而刻工亦足以副之。辛未以后，始见数人，分画一题。聚以成帙，格新神涣，异乎嘉祥。意者文翰之术将更，则笺素之道随尽；后有作者，必将别辟途径，力求新生；其临睨夫旧乡，当远俟于暇日也。则此虽短书，所识者小，而一时一地，绘画刻镂盛衰之事，颇寓于中；纵非中国木刻史之丰碑，庶几小品艺术之旧苑；亦将为后之览古者所偶涉欤。

千九百三十三年十月三十日鲁迅记。

上海所感

一有所感，倘不立刻写出，就忘却，因为会习惯。幼小时候，洋纸一到手，便觉得羊臊气扑鼻，现在却什么特别的感觉也没有了。初看见血，心里是不舒服的。不过久住在杀人的名胜之区，则即使见了挂着的头颅，也不怎么诧异。这就是因为能够习惯的缘故。由此看来，人们——至少，是我一般的人们，要从自由人变成奴隶，怕也未必怎么繁难罢。无论什么，都会惯起来的。

中国是变化繁多的地方，但令人并不觉得怎样变化。变化太多，反而很快的忘却了。倘要记得这么多的变化，实在也非有超人的记忆力就办不到。

但是，关于一年中的所感，虽然淡漠，却还能够记得一些的。不知怎的，好像无论什么，都成了潜行活动，秘密活动了。

至今为止，所听到的是革命者因为受着压迫，所以用着潜行，或者秘密的活动，但到一九三三年，却觉得统治者也在这么办的了。譬如罢，阔佬甲到阔佬乙所在的地方来，一般的人们，总以为是来商量政治的，然而报纸上却道并不为此，只因为要游名胜，或是到温泉里洗澡；外国的外交官来到了，它告诉读者的是也并非有什么外交问题，不过来看看某大名人的贵恙。但是，到底又总好像并不然。

用笔的人更能感到的，是所谓文坛上的事。有钱的人，给绑匪架去了，作为抵押品，上海原是常有的，但近来却连作家也往往不知所往。有些人说，那是给政府那面捉去了，然而好像政府那面的人们，却道并不是。然而又好像实在也还是在属于政府的什么机关里的样子。犯禁的书籍杂志的目录，是没有的，然而邮寄之后，也往往不知所往。假如是列宁的著作罢，那自然不足为奇，但《国木田独步集》有时也不行，还有，是亚米契斯的《爱的教育》。不过，卖着也许犯忌的东西的书店，却还是有的，虽然还有，而有时又会从不知什么地方飞来一柄铁锤，将窗上的大玻璃打破，损失是二百元以上。打破两块的书店也有，这回是合计五百元正了。有时也撒些传单，署名总不外乎什么什么团之类。

平安的刊物上，是登着墨索里尼或希特拉的传记，恭维着，还说是要救中国，必须这样的英雄，然而一到中国的墨索里尼或希特拉是谁呢这一个紧要结论，却总是客气着不明说。这是秘密，要读者自己悟出，各人自负责任的罢。对于论敌，当和苏俄绝交时，就说他得着卢布，抗日的时候，则说是在将中国的秘密向日本卖钱。但是，用了笔墨来告发这卖国事件的人物，却又用的是化名，好像万一发生效力，敌人因此被杀了，他也不很高兴负这责任似的。

革命者因为受压迫，所以钻到地里去，现在是压迫者和他的爪牙，也躲进暗地里去了。这是因为虽在军刀的保护之下，胡说八道，其实却毫无自信的缘故；而且连对于军刀的力量，也在怀着疑。一面胡说八道，一面想着将来的变化，就越加缩进暗地里去，准备着情势一变,就另换一副面孔,另拿一张旗子,重新来一回。而拿着军刀的伟人存在外国银行里的钱,也使他们的自信力更加动摇的。这是为不远的将来计。为了辽远的将来,则在愿意在历史上留下一个芳名。中国和印度不同,是看重历史的。但是,并不怎么相信,总以为只要用一种什么好手段,就可以使人写得体体面面。然而对于自己以外的读者,那自然要他们相信的。

我们从幼小以来,就受着对于意外的事情,变化非常的事情,绝不惊奇的教育。那教科书是《西游记》,全部充满着妖怪的变化。例如牛魔王呀,孙悟空呀……就是。据作者所指示,是也有邪正之分的,但总而言之,两面都是妖怪,所以在我们人类,大可以不必怎样关心。然而,假使这不是书本上的事,而自己也身历其境,这可颇有点为难了。以为是洗澡的美人吧,却是蜘蛛精;以为是寺庙的大门吧,却是猴子的嘴,这教人怎么过。早就受了《西游记》教育,吓得气绝是大约不至于的,但总之,无论对于什么,就都不免要怀疑了。

外交家是多疑的,我却觉得中国人大抵都多疑。如果跑到乡下去,向农民问路径,问他的姓名,问收成,他总不大肯说老实话。将对手当蜘蛛精看是未必的,但好像他总在以为会给他什么祸祟。这种情形,很使正人君子们愤慨,就给了他们一个徽号,叫作"愚民"。但在事实上,带给他们祸祟的时候却也并非全没有。因了一整年的经验,我也就比农民更加多疑起来,看见显着正人君子模样的人物,竟会觉得他也许正是蜘蛛精了。然而,这也就会习惯的吧。

愚民的发生,是愚民政策的结果,秦始皇已经死了二千多年,看看历史,是没有再用这种政策的了,然而,那效果的遗留,却久远得多么骇人呵!

十二月五日。

一九三四年

《引玉集》后记

我在这三年中,居然陆续得到这许多苏联艺术家的木刻,真是连自己也没有预先想到的。一九三一年前,正想校印《铁流》,偶然在《版画》(Graphika)这一种杂志上,看见载着毕斯凯来夫刻有这书中故事的图画,便写信托靖华兄去搜寻。费了许多周折,会着毕

斯凯来夫,终于将木刻寄来了,因为怕途中会有失落,还分寄了同样的两份。靖华兄的来信说,这木刻版画的定价颇不小,然而无须付,苏联的木刻家多说印画莫妙于中国纸,只要寄些给他就好。我看那印着《铁流》图的纸,果然是中国纸,然而是一种上海的所谓“抄更纸”,乃是集纸质较好的碎纸,第二次做成的纸张,在中国,除了做账簿和开发票,账单之外,几乎再没有更高的用处。我于是买了许多中国的各种宣纸和日本的“西之内”和“鸟之子”,分寄给靖华,托他转致,倘有余剩,便另送别的木刻家。这一举竟得了意外的收获,两卷木刻又寄来了,毕斯凯来夫十三幅,克拉甫兼珂一幅,法复尔斯基六幅,保夫理诺夫一幅,冈察洛夫十六幅;还有一卷被邮局所遗失,无从访查,不知道其中是那几个作家的作品。这五个,那时是都住在莫斯科的。

可惜我太性急,一面在搜画,一面就印书,待到《铁流》图寄到时,书却早已出版了,我只好打算另印单张,介绍给中国,以答作者的厚意。到年底,这才付给印刷所,制了版,收回原图,嘱他开印。不料战事就开始了,我在楼上远远地眼看着这印刷所和我的锌版都烧成了灰烬。后来我自己是逃出战线了,书籍和木刻画却都留在交叉火线下,但我也仅有极少的闲情来想到他们。又一意外的事是待到重回旧寓,检点图书时,竟丝毫也未遭损失;不过我也心神未定,一时不再想到复制了。

去年秋间,我才又记得了《铁流》图,请文学社制版附在《文学》第一期中,这图总算到底和中国的读者见了面。同时,我又寄了一包宣纸去,三个月之后,换来的是法复尔斯基五幅,毕珂夫十一幅,莫察罗夫二幅,希仁斯基和波查日斯基各五幅,亚历克舍夫四十一幅,密德罗辛三幅,数目比上一次更多了。莫察罗夫以下的五个,都是住在列宁格勒的木刻家。

但这些作品在我的手头,又仿佛是一副重担。我常常想:这一种原版的木刻画,至有一百余幅之多,在中国恐怕只有我一个了,而但秘之箧中,岂不辜负了作者的好意?况且一部分已经散亡,一部分几遭兵火,而现在的人生,又无定到不及薤上露,万一相偕湮灭,在我,是觉得比失了生命还可惜的。流光真快,徘徊间已过新年,我便决计选出六十幅来,复制成书,以传给青年艺术学徒和版画的爱好者。其中的法复尔斯基和冈察洛夫的作品,多是大幅,但为资力所限,在这里只好缩小了。

我毫不知道俄国版画的历史;幸而得到陈节先生摘译的文章,这才明白一点十五年来的梗概,现在就印在卷首,算作序言;并且作者的次序,也照序中的叙述来排列的。文中说起的名家,有几个我这里并没有他们的作品,因为这回翻印,以原版为限,所以也不再由别书采取,加以补充。读者倘欲求详,则契诃宁印有俄文画集,列培台华且有英文解释的画集的——

ostraoomova-Ljebedeva by A.Benois and S.Ernst.

State Press, Moscow-Leningrad.

密德罗辛也有一本英文解释的画集——

D.I.Mitrohin by M.Kouzmin and V.Voinoff.

State Editorship, Moscow-Petrograd.

不过出版太早，现在也许已经绝版了，我曾从日本的"Nauka 社"买来，只有四圆的定价，但其中木刻却不多。

因为我极愿意知道作者的经历，由靖华兄致意，住在列宁格勒的五个都写来了。我们常看见文学家的自传，而艺术家，并且专为我们而写的自传是极少的，所以我全都抄录在这里，借此保存一点史料。以下是密德罗辛的自传——

"密德罗辛(Dmitri Isidorovich Mitrokhia)一八八三年生于耶普斯克(在北高加索)城。在其地毕业于实业学校。后求学于莫斯科之绘画，雕刻，建筑学校和斯特洛干工艺学校。未毕业。曾在巴黎工作一年。从一九〇三年起开始展览。对于书籍之装饰及插画工作始于一九〇四年。现在主要的是给'大学院'和'国家文艺出版所'工作。

七，三〇，一九三三。密德罗辛。"

在莫斯科的木刻家，还未能得到他们的自传，本来也可以逐渐调查，但我不想等候了。法复尔斯基自成一派，已有重名，所以在《苏联小百科全书》中，就有他的略传。这是靖华译给我的——

"法复尔斯基(Vladimir Andreevich Favorsky)生于一八八六年，苏联现代木刻家和绘画家，创木刻派在形式与结构上显出高尚的匠手，有精细的技术。法复尔斯基的木刻太带形式派色彩，含着神秘主义的特点，表现革命初期一部分小资产阶级知识分子的心绪。最好的作品是：对于梅里美，普式庚，巴尔扎克，法郎士诸人作品的插画和单形木刻——《一九一七年十月》与《一九一九至一九二一年》。"

我极欣幸这一本小集中，竟能收载他见于记录的《一九一七年十月》和《梅里美像》；前一种疑即序中所说的《革命的年代》之一，原是盈尺的大幅，可惜只能缩印了。在我这里的还有一幅三色印的《七个怪物》的插画，并手抄的诗，现在不能复制，也是极可惜的。至于别的四位，目下竟无从稽考；所不能忘的尤其是毕斯凯来夫，他是最先以作品寄与中国的人，现在只好选印了一幅《毕斯凯来夫家的新住宅》在这里，夫妇在灯下作工，床栏上扶着一个小孩子，我们虽然不知道他的身世，却如目睹了他们的家庭。

以后是几个新作家了,序中仅举其名,但这里有为我们而写的自传在——

"莫察罗夫(Sergei Mikhailovich Mecharov)以一九〇二年生于阿斯特拉汗城。毕业于其地之美术师范学校。一九二二年到圣彼得堡,一九二六年毕业于美术学院之线画科。一九二四年开始印画。现工作于'大学院'和'青年卫军'出版所。

七,三〇,一九三三。莫察罗夫。"

"希仁斯基(L.S.Khizhinsky)以一八九六年生于基雅夫。一九一八年毕业于基雅夫美术学校。一九二二年入列宁格勒美术学院,一九二七年毕业。从一九二七年起开始木刻。

主要作品如下:

1 保夫罗夫:《三篇小说》。

2 阿察洛夫斯基:《五道河》。

3Vergilias《Aeneid》。

4《亚历山大戏院(在列宁格勒)百年纪念刊》。

5《俄国谜语》。

七,三〇,一九三三。希仁斯基。"

最末的两位,姓名不见于"代序"中,我想,大约因为都是线画美术家,并非木刻专家的缘故。以下是他们的自传——

"亚历克舍夫(Nikolai Vasilievich Alekseev)。线画美术家。一八九四年生于丹堡(Tambovsky)省的莫尔襄斯克(Morshansk)城。一九一七年毕业于列宁格勒美术学院之复写科。一九一八年开始印作品。现工作于列宁格勒诸出版所:'大学院','Gihl'(国家文艺出版部)和'作家出版所'。主要作品:陀思妥夫斯基的《博徒》,斐定的《城与年》,高尔基的《母亲》。

七,三〇,一九三三。亚历克舍夫。"

"波查日斯基(Sergei Mikhailovich Pozharsky)以一九〇〇年十一月十六日生于达甫理契省(在南俄,黑海附近)之卡尔巴斯村。

在基雅夫中学和美术大学求学。从一九二三年起,工作于列宁格勒,以线画美术家资格参加列宁格勒一切主要展览,参加外国展览——巴黎,克尔普等。一九三〇年起学木刻术。

七,三〇,一九三三。波查日斯基。"

亚历克舍夫的作品,我这里有《母亲》和《城与年》的全部,前者中国已有沈端先君的译本，因此全都收入了；后者也是一部巨制，以后也许会有译本的罢，姑且留下，以待将来。

我对于木刻的介绍，先有梅斐尔德（Carl Meffert）的《士敏土》之图；其次，是和西谛先生同编的《北平笺谱》；这是第三本，因为都是用白纸换来的，所以取"抛砖引玉"之意，谓之《引玉集》。但目前的中国，真是荆天棘地，所见的只是狐虎的跋扈和雉兔的偷生，在文艺上，仅存的是冷淡和破坏。而且，丑角也在荒凉中趁势登场，对于木刻的介绍，已有富家赘婿和他的帮闲们的讥笑了。但历史的巨轮，是决不因帮闲们的不满而停运的；我已经确切的相信：将来的光明，必将证明我们不但是文艺上的遗产的保存者，而且也是开拓者和建设者。

一九三四年一月二十夜，记。

一九三六年

《城与年》插图本小引

一九三四年一月二十之夜，作《引玉集》的《后记》时，曾经引用一个木刻家为中国人而写的自传——

"亚历克舍夫（Nikolai Vasilievich Alekseev）。线画美术家。一八九四年生于丹堡（Tambovsky）省的莫尔襄斯克（Morshansk）城。一九一七年毕业于列宁格勒美术学院之复写科。一九一八年开始印作品。现工作于列宁格勒诸出版所：'大学院'，'Gihl'（国家文艺出版部）和'作家出版所'。

主要作品：陀思妥夫斯基的《博徒》，斐定的《城与年》，高尔基的《母亲》。

七，三〇，一九三三。王历克舍夫。"

这之后，是我的几句叙述——

"亚历克舍夫的作品，我这里有《母亲》和《城与年》的全部，前者中国已有沈端先君的译本，因此全都收入了；后者也是一部巨制。以后也许会有译本的罢，姑且留下，以俟将来。"

但到第二年，捷克京城的德文报上介绍《引玉集》的时候，他的名姓上面，已经加着"亡故"二字了。

我颇出于意外,又很觉得悲哀。自然。和我们的文艺有一段姻缘的人的不幸,我们是要悲哀的。

今年二月,上海开“苏联版画展览会”,里面不见他的木刻。一看《自传》,就知道他仅仅活了四十岁,工作不到二十年,当然也还不是一个名家,然而在短促的光阴中,已经刻了三种大著的插画,且将两种都寄给中国,一种虽然早经发表,而一种却还在我的手里,没有传给爱好艺术的青年,——这也该算是一种不小的怠慢。

斐定(Konstantin Fedin)的《城与年》至今还不见有人翻译。恰巧,曹靖华君所做的概略却寄到了。我不想袖手来等待。便将原拓木刻全部,不加删削,和概略合印为一本,以供读者的赏鉴,以尽自己的责任,以作我们的尼古拉·亚历克舍夫君的纪念。

自然,和我们的文艺有一段姻缘的人,我们是要纪念的!

一九三六年三月十日扶病记。

一九〇三年

自题小像

灵台无计逃神矢,风雨如磐暗故园。
寄意寒星荃不察,我以我血荐轩辕。

一九一二年

哀范君三章

风雨飘摇日,余怀范爱农。
华颠萎寥落,白眼看鸡虫。
世味秋荼苦,人间直道穷。
奈何三月别,竟尔失畸躬!

其二

海草国门碧，多年老异乡。
狐狸方去穴，桃偶已登场。
故里寒云恶，炎天凛夜长。
独沉清冷水，能否涤愁肠？

其三

把酒论当世，先生小酒人。
大圜犹茗艼，微醉自沉沦。
此别成终古，从兹绝绪言。
故人云散尽，我亦等轻尘！

一九三一年

赠邬其山

廿年居上海，每日见中华。
有病不求药，无聊才读书。
一阔脸就变，所砍头渐多。
忽而又下野，南无阿弥陀。

无题二首

大江日夜向东流，聚义群雄又远游。
六代绮罗成旧梦，石头城上月如钩。

其二

雨花台边埋断戟，莫愁湖里余微波。

所思美人不可见，归忆江天发浩歌。

六月

送增田涉君归国

扶桑正是秋光好，枫叶如丹照嫩寒。
却折垂杨送归客，心随东棹忆华年。

十二月二日

一九三二年

无题

血沃中原肥劲草，寒凝大地发春华。
英雄多故谋夫病，泪洒崇陵噪暮鸦。

一月

偶成

文章如土欲何之，翘首东云惹梦思。
所恨芳林寥落甚，春兰秋菊不同时。

三月

赠蓬子

蓦地飞仙降碧空，云车双辆挈灵童。
可怜蓬子非天子，逃去逃来吸北风。

三月三十一日

一二八战后作

战云暂敛残春在，重炮清歌两寂然。

我亦无诗送归棹，但从心底祝平安。　　七月十一日

教授杂咏四首

作法不自毙，悠然过四十。
何妨赌肥头，抵当辩证法。

其二

可怜织女星，化为马郎妇。
乌鹊疑不来，迢迢牛奶路。

其三

世界有文学，少女多丰臀。
鸡汤代猪肉，北新遂掩门。

其四

名人选小说，入线云有限。
虽有望远镜，无奈近视眼。　　十二月

所闻

华灯照宴敞豪门，娇女严装侍玉樽。
忽忆情亲焦土下，佯看罗袜掩啼痕。　　十二月

无题二首

故乡黯黯锁玄云，遥夜迢迢隔上春。
岁暮何堪再惆怅，且持卮酒食河豚。

其二

皓齿吴娃唱柳枝，酒阑人静暮春时。

无端旧梦驱残醉，独对灯阴忆子规。

答客诮

无情未必真豪杰，怜子如何不丈夫。
知否兴风狂啸者，回眸时看小於菟。　　十二月

一九三三年

赠画师

风生白下千林暗，雾塞苍天百卉殚。
愿乞画家新意匠，只研朱墨作春山。　　一月二十六日

题《呐喊》

弄文罹文网，抗世违世情。
积毁可销骨，空留纸上声。　　三月

悼杨铨

岂有豪情似旧时，花开花落两由之。
何期泪洒江南雨，又为斯民哭健儿。　　六月二十一日

无题

禹域多飞将，蜗庐剩逸民。
夜邀潭底影，玄酒颂皇仁。

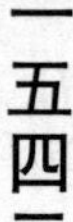

无题

一枝清采妥湘灵，九畹贞风慰独醒。
无奈终输萧艾密，却成迁客播芳馨。

无题

烟水寻常事，荒村一钓徒。
深宵沉醉起，无处觅菰蒲。

一九三四年

报载患脑炎戏作

横眉岂夺蛾眉冶，不料仍违众女心。
诅咒而今翻异样，无如臣脑故如冰。　　三月十六日

无题

万家墨面没蒿莱，敢有歌吟动地哀。
心事浩茫连广宇，于无声处听惊雷。　　五月

秋夜有感

绮罗幕后送飞光，柏栗丛边作道场。
望帝终教芳草变，迷阳聊饰大田荒。
何来酪果供千佛，难得莲花似六郎。
中夜鸡鸣风雨集，起然烟卷觉新凉。　　九月二十九日

一九三五年

亥年残秋偶作

曾惊秋肃临天下，敢遣春温上笔端。
尘海苍茫沉百感，金风萧瑟走千官。
老归大泽菰蒲尽，梦坠空云齿发寒。
竦听荒鸡偏阒寂，起看星斗正阑干。

十二月

附录

一九二六年

《未名丛刊》与《乌合丛书》广告

所谓《未名丛刊》者，并非无名丛书之意，乃是还未想定名目，然而这就作为名字，不再去苦想他了。

这也并非学者们精选的宝书，凡国民都非看不可。只要有稿子，有印费，便即付印，想使萧索的读者，作者，译者，大家稍微感到一点热闹。内容自然是很庞杂的，因为希图在这庞杂中略见一致，所以又一括而为相近的形式，而名之曰《未名丛刊》。

大志向是丝毫也没有。所愿的：无非(1)在自己，是希望那印成的从速卖完，可以收回钱来再印第二种；(2)对于读者，是希望看了之后，不至于以为太受欺骗了。

以上是一九二四年十二月间的话。

现在将这分为两部分了。《未名丛刊》专收译本；另外又分立了一种单印不阔气的作者的创作的，叫作《乌合丛书》。

一九二八年

《奔流》凡例五则

1.本刊揭载关于文艺的著作,翻译,以及介绍,著译者各视自己的意趣及能力著译,以供同好者的阅览。

2.本刊的翻译及介绍,或为现代的婴儿,或为婴儿所从出的母亲,但也许竟是更先的祖母,并不一定新颖。

3.本刊月出一本,约一百五十页,间有图画,时亦增刊,倘无意外障碍,定于每月中旬出版。

4.本刊亦选登来稿,凡有出自心裁,非奉命执笔,如明清八股者,极望惠寄,稿由北新书局收转。

5.本刊每本实价二角八分,增刊随时另定。在十一月以前预订者,半卷五本一元二角半,一卷十本二元四角,增刊不加价,邮费在内。国外每半卷加邮费四角。

一九二九年

《艺苑朝华》广告

虽然财力很小,但要介绍些国外的艺术作品到中国来,也选印中国先前被人忘却的还能复生的图案之类。有时是重提旧时而今日可以利用的遗产,有时是发掘现在中国时行艺术家的在外国的祖坟,有时是引入世界上的灿烂的新作。每期十二辑,每辑十二图,陆续出版。每辑实洋四角,预定一期实洋四元四角。目录如下:

1.《近代木刻选集》(1)

2.《蕗谷虹儿画选》

3.《近代木刻选集》(2)

4.《比亚兹莱画选》

以上四辑已出版

5.《新俄艺术图录》

6.《法国插画选集》

7.《英国插画选集》

8.《俄国插画选集》

9.《近代木刻选集》(3)

10.《希腊瓶画选集》

11.《近代木刻选集》(4)

12.《罗丹雕刻选集》

朝花社出版。

一九三三年

《文艺连丛》

——的开头和现在

投机的风气使出版界消失了有几分真为文艺尽力的人。即使偶然有,不久也就变相,或者失败了。我们只是几个能力未足的青年,可是要再来试一试。首先是印一种关于文学和美术的小丛书,就是《文艺连丛》。为什么"小",这是能力的关系,现在没有法子想。但约定的编辑,是肯负责任的编辑;所收的稿子,也是可靠的稿子。总而言之:现在的意思是不坏的,就是想成为一种决不欺骗的小丛书。什么"突破五万部"的雄图,我们岂敢,只要有几千个读者肯给以支持,就顶好顶好了。现在已经出版的,是——

1.《不走正路的安得伦》苏联聂维洛夫作,曹靖华译,鲁迅序。作者是一个最伟大的农民作家,描写动荡中的农民生活的好手,可惜在十年前就死掉了。这一个中篇小说,所叙的是革命开初,头脑单纯的革命者在乡村里怎样受农民的反对而失败,写得又生动,又诙谐。译者深通俄国文字,又在列宁格拉的大学里教授中国文学有年,所以难解的土话,都可以随时询问,其译文的可靠,是早为读书界所深悉的,内附蔼支的插画五幅,也是别开生面的作品。现已出版,每本实价大洋二角半。

2.《解放了的董·吉诃德》苏联卢那卡尔斯基作,易嘉译。这是一大篇十幕的戏剧,写着这糊涂固执的董·吉诃德，怎样因游侠而大碰钉子，虽由革命得到解放，也还是无路可走。并且衬以奸雄和美人，写得又滑稽，又深刻。前年曾经鲁迅从德文重译一幕，登《北斗》杂志上，旋因知道德译颇有删节，便即停笔。续登的是易嘉直接译出的完全本，但杂志不久停办，仍未登完，同人今居然得到全稿，实为可喜，所以特地赶紧校刊，以公同好。每幕并有毕斯凯莱夫木刻装饰一帧，大小共十三帧，尤可赏心悦目，为德译本所不及。每本实价五角。

正在校印中的，还有——

3.《山民牧唱》西班牙巴罗哈作，鲁迅译。西班牙的作家，中国大抵只知道伊本纳兹，但文学的本领，巴罗哈实远在其上。日本译有《选集》一册，所记的都是山地住民，跋司珂族的风俗习惯，译者曾选译数篇登《奔流》上，颇为读者所赞许。这是《选集》的全译。不日出书。

4.《Noa Noa》法国戈庚作，罗怃译。作者是法国画界的猛将，他厌恶了所谓文明社会。逃到野蛮岛泰息谛去，生活了好几年。这书就是那时的记录，里面写着所谓"文明人"的没落，和纯真的野蛮人被这没落的"文明人"所毒害的情形，并及岛上的人情风俗，神话等。译者是一个无名的人，但译笔却并不在有名的人物之下。有木刻插画十二幅。现已付印。

一九三五年

《译文》终刊号前记

《译文》出版已满一年了。也还有几个读者。现因突然发生很难继续的原因，只得暂时中止。但已经积集的材料，是费过译者校者排者的一番力气的，而且材料也大都不无意义之作，从此废弃，殊觉可惜；所以仍然集成一册，算作终刊，呈给读者，以尽贡献的微意，也作为告别的纪念罢。

译文社同人公启。二十四年九月十六日。

一九三六年

介绍《海上述林》上卷

本卷所收,都是文艺论文,作者既系大家,译者又是名手,信而且达,举世无两。其中《写实主义文学论》与《高尔基论文选集》两种,尤为皇皇巨制。此外论说,亦无一不佳,足以益人,足以传世。全书六百七十余页,玻璃版插画九幅。仅印五百部,佳纸精装,内一百部皮脊麻布面,金顶,每本实价三元五角;四百部全绒面,蓝顶,每本实价二元五角,函购加邮费二角三分。好书易尽,欲购从速。下卷亦已付印,准于本年内出书。上海北四川路底内山书店代售。

集外集拾遗补编

一九〇三年

中国地质略论

第一　绪　言

觇国非难。入其境，搜其市，无一幅自制之精密地形图，非文明国。无一幅自制之精密地质图(并地文土性等图)，非文明国。不宁唯是；必殆将化为僵石，供后人摩挲叹息，谥曰绝种 Extract species 之祥也。

吾广漠美丽最可爱之中国兮！而实世界之天府，文明之鼻祖也。凡诸科学，发达已昔，况测地造图之末技哉。而胡为图绘地形者，分图虽多，集之则界线不合；河流俯视，山岳则恒作旁形。乖谬昏蒙，茫不思起，更何论夫地质，更何论夫地质之图。呜呼，此一细事，而令吾惧，令吾悲，吾盖见五印详图，曾招飐于伦敦之肆矣。况吾中国，亦为孤儿，人得而挞楚鱼肉之；而此孤儿，复昏昧乏识，不知其家之田宅货匪，凡得几许。盗据其室，持以赠盗，为主人者，漠不加察，得残羹冷炙，辄大感叹曰："若衣食我，若衣食我。"而独于兄弟行，则争锱铢，较毫末，刀杖寻仇，以自相杀。呜呼，现象如是，虽弱水四环，锁户孤立，犹将汰于天行，以日退化，为猿鸟蜃藻，以至非生物。况当强种鳞鳞，蔓我四周，伸手如箕，垂涎成雨，造图列说，奔走相议，非左操刃右握算，吾不知将何以生活也。而何图风水宅相之说，犹深刻人心，力杜富源，自就阿鼻。不知宅相大佳，公等亦死；风水不破，公等亦亡，谥曰至愚，孰云不洽。复有冀获微资，引盗入室，巨资既虏，还焚其家，是诚我汉族之大敌也。凡是因迷信以弱国，利身家而害群者；虽曰历代民贼所经营养成者矣，而亦惟地质学不发达故。

地质学者，地球之进化史也；凡岩石之成因，地壳之构造，皆所深究。取以贡中国，则可知栾然尘球,无非经历劫变化以来,造成此相;虽涵无量宝匪,足以缮吾生,初无大神秘不可思议之物,存乎其间,以支配吾人之运命。斩绝妄念,文明乃兴。然欲历举其说,则又非一小册子所能尽也。故先辍学者所发表关于中国地质之说,著为短篇,报告吾族。虽空谭几溢于本论,然读此则吾中国大陆里面之情状,似亦略得其概矣。

第二　外人之地质调查者

中国者,中国人之中国。可容外族之研究,不容外族之探险;可容外族之赞叹,不容外族之觊觎者也。然彼不惮重茧,入吾内地,狼顾而鹰睨,将胡为者?诗曰:"子有钟鼓,弗鼓弗考。宛其死矣,他人是保。"则未来之圣主人,以将惠临,先稽账目,夫何怪焉。左举诸子,皆最著名。其他幻形旅人,变相侦探.更不知其几许。虽曰跋涉山川,探索秘密,世界学人,皆尔尔矣;然吾知之,恒为毛戴血涌,吾不知何祥也。

千八百七十一年,德人利忒何芬 Richthofen 者,受上海商业会议所之嘱托,由香港入广东,湖南(衡州,岳州),湖北(襄阳)遂达四川(重庆,叙州,雅州,成都,昭化);入陕西(风翔,西安,潼关),山西(平阳,太原)而之直隶(正定,保定,北京)。复下湖北(汉口,襄阳),往来山西间(泽州,南阳,平阳,太原),经河南之怀庆,以至上海,入杭州,登宁波之舟山岛,遍勘全浙。复溯江至芜湖,捡江西北部,折而之江苏(镇江,扬州,淮安),遂入山东(沂州,泰安,济南,莱州,芝罘)。碧眼炯炯,击节大诧若所悟。然其志未熄也;三涉山西(太原,大同),再至直隶(宣化,北京,三河,丰润),徘徊于开平炭山,入盛京(奉天,锦州),始由凤凰城而出营口。历时三年,其旅行线强于二万里,做报告书三册,于是世界第一石炭国之名,乃大噪于世界。其意曰:支那大陆均蓄石炭,而山西尤盛;然矿业盛衰,首关输运,惟扼胶州,则足制山西之矿业,故分割支那,以先得胶州为第一着。呜呼,今竟何如?毋曰一文弱之地质家,而眼光足迹间,实涵有无量刚劲善战之军队。盖自利氏游历以来,胶州早非我有矣。今也森林民族,复往来山西间。是皆利忒何芬之化身,而中国大陆沦陷之天使也,吾同胞其奈何。

千八百八十年,匈牙利伯爵式奚尼初丧爱妻,欲借旅行以漓其恨。乃偕地理学者三人,由上海溯江以达湖北(汉口,襄阳),经陕(西安)甘(静宁,安定,兰州,凉州,甘州)而出国境;复入甘肃(安定,巩昌),捡四川(成都,雅州)云南(大理)由缅甸以去。历时三年,挥金十万,著纪行三册行于世。盖于利忒何芬氏探险未详之地,尤加意焉。

越四年,俄人阿布佉夫探险北部之满洲,直隶(北京,保定,正定),山西(太原),甘肃

(宁夏,兰州,凉州,甘州),蒙古等。其后三年,复有法国里昂商业会议所之探险队十人,探险南部之广西,河南(河内),云南,四川(雅州,松潘)等。调查精密,于广西,四川尤详。是诸地者,非连接于俄法之殖民地者欤?其能勿惧!

先年,日本理学博士神保,巨智部,铃木之辽东,理学士西和田之热河,学士平林,井上,斋藤之南部诸地,均以调查地质为目的。递和田,小川,细井,岩浦,山田五专门家,复勘诸处.一订前探险者报告之谬,则去岁事也。

第三　地质之分布

昔德儒康德 Kant 唱星云说,法儒拉布拉 Laplace 和之。以地球为宇宙间大气体中析出之一份,回旋空间,不知历几亿万劫,凝为流质;尔后日就冷缩,外皮遂坚,是曰地壳。至其中心,议者綦众:有内部融体说,有内部非融体说,有内外固体中挟融体说。各据学理,以文其议。然地球中心,奥不可测,欲辨孰长,盖甚难矣。唯以理想名地面之始曰基础系统 Fundamental fonmation,其上地层,则据当时气候状态,及蕴藏僵石 Fossil 之种类,分四大代 Era,细析之曰纪 Period,析纪曰世 Epoch。然此诸地层则又非掘吾人立足地,即能灿然毕备也。大都错综残缺,散布诸方。如吾中国,常于此见新,而于彼则获古。盖以荒古气候水陆之不齐,而地层遂难一致。犹谭人类史者,昌言专制立宪共和,为政体进化之公例;然专制方严,一血刃而骤列于共和者,宁不能得之历史间哉。地层变例,亦如是耳。今言中国,则以地质年代 Geological chronolojy 为次。

(一)原始代或太古代 Archean Era

地球初成,汽凝为水,是即当时之遗迹,居基础系统之上,而始为地质学家所目击者也。故吾侪目所能见之地层,以是为极古。其岩石以片麻,云母,绿泥为至多,然大都经火力而变质。捡睬石层,略无生物,惟据石类析之为:

(12)老连志亚纪 Laurentian Period

(11)比宇鲁亚纪 Huronian Period

二纪。后虽有发现阿屯(意即初生生物)之说,而经德人眉彪研究以来,已知其谬;盖尔时实惟荒天赤地,绝无微生命存其间也。所难解者,岩石中时含石灰石墨之属。夫石灰为动物之遗蜕,石墨为植物之槁株,设无生物存,何得有是?而或有谓是等全非由生物

之力而来者,迄于今尚存疑焉。索之吾中国,则两纪均于黄海沿岸遇之。虽未能知其蕴藏何如,然太古代地层中,则恒产金银铜铂电石红宝石之属,意吾国黄海沿岸地方,亦当如是耳。

（二）古生代 Palaeozoic Era

以始有生物,故以生命名者也,分六纪:

(10)寒武利亚纪 Cambrian Period

(9)志留利亚纪 Silurian Period

(8)泥盆纪 Devonian Period

(7)石炭纪 Carboniferous Period

(6)二叠纪 Permian Period

岩石繁多,以水成者,若砂,硅,粘板,石炭等;以火成者,若花刚,闪丝,辉丝等。石类既自少而至多,生物亦由简以进复,然当(10)纪时,尚鲜见也。递及(9)纪,则藻类,三叶虫,珊瑚虫之族日盛,然惟水产物而止耳。入(8)纪,而鱼,而苇,而鳞木,而印木,渐由水产以超陆产。然亦惟隐花植物而已,高贵生物,未获见也。降及(6)纪,而两栖动物及爬虫出,盖已随时日之变迁,以日趋于高等矣。是即造化自著之进化论,而达尔文剽窃之以成十九世纪之伟著者也。

三叶虫

蕴藏矿物以是代为最富。(10)纪之见于中国者,自辽东半岛直亘朝鲜北部;虽土质确荦,不宜稼穑,而所产金银铜锡之属,实远胜于他纪诸岩石,土人仅耕石田,于生计可绰有余裕焉。其(9)纪岩石,则分布于陕西至四川之山间,以产金著。其(8)纪岩石,则在云南北境及四川之东北。变质岩中,常含玉类,而岩石脉络间,亦少产银铁铜铅,搜全世界,以此纪岩石为至多,而石类亦均适于用。其上则(7)纪矣,产煤铁綦多,故以石炭名其纪。而吾中国本部,实蔓延分布,无地无之,合计石炭之量,远驾欧土(详见第五);是实榜陀罗 Pandora 之万祸箧底之希望,得之则日近于光明璀璨之前途,失之则惟愁苦终穷以死者也,吾国人其善所择哉。

(三)中生代 Mesozoic Era

组成是代之岩石为粘板,角,硅,及粘土等,或遇如含有岩盐石炭石膏之地层,分三纪,即:

(5)三叠纪 Triassic Period

(4)侏罗纪 Jurassic Period

(3)白垩纪 Cretaceous Period

是也。前纪生物已日归于消灭,故(5)纪时。鳞印诸木,衰落既久,而松柏,苏铁,羊齿诸科,乃代之握植界之主权。至(3)纪则无花果,白杨,柳,槠等诸被子植物出,与现世界几无大异矣。动物则前代已生之爬虫,日益发达,有袋类亦生,为乳哺类之先导。至(4)纪而诡形之龙类(旧译作鼍),跋扈于陆地,有齿之大鸟,飞翔于太空,盖自有生物以来,未有若斯之瑰奇繁盛者也。且菊石,箭石之属,亦大繁殖,其遗蜕遂造成(3)纪之地层,即学校日用之垩笔,亦此微虫之余惠耳。至(3)纪时,生物界乃大变革,旧生动植,或衰或灭,而真阔叶树及硬骨鱼兴。

(5)纪之在中国者,为西藏,有用丱物则有岩盐石膏铜铁铅等。(4)纪则自西伯利亚东方,以至中国之本部,虽时有丱物,而极鲜石炭。(3)纪则并有用丱物亦鲜见矣,中国之极西方是也。

(四)新生代 Cenozoic Era

新生代者,地质时代中最终之地层,而其末叶,即吾人生息之历史也,别为二纪,曰:

(2)第三纪 Tertiany Period

(1)第四纪 Quaternary Period 其岩石为粗面,流纹,玄武,及粘土,砂砾,柔石炭等。其生物虽与今几无大异,然细察之,则不同之点綦多,如象,貘,张角兽,恐鸟是也。如是盛衰递嬗,益衍益进,至洪积世 Diluvium 而人类生。

(2)纪分布于中国全部,其丱物有金属,且产石炭,然以新成,故远逊于石炭纪者。(1)纪则全世界无不见之,如中国扬子江北部之累斯 Loess(黄色无层之灰质岩石),即为是时积聚之砂土；黄河附近之黄土，亦是时发育之垆坶之一种也。

第四　地质上之发育

地球未成以先，吾中国亦气体中之一份耳，无可言者，故以地球成后始。

（一）太古代之中国　太古代之地球，洪水澎湃，烈火郁盘，地鲜出水，奚言生物，冥想其状，当唯见洪流激浪而已。然火力所激，而地壳变形，昆仑山脉，忽然隆出；蒙古之一部分，及今之山东，亦离水成陆，崛起海中，其他则惟巨浸无际，怒浪拂天已耳。

（二）古生代之中国　地壳地心，鏖战既久，其后地心花岗岩之溶液，挟火力以泉涌，流溢海陆，地壳随之隆出水面，乃构成东方亚细亚之大陆。秦岭以北断层分走于诸方，即为台地，大苇鳞木印木等巨大植物，于焉繁殖。以北，则地层恒作波折形，似曾为山脉者。厥后经风雨之剥蚀，海浪之冲激，秦岭以北，渐成海底，无量植物，受水石之迫压，及地心热力，相率僵死。然地心火力，则犹冲突而未有已也，故复隆出水中，成阶级状之台地，所谓支那炭田者，实形成于此时焉。然其南部，尚潜海底，迨因受西北方之横压力，而秦岭以南之地层，遂成波状之崛起，即所谓支那山系（南岭）者是也。

（三）中生代之中国　火山之活动，至是稍衰，惟南方之一部，渐至沦陷，成新地中海，是实今日四川省之洼地（四川之赤盆砂地），而南支那之炭田也。迨喜马拉雅山崭然显头角，而南部中国始全为陆地。厥后南京与汉江之北，生分走北东之两断层，陷落而成中原，即为历代枭雄逐鹿地，以造成我中国旧史之骨子者也。

（四）新生代之中国　入新生代之初，水火之威日杀，甘肃及蒙古地方，昔为内海，至是亦渐就干涸，沙漠成焉。然以暴风所经营，故土砂埃尘，均随风飞动，运人黄河流域地方，积为黄土。扬子江北部，亦广大之沙漠耳，后以风之吹拂，雨之浸润，遂成累斯，故累斯大发育于中国。其他则与今日地形，几无大异矣。

第五　世界第一石炭国

世界第一石炭国！石炭者，与国家经济消长有密接之关系，而足以决盛衰生死之大问题者也。盖以汽生力之世界，无不以石炭为原动力者，失之则能令机械悉死，铁舰不神。虽曰将以电生力矣，然石炭亦能分握一方霸权，操一国之生死，则吾所敢断言也。故若英若美，均假僵死植物之灵，以横绝一世；今且垂尽矣，此彼都人士，所为抚心愁叹，皇皇大索者也。列邦如是，我国如何？利忒何芬曰："世界第一石炭国！……"今据日本之

地质调查者所报告，石炭田之大小位置，图际于左，即：●满洲七处

芫河水
赛马集
太子河沿岸（上流）
本溪湖
}辽东

锦州府（大小凌河上流）
宁远县
中后所
}辽西

●直隶省六处

石门塞（临榆县）
开平
北京之西方（房山县附近）
保安州
蔚州　　西宁州

●山西省六处

东南部炭田　　西南部炭田
五台县　　大同宁民府间炭田
中路（译音）　　西印子（译音）

●四川省一处

雅州府

●河南省两处

南召县　　鲁山县附近

●江西省六处

丰城　　新喻
萍乡　　兴安
乐平　　饶州

●福建省两处

邵武县　　建宁府

●安徽省一处

宣城

●山东省七处

沂州府　新泰县
莱芜县　章丘县
临榆县　通县
博山县及淄川县

●甘肃省五处

兰州府　大通县
古浪县　定羌县
山丹州

等四十三处是也。或谓此外有湖南东南部有烟无烟炭田，无虑二万一千方迈尔，虽未得其的据，然吾中国炭田之未发现者，固不知其几许，宁止湖南？今仅就图中（见下页）山西省有烟无烟大炭田计之，约各一万三千五百方迈尔，合计七百万步。加以他处炭田，拟一极少数，为一千万步。设平均厚率为三十尺，一立方坪之重量为八吨，则其总量凡一万二千亿吨，即每年采掘一亿二千万吨，亦可保持至一万年之久而未有尽也。况加以湖南传说之炭田，五百六十六万步即约六千八百亿吨乎。吾以之自熹，吾以之自慰。然有一奇现象焉，即与吾前言反对者，曰中国将以石炭亡是也。列强领土之中，既将告罄，而中国乃直当其解决盛衰问题之冲，列国将来工业之盛衰，几一系于占领支那之得失，遂攘臂而起，惧为人先。复以不能越势力平均之范围，乃相率而谈分割，血眼欲裂，直睨炭田。而我复麻木罔觉，挟无量巨资，不知所用，惟沾沾于微利以自贼，于是今日山西某炭田夺于英，明日山东各炭田夺于德，而诸国犹群相要曰："采掘权！采掘权！！"呜呼，不待十年，将见此朊朊中原，已非复吾曹之故国，握炭田之旧主，乃为采炭之奴，弃宝藏之荡子，反获鄙夫之谥。虽日炭田有以诲盗，而慢藏不用，则谁之罪哉。

第六　结　论

吾既述地质之分布，地形之发育，连类而之矿藏，不觉生敬爱忧惧种种心，掷笔大叹，思吾故国，如何如何。乃见黄神啸吟，白眚舞蹈，足迹所至，要索随之，既得矿权，遂伏潜力，曰某曰某，均非我有。今者俄复索我金州复州海龙盖平诸矿地矣。初有清商某以自

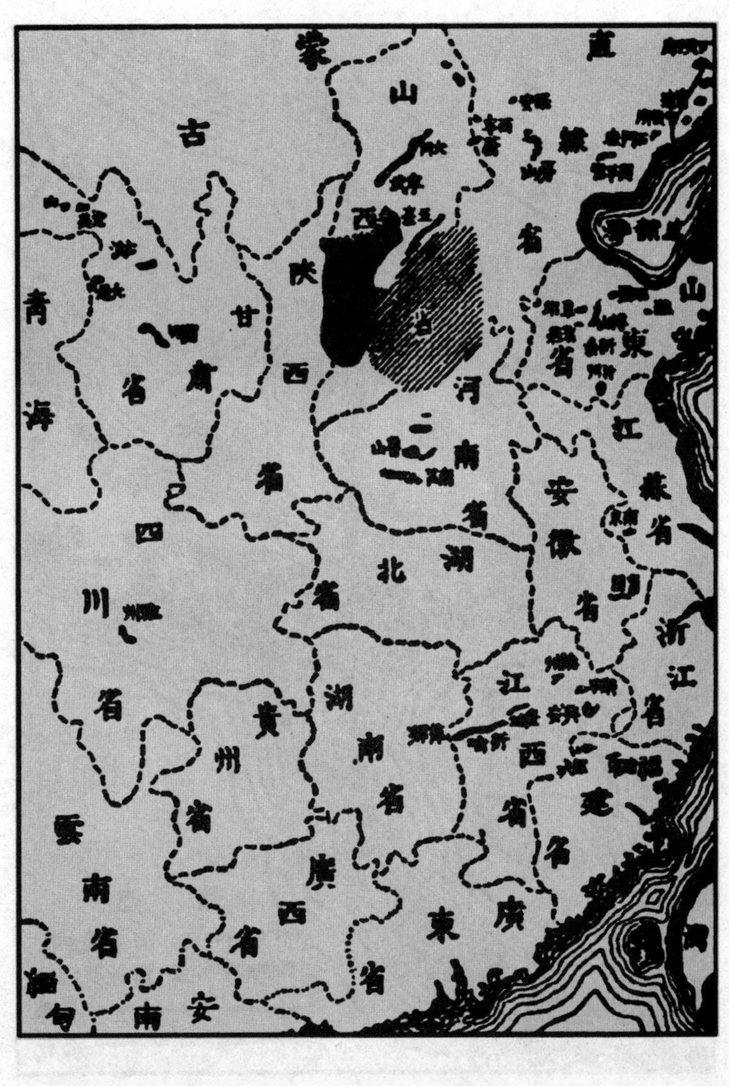

行采掘请，奉天将军诺之，既而闻其阴市于俄也，欲毁其约，俄人剧怒，大肆要求。呜呼，此垂亡之国，翼翼爱护之，犹恐不至，独奈何引盗入室，助之折桷挠栋，以速大厦之倾哉。今复见于吾浙矣。以吾所闻，浙绅某者，窃某商之故智，而实为外人伥，约将定矣。设我浙人若政府，起而沮尼之，度其结果，亦若俄之于金州诸地耳。试问我畏葸文弱之浙人，老病昏聩之政府，有何权力，敢遏其锋；阖口自臧，犹将罹祸，而此獠偏提外人耳而促之曰："若盍索吾浙矿。"呜呼，鬼蜮为谋，猛鸷张口，其亡其亡，复何疑焉。吾尝预测将来，窃为吾浙惧，若在北方，则无瞢耳。彼等既饱尝外人枪刃之风味，淫掠之德政，不敢不慑伏

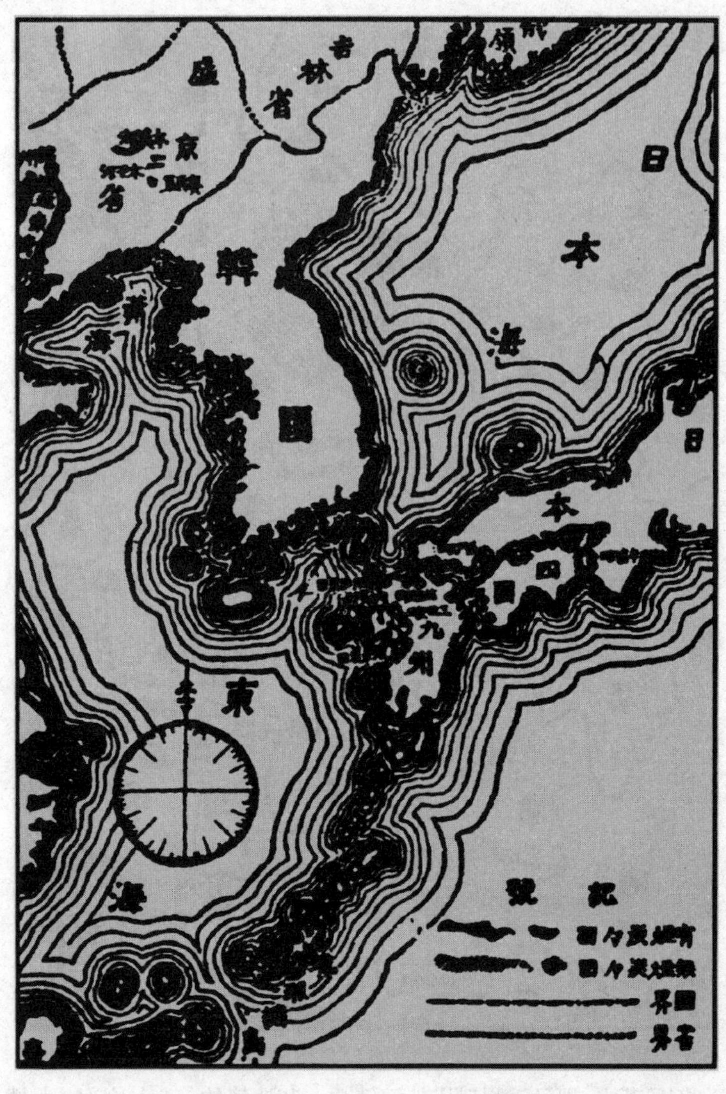

谄媚，以博未来之圣主欢，夺最爱之妻女，犹不敢怨，更何有于毫无爱想之片土哉！若吾浙则不然，台处衢严诸府，教士说法，犹酿巨菑。况忽见碧瞳皙面之异种人，指挥经营，丁丁然日凿吾土，必有一种不能思议之感想，浮游于脑，而惊，而惧，而愤，挥梃而起，莳刈之以为快。而外人乃复得口实，以要索，以示威，枭颅成束，流血碧地之惨象，将复演于南方，未可知也。即不然，他国执势力平均之说，群起夺地，倏忽瓜分，灭国之祸，唯我自速。即幸而数十年后，竟得独立，荣光纠纷，符吾梦想；而吾浙矿产，本逊他省，复以外族入室，罗掘一空，工商诸业，遂难优胜，于是失败迭来，日趋贫病。呜呼，浙人而不甘分致戎之谤

也，其可不谋所以挽救之者乎。

救之奈何？日小儿见群儿之将夺其食也，则攫而自吞之，师是可耳。夫中国虽以弱著，吾侪固犹是中国之主人，结合大群起而兴业，群儿虽狡，孰敢沮者，则要索之机绝。乡人相见，可以理喻，非若异族，横目为仇，则民变之祸弭。况工业繁兴，机械为用，文明之影，日印于脑，尘尘相续，遂孕良果，吾知豪侠之士，必有恨恨以思，奋袂而起者矣。不然，则吾将忧服箱受策之不暇，宁有如许闲情，喋喋以言地质哉。

一九〇八年

破恶声论

本根剥丧，神气彷徨，华国将自槁于子孙之攻伐，而举天下无违言，寂漠为政，天地闭矣。狂蛊中于人心，妄行者日昌炽，进毒操刀，若唯恐宗邦之不蚤崩裂，而举天下无违言，寂漠为政，天地闭矣。吾未绝大冀于方来，则思聆知者之心声而相观其内曜。内曜者，破黮暗者也；心声者，离伪诈者也。人群有是，乃如雷霆发于孟春，而百卉为之萌动，曙色东作，深夜逝矣。惟此亦不大众之祈，而属望止一二士，立之为极，俾众瞻观，则人亦庶乎免沦没；望虽小陋，顾亦留独弦于槁梧。仰孤星于秋昊也。使其无是，斯增欷尔。夫外缘来会，惟须弥泰岳或不为之摇.此他有情，不能无应。然而厉风过窍，骄阳薄河，受其力者，则成起损益变易，物性然也。至于有生，应乃愈著，阳气方动，元驹贲焉，杪秋之至，鸣虫默焉，蠉飞蠕动，无不以外缘而异其情状者，则以生理然也。若夫人类，首出群伦，其遇外缘而生感动拒受者，虽如他生，然又有其特异；神畅于春，心凝于夏，志沉于萧索，虑肃于伏藏。情若迁于时矣，顾时则有所迕拒，天时人事，胥无足易其心，诚于中而有言；反其心者，虽天下皆唱而不与之和。其言也，以充实而不可自已故也，以光曜之发于心故也，以波涛之作于脑故也。是故其声出而天下昭苏，力或伟于天物，震人间世，使之瞿然。瞿然者，向上之权舆已。盖惟声发自心，朕归于我，而人始自有己；人各有己，而群之大觉近矣。若其靡然合趣，万喙同鸣，鸣又不揆诸心，仅从人而发若机栝；林籁也，鸟声也，恶浊扰攘，不若此也，此其增悲，盖视寂漠且愈甚矣。而今之中国，则正一寂漠境哉。乃者诸夏丧乱，外寇乘之，兵燹之下，民救死不给，美人墨面，硕士则赴清泠之渊；旧念犹存否于后人之胸，虽不可度，顾相观外象，则疲苶卷挛，蛰伏而无动者，固已久矣。洎夫今兹，大势复变，殊异之思，諔诡之物，渐渐入中国，志士多危心，亦相率赴欧墨，欲采掇其文化，而纳之宗邦。凡所浴颢气则新绝，凡所遇思潮则新绝，顾环流其营卫者，则依然炎黄之血也。荣华在中，厄于肃杀，婴以外物，勃焉怒生。于是苏古掇新，精神閟彻，自既大自我于无竟，又复时返顾其旧乡，披厥心而成声，殷若雷霆之起物。梦者自梦，觉者是之，则中国之人，庶赖此数硕士而不殄灭，国人之存者一，中国斯侂生于是已。虽然，日月逝矣，而寂漠犹未央也。上下求索，阒其无人，不自发中，不见应外，颛蒙默止，若存若亡，意者往之见戕贼者深，因将长槁枯而不复菀与，此则可为坠心陨涕者也。顾吾亦知难者则有辞矣。殆谓十余年来，受侮既甚，人士因之渐渐出梦寐，知云何为国，云何为人，急公好义之心萌，独立自存之志固，言议波涌，为作日多。外人之来游者，莫不愕然惊中国维新之捷，内地士夫，则出接异域之文物，效其好尚语言，峨冠短服而步乎大衢，与西人一握为笑，无逊色也。其居内而沐新思潮者，亦胥争提国人之耳，厉声而呼，示以生存二十世纪之国民，当作何状；而聆之者则蔑弗首肯，尽力任事唯恐后，且又日鼓舞之以报章，间协助之以书籍，中之文词，虽诘诎聱牙，难于尽晓，顾究亦输入文明之利器也。倘其革新武备，振起工商，则国之富强，计日可待。豫备时代者今之世，事物胥变易矣，苟起陈死人于垅中而示以状，且将唇惊乎今之论议经营，无不胜于前古，而自憾其身之蚤殒矣，胡寂漠之云云也。若如是，则今之中国，其正一扰攘世哉！世之言何言，人之事何事乎。心声也，内曜也，不可见也。时势既迁，活身之术随变，人虑冻馁，则竞趋于异途，掣维新之衣，用蔽其自私之体，为匠者乃颂斧斤，而谓国弱于农人之有耒耜，事猎者则扬剑铳，而曰民困于渔父之宝网罟；倘其游行欧土，偏学制女子束腰道具之术以归，则再拜贞虫而谓之文明。且昌言不纤腰者为野蛮矣。顾使诚匠人诚猎师诚制束腰道具者，斯犹善也，试按其实，乃并方术且非所喻，灵府荒秽，徒炫耀耳食以罔当时。故纵唱者万千，和者亿兆，亦绝不足破人界之荒凉；而鸩毒日投，适益以速中国之隳败，则其增悲，不较寂漠且愈甚与。故今之所贵所望，在有不和众嚣，独具我见之士，洞瞩幽隐，评隲文明，弗与妄惑者同其是非，唯向所信是诣，举世誉之而不加劝，举世毁之而不加沮，有从者则任其来，假其投以笑傌，使之孤立于世，亦无慑也。则庶几烛幽暗以天光，发国人之内曜，人各有己，不随风波，而中国亦以立。今者古国胜民，素为吾志士所鄙夷不屑道者，则成人自觉之境矣。披心而嗷，其声昭明，精神发扬，渐不为强暴之力谲诈之术之所克制，而中国独何依然寂漠而无声也？岂其

道弗不可行，故硕士艰于出世；抑以众讙盈于人耳，莫能闻渊深之心声，则宁缄口而无言耶。嗟夫，观史实之所垂，吾则知先路前驱，而为之辟启廓清者，固必先有其健者矣。顾浊流茫洋，并健者亦以沦没，朊朊华土，凄如荒原，黄神啸吟，种性放失，心声内曜，两不可期已。虽然，事多失于自臧，而一苇之投，望则大于俟他士之造巨筏，吾未绝大冀于方来，则斯论之所由作也。

聚今人之所张主，理而察之，假名之曰类，则其为类之大较二：一曰汝其为国民，一曰汝其为世界人。前者慑以不如是则亡中国，后者慑以不如是则畔文明。寻其立意，虽都无条贯主的，而皆灭人之自我，使之混然不敢自别异，泯于大群，如掩诸色以晦黑，假不随驸，乃即以大群为鞭箠，攻击迫拶，俾之靡骋。往者迫于仇则呼群为之援助，苦于暴主则呼群为之拔除，今之见制于大群，孰有寄之同情与？故民中之有独夫，昉于今日，以独制众者古，而众或反离，以众虐独者今，而不许其抵拒，众昌言自由，而自由之蕉萃孤虚实莫甚焉。人丧其我矣，谁则呼之兴起？顾讙嚣乃方猖狂而未有既也。二类所言，虽或若反，特其灭裂个性也大同。总计言议而举其大端，则甲之说曰，破迷信也，崇侵略也，尽义务也；乙之说曰，同文字也，弃祖国也，尚齐一也，非然者将不足生存于二十世纪。至所持为坚盾以自卫者，则有科学，有适用之事，有进化，有文明，其言尚矣，若不可以易。特于科学何物，适用何事，进化之状奈何，文明之谊何解，乃独函胡而不与之明言，甚或操利矛以自陷。嗟夫，根本且动摇矣，其柯叶又何侂焉。岂诚其随波弟靡，莫能自主，则姑从于唱喁以荧惑人；抑亦自知其小陋，时为饮啖计，不得不假此面具以钓名声于天下耶。名声得而腹腴矣，奈他人之见戕贼何！故病中国今日之扰攘者，则患志士英雄之多而患人之少。志士英雄，非不祥也，顾蒙帼面而不能白心，则神气恶浊，每感人而令之病。奥古斯丁也，托尔斯泰也，约翰卢梭也，伟哉其自忏之书，心声之洋溢者也。若其本无有物，徒附丽是宗，辄岸然曰善国善天下，则吾愿先闻其白心。使其羞白心于人前，则不若伏藏其论议，荡涤秽恶，俾众清明，容性解之竺生，以起人之内曜。如是而后，人生之意义庶几明，而个性亦不致沉沦于浊水乎。顾志士英雄不肯也，则惟解析其言。用晓其张主之非是而已矣。

破迷信者，于今为烈，不特时腾沸于士人之口，且裒然成巨帙矣。顾胥不先语人以正信；正信不立，又乌从比校而知其迷妄也。夫人在两间，若知识混沌，思虑简陋，斯无论已；倘其不安物质之生活，则自必有形上之需求。故吠陁之民，见夫凄风烈雨，黑云如盘，奔电时作，则以为因陁罗与敌斗，为之栗然生虔敬念。希伯来之民，大观天然，怀不思议，则神来之事与接神之术兴，后之宗教，即以萌孽。虽中国志士谓之迷，而吾则谓此乃向上之民，欲离是有限相对之现世，以趣无限绝对之至上者也。人心必有所冯依，非信无以立，宗教之作，不可已矣。顾吾中国，则夙以普崇万物为文化本根，敬天礼地，实与法式，发育张大，整然不紊。覆载为之首，而次及于万汇，凡一切睿知义理与邦国家族之制，无不据是为始基焉。效果所著，大莫可名，以是而不轻旧乡，以是而不生阶级；他若虽一卉木竹石，视之均函有神閟性灵，玄义在中，不同凡品，其所崇爱之溥博，世未见有其匹也。顾民生多艰，是性日薄，洎夫今，乃仅能见诸古人之记录，与气禀未失之农人；求之于士大夫，戛戛乎难得矣。设有人，谓中国人之所崇拜者，不在无形而在实体，不在一宰而在百昌，斯其信崇，即为迷妄，则敢问无形一主，何以独为正神？宗教由来，本向上之民所自建，纵对象有多一虚实之别，而足充人心向上之需要则同然。顾瞻百昌，审谛万物，若无不有灵觉妙义焉，此即诗歌也，即美妙也，今世冥通神閟之士之所归也，而中国已于四千载前有之矣；斥此谓之迷，则正信为物将奈何矣。盖浇季士夫，精神窒塞，惟肤薄之功利是尚，躯壳虽存，灵觉且失。于是昧人生有趣神閟之事，天物罗列，不关其心，自惟为稻粱折腰；则执己律人，以他人有信仰为大怪，举丧师辱国之罪，悉以归之，造作谎言，必尽颠其隐依乃快。不悟墟社稷毁家庙者，征之历史，正多无信仰之士人，而乡曲小民无与。伪士当去。迷信可存，今日之急也。若夫自谓其言之尤光大者，则有奉科学为圭臬之辈，稍耳物质之说，即曰："磷，元素之一也；不为鬼火。"略翻生理之书，即曰："人体，细胞所合成也；安有灵魂？"知识未能周，而辄欲以所拾质力杂说之至浅而多谬者，解释万事。不思事理神閟变化，决不为理科入门一册之所范围，依此攻彼，不亦慎乎。夫欲以科学为宗教者，欧西则固有人矣，德之学者黑格尔，研究官品，终立一元之说，其于宗教，则谓当别立理性之神祠，以奉十九世纪三位一体之真者。三位云何？诚善美也。顾仍奉行仪式，俾人易知执着现世，而求精进。至尼佉氏，则刺取达尔文进化之说，掊击景教，别说超人。虽云据科学为根，而宗教与幻想之臭味不脱，则其张主，特为易信仰，而非灭信仰昭然矣。顾迄今兹，犹不昌大。盖以科学所底，不极精深，揭是以招众生，聆之者则未能满志；惟首唱之士，其思虑学术志行，大都博大渊邃，勇猛坚贞，纵迕时人不惧，才士也夫！观于此。则惟酒食是仪，他无执持，而妄欲夺人之崇信者，虽有元素细胞，为之甲胄，顾其违妄而无当于事理，已可弗繁言而解矣。吾不知耳其论者，何尚顶礼而赞颂之也。虽然，前此所陈,则犹其上尔;更数污下,乃有以毁伽兰为专务者。国民既觉,学事当兴,而志士多贫穷,富人则往往吝啬,救国不可缓,计唯有占祠庙以教子弟;于是先破迷信,次乃毁击像偶,自为其酋,聘一教师,使总一切,而学校立。夫佛教崇高,凡有识者所同可,何怨于震旦,而汲汲灭其法。若谓无功于民,则当先自省民德之堕落;欲与挽救,方昌大之不暇,胡毁裂也。况学校之在中国,乃何状乎?教师常寡学,虽西学之肤浅者不憭,徒作新态,用惑乱人。讲古史则有黄帝之伐某尤,国字且不周识矣;言地理则云地球常破,顾亦可以修复,大地实体与地球模型且不能判矣。学生得此,则以增骄,自命中国桢干,未治一事,而兀傲过于开国元老;顾志操特卑下,所希仅在科名,赖以立将来之中国,岌岌哉!迩来桑门虽衰退,然校诸学生,其清净远矣。若在南方,乃更有一意于禁止赛会之志士。农人耕稼,岁几无休时,递得余闲,则有报赛,举酒自劳,洁牲酬神,精神体质,两愉悦也。号志士者起,乃谓乡人事此,足以丧财费时,奔走号呼,力施遏止,而钩其财帛为公用。嗟夫,自未破迷信以来,生财之道,固未有捷于此者矣。夫使人元气黮浊,性如沉垽,或灵明已亏,沦溺嗜欲,斯已耳;倘其朴素之民,厥心纯白,则劳作终岁,必求一扬其精神。故农则年答大戬于天,自亦蒙庥而大酺,稍息心体,备更服劳。今并此而止之,是使学轭下之牛马也,人不能堪,必别有所以发泄者矣。况乎自慰之事,他人不当犯干,诗人朗咏以写心,虽暴主不相犯也;舞人屈申以舒体,虽暴主不相犯也;农人之慰,而志士犯之,则志士之祸,烈于暴主远矣。乱之上也,治之下也,至于细流,乃尚万别。举其大略,首有嘲神话者,总希腊埃及印度,咸与诽笑,谓足作解颐之具。夫神话之作,本于古民,睹天物之奇觚,则逞神思而施以人化,想出古异,諔诡可观,虽信之失当,而嘲之则大惑也。太古之民,神思如是,为后人者,当若何惊异瑰大之;矧欧西艺文,多蒙其泽,思想文术,赖是而庄严美妙者,不知几何。倘欲究西国人文,治此则其首事,盖不知神话,即莫由解其艺文,暗艺文者,于内部文明何获焉。若谓埃及以迷信亡,举彼上古文明,胥加呵斥,则竖子之见,古今之别,且不能知者。虽一哂可靳之矣。复次乃有借口科学,怀疑于中国古然之神龙者,按其由来,实在拾外人之余唾。彼徒除利力而外,无蕴于中,见中国式微,则虽一石一华,亦加轻薄,于是吹索抉剔,以动物学之定理,断神龙为必无。夫龙之为物,本吾古民神思所创造,例以动物学,则既自白其愚矣,而华土同人,贩此又何为者?抑国民有是,非特无足愧恧已也,神思美富,益可自扬。古则有印度希腊,近之则东欧与北欧诸邦,神话古传以至神物重言之丰,他国莫与并,而民性亦瑰奇渊雅,甲天下焉,吾未见其为世诟病也。唯不能自造神话神物，而贩诸殊方，则念古民神思之穷，有足媿尒。嗟乎，龙为国徽，而加之谤，旧物将不存于世矣！顾俄罗斯枳首之鹰，英吉利人立之兽，独不蒙垢者，则以国势异也。科学为之被，利力实其心，若尔人者，其可与庄语乎，直唾之耳。且今者更将创天下古今未闻之事，定宗教以强中国人之信奉矣，心夺于人，信不繇己，然此破迷信之志士，则正敕定正信教宗之健仆哉。

崇侵略者类有机，兽性其上也，最有奴子性，中国志士何隶乎？夫古民惟群，后乃成国，分画疆界，生长于斯，使其用天之宜，食地之利，借自力以善生事，辑睦而不相攻，此盖至善，亦非不能也。人类顾由昉，乃在微生，自虫蛆虎豹猿狖以至今日，古性伏中，时复显露，于是有嗜杀戮侵略之事，夺土地子女玉帛以厌野心；而间恤人言，则造作诸美名以自盖，历时既久，人人者深，众遂渐不知所由来，性偕习而俱变，虽哲人硕士，染秽恶焉。如俄罗斯什赫诸邦，夙有一切斯拉夫主义，居高位者，抱而动定，惟不溥及农人间，顾思士诗人，则熏染于心，虽瑰意鸿思不能涤。其所谓爱国，大都不以艺文思理，足为人类荣华者是尚，惟援甲兵剑戟之精锐，获地杀人之众多，喋喋为宗国晖光。至于近世，则知别有天识在人，虎狼之行，非其首事，而此风为稍杀。特在下士，未能脱也.识者有忧之，于是恶兵如蛇蝎，而大呼平和于人间，其声亦震心曲，预言者托尔斯泰其一也。其言谓人生之至可贵者，莫如自食力而生活，侵掠攻夺，足为大禁，下民无不乐平和，而在上者乃爱喋血，驱之出战，丧人民元，于是家室不完，无庇者遍全国，民失其所，政家之罪也。何以药之？莫如不奉命。令出征而士不集，仍秉耒耜而耕，熙熙也；令捕治而吏不集，亦仍秉耒耜而耕，熙熙也，独夫孤立于上，而臣仆不听命于下，则天下治矣。然平议以为非是，载使全俄朝如是，敌军则可以夕至，民朝弃戈矛于足次，迨夕则失其土田，流离散亡，烈于前此。故其所言，为理想诚善，而见诸事实，乃佛戾初志远矣。第此犹曰仅揆之利害之言也，察人类之不齐，亦当悟斯言之非至。夫人历进化之道途，其度则大有差等，或留蛆虫性，或猿狙性，纵越万祀，不能大同。即同矣，见一异者，而全群之治立败，民性柔和，既如乳羔，则一狼入其牧场，能杀之使无遗孑，及是时而求保障，悔迟莫矣。是故嗜杀戮攻夺，思廓其国威于天下者，兽性之爱国也，人欲超禽虫，则不当慕其思。顾战争绝迹，平和永存，乃又须迟之人类灭尽，大地崩离以后；则甲兵之寿，盖又与人类同终始者已。然此特所以自捍卫，辟虎狼也，不假之为爪牙，以残食世之小弱，令兵为人用，而不强人为兵奴，人知此义，乃庶可与语武事，而不至为两间大厉也与。虽然，察我中国，则世之论者，殆皆非也，云爱国者有人，崇武士者有人，而其志特甚犷野，托体文化，口则作肉攫之鸣，假使傅以爪牙，若余勇犹可以蹂躏大地，此其为性，狞暴甚矣，顾亦不可谥之兽性。何以言之？曰诚于中而外见者，得二事焉，兽性爱国者之所无也。二事云何？则一曰崇强国，次曰侮胜民。盖兽性爱国之士，必生于强大之邦，势力盛强，威足以凌天下，则孤尊自国，蔑视异方，执进化留良之言，攻小弱以逞欲，非混一寰宇，异种悉为其臣仆不慊也。然中国则何如国矣，民乐耕稼，轻去其乡，上而好远功，在野者辄怨怼，凡所自诩，乃在文明之光华美大，而不借暴力以凌四夷，宝爱平和，天下鲜有。惟晏安长久，防卫日弛，虎狼突来，民乃涂炭。第此非吾民罪也，恶喋血，恶杀人，不忍别离，安于劳作，人之性则如是。倘使举天下之习同中国，犹托尔斯泰之所言，则大地之上。虽种族繁多，邦国殊别，而此疆尔界，执守不相侵，历万世无乱离焉可也。兽性者起，而平和之民始大骇，日夕岌岌，若不能存，苟不斥去之，固无以自生活；然此亦惟驱之适旧乡，而不自反于兽性，况其戴牙角以戕贼小弱孤露者乎。而吾志士弗念也，举世滔滔，颂美侵略，暴俄强德，向往之如慕乐园，至受厄无告如印度波兰之民，则以冰寒之言嘲其陨落。夫吾华土之苦于强暴，亦已久矣，未至陈尸，鸷鸟先集，丧地不足，益以金资，而人亦为之寒饿野死。而今而后，所当有利兵坚盾，环卫其身，毋俾封豕长蛇，荐食上国；然此则所以自卫而已，非效侵略者之行，非将以侵略人也。不尚侵略者何？曰反诸已也，兽性者之敌也。至于波兰印度，乃华土同病之邦矣，波兰虽素不相往来，顾其民多情愫，爱自繇，凡人之有情愫宝自繇者，胥爱其国为二事征象，盖人不乐为皂隶，则孰能不眷慕悲悼之。印度则交通自古，贻我大祥，思想信仰道德艺文，无不蒙贶，虽兄弟眷属，何以加之。使二国而危者，吾当为之抑郁，二国而陨，吾当为之号咷，无祸则上祷于天，俾与吾华土同其无极。今志士奈何独不念之，谓自取其殃而加之谤，岂其屡蒙兵火，久匍匐于强暴者之足下，则旧性失，同情漓，灵台之中，满以势利，因迷谬亡识而为此与！故总度今日佳兵之士，自屈于强暴久，因渐成奴子之性，忘本来而崇侵略者最下；人云亦云，不持自见者上也。间亦有不隶二类，而偶反其未为人类前之性者，吾尝一二见于诗歌，其大旨在援德皇威廉二世黄祸之说以自豪，厉声而嗥，欲毁伦敦而覆罗马；巴黎一地，则以供淫游焉。倡黄祸者。虽拟黄人以兽，顾其烈则未至于此矣。今兹敢告华土壮者曰，勇健有力，果毅不怯斗，固人生宜有事，特此则以自臧，而非用以搏噬无辜之国。使其自树既固，有余勇焉，则当如波兰武士贝谟之辅匈牙利，英吉利诗人裴伦之助希腊，为自繇张其元气，颠仆压制，去诸两间，凡有危邦，咸与扶掖，先起友国，次及其他,令人间世,自繇具足,眈眈皙种,失其臣奴,则黄祸始以实现。若夫今日,其可收艳羡强暴之心,而说自卫之要矣。呜呼,吾华土亦一受侵略之国也,而不自省也乎。(未完)

一九一二年

《越铎》出世辞

于越故称无敌于天下,海岳精液,善生俊异,后先络驿,展其殊才;其民复存大禹卓苦勤劳之风,同勾践坚确慷慨之志,力作治生,绰然足以自理。世俗递降,精气播迁,则渐专实利而轻思理,乐安谧而远武术,鸷夷乘之,爰忽颠陨,全发之士,系踵蹈渊,而黄神啸吟,民不再振。辫发胡服之虏,旃裘引弓之民,翔步于无余之旧疆者盖二百余年矣。已而思士笃生,上通帝旨,转轮之说,弥沦大区.国士桓桓,则首举义旗于鄂。诸出响应,涛起风从,华夏故物,光复太半,东南大府,亦赫然归其主人。越人于是得三大自由,以更生于越,索虏则负无量罪恶,以底于亡。民气彭张,天日腾笑,孰善赞颂,庶猗伟之声,将充宙合矣。顾专制久长,鼎镬为政,以聚敛穷其膏髓,以禁令制其讥平,瘠弱槁枯,为日滋永.桎梏顿解,卷挛尚多,民声寂寥,群志幽閟,岂以为匹夫无与于天下,尚如戴朔北之虏也。共和之治,人仔于肩,同为主人,有殊台隶。前此罪恶,既咸以归索虏,索虏不克负荷,俱以陨落矣。继自今而天下兴亡,庶人有责,使更不同力合作,为华土谋,复见瘠弱槁枯,一如往日,则番番良士,其又将谁咎耶?是故侪伦则念之矣,独立战始,且垂七旬,智者竭虑,勇士效命,而吾侪庶士,坐观其成,傥不尽一得之愚,殆自放于国民之外。爰立斯报,就商同胞,举文宣意,希翼治化。纾自由之言议,尽个人之天权,促共和之进行,尺政治之得失,发社会之蒙覆,振勇毅之精神。灌输真知,扬表方物,凡有知是,贡其颛愚,力小愿宏,企于改进。不欲守口,任华土更归寂寞,复自负无量罪恶,以续前尘;庶几闻者戒勉,收效毫厘,而吾人公民之责,亦借以尽其什一。猗此于越,故称无敌于天下,鸷夷纵虐,民生槁枯,今者解除,义当兴作,用报古先哲人征营治理之业。唯专制永长,昭苏非易,况复神驰白水,孰眷旧乡,返顾高丘,正哀无女。呜呼,此《越铎》之所由作也!

辛亥游录

一

三月十八日，晴。出稽山门可六七里，至于禹祠。老蘚缘墙，败槁布地，二三农人坐阶石上。折而右，为会稽山足。行里许，转左，达一小山。山不甚高，松杉骈立，朿木棘衣。更上则朿木亦渐少，仅见卉草，皆常品，获得二种。及巅，乃见绝壁起于足下，不可以进，伏瞰之，满被古苔，蒙茸如裘，中杂小华，五六成簇者可数十，积广约一丈。掇其近者，皆一叶一华，叶碧而华紫，世称一叶兰；名叶以数，名华以类也。微雨忽集，有樵人来，切问何作，庄语不能解，乃绐之曰："求药。"更问："何用？"曰："可以长生。""长生乌可以药得？"曰："此吾之所以求耳。"遂同循山腰横径以降，凡山之纵径，升易而降难，则其腰必生横径，人不期而用之，介然成路，不荒秽焉。

二

八月十七日晨，以舟趣新步，昙而雨，亭午乃至，距东门可四十里也。泊沥海关前，关与沥海所隔江相对，离堤不一二十武，海在望中。沿堤有木，其叶如桑，其华五出，筒状而薄赤，有微香，碎之则臭，殆海州常山类欤？水滨有小蟹，大如榆荚。有小鱼，前鳍如足，恃以跃，海人谓之跳鱼。过午一时，潮乃自远海来，白作一线。已而益近，群舟动荡。倏及目前，高可四尺，中央如雪，近岸者挟泥而黄。有翁喟然曰："黑哉潮头！"言已四顾。盖越俗以为观涛而见黑者有咎。然涛必挟泥，泥必不白，翁盖诅观者耳。观者得咎，于翁无利，而翁竟诅之矣。潮过雨霁，游步近郊，爰见芦荡中杂野菰，方作紫色华，褟得数本，芦叶伤肤，颇不易致。又得其大者一，欲移植之，然野菰托生芦根，一旦返土壤，不能自为养，必弗活矣。

一九一三年

儗播布美术意见书

一　何为美术

美术为词，中国古所不道，此之所用，译自英之爱忒(art or fine art)。爱忒云者，原出希腊，其谊为艺，是有九神，先民所祈。以冀工巧之具足，亦犹华土工师，无不有崇祀拜祷矣。顾在今兹，则词中函有美丽之意，凡是者不当以美术称。

希腊之民，以美术著于世，然其造作，初无研肄，仅凭直觉之力，以判别天物美恶，惟其为觉敏，故所成就者神。盖凡有人类。能具二性：一曰受，二曰作。受者譬如曙日出海，瑶草作华，若非白痴，莫不领会感动；既有领会感动，则一二才士，能使再现，以成新品，是谓之作。故作者出于思，倘其无思，即无美术。然所见天物，非必圆满，华或槁谢，林或荒秽，再现之际，当加改造，俾其得宜，是曰美化，倘其无是，亦非美术。故美术者，有三要素：一曰天物，二曰思理，三曰美化。缘美术必有此三要素，故与他物之界域极严。刻玉之状为叶，髹漆之色乱金，似矣，而不得谓之美术。象齿方寸，文字千万，核桃一丸，台榭数重，精矣。而不得谓之美术。几案可以弛张，什器轻于携取，便于用矣，而不得谓之美术。太古之遗物，绝域之奇器，罕矣，而非必为美术。重碧大赤，陆离斑驳，以其戟刺，夺人目精，艳矣，而非必为美术，此尤不可不辨者也。

二　美术之类别

由前之言，可知美术云者，即用思想以美化天物之谓。苟合于此，则无间外状若何，咸得谓之美术；如雕塑，绘画，文章，建筑，音乐皆是也。区分之法，始于希腊柏拉图，其类凡二：

(甲)静美术

(乙)动美术

柏氏以雕塑，绘画为静，音乐，文章为动，事属草创，为说不完。后有法人跛多区分为三，德人黑智尔承之。

(甲)目之美术

(乙)耳之美术

(丙)心之美术

属于目者为绘画雕塑，属于耳者为音乐，属于心者为文章，其说之不能具是，无异前古。近时英人珂尔文以为区别之术，可得三种，今具述于次；凡有美术，均可取其一以分隶之。

(一)(甲)形之美术

(乙)声之美术

美术有可见可触者，如绘画，雕塑，建筑，是为形美；有不可见不可触者，如音乐，文章，是为音美。顾中国文章之美，乃为形声二者，是又非此例所能赅括也。

(二)(甲)摹拟美术

(乙)独造美术

美术有拟象天物者，为雕刻，绘画，诗歌；有独造者，为建筑，音乐。此二者虽间亦微涉天物，而繁复腠会，几于脱离。

(三)(甲)致用美术

(乙)非致用美术

美术之中，涉于实用者，厥惟建筑。他如雕刻，绘画，文章，音乐，皆与实用无所系属者也。

三　美术之目的与致用

言美术之目的者，为说至繁，而要以与人享乐为臬极，惟于利用有无，有所柢午。主美者以为美术目的，即在美术，其于他事，更无关系。诚言目的，此其正解。然主用者则以为美术必有利于世，傥其不尔，即不足存。顾实则美术诚谛，固在发扬真美，以娱人情，比其见利致用，乃不期之成果。沾沾于用，甚嫌执持，唯以颇合于今日国人之公意，故从而略述之如次：

一美术可以表见文化凡有美术，皆足以征表一时及一族之思维，故亦即国魂之现象；若精神递变，美术辄从之以转移。此诸品物，长留人世，故虽武功文教，与时间同其灰灭，而赖有美术为之保存，俾在方来，有所考见。他若盛典核事，胜地名人，亦往往以美术之

力，得以永住。

一美术可以辅翼道德　美术之目的，虽与道德不尽符，然其力足以渊邃人之性情，崇高人之好尚，亦可辅道德以为治。物质文明，日益蔓延，人情因亦日趣于肤浅；今以此优美而崇大之，则高洁之情独存，邪秽之念不作，不待惩劝而国义安。

一美术可以救援经济方物见斥，外品流行，中国经济，遂以困匮。然品物材质，诸国所同，其差异者，独在造作。美术弘布，作品自胜，陈诸市肆，足越殊方，尔后金资，不虞外溢。故徒言崇尚国货者末，而发挥美术，实其本根。

四　播布美术之方

美术之用，大者既得三事，而本有之目的，又在与人以享乐，则实践此目的之方术，自必在于播布。播布云者，谓不更幽秘，而传诸人间，使与国人耳目接，以发美术之真谛，起国人之美感，更以冀美术家之出世也。兹拟应行之事如次：

一建设事业

美术馆　当就政府所在地，立中央美术馆，为光复纪念，次更及诸地方。建筑之法，宜广征专家意见，会集图案，择其善者，或即以旧有著名之建筑充之。所列物品，为中国旧时国有之美术品。

美术展览会　建筑之法如上。以陈列私人所藏，或美术家新造之品。

剧场　建筑之法如上。其所演宜用中国新剧，或翻译外国著名新剧，更不参用古法；复以图书陈说大略，使观者咸喻其意。若中国旧剧，宜别有剧场，不与新剧混淆。

奏乐堂　当就公园或公地，设立奏乐之处，定日演奏新乐，不更参以旧乐；惟必先以小书说明，俾听者咸能领会。

文艺会　当招致文人学士，设立集会，审国人所为文艺，择其优者加以奖励，并助之流布。且决定域外著名图籍若干，译为华文，布之国内。

一　保存事业

著名之建筑　伽蓝宫殿，古者多以宗教或帝王之威力，令国人成之；故时世既迁，不能更见，所当保存，无令毁坏。其他若史上著名之地，或名人故居，祠宇，坟墓等。亦当令地方议定，施以爱护，或加修饰，为国人观瞻游步之所。

碑碣　椎拓既多，日就浸漶，当申禁令。俾得长存。

壁画及造像　梵刹及神柯中有之，间或出于名手。近时假破除迷信为名，任意毁坏，当考核做手，指定保存。

林野　当审察各地优美林野，加以保护，禁绝剪伐；或相度地势，辟为公园。其美丽之动植物亦然。

一　研究事业

古乐　当立中国古乐研究会，令勿中绝，并择其善者，布之国中。

国民文术　当立国民文术研究会，以理各地歌谣，俚谚，传说，童话等；详其意谊。辨其特性，又发挥而光大之，并以辅翼教育。

一九一五年

《大云寺弥勒重阁碑》校记

大云寺弥勒重阁碑，唐天授三年立，在山西猗氏县仁寿寺。全文见胡聘之《山右石刻丛编》。胡氏言，今拓本多磨泐，故所录全文颇有阙误，首一行书撰人尤甚。余于乙卯春从长安买得新拓本，殊不然，以校《丛编》，为补正二十余所，疑碑本未泐，胡氏所得拓本恶耳。其末三行泐失甚多，今亦不复写出。

一九一六年

关于废止《教育纲要》的签注

案《教育纲要》虽不过行政首领对于教育之政见，然所列三项，均已现为事实，见于明令，此后分别修改，其余另定办法；在理论上言之，固已无形废弃.然此唯在通都大邑，明达者多，始能有此结果。而乡曲教师，於此种手续关系，多不能十分明瞭。《纲要》所列，又多与旧式思想相合，世人乐於保持，其他无业游民亦可藉此结合团体（如托名研究经学，聚众立社之类），妨害教育。是《纲要》虽若消灭，而在一部分人之心目中，隐然实尚存留。倘非根本取消，恐难杜绝歧见。故窃谓此种《纲要》，应以明文废止，使无论何人均不能发

生依坿之见，始于学制上行政上无所妨害。至于法令随政局而屡更，虽易失遵守之信仰，然为正本清源计，此次不得不尔。凡明白之国民，当无不共喻此意。一俟宗旨碻定，发号施令均出一辙，则一二年中信仰自然恢复，所失者小。而所得则甚大也。

周树人注。

一九一七年

会稽禹庙窆石考

此石碣世称窆石，在会稽禹庙中，高虑傂尺八尺九寸，上端有穿，径八寸五分，篆书三行在穿右下。平氏《绍兴志》云：康熙初张希良以意属读，得二十九字，寻其隅角，当为五行，行二十六字。王氏昶《金石萃编》云："惟'日年王一并天文晦真'九字可辨"。此拓可见者第一行"甘□□□□□□□王石"，第二行"□乾⺆并口天文晦亻"，第三行"□□言真□□黄□□"，十一字又二半字。其所刻时或谓永建，或又以为永康，俱无其证。《太平寰宇记》引《舆地记》云："禹庙侧有石船，长一丈，云禹所乘也。孙皓刻其背以述功焉，后人以皓无功可记，乃覆船刻它字，其船中折"。阮氏元《金石志》因定为三国孙氏刻。字体亦与天玺刻石极类，盖为得其真矣。所刻它字，今亦不见。第有宋元人题字数段，右方有赵与陞题名，距九寸有员峤真逸题字，左上方有龙朝夫诗，颇漫患。王氏辨五十八字。俞氏樾又审仞其诗，止阙四字，载《春在堂随笔》中。今审拓本。复得数字，具录如下："□□□□□九月□一日从事郎□□□□□□□□□□□□□龙朝夫因被命□□□□瞻拜禹陵□此诗以纪盛□云沐雨栉风无暇日　胼胝还见圣功劳古柏参天□元气梅梁赴海作波涛至今遗迹衣冠在长□空山魑魅号欲觅□陵寻窆石山僧为我剪蓬蒿"。上截旧刻灭尽，有清人题字十余段，旧志所称杨龟山题名，亦不可见矣。

碣中折，篆文在下半。《绍兴志》云："下截为元季兵毁"，殊未审谛。《舆地志》言长一丈，今出地者只九尺，则故未损阙矣。《嘉泰会稽志》引《孔灵符记》云："始皇崩，邑人刻木为像祀之，配食夏禹庙。"又云："东海圣姑从海中乘石船张石帆至，二物见在庙中。"盖碣自秦以来有之，孙皓记功其上。皓好刻图，禅国山，天玺纪功诸刻皆然。岂以无有圭角，似出天然，故以为瑞石与？晋宋时不测所从来，乃以为石船，宋元又谓之窆石，至于今不改矣。

《□肱墓志》考

右盖云“齐故仪同□公孙墓志”。志云：君讳肱。勃海条人。祖，仪同三司，青州使君。父，骠骑大将军，开府仪同三司，中领军。君以皇建二年终于晋阳第里，时年九岁。天统二年葬于邺北紫陌之阳。众家跋文，多以“公孙”为氏，因疑肱是略孙。然略，人，与志言“勃海条人”者不合。志盖“公”字上有空格，似失刻其姓。原文当云“齐故仪同某公孙墓志”也。按北齐天统以前，勃海条人为领军者，天保间有平秦王归彦，天统初有东平王俨。《魏书·高湖传》云：归彦，武定末，骠骑大将军，开府仪同三司，徐州刺史，安喜县开国男。又云：父徽，永熙中赠冀州刺史，则与志之“青州使君”不合。又《北齐书·归彦传》云：以讨侯景功，封长乐郡公，除领军大将军，领军加大，自归彦始。而志云“中领军”。《北齐书·武成帝纪》云：河清元年秋七月，冀州刺史，平秦王归彦据土反，诏大司马段韶，司空娄叡计擒之。乙未，斩归彦并其三子。而志云“威名方盛”，皆不合。俨，亦领军大将军，又武成帝子，更非其人。《魏书·高湖传》又有仁昚，皆赠仪同三司，青州刺史。仁子贯，不可考，入齐以后不可知。昚子永乐，弼，《北齐书》有传，皆不云为中领军。然志云“勃海条人”，又云“龙子驰声”，又云“终于晋阳”，“葬于邺”，皆似北齐帝室。其时领军归彦以河清二年二月解，俨于天统二年始见于史，其间四年朔不知何人。故终疑肢为高氏，而史阙有间，不能得其祖父之名，姑识所见于后，以俟深于史者更考焉。

《徐法智墓志》考

志，其名惟云“字法智，高平金乡人也”；姓在首行，存下半，似徐字。《元和姓纂》有东阳徐氏，云“偃王之后，汉徐衡徙高平，孙饶又徙东阳”，则法智似即其后。惟又云“徐州牧，金乡君马骆王之后，晋车骑大将军司徒公三世之孙，秦骠骑大将军驸马都尉之曾孙，孝文皇帝国子博士之少子”，所举先世诸官，求之史书，乃无一高平徐氏，所未详也。次多剥蚀，大略述其平生笃于佛教，中有“□富轻人”语。“轻人”，非美德，当有误字。次云“宣武皇帝（泐六字）”，“悟玄眇□用旷野将军石窟署（泐九字）”，“君运深虑于巉峰抽□情于□□”。又云“及其奇形异状□□君之思□”。又云正光六年正月□□日“终于营福

署则以其月廿七日垄□伊阙之□”。按《魏书·释老志》:“景明初,世宗诏大长秋卿白整准代京灵岩寺石窟,于洛南伊阙山,为高祖,文昭皇太后营石窟二所。”“至正始二年中,始出”。“永平中,中尹刘腾奏为世宗复造石窟一,凡为三所。从景明元年至正光四年六月已前,用功八十万二千八百六十六”云云。“石窟署”盖立于景明初,专营石窟,法智与焉。官氏之旷野将军,诸署令六百石已上者第九品上阶,不满六百石者,从第九品上阶,则“署”下所泐,当是“令”字。石窟以正光四年毕,法智卒于六年,故在营福署,是署所掌不可考,要亦系于释教,置于伊阙,故法智卒,便葬其地。垄即葬字,或以为癸,甚非。次云“余不以管见孤文敢陈陋颂”,则撰者逊让之词,然不著其名,亦不知何人也。

《郑季宣残碑》考

郑季宣碑,今存上截。额字灭尽,翁方纲见穿左有直纹一线,知是阳文。碑文行存十七字,以《隶续》所载文补之,每行三十一字至三十八字不等。盖所注阙字之数转刻有误,碑又失其下半,无以审正。今可知者第十二行“卒亐”至“是路”间,洪云阙四字,碑实阙五字。第十七行“赖祉”至“�”字间,洪云阙六字,碑实阙七字。铭辞宁成为韵,四字为句,则“迖”至“显奕世”间当阙六字,而洪云五字。又第七行“据”洪作“折”,第九行“仈燠”洪作“叭偎”,第十三行“亐”洪作“丐”,并误。其旧拓可见而《隶续》所阙者:第四行“邛”半字,第五行“郎中”二字,第六行“帝”字“特”字,第七行“未”字“波”字,第十行“汏”字,第十二行“徽”字,“能惠”二字阙半,第十三行“辛”字“约殁”二字,第十六行“庭”字,第十七行“吕洪”二字,凡多得十六字又二半字也。碑阴,洪写作二列,跋云四横,今存上二列,列廿人。与《隶续》所载前半略相合。惟第二列第十七行“□□□□邯郸□□□”,洪作“(阙三字)邵训(阙)张”,颇不同。第三横,当亦二十人,则洪云末有“直事干”四人,正在第三列之末。最后有“(上阙)音伯字”三字,当即造碑者所识文。然则第四列当为“直事小史”三人,“门下小史”一人也。

一九一八年

《吕超墓志铭》跋

吕超墓志石，于民国六年出山阴兰上乡。余从陈君古遗得打本一枚，以漫患难读，久置箧中。明年，徐吕孙先生至京师，又与一本，因得校写。其文仅存百十余字，国号年号俱泐，无可冯证。唯据郡名及岁名考之，疑是南齐永明中刻也。按随国，晋武帝分义阳立，宋齐为郡，隋为县。此云隋郡，当在隋前。南朝诸王分封于随者，惟宋齐有之。此云隋郡王国，则又当在梁陈以前。《通鉴目录》，宋文帝元嘉六年。齐武帝永明七年，并太岁在己巳。《宋书》《文帝纪》，元嘉二十六年冬十月，广陵王诞改封随郡王。又《顺帝纪》，升明二年十二月，改封南阳王翙为随郡王，改随阳郡。其时皆在己巳后。《南齐书》《武帝纪》，建元四年六月，进封枝江公子隆为随郡王。子隆本传云，永明三年为辅国将军，南琅琊彭城二郡太守，明年迁江州刺史，未拜，唐寓之贼平，迁为持节，督会稽东阳新安临海永嘉五郡东中郎将，会稽太守。《祥瑞志》云："永明五年，山阴县孔广家园柽树十二层，会稽太守随王子隆献之"，与传合。子隆尝守会稽，则其封国之中军，因官而居山阴，正事理所有。故此己巳者，当为永明七年，而五月廿五为卒日。□一年者，十一年。《通鉴目录》，永明十一年十月戊寅，十二月丁丑朔，则十一月为戊申朔，丙寅为十九日，其葬日也。和帝为皇子时，亦封随郡王，于时不合。唐开元十八年己巳，二十一年十一月丙寅朔，与志中之口一年冬十一月丙寅颇近，然官号郡名，无不格迕，若为迁窆，则年代相去又过远，殆亦非矣。永明中，为中军将军见于纪传者，南郡王长懋，王敬则，阴智伯，庐陵王子卿。此云刘□，泐其名，无可考。"□志风烈者云"以下无字。次为铭辞，有字可见者四行，其后余石尚小半。六朝志例，铭大抵不溢于志，或当记妻息名字，今亦俱泐。志书"随"为"隋"，罗泌云，随文帝恶随从辵改之。王伯厚亦讥帝不学。后之学者，或以为初无定制，或以为音同可通用，至征委蛇委随作证。今此石远在前，已如此作，知非随文所改。《隶释》《张平子碑颂》，有"在珠咏隋。于璧称和"语。隋字收在刘球《隶韵》正无辵，则晋世已然。作随作隋作隋，只是省笔而已。东平本兖州所领郡，宋末没于魏，《南齐书》《州郡志》言永明七年。因光禄大夫吕安国启立于北兖州。启有云"臣贱族桑梓，愿立此邦"，则安国与超盖同族矣。与石同出圹中者，尚有瓦罂铜竟各一枚。竟有铭云“郑氏作镜幽湅三商幽明镜”十一字，篆书，俱为谁何毁失。附识于此，使后有考焉。

吕超墓出土吴郡郑蔓镜考

右竟出山阴兰上乡吕超墓中，墓有铭，尝得墨本二枚，国号纪元俱泐。以其官随郡王国中军，又有己巳字，因定为齐永明十一年十一月葬。竟则止闻铭辞云是“郑氏作镜幽湅三商幽明镜”十一字，篆书，不能得墨本。六月中，中弟起明归会稽，遂见此竟，告言径建初尺四寸四分，质似铅，已裂为九，又失其二，然所阙皆华饰，而文字具在。未几，手拓见寄。铭有二层，与所传者绝异，文句讹夺，取他竟铭校之，始知大较。外层云：“五月五日，大岁在未。吴□郑蔓作其镜，幽湅三商，周刻禺彊，白牙髤攀，众神容”，凡卅字。内层云：“吾作明幽竟湅三商周水”，凡十字。上虞罗氏《古镜图录》收金山程氏所藏一竟，文字略同，末云：“众神见容天禽”，较此多三字，而句亦未尽。他竟尚有作“天禽四守”者也。古人铸冶，多以五月丙午日，虞喜《志林》谓“取纯火精以协其数”（《初学记》廿二引）。今所见汉魏竟，带句，帐构铜，凡勒年月者，大率云五月丙午日作；而五日顾未闻宜铸，唯索缕，采药，辟兵，却病之事，兴作甚多。后世推类，或并以造竟。家所臧唐代小镜一枚，亦云五月五日午时造，则此事当始于晋，至唐犹然。大岁在未，在字反左书，未年亦不知何年，武未又似戊午或丙午，卄或作[illegible]，得转讹如未，所未详也。吴下一字，仅存小半，程氏藏竟作昏，罗氏题为“吴郡郑蔓镜”。吴越接壤，便于市卖，昕释当墒。郡字并亦反左书，郑又如鄭，蔓又似曼，皆讹变。幽湅三商者，《关中金石记》尝以《仪礼》郑注“日入三商为昏”语释永康竟铭，然孔疏云，“商谓商量”，是刻漏名，则亦无与竟事。《墨林快事》以为三金，于义最协。他竟或云幽湅宫商，或云合湅白黄。宫为土，商为金，金白土黄；竟则丹扬善铜，殽以银锡，其类三，其色黄白；幽殽声近相通，湅，水名，乃湅之误，湅又叚为煉；殽煉三金，犹云合湅白黄，亦即幽湅宫商矣。禺彊者，《山海经》云：“北方禺彊，人面鸟身。”郭注：“字玄冥，水神也。”竟之为物，仪形曜灵，月为水精，故刻禺彊。禺字上有羡画，他竟或讹成萬。又有云“周刻罔象”者，罔象亦水精，与此同意。白巨即伯牙，建安竟铭有“白巨单琴”语，徐氏同柏云：“巨琹未详”。今按彼为伯牙弹琴，而此巨字尤缪，唯迹象可据寻究。髤攀颇似乐乡，殆亦单琴之误也。据程氏竟，神容二字间，当敚见字，见容即见形矣。末三句十一字，并颂雕文刻镂之美。而竟止作四神人，乘异兽，其二今阙。又有四乳，具存。

内层之𠄡亦吾字，笔画不完，遂与予字相似。氺亦幽也，他竟多如此作。此铭在汉，当有全文，施之巨竟。后来娄经转刻，夺落舛误，弥失其初，遂至不可诵说。余以此竟出于故乡，铭文又不常见，长夏索居，辄加审释，虽多所穿凿，终亦不能尽通，聊记所获，以备忘失。又闻越竟铅泉，时或出土，而铅竟甚为稀有；盖铅锡事本非宜，而此则窀夕所用，故犹刍灵木寓，象物斯足，不复幽湅三商与。中华民国七年七月廿九日记。

《墨经正文》重阅后记

邓氏殁于清光绪末年，不详其仕履。此《墨经正文》三卷，在南通州季自求天复处见之，本有注，然无甚异，故不复录。唯重行更定之文，虽不尽确，而用心甚至，因录之，以备省览。六年写出，七年八月三日重阅记之。

《鲍明远集》校记

此从毛斧季校宋本录出，朖朗譲貞筐樹亘恒皆缺笔；又有愍世则袭唐讳。毛所用明本，每页十行，行十七字，目在每卷前，与程本异。

随感录

近日看到几篇某国志士做的说被异族虐待的文章，突然记起了自己从前的事情。

那时候不知道因为境遇和时势或年龄的关系呢，还是别的原因，总最愿听世上爱国者的声音，以及探究他们国里的情状。波兰印度，文籍较多；中国人说起他的也最多；我也留心最早。却很替他们抱着希望。其时中国才征新军，在路上时常遇着几个军士，一面走，一面唱道："印度波兰马牛奴隶性，……"我便觉得脸上和耳轮同时发热，背上渗出了许多汗。

那时候又有一种偏见，只要皮肤黄色的，便又特别关心：现在的某国，当时还没有亡；所以我最注意的是芬兰菲律宾越南的事，以及匈牙利的旧事。匈牙利和芬兰文人最多，声音也最大：菲律宾只得了一本烈赛尔的小说；越南搜不到文学上的作品，单见过一种他们自己做的亡国史。

听这几国人的声音，自然都是真挚壮烈悲凉的；但又有一些区别：一种是希望着光明的将来，讴歌那簇新的复活，真如时雨灌在新苗上一般，可以兴起人无限清新的生意。一种是絮絮叨叨叙述些过去的荣华，皇帝百官如何安富尊贵，小民如何不识不知；末后便痛斥那征服者不行仁政。譬如两个病人，一个是热望那将来的健康，一个是梦想着从前的耽乐，而这些耽乐又大抵便是他致病的原因。‘

我因此以为世上固多爱国者，但也羼着些爱亡国者。爱国者虽偶然怀旧，却专重在现世以及将来。爱亡国者便只是悲叹那过去，而且称赞着所以亡的病根。其实被征服的苦痛，何止在征服者的不行仁政，和旧制度的不能保存呢？倘以为这是大苦，便未必是真心领得；不能真心领得苦痛，也便难有新生的希望。

一九一九年

拳术与拳匪

此信单是呵斥，原意不需答复，本无揭载的必要；但末后用了“激将法”，要求发表，所以便即发表。既然发表，便不免要答复几句了。

来信的最大误解处，是我所批评的是社会现象，现在陈先生根据了来攻难的，却是他本身的态度。如何是社会现象呢？本志前号《克林德碑》篇内已经举出：《新武术》序说，“世界各国，未有愈于中华之新武术者。前庚子变时，民气激烈……”序中的庚子，便是《随感录》所说的一千九百年，可知对于“鬼道主义”明明大表同情。要单是一人偶然说了，本也无关紧要；但此书是已经官署审定，又很得教育家欢迎，——近来议员又提议推行，还未知是否同派，——到处学习，这便是的确成了一种社会现象；而且正是“鬼道主义”精神。我也知道拳术家中间，必有不信鬼道的人；但既然不见出头驳斥，排除谬见，那便是为潮流遮没，无从特别提升。譬如说某地风气闭塞，也未必无一二开通的人，但记载批评，总要据大多数立言，这一二人决遮不了大多数。所以个人的态度，便推翻不了社会批评；这《随感录》第三十七条，也仍然完全成立。

其次，对于陈先生主张的好处，也很有不能“点头”的处所，略说于下：

蔡先生确非满清王公，但现在是否主持打拳，我实不得而知。就令正在竭力主持，我亦以为不对。

陈先生因拳术医好了老病,所以赞不绝口;照这样说,拳术亦只是医病之术,仍无普及的必要。譬如乌头,附子,虽于病有功,亦不必人人煎吃。若用此医相类之病,自然较有理由;但仍须经西医考查研究,多行试验,确有统计,才可用于治疗。不能因一二人偶然之事,便作根据。

技击术的"起死回生"和"至尊无上",我也不能相信。东瀛的"武士道",是指武士应守的道德,与技击无关。武士单能技击,不守这道德,便是没有武士道。中国近来每与柔术混作一谈,其实是两件事。

美国新出"北拳对打",亦是情理上能有的事,他们于各国的书,都肯翻译;或者取其所长,或者看看这些人如何思想,如何举动:这是他们的长处。中国一听得本国书籍,间有译了外国文的,便以为定然宝贝,实是大误。

Boxing 的确是外国所有的字,但不同中国的打拳;对于中国可以说是"不会"。正如拳匪作 Boxer,也是他们本有的字;但不能因有此字,便说外国也有拳匪。

陆军中学里,我也曾见他们用厚布包了枪刃,互相击刺,大约确是枪剑术;至于是否逃不出中国技击范围,"外行"实不得而知。但因此可悟打仗冲锋,当在陆军中教练,正不必小学和普通中学都来练习。

总之中国拳术,若以为一种特别技艺,有几个自己高兴的人,自在那里投师练习,我是毫无可否的意见;因为这是小事。现在所以反对的,便在:(一)教育家都当作时髦东西,大有中国人非此不可之概;(二)鼓吹的人,多带着"鬼道"精神,极有危险的豫兆。所以写了这一条随感录,倘能提醒几个中国人,则纵令被骂为"刚毅之不如",也是毫不介意的事。

三月二日,鲁迅。

【备考】:

驳《新青年》五卷五号《随感录》第三十七条

鲁迅君何许人,我所未知,大概亦是一个青年。但是这位先生脑海中似乎有点不清楚,竟然把拳匪同技击术混在一起。不知鲁君可曾见过拳匪?若系见过义和团,断断不至弄到这等糊涂。义和团是凭他两三句鬼话,如盛德坛《灵学杂志》一样,那些大人先生方能受他蛊惑;而且他只是无规则之禽兽舞。若言技击,则身,手,眼,步,法五者不可缺一,正所谓规行矩步。鲁先生是局外人,难怪难怪。我敢正告鲁先生曰:否!不然!义和团乃是与盛德坛《灵学杂志》同类,与技击家无涉。义和团是鬼道主义,技击家乃人道主义。(以上驳第一段)

现在教育家主持用中国拳术者,我记得有一位蔡孑民先生,在上海爱国女校演说,他说:"外国的柔软体操可废,而拳术必不可废。"这位老先生,大抵不是满清王公了。当时我亦不以为然。后来我年近中旬,因身体早受攻伐,故此三十以后,便至手足半废。有一位医学博士替我医了两三年,他说,"药石之力已穷,除非去学柔软体操。"当时我只可去求人教授。不料学了两年,脚才好些,手又出毛病了;手好些,脚又出毛病了。卒之有一位系鲁迅先生最憎恶之拳术家,他说我是偏练之故;如用拳术,手足一齐动作,力与气同用,自然无手愈足否,足愈手否之毛病。我为了身体苦痛,只可试试看。不料试了三个月。居然好了;如今我日日做鲁先生之所谓拳匪,居然饮得,食得,行得,走得;拳匪之赐,真真不少也。我想一个半废之人,尚且可以医得好,可见从那位真真正正外国医学博士,竟输于拳匪,奇怪奇怪,(这句非说西医不佳,因我之学体操而学拳,皆得西医之一言也;只谓拳术有回生起死之功而已。)这就是拳术的效验。至于"武松脱铐"等文字之不雅驯,是因满清律例,拳师有禁,故此缙绅先生怕触禁网,遂令识字无多之莽夫专有此术;因使至尊无上之技击术黯然无色;更令东瀛"武士道"窃吾绪余,以"大和魂"自许耳。且吾见美国新出版有一本书,系中国北拳对打者。可惜我少年失学,不识蟹行字只能看其图而已。但是此书,系我今年亲见;如鲁先生要想知道美国拳匪,我准可将此书之西文,求人写出,请他看看。(驳原文二,三段)

原文谓"外国不会打拳",更是荒谬。这等满清王公大臣,可谓真正刚毅之不如。这一句不必多驳,只可将 Boxing(此数西文,是友人教我的。)这几字,说与王公大臣知,便完了。枪炮固然要用;若打仗打到冲锋,这就恐非鲁先生所知,必须参用拳匪的法术了。我记得陆军中学尚有枪剑术,其中所用的法子,所绘的图形,依旧逃不出技击术的范围。鲁先生,这又是真真正正外国拳匪了。据我脑海中记忆力,尚记得十年前上海的报馆先生,犹天天骂技击术为拳匪之教练者;今则人人皆知技击术与义和团立于绝对反对的地位了。鲁先生如足未出京城一步,不妨请大胆出门,见识见识。我讲了半天,似乎顽石也点头了。鲁先生得毋骂我饶舌乎。但是我扳不上大人先生,不会说客气话,只有据事直说;公事公言,非开罪也。满清老例,有"留中不发"之一法;谅贵报素有率直自命,断不效法

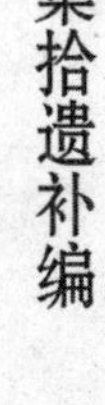
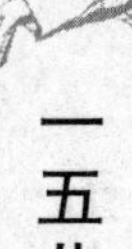

满清也。

粤人陈铁生。八年一月二十日。

“内功”非枪炮打不进之谓，毋强作内行语。

他

一

“知了”不要叫了，
他在房中睡着；
“知了”叫了，刻刻心头记着。
太阳去了，“知了”住了，——还没有见他，
待打门叫他，——锈铁链子系着。

二

秋风起了，
快吹开那家窗幕。
开了窗幕，会望见他的双靥。
窗幕开了，——望全是粉墙，
白吹下许多枯叶。

三

大雪下了，扫出路寻他；
这路连到山上，山上都是松柏，
他是花一般，这里如何住得！
不如回去寻他，——阿！回来还是我家。

寸铁

有一个什么思孟做了一本什么息邪，尽他说，也只是革新派的人，从前没有本领罢

了。没本领与邪,似乎相差还远,所以思孟虽然写出一个 ma ks,也只是没本领,算不得邪。虽然做些鬼祟的事,也只是小邪,算不得大邪。

造谣说谎诬陷中伤也都是中国的大宗国粹,这一类事实,古来很多,鬼祟著作却都消灭了。不肖子孙没有悟,还是层出不穷的做。不知他们做了以后,自己可也觉得无价值么。如果觉得,实在劣得可怜。如果不觉,又实在昏得可怕。

刘喜奎的臣子的大学讲师刘少少,说白话是马太福音体,大约已经收起了太极图,在那里翻翻福音了。马太福音是好书,很应该看。犹太人钉杀耶稣的事,更应该细看。倘若不懂,可以想想福音是什么体。

先觉的人,历来总被阴险的小人昏庸的群众迫压排挤倾陷放逐杀戮。中国又格外凶。然而酋长终于改了君主。君主终于预备立宪,预备立宪又终于变了共和了。喜欢暗夜的妖怪多,虽然能教暂时黯淡一点,光明却总要来。有如天亮,遮掩不住。想遮掩白费气力的。

自言自语

一　序

水村的夏夜,摇着大芭蕉扇,在大树下乘凉,是一件极舒服的事。

男女都谈些闲天,说些故事。孩子是唱歌的唱歌,猜谜的猜谜。

只有陶老头子,天天独自坐着。因为他一世没有进过城,见识有限,无天可谈。而且眼花耳聋,问七答八,说三话四,很有点讨厌,所以没人理他。

他却时常闭着眼,自己说些什么。仔细听去,虽然昏话多,偶然之间,却也有几句略有意思的段落的。

夜深了,乘凉的都散了。我回家点上灯,还不想睡,便将听得的话写了下来,再看一回,却又毫无意思了。

其实陶老头子这等人,那里真会有好话呢,不过既然写出,姑且留下罢了。

留下又怎样呢?这是连我也答复不来。

中华民国八年八月八日灯下记。

二　火的冰

流动的火，是熔化的珊瑚吗？中间有些绿白，像珊瑚的心，浑身通红，像珊瑚的肉，外层带些黑，是珊瑚礁了。

好是好呵，可惜拿了要烫手。

遇着说不出的冷，火便结了冰了

中间有些绿白，像珊瑚的心，浑身通红，像珊瑚的肉，外层带些黑，也还是珊瑚礁了。

好是好呵，可惜拿了便要火烫一般的冰手。

火，火的冰，人们没奈何他，他自己也苦吗？唉，火的冰。

唉，唉，火的冰的人！

三　古城

你以为那边是一片平地吗？不是的。其实是一座沙山，沙山里面是一座古城。这古城里，一直从前住着三个人。

古城不很大，却很高。只有一个门，门是一个闸。

青铅色的浓雾，卷着黄沙，波涛一般的走。

少年说，"沙来了。活不成了。孩子快逃罢。"

老头子说，"胡说，没有的事。"

这样地过了三年和十二个月零八天。

少年说，"沙积高了，活不成了。孩子快逃罢。"

老头子说，"胡说，没有的事。"

少年想开闸，可是重了。因为上面积了许多沙了。

少年拼了死命，终于举起闸，用手脚都支着，但总不到二尺高。

少年挤那孩子出去说，"快走去吧！"

老头子拖那孩子回来说，"没有的事！"

少年说，"快走吧！这不是理论，已经是事实了！"

青铅色的浓雾，卷着黄沙，波涛一般的走。

以后的事，我可不知道了。

你要知道，可以掘开沙山，看看古城。闸门下许有一个死尸。闸门里是两个还是

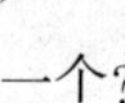

一个？

四　螃蟹

老螃蟹觉得不安了，觉得全身太硬了。自己知道要蜕壳了。

他跑来跑去的寻。他想寻一个窟穴，躲了身子，将石子堵了穴口，隐隐的蜕壳。他知道外面蜕壳是危险的。身子还软，要被别的螃蟹吃去的。这并非空害怕，他实在亲眼见过。

他慌慌张张地走。

旁边的螃蟹问他说，“老兄，你何以这般慌？”

他说，“我要蜕壳了。”

“就在这里蜕不很好吗？我还要帮你呢。”“那可太怕人了。”

“你不怕窟穴里的别的东西，却怕我们同种吗？”

“我不是怕同种。”

“那还怕什么呢？”

“就怕你要吃掉我。”

五　波儿

波儿气愤愤地跑了。

波儿这孩子，身子有矮屋一般高了，还是淘气，不知道从哪里学了坏样子，也想种花了。

不知道从哪里要来的蔷薇子，种在干地上，早上浇水，上午浇水，正午浇水。

正午浇水，土上面一点小绿，波儿很高兴，午后浇水，小绿不见了，许是被虫子吃了。

波儿去了喷壶，气愤愤地跑到河边，看见一个女孩子哭着。

波儿说，“你为什么在这里哭？”

女孩子说，“你尝河水什么味罢。”

波儿尝了水，说是“淡的”。

女孩子说，“我落下了一滴泪了，还是淡的，我怎么不哭呢。”

波儿说，“你是傻丫头！”

波儿气愤愤地跑到海边，看见一个男孩子哭着。

波儿说,“你为什么在这里哭?”

男孩子说,“你看海水是什么颜色?”

波儿看了海水,说是“绿的”。

男孩子说,“我滴下了一点血了,还是绿的,我怎么不哭呢。”

波儿说。“你是傻小子!”

波儿才是傻小子哩。世上哪有半天抽芽的蔷薇花,花的种子还在土里呢。

便是终于不出,世上也不会没有蔷薇花。

六　我的父亲

我的父亲躺在床上,喘着气,脸上很瘦很黄,我有点怕敢看他了。

他眼睛慢慢闭了,气息渐渐平了。我的老乳母对我说,“你的爹要死了,你叫他罢。”

“爹爹。”

“不行,大声叫!”

“爹爹!”

我的父亲张一张眼,口边一动,仿佛有点伤心,——他仍然慢慢地闭了眼睛。

我的老乳母对我说,“你的爹死了。”

阿!我现在想,大安静大沉寂的死,应该听他慢慢到来。谁敢乱嚷,是大过失。

我何以不听我的父亲,徐徐入死,大声叫他。

阿!我的老乳母。你并无恶意,却教我犯了大过,扰乱我父亲的死亡,使他只听得叫“爹”,却没有听到有人向荒山大叫。

那时我是孩子,不明白什么事理。现在,略略明白,已经迟了。我现在告知我的孩子,倘我闭了眼睛,万不要在我的耳朵边叫了。

七　我的兄弟

我是不喜欢放风筝的,我的一个小兄弟是喜欢放风筝的。

我的父亲死去之后,家里没有钱了。我的兄弟无论怎么热心,也得不到一个风筝了。

一天午后,我走到一间从来不用的屋子里,看见我的兄弟,正躲在里面糊风筝,有几支竹丝,是自己削的,几张皮纸,是自己买的,有四个风轮,已经糊好了。

我是不喜欢放风筝的,也最讨厌他放风筝,我便生气,踏碎了风轮,拆了竹丝,将纸也撕了。

我的兄弟哭着出去了，悄然的在廊下坐着，以后怎样，我那时没有理会，都不知道了。

我后来悟到我的错处。我的兄弟却将我这错处全忘了，他总是很要好的叫我“哥哥”。

我很抱歉，将这事说给他听，他却连影子都记不起了。他仍是很要好的叫我“哥哥”。

阿！我的兄弟。你没有记得我的错处，我能请你原谅吗？然而还是请你原谅罢！

一九二一年

“生降死不降”

大约十五六年以前，我竟受了革命党的骗了。

他们说：非革命不可！你看，汉族怎样的不愿意做奴隶，怎样的日夜想光复，这志愿，便到现在也铭心刻骨的。试举一例罢，——他们说——汉人死了入殓的时候，都将辫子盘在顶上，像明朝制度，这叫作“生降死不降”！

生降死不降，多少悲惨而且值得同情呵。

然而近几年来，我的迷信却破裂起来了。我看见许多讣闻上的人，大抵是既未殉难，也非遗民，和清朝毫不相干的；或者倒反食过民国的“禄”。而他们一死，不是“清封朝议大夫”，便是“清封恭人”，都到阴间三跪九叩的上朝去了。

我于是不再信革命党的话。我想：别的都是诳，只是汉人有一种“生降死不降”的怪脾气，却是真的。

五月五日

名字

我看了几年杂志和报章，渐渐的造成一种古怪的积习了。

这是什么呢？就是看文章先看署名。对于这署名，并非积极的专寻大人先生，而却在消极的这一方面。

一，自称“铁血”“侠魂”“古狂”“怪侠”“亚雄”之类的不看。

二，自称“鲽栖”“鸳精”“芳侬”“花怜”“秋瘦”“春愁”之类的又不看。

三，自命为“一分子”，自谦为“小百姓”，自鄙为“一笑”之类的又不看。

四，自号为“愤世生”“厌世主人”“救世居士”之类的又不看。

如是等等，不遑枚举，而临时发生，现在想不起的还很多。有时也自己想：这实在太武断，太刚愎自用了；倘给别人知道，一定要摇头的。

然而今天看见宋人俞成先生的《萤雪丛说》里的一段话，却连我也大惊小怪起来。现在将他抄出在下面：

“今人生子，妄自尊大：多取文武富贵四字为名，不以睎贤为名，则以望回为名，不以次韩为名，则以齐愈为名，甚可笑也！古者命名，多自贬损：或曰愚，或曰鲁，或曰拙，曰贱，皆取谦抑之义也；如司马氏幼字犬子，至有慕名野狗，何尝择称呼之美哉?！尝观进士同年录：江南人习尚机巧，故其小名多是好字，足见自高之心；江北人大体任真，故其小名多非佳字，足见自贬之意。若夫雁塔之题，当先正名，垂于不朽！”

看这意思，似乎人们不自称猪狗，俞先生便很不高兴似的。我于以叹古人之高深为不可测，而我因之尚不失为中庸也，便发生了写出这一篇的勇气来。

五月五日

无题

有一个大襟上挂一支自来水笔的记者，来约我做文章，为敷衍他起见.我于是乎要做文章了。首先想题目……

这时是夜间，因为比较的凉爽，可以捏笔而没有汗。刚坐下，蚊子出来了，对我大发挥其他们的本能。他们的咬法和嘴的构造大约是不一的，所以我的痛法也不一。但结果则一，就是不能做文章了。并且连题目没有想。

我熄了灯，躲进帐子里，蚊子又在耳边呜呜地叫。

他们并没有叮，而我总是睡不着。点灯来照，躲得不见一个影，熄了灯躺下，却又来了。

如此者三四回，我于是愤怒了；说道：叮只管叮，但请不要叫。然而蚊子仍然呜呜地叫。

这时倘有人提出一个问题，问我“于蚊虫跳蚤孰爱？”我一定毫不迟疑，答曰“爱跳蚤！”这理由很简单，就因为跳蚤是咬而不嚷的。

默默地吸血，虽然可怕，但于我却较为不麻烦，因此毋宁爱跳蚤。在与这理由大略相同的根据上，我便也不很喜欢去“唤醒国民”，这一篇大道理，曾经在槐树下和金心异说过，现在恕不再叙了。

我于是又起来点灯而看书，因为看书和写字不同，可以一手拿扇赶蚊子。

不一刻，飞来了一匹青蝇，只绕着灯罩打圈子。

“嗡！嗡嗡！”

我又麻烦起来了，再不能懂书里面怎么说。用扇去赶，却扇灭了灯；再点起来，他又只是绕，愈绕愈有精神。

“嚄，嚄，嚄！”

我敌不住了！我仍然躲进帐子里。

我想：虫的扑灯，有人说是慕光，有人说是趋炎，有人说是为性欲，都随便，我只愿他不要只是绕圈子就好了。

然而蚊子又呜呜地叫了起来。

然而我已经瞌睡了，懒得去赶他，我蒙眬地想：天造万物都得所，天使人会瞌睡，大约是专为要叫的蚊子而设的……

阿！皎洁的明月，暗绿的森林，星星闪着他们晶莹的眼睛，夜色中显出几轮较白的圆纹是月见草的花朵……自然之美多少丰富呵！

然而我只听得高雅的人们这样说。我窗外没有花草，星月皎洁的时候，我正在和蚊子战斗。后来又睡着了。

早上起来，但见三位得胜者拖着鲜红色的肚子站在帐子上；自己身上有些痒，且搔且数，一共有五个疙瘩，是我在生物界里战败的标征。

我于是也便带了五个疙瘩，出门混饭去了。

一九二二年

《遂初堂书目》抄校说明

明抄《说郛》原本与见行刻本绝异，京师图书馆有残本十余卷。此目在第二十八卷，注云：一卷，全抄，海昌张阆声。又叚得别本，因复叚以迻录，并注二本违异者于字侧。虽敚误甚多，而甚有胜于海山仙馆刻本者，倘加雠校，则为一佳书矣。十一年八月三日俟堂灯右写讫记之。

《说郛》无总目，海山仙馆本有之，今据本文补写。八月三日夜记。

破《唐人说荟》

近来在《小说月报》上看见《小说的研究》这一篇文章里，有“《唐人说荟》一书为唐人小说之中心”的话，这诚然是不错的，因为我们要看唐人小说，实在寻不出第二部来了。然而这一部书，倘若单以消闲，自然不成问题，假如用作历史的研究的材料，可就误人很不浅。我也被这书瞒过了许多年，现在觉察了，所以要趁这机会来揭破他。

《唐人说荟》也称为《唐代丛书》，早有小木板，现在却有了石印本了，然而反加添了许多脱落，误字，破句。全书分十六集，每集的书目都很光怪陆离，但是很荒谬，大约是书坊欺人的手段罢。只是因为是小说，从前的儒者是不屑辩的，所以竟没有人来掊击，到现在还是印而又印，流行到“不亦乐乎”。

我现在略举些他那胡闹的例：

一是删节。从第一集《隋唐嘉话》到第六集《北户录》止三十九种书。没有一种完全，甚而至于有不到二十分之一的，此后还不少。

二是硬派。如《洛中九老会》，《五木经》，《锦裙记》等，都不过是各人文集中的一篇文章，不成为一部书，他却硬将他们派做一种。

三是乱分。如《诺皋记》，《支诺皋》，《肉攫部》，《金刚经鸠异》，都是《酉阳杂俎》中的一篇，他却分为四种，又别出一种《酉阳杂俎》。又如《花九锡》，《药谱》，《黑心符》，都

是《清异录》中的一条，他却算作三种。

四是乱改句子。如《义山杂纂》中，颇有当时的俗语，他不懂了，便任意的改篡。

五是乱题撰人。如《幽怪录》是牛僧孺做的，他却道王恽。《枕中记》是沈既济做的，他却道李泌。《迷楼记》《海山记》《开河记》不知撰人，或是宋人所作，他却道韩偓。

六是妄造书名而且乱题撰人。如什么《雷民传》，《垅上记》，《鬼冢志》之类，全无此书，他却从《太平广记》中略抄几条，题上段成式褚遂良等姓名以欺人。此外还不少。最误人的是题作段成式做的《剑侠传》，现在几乎已经公认为一部真的完书了，其实段成式何尝有这著作。

七是错了时代。如做《太真外传》的乐史是宋人，他却将他收入《唐人说荟》里，做《梅妃传》的人提起叶少蕴，一定也是宋人，他却将撰人题为曹邺，于是害得以目录学自豪的叶德辉也将这两种收入自刻的《唐人小说》里去了。

其余谬点还多，讲起来话太长，就此中止了。

然而这胡闹的下手人却不是《唐人说荟》，是明人的《古今说海》和《五朝小说》，还有清初的假《说郛》也跟着，《说荟》只是采取他们的罢了。那些胡闹祖师都是旧版，现已归入宝贝书类中，我们无力购阅，倒不必怕为其所惑的。目下可恶的就只是《唐人说荟》。

为避免《说荟》之祸起见，我想出一部书来，就是《太平广记》。这书的不佳的小版本，不过五元而有六十多本，南边或者更便宜。虽有错字，但也无法，因为再好便是明版，又是宝贝之类，非我辈之力所能得了。我以为《太平广记》的好处有二，一是从六朝到宋初的小说几乎全收在内，倘若大略的研究，即可以不必别买许多书。二是精怪，鬼神，和尚，道士，一类一类的分得很清楚，聚得很多，可以使我们看到厌而又厌，对于现在谈狐鬼的《太平广记》的子孙，再没有拜读的勇气。

一九二三年

关于《小说世界》

记者先生：

我因为久已无话可说，所以久已一声不响了。昨天看见疑古君的杂感中提起我，于是忽而想说几句话:就是对于《小说世界》是不值得有许多议论的。

因为这在中国是照例要有,而不成问题的事。

凡当中国自身烂着的时候,倘有什么新的进来,旧的便照例有一种异样的挣扎。例如佛教东来时有几个佛徒译经传道,则道士们一面乱偷了佛经造道经,而这道经就来骂佛经,而一面又用了下流不堪的方法害和尚,闹得乌烟瘴气,乱七八糟。(但现在的许多佛教徒,却又以国粹自命而排斥西学了,实在昏得可怜!)但中国人,所擅长的是所谓"中庸",于是终于佛有释藏,道有道藏,不论是非,一齐存在。现在刻经处已有许多佛经,商务印书馆也要既印日本《续藏》,又印正统《道藏》了,两位主客,谁短谁长,便各有他们的自身来证明,用不着词费。然而假使比较之后,佛说为长,中国却一定仍然有道士,或者更多于居士与和尚:因为现在的人们是各式各样,很不一律的。

上海之有新的《小说月报》,而又有旧的(?)《快活》之类以至《小说世界》,虽然细微,也是同样的事。

现在的新文艺是外来的新兴的潮流,本不是古国的一般人们所能轻易了解的,尤其是在这特别的中国。许多人渴望着"旧文化小说"(这是上海报上说出来的名词)的出现,正不足为奇;"旧文化小说"家之大显神通,也不足为怪。但小说却也写在纸上,有目共睹的,所以《小说世界》是怎样的东西,委实已由他自身来证明,连我们再去批评他们的必要也没有了。若命运,那是另外一回事。

至于说他流毒中国的青年,那似乎是过虑。倘有人能为这类小说(?)所害,则即使没有这类东西也还是废物,无从挽救的。与社会,尤其不相干,气类相同的鼓词和唱本,国内非常多,品格也相像,所以这些作品(?)也再不能"火上添油",使中国人堕落得更厉害了。

总之,新的年青的文学家的第一件事是创作或介绍,蝇飞鸟乱,可以什么都不理。东枝君今天说旧小说家以为已经战胜,那或者许是有的,然而他们的"以为"非常多,还有说要以中国文明统一世界哩。倘使如此,则一大阵高鼻深目的男留学生围着遗老学磕头,一大阵高鼻深目的女留学生绕着姨太太学裹脚,却也是天下的奇观,较之《小说世界》有趣得多了,而可惜须等将来。

话说得太多了,再谈罢。

一月十一日,唐俟。

看了魏建功君的《不敢盲从》以后的几句声明

在副刊上登载了爱罗先珂君的观剧记以后，就有朋友告诉我，说很有人疑心这一篇是我做的，至少也有我的意见夹杂在内：因为常用“观”“看”等字样，是作者所做不到的。现在我特地声明，这篇不但并非我做，而且毫无我的意见夹杂在内，作者在他的别的著作上，常用色彩明暗等等形容字，和能见的无别，则用些“观”“看”之类的动词，本也不足为奇。他虽然是外国的盲人，听不懂，看不见，但我自己也还不肯利用了他的不幸的缺点，来做嫁祸于他的得罪“大学生诸君”的文章。

魏建功

魏君临末还说感谢我“介绍了爱罗先珂先生的教训的美意”，这原是一句普通话，也不足为奇的，但从他全篇带刺的文字推想起来，或者也是为我所不能懂的俏皮话。所以我又特地声明，在作者未到中国以前，所译的作品全系我个人的选择，及至到了中国，便都是他自己的指定，这一节，我在他的童话集的序文上已经说明过的了。至于对于他的作品的内容，我自然也常有不同的意见，但因为为他而译，所以总是抹杀了我见，连语气也不肯和原文有所出入，美意恶意，更是说不到，感谢嘲骂，也不相干。但魏君文中用了引号的“哓辞”“艺术的蟊贼”这些话。却为我的译文中所无，大约是眼睛太亮，见得太多，所以一时惑乱，从别处扯来装上了。

然而那一篇记文，我也明知道在中国是非但不能容纳，还要发生反感的，尤其是在躬与其事的演者。但是我又没有去阻止的勇气，因为我早就疑心我自己爱中国的青年倒没有他这样深，所以也就不愿意发些明知无益的急迫的言论。然而这也就是俄国人和中国以及别国人不同的地方，他很老实，不知道恭维，其实是罗素在英国称赞中国，他的门槛就要被中国留学生踏破了的故事，我也曾经和他谈过的。

以上，是我见了魏君的文章之后，被引起来的觉得应该向别的读者声明的事实；但并非替爱罗先珂君和自己辩解，也不是想缓和魏君以及同类诸君的心气。若说对于魏君的言论态度的本身,则幸而我眼睛还没有瞎,敢说这实在比"学优伶"更"可怜,可羞,可惨";优伶如小丑,也还不至于专对他人的体质上的残废加以快意的轻薄嘲弄,如魏建功君。尤其"可怜,可羞,可惨"的是自己还以为尽心于艺术。从这样轻薄的心里挤出来的艺术,如何能及得优伶,倒不如没有的干净,因为优伶在尚不显露他那旧的腐烂的根性之前,技术虽拙,人格是并没有损失的。

魏君以为中国已经光明了些,青年的学生们对着旧日的优伶宣战了,这诚然是一个进步。但崇拜旧戏的大抵并非瞎子,他们的判断就应该合理,应该尊重的了,又何劳青年的学生们去宣战?倘说不瞎的人们也会错,则又何以如此奚落爱罗先珂君失明的不幸呢?"可怜,可羞,可惨"的中国的新光明!

临末,我单为了魏君的这篇文章,现在又特地负责的声明:我敢将唾沫吐在生长在旧的道德和新的不道德里,借了新艺术的名而发挥其本来的旧的不道德的少年的脸上!

附记:爱罗先珂君的记文的第三段内"然而演奏 Organ 的人"这一句之间,脱落了几个字,原稿已经寄给别人,无从复核了,但大概是"然而演奏 Violin 的,尤其是演奏 Organ 的人"罢,就顺便给他在此改正。

一月十三日。

【备考】:

不敢盲从! 魏建功

——因爱罗先珂先生的剧评而发生的感想

鲁迅先生译出爱罗先珂先生的《观北京大学学生演剧和燕京女校学生演剧的记》,一月六日在《晨报副刊》发表。一位世界文学家对我们演剧者的挚诚的教训,幸得先生给我们介绍了,这是首先要感谢的。

我们读了爱罗先珂先生第一段的文字,总该有沉重的压迫精神的印象,以至于下泪,因而努力。寂寞到十二万分的国度,像今日的中国,简直可以说"没有戏剧"!那谈得到"好戏剧"?那更谈得著"男女合演的戏剧"?我们以前的国度黑暗,还要厉害于今日呢!前两年真是一个为艺术尽心的团体可说没有;假使爱罗先珂先生那时到中国,那又够多么寂寞而难受呵!我们真可怜可惨,虽然不准子弟登台的父兄很多,而一向情愿为艺术尽心,来做先锋的并没有畏缩;这才辟开"爱美的为艺术的戏剧事业"的新纪元,所谓"艺术戏剧根苗"始茁芽在沙漠的大地上。所以中国的戏剧现在才渐渐有了,而且旧的戏剧

却正在残灯的“复明时代”，和我们搏斗，接着那文明式的新剧也要和我们决斗呢！我们哪敢怠慢？但我们从“没有戏剧”引向“有戏剧”这面来，这点不能不算今日的国度是较昔日的国度光明了些微！从前的学生不演剧，轻视戏剧；而现在极大的提倡，尽心于艺术的戏剧；而演剧，这又不能不算是中国青年学生们对旧日的“优伶”的一个宣战，和他们对艺术忠心的表示！中国的艺术真可怜啊！我们尽心的人们也嚷了一二年了，空气依然沉寂，好艺术的果子在那儿？这大概“艺术”为何物，一般人的怀疑还没有了解啊！所以，到现在，将戏剧当作艺术，肯为艺术尽心而与男子合演的女子，虽爱罗先珂先生叫断嗓子，总难请得！我们现在只好求“才有戏剧”的国度，再光明些到“有好的艺术”的国度；那么，“男女合演的，真的，好的中国艺术”才可望产出。中国艺术，今日之恐慌，不减爱罗先珂先生母国的荒灾的恐慌啊！爱罗先珂先生的为我们中国青年男女学生们的浩叹，我们只有含着泪且记在心头。爱罗先珂先生也只好原谅我们是才有戏剧的国度中之青年，正开始反抗几千年的无形的黑暗之势力；并且只好姑守着寂寞，“看”我们能不能光明了艺术的国度！较之“黑暗的现在”以“既往的黑暗”，未来还不至于“更黑暗”啊！尽心艺术的同志们！爱罗先珂先生的心，我们不要忘了！

在我们的努力中得爱罗先珂先生的教训，不可谓不幸了，——我们北京大学的学生尤其是的！（这里要声明的，我们演剧的大学生，除去用外国语演的，只是我们一部分北大戏剧实验社社员的大学生。一切关于演剧的臧否，只能我们受之，不敢教所有的“大学生诸君”当之。）爱罗先珂先生到北京近一年，我们只演剧两次。第一次北大第二平民学校游艺会，爱罗先珂先生到场唱歌；歌毕，坐在剧场里一忽儿便走了。他那时刚到北京，或者中国话没有听懂听惯，我们这幼稚的艺术大概就证明失败了。第二次，便是纪念会的第一日，他坐在我们舞台布景后面“看”了一刻工夫，就由他的伴侣扶回去了。所以，他说：“大学生演剧，大抵都去‘看’的！”他两次“看”的结果，断定了我们演剧的，“在舞台上，似乎并不想表现出Drama中的人物来”，而且“反而鞠躬尽瘁的，只是竭力在那里学优伶的模样”！“似乎”？“并不想”？这些词语是如何的深刻啊！这真是“诛心之论”了！爱罗先珂先生能“看见”我们“竭力学优伶”，并且能知道我们“并不想表现出剧中人来”。这种揣度和判断，未免太危险，太“看”轻了我们是一点戏剧眼光都没有的了！我相信他是“以耳代目”的看戏；而他竟以“耳”断我们“似乎以为只要在舞台上，见得像优伶，动得像优伶。用了优伶似的声音，来讲优伶似的话，这便是真的艺术的理想”，我却以为似乎并不如他所理想,而至于此!对我们演剧的人“艺术幼稚”可以说,“表现能力不足”可以说,“并不想表现”谁也不能这样武断!我们相信既尽心于艺术,脑子里丝毫“优伶”的影子就没有,——现在“优伶”还是我们的仇敌呢!——爱罗先珂先生说我们“学优伶”,未免太不清楚我们黑暗的国度之下的情形,而且把我们“看”得比“优伶”还不如了!“优伶的模样”如何?爱罗先珂先生能以“耳”辨出吗?即使如他所说,他能以“耳”辨出我们“学优伶”吗?他还说我们演扮女人的,既做了“猴子”去学女人,并且还在学“扮女人的旦角”。“优伶”中的。扮女人的“旦角”,爱罗先珂先生能以“耳”辨出吗?我们演剧的人,决不至如爱罗先珂先生所说,几乎全是“学优伶”而且“扮演女人尤其甚”;然而也不敢说全没有艺术能力不足而流入“优伶似的”嫌疑的人。演剧的人中,无论是谁,并不如是的没有元气,既不能自己出力,反“学优伶”;不过能力的差错或竟使他以为“学优伶”了!爱罗先珂先生说我们“竭力的”,“鞠躬尽瘁的”,“学优伶”,以一位世界文学家批评我们幼稚的艺术实验者,应该不应该用其揣度,而出此态度?我们很佩服他的人和言,但他对我们的这种批评,这种态度,却实在料不到,真是为他抱憾!那里东方人“肆口谩骂”的习惯竟熏染了亲爱的世界文学家,竟使他出此,如同他说我们“学优伶”一样吗?唉唉!“大学生诸君”未免太冤屈了,为我们几个演剧的而被指为“艺术的蟊贼”,都有“学优伶的嫌疑”!大学生的人格啊!大学生的人格啊!我们大学生尽心艺术的人们!(非但演剧的。)我们那敢自污人格,刻意模仿“优伶”,或在眼里只有“优伶”,而忘了如爱罗先珂先生一流的高尚的可敬的“艺术家”!唉唉!受侮辱的艺术国度!愈向光明,受侮辱愈甚,越加一层黑暗的中国艺术国度!

所以,我们有“学优伶嫌疑”的大学生中的演剧的同志们,我敢与他们一同的声明;我们在纪念会都扮演《黑暗之势力》失败——也许所有的戏剧都失败——的原因在:(一)没有充分的排练,以致幼稚的表现不能描摹剧中人的个性出来,所谓“带生的葡萄,总有些酸”了。(二)没有适宜的设置。我们既有心尽力于戏剧,时间的短促使我们没有充分排练,那种孤独的努力,无人帮助的苦衷,何必献丑说出呢?但是我们尽心于艺术。既无人的帮助,又无物的帮助,爱罗先珂先生也是大学教师,想能知道了。那么,这种关于设置的责备,我们几个演剧的人那能承认呢?至于“没有留心到剧场的情绪的造成”,爱罗先珂先生恐怕因“耳”里并没有听到啊!我们抱歉,在《黑暗之势力》的开演那天,没有能用音乐去辅助他。何况那天,爱罗先珂先生坐在后台布景的背后,一会儿就走了,并没有

"看"到前场一万多人的会场情形,而只听到我们后台的优伶呢?可是第二天一个无庸"学优伶声音说话",也许是"学优伶动作"的哑剧,便有中国的丝竹,(笙,箫,苏胡,磬铃,)辅助在内,而那"剧场似的空气"倒也造成了一些,可惜爱罗先珂先生反没有到场!就是他到了,怕这东洋的音乐还不免有些嫌劣拙吧?一个钱不受的,没有火炉,又冷又嘈杂的市场,运动场式的剧场舞台幕后的座位.那比凭票入座,汽炉暖暖的,新建筑的大会堂的剧场?本来艺术有些"贵族性"的啊,所以主张平民文学的托尔斯泰老先生的名著,在运动式的公开的会场上,被我们玷辱了,失败了!失败的原因,我们承认艺术的幼稚,决不承认"学了什么优伶"!

最后,我要敬问爱罗先珂先生和一切的艺术家:在如此的现在中国黑暗艺术国度之下,没有人肯与我们"男子"合演,而我们将何以尽力于有"女子"的戏剧?假若为戏剧的尽心,我们不得不扮女人了,既扮了女人,艺术上失败,就是"学什么扮女人的旦角"的吗?我们的艺术,自己也只认是"比傀儡尤其是无聊的";但为什么要让我们傀儡似的来做"猴子"?我们男子学女子是"做猴子",那么反过来呢?"做猴子"的同志们!我们应该怎样的努力?!

我们人而如"猴"的戏剧者几乎哭泣了!我们大学生的尽心艺术,而不能得种种帮助!甚至于世界文学家对我们的态度,似乎并不想大学生们究竟人格有没有!假若有人说,爱罗先珂先生亲眼"看"了之后的判断没有错。那就未免太滑稽了。这还说什么?

然而我自信,我们的可怜,可羞,可惨,都使得我有几句含着羞的,不敢盲从的话说了。我们何幸而得一位文学家的教训?我们黑暗的国度中之艺术界,何幸而得此光明的火把引导着路?我们当然要深深地感谢了爱罗先珂先生!但这又教我们忍不住痛心而抱憾:爱罗先珂先生在沙漠似的中国,最强烈地感到的寂寞,我们既未能安慰了他如此漂泊的盲诗人;反而弄成了些"猴子样",教他"看"了更加寂寞得没有法!不但如此,甚至他沉痛的叫唤了我们,却还不敢盲从的要给他一长篇的"哓辞"!所幸不致使爱罗先珂先生完全难过,还有燕京女校的美的艺术的印象在他脑里!而我们为我们的人格上保障,也永不敢盲从爱罗先珂先生所说的"学优伶"一句话!

我再感谢鲁迅先生介绍了爱罗先珂先生的教训的美意!

七,一,一九二三,北京大学。

题目中有一个字,和文中有几个字上的引号。颇表出了不大好的态度,编者为尊重

原作起见，不敢妄改，特此道歉。（《晨报副刊》编者）

一九二三年一月十三日《晨报副刊》。

一九二四年

答广东新会吕蓬尊君

问："这泪混了露水，被月光照着，可难解，夜明石似的发光。"——《狭的笼》（《爱罗先珂童话集》页二七）这句话里面插入"可难解"三字，是什么意思？

答：将"可难解"换一句别的话，可以做"这真奇怪"。因为泪和露水是不至于"夜明石似的发光"的，而竟如此，所以这现象实在奇异，令人想不出是什么道理。（鲁迅）

问："或者充满了欢喜在花上奔腾，或者闪闪的在叶尖耽着冥想"，——《狭的笼》（同上）这两句的"主词"（subject），是泪和露水呢？还是老虎？

答：是泪和露水。（鲁迅）

问："'奴隶的血很明亮，红玉似的。但不知什么味就想尝一尝……'"——《狭的笼》（同上，五三）"就想尝一尝"下面的引号，我以为应该移置在"但不知什么味"之下；尊见以为对否？

答：原作如此，别人是不好去移改他的。但原文也说得下去，引号之下，可以包藏"看他究竟如何""看他味道可好"等等意思。（鲁迅）

对于"笑话"的笑话

范仲澐先生的《整理国故》是在南开大学的讲演，但我只看见过报章上所转载的一部分，其第三节说：

"……近来有人一味狐疑，说禹不是人名，是虫名，我不知道他有什么确实证据？说句笑话罢，一个人谁是眼睁睁看明自己从母腹出来，难道也能怀疑父母吗？"

第四节就有这几句：

"古人著书，多用两种方式发表：（一）假托古圣贤，（二）本人死后才付梓。第一种人，好像吕不韦将孕妇送人，实际上抢得王位……"

我也说句笑话罢，吕不韦的行为，就是使一个人"也能怀疑父母"的证据。

奇怪的日历

我在去年买到一个日历，大洋二角五分，上印"上海魁华书局印行"，内容看不清楚，因为用薄纸包着的，我便将他挂在柱子上。

从今年一月一日起，我一天撕一张，撕到今天，可突然发现他的奇怪了，现在就抄七天在下面：

一月二十三日　土曜日　星期三　宜祭祀会亲友结婚姻

又　二十四日　金曜日　星期四　宜沐浴扫舍宇

又　二十五日　金曜日　星期五　宜祭祀

又　二十六日　火曜日　星期六

又　二十七日　火曜日　星期日　宜祭祀……

又　二十八日　水曜日　星期一　宜沐浴剃头捕捉

又　二十九日　水曜日　星期二

我又一直看到十二月三十一日，终于没有发现一个日曜日和月曜日。

虽然并不真奉行，中华民国之用阳历，总算已经十三年了，但如此奇怪的日历，先前却似乎未曾出现过，岂但"宜剃头捕捉"，表现其一年一年的加增昏谬而已哉！

一三，一，二三，北京。

笞二百系笞一百之误

记者先生：

我在《又是古已有之》里，说宋朝禁止作诗，"违者笞一百"，今天看见副刊，却是"笞二百"，不知是我之笔误，抑记者先生校者先生手民先生嫌其轻而改之欤？

但当时确乎只打一百，即将两手之指数，以十乘之。现在若加到二百，则既违大宋宽厚之心，又给诗人加倍之痛，所关实非浅鲜，——虽然已经是宋朝的事，但尚希立予更正为幸。

某生者鞠躬。九月二十九日。

文学救国法

我似乎实在愚陋，直到现在，才知道中国之弱，是新诗人叹弱的。为救国的热忱所驱策，于是连夜揣摩，作文学救国策。可惜终于愚陋，缺略之处很多，尚希博士学者，进而教之，幸甚。

一，取所有印刷局的感叹符号的铅粒和铜模，全数销毁；并禁再行制造。案此实为长吁短叹的发源地，一经正本清源，即虽欲"缩小为细菌放大为炮弹"而不可得矣。

二，禁止扬雄《方言》，并将《春秋公羊传》《谷梁传》订正。案扬雄作《方言》而王莽篡汉，公谷解《春秋》间杂土话而嬴秦亡周，方言之有害于国，明验彰彰哉。扬雄叛臣，著作应即禁止。公谷传拟仍准通行，但当用雅言，代去其中胡说八道之土话。

三，应仿元朝前例，禁用衰飒字样三十字，仍请学者用心理测验及统计法，加添应禁之字，如"哩""哪"等等；连用之字，亦须明定禁例，如"糟"字准与"粕"字连用，不准与"糕"字连用；"阿"字可用于"房"字之上或"东"字之下，而不准用于"呀"字之上等等；至于"糟鱼糟蟹"，则在雅俗之间，用否听便，但用者仍不得称为上等强国诗人。案言为心声，岂可衰飒而俗气乎？

四，凡太长，太矮，太肥，太瘦，废疾，老弱者均不准作诗。案健全之精神，宿于健全之身体，身体不强，诗文必弱，诗文既弱，国运随之，故即使善于欢呼，为防微杜渐计，亦应禁止妄作。但如头痛发热，伤风咳嗽等，则只须暂时禁止之。

五，有多用感叹符号之诗文，虽不出版，亦以巧避检疫或私藏军火论。案即防其缩小而传病，或放大而打仗也。

一九二五年

通讯（复孙伏园）

伏园兄：

来信收到。

那一篇所记的一段话,的确是我说的。

迅。

【备考】:

鲁迅先生的笑话

Z.M.

读了许多名人学者给我们开的必读书目,引起不少的感想;但最打动我的是鲁迅先生的两句附注,他说:

少看中国书,其结果不过不能作文而已。但现在的青年最要紧的是"行"不是"言"。只要是活人,不能作文算什么大不了的事呢。

因这几句话,又想起鲁迅先生所讲的一段笑话,他似乎是这样说:

讲话和写文章,似乎都是失败者的征象。正在和命运恶战的人,顾不到这些,真有实力的胜利者也多不作声。譬如鹰攫兔子,喊叫的是兔子不是鹰;猫捕老鼠,啼呼的是老鼠不是猫;鹞子捉家雀,啾啾的是家雀不是鹞子。又好像楚霸王救赵破汉,追奔逐北的时候,他并不说什么;等到摆出诗人面孔,饮酒唱歌,那已经是兵败势穷,死日临头了。最近像吴佩孚名士的"登彼西山,赋彼其诗",齐燮元先生的"放下枪竿,拿起笔杆",更是明显的例子。

他这一段话,曾引起我们许多人发笑,我把它记在这儿。因为没有请说的人校正。错误的地方就由记的人负责罢。

为北京女师大学生拟呈教育部文二件

一

呈为校长溺职滥罚,全校冤愤,恳请迅速撤换,以安学校事。窃杨荫榆到校一载,毫无设施,本属尸位素餐,贻害学子,屡经呈明　大部请予查办,并蒙　派员莅校彻查在案。从此杨荫榆即忽现忽隐,不可究诘,自拥虚号,专恋脩金,校务遂愈形败坏,其无耻之行为,为生等久所不齿,亦早不觉尚有杨荫榆其人矣。不料"五七"国耻在校内讲演时,忽又在靦然临席,生等婉劝退去,即老羞成怒,大呼警察,幸经教员阻止,始免流血之惨。下午即借宴客为名，在饭店召集不知是否合法之评议员数人，于杯盘狼藉之余，始以开除学生之事含糊相告，亦不言学生为何人。至九日，突有开除自治会职员……等六人之揭示张贴校内。夫自治会职员，乃众所公推，代表全体，成败利钝，生等固同负其责。今乃倒行逆施，罚非其罪，欲乘学潮汹涌之时，施其险毒阴私之计，使世人不及注意，居心下劣，显然可知！继又停止已经预告之运动会，使本校失信于社会，又避匿不知所往，使生等无从与之辩诘，实属视学子如土芥，以大罚为儿戏，天良丧失，至矣尽矣！可知杨荫榆一日不去，即如刀俎在前，学生为鱼肉之不暇，更何况于学业！是以全体冤愤，公决自失踪之日起，即绝对不容其再入学校之门，以御横暴，而延残喘。为此续

呈　大部，恳即

明令迅予撤换，拯本校于阽危，出学生于水火。不胜迫切待命之至！谨呈

教育部总长

二

呈为续陈杨荫榆氏行踪诡秘，心术叵测，败坏学校，恳即另聘校长，迅予维持事。窃杨氏失踪，业已多日。曾于五月十二日具呈大部，将其阴险横暴实情，沥陈梗概，请予撤换在案。讵杨氏怙恶不悛，仍施诡计。先谋提前放假，又图停课考试。术既不售，乃愈设盛筵，多召党类，密画毁校之策，冀复失位之仇。又四出请托，广播谣诼，致函学生家长，屡以品性为言，与开除时之揭示，措辞不同，实属巧设谰言，阴伤人格，则其良心何在，不问可知。倘使一任诪张，诚为学界大辱，盖不独生等身受摧残，学校无可挽救而已。为此合词续恳即下明令，速任贤明，庶校务有主持之人，暴者失蹂躏之地，学校幸甚！教育幸甚！谨呈教育部总长

《中国小说史略》再版附识

此书印行之后，屡承相知发其谬误，俾得改定；而钝拙及谭正璧两先生未尝一面，亦皆贻书匡正，高情雅意，尤感于心。谭先生并以吴瞿安先生《顾曲麈谈》语见示云，“《幽闺记》为施君美作。君美，名惠，即作《水浒传》之耐庵居士也。”其说甚新，然以不知《麈谈》又本何书，故未据补；仍录于此，以供读者之参考云。

二五年九月十日，鲁迅识。

一九二七年

《走到出版界》的"战略"

"他(鲁迅)的战略是'暗示',我的战略是'同情'。"

——长虹——

> 狂飙社广告
> ……与思想界先驱者鲁迅及少数最进步的青年合办《莽原》……

"鲁迅是一个深刻的思想家,同时代的人没有及得上他的。"

"…………"

"我们思想上的差异本来很深,但关系毕竟是好的。《莽原》便是这样好的精神的表现。"

"…………"

"但如能得到你的助力,我们竭诚地欢喜。"

"…………"

"但他说不能做批评,因为他向来不做批评,因为他觉得自己是党同伐异的。我以为他这种态度是很好的。但是,如对于做批评的朋友,却要希望他党同伐异,便至少也是为人谋而不忠了!"

"…………"

"已经成名的人,我想能够得到他们的帮助便是很好的了。鲁迅当初提议办《莽原》的时候。我以为他便是这样态度。但以后的事实却……只证明他想得到一个'思想界的权威者'的空名便够了!同他反对的话都不要说,……而他还不以为他是受了人的帮助,有时倒反疑惑是别人在利用他呢?"

"…………"

"于是'思想界权威者'的大广告便在《民报》上登出来了。我看了真觉'瘟臭'痛惋而且呕吐。"

“…………”

“须知年龄尊卑，是乃父乃祖们的因袭思想.在新的时代是最大的阻碍物。鲁迅去年不过四十五岁，……如自谓老人，是精神的堕落！”

“…………”

“直到实际的反抗者从哭声中被迫出校后，……鲁迅遂戴其纸糊的权威者的假冠入于身心交病之状况矣！”

所谓“思想界先驱者”鲁迅启事

……而狂飙社一面又锡以第三顶“纸糊的假冠”，真是头少帽多，欺人害己……”

“未名社诸君的创作力，我们是知道的，在目前并不十分丰富。所以，《莽原》自然要偏重介绍的工作了。……但这实际上也便是《未名半月刊》了。如仍用《莽原》的名义，便不免有假冒的嫌疑。”

“…………”

“至少亦希望彼等勿挟其历史的势力，而倒卧在青年的脚下以行其绊脚石式的开倒车狡计，亦勿一面介绍外国作品，一面则蝎子撩尾以中伤青年作者的毫兴也！”

“…………”

“正义：我来写光明日记——救救老人！

不再吃人的老人或者还有？

救救老人！！！”

“…………”

“请大家认清界限——到‘知其故而不能言其理’时，用别的方法来排斥新思想，那便是所谓开倒车，如林琴南，章士钊之所为是也。我们希望《新青年》时代的思想家不要再学他们去！”

“…………”

“正义：我深望彼等觉悟。但恐不容易吧！

公理：我即以其人之道反诸其人之身。”

二二，一二，一九二六。鲁迅掠。

《绛洞花主》小引

《红楼梦》是中国许多人所知道,至少,是知道这名目的书。谁是作者和续者姑且勿论,单是命意,就因读者的眼光而有种种:经学家看见《易》,道学家看见淫,才子看见缠绵,革命家看见排满,流言家看见宫闱秘事……。

在我的眼下的宝玉,却看见他看见许多死亡;证成多所爱者,当大苦恼,因为世上,不幸人多。惟憎人者,幸灾乐祸,于一生中,得小欢喜,少有罣碍。然而憎人却不过是爱人者的败亡的逃路,与宝玉之终于出家,同一小器。但在作《红楼梦》时的思想,大约也只能如此;即使出于续作,想来未必与作者本意大相悬殊。惟被了大红猩猩毡斗篷来拜他的父亲,却令人觉得诧异。

现在,陈君梦韶以此书做社会家庭问题剧,自然也无所不可的。先前虽有几篇剧本,却都是为了演者而作,并非为了剧本而作。又都是片段,不足统观全局。《红楼梦散套》具有首尾,然而陈旧了。此本最后出,销熔一切,铸入十四幕中,百余回的一部大书,一览可尽,而神情依然具在;如果排演,当然会更可观。我不知道剧本的做法,但深佩服作者的熟于情节,妙于剪裁。灯下读完,僭为短引云尔。

一九二七年一月十四日,鲁迅记于厦门。

新的世故

一 "普通的批评看去像广告"

"批评工作的开始。所批评的作品,现在也大概举出几种如下:——

《女神》《呐喊》《超人》《彷徨》《沉沦》《故乡》《三个叛逆的女性》《飘渺的梦》《落叶》《荆棘》《咖啡店之一夜》《野草》《雨天的书》《心的探险》

此项文字都只在《狂飙周刊》上发表,现在也说不定几期可发表几篇,一切都决于我的时间的分配。"

二 "这里的广告却是批评"?

党同:"《心的探险》。实价六角。长虹的散文及诗集。将他的以虚无为实有,而又反抗这实有的精悍苦痛的大叫，尽量地吐露着。鲁迅选并画封面。”

伐异：“我早看过译出的一部分《察拉图斯德拉如是说》和一本《工人绥惠略夫》。”

三　“幽默与批评的冲突”

批评：你学学亚拉借夫！你学学哥哥尔！你学学罗曼·罗兰！……

幽默：前清的世故老人纪晓岚的笔记里有一段故事，一个人想自杀，各种鬼便闻风而至，求作替代。缢鬼劝他上吊，溺鬼劝他投池，刀伤鬼劝他自刎。四面拖曳，又互相争持，闹得不可开交。那人先是左不是，右不是，后来晨鸡一叫，鬼们都一哄而散，他到底没有死成，仔细一想，索性不自杀了。

批评：唉，唉，我真不能不叹人心之死尽矣。

四　新时代的月令

八月，鲁迅化为“思想界先驱者”。

十一月，“思想界先驱者”化为“绊脚石”。

传曰：先驱云者，鞭之使冲锋，所谓“他是受了人的帮助”也。不受“帮助”，于是“绊”矣。脚者，所谓“我们”之脚，非他们之脚也。其化在十二月，而云十一月者何，倒填年月也。

五　世故与绊脚石

世故：不要再写，中了计，反而给他们做广告。

石：不管。被做广告，由来久矣。

世故：那么，又做了背广告的“先驱者”了。

石：不，有时也“绊脚”的。

六　新旧时代和新时代间的冲突

新时代：我是青年，所以公理在我这里。

旧时代：我是前辈，所以公理在我这里。

新时代：须知年龄尊卑，是乃父乃祖们的因袭思想，在新的时代是最大的阻碍物。

七　希望与科学的冲突

希望：勿蝎子撩尾以中伤青年作者的毫兴也。

科学："生存竞争，天演公例"，是彪门书局出版的一本课本上就有的。

八　给………………

见面时一谈，
不见面时一战。
在厦门的鲁迅，
说在湖北的郭沫若骄傲，
还说了好几回，在北京。
倘不信，有科学的耳朵为证。
但到上海才记起来了，
真不能不早叹人心之死尽矣！
幸而新发现了近地的蔡孑民先生之雅量
和周建人先生为科学作战。

九　自由批评家走不到的出版界

光华书局。

十　忽而"认清界限"

以上也许近乎"蝎子撩尾"。倘是蝎子，是它不撩尾，"希望"是不行的，正如希望我之到所谓"我们的新时代"去一样，唯一的战略是打杀。

不过打的时候，须有说它要螫我，它是异类的小勇气。倘若它要螫"公理"和"正义"，所以打，那就是还未组织成功的科学家的话，在旧时代尚且要觉得有些支离。

知其故而言其理，极简单的：争夺一个《莽原》；或者，《狂飙》代了《莽原》。仍旧是天无二日，唯我独尊的酋长思想。不过"新时代的青年作者"却又似乎深恶痛疾这思想，而偏从别人的"心"里面看出来。我做了一篇《论他妈的》是真的，"论"而已矣，并不说这话是我所发明，现在却又在力争这发明的荣誉了。

因为稿件的纠葛，先前我曾主张将《莽原》半月刊停止或改名；现在却不这样了，还是办下去，内容也像第一年一样。也并没有做什么“运动”的豪兴，不过是有人做，有人译，便印出来，给要看的人看，不要看的自然会不看它，以前的印《乌合丛书》也是这意思。

创作翻译和批评，我没有研究过等次，但我都给以相当的尊重。对于常被奚落的翻译和介绍，也不轻视，反以为力量是非同小可的。我译了几种书，就会有一个中国的绥惠略夫出现，倘译一部世界史，不就会有许多拟中外古今的大人物猬集一堂么。但我想不干这件事。否则，拿破仑要我帮同打仗，秦始皇要我帮同烧书，哥伦布拉去旅行，梅特涅加以压制，一个人撕得粉碎了。跟了一面，其余的英雄们又要造谣。

创作难，翻译也不易。批评，我不知道怎样，自己是不会做，却也不“希望”别人不做。大叫科学，斥人不懂科学，不就是科学；翻印几张外国画片，不就是新艺术，这是显而易见的。称为批评，不知道可能就是批评，做点杂感尚且支离，则伟大的工作也不难推见。“听见他怎么说”，“他‘希望’怎样”，“他‘想’怎样”，“他脸色怎样”，……还不如做自由新闻罢。

不过这也近乎蝎子撩尾，不多谈；但也不要紧。尼采先生说过，大毒使人死，小毒是使人舒服的。最无聊的倒是缠不清。我不想螫死谁，也不想绊某一只脚，如果躺在大路上，阻了谁的路了，情愿疾力爬开，而且从速。但倘若我并不躺在大路上，而偏有人绕到我背后，忽然用作前驱，忽然斥为绊脚，那可真是“闭门家里坐，祸从天上来”，有些知其故而不欲言其理了。

本来隐姓埋名的躲着，未曾登报招贤，也没有奔走求友，而终于被人查出，并且来访了。据“世故”所训示：青年们说，不见，是摆架子。于是乎见。有的是一见而去了；有的是提出各种要求，见我无能为力而去了；有的是不过谈谈闲天；有的是播弄一点是非；有的是不过要一点物质上的补助；有的却这样那样，纠缠不清，知有己而不知有人，硬要将我造成合于他的胃口的人物。从此我就添了一门新功课，除陪客之外，投稿，看稿，介绍，写回信，催稿费，编辑，校对。但我毫无不平，有时简直一面吃药，一面做事，就是长虹所笑为“身心交病”的时候。我自甘这样用去若干生命，不但不以生命来放阎王债，想收得重大的利息，而且毫不希望一点报偿。有人要我做一回踏脚而升到什么地方去，也可以的，只希望不要踏不完，又不许别人踏。

然而人究竟不是一块踏脚石或绊脚石，要动转，要睡觉的；又有个性，不能适合各个访问者的胃口。因此,凡有人要我代说他所要说的话,攻击他所敌视的人的时候,我常说,我不会批评,我只能说自己的话,我是党同伐异的。的确。我还没有寻到公理或正义。就是去年的和章士钊闹,我何尝说是自己放出批评的眼光,环顾中国,比量是非,断定他是阻碍新文化的罪魁祸首,于是啸聚义师,厉兵秣马,天戈直指,将以澄清天下也哉?不过意见和利害,彼此不同,又适值在狭路上遇见,挥了几拳而已。所以,我就不挂什么"公理正义",什么"批评"的金字招牌。那时,以我为是者我辈,以章为是者章辈;即自称公正的中立的批评之流,在我看来,也是以我为是者我辈,以章为是者章辈。其余一切等等,照此类推。再说一遍:我乃党同而伐异,"济私"而不"假公",零卖气力而不全做牺牲,敢卖自己而不卖朋友,以为这样也好者不妨往来,以为不行者无须劳驾;也不收策略的同情,更不要人布施什么忠诚的友谊,简简单单,如此而已。

至于被利用呢,倒也无妨。有些人看见这字面,就面红耳赤;觉得扫了豪兴了,我却并不以为有这样坏。说得好看一点,就是"帮助"。文字上这样的玩艺儿是颇多的。"互相利用"也可以说"互助";"妥协","调和",都不好看,说,"让步"就冠冕。但现在姑且称为帮助罢。叫我个人帮一点忙,是可以的,就是利用,也毫无反感;只是不要间接涉及别的人。八月底我到上海,看见狂飙社广告,连《未名丛刊》和《乌合丛书》都算作"狂飙运动"的工作了。我颇诧异。说:这广告大约是长虹登的吧,连《未名》和《乌合》都拉扯上,未免太会利用别个了,不应当的。因为这两种书,是只因由我编印,要用相似的形式,所以立了一个名目,书的著者译者,是不但并不互相认识。有几个我也只见过两三回。我不能骗取了他们的稿子,合成丛书,私自贩卖给另一个团体。

接着,在北京的《莽原》的投稿的纠葛发生了,在上海的长虹便发表一封公开信,要在厦门的我说一句话。这是只要有一点常识,就知道无从说起的,我并非千里眼,怎能见得这么远。我沉默着。但我也想将《莽原》停刊或别出。然而青年作家的豪兴是喷泉一般的,不久,在长虹的笔下,经我译过他那作品的厨川白村便先变了灰色,我是从"思想深刻"一直掉到只有"世故",而且说是去年已经看出,不说坦白的话了。原来我至少已被拨弄了一年!

这且由他去吧。生病也算是笑柄了,年龄也成了大错处了,然而也由他。连别人所登的广告,也是我的罪状了;但是自己呢,也在广告上给我加上一个头衔。这样的双岔舌头,是要蟞一下的,我就登一个《所谓"思想界先驱者"鲁迅启事》。

这一下螫出“新时代富于人类同情”的幽默来了,有公理和正义的谈话——

“不再吃人的老人或者还有?

救救老人!!!”

还有希望——

“至少亦希望彼等勿挟其历史的势力,而倒卧在青年的脚下以行其绊脚石式的开倒车的狡计。亦勿一面介绍外国作品,一面则蝎子撩尾以中伤青年作者的毫兴也!”

这两段只要将“介绍外国作品”改作“挂着批评招牌”,就可以由未名社赠给他自己。

其实,先驱者本是容易变成绊脚石的。然而我幸不至此,因为我确是一个平凡的人;加以对于青年,自以为总是常常避道,即躺倒。跨过也很容易的,就因为很平凡。倘有人觉得横亘在前,乃是因为他自己绕到背后,而又眼小腿短,于是别的就看不见,走不开,从此开口鲁迅,闭口鲁迅,做梦也是鲁迅;文字里点几点虚线,也会给别人从中看出“鲁迅”两字来。连在泰东书局看见老先生问鲁迅的书,自己也要唧哝着《小说史略》之类我是不要看。这样下去,怕真要成“鲁迅狂”了。病根盖在肝,“以其好喝醋也”。

只要能达目的,无论什么手段都敢用,倒也还不失为一个有些豪兴的青年。然而也要有敢于坦白地说出来的勇气,至少,也要有自己心里明白的勇气,费笔费墨,费纸费寿,归根结底,总逃不出争夺一个《莽原》的地盘,要说得冠冕一点,就是阵地。中国现在道路少,虽有,也很狭,“生存竞争,天演公例”,须在同界中排斥异己,无论其为老人,或同是青年,“取而代之”,本也无足怪的,是时代和环境所给予的命运。

但若满身挂着什么并不懂得的科学,空壳的人类同情,广告式的自由批评,新闻式的记载,复制铜版的新艺术,则小范围的“党同伐异”的真相,虽然似乎遮住,而走向新时代的脚,却绊得跨不开了。

这错误,在内是因为太要虚饰,在外是因为太依附或利用了先驱。但也都不要紧。只要唾弃了那些旧时代的好招牌,不要忽而不敢坦白地说话,则即使真有绊脚石,也就成为踏脚石的。

我并非出卖什么“友谊”或“同情”,无论对于识者或不识者都就是这样说。

一九二六,十二,二四。

中山大学开学致语

孙中山

中山先生一生致力于国民革命的结果，留下来的极大的纪念，是：中华民国。

但是，“革命尚未成功”。

为革命策源地的广州，现今却已在革命的后方了。设立在这里，如校史所说，将“以贯彻孙总理革命的精神”的中山大学，从此要开始他的第一步。

那使命是很重大的，然而在后方。

中山先生却常在革命的前线。

但中山先生还有许多书。我想：中山大学与革命的关系，大概就等于许多书。但不是死书：他须有奋发革命的精神，增加革命的才思，坚固革命的魄力的力量。

现在，附近没有炮火，没有鞭笞，没有压制，于是也就没有反抗，没有革命。所有的多是曾经革命，将要革命，或向往革命的青年，将在平静的空气中，度着探求学术的生活。但这平静的空气，必须为革命的精神所弥漫；这精神则如日光，永久放射，无远弗到。

否则，革命的后方便成为懒人享福的地方。

中山大学也还是无意义。

不过使国内多添了许多好看的头衔。

结尾的祝词是：我先只希望中山大学中人虽然坐着工作而永远记得前线。

庆祝沪宁克复的那一边

在广州，我觉得纪念和庆祝的盛典似乎特别多。这是当革命的进行和胜利中，一定要有的现象。沪宁的克复，在看见电报的那天，我已经一个人私自高兴过两回了。这“别人出力我高兴”的报应之一，是搜索枯肠.硬做文章的苦差事。其实，我于做这等事，是不大合宜的，因为动起笔来，总是离题有千里之远。即如现在，何尝不想写得切题一些呢，然而还是胡思乱想，像样点的好意思总像断线风筝似的收不回来。忽然想到昨天在黄埔看见的几个来投学生军的青年，才知道在前线上拼命地原来是这样的人；自己在讲堂上胡说了几句便骗得听众拍手，真是应该羞愧。忽而想到十六年前也曾克复过南京，还给捐躯的战士立了一块碑，民国二年后，便被张勋毁掉了，今年顷又可以重立。忽而又想到香港《循环日报》上所载李守常在北京被捕的消息，他的圆圆的脸和中国式的下垂的黑胡子便浮在眼前，不知道他现在怎么样。

黑暗的区域里，反革命者的工作也正在默默地进行，虽然留在后方的是呻吟，但也有一部分人们高兴。后方的呻吟与高兴固然大不相同，然而无裨于事是一样的。最后的胜利，不在高兴的人们的多少，而在永远进击的人们的多少，记得一种期刊上，曾经引有列宁的话：

“第一要事是，不要因胜利而使脑筋昏乱，自高自满；第二要事是，要巩固我们的胜利，使他长久是属于我们的；第三要事是，准备消灭敌人，因为现在敌人只是被征服了，而距消灭的程度还远得很。”

俄国究竟是革命的世家，列宁究竟是革命的老手，不是深知道历来革命成败的原因，自己又积有许多经验，是说不出来的。先前，中国革命者的屡屡挫折，我以为就因为忽略了这一点。小有胜利，便陶醉在凯歌中，肌肉松懈，忘却进击了，于是敌人便又乘隙而起。

前年，我做了一篇短文，主张“落水狗”还是非打不可，就有老实人以为苛酷，太欠大度和宽容；况且我以此施之人，人又以报诸我，报施将永无了结的时候。但是，外国我不知，在中国，历来的胜利者，有谁不苛酷的呢。取近例，则如清初的几个皇帝，民国二年后的袁世凯，对于异己者何尝不赶尽杀绝。只是他嘴上却说着什么大度和宽容，还有什么慈悲和仁厚；也并不像列宁似的简单明了，列宁究竟是俄国人，怎么想便怎么说，比我们中国人直爽得多了。但便是中国，在事实上，到现在为止，凡有大度，宽容，慈悲，仁厚等等美名，也大抵是名实并用者失败，只用其名者成功的。然而竟瞒过了一群大傻子，还会相信他。

庆祝和革命没有什么相干，至多不过是一种点缀。庆祝，讴歌，陶醉着革命的人们多，好自然是好的，但有时也会使革命精神转成浮滑。革命的势力一扩大，革命的人们一定会多起来。统一以后，我恐怕研究系也要讲革命。去年年底，《现代评论》，不就变了论调了吗？和“三一八惨案”时候的议论一比照。我真疑心他们都得了一种仙丹，忽然脱胎换骨。我对于佛教先有一种偏见，以为坚苦的小乘教倒是佛教，待到饮酒食肉的阔人富

翁，只要吃一餐素，便可以称为居士，算作信徒，虽然美其名曰大乘，流播也更广远，然而这教却因为容易信奉，因而变为浮滑，或者竟等于零了。革命也如此的，坚苦的进击者向前进行，遗下广大的已经革命的地方，使我们可以放心欢呼，也显出革命者的色彩，其实是和革命毫不相干。这样的人们一多，革命的精神反而会从浮滑，稀薄，以至于消亡，再下去是复旧。

广东是革命的策源地，因此也先成为革命的后方，因此也先有上面所说的危机。

当盛大的庆典的这一天，我敢以这些杂乱无章的话献给在广州的革命民众，我深望不至于因这几句出轨的话而扫兴，因为将来可以补救的日子还很多。倘使因此扫兴了，那就是革命精神已经浮滑的证据。

四月十日。

关于小说目录两件

去年夏，日本辛岛骁君从东京来，访我于北京寓斋，示以涉及中国小说之目录两种：一为《内阁文库书目》，录内阁现存书；一为《舶载书目》数则，彼国进口之书帐也，云始元禄十二年（一六九九）或其前年而迄于宝历四年（一七五四），现存三十本。时我方将走厦门避仇，卒卒鲜暇，乃托景宋君钞其前者之传奇演义类，置之行箧。不久复遭排摈，自闽走粤，汔无小休，况乃披览。而今复将北逭，整装睹之，蠹食已多，怅然兴叹。窃念录中之刊印时代及作者名字，此上新本，概已删落，则此虽止简目，当亦为留心小说史者所乐闻也，因借《语丝》，以传同好。惜辛岛君远隔海天，未及征其同意，遂成专擅，因以为歉耳。别有清钱曾所藏小说目二段，昔从《也是园书目》钞出，以其可知清初收藏家所珍庋者是何等书，并缀于末。一九二七年七月三十日之夜，鲁迅于广州东堤寓楼记。

甲　内阁文库图书第二部汉书目录

子　第十类，小说。

一　杂事（未钞）

二　传奇演义，杂记

《历代神仙通鉴》（二十二卷，目一卷。明阳宣史撰。清版。二十四本。）

《盘古唐虞传》（明钟惺。清版。二本。）

《有夏志传》(明钟惺编。清版。四本。)

《有夏志传》(同上。清版。八本。)

《列国志传》(明陈继儒校。明版。一二本。)

《英雄谱》(一名《三国水浒全传》。二十卷,目一卷,图像一卷。明熊飞编。明版。一二本。)

《水浒全书》(百二十回。明李贽评。明版。三二本。)

《忠义水浒传》(百回。明李蛰批评。明版。二十本。)

《水浒传》(七十回;二十卷。王望如评论。清版。二十本。)

《水浒传》(七十回;七十五卷,首一卷。清金圣叹批注。雍正十二年刊。二四本。)

《水浒传》(同上。伊达邦成等校。明治十六年刊。一二本。)

《水浒后传》(四十回;十卷,首一卷。清蔡奡评定。清版。五本。)

《水浒后传》(同上。清版。十本。)

《水浒志传评林》(二十五卷。第一至七卷缺。明版。六本。)

《南北两宋志传》(二十卷。明陈继儒。明版。十本。)

《绣像金枪全传》(五十回,十卷。第四十六回以下缺。清废闲主人校。道光三年刊。八本。)

《皇明英武传》(八卷。万历十九年刊。四本。)

《皇明英烈传》(明版。六本。)

《皇明中兴圣烈传》(五卷。明乐舜日。明版。二本。)

《全像二十四尊罗汉传》(六卷。明朱星祚编。万历三十二年刊。二本。)

《平妖传》(四十回。宋罗贯中。明龙子犹补。明版。八本。)

《平妖传》(四十回。明张无咎校。明版。六本。)

《平虏传》(吟啸主人。明版。二本。)

《承运传》(四卷。明版。二本。)

《八仙传》(明吴元泰。明版。二本。)

《金云翘传》(二十回,四卷。青心才人。清版。二本。)

《钟馗全传》(四卷。安正堂补正。明版。一本。)

《飞龙全传》(六十回。清吴璿删订。嘉庆二年刊。一六本。)

《绣像飞跎全传》(三十二回。四卷。嘉庆二十二年刊。二本。)

《再生缘全传》(二十卷。清香叶阁主人校。道光二年刊。三二本。)

《金石缘全传》(二十四回。清版。六本。)

《玉茗堂传奇》(四种,八卷。明汤显祖。明版。八本。)

《玉茗堂传奇》(同上。明沈际飞点次。明版。八本。)

《五种传奇再团圆》(五卷。步月主人。清版。二本。)

《两汉演义传》(十八卷,首一卷。明袁宏道评。明版。一六本。)

《三国志演义》(十二卷。宋罗贯中。万历十九年刊。一二本。)

《三国志演义》(二十卷。万历三十三年刊。八本。)

《三国志演义》(二十卷。明杨春元校。万历三十八年刊。五本。)

《后七国乐田演义》(二十回。烟水散人。乾隆四十五年刊。二本。)

《唐书演义》(八卷。明熊钟谷。嘉靖三十二年刊。四本。)

《唐书演义》(明徐渭批评。明版。八本。)

《残唐五代史演义传》(六十回,二卷。宋罗本。明汤显祖批评。清版。四本。)

《反唐演义全传》(姑苏如莲居士编。清版。十本。)

《两宋志传通俗演义》(二十卷。明陈尺蠖斋评释。明版。十本。)

《封神演义》(百回,二十卷。明许仲琳编。明版。二十本。)

《人物演义》(四十卷,首一卷。明版。一六本。)

《孙庞斗志演义》(二十卷。吴门啸客。明版。四本。)

《孙庞斗志演义》(同上。明版。三本。)

《孙庞演义》(四卷。澹园主人编。清版。二本。)

《武穆演义》(八卷。明熊大本编。《后集》三卷,明李春芳编。嘉靖三十一年刊。十本。)

《宋武穆王演义》(十卷。明熊大本编。明版。五本。)

《岳王传演义》(明金应鳌编。明版。八本。)

《全相平话》(十五卷。元版。五本。)

《新编宣和遗事》(二集二卷。清版。二本。)

《圣叹外书三国志》(六十卷,首一卷。第三十八至四十二卷缺。清毛宗岗评。乾隆十七年刊。二二本。)

《东周列国志》(二十三卷,首一卷。清蔡奡评。清版。二四本。)

《新列国志》(百八回。墨憨斋。明版。一二本。)

《禅真逸史》(四十回。明清心道人编。清版。一二本。)

《禅真逸史》(同上。清版。四本。)

《艳史》(四十四回;首一卷。明齐东野人编。明版。九本。)

《女仙外史》(百回。清吕熊。清版。二十本。)

《蟫史》(二十卷,绣像二卷。磊砢山房主人。清版。一二本。)

《西洋记》(百回,二十卷。明罗懋登。清版。二十本。)

《西游记》(百回。明李贽批评。明版。十本。)

《全像西游记》(百回。华阳洞天主人校。明版。十本。)

《西游真诠》(百回。明李贽等评。清版。十本。)

《绣像西游真诠》(百回。清陈士斌评;金人瑞加评。清版。二四本。)

《绣像西游真诠》(同上。清版。二十本。)

《绣像西游真诠》(同上。清版。十本。)

《西游证道书》(百回。明汪象旭等笺评。明版。二十本。)

《后西游记》(四十回。清天花才子评点。乾隆四十八年刊。十本。)

《丹忠录》(四十回。明孤愤生。热肠人偶评。明版。四本。)

《醋葫芦》(二十回,四卷。伏雌教主编。心月主人等评。明版。四本。)

《全像金瓶梅》(百回,二十卷。明版。二一本。)

《金瓶梅》(百回。清张竹坡批评。清版。二四本。)

《金瓶梅》(同上。清版。二十本。)

《国色天香》(十卷。明谢友可。万历二十五年刊。十本。)

《玉娇梨》(二十卷。荑荻散人编。明版。四本)

《新编剿闯通俗小说》(十回。明版。二本。)

《新编剿闯通俗小说》(同上。西吴懒道人。日本写本。二本。)

《古今小说》(四十卷。绿天馆主人评次。明版。五本。)

《红楼梦》(百二十回。清程伟元编。清版。二四本。)

《红楼梦图咏》(清改琦。明治十五年刊。四本。)

《龙图公案》(听玉斋评点。明版。五本。)

《绣像龙图公案》(十卷。明李贽评。嘉靖七年刊。六本。)

《拍案惊奇》(三十九卷。《宋公明闹元宵杂剧》一卷。明版。八本。)

《袖珍拍案惊奇》(十八卷。清版。八本。)

《海外奇谭》(《忠臣库》十回。清鸿蒙陈人译。文化十二年刊。三本。)

《海外奇谭》(同上。日本版。三本。)

《飞花咏》(一名《玉双鱼》。十六回。明版。四本。)

《韩湘子》(三十回。雉衡山人编。明版。六本。)

《警寤钟》(十六回,四卷。嗤嗤道人。清版。二本。)

《五凤吟》(二十回。嗤嗤道人。清版。二本。)

《引凤箫》(十六回,四卷。枫江半云友。清版。二本。)

《幻中真》(十回,四卷。烟霞散人编。清版。二本。)

《鸳鸯配》(十二回,四卷。烟水散人编。清版。二本。)

《疗妒缘》(八回,四卷。静恬主人。清版。二本。)

《照世杯》(四回,四卷。酌元亭主人。谐道人批评。明和二年刊。五本。)

《隔帘花影》(四十八回。清版。八本。)

《冯伯玉风月相思小传》(明版。一本。)

《孔淑方双鱼扇坠传》(明版。一本。)

《苏长公章台柳传》(明版。一本。)

《张生彩鸾灯传》(明版。一本。)

《绿窗女史》(明版。一四本。)

《情史类略》(二十四卷。詹詹外史。明版。一二本。)

《吴姬百媚》(二卷。宛瑜子。明版。二本。)

《铁树记》(十五回,二卷。明竹溪散人邓氏编。明版。二本。)

《飞剑记》(十一回。明竹溪散人邓氏编。明版。二本。)

《咒枣记》(十四回,二卷。明竹溪散人。明版。二本。)

《东游记》(明吴元泰。明版。二本。)

《增补全相燕居笔记》(十卷。明林近阳编。明版。四本。)

《增补燕居笔记》(十卷。明何大抡编。明版。四本。)

《荆钗记》(明版。二本。)

《人海记》(清查慎行。日本写本。二本。)

《清平山堂志》(十五种。明版。三本。)

《丰韵情书》(六卷。明竹溪主人编。明版。二本。)

《山水争奇》(三卷。明邓志谟。明版。二本。)

《风月争奇》(三卷。明邓志谟。明版。一本。)

《花鸟争奇》(三卷。明邓志谟。明版。二本。)

《童婉争奇》(三卷。明竹溪风月主人编。日本写本。一本。)

《梅雪争奇》(三卷。明邓志谟编。明版。一本。)

《蔬果争奇》(三卷。明邓志谟。明版。一本。)

《鼓掌绝尘》(四集四十回;首一卷。明金木散人。明版。一二本。)

《霞房搜异》(二卷。明袁中道编。明版。四本。)

《艳异编》(四十卷。续十九卷。明王世贞。汤显祖批评。明版。一六本。)

《艳异缩》(十二卷。明版。六本。)

《广艳异编》(三十五卷。明吴大震。明版。十本。)

《一见赏心编》(十四卷。鸠兹洛源子编。明版。四本。)

《一见赏心编》(同上。明版。二本。)

《吴骚合编》(骚隐居士。明版。四本。)

《洒洒编》(六卷。明邓志谟校。明版。四本。)

《金谷争奇》(明版。四本。)

《今古奇观》(四十卷。清版。一六本。)

《怪石录》(清沈心。日本写本。一本。)

《豆棚闲话》(十二卷。艾衲居士。嘉庆三年刊。四本。)

《海天余话》(四卷。芙蓉汫老渔编。清版。二本。)

《花阵绮言》(十二卷。楚江仙叟石公编。明版。七本。)

《醒世恒言》(四十卷。明可一居士评。明版。一六本。)

《喻世明言》(二十四卷。明可一居士评。明版。六本。)

《西湖二集》(三十四卷。附《西湖秋色一百韵》。明周楫。明版。一二本。)

《西湖拾遗》(四十八卷。清陈树基。清版。一六本。)

《西湖佳话》(十六卷。清墨浪子。清版。十本。)

《五色石》(八卷。服部诚一评点。明治十八年刊。四本。)

《八洞天》(八卷。五色石主人编。明版。二本。)

《缀白裘》(十二集,四十八卷。清钱德仓。乾隆四十二年刊。二四本。)

《人中画》(四卷。乾隆四十五年刊。二本。)

《笑林广记》(十二卷。游戏主人编。乾隆四十六年刊。四本。)

《笑林广记》(同上。乾隆四十六年刊。二本。)

《开卷一笑》(十四卷。明李贽编。明版。五本。)

《开卷一笑》(同上。明版。六本。)

《四书笑》(开口世人编。日本写本。一本。)

《笑府》(十三卷。清墨憨斋。清版。四本。)

《笑府》(抄抄录,二卷。日本版。一本。)

《笑府》(钞录,一卷。森仙吉编。明治十六年刊。一本。)

《三笑新编》(四十八回,十二卷。清吴毓昌。嘉庆十八年刊。一二本。)

《花间笑语》(五卷。清酿花使者。日本写本。二本。)

《慵斋丛话》(十卷。朝鲜成任。日本写本。五本。)

《笔苑杂记》(二卷。朝鲜徐居正。日本写本。一本。)

《谿谷漫笔》(二卷。朝鲜张维。日本写本。一本。)

《补闲》(三卷。朝鲜崔滋。日本写本。一本。)

三　杂剧(以下均未钞)

四　异闻

五　琐语

迅案:此目虽非详密,而已裨多闻。如《女仙外史》,俞樾见《在园杂志》,始知谁做(《茶香室丛钞》云),此则明题吕熊。《封神演义》编者为明许仲琳,而中国现行众本皆逸其名,梁章钜述林樾亭语(见《浪迹续谈》及《归田琐记》),仅云“前明一名宿”而已。他如竹溪散人及风月主人之为邓志谟；日本之《忠臣藏》，在百余年前（文化十二年即一八一五年）中国人已曾翻译，曰《海外奇谭》，亦由此可见。墨憨斋冯犹龙好刻杂书，此目中有三种，曰：《平妖传》，《新列国志》，《笑府》。记北京《孔德月刊》中曾有考。似未列第二种。自品青病后，月刊遂不可复得，旧有者又被人持去，无从详案矣。

乙　也是园书目

宋人词话

《灯花婆婆》

《种瓜张老》

《紫罗盖头》

《女报冤》

《风吹轿儿》

《错斩崔宁》

《山亭儿》

《西湖三塔》

《冯玉梅团圆》

《简帖和尚》

《李焕生五阵雨》

《小金钱》

《宣和遗事》四卷

《烟粉小说》四卷

《奇闻类记》十卷

《湖海奇闻》二卷

通俗小说

《古今演义三国志》十二卷

《旧本罗贯中水浒传》二十卷

《梨园广记》二十卷

迅案：词话中之《错斩崔宁》及《冯玉梅团圆》两种，今见于江阴缪氏所翻刻之宋残本《京本通俗小说》中；钱曾所收，盖单行本。

书苑折枝

余颇懒，常卧阅杂书，或意有所会，虑其遗忘，亦慵于钞写，但偶夹一纸条以识之。流光电逝，情随事迁，检书偶逢昔日所留纸，辄自诧置此何意，且悼心境变化之速，有如是也。长夏索居，欲得消遣，则录其尚能省记者，略加按语，以始同好云。十六年八月八日，楮冠病叟漫记。

唐欧阳询《艺文类聚》二十五引梁简文帝《诫当阳公大心书》：立身之道，与文章异。立身先须谨重，文章且须放荡。

案：帝王立言，诫饬其子，而谓作文"且须放荡"，非大有把握。那能尔耶？后世小器文人，不敢说出，不敢想到。清褚人获《坚瓠九集》卷四：《通鉴博论》："汉高祖取天下，皆功臣谋士之力。天下既定，吕后杀韩信彭越英布等，夷其族而绝其祀。传至献帝，曹操执柄，遂杀伏后而灭其族。或谓献帝即高祖也；伏后即吕后也；曹操即韩信也；刘备即彭越也；孙权即英布也。故三分天下而绝汉。"虽穿凿疑似之说，然于报施之理，似亦不爽。

案：韩信托生而为曹操，彭越为孙权，陈豨为刘备，三分汉室，以报夙怨，见《五代史平话》开端。小说尚可，而乃据以论史，大奇。《博论》明宗室涵虚子(?)作，今传本颇少。宋张耒《明道杂志》：京师有富家子，少孤专财，群无赖百方诱导之。而此子甚好看弄影戏，每弄至斩关羽，辄为之泣下，嘱弄者且缓之。一日，弄者曰：云长古猛将，今斩之，其鬼或能祟，请既斩而祭之。此子闻，甚喜。弄者乃求酒肉之费。此子出银器数十。至日，斩罢，大陈饮食如祭者，群无赖聚享之，乃白此子，请遂散此器。此子不敢逆，于是共分焉。旧闻此事，不信。近见事，有类是事。聊记之，以发异日之笑。

案：发笑又作别论。由此可知宋时影戏已演三国故事，而其中有"斩关羽"。我尝疑现在的戏文，动作态度和画脸都与古代影灯戏有关，但未详考，记此以俟博览者探索。

书苑折枝(二)

宋周密《癸辛杂识》续集下：盐官县学教谕黄谦之，永嘉人，甲午岁题桃符云，"宜人新年怎生呵"，"百事大吉那般者"。为人告之官，遂罢。

案：元上谕多用白话直译。"怎生呵""那般者"皆谕中习见语，故黄以为戏。今人常非薄今白话而不思元时敕，盖以其已“古”也。甲午是忽必烈至元三十一年(1295)，其年正月，忽必烈死。

同上别集下：或作散经名《物外平章》，云，“尧舜禹汤文武，一人一堆黄土；皋夔稷卨伊周，一人一个髑髅。大抵四五千年，著甚来由发颠？假饶四海九州都是你的，逐日不过吃得半升米。日夜宦官女子守定，终久断送你这泼命。说甚公侯将相，只是这般模样。管甚宣葬敕葬，精魂已成魍魉。姓名标在青史，却干俺咱甚事？世事总无紧要，物外只供一笑。”此语亦可发一笑也。

案：近长沙叶氏刻《木皮道人鼓词》，昆山赵氏刻《万古愁曲》，上海书贾又据以石印作小本，遂颇流行。二书作者生明末，见世事无可为，乃强置己身于世外，作旁观放达语，其心由与此宋末之作正同。

宋唐庚《文录》：《南征赋》，“时廓舒而浩荡，复收敛而凄凉。”词虽不工，自谓曲尽南迁时情状也。

案：今日用之《民气赋》或《群众运动赋》，亦自曲尽情状。清严元照《蕙櫋杂记》：西湖岳庙有严嵩和鄂王《满江红》词石刻，甚宏壮。词既慷慨，书亦瘦劲可观，末题华盖殿大学士。后人磨去姓名，改题夏言。虽属可笑，然亦足以惩奸矣。

案：严嵩偏和岳飞词，有如是诈伪；后人留词改名，有如是自欺；严先生以为可笑而又许其惩奸，有如是两可。寥寥六十字，写尽三态。

书苑折枝(三)

明陆容《菽园杂记》四：僧慧暕涉猎儒书而有戒行，永乐中尝预修《大典》，归老太仓兴福寺。……尝语坐客云：“此等秀才，皆是讨债者。”客问其故，曰：“洪武间秀才做官，吃多少辛苦，受多少惊怕，与朝廷出多少心力，到头来小有过犯，轻则充军，重则刑戮，善终者十二三耳。其时士大夫无负国家，国家负士大夫多矣。这便是还债的。近来圣恩宽大，法网疏阔，秀才做官，饮食衣服舆马宫室子女妻妾，多少好受用，干得几许好事来？到头全无一些罪过。今日国家无负士大夫，天下士大夫负国家多矣。这便是讨债者。”……

案：无论什么局面，当开创之际，必靠许多“还债的”；创业既定，即发生许多“讨债者”。此“讨债者”发生迟，局面好；发生早，局面糟；与“还债的”同时发生，局面完。呜呼

"还债的"也!

元人《东南纪闻》一:刘平国宰,京口人。《中略》有《漫塘集》,文挟伟气。其尺牍有云:"今之所谓豪杰士者,古之所谓破落户者也。"意有所指,知者以为名言。(下略)

案:也可以说:豪杰士者,破落户之已阔者也。破落户者,豪杰士之未阔或终于不阔者也。清陈祖范《掌录》上:行事之颠倒者:三国时孙吴立制,奔亲丧者罪大辟;北齐敕道士剃发为沙门;宋宣和中,敕沙门著冠为道士;……元祐焚《史记》于国子;……政和间著令,士庶习诗赋者杖一百!

案:知道古来做过如许颠倒事,当时也并不为奇,便可以消去对于时事的诧异心不少。

关于知识阶级

——十月二十五日在上海劳动大学讲

我到上海约二十多天,这回来上海并无什么意义,只是跑来跑去偶然到上海就是了。

我没有什么学问和思想,可以贡献给诸君。但这次易先生要我来讲几句话;因为我去年亲见易先生在北京和军阀官僚怎样奋斗,而且我也参与其间,所以他要我来,我是不得不来的。

我不会讲演,也想不出什么可讲的,讲演近于做八股,是极难的,要有讲演的天才才好,在我是不会的。终于想不出什么,只能随便一谈;刚才谈起中国情形,说到"知识阶级"四字,我想对于知识阶级发表一点个人的意见,只是我并不是站在引导者的地位,要诸君都相信我的话,我自己走路都走不清楚,如何能引导诸君?

"知识阶级"一词是爱罗先珂(V.Eroshenko)七八年前讲演"知识阶级及其使命"时提出的,他骂俄国的知识阶级,也骂中国的知识阶级,中国人于是也骂起知识阶级来了;后来便要打倒知识阶级,再利害一点,甚至于要杀知识阶级了。知识就仿佛是罪恶,但是一方面虽有人骂知识阶级;一方面却又有人以此自豪:这种情形是中国所特有的,所谓俄国的知识阶级,其实与中国的不同,俄国当革命以前,社会上还欢迎知识阶级。为什么要欢迎呢?因为他确能替平民抱不平,把平民的苦痛告诉大众。他为什么能把平民的苦痛说出来?因为他与平民接近,或自身就是平民。几年前有一位中国大学教授,他很奇怪,为什么有人要描写一个车夫的事情,这就因为大学教授一向住在高大的洋房里,不明白平民的生活。欧洲的著作家往往是平民出身,(欧洲人虽出身穷苦,而也做文章;这因为他们的文字容易写,中国的文字却不容易写了。)所以也同样地感受到平民的苦痛,当然能痛痛快快写出来为平民说话,因此平民以为知识阶级对于自身是有益的;于是赞成他,到处都欢迎他,但是他们既受此荣誉,地位就增高了,而同时却把平民忘记了,变成一种特别的阶级。那时他们自以为了不得,到阔人家里去宴会,钱也多了,房子东西都要好的,终于与平民远远地离开了。他享受了高贵的生活,就记不起从前一切的贫苦生活了。——所以请诸位不要拍手,拍了手把我的地位一提高,我就要忘记了说话的。他不但不同情于平民或许还要压迫平民,以致变成了平民的敌人,现在贵族阶级不能存在;贵族的知识阶级当然也不能站住了,这是知识阶级缺点之一。

还有知识阶级不可避免的运命,在革命时代是注重实行的,动的;思想还在其次,直白地说:或者倒有害。至少我个人的意见如此的。唐朝奸臣李林甫有一次看兵操练很勇敢,就有人对着他称赞。他说:"兵好是好,可是无思想,"这话很不差。因为兵之所以勇敢,就在没有思想,要是有了思想,就会没有勇气了。现在倘叫我去当兵,要我去革命,我一定不去,因为明白了利害是非,就难于实行了。有知识的人,讲讲柏拉图(Plato)讲讲苏格拉底(Socrates)是不会有危险的。讲柏拉图可以讲一年,讲苏格拉底可以讲三年,他很可以安安稳稳地活下去,但要他去干危险的事情,那就很费踌躇。譬如中国人,凡是做文章。总说"有利然而又有弊",这最足以代表知识阶级的思想。其实无论什么都是有弊的,就是吃饭也是有弊的,它能滋养我们这方面是有利的;但是一方面使我们消化器官疲乏,那就不好而有弊了。假使做事要面面顾到,那就什么事都不能做了。

还有,知识阶级对于别人的行动,往往以为这样也不好,那样也不好。先前俄国皇帝杀革命党,他们反对皇帝;后来革命党杀皇族,他们也起来反对。问他怎么才好呢?他们也没办法。所以在皇帝时代他们吃苦,在革命时代他们也吃苦,这实在是他们本身的缺点。

所以我想,知识阶级能否存在还是个问题。知识和强有力是冲突的,不能并立的;强有力不许人民有自由思想,因为这能使能力分散,在动物界有明显的例子;猴子的社会是最专制的,猴王说一声走,猴子都走了。在原始时代酋长的命令是不能反对的,无怀疑的,在那时酋长带领着群众并吞衰小的部落;于是部落渐渐的大了。团体也大了。一个人就不能支配了。因为各个人思想发达了,各人的思想不一,民族的思想就不能统一,于

是命令不行,团体的力量减小,而渐趋灭亡。在古时野蛮民族常侵略文明很发达的民族,在历史上常见的。现在知识阶级在国内的弊病,正与古时一样。

英国罗素(Russel)法国罗曼·罗兰(R.Rolland)反对欧战,大家以为他们了不起,其实幸而他们的话没有实行,否则,德国早已打进英国和法国了;因为德国如不能同时实行非战,是没有办法的。俄国托尔斯泰(Tolstoi)的无抵抗主义之所以不能实行,也是这个原因。他不主张以恶报恶的,他的意思是皇帝叫我们去当兵,我们不去当兵。叫警察去捉,他不去;叫刽子手去杀,他不去杀,大家都不听皇帝的命令,他也没有兴趣;那么做皇帝也无聊起来,天下也就太平了。然而如果一部分的人偏听皇帝的话,那就不行。

罗素

我从前也很想做皇帝,后来在北京去看到宫殿的房子都是一个刻板的格式,觉得无聊极了。所以我皇帝也不想做了。做人的趣味在和许多朋友有趣的谈天,热烈的讨论。做了皇帝,口出一声。臣民都下跪,只有不绝声的 Yes,Yes,那有什么趣味?但是还有人做皇帝,因为他和外界隔绝,不知外面还有世界!

总之,思想一自由,能力要减少,民族就站不住,他的自身也站不住了!现在思想自由和生存还有冲突,这是知识阶级本身的缺点。

然而知识阶级将怎么样呢?还是在指挥刀下听令行动,还是发表倾向民众的思想呢?要是发表意见,就要想到什么就说什么。真的知识阶级是不顾利害的,如想到种种利害,就是假的,冒充的知识阶级;只是假知识阶级的寿命倒比较长一点。像今天发表这个主张,明天发表那个意见的人,思想似乎天天在进步;只是真的知识阶级的进步,决不能如此快的。不过他们对于社会永不会满意的,所感受的永远是痛苦,所看到的永远是缺点,他们预备着将来的牺牲,社会也因为有了他们而热闹,不过他的本身——心身方面总是苦痛的;因为这也是旧式社会传下来的遗物。至于诸君,是与旧的不同,是二十世纪初叶青年,如在劳动大学一方读书,一方做工,这是新的境遇;或许可以造成新的局面,但是环境是老样子,着着逼人堕落,倘不与这旧社会奋斗,还是要回到老路上去的。

譬如从前我在学生时代不吸烟，不吃酒，不打牌，没有一点嗜好；后来当了教员，有人发传单说我抽鸦片。我很气，但并不辩明，为要报复他们，前年我在陕西就真的抽一回鸦片，看他们怎样？此次来上海有人在报纸上说我来开书店；又有人说我每年版税有一万多元。但是我也并不辩明；但曾经自己想，与其负空名，倒不如真的去赚这许多进款。

还有一层，最可怕的情形，就是比较新的思想运动起来时，如与社会无关，作为空谈，那是不要紧的，这也是专制时代所以能容知识阶级存在的缘故。因为痛哭流泪与实际是没有关系的，只是思想运动变成实际的社会运动时，那就危险了。往往反为旧势力所扑灭。中国现在也是如此，这现象，革新的人称之为“反动”。我在文艺史上，却找到一个好名词，就是Renaissance，在意大利文艺复兴的意义，是把古时好的东西复活，将现存的坏的东西压倒，因为那时候思想太专制腐败了，在古时代确实有些比较好的；因此后来得到了社会上的信仰。现在中国顽固派的复古，把孔子礼教都拉出来了，但是他们拉出来的是好的嘛？如果是不好的，就是反动，倒退，以后恐怕是倒退的时代了。

还有，中国人现在胆子格外小了，这是受了共产党的影响。人一听到俄罗斯，一看见红色，就吓得一跳；一听到新思想，一看到俄国的小说，更加害怕，对于较特别的思想，较新思想尤其丧心发抖，总要仔仔细细地想，这有没有变成共产党思想的可能性?！这样的害怕，一动也不敢动，怎样能够有进步呢？这实在是没有力量的表示，比如我们吃东西，吃就吃，若是左思右想，吃牛肉怕不消化，喝茶时又要怀疑，那就不行了，——老年人才是如此；有力量，有自信力的人是不至于此的。虽是西洋文明吧，我们能吸收时，就是西洋文明也变成我们自己的了。好像吃牛肉一样，决不会吃了牛肉自己也即变成牛肉的，要是如此胆小，那真是衰弱的知识阶级了，不衰弱的知识阶级，尚且对于将来的存在不能确定；而衰弱的知识阶级是必定要灭亡的。从前或许有，将来一定不能存在的。

现在比较安全一点的，还有一条路，是不做时评而做艺术家。要为艺术而艺术。住在“象牙之塔”里，目下自然要比别处平安。就我自己来说罢，——有人说我只会讲自己，这是真的。我先前独自住在厦门大学的一所静寂的大洋房里；到了晚上，我总是孤思默想，想到一切，想到世界怎样，人类怎样，我静静的思想时，自己以为很了不得的样子；但是给蚊子一咬，跳了一跳，把世界人类的大问题全然忘了，离不开的还是我本身。

就我自己说起来，是早就有人劝我不要发议论，不要做杂感，你还是创作去吧！因为做了创作在世界史上有名字，做杂感是没有名字的。其实就是我不做杂感，世界史上，还是没有名字的，这得声明一句，是：这些劝我做创作，不要写杂感的人们之中，有几个是别有用意，是被我骂过的。所以要我不再做杂感。但是我不听他，因此在北京终于站不住了，不得不躲到厦门的图书馆上去了。

艺术家住在象牙塔中，固然比较的安全，但可惜还是安全不到底。秦始皇，汉武帝想成仙，终于没有成功而死了。危险的临头虽然可怕，但别的运命说不定，"人生必死"的运命却无法逃避，所以危险也仿佛用不着害怕似的。但我并不想劝青年得到危险，也不劝他人去做牺牲，说为社会死了名望好，高巍巍的镌起铜像来。自己活着的人没有劝别人去死的权利，假使你自己以为死是好的，那么请你自己先去死吧。诸君中恐有钱人不多罢。那么，我们穷人唯一的资本就是生命。以生命来投资，为社会做一点事，总得多赚一点利才好；以生命来做利息小的牺牲，是不值得的。所以我从来不叫人去牺牲，但也不要再爬进象牙之塔和知识阶级里去了，我以为是最稳当的一条路。

至于有一班从外国留学回来，自称知识阶级，以为中国没有他们就要灭亡的，却不在我所论之内，像这样的知识阶级，我还不知道是些什么东西?!

今天的说话很没有伦次，望诸君原谅！

补救世道文件四种

甲　"乐闻于斯竹"的来信

鲁迅先生：

在黎锦明兄的来信上，知道你早已到了上海。又近日看《语丝》，知岂明先生亦已卸礼部总长之任，《语丝》在上海出版，那位礼部尚书不知是何人蝉联下去呢？总长近日不甚通行，似乎以尚书或大臣为佳，就晚生看来。

不管谁当尚书了吧，我想，国粹总得要维持，你老人家是热心于这件工作的，特先奉赠礼物二件，聊表我之"英英髦彦，亦必有轶群绝伦"的区区之见也。

宣言是我三月前到会里恭恭敬敬索得来的。会里每晚，几乎是每晚有名人，遗老讲经的；听者多属剪发髦生——这生字是两性通用的——我也领教过一次了，情形另文再表，有空时再来。前几晚偶然又跑过老靶子路的会址门前，只见灯光辉映，经声出自老而亮的喉咙，不觉举头一望，又发现了一纸文会的征求，深恐各界青年，交肩失之，用特寄呈，乞广为招徕，国粹幸甚。倘蒙加以按语，序跋兼之，生生世世祖宗与有荣焉。

不知你住在什么地方，近来是否住在上海，故请别人转交。祝福你。

招勉之

一九二七，十二，十五，于sI医院。

乙　筹设孔教青年会宣言

人心败坏，道德沦亡；世运浩劫，皆由此生。今我国青年处此万恶之漩涡，声色货利濡染于中，邪说暴行诱迫于外。天地晦塞，人欲横流，其不论胥以溺者，殆无几矣！惟是，今人于水旱灾祲，则思集会以赈济，兵燹贼劫，则思练团以保卫。独于青年道德之堕落，其弊有甚于洪水猛兽者，则不知设会以补救。无亦徒知抵御有形之祸，而不知消弭无形之祸乎？同人深鉴于此，爰有孔教青年会之设，首办宣讲，音乐，游艺，体育各科，借符孔门六艺之旨。一俟办有成效，再设学校图书馆等，使我国青年皆得了解孔子之道，及得高尚学术之陶熔。庶知社会恶习之不可近；邪说暴行之所当辟；而世运浩劫，或可消弭于无形。今日之会社亦多矣，然大都皆偏于娱乐，而注重于青年之道德者甚微，惟孔子之道，如日月经天，江河行地，为吾人斯须不可离。斯会之成，必有能纳青年于正轨，而为人心世道之助者，且孔子尝言，后生可畏；又曰：以文会友，以友辅仁。我青年会之设即体孔子之意。邦人君子，倘亦乐闻于斯？！

丙　上海孔教青年会文会缘起

今试问揉罗曳縠，粉白黛绿，有以异于乱头粗服乎？今试问击鱻烹肥，纸迷金醉，有以异于含糗羹藜乎？此不待质诸离娄易牙而皆知者也。虽然，世有刻画无盐，唐突西施者；亦有久餍刍豢，偶思螺蛤者；此岂真以美色能令目盲，盛馔能令肠腐哉？毋亦畏妆饰烹调之繁缛而已。我国之文，固西施而刍豢也；通才硕学，研精覃思，穷老尽气，仅乃十得其七八；下焉者，或至熟视而无睹；后生小儒，途径未习，但见沉沉然千门万户，以为不可阶而升也，则必反顾却走而去之。故吾谓军人畏临阵；妇女畏产育；和尚畏涅槃；秀才畏考试；皆至可怪诧之事，而实情理之所应有者也。沪上为南北绾毂，衿缨亿万，学校如林，而海内耆宿之流，寓于此者，类皆蓄德能文，不惮出其胸中所蕴蓄以诱掖后进；后进亦翕然宗之。若夫家庭之内，有贤父兄，复能广延良师益友，以为子弟他山之助，韦长孺颜之推诸贤，犹未能或之先也。夫天下事果自因生，应由响召，观于此间近时之风尚，可知中

原文化,实具千钧一发之力,而英英髦彦,亦必有轶群绝伦,应时而起者。唯无以聚会之,则声气不通;无以征验之,则名誉不显;无以奖劝而提倡之,则进取不速,而观感不神。《易》曰:“君子以朋友讲习”,《论语》曰:“君子以文会友”。窃本斯旨,号召于众,俾知拭目而观西施,张口而思刍豢者,大有人在。同人不敏,即执巾栉,奉脂泽,为美人催妆,飞鞚络绎,为御厨送八珍,其又奚辞?(章程从略)

丁 “乐闻于斯”的回信

勉之先生足下。N日不见,如隔M秋。——确数未详,洋文斯用。然鲜卑语尚不弃于颜公,罗马字岂遽违乎孔教?“英英髦彦”,幸毋嗤焉。慨自水兽洪猛,黄神啸吟,礼乐偕辫发以同隳,情性与缠足而俱放;ABCD,盛读于黉中,之乎者也,渐消于笔下。以致“人心败坏,道德沦亡”。诚当棘地之秋,宁啻“杞天之虑”?所幸存寓公于租界,传圣道于洋场,无待乘桴,居然为铎。从此老喉嘹喨,吟关关之雎鸠,吉士骈填,若浩浩乎河水。邪说立辟,浩劫潜销。三祖六宗,千秋万岁。独惜“艺”有“宣讲”,稍异孔门,会曰“青年”,略剽耶教,用夷变夏,尼父曾以失眠。援墨人儒,某公为之翻脸。然而那无须说,天何言哉,这也当然,圣之时也。何况“后生可畏”,将见眼里西施,“以友辅仁”,先出胸中刍豢。于是虽为和尚,亦甘心于涅槃,一做秀才,即驰神于考试,夫岂尚有见千门万户而反顾却走去之者哉,必拭目咽唾而直入矣。文运大昌,于兹可卜,拜观来柬,顿慰下怀。聊复数言,略申鄙抱。若夫“序跋兼之”,则吾岂敢也夫。专此布复,敬请“髦”安,不宣。

鲁迅谨白。

丁卯夏历十一月二十六日。

《丙和甲》按语

编者谨案:这是去年的稿子,不知怎的昨天寄到了。作者现在才寄出欤,抑在路上邮了一年欤?不得而知。据愚见,学者是不会错的,盖“烈士死时,应是十一岁”无疑。谓予不信,则今年“正法”的乱党,不有十二三岁者乎?但确否亦不得而知,一切仍当于“甲寅暮春”,伫聆研究院教授之明教也。中华民国十六年即丁卯暮冬,中拉附识。

【备考】:

丙和甲

季廉

学生会刊行的韦烈士三一八死难之一的《韦杰三纪念集》到了,我打开一看,见有梁任公拿"陆放翁送芮司业诗借题韦烈士纪念集"几行字。旁边还有"甲寅暮春启超"六个小字。我很奇怪,今年(民国十五年)不是丙寅年吗?还恐不是。翻阅日历,的确不是甲寅,而是丙寅。我自己推算,韦烈士死时,二十三岁(见《纪念集》陈云豹《韦烈士行述》)。甲寅在烈士死前十二年。现在若无公历一九二六年同民国十五年来证明烈士是死在丙寅年,我们一定要说烈士是死在章士钊创办《甲寅》杂志那一年了。这样一算,烈士死时,应是十一岁。我们还可以说章士钊创办《甲寅》杂志的那年,同时在段执政手下作教育总长,或司法总长。——这个考证,也只好请研究系首领,研究院教授来做吧。大人先生,学者博士们呵,天干地支是国粹之一,要保存不妨保存,可是有那闹笑话,不如不保存吧。文明的二十世纪,有公历一九二几或民国十几来纪年,用不着那些古董玩意了。民国十五年十一月。

一九二八年

《某报剪注》按语

鲁迅案:我到上海后,所惊异的事情之一是新闻记事的章回小说化。无论怎样惨事,都要说得有趣——海式的有趣。只要是失势或遭殃的,使总要受奚落——赏玩的奚落。天南遯叟式的迂腐的"之乎者也"之外,又加了吴趼人李伯元式的冷眼旁观调,而又加了些新添的东西。这一段报章是从重庆寄来的,没有说明什么报,但我真吃惊于中国的精神之相同,虽然地域有吴蜀之别。至多,是一个他所谓"密司"者做了妓女——中国古已有之的妓女罢了;或者他的朋友去嫖了一回,不甚得法罢了,而偏要说到漆某,说到主义,还要连漆某的名字都调侃,还要说什么"羞恶之心",还要引《诗经》,还要发"感慨"。然而从漆某笑到“男女学生”的投稿负责者却是无可查考的“笑男女士”，而传这消息的倒是“革新通信社”。其实是，这岂但奚落了“则其十之八九，确为共产分子无疑”的漆树芬而已呢，就是中国，也够受奚落了。丁卯季冬 x 日。

【备考】：

某报剪注

瘦莲

漆南薰的女弟子

大讲公妻
初在瞰江馆
　犹抱琵琶半遮面
现住小较场
　则是莺花啼又笑

革新通信社消息；顷有署名笑男女士者投来一稿，标题云，“漆树芬尚有弟子传芬芳”。原文云：前《新蜀报》主笔，向师政治部主任漆树芬者，字南薰，虽死于“三三一”案；但其人究竟是否共产党徒，迄今尚其说不一，不过前次南京政府通缉共产党，曾有漆名，且其前在《新蜀报》立言，亦颇含有“共味”，则其十分之八九，确为共产分子无疑。漆当今春时，原为某师政治训练处主任，男女学生，均并蓄兼收。有陈某者，亦所谓“密司”也，在该处肄业有日，于某师离渝时，遂请假未去，乃不知以何故，竟尔沦入平康，初尚与魏某旅长，讲所谓恋爱，于瞰江楼上，过其神女生涯。近日则公然在小较场小建香巢，高张艳帜，门前一树马樱花，沉醉着浪蝶狂蜂不少也。据余（该投稿人自称）男友某谈及，彼初在瞰江楼见面时，虽已非书生面目，但尚觉“犹抱琵琶半遮面”，不无羞恶之心，近在小较场再会，则莺花啼又笑，旧来面目全非，回顾其所谓“密司”时代，直一落千丈矣。噫，重庆社会之易人，有如此者，可不畏哉！或曰：“漆南薰之公妻主义，死有传人。”虽属谑而虐兮，亦令人不能不有此感慨也。

（注）“三三一案”（手民注意：是三三一案，不是三三一惨案，因为在重庆是不准如此称谓的）是大中华十六年三月卅一日，重庆各界在打枪坝开市民大会，反对英兵舰炮击南京。正在开会，有所谓暴徒数百人入场，马刀，铁尺，手枪……一阵乱打，打得落花流水，煞是好看。结果：男女学生，小学生，市民，一共打死二百余人云。

（又注）漆某生前大讲公妻（可惜我从不曾见着听着），死后有弟子（而且是女的）传其道，则其人虽死，其道仍存，真是虽死犹生。然这位高足密司陈，我曾经问过该师的女训育，说并无其人，或者是改了姓。然而这新闻中的记者老爷，又不曾说个清楚，所以我只得又注一章云。

（再注）“共昧”者，共产主义的色彩也。因漆某曾做有一篇“学生不宜入党”的文章云。

（不注）这信如能投到，那么，发表与否是你的特权云。

渝州瘦莲谨注。丁卯仲冬戊辰日。

《“行路难”》按语

鲁迅案：从去年以来，相类的事情我听得还很多；一位广东朋友还对我说道：“你的《略谈香港》之类真应该发表发表；但这于英国人是丝毫无损的。”我深信他的话的真实。今年到上海，在一所大桥上也被搜过一次了，但不及香港似的严厉。听说内地有几处比租界还要严，在旅馆里，巡警也会半夜进来的，倘若写东西，便都要研究。我的一个同乡在旅馆里写一张节略，想保他在被通缉的哥哥，节略还未写完，自己倒被捉去了。至于报纸，何尝不检查，删去的处所有几处还不准留空白，因为一留空白便可以看出他们的压制来。香港还留空白，我不能不说英国人有时还不及同胞的细密。所以要别人承认是人，总须在自己本国里先争得人格。否则此后是洋人和军阀联合的吸吮，各处将都和香港一样，或更甚的。

旧历除夕，于上海远近爆竹声中书。

【备考】：

“行路难”

鲁迅先生：

几次想给你写信，但总是为了许多困难，把它搁下。今天因为在平坦的道路上碰了几回钉子，几乎头破血流，这个使我再不能容忍了。回到寓所来，上着电灯，拾着笔，喘着气，无论如何，决计非写成寄出不可了。

你是知道的了：我们南国一个风光佳丽，商业繁盛的小岛，就是现在多蒙英洋大人代为管理维持的香港，你从广州回上海经过此地时，我们几个可怜的同胞，也还会向洋大人奏准了些恩赐给你。你过意不去，在《语丝》上致谢不尽。自然我也同样，要借《语丝》一点空篇幅，来致谢我们在香港的一些可怜的同胞！

我从汕头来到香港仅有两个满月，在这短短的时期内，心头竟感觉如失恋一般的酸痛。因为有一天，偶然从街道上买回一份《新中国报》，阅到副刊时，文中竟横排着许多大字道："被检去。"我起初还莫名其妙，以后略为翻阅：才知道文中所论，是有点关碍于社会经济问题，和女子贞操问题的。我也实在大胆，竟做了一篇《中国近代文艺与恋爱问题》寄到《大光报》的副刊《大觉》去。没有两天，该报的记者答复我一信，说我那篇文被检查员检去四页，无法揭载；并谓："几经交涉，总不发还。"我气得话都说不出来，这真是蹂躏我心血的魔头了。我因向朋友询问，得知这个检查工作都是我们同胞（即高等华人）担任。并且有这样的事情：就是检查时，报社能给这检查员几块谢金，或每月说定酬金。那便对于检查上很有斟酌的余地。这不能不算是高等华人我们的同胞的好处啊！

真的，也许我今年碰着和你一样的华盖运。倘不然，便不会这样了：和两个友人从弯仔的地方跑来香港的马路上，即是皇后码头的近处，意外地给三四个我们的同胞纠缠住了。他们向我们详细询问了几回，又用手从我们肩膀摸到大腿，又沿着裤带拉了一下，几乎使我的裤脱了下来。我们不得已，只好向他们诚恳地说道："请不要这样搜寻，我们都是读书人咯！"

"吓！那正怕，共产党多是读书人呢。"于是他们把我手中拾着的几卷文稿，疑心地拿过去看了一看，问我道："这是宣言吗？"

"有什么宣言，这是我友人的文稿。"我这样回答。然而他们终于不信，用手一撕，稿纸便破了几页，字迹也跟着碎裂。我一时气得捏着拳，很想捶他们的鼻尖，可是转眼望着他们屁股上的恶狠狠的洋炮，却只教我呆着做个无抵抗主义的麻木东西了。事情牵延到二三十分钟，方始默准了我们开步走。

这样的事情，一连碰了几次，到这最末一次，他们竟然要拉我上大馆（即警厅一样）去审问了。他们说我袋里带着一枝小刀子（这是我时常剖书剖纸用的），并且有一本日记簿，中间写着几个友人的姓名及通信地址，怕我是秘密党会的领袖，结果只得跟着他们跑了。五六里路程来到大馆，只有一个着西装的我们的高等同胞，站在我面前对问了一回，这才把我放出去。我这时哭也不成，笑也不成，回到寓里，躺上床去，对着帐顶凝神，刺骨的，痛苦一阵，便忍着心，给你写下这封信，并愿将这信展布，以告国人。

李白只叹："蜀道之难，难于上青天。"然而现在这样平平坦坦的香港的大马道，也是如此地难行，亦可谓奇矣！我今后而不离香港，便决定不行那难行的大路了，你觉得好吗？

陈仙泉。一月十二日香港。

《禁止标点符号》按语

编者按：这虽只一点记事，但于我是觉得有意义的：中国此后，将以英语来禁用白话及标点符号，但这便是"保存国粹"。在有一部分同胞的心中，虽疾白话如仇，而"国粹"和"英文"的界限却已经没有了。除夕，楮冠附记。

【备考】：

禁止标点符号

昨天为教育部甄别考试。当主考委员出了题后，某科长即刻到场训诲，他说："你们不应用标点符号，因为标点符号是写白话文时用的。然而中国文的 phrase and clause（他说英文时特别呈出严厉的面孔）是很复杂，若使没有句读，那么读的人未免有'望文生义'的困难；不过你当加句读，勿用 colon, semicolon, question mark, and so on and so forth 就是了。"

某科长之意以为中国文当用标点符号，可惜它已被写白话文的学匪先用了，为避免亵渎起见，所以还用四千年祖传的句读吧！

十六，十二，廿四，（考完后第二天）钱泽民写于北京。

季廉来信按语

我们都在上海，什么"考试情节"，"法立然后知恩"之类，在报上倒不大见的。不过偶然有些传说，如"嫌疑情节"，"大学招考，凡做白话文者皆不取"等等。然而真假却不得而知，所以连我四周是"漆黑"还是"雪白"，也无从奉告了。近来声说这里有"革命文学家"因为"语丝派"中人，在北京醉生梦死，不出来"革命"，恨不用大炮打掉北京。那

么，这里大约是好得很罢？要不然，他们为什么这样威武呢？

旅沪一记者。新春。

【备考】：

通信

我生二十五岁了。从民国元年改用西历起，到现在已经过了十七个新年了，——不，三十四个新年了。因为过了阳历新年，还照例要过旧历新年的，若按过一个新年算添一岁的话，我现在应是三十九岁了。那么“人生七十古来稀”，在民国却并不“稀”了。今日又是阴历除夕，天涯沦落，颇有点身世之感。为了要排遣我的惆怅，顺手将案头的旧报拿来解闷，可是却发现了不少的好材料。今谨分类抄粘，深盼记者先生将它公诸国人，“以期仰副大元帅昌明礼教之至意”，且表彰刘教长整顿学风之苦心云尔。

(一)关于礼制的

▲礼制馆成立潘复等有演说　京讯：礼制馆于昨日下午二时行成立礼，阁议散后，潘及各阁员，均往参加。首由总裁潘复，副总裁沈瑞麟致辞，教长刘哲，亦有演说，次总纂江瀚答词。至三时许始散。兹分录潘沈江等演词如下：

(一)总裁致辞：中国以礼教立国，经世宰物，修己治人之道，莫重于礼。大而天地民物，小而视听言动，一以礼为依归，自礼教寝废，而后法治始兴。然法者所以佐治之具，而非制治之本原也。民国肇建十有余载，礼制废置不讲，诚为一大阙憾。历年变乱不息，未始不由于此。举其著者：如婚丧祭葬之仪，公私冠服之制，曾未明白规定，人民多无率从，何以肃观瞻而定民志？况于古圣经邦体国之精义乎！今大元帅有鉴于此，兢兢以礼制为亟，开馆延宾，罗致一时名宿，共议礼乐制度，造端宏大，规划深远。诸君子皆鸿儒硕彦，于古今礼俗之宜，研求有素，必能本所夙蓄，详加稽考，发抒伟议，导扬国光。鄙人躬与盛会，曷胜欣幸之至！

(二)副总裁致辞：顷闻潘总裁所论，极为正大，鄙人不胜钦佩。缘古圣王制礼，所以范围民物，故曰礼者，正人心定风俗明上下者也。后世礼教不明。而大乱因之以起，今日议礼订乐，浅见者，几以为笑谈；不知根本之图，乌可弃而不讲？果使人人有正本清源之志，则离经叛道之说，何至而生？又何虑赤党之滋蔓乎？惟礼与时为变通，当斟酌时俗所宜，定为通行之制，使耳目不至惊骇，而精意已寓乎其间。曾文正所谓用今日冠服之常，而悉符古昔仁义等杀之精是也。鄙人学识固陋，幸得与诸君子聚首一堂，敢贡其一得之愚，尚希大雅赐以教督为幸。

（三）总纂答词：顷闻总裁副总裁教育刘总长同抒高论，钦佩无极。共和建国以来，议订礼制，已有四次：第一次为民国三年政事堂所设立，亦名礼制馆，于五年停办；第二次于六年夏间，由内务部礼俗司继续编订；第三次为九年秋间，国务院内务部会同设立之修订礼制处，于十年冬因费绌裁撤；第四次为十四年，内务部呈准设立之礼制编纂会，至本馆奉令设立后，亦告结束。计前后纂订之案，不下十余种，有业经公布者，有未及公布者，亦有属稿将竣而以政变，未及呈送者。譬诸大辂，椎轮已具，依次孟晋，易观厥成。记曰，人有礼则安，无礼则危。今大元帅思深虑远，殷殷以议礼定乐为陶淑人心，挽回气运之急务。遐迩闻之，孰不兴感？在事同人，拟先将前纂各稿共同研究，如有疏漏，加以增改，集群策群力，务于半载之内，竟此全功，以期仰副大元帅昌明礼教之至意。所有未尽事宜，尚望总裁副总裁与诸君子随时指导为幸。（见十六年十一月十八日《大公报》。）

▲北京孔教会昨日祀天　礼毕，陈焕章张廷健张廷桂等大讲经书。（见十二月二十四日《大公报》。）

（二）关于考试的，其题目见逐日报端。依次列举如下：

▲教育部昨日考试民国大学，国文试题为“法立然后知恩说”。

▲教部昨考平民大学，国文题为“与国人交止于信说”。

▲教部昨考中国大学，国文题为“孟子以邪说横行，与洪水猛兽并列，试申言其害之所在说”。

▲教部昨甄别通才商专学校，题为“通商惠工”。

▲教部昨甄试中央大学，题为“礼义廉耻国之四维论”。

经过这样的考试后，圣道就发达了，斯文就不丧了，邪说也就辟了，人心也就古了，尧舜禹汤之世，也就行见于今日了。……在“辇毂之下”的小民，沐德真是无涯了。

（三）学生与考试

▲朝阳大学前被捕去男生孙浩潭李菊天等，业已释出四人，惟女生李芙蓉乐毅因审查情节较重，一时不易释放云。（十六年十一月三十日《大公报》。）

▲朝阳大学前次被军警捕去男女学生李菊天乐毅李芙蓉等十余人，因考试情节不关重要，均已先后释出。（十二月二十日《大公报》。）

事实很明白地告诉我们。李菊天乐毅李芙蓉一干人被军警捕去，监禁了二十天。罪名是“因考试情节”。整顿学风，原来如此整顿法。我生也晚，实在少见少闻。记者先生，听说什么地方有保障人权宣言，不知是否也只是讲着玩的？

天涯岁暮，触景生悲。感着我生二十五岁已过了三十九个新年了，感着生命的微弱，感着我四周的漆黑一团。感着……

季廉。除夕。

《示众》编者注

编者注：原作举例尚多，但还是因为纸张关系，删节了一点；还因为别种关系，说明也减少了一点。但即此也已经很可以看见标点本《桃花扇》之可怕了。至于擅自删节之处，极希作者原谅。

三月十九日，编者。

【备考】：

示众

育　熙

自从汪原放标点了《红楼梦》《水浒》，为书贾大开了一个方便之门，于是一些书店掌柜及伙计们大投其机，忙着从故纸堆里搬出各色各样的书，都给它改头换面，标点出来，卖之四方，乐得名利双收。而尤以昆山陶乐勤对这玩意儿特别热心。

平心而论，标点家如果都像汪原放那样对于书的选择及标点的仔细，自有相当的功劳；若仅以赚钱为目的而大拆其烂污，既对不住古人，又欺骗了读者，虽不说应处以若干

等有期徒刑,至少也应以杖叩其胫,惩一儆百,以免效尤的。

现在且将陶乐勤标点的中国名曲第一种《桃花扇》举出来示众:——

陶乐勤标点的(以后省作陶的)上册第三十页:

贞丽 "堂中女,好珠难比;
学得新莺,恰恰啼春;
锁重门人未知。"——(尾声)

姑不问其叶韵不叶韵,只问其通不通,若要念得下去,就应是一

贞丽 "堂中女,好珠难比;
学得新莺恰恰啼,
春锁重门人未知。"——(尾声)

又如陶的上册五四页:

方域 "金粉未消亡,
闻得六朝香满。
天涯烟草断人肠,
怕催花信紧;
风风雨雨,误了春光。"——(缑山月)

《桃花扇》里面,每折都是一韵或互通韵到底,此折——《访翠》是阳江韵,开头怎么又弄成先韵了呢?这又是陶乐勤错了,应改作——

方域 "金粉未消亡。
闻得六朝香。
满天涯芳草断人肠!
怕催花信紧,
风风雨雨,误了春光。"——(缑山月)

又如陶的上册第四十九页:

(大笑着)不料这侯公子倒是知己!

这一折是《侦戏》,原来陈定生请方密之冒辟疆两位公子在鸡鸣埭上吃酒,借阮大铖的戏班演他的《燕子笺》,大铖因自己编的曲自己的行头自己的班,想听听他们几位公子的批评如何,所以着人去探。最初探听回来,几位公子对《燕子笺》都是好评,所以大铖很

得意。但谁也不知还有位“侯公子”在座，为什么他就说“侯公子”是知己呢？原来又是陶乐勤错了，因为照原文应该是——

（大笑着）不料这班公子倒是知己！

这点陶乐勤不能推到手民误排，虽然“班”字同“侯”字样子差不多，但陶自己在侯字旁边加了个引号“—”了。

如以上所举的小错处，实在指不胜指；再举几处大错处来请大家看看：——

陶的上册三十七页：

“魏家干，又是崔家干，
一处处儿同吃。
东林里丢飞箭，
西厂里牵长线；
怎掩傍人眼字，
难免同气崔田。
同气崔田热，
兄弟粪争尝痈。”

陶的上册第一百一十一至一百一十二页：

“你看中原豺虎乱如麻，
都窥伺龙楼凤阙帝王家。
有何人勤王报主，
肯把粮草缺乏？
一阵阵拍手喧哗，
一阵阵拍手喧哗。
百忙中教我如何答话？
好一似薨薨白昼闹旗拿；
那督帅无老将，
选士皆娇娃，
却教俺自撑达，
却教俺自撑达，

正腾腾杀气，

这军粮又蜂衙！”

上面抄的这两阕，我先要问问陶乐勤“自己读得顺口不顺口”？“怎么讲”？我还要请读者凭良心说看得懂不懂，读得下去读不下去。如果看不懂读不下的话，就请看下面：——

“魏家干，又是崔家干，

——一处处‘儿’字难免。

同气崔田！

同气崔田，

热兄弟粪争尝痈同吮！

东林里丢飞箭，

西厂里牵长线，

怎掩旁人眼！”

又：

“你看中原豺虎乱如麻，

都窥伺龙楼凤阙帝王家。

有何人勤王报主，

肯把义旗拿？

那督帅无老将，

选士皆娇娃，

却教俺自撑达！

却教俺自撑达，

正腾腾杀气，

这军粮草又早缺乏。

一阵阵拍手喧哗，——一阵阵拍手喧哗，

百忙中教我如何答话？

好一似‘薨’‘薨’白昼闹蜂衙！”

阅者试把这两阕同陶标点的两阕对照一下，就可看出他大错而特错，就可看出陶乐勤不问自己懂不懂就乱七八糟的胡闹了。

为爱惜纸张起见，不再抄了。我觉得近来批评翻译的人很多，而对于标点家大家都置之不理，一则未免辜负他们一片热心，二则因其不问不闻，他们也就愈加猖獗，上当的人太多，所以才来当这一次义务的校对兼书记。我希望大家不要再上他们的当！

附记：我所根据的是"上海梁溪图书馆"于"中华民国十三年四月十五日再版"的"全书二册定价一元二角""昆山陶乐勤"先生标点的《中国名曲第一种——桃花扇》，并且卷首有陶乐勤自己的《新序》，一再说过"旧本印品，差字脱句甚多，均经改正加入"，"其有错误者，亦经添改"了的。

这并不是替他做广告，不过说明白"以明责任而清手续"耳。

一九二八，三，三，于北京。

通信（复张孟闻）

孟闻先生：

读了来稿之后，我有些地方是不同意的。其一，便是我觉得自己也是颇喜欢输入洋文艺者之一。其次，是以为我们所认为在崇拜偶像者，其中的有一部分其实并不然，他本人原不信偶像，不过将这来做傀儡罢了。和尚喝酒养婆娘，他最不信天堂地狱。巫师对人见神见鬼，但神鬼是怎样的东西，他自己的心里是明白的。

但我极愿意将文稿和信刊出，一则，自然是替《山雨》留一个纪念，二则，也给近年的内地的情形留一个纪念，而给人家看看印刷所老板的哲学和那环境，也是很有"趣味"的。

我们这"不革命"的《语丝》，在北京是站脚不住了，但在上海，我想，大约总还可以印几本，将来稿登载出来罢。但也得等到印出来了，才可以算数。我们同在中国，这里的印刷所老板也是中国人，先生，你是知道的。

鲁迅。四月十二日。

【备考】：

偶像与奴才（白露之什第六）

西屏

七八岁时，那时我的祖母还在世上，我曾经扮了一会犯人，穿红布衣，上了手铐，跟着神像走。神像是抬着走的,我是两脚走的,经过了许多街市,到了一个庙里停止,于是我脱下了那些东西而是一个无罪之人了。据祖母说,这样走了一遍,可以去灾离难,却病延年。可是在后我颇能生病,——但还能活到现在,也许是这扮犯人之功了。那时我听了大人们的妙论,看见了泥菩萨,就有些敬惧,莫名其妙的骇怪的敬惧。后来在学校里听了些"新理"回来,这妙论渐渐站脚不住。十岁时跟了父亲到各"码头"走走,怪论越听越多,于是泥菩萨的尊严,在我脑府里丢了下来。此后看见了红脸黑头的泥像,就不会谨兢的崇奉,而伯母们就叫我是个书呆子。因为听了洋学堂里先生的靠不住说话,实在有些呆气。

这呆气似乎是个妖精,缠上了就摆脱不下,一直到现在,我还是不相信泥菩萨,虽然我还记得"灾离难,难离身,一切灾难化灰尘,救苦救难观世音"等的经语。据说,这并不稀奇,现在不信神道的人极多。随意说说,大家想无疑义,——但仔细考究起来,觉得不崇奉偶像的人并不多。穿西装染洋气的人,也俨然是"抬头三尺有神明",虔虔诚诚的相信救主耶稣坐卧静动守着他们,更无论于着马褂长袍先生们之信奉同善社教主了。

达尔文提倡的进化论在中国也一样的通得过去。自从民国以来,"世道日下,人心不古",偶像进化到不必定是泥菩萨了。不仅忧时志士,对此太息;就是在我,也觉得邪说中人之毒,颇有淋漓尽致之叹。我并不是"古道之士"叹惜国粹沦亡,洋教兴旺;我是忧愁偶像太多,崇拜的人随之太多。而清清醒醒的人,愈见其少耳。在这里且先来将偶像分类。

据英国洋鬼子裴根(F.Bacon 一五六一——一六二六)说,偶像可分为四类:——

一　种族之偶像 Idoles of the Tribe

二　岩穴之偶像 Idoles of the Cave

三　市场之偶像 Idoles of the Market Place

四　舞台之偶像 Idoles of the Theater

凡洋鬼子讲的话,大概都有定义和详细的讨论。然而桐城派的文章,主简朴峭劲,所以我只取第三类偶像来谈谈,略去其他三类。所谓"市场之偶像"者,据许多洋书上所说,是这样的:——

逐流随波之盲从者,众咻亦咻,众俞亦俞,凡于事初无辨析,惟道听途说,取为珍宝,奉名人之言以为万世经诰,放诸天下而皆准,不为审择者,皆信奉市场偶像之徒也。

对于空洞的学说信仰,若德谟克拉西,道尔顿制,……等,此等信徒,犹是市场偶像信徒之上上者;其下焉者,则惟崇拜某人,于是泥塑的偶像,一变而为肉装骨撑的俗夫凡胎矣。“恶之欲其死,爱之欲其生”,凡是胸中对于某人也者,一有成见,便难清白认识。大概看过《列子》的人,总能记得邻人之子窃斧一段文字,就可想到这一层。内省心理学者作试验心理内省报告的,必须经过好好一番训练,——所以要如此这般者。也无非想免去了内心的偶像,防省察有所失真耳。然而主观成见之能免去,实是极难,几乎是不可能的事。不过这是题外文章,且按下不讲;我所奇怪而禁不住要说说者,是自己自谓是“新”人,教人家莫有偶像观念,而自己却偏偏做了市场偶像之下等信徒也。

崇拜泥菩萨的被别人讥嗤为愚氓者,这自然不是稀罕的事,因为泥菩萨并不高明,为什么要低首下心的去做这东西的信徒呢?然而,我想起心理分析学者和社会心理学者的求足(Compensation)说,愚夫愚妇之不得于现实世界上,能像聪明人们的攫得地位金钱,而仅能做白日梦(day dreaming)一般,于痴望中求神灵庇佑,自满幻愿也是很可哀怜,很可顾念的了。对于这班无知识的弱者,我们应该深与同情;而且,你如果是从事于社会光明运动者,便有“先觉觉后觉”觉醒他们的必要。——但是知识阶级,有的而且是从事社会光明运动者,假使也自己做起白日梦来,昏昏沉沉地卷着一个偶像,虔心膜拜顶礼,则岂不可叹,岂不可哀呢!

近来颇有人谈谈国民性,于是我就疑心,以为既然彼此同为中华民国国民,所具之国民性当是相同,那么此等偶像崇拜也许是根据于某一种特性罢,虽然此间的对象(偶像)并不相同。这疑心一来就蹊跷,——因为对象之不同,仅是程度高下的分别,不是性质的殊异。倘使弗罗伊特性欲说(Freud's concept of libido)是真实的说话,化装游戏(Sublimation)这个道理,在此间何尝不可应用?做一会呆子罢,去找寻找寻这特性出来。我当然不敢说我这个研究的结果十分正确,但只要近乎真的,也就不妨贡献出来讨论讨论。

F.H.Allport 的《社会心理学》第五章《人格论》,“自己表现”(Self expression)这一段里。将“人”分作两类,自尊与自卑(Ascendance and Submission)又外展与内讼(Extroversion and Introversion)。他说:

最内讼的人,是在幻想中求满足。……隐蔽之欲望,乃于白日梦或夜梦中得偿补之。其结果遂将此伪象与真实生活相混杂联结。真实的现象,都用幻想来曲解,务期与其一己所望吻合,于是事物之真价,都建设在一个奇怪的标准上了。……白痴或癫狂的人。对于细事过分的张扬,即是此例。懦弱,残废。或幼年时与长大之儿童做伴。倘使不幻想满足的事情，就常常保留住自卑的习气。慑服。曲媚于其苛虐之父执，师长或长兄，而成为一卑以自牧之奴儿。不敢对别人表白自己的意见。……逢到别人，往往看得别人非凡伟大，崇高，而自己柔驯屈服于下。

节译到这里，我想起我国列圣列贤的训诲，都是教人“卑以自牧”的道德话来。向来以谦恭为美德的中国人，连乡下“看牛郎”也知道“吃亏就是便宜”的格言，做做奴才也是正理！——倘使你不相信，可以看看《施公案》《彭公案》“之类之类”的民间通行故事，官员对着皇上也者，不是自称“奴才”吗？这真是国民性自己表现得最透彻的地方。那么于现在偶像崇拜之信徒，也自然不必苛求了，因为国民性生来是如此奴气十足的。

这样说来，中国国民就可怜得很，差不多是生成的奴才了。新人们之偶像崇拜，固然是个很好的事证，而五卅惨案之非国耻，宁波学生为五卅案罢课是经子渊氏的罪案，以及那些不敢讲几句挺立的话，惧恐得罪于诸帝国主义之英日法美等国家之国家主义者，……诸此议论与事实，何尝不是奴才国民性之表现呢？

如其你是灼见这些的，你能不哀叹吗？但是现在国内连哀叹呻吟都遭禁止的呢！有声望的人来说正义话，就有“流言”；年轻一些地说正义话，那更是灭绝人伦，背圣弃道，是非孝公妻赤化的人物了。对于这些自甘于做奴才的人们，你可有办法吗？倘使《聊斋》故事真实，我真想将那些奴才们的脑子来调换一下呢。此外又有许多想借用别国社会党人的势力来帮助中国脱离奴才地位的，何尝不是看人高大，自视卑下白日梦中求满足的奴才思想呢？自己不想起来，只求别人援手，这就是奴才的本质，而不幸这正是国内知识阶级流行的事实。

要之，自卑和内讧，是我国民的劣根性。此劣性一天不拔去，就一天不能脱离于奴才。

脱离奴才的最好榜样，是德国。在这里请引前德皇威康二世的话来做结束。他说：——

“恢复德意志从来之地位。切不可求外界之援助，盖求之未必即行，行矣亦必自隐于奴隶地位。……

自立不倚赖人.此为国民所必具之意识。如国民全阶级中觉悟时，则向上之心，油然而发。……若德国人有全体国民意识时。则同胞互助之精神，祖国尊严之自觉……罔不同来，……自不难再发挥如战前(按此指欧洲大战)之国民气概。……”

来信

鲁迅先生：

从前，我们几个人，曾经发刊过一种半月刊，叫作《大风》，因为各人事情太忙，又苦于贫困，出了不多几期，随即停刊。现在，因为革命过了，许多朋友饭碗革掉了，然而却有机会可以做文章，而且有时还能聚在一起，所以又提起兴致来，重行发刊《大风》。在宁波，我和印刷局去商量，那位经理先生看见了这《大风》两个字就吓慌了。于是再商量过，请夏丏尊先生为我们题签，改称《山雨》。我们自己都是肚里雪亮，晓得这年头儿不容易讲话，一个不好便会被人诬陷，丢了头颅的。所以写文章的时候，是非凡小心在意，谨慎恐惧，唯恐请到监狱里去。——实在的，我们之中已有好几个尝过那味儿了，我自己也便是其一。我们不愿意冤枉尝试第二次，所以写文章和选稿子，是十二分道地的留意，经过好几个人的自己"戒严"，觉得是万无疵累，于是由我送到印刷局去，约定前星期六去看大样。在付印以前，已和上海的开明书店，现代书局，新学会社，以及杭州，汉口，……等处几个书店接洽好代售的事情，所以在礼拜六以前，我们都安心地等待刊物出现。这虽然是小玩意儿，但是自己经营东西，总满是稀罕珍爱着的，因而望它产生出来的心情，也颇恳切。

上礼拜六的下午，我跑去校对，印书店的老板却将原稿奉还，我是赶着送终了，而《山雨》也者，便从此寿终正寝。整册稿子，毫无违碍字样，然而竟至于此者，年头儿大有关系。印书店老板奉还稿子时，除了诚恳地道歉求恕之外，并且还有声明，他说："先生，我们无有不要做生意的道理，实在是经不起风浪惊吓。这刊物，无论是怎样的文艺性的或什么性的，我们都不管，总之不敢再印了。去年，您晓得的，也是您的朋友，拿了东西给我们印，结果是身入囹圄，足足地坐了个把月，天天担心着绑去斫头。店里为我拿出了六七百元钱不算外，还得封闭了几天。乡下住着的老年双亲，凄惶地跑上城来，哭着求别人讲情。在军阀时候，乡绅们还有面子好买，那时候是开口就有土豪劣绅的嫌疑。先生，我也吓得够了，我不要再惊动自己年迈的父母，再不愿印刷那些刊物了。收受您的稿子，原是那时别人的糊涂，先生，我也不好说您文章里有什么，只是求您原谅赐恩，别再赐顾这等生意了。"

看还给我的稿纸，已经有了黑色的手指印，也晓得他们已经上过版，赔了几许排字工钱了。听了这些话，难道还能忍心逼着他们硬印吗？于是《山雨》就此寿终了。

鲁迅先生,我们青年的能力,若低得只能说话时,已经微弱得可哀了;然而却有更可悲的,不敢将别人负责的东西排印。同时,我们也做了非常可悲的弱羊,于是我们就做了无声而待毙的羔羊。倘使有人要绑起我们去宰割时,也许并像鸡或猪一般的哀啼都不敢作一声的。啊,可惊怕的沉默!难道这便是各地方沉默的真相吗?

总之,我们就是这样送了《山雨》的终。并不一定是我们的怯懦,大半却是心中的颓废感情主宰了我们,教我们省一事也好。不过还留有几许落寞怅惘的酸感,所以写了这封信给你。倘使《语丝》有空隙可借,请将这信登载出来。我们顺便在这里揩油道谢,谢各个书局承允代售的好意。

《山雨》最"违碍"的文章,据印书店老板说是《偶像与奴才》那一篇。这是我做的,在三年以前,身在南京,革命军尚在广东,而国府委员经子渊先生尚在宁波第四中学做校长,——然而据说到而今尚是招忌的文字,然而已经革过命了!这信里一并奉上,倘可采登,即请公布,俾国人知文章大不易写。倘使看去太不像文章,也请寄还。因为自己想保存起来,留个《山雨》死后——夭折——的纪念!! 祝您努力!

张孟闻启。三月二十八夜。

《这回是第三次》按语

鲁迅按:在五六年前,我对于中国人之发"打拳热",确曾反对过,那是因为恐怕大家忘却了枪炮,以为拳脚可以救国,而后来终于吃亏。现在的意见却有些两样了。用拳来打外国人,我想,大家是已经不想的了。所以倒不妨学学。一,因为动手不如开口之险。二,阶级战争经许多人反对,虽然将不至于实现,但同级战争大约还是不免的。即如"文艺的分野"上罢,据我推想,倘使批判,谣诼,中伤都无效,如果你不懂得几手,则会派人来打你几拳都说不定的。所以为生存起见,也得会打拳,无论你所做的事是文化还是武化。

【备考】:

这回是第三次

文辉

国粹可分两种,一曰文的,一曰武的。现在文的暂且不说,单说武的。

据鲁迅先生说,"打拳"的提倡,已有过二次,一在清朝末年,一在民国开始,则这回应

该算第三次了。名目前二次定为“新武术”,这次改称“国技”,前二次提倡的,一是“王公大臣”,一是“教育家”,这回却是“国府要人。”

近来“首善之区”闹得有声有色的,使首推这次“国技表演”。要人说:“这是国粹,应当保留而发挥之,”否则,便“前有愧于古人,后何以语来者,负疚滋甚”了。幸喜这“弥可宝贵”的打拳(国技)的遗绪,尚未断绝,“国技大家诸君,惠然肯来”,从此风气一开,人人变为赳赳,于是军阀不足打倒,帝国主义者不足赶走,而世界大同也自然而然地出现了。“愿国人悉起学之”,以完成革命!

我们小后生,不识国粹之可贵一至于此,虽然未饱眼福,也就不胜其赞叹与欣舞了。不过某将军主张“对打”,我却期期以为不可,因为万一打塌了鼻子,或者扯破了裤子,便不妙了,甚或越打越起劲,终则认真起来,我们第三者就不免要吃亏了。那时军阀未倒,而百姓先已“家破人亡”了。但这全是过虑,因为三代礼让之风,早已深入诸君子的心。况且要人已经说过,“好勇斗狠,乱法犯禁”是要不得的,所以断不至发生后患,而我们尽可放心看热闹了。

复晓真、康嗣群

一　十条罪状

晓真先生:

因为我常见攻击人的传单上所列的罪状,往往是十条,所以这么说,既非法律,也不是我拟的。十条是什么,则因传单所攻击之人而不同,更无从说起了。

鲁迅。七月二十日。

二　反对相爱

嗣群先生:

对不起得很,现在发出来函就算更正。但印错的那一句,从爱看神秘诗文的神秘家看来,实在是很好的。

旅沪记者。七月廿一日。

【备考】:

信件摘要

鲁迅先生:

读《语丝》四卷十七期复 Y 君的信里,有句说:“……问罪在先,而搜集罪状(普通是十条)在后也。”之 Parenthesis 里的“普通是十条”,究竟“十条”是些什么?——是先生拟的吗,或是所谓法律中者?就请在《语丝》的空白处解释给我听听。(下略)

晓真上。六月廿五日。

记者先生:

第四卷廿七期刊出的我诗内中有一个过于神秘的错,请更正一下。第四二页第二行“我们还是及时相爱”,手民却排成“我们还是反对相爱”了,实在比×××的诗还要神秘!(下略)

康嗣群于上海。七,十二。

《剪报一斑》拾遗

庐山荆棘丛中,竟有同志在剪广告,真是不胜雀跃矣。何也?因为我亦是爱看广告者也。但从敝眼光看来,盈同志所搜集发表的材料中,还有一种缺点,就是他尚未将所剪的报名注明是也。自然,在剪广告专家,当然知道紧要广告,大抵来登“申新二报”,但在初学,未能周知。

这篇一发表,我的剪存材料,可以废去不少,唯有一篇,不忍听其湮没,爰附录于后,作为拾遗云——

寻人赏格

于六月十二日下午八时半潜逃妓女一名陈梅英系崇明人氏现年十八岁中等身材头发剪落操上海口音身穿印花带黄麻纱衫下穿元色印度绸裙足穿姜色高跟皮鞋白丝袜逃出无踪倘有知风报信者赏洋五十元拿获人送到者谢洋一百元储洋以待决不食言往法租界黄河路益润里第一家一号

本主人谨启

右见中华民国十七年八月一日《新闻报》第三张“紧要分类”中之“征求类”。妓院主人也可以悬赏拿人,至少,可以使我们知道所住的是怎样的国度,或不知道是怎样的国度者也。

八月二十日,识于上海华界留声机戏
和打牌声中的玻璃窗下绍酒坛后。

【备考】:

剪报一斑

盈昂

报纸的文章多:东方路透,时评要电,经济教育,国内海外,以及《自由谈》或《快活林》;——这些都使阅报的人,目不暇接,美不胜收。其初,我自然是不看报,后来晓得看报,喜欢看《自由谈》。好多人说,要多看些专电和新闻,多知道一点“国情”。不晓得是人的胃反常了还是怎样,看了一些时的“国情”使死也不肯再用心多看了。反而喜欢起来了要看广告。看广告还不说,并且要剪广告。剪下的广告,不时翻阅,越看越有味。“天下为公”,不敢自私,谨将原报贴起来,借《语丝》底几页地位,翻印出来,大家欣赏欣赏。

为便利附说几句话,勉强分类了一下。

至于分类分得不伦不类,那是小子底学识不到,还得大雅指正指正呢。

这次文章大体乃系翻印,有偷窃版权嫌疑,但不知国民政府国法,把不把广告也一并作版权?若不是,则幸甚矣。

闲话休提,言归正传,下面是剪报。

一　律师生意

（甲）　吴迈律师受任江西龙虎山张天师常年法律顾问

顷准江西龙虎山张天师函开径启者恩溥素仰贵律师法学湛深经验宏富既崇道德复爱和平甚为鄙人所钦佩兹特函聘台端为常年顾问以后关于一切法律事件尚希随赐指示并予保障为荷嗣汉六十三代天师张恩溥印等因准此本律师除接受聘任以备谘询外倘有对于聘任人加以不法侵犯者当依法尽维护之责再天师现在上海各处有事晤商请向本事

务所接洽可也此布

事务所英租界同孚路大中里四三六号

电话西六二五六号

(乙)刘世芳律师代表创造社及创造社出版部重要启事

据敝委任人创造社及出版部声称本社纯系新文艺的集合本出版部亦纯系发行文艺书报的机关与任何政治团体从未发生任何关系其曾从事政治运动之旧社员如郭沫若等久与本社脱离关系此事早经一再声明(见旧年十一月十九号申报及同日民国日报)社会想已洞悉在此青天白日旗下文艺团体当无触法之虞此吾人从事文艺事业之同志所极端相信者乃日来谣诼繁兴竟至有某种刊物伪造空气淆乱听闻果长此以往诚恐以讹传讹多滋误会除去函更正特再登报郑重声明此后如有诬毁本社及本出版部者决依法起诉以受法律之正当保障云云嘱为代表通告此后如有毁坏该社名誉者本律师当依法尽保障之责

事务所北京路一百号

律师底生意听说和医生一样,很赚钱。人病了,非找医生吃药不可,打官司来也非找律师不可。就是不打官司罢,为预防打官司起见,找个律师代表在报纸上登个启事,这事如今也已很盛行了。张天师,受命于天,传位也已六十三代了。平安地住在江西龙虎山上也已六十三代了。身为天师,哪个不怕天打雷烧的敢惹他。然而时代已非,世风日下,革命起来了,革命军打到了江西。一帮死命亡魂的革命党人竟胆敢来参天师底行了。据说曾有取消天师之议,如此不法侵犯,岂能容其长此以往呢?找个律师,常年顾问,依法维护,则平安矣。

纯系新文艺的集合团体与任何政治团体并未发生过关系的创造社也一再请律师代表启事者,怕律师底生意不好耳。你知我知,不必多讲罢。

二　承蒙各界纷纷赐顾和颇受社会人士之欢迎

(甲)寓沪富绅巨商公鉴

本行经售之保险钢甲御弹玻璃等早已名驰遐迩承蒙各界纷纷赐顾无任感荷兹本行为寓沪富绅巨商之安全起见特重金聘请欧战时著名工程师执有国家荣耀证书者来沪专

装无畏保险汽车并代军界装置军用火车等如蒙惠顾请驾临仁记路廿五号本行面洽可也
茂丰洋行启

（乙） 无条件的赠送马振华哀史

本社自出版马振华哀史以来颇受社会人士之欢迎读者皆来函称许编制得体印刷精良内容丰富较诸他家所编者完备多多兹本社特为优待阅者起见又再版一万部为限无论中外埠如附邮票六分附下列赠券直寄本社总代售处上海时事新报馆即可得价值大洋两角之马振华哀史一部自登报日起该券有效期间以十五天为限过期作废

总发行所上海三友图书公司

赠	奉上邮票六分请即寄下马振华哀史一部
（新）	姓名
券	住址

孟子曰性善，托尔斯泰讲和平，茂丰洋行为寓沪富绅巨商之安全起见，特重金聘请欧战时著名工程师来沪专装无畏保险汽车。洋人先生，坐在数万里外，心想中国上海富绅巨商多么危险，心不忍人受危险，替他们装起保险汽车，托尔斯泰矣。

孟子

记得阎瑞生谋死了王莲英，如今还留下李吉瑞老板底《阎瑞生》。今年上海发生了马振华投江一事，则大世界小世界都有《马振华》文明戏了，某影片公司也做起影戏来，这不消说也是颇受社会欢迎的。《马振华哀史》也应运而生了，并再版一万部做无条件的赠送，只要邮票六分耳。中国人喜看死人出丧，喜看杀头剜肉，哀史自然也喜看了。《马振华哀史》出版以来，颇受社会欢迎者宜也。

三　一句成语

欢送旧校长欢迎新校长游艺大会

沪江大学暨附中全体学生欢送前校长魏馥兰博士归国并庆祝华校长刘湛恩博士就职游艺大会定于今晚(二月廿五号)六时半在杨树浦本校举行如蒙各界人士

惠临参观不胜欢迎

沪江大学暨附中学生自治会启

送旧迎新,督军去,督办来,督办去,督理来,几曾为之,大家都记得的,何必多言。回子死了要脱毛,干净来,干净去;张作霖这次受炸之前出京,也是照来时途铺黄土的,他说,皇帝来,皇帝去。(皇帝脚应踏黄地,皇帝哲学之一也。)

沪江大学欢送旧洋校长顺便也欢迎华新校长,一箭双雕;惠临参观,也不胜欢迎也,更是一举而三得。

四　特别启事

南洋兄弟烟草公司特别启事

本公司出品十支装大联珠纸壳托由商务印书馆印刷者该馆于内层纸壳之上印有C.P.两字其中由中华书局印刷者印有C.H.两字此种字样皆系承印者标注其商业符号C.P.为Commercial Press之缩写即商务印书馆之名C.H.为Chung Hwa之缩写即中华书局之名别无其他意义乃外间有谓烟壳上印有此样者可以调换赠品等传说实属出于悬测且此项烟壳刻已用罄已嘱承印者不必再加符号以免误会特此登报声明

凡事可做,共党莫为。打倒共党,就是革命底成功。只要不是共党,一切都可来。新国家主义者也好,旧国家主义者也好,西山派主义者也好,无政府主义者也好。今日之中国,包罗万象,但C.P.Being the Exception,莫说C.P.该死,C.P.的本身就是一个炸弹,危险危险,商务印书馆也危险呢。南洋兄弟烟草公司也危险呢。烟盒纸壳内层里,印有C.P.两字是多么危险啊!登报声明以免误会,实不容再缓矣。再不快一点,刀架到头上来了。

五　一篇妙文

前序:这是一个尾巴,“语多兴趣”,不必再加什么油盐了。但请外国人莫看,因为不收外国人也。然而我高兴,斯人爱国如斯,斯诚难能而可贵矣。

一篇求婚的妙文(真相)

扬州城里,忽来一自称朱姓,名□□者。谈笑自如,容貌不俗,语涉疯狂.形如名士,近忽于《扬州日报》封面,刊登“朱某求婚广告”一则,语多兴趣,阅者靡不解颐。爰录原文,寄《快活林》,以资读者一粲。

(原文)径启者。鄙人本有妻室。丁卯秋病殁。守鳏以来。颇以为苦。按查人体之构造。人名一片。惟合之乃成圆形。故男女夫妇合之则乐。而离之则苦。此自然之体势也。吾二十一岁。方始读书。二十六岁。曾捧卷于康门。十年之间。上承大学之正宗。俯窥百家之传记。竖穷三界。横贯地球。对于宗教学,性命学,道德学,政治学,法律学,兵机学,内而心性之微妙。外而乾坤之粗肥。其间昆虫草木。人物鸟兽。原始要终。穷无极有。愈晋愈精。愈精愈奇。几不知人我天地。然太上忘情。谁能遣此。寡人好色。心窃慕之。都凡香阁娇娃。学林才女。或及正之娼妓。失志之英雄。皆可人格。请按下列地址。惠以半身照片。并附意见书一通。从邮寄。待鄙人检阅后。自有相当之酬答。幸有缘姊妹。有以语我来。惟外国人不收。此启。

一九二八,八,四日。

写于庐山荆棘丛中的蔷薇路上。

《我也来谈谈复旦大学》文后附白

为了一个学校,《语丝》原不想费许多篇幅的。但已经“谈”开了,就也不妨“谈”下去。这一篇既是近于对前一文的辩正,而且看那口吻,可知作者和复旦大学是很关切,有作为的。所以毫不删略,登在这里,以便读者并看。

八月二十八日,记者附白。

【备考】:

我也来谈谈复旦大学

潘楚基

在没有谈到本文以前,我有两个声明:

第一:我也是一个已经脱离了复旦的学生。我做这篇东西,绝不参一点主观见解替复旦无谓吹牛。

第二:冯珧君的名字虽然遍找同学录都找不出;然而我决不因为作者没有署真名,因此轻视了他的言论。

冯珧君在本刊四卷三十二期,做了一篇《谈谈复旦大学》的文章。内中他列举复旦腐败的事实,总括起来,有:

(一)学校物质设备的不周到:如住室及阅书室的拥挤,饭馆的污秽,参考图书的不充足。

(二)教授的没有本领:如胖得不好走路的某文学教授,乡音夹英语,北京话夹上海腔的某教授,上课考试马马虎虎的某教授。

(三)学校对学生的括削:如图书费的两重征收,新宿舍的多缴宿费,膳费的必缴银行,学分补考的包定及格。

(四)学生的不肯读书:如上课时每人手小说一本,杂志一本,小报一张,做成绩报告时的请人代替,考试时的要求减少页数,和作弊偷看书。

(五)学生的强横:如对好教授的"十大罪状","誓驱此贼"。

(六)学生的浪漫:如"左边先帝爷下南阳","右边妹妹我爱你","楼板上跳舞","大部人脸上满涂白玉霜","量制服停课三天"之类。

(七)学生的懦弱:如对小店的索账,无抵抗如羔羊。

因为上面这几点,所以冯君(?)的结论就说"复旦大学已经一落千丈!"就说"量不到它这样容易衰老颓败!"

我以为冯君所讲的有些是事实。但是"纣之不善,不如是之甚也!"而且在整个中国教育并未上轨道的情形之下,若是我们对这几十年前有光荣产生的历史,与现在有法子可以救药的复旦,全然抹杀它的优良点。仅仅列举一二事实为图文笔的生辣可喜,放大起来,以定它全部的罪状,使得它受一个永远的猛烈的创伤,间接给萌芽的中国教育之一部以一个致命打击。我想:这不是冯君的原意。因此,我愿意把我所晓得的复旦大学,全

凭着客观的事实来谈一谈:

讲到物质设备,复旦因为负债十余万,最近几年学校竭全力在休养生息,偿清旧债(现在每年可还三万),所以完美的设备,实在不能跟随着学生人数的发达而增加。可是这一点并不是不注意。今年暑假中的加辟阅书室,和添建将近可容二百人的新宿舍。就是事实。我希望今后同学不至于再住在乡村的小屋里。终日奔走风雨烈日尘沙中。讲到伙食,我一方面希望学校和学生会能够尽力整顿校内的厨房,一方面希望同学不要再在学校能力所不及的校外污秽饭馆里去吃价钱较昂贵的饭。

讲到饭桶教授,在几十个教授当中,有几个确实是如冯君所讲。我因为听了同学的批评,在去年放假时曾一再要求学校当局彻底破除情面,一面驱逐这些无能力或不负责的教授;一面加聘确有学问的学者。可是学校当局的答复是:教授订聘都是一年,在任期未终了而多数学生并未有明显表示时,不能解雇。至于加聘薪水特大的著名学者,则在最近的学校经济情形之下,实在难于实行。下期新聘的教授怎么样我不得知,可是在冯君那篇文章没有发表之前,冯君所举的那几个著名饭桶教授,业已决定辞退,则是事实。

讲到学校的剥削学生,学生在总图书费之外,因各科另设图书室,而别征图书费那是事实。但是我在文科记得只交图书费一元。我想牺牲一块钱能够看到若干书,这个牺牲是有价值的。因此,我所注意的,不在图书费的本身,而在图书费的处置得当。我去年极力主张同学组织图书委员会,就是这个意思。(本来学校有一个师生合作的图书委员会)讲到新宿舍宿费的多征三元,据闻是因为设备比其他宿舍特别好,学校想弥补经济上损失的缘故。讲到膳费的必缴银行,这是因为学校与银行借款时合同上注明“全缴”“透支”的缘故,假若在三年内把银行债款还清,这个不平等条约当然可以取消。讲到学分补考的包定及格,则第一,补考并非给教授;第二,补考不一定可以及格,我有一个同学就是重读的一人;第三,学校每届假期,平均要开除几十个成绩不好的学生,足以证明学校并非唯利是图。至于同乡会是自由加入的机关,募捐处则并没有这个名义。

讲到学生的不肯读书,上课时每人都看小说或小报,那全不是事实。复旦因交通关系,小报销买极少,在课堂上则我在复旦时,从没有看见人挪起过,就是小说杂志也是极少,血滴子,红玫瑰的名字,我还没有听见过。冯君下一个“每人”都看小说杂志或小报的肯定语,不知何所据而云然,我要替复旦同学叫屈!讲到成绩报告请人代做,这是在各校都可能的事,但是我相信肯代做的人很少,因为大家忙于预备自己的考试,专门牺牲自己来做人家的工具,世界上不会有这样的阿木林。讲到考试时要求减少页数和作弊看书,我想这在那少数的饭桶教授面前是容易办到,而在多数的肯负责的教授面前是绝对不可行,这是我很久观察的事实,自问没有多大错误(我去年曾建议排定讲堂座位,不久或可实行);而且我还有一种观察:觉得复旦虽滥收了许多非以读书为目的的公子少爷。然而勤奋读书的同学,却一天一天的加多,拿过去一个阅书室仅够应用,现在七八个阅书室的尚形拥挤,及过去成绩超过 B 者不过数十人,现在成绩超过 B 者竟超过两百的事实一看,就可以做个证明。

讲到学生的强横,随便对教授,发十大罪状,誓驱此贼,据我的观察,适得其反。我以为复旦同学只有在课后对教授作消极的零碎的闲谈式的批评,绝没有把自己的态度积极地具体地有条理地向学校当局表示过。我记得去冬我根据舆论去要求当局撤退那几个饭桶教授时,因为没有旁的同学响应我,当局竟怀疑我对他们有私人恶感,结果,对我的话不信任,这里就足以证明同学负责任地对教授"发十大罪状,誓驱此贼",是不会有的事了!

讲到学生的浪漫,那些"先帝爷下南阳""妹妹我爱你"普遍着全上海的靡靡之音,在每晚七时自修以前的复旦,确是到处可闻的。可是"楼板上跳舞""大部人脸上满涂白玉霜"则不是事实。讲到假期太多,则我也确实认为春季假期太多。但是冯君所说"量制服停课三天"则不尽然,因为那是在五三后全上海各学校为着游行演讲等事而起的一致行动,而不是复旦单独为量制服而起的行动。

讲到放假时学生受小店逼迫,儒如羔羊,这件事我也看不过眼。不过我以为如果禁止赊账,则同学必感不便,如果禁止讨账,则小店又要骂我们强横,所以确实没有想到一个好的法子。

讲到复旦为什么还能存在,冯君以为由于已往出了几个商人,及做了很多广告和闪金的年鉴。我想这也不尽然,我也是一个看不惯大马路商人气的样子因而从商科转到文科的人。但是我又想在今日中国,无论什么东西,都是需要人读的,上海为全国商业中心,商科自然有特殊的发展。但是说复旦之存在全靠几个商人,那却不是事实。至于讲到广告和年鉴,据我所知复旦发的广告并不异于其他各学校,特别有吸引能力;年鉴则已经停办了两年,更不足以炫耀人了。我以为复旦的不仅能存在,而且近年学生陡增,有下列几个原因:

（一）它是中国第一个反抗宗教教育的学校，它的产生，富有革命意味，因此，在时代潮流中这一点光荣历史，受了青年的崇拜。

（二）它有六科，六科的课程，总计超过了两百，这样多的课程，据我所知，在上海没有人与它一样。我是从 s 教会大学转学复旦的人，我常说如果那个人要被动地受极少数课程——如英文，圣经，——的严格训练（intensive reading），则不如到 S 大学；如果他想要由自由意志选择很多种类的东西，作 extensive reading，那还是来复旦好，我想不甘读呆板板几本书，也是学生进复旦的原因。

（三）它既不如官立学校有政治上的派别，也不如教会学校，有特殊的使命；它又不是那一个私人办的，有造成学阀之可能。因此学生在复旦，思想言论行动，都有比较的自由。我以为只要在小学与中学受过严格的训练，大学自由一点，也无妨害，这里许多同学的心理，恐怕也如此。

（四）在已往发展的过程中，它不仅出了几个商人，而且各科都有举业的同学，在社会上能得相当的信任。

（五）在校学生的社会活动力（如参加政治活动的，与专门的运动家，我并不是赞成那种出风头的特殊阶级，但我以为这也是普遍现象，不仅复旦如此）引起社会的注意。

（六）在过去与现在的复旦，虽然因为没有政府的津贴，教会的年金，资本家的捐款，感受着严重的经济压迫，以致进步很慢；但是这种压迫，一天一天的减轻，只要大家多努力一点，复旦的发扬光大，就在最近的将来，所以有许多青年仍旧愿意进去共同努力。

以上所讲，把冯君对复旦的批评更正了若干，但是我并不是一个满意复旦的人，我对整个复旦的批评，是：

（一）在精神方面学校当局对教育没有什么主义，他们的目的只在传授学生以书本上的智识，而许多学生进去，也急于猎取文凭，但是金钱与文凭的交换，实是今日中国整个教育的一个根本问题，而不是复旦的单独现象，所以我以为要纠正复旦美国化商业化的趋势，最要紧的还在确立全中国的教育方针。

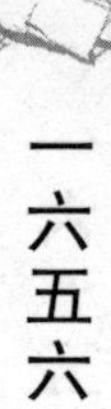

（二）在物质方面，设备太不够用了。因想要还清债务，不得不多收学生（据我所知，今秋招收学生，比去年严格得多了），学生增加，而住室图书等不能比例地增加，在别校住惯了舒服房子和看惯了充量图书等的同学，当然极感痛苦。不过在负债过巨，元气大伤之后，学校只能一步一步改良而不能突飞猛进，却也有其苦衷。

总之，我拿着复旦廿几年的历史看一看，我觉得复旦仍旧是在进化，不过这种进化，是比较的缓慢，并未达到它应当进化的地位，假使学校当局与同学肯一心一德的大家负起责任，拼命地努力地干，我相信复旦的发展一定不止于此。至于冯君说"复旦已经一落千丈"，"量不到它这样容易衰老颓败"，我根本就看不出过去什么是复旦的黄金时代，什么是复旦的青春时期，冯君在复旦的真正历史外，臆造出一个理想时代，未免有点带主观，质之冯君以为何如？

最后我还是讲一句话：复旦仍旧是在曲线般进化的，假若学校当局和同学肯特别负责加倍努力，它的进化，一定不止这样，望复旦当局和同学们注意。尤其望引用冯君那篇愤慨话，作今后革新的龟鉴，须知这是逆耳的忠言。

通信（复章达生）

达生先生：

蒙你赐信见教，感激得很。但敝《语丝》自发刊以来，编辑者一向是"有闲阶级"，绝不至于"似乎太忙"，不过虽然不忙，却也不去拉名人的稿子，所以也还不会"只要一见有几句反抗话的稿子，便五体投地，赶忙登载"，这一层是可请先生放心的。

至于贵校的同学们，拿去给校长看，那是另一回事。文章有种种，同学也有种种，登这样的文章有这班同学拿去，登那样的文章有那班同学拿去，敝记者实在管不得许多。其实这也算不了什么惊天动地的事，校长看了《语丝》，"唯唯"与否，将来无论怎样详细的世界史上，也决不会留一点痕迹的。不过在目前，竟有人"借以排斥异己者"——但先生似乎以为投稿即阴谋，则又非"借"，而下文又说"某君此文不过多说了几句俏皮话，却不知已种下了恶果"，那可又像并非阴谋了。总之：这些且不论——却也殊非记者的初心，所以现在另选了一篇登出，聊以补过，这篇是对于贵校长也有了微词的，我想贵校"反对某科的同学们"，这回可再不能拿去给校长看了。

记者没有复旦大学同学录，所以这回是是否真名姓，也不得而知。但悬揣起来，也许还是假的，因为那里面偏重于指摘。据记者所知道，指摘缺点的来稿，总是别名多；敢用真姓名，写真地址，能负责任如先生者.又"此时不便辨明，否则有大大的嫌疑"，处境如此困难，真是可惜极了。敬祝努力！

记者谨复。九月一日，上海。

【备考】：

来信

记者先生：

最近在贵刊上得读某君攻讦复旦大学的杂感文，我以为有许多地方失实，并且某君作文的动机太不纯正；所以我以复旦一学生的资格写这封信给先生。请先生们以正大公平的眼光视之；以第三者的态度（即不是袒护某君的态度），将他发表于卷末。

复旦大学有同学一千余人，俨然一小社会，其中党派的复杂与意见的分歧，自然是不能免掉的。目前正酝酿着暗潮，大有一触即发之势。但依据我们祖先遗传下来的手段，对于敌人不敲堂堂之鼓，也不揭出正正之旗，却喜欢用阴谋手段，借以排斥异己者。此番在贵刊投稿的一文，即是此种手段的表现。（现已有证据。）因此文登出后，反对某科的同学们，即拿去给校长看，说学校如此之糟，全由某科弄坏，我们应该想办法，校长也只得唯唯。某君此文不过多说了几句俏皮话，却不知已种下了恶果。一方面又利用贵刊的篇幅，以作自己的攻讦的器具，真可谓一举两得了。目前杂志的编辑者似乎太忙，对于名人的稿子一时又拉不到手。只要一见有几句反抗话的稿子，便五体投地，赶忙登载。一般的通病，只知道能说他人缺点的，即是好文章，如是赞美的，倒反不好，因为一登赞美的文章，好像"拍马"，有点犯不着，也有怕被投稿人利用的担心。孰知现在的投稿者已经十分聪慧了。他们知道编杂志与读杂志者的心理，便改变策略，以假造事实攻讦别人的文字去利用编辑者了。复旦的内容如何，我此时不便辨明，否则有大大的嫌疑，应当由社会的多数人去批评它才对。某君的文里说上海的一切大学都是不好的；又说借此可以使复旦改良。这可见某君在未入该大学之前，已有很深的造就，所以目空一切，笼统地骂了一切大学。如某君要促进该校的进步，我想还是在课堂上和教员讨论问难，问得教员无辞可答，请他滚蛋；一面向学校提出心目中认为有师资的人来，学校岂敢不从，岂不更直接地促进了学校的改进了吗？即使学校的设备不周，某君既是学校的一分子，也有向学校当局建议增加设备的权利，何以某君不从这些地方去促进学校的改革呢？况且复旦大学的一切行政（如聘请教授与设备等等），全由学校各科主任，校长与学生代表讨论进行的，并非一二人所能左右，某君大有可以促进学校改革的机会，但都不屑去做，倒反而写了文章去攻讦，我觉得这种态度很不好。

这封信写得太长了，但我以复旦学生一分子的资格，不能不写这一封信，希望某君的态度能改变一下才好。再我这封信是用真姓名发表的，我负完全的责任，如某君有答辩，也请写出真姓名，这别无用意，无非是使某君表明他是负责任的。祝先生们安好！

章达生。八月二十日，

于复旦大学第一寄宿舍。

关于"粗人"

记者先生：

关于大报第一本上的"粗人"的讨论，鄙人不才，也想妄参一点末议：——

一陈先生以《伯兮》一篇为"写粗人"，这"粗"字是无所谓通不通的。因为皮肤，衣服，诗上都没有明言粗不粗，所以我们无从悬揣其为"粗"，也不能断定其颇"细"：这应该暂置于讨论之外。

二 "写"字却有些不通了。应改作"粗人写"，这才文从字顺。你看诗中称丈夫为伯，自称为我，明是这位太太（不问粗细，姑做此称）自述之词，怎么可以说是"写粗人"呢？也许是诗人代太太立言的，但既然是代，也还是"粗人写"而不可"捣乱"了。

三陈先生又改为"粗疏的美人"，则期期以为不通之至，因为这位太太是并不"粗疏"的。她本有"膏沐"，头发油光，只因老爷出征，这才懒得梳洗，随随便便了。但她自己是知道的，预料也许会有学者说她"粗"，所以问一句道："谁适为容"呀？你看这是何等精细？而竟被指为"粗疏"，和排错讲义千余条的工人同列，岂不冤哉枉哉？

不知大雅君子，以为何如？此布，即请记安！

封余谨上十一月一日

《东京通信》按语

得了这一封信后，实在使不佞有些踌躇。登不登呢？看那写法的出色而有趣（又讲趣味，乞创造社"普罗列塔利亚特"文学家暂且恕之），又可以略知海外留学界情况。是应该登载的。但登出来将怎样？《语丝》南来以后之碰壁也屡矣，仿吾将加以"打发"，浙江已赐以"禁止"，正人既恨其骂人，革家（革命家也，为对仗计，略去一字）又斥为"落伍"；何况我恰恰看见一种期刊，因为"某女士"说了某国留学生的不好，诸公已以团体的大名义，声罪致讨了。这信中所述，不知何人，此后那能保得没有全国国民代表起而讨伐呢。

眼光要远看五十年,大约我的踌躇。正不足怪罢。但是,再看一回,还觉得写得栩栩欲活,于是“趣味”终于战胜利害,编进去了;但也改换了几个字,这是希望作者原谅的,因为其中涉及的大约并非“落伍者”,语丝社也没有聘定大律师;所以办事著实为难,改字而请谅,不得已也。若其不谅,则……。则什么呢?则吾末如之何也已矣。中华民国十七年十一月八日灯下。

编者。

【备考】:

东京通信

记者先生:

的确是应当感谢的,它这次竟肯慷慨地用了“中华民国”四个字,这简直似乎是极其新颖得可笑的;前天早晨在《朝日新闻》第七版的下方右角上,“民国双十节讲演会”的题下登着这样的一段:

“十月十日,名为双十节,是中华民国的革命纪念日。今年因国民革命成功,统一的大业已完成,在东京横滨的民国人将举行盛大的庆祝。由支那公使馆,留学生监督处及在此的民国人有力者的‘主催’,今日午后一时起在青山会馆开祝贺讲演会,晚间举行纪念演剧会。”

事前各学校已接到监督处的通知,留学生们都得了一天休假。既已革命成功全国统一了的今年的双十节,自然是不能不庆祝的。何况这些名人和有力者已代我们完全筹备好了,当然更不该抛弃这最便宜不过的无条件的享受的权利。

在电车上足足坐了一个钟头之后,就看见这灿烂堂皇的会场了!墙上贴满了红绿色纸的标语,诚然是琳琅满目,你看,……万岁,……万岁,到处是万岁,而且你再看。只在那角上,在那一切观众的背后的墙上夹杂在许多“万岁”之间有着这样一句:“庆祝双十节不要忘了阻挠革命的帝国主义”。措辞是多么曲折巧妙呀!无怪在每一本讨论到中国事情的日本书上,无论它是好意或恶意,都大书特书着说支那人是有外交天才的。呵,外交天才!是的,直率地说“打倒帝国主义”是失去了外交辞令的本色的,并且会因而伤及友邦感情,自然应当稍稍暧昧地改口说“不要忘记”。至于是为要打倒帝国主义而革命或是因革命受阻挠才暗记下“帝国主义”四个字来,那当然是可以不必问的——也是我辈无名而无力的青年所不该问的,或者。

演说的人,大概就是那些名人和有力者了。一个一个地,……代表,……代表,各自发挥着他们底大议论——有听不见的,也有只闻其声而不知他到底在说些什么的。礼服,洋服,军装和学生装替换着在台上出现,不,是陈列起来。名人在桌上用拳头打了一下,于是主席机警地率领着民众报之以放爆竹似的掌声;名人在跺脚了,民众猜到这是名人在痛切陈词时应有的"作派",再不必主席的暗示,就一齐鼓起掌来——民众运动已能自动地不须先知先觉的指导自然是件大可喜的事,于是我们的名人满足地走下台去了。

我在会场后方很费力地透过了重重的烟气望见那云雾中似的讲台,名人和有力者像神仙似的在台上飘来飘去,神仙的门徒子弟们也随着在台上飘去飘来。我真罪孽,望见这些仙人时终不能不回忆起在家乡所爱看的木头人戏;傀儡人真像是有灵性似的十分活泼地在台上搔首弄姿,要木人的台下的布围里吹着小笛,吹出种种不入调的花腔。这似乎无理的回忆使我对于这些演说和兴冲冲地奔忙着的名人和有力者稍稍发生一点好感而亦有意无意地给他们鼓掌以声援。

在全体民众的声援中由演说而呼口号而散会。散会前有位名人报告说:游艺会在五点开始,请了多位女士给我们跳舞!女士,跳舞,并且"给我们",自然,民众大喜,不禁从心地里感谢这位"与民同乐"的名人。

五点!民众越发踊跃地来参加。不久,台旁的来宾休息室里就拥满了唇红齿白的美少年和珠围翠绕的女士们。还是那位名人,开始在台上蹈着四方步报告他被选为游艺部长和筹备今晚的游艺的经过;这次,民众也较午后更活泼而机警了,不断地鼓着掌以报答他的宏恩。

名人的方步停止了,而游艺开始。为表现我国数千年来之文化起见,第一场就是皮簧清唱,而名人在报告中特别着重的"女士"也就在这时登台了。在地毯上侧着列了个九十度的黑漆皮鞋白丝袜的脚支着一个裹在黑色闪亮的短旗袍里的左右摇摆着的而窈窕身躯,白色丝围巾缠着的颈上是张白脸和一蓬缠着无数闪烁着的钻石的黑发,眼球随着身体的摆动而向上下左右投出了晶亮的视线——总之,周身是光亮的,像文学家们在小说里所描写着的发光的女主人翁。民众中,学生们像毫不顾到他们底眼珠会裂眶而出似的注视着,华工们相视而微笑。全场比讲演会前静默三分钟时还要静默,只有那洋装少年膝上的胡琴敢随在这位光亮的女士的歌喉之后发出一丝细小的声音。每当她刚唱完一句,胡琴稍得吐气的时候,民众们就热烈地迸出震天动地的喝彩声来。唱完之后,民众仍努力鼓掌要求再唱,仿佛从每双手里都拍出了雪片似的"女士不出,如天下苍生何"的急电似的;名人知民意之应尊重,民气之不可忤也,特请这位女士自己弹着钢琴又唱了段西宫词——于是民众才真正认识了这位女士的多才多艺。

其次是所谓滑稽戏者,男士们演的。不知所云的,前后共有三四出。我实在不好意思去翻《辞源》找出那最鄙劣的字来描写这所谓滑稽戏的内容。我仿佛只看见群鬼在那里乱舞;台旁端坐着的宫琦龙介等革命先辈们只有忍不住的苦笑还给这些新兴的觉悟了的革命青年;留学生和华工都满意而狂笑;在门和窗外张望的日本的民众都用惊讶的眼光在欣赏着这伟大的支那的超乎人的赏鉴力以上的艺术;佩着短刀的巡警坐在一旁掀起了微髭下的嘴唇冷笑。

然而这所以名为滑稽剧者,大概就因为另外还有所谓正剧者在。这正剧的内容,我无暇报告;但他们最得意的末一幕却不可抹杀。他们在那最末一幕里是要表演开国民大会以处决一个军阀的。从这里可以猜想出他们怎样的聪明来,他们居然会想到这样一个机会得加入了好几段大演说。你看那演说者的威风!挥拳,顿足,忽然将身子蹲下,又忽然像弹簧似的跳起来长叫一声;立定脚,俟着掌声完后又蹲下去,长叫一声跳起来。于是:蹲下,叫喊,跳,鼓掌,跳,鼓掌——观众的手随着那演说者的身子也变成富有弹性的了。

最后,就是那位蹈方步的游艺部长所特别着重的第二点"跳舞"了;果然,跳舞受了民众热烈的欢迎。游艺部长在布景后踌躇满志,他的"与民同乐"的大计划已完成了。

十一点,散会。民众们念着:"女士们,跳舞,给我们;金刚钻,歌喉,摆动的身子和眼睛;能叫喊的弹簧人……"于是结论是支那文化因而得发扬于海外,名人和有力者的地恩浩大……盛况,盛况!

东渡已将一年,没有什么礼物送你,顺此祝你安好。

噩君。十七年十月十二日。

敬贺新禧

"爆竹一声除旧,桃符万户更新。"过了一夜,又是一年,人既突变为新人,文也突进为新文了。多种刊物,闻又大加改革,焕然一新,内容既丰,外面更美,以在报答惠顾诸君之雅意。惟敝志原落后方,自仍故态,本卷之内,一切如常,虽能说也要突飞,但其实并无把

握。为辩解起见，只好说自信未曾偷懒于旧年，所以也无从振作于新岁而已。倘读者诸君以为尚无不可，仍要看看，那是我们非常满意的，于是就要——敬贺新禧了！

奔流社同人

一九二九年

致《近代美术史潮论》的读者诸君

《近代美术史潮论》的读者诸君：

在现在的中国，文学和艺术，也还是一种所谓文艺家的食宿的窠。这也是出于不得已的。我一向并不想如顽皮的孩子一般，拿了一枝细竹竿，在老树上的崇高的窠边搅扰。

关于绘画，我本来是外行，理论和派别之类，知道是知道一点的，但这并不足以除去外行的徽号，因为所知道的并不多。我所以翻译这书的原因，是起于前一年多，看见李小峰君在搜罗《北新月刊》的插画，于是想，在新艺术毫无根底的国度里，零星的介绍，是毫无益处的，最好是有一些统系。其时适值这《近代美术史潮论》出版了，插画很多，又大抵是选出的代表之作。我便主张用这做插画，自译史论，算作图画的说明，使读者可以得一点头绪。此外，意识底地，是并无什么对于别方面的恶意的。

这意见总算实行了。登载之后，就得到蒙着"革命文学家"面具的装作善意的警告，是一张信片，说我还是去创作好，不该滥译日本书。从前创造社所区分的"创作是处女，翻译是媒婆"之说，我是见过的，但意见不能相同，总以为处女并不妨去做媒婆——后来他们居然也兼做了——，倘不过是一个媒婆，更无须硬称处女。我终于并不藐视翻译。至于这一本书，自然绝非不朽之作，但也自立统系，言之成理的，现在还不能抹杀他的存在。我所选译的书，这样的就够了，虽然并非不知道有伟大的歌德，尼采，马克思，但自省才力，还不能移译他们的书，所以也没有附他们之书以传名于世的大志。

抱着这样的小计划，译着这样的小册子，到目下总算登完了。但复看一回，又觉得很失望。人事是互相关联的，正如译文之不行一样，在中国，校对，制图，都不能令人满意。例如图画罢，将中国版和日本版，日本版和英德诸国版一比较，便立刻知道一国不如一国。三色版，中国总算能做了，也只两三家。这些独步的印刷局所制的色彩图，只看一张，是的确好看的，但倘将同一的图画看过几十张，便可以发现同一的色彩，浓淡却每张有些不同。从印画上，本来已经难于知道原画，只能仿佛的了，但在这样的印画上，又岂能得到"仿佛"。书籍既少，印刷又拙，在这样的环境里，要领略艺术的美妙，我觉得是万难做到的。力能历览欧陆画廊的幸福者，不必说了，倘只能在中国而偏要留心国外艺术的人，我以为必须看看外国印刷的图画，那么，所领会者，比较拘泥于"国货"的时候为更多。——这些话，虽然还是我被人骂了几年的"少看中国书"的老调，但我敢说，自己对于这主张，是有十分确信的。

只要一比较，许多事便明白；看书和画，亦复同然。

倘读者一时得不到好书，还要保存这小本子，那么，只要将译文拆出，照"插画目次"所指定的页数，插入图画去（希涅克的《帆船》，本文并未提及，但"彩点画家"是说起的，这即其一例），订起来，也就成为一本书籍了。其次序如下：

(1)全书首页(2)序言(3)本文目次

(4)插画目次(5)本文首页(6)本文

还有一些误字，是要请读者自行改正的。现在举其重要者于下：

甲文字

页	行	误	正
XX	五	樵探	樵采
11	十二	造创	创造
14	一	并永居	而永居
23	八	Autonio	Antonio
28	二	模样	这样
32	七	在鲁	在卢
61	一	前体	前面
63	三	河内	珂内
66	八	Nagarener	Nazarener
74	四	他热化	白热化
82	八	回此	因此
86	七	质地开始	科白开场

92	五	奉祀	奉祀
95	五	间开勤	洵开勒
95	九	一统	一流
109	十二	证明	澄明
114	三	煎煎	熊熊
115	十二	o Slrie	Sélrie
116	三	说解	误解
125	二	恐怖	恐怖
130	四	冷潮	冷嘲
135	二	言要	要将
138	四	豐姿	丰姿
139	六	党者	观者
145	四	去怎	又怎
146	十	正座	玉座
146	十二	多人物	许多人物
147	一	台库	台座
151	一	比外	此外
152	一	证明	澄明
158	十一	希勑	希勒
159	八	auf	auf-
161	九	稳约	隐约
171	十	图桂	圆柱
177	六	Vineent	Vincent
197	一	Romanntigue	Romantique
197	四	Se, se	
197	四	part	ápart
197	六	Iln ous	Il nous
197	六	aw	au

197	九	quon	qu' on
198	五	Copie,	Copié
198	六	il n' élait	il n' etail
198	十	jái	Jái
198	十二	dé	nd' eu
200	八	Sout	Sont
200	九	exect	exact
200	九	réeulte	résulte
200	九	Sout	sont
200	十一	dovarat	devrait
201	一	le	la
201	四	Voila	Voilà

乙　插画题字

误	正
萨昆尼的女人	萨毗尼的女人
托罗蔼庸庸	托罗蔼雍
康斯召不勒	康斯台不勒
穆纳:卢安大寺	卢安大寺
卢安大寺	穆纳:卢安大寺
凯尔	凯尔波
罗兰珊:女	莱什:朝餐
莱什:朝餐	罗兰珊:女

抄完校勘表,头昏眼花,不想再写什么废话了,就此“带住”,顺请文安罢。

鲁迅。二月二十五日。

关于《子见南子》

一　山东省立第二师范学生会通电

各级党部各级政府各民众团体各级学校各报馆均鉴：

敝校校址，设在曲阜，在孔庙与衍圣公府包围之中，敝会成立以来，常感封建势力之压迫，但瞻顾环境，遇事审慎，所有行动，均在曲阜县党部指导之下，努力工作，从未尝与圣裔牴牾。

不意，本年六月八日敝会举行游艺会，因在敝校大礼堂排演《子见南子》一剧，竟至开罪孔氏，连累敝校校长宋还吾先生，被孔氏族人孔传堉等越级至国民政府教育部控告侮辱孔子。顷教育部又派参事朱葆勤来曲查办，其报告如何敝会不得而知，惟对于孔氏族人呈控敝校校长各节，认为绝无意义；断难成立罪名，公论具在，不可淹没。深恐各界不明真相，受其蒙蔽，代孔氏宣传。则反动势力之气焰嚣张，将驯至不可收拾矣。

敝会同人正在青年时期，对此腐恶封建势力绝不低首降伏。且国民革命能否成功，本党主义能否实行，与封建势力之是否存在，大有关系。此实全国各级党部，民众团体，言论机关，共负之责，不只敝会同人已也。除将教育部训令暨所附原呈及敝校长答辩书另文呈阅外，特此电请台览，祈赐指导，并予援助为荷。

山东省立第二师范学生会叩。真。

二　教育部训令第八五五号　六月二十六日　令山东教育厅

据孔氏六十户族人孔传堉等控告山东省立第二师范学校校长宋还吾侮辱宗祖孔子呈请查办等情前来。查孔子诞日，全国学校应各停课，讲演孔子事迹，以作纪念。又是项纪念日，奉行政院第八次会议决定为现行历八月二十七日。复于制定学校年学期及休假日期规程时，遵照编入，先后通令遵行各在案。原呈所称各节，如果属实，殊与院部纪念孔子本旨，大相违反。据呈前情，除以"呈悉。原呈所称各节，是否属实，仰令行山东教育厅查明，核办，具报。等语批示外，合行抄发原呈，令仰该厅长查明，核办，具报"此令。

计抄发原呈一件——呈为公然侮辱宗祖孔子，群情不平，恳查办明令照示事。窃以山东省立第二师范校长宋还吾，系山东曹州府人，北京大学毕业，赋性乖僻，学术不纯，因有奥援，滥长该校，任事以来，言行均涉过激，绝非民党本色，早为有识者所共见。其尤属悖谬，令敝族人难堪者，为该校常贴之标语及游行时所呼之口号，如孔丘为中国第一罪人，打倒孔老二，打倒旧道德，打破旧礼教，打破民可使由之不可使知之愚民政策，打倒衍圣公府输资设立的明德学校。兼以粉铅笔涂写各处孔林孔庙，时有发现，防无可防，擦不胜擦，人多势强，暴力堪虞。钧部管持全国教育，方针所在，施行划一，对于孔子从未有发表侮辱之明文。该校长如此放纵，究系采取何种教育？秉承何项意旨？抑或别开生面，另有主义？传堉等既属孔氏，数典固不敢忘祖，劝告徒遭其面斥，隐忍至今，已成司空见惯。讵手本年六月八日该校演剧，大肆散票，招人参观，竟有《子见南子》一出，学生抹作孔子，丑末角色，女教员装成南子，冶艳出神，其扮子路者，具有绿林气概。而南子所唱歌词，则《诗经》《鄘风》《桑中》篇也，丑态百出，亵渎备至，虽旧剧中之《大锯缸》《小寡妇上坟》，亦不是过。凡有血气，孰无祖先？敝族南北宗六十户，居曲阜者人尚繁伙，目见耳闻，难再忍受。加以日宾犬养毅等昨日来曲，路祭林庙，侮辱条语，竟被瞥见。幸同时伴来之张继先生立催曲阜县政府饬差揭擦，并到该校讲演，指出谬误。乃该校训育主任李灿埒大肆恼怒，即日招集学生训话，谓犬养毅为帝国主义之代表，张继先生为西山会议派腐化分子，孔子为古今中外之罪人。似此荒谬绝伦，任意谩骂，士可杀不可辱，孔子在今日，应如何处治，系属全国重大问题，钧部自有权衡，传堉等不敢过问。第对于此非法侮辱，愿以全体六十户生命负罪渎恳，迅将该校长宋还吾查明严办，昭示大众，感盛德者，当不止敝族已也。激愤陈词，无任悚惶待命之至。除另呈蒋主席暨内部外，谨呈国民政府教育部部长蒋。

具呈孔氏六十户族人孔传堉　孔继选　孔广璃

孔宪桐　孔继伦　孔继珍

孔传均　孔广珣　孔昭蓉

孔传诗　孔昭清　孔昭坤

孔庆霖　孔繁蓉　孔广梅

孔昭昶　孔宪剑　孔广成

孔昭栋　孔昭锽　孔宪兰

三　山东省立第二师范校长宋还吾答辩书

孔氏六十户族人孔传堉等控告山东省立第二师范校长宋还吾侮辱孔子一案，业经教育部派朱参事葆勤及山东教育厅派张督学郁光来曲查办。所控各节是否属实,该员等自能相当报告。惟兹事原委,还吾亦有不能已于言者,特缕析陈之。

原呈所称:“该校常贴之标语。及游行时所呼之口号”等语。查各纪念日之群众大会均系曲阜县党部招集,标语口号多由党部发给,如:“孔丘为中国第一罪人”“打倒孔老二”等标语及口号,向未见闻。至“打倒旧道德”“打倒旧礼教”等标语,其他民众团体所张贴者,容或有之,与本校无干。“打破民可使由之.不可使知之的愚民政策”,当是本校学生会所张贴之标语。姑无论学生会在党部指挥之下,还吾不能横加干涉。纵使还吾能干涉,亦不能谓为有辱孔门,而强使不贴。至云:“打倒衍圣公府输资设立之明德中学”,更属无稽。他如原呈所称:“兼以粉铅笔涂写各处孔林孔庙,时有发现,防无可防,擦不胜擦”等语。粉铅笔等物何地蔑有,果何所据而指控本校。继云:“人多势强,暴力堪虞”,更无事实可指,本校纵云学生人多,较之孔氏六十户,相差何啻百倍。且赤手空拳,何得谓强,读书学生,更难称暴。本校学生平日与社会民众,向无牴牾,又何堪虞之可言。

至称本校演《子见南子》一剧,事诚有之。查子见南子,见于《论语》。《论语》者,七十子后学者所记,群伦奉为圣经,历代未加删节,述者无罪,演者被控,无乃太冤乎。且原剧见北新书局《奔流》月刊第一卷第六号,系语堂所编,流播甚广,人所共见。本校所以排演此剧者,在使观众明了礼教与艺术之冲突,在艺术之中,认取人生真义。演时务求逼真,扮孔子者衣深衣,冠冕旒,貌极庄严。扮南子者,古装秀雅,举止大方。扮子路者,雄冠剑佩,颇有好勇之致。原呈所称:“学生抹作孔子,丑末角色,女教员装成南子,淫冶出神,其扮子路者.具有绿林气概”,真是信口胡云。若夫所唱歌词,均系三百篇旧文,亦原剧本所有。如谓《桑中》一篇,有渎圣明,则各本《诗经》,均存而不废,能受于庭下,吟于堂上,独不得高歌于大庭广众之中乎。原呈以《桑中》之篇,比之于《小寡妇上坟》及《大锯缸》,是否孔氏庭训之真义,异姓不得而知也。

又据原呈所称:犬养毅张继来本校演讲一节,系本校欢迎而来,并非秉承孔氏意旨,来校指斥谬误。本校训育主任,招集学生训话,系校内例行之事,并非偶然。关于犬养毅来中国之意义,应向学生说明。至谓“张继先生为西山会议派腐化份子”云云,系张氏讲演时,所自言之。至云:“孔子为古今中外之罪人”,此类荒谬绝伦,不合逻辑之语,本校职员纵使学识浅薄,亦不致如此不通。况本校训育主任李灿埒,系本党忠实同志,历任南京特别市党部训练部指导科主任,绥远省党务指导委员会宣传部秘书,向来站在本党的立

孔庙

场上，发言谨慎，无可疵议。山东教育厅训令第六九三号，曾谓："训育主任李灿埒，对于党义有深切的研究，对于工作有丰富的经验，平时与学生接近，指导学生得法，能溶化学生思想归于党义教育之正轨，训育可谓得人矣。"该孔氏等随意诬蔑，是何居心。查犬养毅张继来曲，寓居衍圣公府，出入皆乘八抬大轿，校人传言，每馔价至二十六元。又云馈以古玩玉器等物，每人十数色。张继先生等一行离曲之翌日，而控还吾之呈文，即已置邮。此中线索，大可寻味。

总观原呈：满纸谎言，毫无实据。谓为"侮辱孔子"，欲加之罪，何患无辞。纵使所控属实，亦不出言论思想之范围，尽可公开讨论，无须小题大做。且"确定人民有集会结社言论出版居住信仰之完全自由权"，载在党纲，谁敢违背？该孔传堉等，捏辞诬陷，越级呈控，不获罪戾，而教部竟派参事来曲查办，似非民主政治之下，所应有之现象。

又据原呈所称全体六十户云云。查六十户者，实孔氏特殊之封建组织。孔氏族人大别为六十户，每户有户首，户首之上，有家长，家长户首处理各户之诉讼，每升堂，例陈黑红鸭嘴棍，诉讼者，则跪述事由，口称大老爷，且动遭肉刑，俨然专制时代之小朝廷。听讼则以情不以理，所谓情者大抵由金钱交易而来。案经判决，虽至冤屈，亦不敢诉诸公堂。曲阜县知事，对于孔族及其所属之诉讼，向来不敢过问。家长户首又可以勒捐功名。例如捐庙员者，每职三十千至五十千文，而勒捐之事，又层出不绝。户下孔氏，含冤忍屈，不见天日，已有年矣。衍圣公府又有百户官职，虽异姓平民，一为百户，即杀人凶犯，亦可逍遥法外。以致一般土劣，争出巨资，乞求是职。虽邻县邻省，认捐者亦不乏人。公府又有号丧户笞帚户等名称，尤属离奇。是等官员，大都狐假虎威，欺压良善，不仅害及户下孔氏，直害及异姓民众，又不仅害及一县，且害及邻封。户下孔氏，受其殃咎，犹可说也！异姓民众，独何辜欤？青天白日旗下，尚容有是制乎？

本校设在曲阜，历任皆感困难。前校长孔祥桐以开罪同族，至被控去职，衔恨远引，发病而死。继任校长范炳辰，莅任一年之初，被控至十数次。本省教育厅设计委员会，主将本校迁至济宁，远避封建势力，不为无因。还吾到校以来，对于孔氏族人，向无不恭。又曾倡议重印孔氏遗书，如《微波榭丛书》以及《仪郑堂集》等，表扬先哲之思，不为无征。本校学生三百余人，隶曲阜县籍者将及十分之二。附属小学四百余人，除外县一二十人外，余尽属曲阜县籍，民众学校妇女部，完全为曲阜县学生。所谓曲阜县籍之学生，孔氏子女，迨居半数。本年经费困难万分，因曲阜县教育局取缔私塾，学生无处就学，本校附小本七班经费，又特开两班以资收容。对于地方社会，及孔子后裔，不谓不厚。本校常年经费五六万元，除薪俸支去半数外，余多消费于曲阜县内。学生每人每年，率各消费七八十元。曲阜县商业，所以尚能如今者，本校不为无力。此次署名控还吾者，并非六十户户首，多系乡居还吾之人，对于所控各节未必知情，有无冒签假借等事，亦难确定，且有土劣混羼其中。经询问：凡孔氏稍明事理者，类未参加此事。且谓孔传堉等此种举动，实为有识者所窃笑。纵能尽如彼等之意，将校长查明严办，昭示大众。后来者将难乎为继，势非将本校迁移济宁或兖州，无法办理。若然，则本校附小四百学生，将为之失学，曲阜商业，将为之萧条矣。前津浦路开修时，原议以曲阜县城为车站，衍圣公府迷信风水，力加反对，遂改道离城十八里外之姚村，致使商贾行旅，均感不便。驯至曲阜县城内社会，仍保持其中古状态，未能进化。由今视昔，事同一例。曲阜民众何负于孔传堉等，必使常在半开化之境，不能吸收近代之文明？即孔氏子弟亦何乐而为此，孔氏六十户中不乏开明之士，当不能坐视该孔传堉等之胡作非为，而瞑然无睹也。

更有进者。还吾自加入本党，信奉

总理遗教，向未违背党纪。在武汉时，曾被共产党逮捕下狱两月有余，分共之后，方被释出。原呈所谓："言行均涉过激，绝非民党本色"云云者，不知果何据而云然？该孔传堉等并非本党同志，所谓过激本色之意义，恐未必深晓。今竟诬告本党同志，本党应有所以处置之法；不然效尤者接踵而起，不将从此多事乎？还吾自在北京大学毕业之后，从事教育，历有年所。十五年秋又入广州中国国民党学术院，受五个月之严格训练。此次任职，抱定三民主义教育宗旨，遵守上级机关法令，凡有例假，无不执行，对于院部功令，向未违背。且北伐成功以还,中央长教育行政者,前为蔡孑民先生,今为蒋梦麟先生,在山东则为教育厅何仙槎厅长,均系十年前林琴南所视为"覆孔孟,铲伦常"者也。蔡先生复林琴南书,犹在《言行录》中,蒋先生主编《新教育》,何厅长著文《新潮》,还吾在当时景佩实深,追随十年,旧志未改,至于今日,对于院部本旨所在,亦不愿稍有出入。原呈:"钧部管持全国教育,方针所在,施行划一,对于孔子从未有鄙夷侮辱之明文,该校长如此放纵,究系采取何种教育?秉承何项意旨?抑或别开生面,另有主义?"云云。显系有意陷害,无所不用其极。

还吾未尝出入孔教会之门,亦未尝至衍圣公府专诚拜谒,可谓赋性乖僻。又未尝日日读经,当然学术不纯。而本省教厅训令第六九三号内开:"校长宋还吾态度和蔼,与教职员学生精神融洽,做事颇具热诚,校务支配,均甚适当,对于教员之聘请,尤为尽心"云云。不虞之誉,竟临藐躬,清夜自思,良不敢任。还吾籍隶山东旧曹州府城武县,确在北京大学毕业,与本省教育厅何厅长不无同乡同学之嫌,所谓:"因有奥援"者,殆以此耶?但因与厅长有同乡同学之嫌,即不得充校长,不知依据何种法典?院部有无明令?至于是否滥长,官厅自可考查,社会亦有公论,无俟还吾喋喋矣。还吾奉职无状,得罪巨室,致使孔传堉等夤缘权要,越级呈控,混乱法规之程序。教育无法进行,学生因之彷徨。午夜疚心,莫知所从。本宜躬候裁处,静默无言,但恐社会不明真相,评判无所根据,故描述大概如右。邦人君子,其共鉴之。

七月八日。

四　教育部朱参事及山东教育厅会衔呈文

呈为会衔呈复事。案奉钧部训令,以据孔氏六十户族人孔传堉等以山东省立第二师范校长宋还吾侮辱宗祖孔子呈请查办等情,饬厅查明核办,并派葆勤来鲁会同教育厅查办具报等因。奉此,遵由职厅饬派省督学张郁光随同葆勤驰赴曲阜,实地调查,对于本案经过情形,备悉梗概。查原呈所控各节,计有三点:一,为发布侮辱孔子标语及口号;二,为表演"孔子见南子"戏剧;三,为该校训育主任李灿埒召集学生训话,辱骂犬养毅张继及孔子。就第一点言之,除"打破民可使由之不可使知之的愚民政策"之标语,该校学生会确曾写贴外,其他如"孔丘为中国第一罪人"。"打倒孔老二"等标语,均查无实据。就第二点言之,"孔子见南子"一剧,确曾表演,惟查该剧本,并非该校自撰,完全根据《奔流》月刊第一卷第六号内林语堂所编成本,至扮演孔子角色,衣冠端正,确非丑末。又查学生演剧之时,该校校长宋还吾正因公在省。就第三点言之,据由学生方面调查所得,该校早晚例有训话一次,当日欢迎犬养毅张继二先生散会后,该校训育主任于训话时,曾述及犬养氏之为人,及其来华任务,并无辱骂张氏,更无孔子为古今中外罪人之语。再原呈署名人据查多系乡居,孔氏族人之城居者,对于所控各节,多淡漠视之。总计调查所得情形,该校职教员学生似无故意侮辱孔子事实,只因地居阙里,数千年来,曾无人敢在该地,对于孔子有出乎敬礼崇拜之外者,一旦编入剧曲,摹拟容声,骇诧愤激,亦无足怪。惟对于该校校长宋还吾究应若何处分之处,职等未敢擅拟,谨根据原呈所控各节,将调查所得情形,连同《子见南子》剧本,会衔呈复,恭请钧部鉴核批示祗遵,实为公便。谨呈教育部部长蒋。附呈《奔流》月刊一册。参事朱葆勤,兼山东教育厅厅长何思源。

五 济南通信

曲阜第二师范,前因演《子见南子》新剧,惹起曲阜孔氏族人反对,向教育部呈控该校校长宋还吾。工商部长孔祥熙亦主严办,教育部当派参事朱葆勤来济,会同教育厅所派督学张郁光,赴曲阜调查结果,毫无实据,教厅已会同朱葆勤会呈教部核办。十一日孔祥熙随蒋主席过济时,对此事仍主严究。教长蒋梦麟监察院长蔡元培日前过济赴青岛时,曾有非正式表示,排演新剧,并无侮辱孔子情事,孔氏族人,不应小题大做。究竟结果如何,须待教部处理。

八月十六日《新闻报》

六 《子见南子》案内幕

▲衍圣公府陪要人大嚼

▲青皮讼棍为祖宗争光

昨接山东第二师范学生会来函.报告《子见南子》一剧讼案之内幕,虽未免有偏袒之辞,然而亦足以见此案症结之所在,故录刊之。

曲阜自有所谓孔氏族人孔传靖等二十一人,控告二师校长宋还吾侮辱"孔子",经教部派员查办以后,各报虽有刊载其消息,惟多语焉不详。盖是案病根,因二师学生,于六月八日表演《子见南子》一剧;当时及事后,皆毫无动静。迨六月十八日,有中外名人犬养毅及张继,联翩来曲,圣公府大捧盛宴,名人去后四日,于是忽有宋校长被控之事,此中草蛇灰线,固有迹象可寻也。至于原告廿一人等,并非六十户首,似尚不足以代表孔氏,盖此不过青皮讼棍之流，且又未必悉皆知情。据闻幕后系孔祥藻，孔繁朴等所主使，此案始因此而扩大。孔祥藻为曲阜之著名大青皮，孔繁朴是孔教会会长。按孔繁朴尝因广置田产，致逼兄吞烟而死，则其人品可知，而所谓孔教会者，仅彼一人之独角戏而已。彼欲扩张孔教会势力，非将二师迁移他处，实无良法，则此次之乘机而起，自属不可免者，故此案直可谓二师与孔教会之争也。至于其拉拢青皮讼棍，不过以示势众而已。现曲阜各机关，各民众团体，均抱不平，建设局，财政局，教育局，农民协会，妇女协会，商会，二师学生会，二师附小学生会等，俱有宣言呈文联合驳孔传堉等，而尤以县党部对于封建势力之嚣张，愤激最甚。孔传堉等亦无大反动力量，故此案不久即可告一段落也。

七月十八日《金钢钻》

七　小题大做

史梯耳

关于曲阜二师排演《子见南子》引起的风波

至圣孔子是我们中国“思想界的权威”，支配了数千年来的人心，并且从来没失势过。因此，才遗留下这旧礼教和封建思想！

历史是告诉我们，汉刘邦本是一员亭长，一个无赖棍徒，却一旦“贵为天子”，就会尊孔；朱元璋不过一牧牛儿，一修道和尚，一天“危坐龙庭”，也会尊孔；爱新觉罗氏入主中华，也要“存汉俗尊儒(孔)术”。这些“万岁皇爷”为什么这样志同道合呢？无非为了孔家思想能够训练得一般“民”们不敢反抗，不好“犯上作乱”而已！我们无怪乎从前的文人学士“八股”都做得“一百成”，却没有半点儿“活”气！

中山哲学是“知难行易”，侧重在“知”，遗嘱又要“唤起民众”，更要一般民众都“知”，至圣孔子却主张民只可使“由”不可使“知”，他说“民可使由之不可使知之”，是不是和中山主义相违！现在革命时代，于反动封建思想还容许他残留吗？

山东曲阜第二师范学校为了排演《子见南子》一剧，得罪了“圣裔”孔传堉等，邮呈国府教育部控告该校校长“侮辱宗祖孔子”的罪名，惊动了国府，派员查办。我因为现在尚未见到《奔流》上的原剧本，无从批判这幕剧是否侮辱孔子，但据二师校长说：“本校排演此剧者，在使观众明了礼教与艺术之冲突，在艺术之中，认取人生真义”云云。夫如此，未必有什么过火的侮辱,不过对于旧礼教或致不满而已。谈到旧礼教,这是积数千年推演而成,并非孔子所手创,反对旧礼教不能认定是侮辱孔子,况且旧礼教桎梏人性锢蔽思想的罪怒,已经不容我们不反对了!如果我们认清现在的时代,还要不要尊孔,要不要铲除封建思想,要不要艺术产生,自然明白这次曲阜二师的风波是关系乎思想艺术的问题,是封建势力向思想界艺术界的进攻!

不过国府教育部为了这件演剧琐事,却派员查办啦,训令查复啦,未免有"小题大做"之嫌,我想。

一九二九,七,十八,于古都。

七月二十六日《华北日报》副刊所载

八　为"辱孔问题"答《大公报》记者

宋还吾

本年七月二十三日的《大公报》社评,有《近日曲阜之辱孔问题》一文,昨天才有朋友找来给我看;看过之后,非常高兴。这个问题,在山东虽然也引起各报的讨论,但讨论到两三次,便为别种原因而消沉了。《大公报》记者居然认为是个问题,而且著为社论,来批评我们;我们除感佩而外,还要对于这件事相当的声明一下,同时对于记者先生批评的几点,作简单的答复。

我们认为孔子见南子是一件事实,因为:一,"子见南子"出于《论语》,《论语》不是一部假书,又是七十子后学者所记,当然不是造孔子的谣言。二,孔子周游列国,意得位行道,揆之"三日无君则吊","三月无君则遑遑如也"的古义,孔子见南子,是可以成为事实的。

《子见南子》是一本独幕悲喜剧。戏剧是艺术的一种。艺术的定义,最简单的是:人生的表现或再见。但没有发现的人,也表现不出什么来;没有生活经验的人,也发现不出什么来。有了发现之后,把他所发现的意识化了,才能表现于作品之中。《子见南子》,是作者在表现他所发现的南子的礼,与孔子的礼的不同;及周公主义,与南子主义的冲突。他所发现的有浅深,所表现的有好坏,这是我们可以批评的。如果说:他不应该把孔子扮成剧本中的角色,不应该把"子见南子"这回事编成剧本,我们不应该在曲阜表演这样的一本独幕悲喜剧:这是我们要付讨论的。

《大公报》的记者说:"批评须有其适当之态度:即须忠实,须谨慎,不能离开理论与史实。”这是立论的公式,不是作戏剧的公式,也不是我们演剧者所应服从的公式。

又说:“子见南子,‘见’而已矣,成何艺术?有何人生真义?又何从发现与礼教之冲突?”(在这里,我要附带着声明一下。我的答辩书原文是:“在礼教与艺术之间,认取人生真义。”书手写时错误了。不过这些都无关宏恉。)“见而已矣!”固然!但在当时子路已经不说,孔子且曾发誓,是所谓“见”者,岂不大有文章?而且南子曾宣言:到卫国来见寡君的,必须见寡小君。孔子又曾陪南子出游,参乘过市。再连同南子的许多故事,辑在一块,表演起来,怎见得就不能成为艺术?艺术的表现,有作者自己在内,与作史是不同的呵!孔子有孔子的人生观,南子也自有她的人生观,把这两种不同的人生观。放在一幕里表演出来,让观众自己认识去,怎见得发现不出人生的真义?原剧所表演的南子,是尊重自我的,享乐主义的;孔子却是一个遵守礼法的,要得位行道的。这两个人根本态度便不同,又怎能没有冲突?至于说:“普通界说之所谓孔教,乃宋儒以后之事,非原始的孔教。”我要请问:原始的礼教,究是什么样子?魏晋之间,所常说的“礼法之士”,是不是指的儒家者流?

又说:“例以如演《子见南子》之剧,可以明艺术与人生。吾不知所谓艺术与人生者何若也!”上文说过:艺术是人生的表现,作者在表演人生,观者看了之后,各随其能感的程度,而有所见于人生,又有人专门跑到剧场中去看人类。所谓艺术与人生者就是这样,这有什么奇怪?难道说,凡所谓艺术与人生者,都应在孔教的范畴之中吗?记者先生又由孔学本身上观察说:“自汉以来,孔子横被帝王利用,竟成偶像化,形式化,然其责孔子不负之。——真理所示,二千年前之先哲,初不负二千年后政治之责任。”我却以为不然。自汉以来,历代帝王,为什么单要利用孔子?最尊崇孔子的几个君主,都是什么样的人?他们尊崇孔子的意义是什么?如果孔子没有这一套东西,后世帝王又何从利用起?他们为什么不利用老庄与荀子?一般不耕而食,不织而衣。成为游民阶级的“士”,不都是在尊崇孔教的口号之下,产生出来的吗?历代政治权力者所豢养的士,不都是祖述孔子的吗?他们所祖述的孔子学说,不见得都是凭空捏造的吧?孟子说过:“民为贵,社稷次之,君为轻”,几乎被朱元璋赶出圣庙去。张宗昌因为尊孔能收拾人心,除了认孔德成为“仁侄”之外,还刻印了十三经。封建势力善以孔子的学说为护符,其责孔子不负之谁负之?

又说:“孔学之真价值,初不借政治势力为之保存,反因帝王利用而教义不显。”那么,记者先生对于我这次被告,应做何感想呢?

记者先生说我们研究不彻底,态度不严谨。记者先生忘记我们是在表演戏剧,不是背述史实;我们是在开游艺会,不是宣读论文。而且"自究极的意义言之",演者在表演实人生时。不用向他说你要谨严谨严,他自然而然地会谨严起来;因为实人生是严肃的,演者面对着实人生时,他自会严肃起来的。同时,如果研究的不彻底,也绝对表演不好。在筹备演《子见南子》的时候,我曾教学生到孔庙里去看孔子及子路的塑像,而且要过细地看一下。对于《论语》,尤其是《乡党》一篇,要着实地研究一下。单为要演戏,还详细地讨论过"温良恭俭让"五个字的意味。我们研究的固然不算怎样彻底,但已尽其最善之努力了。记者先生还以为我们太草率吗?我们应当读书十年之后,再演《子见南子》吗?不必吧!记者先生既说:"《子见南子》剧脚本,吾人未见;曲阜二师,如何演剧,更属不知。"还能说我们研究不彻底,态度不严谨吗?何不买一《奔流》月刊第一卷第六号看看,到曲阜实地调查一下再说呢?这样,岂不研究的更彻底,态度更能谨严些吗?而且我们演剧的背影是什么?曲阜的社会状况何若?一般民众的要求怎样?记者先生也许"更属不知"吧?那么,所根据的史实是什么呢?记者先生对于孔学本身,未曾论列;何谓礼教?何谓艺术?更少发挥。对于我个人,颇有敲打;对于我们演《子见南子》微词更多:不知根据的什么理论?

所谓"孔学的本身",与"孔学的真价值",到底是什么?请《大公报》的记者,具体的提出来。我们站在中华民国十八年的立场上,愿意陪着记者先生,再重新估量估量。

一九二九,七,二八,济南旅舍。

九　教育部训令第九五二号令山东教育厅

查该省省立第二师范校长宋还吾被控侮辱孔子一案,业令行该厅查办,并加派本部参事朱葆勤,会同该厅,严行查办各在案。兹据该参事厅长等,将查明各情,会同呈复前来。查该校校长宋还吾,既据该参事厅长等,会同查明,尚无侮辱孔子情事,自应免予置议。惟该校校长以后须对学生严加训诰,并对孔子极端尊崇,以符政府纪念及尊崇孔子本旨。除据情并将本部处理情形,呈请行政院鉴核转呈,暨指令外,合行令仰该厅知照,并转饬该校校长遵照,此令。

十　曲阜二师校长呈山东教育厅文

呈为呈请事。案据山东《民国日报》,《山东党报》二十八日登载教育部训令九五二号，内开“云云”。查办以来，引咎待罪，二十余日，竟蒙教育部昭鉴下情，免予置议，感激之余，亟思图报。惟关于训诰学生，尊崇孔子两点，尚无明文详细规定。恐再有不符政府纪念及尊崇孔子本旨，致重罪戾，又以八月二十七日孔子诞辰纪念，为期已迫，是以未及等候教厅载令到校，提前呈请。查孔家哲学之出发点，约略言之，不过一部《易经》。“上天下泽，履，君子以辩上下，定民志。”类此乾坤定位，贵贱陈列，以明君臣之大义，以立万世之常经的宇宙观，何等整齐。自民国肇造以来，由君主专制之政体，一变而为民主民治，由孔家哲学之观点论之，实不啻翻天倒泽，加履首上，上下不辩，民志不定，乾坤毁灭，阴阳错乱，“乾坤毁则无以见易，易不可见，则乾坤或几乎息矣。”如此则孔家全部哲学，尚何所根据乎？此后校长对学生，有所训诰，如不阐明孔子尊君之义，则训诰不严，难免违犯部令之罪，如阐明孔子尊君之义，则又抵触国体，将违犯刑法第一百零三条，及第一百六十条。校长在武汉被共党逮捕入狱，八十余日，饱尝铁窗风味，至今思之，犹觉寒心，何敢再触法网，重入囹圄。校长效力党国，如有罪戾，应请明令处置，如无罪戾，何为故使进退维谷？校长怀刑畏法，只此一端，已无以自处。窃谓应呈请部院，删除刑法第一百零三条，及第一百六十条，或明令解释讲演孔子尊君之义为不抵触国体，则校长将有所遵循，能不获罪。又查尊崇孔子最显著者莫过于祭孔典礼，民国以来，祭孔率行鞠躬礼，惟袁世凯筹备帝制时，则定为服祭天服，行跪拜礼，张宗昌在山东时亦用跪拜礼。至曲阜孔裔告祭林庙时，自袁世凯以来，以至今日，均系服祭天服，行跪拜礼，未尝稍改。本校设在曲阜，数年前全校师生赴孔庙参加祭孔典礼，曾因不随同跪拜，大受孔裔斥责，几起冲突。刻距现行历八月二十七日孔子诞辰，为期不足一月，若不预制祭天服，定行跪拜礼，倘被孔裔控告，为尊崇孔子，未能极端，则校长罪戾加重，当何词以自解？若预制祭天服，则限于预算，款无所出，实行跪拜礼，则院部尚无功令，贸然随同，将违背现行礼节，当然获罪。且查曲阜衍圣公府，输资设立明德中学，向无所谓星期，每旧历庚日，则休假一日，名曰旬休，旧历朔望，例须拜孔，行三跪九叩礼，又每逢祭孔之时，齐集庙内，执八佾舞于两阶。本校学生如不从同，则尊崇不能极端，如须从同，是否违背院部功令。凡此种种，均请钧厅转院部，明令示遵。临呈不胜迫切待命之至。谨呈山东省政府教育厅厅长何。山东省立第二师范校长宋还吾。七月二十八日。

十一　山东教育厅训令第一二〇四号八月一日

省立第二师范校长宋还吾调厅另有任用，遗缺以张敦讷接充。此令。

十二　结语

有以上十一篇公私文字，已经可无须说明，明白山东曲阜第二师范学校演《子见南子》一案的表里。前几篇呈文（二至三），可借以见“圣裔”告状的手段和他们在圣地的威严；中间的会呈（四），是证明控告的说诳；其次的两段记事（五至六），则揭发此案的内幕和记载要人的主张的。待到教育部训令（九）一下，表面上似乎已经无事，而宋校长偏还强项，提出种种问题（十），于是只得调厅，另有任用（十一），其实就是“撤差”也矣。这即所谓“息事宁人”之举，也还是“强家大姓”的完全胜利也。

一九二九年八月二十一夜，鲁迅编讫谨记。

一九三〇年

柳无忌来信按语

鲁迅谨按——

我的《中国小说史略》，是先因为要教书糊口，这才陆续编成的，当时限于经济，所以搜集的书籍，都不是好本子，有的改了字面，有的缺了序跋。《玉娇梨》所见的也是翻本，作者，著作年代，都无从查考。那时我想，倘能够得到一本明刻原本，那么，从板式，印章，序文等，或者能够推知著作年代和作者的真姓名罢，然而这希望至今没有达到。

这三年来不再教书，关于小说史的材料也就不去留心了。因此并没有什么新材料。但现在研究小说史者已经很多，并且又开辟了各种新方面，所以现在便将柳无忌先生的信，借《语丝》公开，希望得有关于《玉娇梨》的资料的读者，惠给有益的文字。这，大约是《语丝》也很愿意发表的。

一九三〇年，二月十九日。

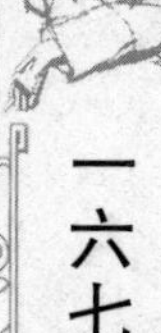

【备考】:

来信

鲁迅先生:

素不相识,请恕冒昧通信之罪。

为的是关于中国小说的一件事。在你的《小说史略》中,曾讲过明代的一部言情小说:《玉娇梨》,真如你所云,此书在中国虽不甚通行,在欧洲却颇有一时的运命。月前去访耶鲁大学的德文系主任,讲到歌德的事。他说:歌德曾批评过一部中国的小说,颇加称道;于是他就把校中"歌德藏书室"中的法德文译本的《玉娇梨》给我看。后来我又另在耶鲁图书馆中找到一册英译。

在学问方面,欧美作者关于歌德已差不多考证无遗,——独有在这一方面,讲到《玉娇梨》的文字,尚付阙如。因此我想,倘使能将我国人所有讲及此书的材料,搜集整理一下,公诸欧美研究歌德的学者,也许可算一点贡献,虽是十分些微的。但是苦于学问不足,在此又无工具可用,竟无从入手。因此想到先生于中国小说,研究有素,未知能否示我一点材料;关于原书的确切年代,作者的姓名及生活,后人对于此书的记载及批评,为帮忙查考?

此信拟由小峰先生转上,如能公开了,引起大众的兴趣,也是件"美德"。

祝学安

柳无忌上。十九年一月二十一日。

《文艺研究》例言

一、《文艺研究》专载关于研究文学,艺术的文字,不论译著,并且延及文艺作品及作者的介绍和批评。

二、《文艺研究》意在供已治文艺的读者的阅览,所以文字的内容力求其较为充实,寿命力求其较为久长,凡泛论空谈及启蒙之文,倘是陈言,俱不选入。

三、《文艺研究》但亦非专载今人作品,凡前人旧作,倘于文艺史上有重大关系,划一时代者,仍在介绍之列。

四、《文艺研究》的倾向,在究明文艺与社会之关系,所以凡社会科学上的论文,倘其中有若干部分涉及文艺者,有时亦仍在介绍之列。

五、《文艺研究》甚愿于中国新出之关于文艺及社会科学书籍,有简明的介绍和批评,以便利读者。但同人见识有限,力不从心,倘蒙专家惠寄相助,极所欣幸。

六、《文艺研究》又甚愿文与艺相勾连,因此微志,所以在此亦试加插图,并且在可能范围内,多载塑绘及雕刻之作。

七、《文艺研究》于每年二月,五月,八月,十一月十五日各印行一本;每四本为一卷。每本约二百余页,十万至十二万字。倘多得应当流布的文章,即随时增页。

八、《文艺研究》上所载诸文,此后均不再印造单行本子,所以此种杂志即为荟萃单篇要论之丛书,可以常资参考。

鲁迅自传

我于一八八一年生于浙江省绍兴府城里的一家姓周的家里。父亲是读书的;母亲姓鲁,乡下人,她以自修得到能够看书的学力。听人说,在我幼小时候,家里还有四五十亩水田,并不很愁生计。但到我十三岁时,我家忽而遭了一场很大的变故,几乎什么也没有了;我寄住在一个亲戚家里,有时还被称为乞食者。我于是决心回家,而我的父亲又生了重病,约有三年多,死去了。我渐至于连极少的学费也无法可想;我的母亲便给我筹办了一点旅费,教我去寻无须学费的学校去,因为我总不肯学做幕友或商人,——这是我乡衰落了的读书人家子弟所常走的两条路。

其时我是十八岁,便旅行到南京,考入水师学堂了,分在机关科。大约过了半年,我又走出,改进矿路学堂去学开矿,毕业之后,即被派往日本去留学。但待到在东京的预备学校毕业,我已经决意要学医了。原因之一是因为我确知道了新的医学对于日本维新有很大的助力。我于是进了仙台(Sendai)医学专门学校,学了两年。这时正值俄日战争,我偶然在电影上看见一个中国人因做侦探而将被斩,因此又觉得在中国医好几个人也无用,还应该有较为广大的运动……先提倡新文艺。我便弃了学籍,再到东京,和几个朋友立了些小计划,但都陆续失败了。我又想往德国去,也失败了。终于,因为我的母亲和几个别的人很希望我有经济上的帮助,我便回到中国来;这时我是二十九岁。

我一回国,就在浙江杭州的两级师范学堂做化学和生理学教员,第二年就走出,到绍兴中学堂去做教务长,第三年又走出,没有地方可去,想在一个书店去做编译员,到底被拒绝了。但革命也就发生,绍兴光复后,我做了师范学校的校长。革命政府在南京成立,教育部长招我去做部员,移入北京;后来又兼做北京大学,师范大学,女子师范大学的国文系讲师。到一九二六年,有几个学者到段祺瑞政府去告密,说我不好,要捕拿我,我便因了朋友林语堂的帮助逃到厦门,去做厦门大学教授,十二月走出,到广东做了中山大学教授,四月辞职,九月出广东,一直住在上海。

我在留学时候,只在杂志上登过几篇不好的文章。初做小说是一九一八年,因为一个朋友钱玄同的劝告,做来登在《新青年》上的。这时才用"鲁迅"的笔名(Penname);也常用别的名字做一点短论。现在汇印成书的有两本短篇小说集:《呐喊》,《彷徨》。一本论文,一本回忆记,一本散文诗,四本短评。别的,除翻译不计外,印成的又有一本《中国小说史略》,和一本编定的《唐宋传奇集》。

一九三。年五月十六日

题赠冯蕙熹

杀人有将。救人为医。

杀了大半,救其孑遗。

小补之哉,呜呼噫嘻!

鲁迅

一九三十年九月一日,上海

《铁甲列车 Nr.14—69》译本后记

作者的事迹,见于他的自传,本书的批评,见于 Kogan 教授的《伟大的十年的文学》中,中国已有译本,在这里无须多说了。

关于巴尔底山的小说,伊凡诺夫所做的不只这一篇,但这一篇称为杰出。巴尔底山者,源出法语,意云"党人",当拿破仑侵入俄国时,农民即曾组织团体以自卫,——这一个名目,恐怕还是法国人所起的。

现在或译为游击队,或译为袭击队,经西欧的新闻记者用他们的有血的笔一渲染,读者便觉得像是喝血的野兽一般了。这篇便可洗掉一切的风说,知道不过是单纯的平常的农民的集合，——其实只是工农自卫团而已。

这一篇的底本，是日本黑田辰男的翻译，而且是第二次的改译，自云“确已面目一新，相信能近于完全”的，但参照 Eduard Schiemann 的译本，则不同之处很不少。据情节来加推断，亦复互见短长，所以本书也常有依照德译本之处。大约作者阅历甚多，方言杂出，即这一篇中就常有西伯利亚和中国语；文笔又颇特别，所以完全的译本，也就难于出现了罢。我们的译本，也只主张在直接的完译未出之前，有存在的权利罢了。

一九三〇年十二月三〇日。编者。

一九三一年

题《陶元庆的出品》

此璇卿当时手订见赠之本也。倏忽已逾三载，而作者亦久已永眠于湖滨。草露易晞，留此为念。呜呼！

一九三一年八月十四夜，鲁迅记于上海。

凯绥·珂勒惠支木刻《牺牲》说明

珂勒惠支（Kathe Kollwitz）以一八六七年生于东普鲁士之区匿培克（Koenigsbero），在本乡，柏林，明辛学画，后与医生 Kollwitz 结婚。其夫住贫民区域，常为贫民治病，故 K. Kollwitz 的画材，也多为贫病与辛苦。

最有名的是四种连续画。《牺牲》即木刻《战争》七幅中之一，刻一母亲含悲献她的儿子去做无谓的牺牲。这时正值欧洲大战，她的两个幼子都死在战线上。

然而她的画不仅是“悲哀”和“愤怒”，到晚年时，已从悲剧的，英雄的，暗淡的形式化蜕了。

所以。那盖勒（Otto Nagel）批评她说：K.Kollwitz 之所以于我们这样接近的，是在她那强有力的，无不包罗的母性。这漂泛于她的艺术之上，如一种善的征兆。这使我们希望离开人间。然而这也是对于更新和更好的“将来”的督促和信仰。

《勇敢的约翰》校后记

这一本译稿的到我手头，已经足有一年半了。我向来原是很爱 Petöfi sándor 的人和诗的，又见译文的认真而且流利，恰如得到一种奇珍，计划印单行本没有成，便想陆续登在《奔流》上，介绍给中国。一面写信给译者，问他可能访到美丽的插图。

译者便写信到作者的本国，原译者 K.de Kalocsay 先生那里去，去年冬天，竟寄到了十二幅很好的画片，是五彩缩印的 Sándor Bélátol（照欧美通式，便是 Béla Sándor）教授所做的壁画，来信上还说："以前我搜集它的图画，好久还不能找到，已经绝望了，最后却在一个我的朋友那里找着。"那么，这《勇敢的约翰》的画像。虽在匈牙利本国，也是并不常见的东西了。

然而那时《奔流》又已经为了莫名其妙的缘故而停刊。以为倘使这从此湮没，万分可惜，自己既无力印行，便介绍到小说月报社去，然而似要非要，又送到学生杂志社去，却是简直不要，于是满身晦气，怅然回来，伴着我枯坐，跟着我流离，一直到现在。但是，无论怎样碰钉子，这诗歌和图画，却还是好的，正如作者虽然死在哥萨克兵的矛尖上，也依然是一个诗人和英雄一样。

作者的事略，除译者已在前面叙述外，还有一篇奥国 Alfred Teniers 做的行状，白莽所译，登在第二卷第五本，即最末一本的《奔流》中，说得较为详尽。他的擅长之处，自然是在抒情的诗；但这一篇民间故事诗，虽说事迹简朴，却充满着儿童的天真，所以即使你已经做过九十大寿，只要还有些"赤子之心"，也可以高高兴兴地看到卷末。德国在一八七八年已有 I.Schnitzer 的译本，就称之为匈牙利的童话诗。

对于童话，近来是连文武官员都有高见了；有的说是猫狗不应该会说话，称作先生，失了人类的体统；有的说是故事不应该讲成王作帝，违背共和的精神。但我以为这似乎是"杞天之虑"，其实例并没有什么要紧的。孩子的心，和文武官员的不同，它会进化，绝不至于永远停留在一点上，到得胡子老长了，还在想骑了巨人到仙人岛去做皇帝。因为他后来就要懂得一点科学了，知道世上并没有所谓巨人和仙人岛。倘还想，那是生来的低能儿，即使终生不读一篇童话，也还是毫无出息的。

但是，现在倘有新作的童话，我想，恐怕未必再讲封王拜相的故事了。不过这是一八四四年所作，而且采自民间传说的，又明明是童话，所以毫不足奇。那时的诗人，还大抵相信上帝,有的竟以为诗人死后,将得上帝的优待,坐在他旁边吃糖果哩。然而我们现在听了这些话,总不至于连忙去学作诗,希图将来有糖果吃罢。就是万分爱吃糖果的人,也不至于此。

就因为上述的一些有益无害的原因,所以终于还要尽微末之力,将这献给中国的读者,连老人和成人,单是借此消遣的和研究文学的都在内,并不专限于儿童。世界语译本上原有插画三小幅,这里只取了两幅;最可惜的是为了经济关系,那难得的十二幅壁画的大部分只能用单色铜版印,以致失去不少的精彩。但总算已经将匈牙利的一种名作和两个画家介绍在这里了。

一九三一年四月一日,鲁迅。

理惠拉壁画《贫人之夜》说明

理惠拉(Diego Rivera)以一八八六年生于墨西哥,然而是久在西欧学画的人。他二十岁后,即往来于法兰西,西班牙和意大利,很受了印象派,立体派,以及文艺复兴前期的壁画家的影响。此后回国,感于农工的运动,遂宣言"与民众同在",成了有名的生地壁画家。生地壁画(FreSco)者,乘灰粉末干之际,即须挥毫傅彩,是颇不容易的。

他的壁画有三处,一为教育部内的劳动院,二为祭祝院,三为查宾戈(Chapingo)农业学校。这回所取的一幅,是祭祝院里的。

理惠拉以为壁画最能尽社会的责任。因为这和宝藏在公侯邸宅内的绘画不同,是在公共建筑的壁上,属于大众的。因此也可知倘还在倾向沙龙(Salon)绘画,正是现代艺术中的最坏的倾向。

"日本研究"之外

自从日本占领了辽吉两省以来,出版界就发生了一种新气象:许多期刊里,都登载了研究日本的论文,好几家书铺子,还要出日本研究的小本子。此外,据广告说,什么亡国史是瞬息卖完了好几版了。

怎么会突然生出这许多研究日本的专家来的?看罢,除了《申报》《自由谈》上的什么"日本应称为贼邦","日本古名倭奴","闻之友人,日本乃施行征兵之制"一流的低能的谈论以外,凡较有内容的,那一篇不和从上海的日本书店买来的日本书没有关系的?这不是中国人的日本研究,是日本人的日本研究,是中国人大偷其日本人的研究日本的文章了。

倘使日本人不做关于他本国,关于满蒙的书.我们中国的出版界便没有这般热闹。

在这排日声中,我敢坚决地向中国的青年进一个忠告,就是:日本人是很有值得我们效法之处的。譬如关于他的本国和东三省,他们平时就有很多的书,——但目下投机印出的书,却应除外,——关于外国的,那自然更不消说。我们自己有什么?除了墨子为飞机鼻祖,中国是四千年的古国这些没出息的梦话而外,所有的是什么呢?

我们当然要研究日本,但也要研究别国,免得西藏失掉了再来研究英吉利(照前例,那时就改称“英夷”),云南危急了再来研究法兰西。也可以注意些现在好像和我们毫无关系的德,奥,匈,比……尤其是应该研究自己:我们的政治怎样,经济怎样,文化怎样,社会怎样,经了连年的内战和“正法”,究竟可还有四万万人了?

我们也无须再看什么亡国史了。因为这样的书,至多只能教给你一做亡国奴,就比现在的苦还要苦;他日情随事迁,很可以自幸还胜于连表面上也已经亡国的人民,依然高高兴兴,再等着灭亡得更加逼近。这是“亡国史”第一页之前的页数,“亡国史”作者所不肯明写出来的。

我们应该看现代的兴国史,现代的新国的历史,这里面所指示的是战叫,是活路,不是亡国奴的悲叹和号眺!

介绍德国作家版画展

世界上版画出现得最早的是中国,或者刻在石头上,给人模拓,或者刻在木版上,分布人间。后来就推广而为书籍的绣像,单张的花纸,给爱好图画的人更容易看见,一直到新的印刷术传进了中国,这才渐渐的归于消亡。

欧洲的版画,最初也是或用作插画,或印成单张,和中国一样的。制作的时候,也是画手一人,刻手一人,印手又是另一人,和中国一样的。大家虽然借此娱目赏心,但并不看作艺术,也和中国一样。但到十九世纪末,风气改变了,许多有名的艺术家,都来自己动手,用刀代了笔,自画,自刻,自印,使它确然成为一种艺术品,而给人赏鉴的量,却比单能成就一张的油画之类还要多。这种艺术,现在谓之“创作版画”,以别于古时的木刻,也有人称之为“雕刀艺术”。

但中国注意于这种艺术的人,向来是很少的。去年虽然开过一个小小的展览会,而至今并无继起。近闻有德国的爱好美术的人们,已筹备开一“创作版画展览会”。其版类有木,有石,有铜。其作家都是现代德国的,或寓居德国的各国的名手,有许多还是已经跨进美术史里去了的人们。例如亚尔启本珂(Archipenko),珂珂式加(O.Kokosch—ka),法宁该尔(L.Feininger),沛息斯坦因(M.Pechstein),都是只要知道一点现代艺术的人,就很熟识的人物。此外还有当表现派文学运动之际,和文学家一同协力的霍夫曼(L.von Hofmann),梅特那(L.Meidner)的作品。至于新的战斗的作家如珂勒惠支夫人(K.Kollwitz),格罗斯(C.Grosz),梅斐尔德(C.Meffert),那是连留心文学的人也就知道,更可以无须多说的了。

这展览会里,连上述各家以及别的作者的版画,闻共有百余幅之多,大者至二三尺,且都有作者亲笔的署名,和翻印的画片,简直有天渊之别,是很值得美术学生和爱好美术者的研究的。

德国作家版画展延期举行真像

此次版画展览会,原定于本月七日举行,闻搜集原版画片,颇为不少,大抵大至尺余,如格罗斯所作石版《席勒剧本<群盗>警句图》十张,珂勒惠支夫人所作铜版画《农民图》七张.则大至二尺以上,因此镜框遂成问题。有志于美术的人,既无力购置,而一时又难以另法备办,现筹备人方四出向朋友商借,一俟借妥,即可开会展览。

又闻俄国木刻名家毕斯凯莱夫(N.piskarev)有《铁流图》四小幅,自在严寒中印成,赠予小说《铁流》之中国译者,昨已由译者寄回上海,是为在东亚唯一之原版画,传闻三味书屋为之制版印行。并拟先在展览会陈列,以供爱好美术者之赏鉴。

一九三二年

水灾即“建国”

《建国月刊》第六卷第二期出版了,上海各大报上都登着广告。首先是光辉灿烂的

"本刊宗旨"：

(一)阐扬三民主义的理论与实际；

(二)整理本党光荣之革命历史；

(三)讨论实际建设问题；

(四)整理本国学术介绍世界学术思潮。

好极了！那么,看内容罢。首先是光辉灿烂的"插图"：水灾摄影(四幅)！

好极了……这叫作一句话说尽了"建国"的本色。

题《外套》

此素园病重时特装相赠者,岂自以为将去此世耶,悲夫！越二年余,发箧见此,追记之。三十二年四月三十日,迅。

我对于《文新》的意见

《文艺新闻》所标榜的既然是 Journalism,杂乱一些当然是不免的。但即就 Journalism 而论,过去的五十期中,有时也似乎过于杂乱。例如说柏拉图的《共和国》,泰纳的《艺术哲学》都不是"文艺论"之类,实在奇特的了不得,阿二阿三不是阿四,说这样的话干什么呢?

还有"每日笔记"里,没有影响的话也太多,例如谁在吟长诗,谁在写杰作之类,至今大抵没有后文。我以为此后要有事实出现之后,才登为是。至于谁在避暑,谁在出汗之类,是简直可以不登的。

各省,尤其是僻远之处的文艺事件通信,是很要紧的,可惜的是往往亦有一回,后来就不知怎样,但愿常有接续的通信,就好。

论文看起来太板,要再做得花色一点。

各国文艺界消息,要多,但又要写得简括。例如《苏联文学通信》那样的东西,我以为是很好的。但刘易士被打了一个嘴巴那些,却没有也可以。

此外也想不起什么来了,也是杂乱得很,对不对,请酌为幸。

鲁迅。五月四日。

题记一篇

在昔原始之民，其居群中，盖唯以姿态声音，达其情意而已。声音繁变，寖成言辞，言辞谐美，乃兆歌咏。然言者，犹风波也，激荡方已，余踪杳然，独恃口耳之传，殊不足以行远或垂后，故越吟仅一见于载籍，绋讴不丛集于诗山也。幸赖文字，匄其散亡，楮墨所书，年命斯久。而篇章既富，评骘遂生，东则有刘彦和之《文心》，西则有亚里士多德之《诗学》，解析神质，包举洪纤，开源发流，为世楷式。所惜既局于地，复限于时，后贤补苴，竞标颖异，积鸿文于书庋，嗟白首而难测，倘无要略，孰识菁英矣。作者青年劬学，著为新编，纵观古今，横览欧亚，撷华夏之古言，取英美之新说，探其本源，明其族类，解纷挈领，粲然可观，盖犹识玄冬于瓶水，悟新秋于坠梧，而后治诗学者，庶几由此省探索之劳已。

一九三二年七月三日，鲁迅读毕谨记。

一九三三年

文摊秘诀十条

一，须竭力巴结书坊老板，受得住气。

二，须多谈胡适之之流，但上面应加“我的朋友”四字，但仍须讥笑他几句。

三，须设法办一份小报或期刊，竭力将自己的作品登在第一篇，目录用二号字。

四，须设法将自己的照片登载杂志上，但片上须看见玻璃书箱一排，里面都是洋装书，而自己则作伏案看书，或默想之状。

五，须设法证明墨翟是一只黑野鸡，或杨朱是澳洲人，并且出一本“专号”。

六，须编《世界文学家辞典》一部．将自己和老婆儿子，悉数详细编入。

七，须取《史记》或《汉书》中文章一二篇，略改字句，用自己的名字出版，同时又编《世界史学家辞典》一部，办法同上。

八，须常常透露目空一切的口气。

九，须常常透露游欧或游美的消息。

十,倘有人作文攻击,可说明此人曾来投稿,不予登载,所以挟嫌报复。

闻小林同志之死

同志小林ノ死ヲ闻ィテ

日本ト支那トノ大衆ハモトョリ兄弟デァル。資産階级ハ大衆ヲダマシテ其ノ血デ界ヲェガィタ、又ェキツツァル。

併シ燕産階级ト其,先驅達ハ血デリレヲ洗ッテ于居ル。

同志小林ノ死ハ其ノ實證ノ一ダ。

我々ハ知ッ于居ル、我々ハ忘レナィ

我々ハ堅ク同志小林ノ血路二沿ッテ、前進シ握手スルノダ。

鲁迅

【译文】

闻小林同志之死

日本和中国的大众,本来就是兄弟。资产阶级欺骗大众,用他们的血划了界线,还继续在划着。

但是无产阶级和他们的先驱们,正用血把它洗去。

小林同志之死,就是一个实证。

我们是知道的,我们不会忘记。

我们坚定地沿着小林同志的血路携手前进。

鲁迅

通信(复魏猛克)

猛克先生:

三日的来信收到了,适值还完了一批笔债,所以想来写几句。

大约因为我们的年龄,环境……不同之故罢,我们还很隔膜。譬如回信,其实我也常有失写的,或者以为不必复,或者失掉了住址,或者偶然搁下终于忘记了,或者对于质问,

本想查考一番再答，而被别事岔开，从此搁笔的也有。那些发信者，恐怕在以为我是以“大文学家”自居的，和你的意见一定并不一样。

你疑心萧有些虚伪，我没有异议。但我也没有在中外古今的名人中，发现能够确保绝无虚伪的人，所以对于人，我以为只能随时取其一段一节。这回我的为萧辩护，事情并不久远，还很明明白白的：起于他在香港大学的讲演。这学校是十足奴隶式教育的学校，然而向来没有人能去投一个爆弹，去投了的，只有他。但上海的报纸，有些却因此憎恶他了，所以我必须给以支持，因为在这时候，来攻击萧，就是帮助奴隶教育。假如我们设立一个“肚子饿了怎么办”的题目，拖出古人来质问罢，倘说“肚子饿了应该争食吃”，则即使这人是秦桧，我赞成他，倘说“应该打嘴巴”，那就是岳飞，也必须反对。如果诸葛亮出来说明，道是“吃食不过要发生温热，现在打起嘴巴来，因为摩擦，也有温热发生，所以等于吃饭”，则我们必须撕掉他假科学的面子，先前的品行如何，是不必计算的。

所以对于萧的言论，侮辱他个人与否是不成问题的，要注意的是我们为社会的战斗上的利害。

其次，是关于高尔基。许多青年，也像你一样，从世界上各种名人的身上寻出各种美点来，想我来照样学。但这是难的，一个人那里能做得到这么好。况且你很明白，我和他是不一样的，就是你所举的他那些美点，虽然根据于记载，我也有些怀疑。照一个人的精力，时间和事务比例算起来，是做不了这许多的，所以我疑心他有书记，以及几个助手。我只有自己一个人，写此信时，是夜一点半了。

高尔基

至于那一张插图，一目了然，那两个字是另一位文学家的手笔，其实是和那图也相称的，我觉得倒也无损于原意。我的身子，我以为画得太胖，而又太高，我那里及得高尔基的一半。文艺家的比较是极容易的，作品就是铁证，没法游移。

你说，以我“的地位，不便参加一个幼稚的团体的战斗”，那是观察得不确的。我和青年们合作过许多回，虽然都没有好结果，但事实上却曾参加过。不过那都是文学团体，我比较的知道一点。若在美术的刊物上，我没有投过文章，只是有时迫于朋友的希望，也曾写过几篇小序之类，无知妄作，现在想起来还很不舒服。

自然，我不是木石，倘有人给我一拳，我有时也会还他一脚的，但我的不"再来开口"，却并非因为你的文章，我想撕掉别人给我贴起来的名不符实的"百科全书"的假招贴。

但仔细分析起来，恐怕关于你的大作的，也有一点。这请你不要误解，以为是为了"地位"的关系，即使是猫狗之类，你倘给以打击之后，它也会避开一点的，我也常对于青年，避到僻静区处去。

艺术的重要，我并没有忘记，不过做事是要分工的，所以我祝你们的刊物从速出来，我极愿意先看看战斗的青年的战斗。

此复，并颂时绥。

鲁迅　启上。六月五日夜。

【备考】：

来信

鲁迅先生：

你肯回信，已经值得我们青年人感激，大凡中国的大文学家，对于一班无名小卒有什么询问或要求什么的信，是向来"相应不理"'的。

你虽然不是美术家，但你对于美术的理论和今日世界美术之趋势，是知道得很清楚的，也不必谦让的。不过，你因见了我那篇谈萧伯纳的东西，就不"再来开口"了，却使我十分抱歉。

萧，在幼稚的我，总疑心他有些虚伪，至今，我也还是这样想。讽刺或所谓幽默，是对付敌人的武器吧？劳动者和无产青年的热情的欢迎，不应该诚恳的接受吗？当我读了你代萧辩护的文章以后，我便凭了一时的冲动，写出那篇也许可认为侮辱的东西。后来，在《现代》上看见你的《看萧和看萧的人们》，才知道你之喜欢萧，也不过"仅仅是在什么地方见过一点警句"而已。

你是中国文坛的老前辈，能够一直跟着时代前进，使我们想起了俄国的高尔基。我们其所以敢冒昧的写信请你写文章指导我们，也就是曾想起高尔基极高兴给青年们通信，写文章，改文稿。在识字运动尚未普及的中国，美术的力量也许较文字来得大些吧，而今日中国的艺坛，是如此之堕落，凡学美术的和懂得美术的人，可以不负起纠正错误的责任吗？自然，以先生的地位，是不便参加一个幼稚的团体的战斗的，不过，我们希望你于“谈谈文学”之外，不要忘记了美术的重要才好。

《论语》第十八期上有一张猛克的《鲁迅与高尔基》的插图，这张插图原想放进《大众艺术》的，后来，被一位与《论语》有关系的人拿去发表，却无端加上“俨然”两字，这与作者的原意是相反的，为了责任，只好在这儿来一个声明。

又要使你在百忙中抽出一两分钟的时间来读这封信，不觉得“讨厌”吗？祝你著安！

一个你不认识的青年魏猛克上。六月三日。

辩“文人无行”

看今年的文字，已将文人的喜欢舐自己的嘴唇以至造谣卖友的行为，都包括在“文人无行”这一句成语里了。但向来的习惯，含义是没有这么广泛的，搔发舐唇（但自然须是自己的唇），还不至于算在“文人无行”之中，造谣卖友，却已出于“文人无行”之外，因为这已经是卑劣阴险，近于古人之所谓“人头畜鸣”了。但这句成语，现在是不合用的，科学早经证明，人类以外的动物，倒并不这样子。

轻薄，浮躁，酗酒，嫖妓而至于闹事，偷香而至于害人，这是古来之所谓“文人无行”。然而那无行的文人，是自己要负责任的，所食的果子，是“一生潦倒”。他不会说自己的嫖妓，是因为爱国心切，借此消遣些被人所压的雄心；引诱女人之后，闹出乱子来了，也不说这是女人先来诱他的，因为她本来是婊子。他们的最了不得的辩解，不过要求对于文人，应该特别宽恕罢了。

现在的所谓文人，却没有这么没出息。时代前进，人们也聪明起来了。倘使他做过编辑，则一受别人指摘，他就会说这指摘者先前曾来投稿，不给登载，现在在报私仇；其甚者还至于明明暗暗，指示出这人是什么党派，什么帮口，要他的性命。

这种卑劣阴险的来源，其实却并不在“文人无行”，而还在于“文人无文”。近十年来，文学家的头衔，已成为名利双收的支票了，好名渔利之徒，就也有些要从这里下手。而且确也很有几个成功：开店铺者有之，造洋房者有之。不过手淫小说易于痨伤，“管他娘”词也难以发达，那就只好运用策略，施行诡计，陷害了敌人或者连并无干系的人，来提高他自己的“文学上的价值”。连年的水灾又给予了他们教训，他们以为只要决堤淹灭了五谷，草根树皮的价值就会飞涨起来了。

现在的市场上,实在也已经出现着这样的东西。

将这样的"作家",归入"文人无行"一类里,是受了骗的。他们不过是在"文人"这一面旗子的掩护之下,建立着害人肥己的事业的一群"商人与贼"的混血儿而已。

娘儿们也不行

林语堂先生只佩服《论语》,不崇拜孟子,所以他要让娘儿们来干一下。其实,孟夫子说过的:"养生者不足以当大事,唯送死可以当大事"。娘儿们只会"养生",不会"送死",如何可以叫她们来治天下!

"养生"得太多了,就有人满之患,于是你抢我夺,天下大乱。非得有人来实行送死政策,叫大家一批批去送死,只剩下他们自己不可。这只有男子汉干得出来。所以文官武将都由男子包办,是并非无功受禄的。自然不是男子全体,例如林语堂先生举出的罗曼·罗兰等等就不在内。

懂得这层道理,才明白军缩会议,世界经济会议,废止内战同盟等等,都只是一些男子汉骗骗娘儿们的玩意儿;他们自己心里是雪亮的:只有"送死"可以治国而平天下,——送死者,送别人去为着自己死之谓也。

就说大多数"别人"不愿意去死,因而请慈母性的娘儿们来治理罢,那也是不行的。林黛玉说:"不是东风压倒西风,就是西风压倒东风",这就是女界的"内战"也是永远不息的意思。虽说娘儿们打起仗来不用机关枪,然而动不动就抓破脸皮也就不得了。何况"东风"和"西风"之间,还有另一种女人,她们专门在挑拨,教唆,搬弄是非。总之,争吵和打架也是女治主义国家的国粹,而且还要剧烈些。所以假定娘儿们来统治了,天下固然仍旧不得太平,而且我们的耳根更是一刻儿不得安静了。

人们以为天下的乱是由于男子爱打仗,其实不然的。这原因还在于打仗打得不彻底,和打仗没有认清真正的冤家。如果认清了冤家,又不像娘儿们似的空嚷嚷,而能够扎实的打硬仗,那也许真把爱打仗的男女们的种都给灭了。而娘儿们都大半是第三种:东风吹来往西倒,西风吹来往东倒,弄得循环报复,没有个结账的日子。同时,每一次打仗一因为她们倒得快,就总不会彻底,又因为她们大都特别认不清冤家,就永久只有纠缠,没有清账。统治着的男子汉,其实要感谢她们的。

所以现在世界的糟,不在于统治者是男子,而在这男子在女人的地统治。以妾妇之道治天下,天下那得不糟!

举半个例罢:明朝的魏忠贤是太监——半个女人,他治天下的时候,弄得民不聊生,到处“养生”了许多干儿孙,把人的血肉廉耻当馒头似的吞噬,而他的狐群狗党还拥戴他配享孔庙,继承道统。半个女人的统治尚且如此可怕,何况还是整个的女人呢!

一九三四年

自传

鲁迅,以一八八一年生于浙江之绍兴城内姓周的一个大家族里。父亲是秀才;母亲姓鲁,乡下人,她以自修到能看文学作品的程度。家里原有祖遗的四五十亩田,但在父亲死掉之前,已经卖完了。这时我大约十三四岁,但还勉强读了三四年多的中国书。

因为没有钱,就得寻不用学费的学校,于是去到南京,住了大半年,考进了水师学堂。不久,分在管轮班,我想,那就上不了舱面了,便走出,又考进了矿路学堂,在那里毕业,被送往日本留学。但我又变计,改而学医,学了两年,又变计,要弄文学了。于是看些文学书,一面翻译,也做些论文,设法在刊物上发表。直到一九一〇年,我的母亲无法生活,这才回国,在杭州师范学校做助教,次年在绍兴中学作监学。一九一二年革命后,被任为绍兴师范学校校长。

但绍兴革命军的首领是强盗出身,我不满意他的行为,他说要杀死我了,我就到南京,在教育部办事,由此进北京,做到社会教育司的第二科科长。一九一八年“文学革命”运动起,我始用“鲁迅”的笔名作小说,登在《新青年》上,以后就时时做些短篇小说和短评;一面也做北京大学,师范大学,女子师范大学的讲师。因为做评论,敌人就多起来,北京大学教授陈源开始发表这“鲁迅”就是我,由此弄到段祺瑞将我撤职,并且还要逮捕我。我只好离开北京,到厦门大学做教授;约有半年,和校长以及别的几个教授冲突了,便到广州,在中山大学做了教务长兼文科教授。

又约半年,国民党北伐分明很顺利,厦门的有些教授就也到广州来了,不久就清党,我一生从未见过有这么杀人的,我就辞了职,回到上海,想以译作谋生。但因为加入自由大同盟,听说国民党在通缉我了,我便躲起来。此后又加入了左翼作家联盟,民权同盟。

到今年,我的一九二六年以后出版的译作,几乎全被国民党所禁止。

我的工作,除翻译及编辑的不算外,创作的有短篇小说集二本,散文诗一本,回忆记一本,论文集一本,短评八本,《中国小说史略》一本。

《无名木刻集》序

用几柄雕刀,一块木板,制成许多艺术品,传布于大众中者,是现代的木刻。木刻是中国所固有的,而久被埋没在地下了。现在要复兴,但是充满着新的生命。新的木刻是刚健,分明,是新的青年的艺术,是好的大众的艺术。这些作品,当然只不过一点萌芽,然而要有茂林嘉卉,却非先有这萌芽不可。这是极值得纪念的。

一九三四年三月十四日,鲁迅。

《玄武湖怪人》按语

中头按:此篇通讯中之所谓“三种怪人”,两个明明是畸形,即绍兴之所谓“胎里疾”;“大头汉”则是病人,其病是脑水肿。而乃置之动物园,且说是“动物中之特别者”,真是十分特别,令人惨然。

【备考】:

玄武湖怪人

南京通讯:首都玄武门外玄武湖。素负历史盛名。自市政府改建五洲公园。加以人工修理后。该处湖光山色。更觉幽雅宜人。风景出自天然。值此春夏阳和。千红万紫。游人如织。有游艺家秦庆森君。为增游人兴趣起见。不惜巨资。特举办五洲动物园。于去冬托友由南洋群岛及云桂等处各地购办奇异动物甚夥。益增该园风光不少。兹将动物中之特别者分志于次。计三种怪人。(一)小头。姓徐。绰号徐小头。海州产。身长三尺。头小如拳。问其年已卅六岁矣。(二)大头汉。姓唐。绰号大头。又名来发。浙之绍兴产。头大如巴斗。状似寿星。其实年方十二岁。(三)半截美人。年二十四岁。扬州产。面发如平常美妇无异。唯无腿。仅有肉足趾两个。此所以称为半截美人。(中头剪自五月十四日《大美晚报》)

《〈母亲〉木刻十四幅》序

高尔基的小说《母亲》一出版，革命者就说是一部"最合时的书"。而且不但在那时，还在现在。我想，尤其是在中国的现在和未来，这有沈端先君的译本为证，用不着多说。在那边，倒已经看不见这情形，成为陈迹了。

这十四幅木刻，是装饰着近年的新印本的。刻者亚历克舍夫，是一个刚才三十岁的青年，虽然技术还未能说是十分纯熟，然而生动，有力，活现了全书的神采。便是没有读过小说的人，不也在这里看见了暗黑的政治和奋斗的大众吗？

一九三四年七月廿七日，鲁迅记。

题《淞隐漫录》

《淞隐漫录》十二卷

原附上海《点石斋画报》印行，后有汇印本，即改称《后聊斋志异》。此尚是好事者从画报析出者，颇不易觏。戊年盛夏，陆续得二残本，并合为一部存之。

九月三日南窗记。

题《淞隐续录》残本

《淞隐续录》残本

自序云十二卷，然四卷以后即不著卷数，盖终亦未全也。光绪癸巳排印本《淞滨琐话》亦十二卷，亦丁亥中元后三日序，与此序仅数语不同，内容大致如一；惟十七则为此本所无，实一书尔。

九月三日上海寓楼记。

题《漫游随录图记》残本

《漫游随录图记》残本

此亦《点石斋画报》附录。序云图八十幅，而此本止五十幅，是否后有续作，或中止于此，亦未详。图中异域风景，皆出画人臆造，与实际相去甚远，不可信也。

狗儿年六月收得，九月重装并记。

题《风筝误》

李笠翁《风筝误》

亦《点石斋画报》附录也；盖欲画《笠翁十种曲》而遂未全，余亦仅得此一种，今以附之天南遯叟著作之末。画人金桂，字蟾香，与吴友如同时，画法亦相类，当时石印绣像或全图小说甚多，其作风大率如此。

戌年九月将付装订因记。

《译文》创刊号前记

读者诸君：你们也许想得到，有人偶然得一点空工夫，偶然读点外国作品，偶然翻译了起来，偶然碰在一处，谈得高兴，偶然想在这"杂志年"里来加添一点热闹，终于偶然又偶然地找得了几个同志，找得了承印的书店，于是就产生了这一本小小的《译文》。

原料没有限制：从最古以至最近。门类也没固定：小说，戏剧，诗，论文，随笔，都要来一点。直接从原文译，或者间接重译：本来觉得都行。只有一个条件：全是"译文"。

文字之外，多加图画。也有和文字有关系的，意在助趣；也有和文字没有关系的，那就算是我们贡献给读者的一点小意思，复制的图画总比复制的文字多保留得一点原味。

并不敢自夸译得精，只能自信尚不至于存心潦草；也不是想竖起"重振译事"的大旗来，——这种登高一呼的野心是没有的，不过得这么几个同好互相研究，印了出来给喜欢看译品的人们作为参考而已。倘使有些深文周纳的惯家以为这又是什么人想法挽救"没落"的法门，那我们只好一笑道："领教！领教！诸公的心事，我们倒是雪亮的！"

做"杂文"也不易

"中国为什么没有伟大的文学产生"这问题，还是半年前提出的，大家说了一通，没有结果。这问题自然还是存在，秋凉了，好像也真是到了“灯火倍可亲”的时节，头脑一冷静，有几位作家便又记起这一个大问题来了。

八月三十日的《自由谈》上，浑人先生告诉我们道：“伟大的作品在废纸篓里！”

为什么呢？浑人先生解释说：“各刊物的编辑先生们，他们都是抱着‘门罗主义’的，……他们发现稿上是署着一个与他们没有关系的人底姓名时，看也没有工夫一看便塞下废纸篓了。”

伟大的作品是产生的，然而不能发表，这罪孽全在编辑先生。不过废纸篓如果难以检查，也就成了“事出有因，查无实据”的疑案。较有意思，较有作用的还是《现代》九月号卷头“文艺独白”里的林希隽先生的大作《杂文和杂文家》。他并不归咎于编辑先生，只以为中国的没有大著作产生，是因为最近——虽然“早便生存着的”——流行着一种“容易下笔”，容易成名的“杂文”，所以倘不是“作家之妄自菲薄而放弃其任务，即便是作家毁掉了自己以投机取巧的手腕来替代一个文艺作者的严肃的工作”了。

不错，比起高大的天文台来，“杂文”有时确很像一种小小的显微镜的工作，也照秽水，也看脓汁，有时研究淋菌，有时解剖苍蝇。从高超的学者看来，是渺小，污秽，甚而至于可恶的，但在劳作者自己，却也是一种“严肃的工作”，和人生有关，并且也不十分容易做。现在就用林先生自己的文章来做例子罢，那开头是——

“最近以来，有些杂志报章副刊上很时行的争相刊载着一种散文非散文，小品非小品的随感式的短文，形式既绝对无定型，不受任何文学制作之体裁的束缚，内容则无所不谈，范围更少有限制。唯其如此，故很难加以某种文学作品的称呼；在这里，就暂且名之为杂文吧。”

“沉默，金也。”有一些人，是往往会“开口见喉咙”的，林先生也逃不出这例子。他的“散文”的定义，是并非中国旧日的所谓“骈散”“整散”的“散”，也不是现在文学上和“韵文”相对的不拘韵律的“散文”(Prose)的意思：糊里糊涂。但他的所谓“严肃的工作”是说得明明白白的：形式要有“定型”，要受“文学制作之体裁的束缚”；内容要有所不谈；范围要有限制。这“严肃的工作”是什么呢？就是“制艺”，普通叫“八股”。

做这样的文章，抱这样的“文学观”的林希隽先生反对着“杂文”，已经可以不必多说，明白“杂文”的不容易做，而且那任务的重要了；杂志报章上的缺不了它，“杂文家”的放不掉它，也可见正非“投机取巧”，“客观上”是大有必要的。

况且《现代》九月号卷头的三篇大作，虽然自名为"文艺独白"，但照林先生的看法来判断，"散文非散文，小品非小品"，其实也正是"杂文"。但这并不是矛盾。用"杂文"攻击"杂文"，就等于"以杀止杀"。先前新月社宣言里说，他们主张宽容，但对于不宽容者，却不宽容，也正是这意思。那时曾有一个"杂文家"批评他们说，那就是刽子手，他是不杀人的，他的偶然杀人，是因为世上有杀人者。但这未免"无所不谈"，太不"严肃"了。

林先生临末还问中国的作家："俄国为什么能够有《和平与战争》这类伟大的作品产生？……而我们的作家呢，岂就永远写写杂文而引为莫大的满足吗？"我们为这暂时的"杂文家"发愁的也只在这一点：现在竟也累得来做"在材料的捃摭上尤其是俯拾皆是，用不着挖空心思去搜集采取"的"杂文"，不至于忘记研究"俄国为什么能够有《和平与战争》这类伟大的作品产生"吗？但愿这只是我们的"杞忧"，他的"杂文"也许独不会"非特丝毫无须要之处，反且是一种恶劣的倾向"。

题《芥子园画谱三集》赠许广平

此上海有正书局翻造本。其广告谓研究木刻十余年，始雕是书。实则兼用木版，石版，波黎版及人工着色，乃日本成法，非尽木刻也。广告夸耳！然原刻难得，翻本亦无胜于此者。因致一部，以赠广平，有诗为证：

十年携手共艰危，以沫相濡亦可哀；
聊借画图怡倦眼，此中甘苦两心知。

戍年冬十二月九日之夜，鲁迅记

势所必至，理有固然

有时发表一些顾影自怜的吞吞吐吐文章的废名先生，这回在《人间世》上宣传他的文学观了：文学不是宣传。

这是我们已经听得耳膜起茧了的议论。谁用文字说"文学不是宣传"的，也就是宣传——这也是我们已经听得耳膜起茧了的议论。

写文章自以为对于社会毫无影响，正如称"废名"而自以为真的废了名字一样。"废名"就是名。要于社会毫无影响，必须连任何文字也不立，要真的废名，必须连"废名"这

笔名也不署。

假如文字真的毫无什么力,那文人真是废物一枚,寄生虫一条了。他的文学观,就是废物或寄生虫的文学观。

但文人又不愿意做这样的文人,于是他只好说现在已经下掉了文人的招牌。然而,招牌一下,文学观也就没有了根据,失去了靠山。

但文人又不愿意没有靠山,于是他只好说要"弃文就武"了。这可分明地显出了主张"为文学而文学"者后来一定要走的道路来——事实如此,前例也如此。正确的文学观是不骗人的,凡所指摘,自有他们自己来证明。

一九三五年

《中国新文学大系》小说二集编选感想

这是新的小说的开始时候。技术是不能和现在的好作家相比较的,但把时代记在心里,就知道那时倒很少有随随便便的作品。内容当然更和现在不同了,但奇怪的是二十年后的现在的有些作品,却仍然赶不上那时候的。

后来,小说的地位提高了,作品也大进步,只是同时也孪生了一个兄弟,叫作"滥造"。

"骗月亮"

杜衡先生在二月十四的《火炬》上教给我们,中国人的遇"月蚀放鞭炮绝非出于迷信",乃是"出于欺骗;一方面骗自己,但更主要的是骗月亮","借此敷衍敷衍面子,免得将来再碰到月亮的时候大家下不去"。

这也可见民众之不可信,正如莎士比亚的《恺撒传》所揭破了,他们不但骗自己,还要骗月亮,——但不知道是否也骗别人?

况且还有未经杜衡先生指出的一点:是愚。他们只想到将来会碰到月亮,放鞭炮去声援,却没有想到也会碰到天狗。并且不知道即使现在并不声援,将来万一碰到月亮时,也可以随机说出一番道理来敷衍过去的。

我想：如果他们知道这两点，那态度就一定可以“超然”，很难看见骗的痕迹了。

“某”字的第四义

某刊物的某作家说《太白》不指出某刊物的名目来，有三义。他几乎要以为是第三义：意在顾全读者对于某刊物的信任而用“某”字的了。但“写到这里，有一位熟悉商情的朋友来了”。他说不然，如果在文章中写明了名目，岂不就等于替你登广告？

不过某作家自己又说不相信，因为“一个作者在写自己的文章的时候，居然肯替书店老板打算到商业竞争的利害上去，也未免太‘那个’了”。

看这作者的厚道，就越显得他那位“熟悉商情的朋友”的思想之龌龊，但仍然不失为“朋友”，也越显得这位作者之厚道了。只是在无意中，却替这位“朋友”发表了“商情”之外，又剥了他的脸皮。《太白》上的“某”字于是有第四义：暴露了一个人的思想之龌龊。

“天生蛮性”

——为“江浙人”所不懂的

辜鸿铭先生赞小脚；

郑孝胥先生讲王道；

林语堂先生谈性灵。

死所

日本有一则笑话，是一位公子和渔夫的问答——

“你的父亲死在那里的？”公子问。

“死在海里的。”

“你还不怕，仍旧到海里去吗？”

“你的父亲死在那里的？”渔夫问。

“死在家里的。”

“你还不怕，仍旧坐在家里吗？”

今年，北平的马廉教授正在教书，骤然中风，在教室里逝去了，疑古玄同教授便从此不上课，怕步马廉教授的后尘。

但死在教室里的教授，其实比死在家里的着实少。

“你还不怕，仍旧坐在家里吗？”

中国的科学资料

——新闻记者先生所供给的

毒蛇化鳖——“特志之以备生物学家之研究焉。”

乡妇产蛇——“因识之以供生理学家之参考焉。”

冤鬼索命——“姑记之以俟灵魂学家之见教焉。”

“有不为斋”

孔子曰：“不得中行而与之，必也狂狷乎，狂者进取，狷者有所不为也。”

于是很有一些人便争以“有不为”名斋，以孔子之徒自居，以“狷者”自命。

但敢问——

“有所不为”的，是卑鄙龌龊的事乎，抑非卑鄙龌龊的事乎？

“狂者”的界说没有“狷者”的含糊，所以以“进取”名斋者，至今还没有。

两种“黄帝子孙”

林语堂先生以为“现代中国人尊其所不当尊，弃其所不当弃，……其实物质文明吃穿居住享用还是咱们黄帝子孙内行”。

但“咱们黄帝子孙”好像有两种：一种是“天生蛮性”的；一种是天生没有蛮性，或者已经消灭。

而“物质文明”也至少有两种：一种是吃肥甘；穿轻暖，住洋房的；一种却是吃树皮，穿破布，住草棚，——吃其所不当吃，穿其所不当穿，而且住其所不当住。

“咱们黄帝子孙”正如“蛮性”的难以都有一样，“其实物质文明吃穿居住享用”也并

不全"内行"。

哈哈,"玩笑玩笑"。

聚"珍"

张静庐先生《我为什么刊行本丛书》云:"本丛书之刊行,得周作人沈启无诸先生之推荐书目,介绍善本,盛情可感。……施蛰存先生之主持一切,奔走接洽;……"

施蛰存先生《编印中国文学珍本丛书缘起》云:"余既不能为达官贵人,教授学者效牛马走,则何如为白屋寒儒,青灯下士修儿孙福乎?"

这里的"走"和"教授学者",与众不同,也都是"珍本"。

一九三六年

《远方》按语

《远方》是小说集《我的朋友》三篇中之一篇。作者盖达尔(Arkadii Gaidar)和插画者叶尔穆拉耶夫(A.Ermolaev)都是新出现于苏联文艺坛上的人。

这一篇写乡村的改革中的纠葛,尤其是儿童的心情:好奇,向上,但间或不免有点怀旧。法捷耶夫曾誉为少年读物的名篇。

这是从原文直接译出的;插画也照原画加入。自有"儿童年"以来,这一篇恐怕是在《表》以后我们对于少年读者的第二种好的贡献了。

编者　三月十一夜

题曹白所刻像

曹白刻。一九三五年夏天,全国木刻展览会在上海开会,作品先由市党部审查,"老爷"就指着这张木刻说:"这不行!"剔去了。

“中国杰作小说”小引

支那に於ける新文學の始から今までの間の年月はまださろ永くなかった。始の時には矢張バルカン諸國に於けるが如く大抵創作者も飜譯者や文學革新運動戰鬪者の役を勤めて居たが今になつて稍々分れし來た。併しその爲め一部分の所謂作者の呑氣さを増長した點から云へば頗る不幸な事である。

一般に云ふと現今の作者は書く事の不自由の點を別としても實に困難た境遇に置かれて居る。第一、新文學は外國の文學潮流に動かされて發生したのだから自國の古い文學から遺産として取るべきものは殆んど無かつた。第二，外國文學の飜譯物も少々あるけれども全集や傑作なく所謂“他山の石”となれるものは實に貧乏なものであつた。

併し就中短篇小説の成績は割合に良い方に屬して居る。無論傑作と云ふ程のものはないけれども此頃流行して居る外國人の書いた支那の事を取扱ふ處の創作よりは必ず劣つて居るとも言へない。その真實の點に至つては寧ろすぐれて居るのである。外國の讀者から見れば本當でないらしい處が随分あるかも知れないが、併しそれは大抵真實である。今度、自分の淺陋をも顧みないで最近的作者の短篇小说を選出して日本へ紹介するてとになつたが——若し無駄な仕事に終らなかつたならば誠に莫大な幸である。

一九三六年四月三十日　鲁迅

【译文】

中国的新文学,自始至今,所经历的年月不算长。初时,也像巴尔干各国一样,大抵是由创作者和翻译者来扮演文学革新运动战斗者的角色,直到今天,才稍有区别。但由此而增长了一部分所谓作者的马虎从事。从这点看来,是颇为不幸的。

一般说,目前的作者,创作上的不自由且不说,连处境也着实困难。第一,新文学是在外国文学潮流的推动下发生的,从中国古代文学方面,几乎一点遗产也没摄取。第二,外国文学的翻译极其有限,连全集或杰作也没有,所谓可资“他山之石”的东西实在太贫乏。

但创作中的短篇小说是较有成绩的,尽管这些作品还称不上什么杰作,要是比起最近流行的外国人写的,以中国事情为题材的东西来,却并不显得更低劣。从真实这点来看，应该说是很优秀的。在外国读者看来，也许会感到似有不真实之处，但实际大抵是真实的。现在我不揣浅陋，选出最近一些作者的短篇小说介绍给日本。——如果不是徒劳无益的话，那真是莫大的幸运了。

鲁迅

一九三六年四月三十日

题《凯绥·珂勒惠支版画选集》赠季市

印造此书，自去年至今年，自病前至病后，亲自经营，才得成就，持赠

季市一册，以为纪念耳。

一九三六年七月二十七日

旅隼

上海

答世界社信

世界社诸先生：

十三日信收到。前一函大约也收到的，因为久病，搁下了。

所问的事，只能写几句空话塞责，因为实在没法子。我的病其实是不会痊愈的，这几天正在吐血，医生连话也不准讲，想一点事就头晕，但大约也未必死。

此复，即请暑安。

鲁迅　十五日。

答问

我自己确信，我是赞成世界语的。赞成的时候也早得很，怕有二十来年了罢，但理由却很简单，现在回想起来：一，是因为可以由此联合世界上的一切人——尤其是被压迫的人们；二，是为了自己的本行，以为它可以互相介绍文学；三，是因为见了几个世界语家，都超乎口是心非的利己主义者之上。

后来没有深想下去了，所以现在的意见也不过这一点。我是常常如此的：我说这好，

但说不出一大篇它所以好的道理来。然而确实如此,它究竟会证明我的判断并不错。

八月十五日。

关于许绍棣叶溯中黄萍荪

当我加入自由大同盟时,浙江台州人许绍棣,温州人叶溯中,首先献媚,呈请南京政府下令通缉。二人果渐腾达,许官至浙江教育厅长,叶为官办之正中书局大员。

有黄萍荪者,又伏许叶嗾使,办一小报,约每月必诋我两次,则得薪金三十。黄竟以此起家,为教育厅小官,遂编《越风》,函约"名人"撰稿,谈忠烈遗闻,名流轶事,自忘其本来面目矣。"会稽乃报仇雪耻之乡",然一遇叭儿,亦复途穷道尽!

附录一

一九〇九年

《劲草》译本序(残稿)

藁,比附原著,绎辞纳意,与《不测之威》绝异。因念欧人慎重译事,往往一书有重译至数本者,即以我国论,《鲁滨孙漂流记》,《迦因小传》,亦两本并行,不相妨害。爰加厘订,使益近于信达。托氏撰述之真,得以表著;而译者求诚之志,或亦稍遂矣。原书幖名为《公爵琐勒布略尼》,谊曰银氏;其称摩洛淑夫者霜也。坚洁之操,不挠于浊世,故译称《劲草》云。

著者托尔斯多,名亚历舍,与勒夫·托尔斯多 Lyof Tolstoi 有别。勒夫为其从弟,著述极富,晚年归依宗教,别立谊谛,称为十九世纪之先知。我国议论,往往并为一人,特附辩于此。己酉三月译者又识。

一九一二年

周豫才告白

仆已辞去山会师范学校校长。校内诸事业于本月十三日由学务科派科员朱君幼溪至校交代清楚。凡关于该校事务,以后均希向民事署学务科接洽,仆不更负责任。此白。

一九一四年

生理实验术要略

一　骨之有机及无机成分

切兽骨作细片,煮之,则胶质出于水中,所余者为无机成分。或煅去其有机分亦可。

用磷盐酸,浸骨片于中,历数日,则无机分溶解,所余者为有机成分。

二　横纹肌之纹

取肌束一,切去其腱,次去肌膜,用针徐徐分析,逮得极细之系,乃就显镜(三百倍)检之。无纹肌亦然。

三　食素检出素

(一)卵白质加密伦氏液,则成赤色。(密伦氏液制法:用汞一克,溶解于硝酸二克,次加水一倍,以漓薄之。)或先加苛性钾水溶液,次注入极薄之硫酸铜水溶液,则呈紫色。

(二)含水碳素甲溶葡萄糖于水,加菲林氏(Fehling)液,则呈赭色。(菲林氏液制法:①硫酸铜二五克,加水一〇〇克;②酒石酸钠一克,苛性钠〇·四克,加水一〇〇克。次取①一立方生密,②二·五立方生密,混合之即成。)

乙　取蔗糖溶解于水,加硫酸少许,即成葡萄糖。可用前术试之。

丙　取淀粉入水中，注入碘之酒精溶液，则呈蓝色。

四　唾之糖化作用

取淀粉和水，纳试管中，煮令成糊。注以碘液，即成紫色。次又加水令薄，滴入唾液少许，置四十度温水中，当见紫色渐褪。若注入菲林氏液，即呈葡萄糖之反应。

五　胃液之卵白消化作用

煮卵白令凝，切作立方形，投人工胃液（取市肆所售沛普敦二五克，加盐酸一O克，水二五〇〇克即成）中。加温（摄氏三十六、七度）至数十分时，当见立方之角，渐益浑同，知已成沛普敦，溶解于液。故加密伦氏液，则呈赤色。

六　膵液之糖化作用

取兽膵，置空气中一日，即浸于四十%之酒精中。数日后，滴以无水酒精，则其Steapsin，Ptyalin，TryPsin皆沉淀，是名Pancreatin。可用此试淀粉之糖化，术与第四则同。

七　膵液之脂肪分解作用

用中性脂肪，（用肆中所售之阿列布油，加重土水，煮之令沸；逮冷，即浸诸以脱；数日以后，以脱中已函中性脂肪，可蒸发以脱而得之；若普通之脂肪，则其中已函脂酸，故不堪用）加Pancreatin，并插入青色试纸，则脂肪分解，成格里舍林及脂酸，故试纸转为赤色。

八　血之固体及液体成分

用新血人玻琍管中，外围以水，（马血则不需此，）竫立良久，血汁及血轮二者，即渐离析。

九　糸素

用新血入皿中，急搅以著，则糸素渐多，绕于箸端。所余者为血清，不能凝固。糸素虽作赤色，以水涤之，即成纯白。

十　血轮

（一）赤血轮作〇·六五%之食盐水，滴于左手无名指背侧之端，取锐鍼贯水刺之，则血出即入水中，不触空气。乃置玻琍片上，以显镜检之，当见其浮游液中，均作镜状。次加水令淡，则展如板状。加盐令浓，则收缩如荔枝。

（二）白血轮用极细玻刑管，吸入新血，吹酒灯之火，封其两端，就显镜检之即见。

十一　血之循环

用薄板或原纸一枚，大如掌，一侧作一小孔。次以 Chloroform 醉蛙（须二十分时，或用针破其小脑亦可，）令卧于板，剖腹展其肠间膜，蒙于孔上，四围固定以针（或树刺），令不皱缩。乃就显镜视之，可见循环之状。赤血轮在中央，白血轮则循管壁。倘历时久，则宜略润以水，俾勿乾。

十二　呼出之气

内含碳酸用新制石灰水，（旧者不可用；制法为浸生石灰于水，少顷，取上部之澄明者纳瓶中，加盖待用，）置器中。又取玻琍管一，一端入水，一端啣于口吹之，则澄明之水，即变白如乳，成碳酸石灰。[$(HO)_2Ca+CO_2=CO_3Ca+H_2O$]

十三　生物失空气则死

取鼠或小鸟入排气钟内，去其空气验之。

十四　脑及脊髓之作用

用以脱醉蛙，取锯切开头骨，去其大脑。置半身于水，察其举止。当见姿势不失，其他器官，亦无障碍，而意志已亡，任置何处，决不自动，惟反其身，令腹向上，或直接加撄，乃运动耳。

次去其小脑及延髓，则姿势顿失，呼吸亦止。然以脊髓尚在，故取火焚其足，则举足以避。或用醋酸滴于肤，亦举足欲除去之。此其反射作用也。

次更以针纵贯脊髓，则上述作用，一切俱亡。（然因神经及肌肉未能即死，故直接加撄，亦尚呈反应，特甚微耳。）

一九一九年

什么话？

林传甲撰《中华民国都城宜正名京华议》，其言曰："夫吾国建中华二字为国名。中也者，中道也；华也者，华族也；五色为华，以国旗为标帜，合汉满蒙回藏而大一统焉。中华民国首都，宜名之曰'京华'，取杜少陵'每依北斗望京华'之义。禽皇典雅，不似北京南京之偏于一方；比中京大都京师之名，尤为明切。盖都名与国名一致，虽海外之华侨，华工，华商，无不引领而顾瞻祖国也。"

林传甲

林传甲撰《福建乡谈》，有一条曰："福建林姓为巨族。其远源，则比于之子坚奔长林而得氏。明季林氏避日本者，亦为日本之大姓：如林董林权助之勋业，林衡林鹤一之学术。亦足征吾族之盛于东亚者也。"

又曰："日本维新，实赖福泽谕吉之小说。吾国维新，归功林琴南畏庐小说，谁曰不宜？"

林纾译小说《孝友镜》有《译余小识》曰："此书为西人辨诬也。中人之习西者恒曰，男子二十一外，必自立。父母之力不能管约而拘挛之；兄弟各立门户，不相恤也。是名社会主义。国因以强。然近年所见，家庭革命，逆子叛弟接踵而起，国胡不强？是果真奉西人之圭臬？亦凶顽之气中于腑焦，用以自便其所为，与西俗胡涉？此书……父以友传，女以孝传，足为人伦之鉴矣。命曰《孝友镜》，亦以醒吾中国人勿诬人而打妄语也。"

唐熊撰《国粹画源流》有曰："……孰知欧亚列强方广集名流，日搜致我国古来画事，以供众人之博览；俾上下民庶悉心参考制作，以致艺术益精。虽然，彼欧洲之人有能通中国文字语言，而未有能通中国之画法者，良以斯道进化，久臻神化，实予彼以不能学。此

足以自豪者也。”

一九二一年

《坏孩子》附记

这一篇所依据的，本来是 S. Koteliansky ana I. M. Murray 的英译本，后来由我照 T. Kroczek 的德译本改定了几处，所以和原译又有点不同了。

十·十六。鲁迅附记。

一九二五年

《苦闷的象征》广告

这其实是一部文艺论，共分四章。现经我以照例的拙涩的文章译出，并无删节，也不至于很有误译的地方。印成一本，插图五幅，实价五角，在初出版两星期中，特价三角五分。但在此期内，暂不批发。北大新潮社代售。

鲁迅告白。

《未名丛刊》是什么，要怎样？

所谓《未名丛刊》者，并非无名丛书的意思，乃是还未想定名目，然而这就作为名字，不再去苦想他了。

这也并非学者们精选的宝书，凡国民都非看不可。只要有稿子，有印费，便即付印，想使萧索的读者，作者，译者，大家稍微感到一点热闹。内容自然是很庞杂的，因为希图在这庞杂中略见一致，所以又一括为相近的形式，而名之曰《未名丛刊》。

大志向是丝毫也没有。所愿的：无非(1)在自己，是希望那印成的从速卖完，可以收回钱来再印第二种；(2)对于读者，是希望看了之后，不至于以为太受欺骗了。

现在,除已经印成的一种之外,就自己和别人的稿子中,还想陆续印行的是:

1.《苏俄的文艺论战》。俄国褚沙克等论文三篇。任国桢译。

2.《往星中》。俄国安特来夫作戏剧四幕。李霁野译。

3.《小约翰》。荷兰望蔼覃作神秘的写实的童话诗。鲁迅译。

白事

本刊虽说经我“校阅”,但历来仅于听讲的同学和熟识的友人们的作品,时有商酌之处,余者但就笔误或别种原因,间或改换一二字而已。现又觉此种举动,亦属多事,所以不再通读,亦不更负“校阅”全部的责任。特此声明!

三月二十二日,鲁迅。

鲁迅启事

《民众文艺》稿件,有一部分经我看过,已在第十四期声明。现因自己事繁,无暇细读,并将一部分的“校阅”,亦已停止,自第十七期起,即不负任何责任。

四月十四日。

《莽原》出版预告

本报原有之《图画周刊》(第五种),现在团体解散,不能继续出版,故另刊一种,是为《莽原》。闻其内容大概是思想及文艺之类,文字则或撰述,或翻译,或稗贩,或窃取,来日之事,无从预知。但总期率性而言,凭心立论,忠于现世,望彼将来云。由鲁迅先生编辑,于本星期五出版。以后每星期五随《京报》附送一张,即为《京报》第五种周刊。

对于北京女子师范大学风潮宣言

溯本校不安之状,盖已半载有余,时有隐显,以至现在,其间亦未见学校当局有所反省,竭诚处理,使之消弭,迨五月七日校内讲演时,学生劝校长杨荫榆先生退席后,杨先生乃于饭馆召集教员若干燕饮,继即以评议部名义,将学生自治会职员六人(文预科四人理

预科一人国文系一人)揭示开除,由是全校哗然,有坚拒杨先生长校之事变,而杨先生亦遂遍送感言,又驰书学生家属,其文甚繁,第观其已经公表者,则大概谆谆以品学二字立言,使不谙此事始末者见之,一若此次风潮,为校长整饬风纪之所致,然品性学业,皆有可征,六人学业,俱非不良,至于品性一端,平素尤绝无惩戒记过之迹,以此与开除并论,而又若离若合,殊有混淆黑白之嫌,况六人俱为自治会职员,倘非长才,众人何由公举,不满于校长者倘非公意,则开除之后,全校何至哗然?所罚果当其罪,则本系之两主任何至事前并不与闻,继遂相率引退,可知公论尚在人心,曲直早经显见,偏私谬戾之举,究非空言曲说所能掩饰也,同人忝为教员,因知大概,义难默尔,敢布区区,惟关心教育者察焉。

马裕藻,沈尹默,周树人,李泰棻,钱玄同,沈兼士,周作人。

编者附白

《莽原》所要讨论的,其实并不重在这一类问题。前回登那两篇文章的缘故,倒在无处可登,所以偏要给他登出。但因此又不得不登了相关的陈先生的信,做一个结束。这回的两篇,是作者见了《现代评论》的答复,而未见《莽原》的短信的时候所做的,从上海寄到北京,却又在陈先生的信已经发表之后了,但其实还是未结束前的话。因此,我要请章周二先生原谅:我便于词句间换了几字,并且将《附白》除去了。大概二位看到短信之后,便不至于以我为太专断的罢。

六月一日。

《敏捷的译者》附记

鲁迅附记:微吉罗就是 Virgilius,词累错是 Horatius。

"吾家"彦弟从 Esperanto 译出,所以煞尾的音和原文两样,特为声明,以备查字典者的参考。

正误

第十期《莽原》上错字颇多,实在对不起读者。现在择较为重要的作一点正误,将错的写在前面,改正的放在括弧内,以省纸面。不过稿子都已不在手头,所以所改正的也许与原稿偶有不合;这又是对不起作者的。至于可以意会的错字和标点符号只好省略了。第十一期上也有一点,就顺便附在后面。七月三日,编辑者。

第十期

《弦上》:

诗了(诗人了)

为聪明人将要(为聪明人,聪明人将要)

基旁(道旁)

《铁栅之外》:

生观(人生观)

像是(就是)

刺刃(刺刀)

什么?感化(什么感化?)

窥了了(窥见了)

完得(觉得)

即将(即时)

集!(集合)

《长夜》:

猪蓄(潴蓄)

《死女人的秘密》:

那过(那边)

奶干草(干草)

狂飙过是(狂飈过去)

那么爱道(那么爱过)

那些住(那些信)

正老家庭的书棹单,出的(正如老家庭的书棹里拿出的)

如带一封(如一封)

术儒(木偶)

《去年六月的闲话》:

六日，日记（六月的日记）

《补白》：

早怯（卑怯）

有战（有箭）

很牙（狼牙）

打人脑袋（打人脑袋的）

不觉事（不觉得）

《正误》：

刃剕(剕刃)

第十一期

《内幕之一部》：

中人的（中国人的）

枪死鬼（抢死鬼）

《短信》：

近于流（近于硫）

下为（为）

为崇（尊崇）

一九二八年

本刊小信

古兑先生：来稿对于陈光尧先生《简字举例》的唯一的响应《关于简字举例所改大学经文中文字的讨论》，本来极想登载，但因为文中许多字体，为铅字所无，现刻又刻不好，所以只得割爱了。抱歉之至。

勉之先生：来稿《牛歌》本来拟即登载，但因为所附《春牛图》是红纸底子，不能照相制版。想用日光褪色法，贴在记者玻璃窗上，连晒七天，毫无效果。现已决心用水一洗，看如何。万一连纸洗烂，那就不能登了。倘有白纸印的，请寄给一张。但怕未必有罢。

三月二十一日。旅沪一记者谨启。

关于《近代美术史潮论》插图

《希阿的屠杀》系陀拉克罗亚作，图上注错了。《骑士》是藉里珂画的。

那四个人名的原文，是 Aristide Maillol，Charles Barry，Joseff Poelaert，Charles Garnier。本文中讲到他们的时候，都还要注出来。

鲁迅。四月十一日。

【备考】：

来信

编者先生：

下面关于贵志插图所问，请答复：

（一）第二卷第十期内《近代美术史潮论》的一幅画——《希阿的屠杀》，画上注着是藉里珂绘，但文中记是陀拉克罗亚的作品，大概画上是注错的。旁边一幅《骑士》也是藉里珂的，没有错吗？

（二）第五期的插图《女》的雕刻家迈约尔，和第六期的插图《伦敦议事堂》和第九期的《勃吕舍勒法院》和《巴黎歌剧馆》的前后三个建筑家—伯黎，丕垒尔，喀尔涅——的西文名字叫怎么？

陈德明。十七，四，五。

编者附白

附白：本刊前一本中的插图四种，题字全都错误，对于和本篇有关的诸位，实为抱歉。现在改正重印，附在卷端，请读者仍照前一本图目上所指定的贡数，自行抽换为幸。

编者。

一九二九年

谨启

诸位读者先生:

《北新》第三卷第二号的插图,还是《美术史潮论》上的插图,那"罗兰珊:《女》"及"莱什:《朝餐》",画和题目互错了,请自行改正,或心照。

顺便还要附告几位先生们:著作"落伍",翻译错误,是我的责任。其余如书籍缺页,定刊物后改换地址,邮购刊物回件和原单不符,某某殊为可恶之类;我都管不着的,希径与书店直接交涉为感。

一月二十八日,鲁迅。

一九三〇年

开给许世瑛的书单

计有功　宋人　《唐诗纪事》四部丛刊本又有单行本

辛文房　元人　《唐才子传》今有木活字单行本

严可均　《全上古……隋文》今有石印本,其中零碎不全之文甚多,可不看。

丁福保　《全上古……隋诗》排印本

吴荣光　《历代名人年谱》可知名人一生中之社会大事,因其书为表格之式也。可惜的是作者所认为历史上的大事者,未必真是"大事",最好是参考日本三省堂出版之《模范最新世界年表》。

胡应麟　明人　《少室山房笔丛》广雅书局本亦有石印本

《四库全书简明目录》　其实是现有的较好的书籍之批评,但须注意其批评是"钦定"的。

《世说新语》　刘义庆晋人清谈之状

《唐摭言》　五代王定保，《雅雨堂丛书》中有唐文人取科名之状态

《抱朴子外篇》　葛洪 有单行本内论及晋末社会状态

《论衡》　王充　内可见汉末之风俗迷信等

《今世说》　王晫　明末清初之名士习气

一九三一年

鲁迅启事

顷见十月十八日《申报》上，有现代书局印行鲁迅等译《果树园》广告，末云："鲁迅先生他从许多近代世界名作中，特地选出这样的六篇，印成第一辑，将来再印第二辑"云云。《果树园》系往年郁达夫先生编辑《大众文艺》时，译出揭载之作，又另有《农夫》一篇。此外我与现代书局毫无关系，更未曾为之选辑小说，而且也没有看过这"许多世界名作"。这一部书是别人选的。特此声明，以免掠美。

《毁灭》和《铁流》的出版预告

毁灭　为法捷耶夫所作之名著，鲁迅译，除本文外，并有作者自传，藏原惟人和弗理契序文，译者跋语，及插图六幅，三色版作者画像一幅。售价一元二角，准于十一月卅日出版。

铁流　为绥拉菲摩维支所作之名著，批评家称为"史诗"，曹靖华译，除本文外，并有极详确之序文，注释，地图，及作者照相和三色版画像各一幅，笔迹一幅，书中主角照相两幅，三色版《铁流图》一幅。售价一元四角，准于十二月十日出版。

外埠读者　购买以上二书，每种均外加邮寄挂号费各一角，无法汇款者，得以邮票代价，并不打扣，但请寄一角以下的邮票来。

特价券　以上二书曾各特印"特价券"四百枚，系为没有钱的读者起见，并无营业的推销作用在内，因此希望此种券尽为没有钱的读者所得。《毁灭》特价六角，《铁流》八角，外埠每种外加邮寄挂号费各一角，同时购二种者共一角五分。

代售处　上海北四川路底内山书店上海四马路五一二号文艺新闻社代理部

（此二代售处，特价券均发生效力。）

上海三味书屋谨启

三味书屋校印书籍

现在只有三种，但因为本书屋以一千现洋，三个有闲，虚心介绍诚实译作，重金礼聘校对老手，宁可折本关门，决不偷工减料，所以对于读者，虽无什么奖金，但也决不欺骗的。除《铁流》外，那二种是：

毁灭　作者法捷耶夫，是早有定评的小说作家，本书曾经鲁迅从日文本译出，登载月刊，读者赞为佳作。可惜月刊中途停印，书亦不完。现又参照德英两种译本，译成全书，并将上半改正，添译藏原唯人，弗理契序文，附以原书插画六幅，三色版印作者画像一张，亦可由此略窥新的艺术。不但所写的农民矿工以及知识阶级，皆栩栩如生，且多格言，汲之不尽，实在是新文学中的一个大火炬。全书三百十余页，实价大洋一元二角。

士敏土之图　这《士敏土》是革拉特珂夫的大作，中国早有译本；德国有名的青年木刻家凯尔·梅斐尔德曾作图画十幅，气象雄伟，旧艺术家无人可以比方。现据输入中国之唯一的原版印本，复制玻璃板，用中国夹层宣纸，影印二百五十部，大至尺余，神采不爽。出版以后，已仅存百部，而几乎尽是德日两国人所购，中国读者只二十余人。出版者极希望中国也从速购置，售完后决不再版，而定价低廉，较原版画便宜至一百倍也。图十幅，序目两页，中国式装，实价大洋一元五角。

代售处：内山书店

（上海，北四川路底，施高塔路口。）

三味书屋印行文艺书籍

敝书屋因为对于现在出版界的堕落和滑头，有些不满足，所以仗了三个有闲，一千资本，来认真介绍诚实的译作，有益的画本，货真价实，童叟无欺。宁可折本关门，决不偷工减料。卖主拿出钱来，拿了书去，没有意外的奖品，没有特别的花头，然而也不至于归根结底的上当。编辑并无名人挂名，校印却请老手动手。因为敝书屋是讲实在，不讲耍玩意儿的。现在已出的是：

毁灭　A.法捷耶夫作。是一部罗曼小说，叙述一百五十个袭击队员，其中有农民，有牧人，有矿工，有知识阶级，在西伯利亚和科尔却克军及日本军战斗，终至于只剩了十九人。描写战争的壮烈，大森林的风景，得未曾有。鲁迅曾从日文本译出，登载月刊，只有一半，而读者已称赞为佳作。今更据德英两种译本校改，并译成全文，上加作者自传，序文，末附后记，且有插画六幅，三色版作者画像一幅。道林纸精印，页数约三百页。实价大洋一元二角。

铁流　A.绥拉菲摩维支作。内叙一支像铁的奔流一般的民军，通过高山峻岭，和主力军相联合。路上所遇到的是强敌，是饥饿，是大风雨，是死。然而通过去了。意识分明，笔力坚锐，是一部纪念碑的作品，批评家多称之为"史诗"。现由曹靖华从原文译出，前后附有作者自传，论文，涅拉陀夫的长序和详注，作者特为中国译本而做的注解。卷首有三色版作者画像一幅，卷中有作者照相及笔迹各一幅，书中主角的照相两幅，地图一幅，三色版印法棱支画"铁流图"一幅。道林纸精印，页数三百四十页。实价大洋一元四角。

士敏土之图　革拉特珂夫的小说《士敏土》，中国早有译本，可以无须多说了。德国的青年艺术家梅斐尔德，就取这故事做了材料，刻成木版画十大幅，黑白相映，栩栩如生，而且简朴雄劲，绝非描头画角的美术家所能望其项背。现从全中国只有一组之原版印本，用玻璃板复制二百五十部，版心大至一英尺余，用夹层宣纸印刷，中国式装。出版以来，在日本及德国，皆得佳评，今已仅存叁拾本。每本实价大洋式元。

代售处：内山书店

（上海北四川路底施高塔路口）

《〈铁流〉图》特价告白

当本书刚已装成的时候，才得译者来信并木刻《铁流》图像的原版印本，是终于找到这位版画大家 Piskarev 了。并承作者好意，不收画价，仅欲得中国纸张，以做印刷木刻之用。惜得到迟了一点，不及印入书中，现拟用锌版复制单片，计四小幅（其一已见于书面，但仍另印）为一套，于明年正月底出版，对于购读本书者，只收制印及纸费大洋一角。倘欲并看插图的读者，可届时持特价券至代售处购取。无券者每份售价二角二分，又将专为研究美术者印玻璃版本二百五十部。价未定。

一九三一年十二月八日，三昧书屋谨启。

一九三四年

更正

编辑先生：

二十一日《自由谈》的《批评家的批评家》第三段末行，“他没有一定的圈子”是“他须有一定的圈子”之误，乞予更正为幸。

倪朔尔启。

《引玉集》广告

敝书屋搜集现代版画，已历数年，西欧重价名作，所得有限，而新俄单幅及插画木刻，则有一百余幅之多，皆用中国白纸换来，所费无几。且全系作者从原版手拓，与印入书中及锌版翻印者，有霄壤之别。今为答作者之盛情，供中国青年艺术家之参考起见，特选出五十九幅，嘱制版名手，用玻璃板精印，神采奕奕，殆可乱真，并加序跋，装成一册，定价低廉，近乎赔本，盖近来中国出版界之创举也。但册数无多，且不再版，购宜从速，庶免空回。上海北四川路底施高塔路十一号内山书店代售，函购须加邮费一角四分。

三昧书屋谨白。

《木刻纪程》告白

一、本集为不定期刊，一年两本，或数年一本，或只有这一本。

二、本集全仗国内木刻家协助，以作品印本见寄，拟选印者即由本社通知，借用原版。画之大小，以纸幅能容者为限。彩色及已照原样在他处发表者不收。

三、本集入选之作，并无报酬，只每一幅各赠本集一册。

四、本集因限于资力，只印一百二十本，除赠送作者及选印关系人外，以八十本发售，每本实价大洋一元整。

五、代售及代收信件处,为:上海北四川路底内山书店。

铁木艺术社谨告。

给《戏》周刊编者的订正信

编辑先生:

《阿Q正传图》的木刻者,名铁耕,今天看见《戏》周刊上误印作"钱耕",下次希给他改正为感。专此布达,即请撰安

鲁迅上。

《十竹斋笺谱》翻印说明

中华民国二十三年十二月,版画丛刊会假通县王孝慈先生藏本翻印。编者鲁迅,西谛;画者王荣麟;雕者左万川;印者崔毓生,岳海亭;经理其事者,北平荣宝斋也。纸墨良好,镌印精工,近时少见,明鉴者知之矣。

一九三五年

《俄罗斯的童话》

高尔基所做的大抵是小说和戏剧,谁也决不说他是童话作家,然而他偏偏要做童话。他所做的童话里,再三再四的教人不要忘记这是童话,然而又偏偏不大像童话。说是做给成人看的童话罢,那自然倒也可以的,然而又可恨做得太出色,太恶辣了。

作者在地窖子里看了一批人,又伸出头来在地面上看了一批人,又伸进头去在沙龙里看了一批人,看得熟透了,都收在历来的创作里。这种童话里所写的却全不像真的人,所以也不像事实,然而这是呼吸,是痱子,是疮疽,都是人所必有的,或者是会有的。

短短的十六篇,用漫画的笔法,写出了老俄国人的生态和病情,但又不只写出了老俄国人,所以这作品是世界的;就是我们中国人看起来,也往往会觉得他好像讲着周围的人

物，或者简直自己的顶门上给扎了一大针。

但是，要痊愈的病人不辞热痛的针灸，要上进的读者也决不怕恶辣的书！

给《译文》编者订正的信

编辑先生：

有一点关于误译和误排的，请给我订正一下：

一、《译文》第二卷第一期的《表》里，我把 Gannove 译作"怪物"，后来觉得不妥，在单行本里，便据日本译本改作"头儿"。现在才知道都不对的，有一个朋友给我查出，说这是源出犹太的话，意思就是"偷儿"，或者译为上海通用话：贼骨头。

二、第六期的《恋歌》里，"虽是我的宝贝"的"虽"字，是"谁"字之误。

三、同篇的一切"懈"字，都是"槲"字之误；也有人译作"橡"，我因为发音易与制胶皮的"橡皮树"相混，所以避而不用，却不料又因形近，和"懈"字相混了。

鲁迅。九月八日。

一九三六年

"三十年集"编目二种

一

人海杂言	1.坟$_{300}$　野草$_{100}$　呐喊$_{250}$	二六，〇〇〇〇
	2.彷徨$_{250}$　故事新编$_{130}$　朝花夕拾$_{140}$　加热风$_{120}$	二五，五〇〇〇
	3.华盖集$_{190}$　华盖集续编$_{263}$　而已集$_{251}$	二五，〇〇〇〇
荆天丛笔	4.三闲集$_{210}$　二心集$_{304}$　南腔北调集$_{251}$	二八，〇〇〇〇
	5.伪自由书$_{218}$　准风月谈$_{265}$　集外集$_{160}$	二四，〇〇〇〇
	6.花边文学　且介居杂文　二集	

说林偶得
- 7.中国小说史略$_{372}$　古小说钩沉上
- 8.古小说钩沉下
- 9.唐宋传奇集$_{400}$　小说旧闻钞$_{160}$　　二二,○○○○
- 10.两地书

一　坟$_{300}$　呐喊$_{250}$

二　彷徨$_{250}$　野草$_{100}$　朝花夕拾$_{140}$　故事新编$_{130}$

三　热风$_{120}$　华盖集$_{190}$　华盖集续编$_{260}$

四　而已集$_{215}$　三闲集$_{210}$　二心集$_{304}$

五　南腔北调集$_{250}$　伪自由书$_{218}$　准风月谈$_{265}$

六　花边文学　且介居杂文　且介居杂文二集

七　两地书　集外集　集外集拾遗

八　中国小说史略$_{400}$　小说旧闻钞$_{160}$

九　古小说钩沉

十　起信三书　唐宋传奇集

《死魂灵百图》广告

果戈理的《死魂灵》一书,早已成为世界文学的典型作品,各国均有译本。汉译本出,读书界因之受一震动,顿时风行,其魅力之大可见。此书原有插图三种,以阿庚所做的《死魂灵百图》为最有名,因其不尚夸张,一味写实,故为批评家所赞赏。惜久已绝版,虽由俄国收藏家视之,亦已为不易入手的珍籍。三味书屋曾于去年获得一部,不欲自秘,商请文化生活出版社协助,全部用平面复写版精印,纸墨皆良。并收梭诃罗夫所作插画十二幅附于卷末,以集《死魂灵》画像之大成。读者于读译本时,并翻此册,

果戈理

则果戈理时代的俄国中流社会情状，历历如在目前，介绍名作兼及如此多数的插图，在中国实为空前之举。但只印一千本，且难再版，主意非在贸利，定价竭力从廉。精装本所用纸张极佳，故贵至一倍，且只有一百五十本发售，是特供图书馆和佳本爱好者藏庋的，订购似乎尤应从速也。

《凯绥·珂勒惠支版画选集》出版说明

一九三五年九月，三味书屋据原拓本及艺术护卫社印本画帖，选中国宣纸，在北平用珂罗版印造版画各一百零三幅，一九三六年五月，在上海补印文字，装订成书。内四十本为赠送本，不发卖；三十本在外国，三十三本在中国出售，每本实价通用纸币三元二角正。

上海北四川路底施高塔路十一号内山书店代售。

第　本。

有人翻印　功德无量

《海上述林》上卷插图正误

本书上卷插画正误——

58 页后“普列哈诺夫”系“拉法格”之误；

96 页后“我们的路”系“普列哈诺夫”之误；

134 页后“拉法格”系“我们的路”之误：

特此订正，并表歉忱。

附录二

一八九八年

戛剑生杂记

行人于斜日将堕之时，暝色逼人，四顾满目非故乡之人，细聆满耳皆异乡之语，一念及家乡万里，老亲弱弟必时时相语，谓今当至某处矣，此时真觉柔肠欲断，涕不可抑。故

予有句云：日暮客愁集，烟深人语喧。皆所身历，非托诸空言也。

生鲈鱼与新粳米炊熟，鱼须砍小方块，去骨，加秋油，谓之鲈鱼饭。味甚鲜美，名极雅饬，可入林洪《山家清供》。

夷人呼茶为梯，闽语也。闽人始贩茶至夷，故夷人效其语也。

试烧酒法，以缸一只猛注酒于中，视其上面浮花，顷刻进散净尽者为活酒，味佳，花浮水面不动者为死酒，味减。

莳花杂志

晚香玉本名土馝螺斯，出塞外，叶阔似吉祥草，花生穗间，每穗四五球，每球四五朵，色白，至夜尤香，形如喇叭，长寸余，瓣五六七不等，都中最盛。昔圣祖仁皇帝因其名俗，改赐今名。

里低母斯，苔类也，取其汁为水，可染蓝色纸，遇酸水则变为红，遇硷水又复为蓝。其色变幻不定，西人每以之试验化学。

一九〇〇年

别诸弟三首　庚子二月

谋生无奈日奔驰，有弟偏教各别离。
最是令人凄绝处，孤檠长夜雨来时。
还家未久又离家，日暮新愁分外加。
夹道万株杨柳树，望中都化断肠花。
从来一别又经年，万里长风送客船。
我有一言应记取，文章得失不由天。

莲蓬人

芰裳荇带处仙乡，风定犹闻碧玉香。

鸳影不来秋瑟瑟，苇花伴宿露瀼瀼。

扫除腻粉呈风骨，褪却红衣学淡妆。

好向濂溪称净植，莫随残叶堕寒塘！

一九〇一年

庚子送灶即事

只鸡胶牙糖，典衣供瓣香。

家中无长物，岂独少黄羊！

祭书神文

上章困敦之岁，贾子祭诗之夕，会稽戛剑生等谨以寒泉冷华，祀书神长恩，而缀之以俚词曰：

今之夕兮除夕，香焰缊组兮烛焰赤。钱神醉兮钱奴忙，君独何为兮守残籍？华筵开兮腊酒香，更点点兮夜长。人喧呼兮人醉乡，谁荐君兮一觞。绝交阿堵兮尚剩残书，把酒大呼兮君临我居。缃旗兮芸舆，挈脉望兮驾蠡鱼。寒泉兮菊菹，狂诵《离骚》兮为君娱，君之来兮毋徐徐。君友漆妃兮管城侯，向笔海而啸傲兮，倚文冢以淹留。不妨导脉望而登仙兮，引蠡鱼之来游。俗丁伧父兮为君仇，勿使履阈兮增君羞。若弗听兮止以吴钩，示之《丘》《索》兮棘其喉。令管城脱颖以出兮，使彼惙惙以心忧。宁召书癖兮来诗囚，君为我守兮乐未休。他年芹茂而樨香兮，购异借以相酬。

别诸弟三首　辛丑二月　并跋

梦魂常向故乡驰，始信人间苦别离。

夜半倚床忆诸弟，残灯如豆月明时。

日暮舟停老圃家，棘篱绕屋树交加。

怅然回忆家乡乐，抱瓮何时共养花？

春风容易送韶年，一棹烟波夜驶船。

何事脊令偏傲我，时随帆顶过长天！

仲弟次予去春留别元韵三章，即以送别，并索和。予每把笔，辄黯然而止。越十余日，客窗偶暇，潦草成句，即邮寄之。嗟乎！登楼陨涕，英雄未必忘家；执手销魂，兄弟竟居异地！深秋明月，照游子而更明；寒夜怨笳，遇羁人而增怨。此情此景，盖未有不悄然以悲者矣。

辛丑仲春夏剑生拟删草

惜花四律　步湘州藏春园主人元韵

鸟啼铃语梦常萦，闲立花阴盼嫩晴。
怵目飞红随蝶舞，关心茸碧绕阶生。
天于绝代偏多妒，时至将离倍有情。
最是令人愁不解，四檐疏雨送秋声。
剧怜常逐柳绵飘，金屋何时贮阿娇？
微雨欲来勤插棘，熏风有意不鸣条。
莫教夕照催长笛，且踏春阳过板桥。
祇恐新秋归塞雁，兰艭载酒桨轻摇。
细雨轻寒二月时，不缘红豆始相思。
堕裀印屐增惆怅，插竹编篱好护持。
慰我素心香袭袖，撩人蓝尾酒盈卮。
奈何无赖春风至，深院荼蘼已满枝。
繁英绕甸竞呈妍，叶底闲看蛱蝶眠。
室外独留滋卉地，年来幸得养花天。
文禽共惜春将去，秀野欣逢红欲然。
戏仿唐宫护佳种，金铃轻绾赤阑边。

一九〇二年

题照赠仲弟

会稽山下之平民，日出国中之游子，弘文学院之制服，铃木真一之摄影，二十余龄之青年，四月中旬之吉日，走五千余里之邮筒，达星杓仲弟之英盼。兄树人顿首。

鲁迅全集

小约翰

[荷兰]拂来特力克·望·藹覃　著

引言

在我那《马上支日记》里,有这样的一段——

到中央公园,径向约定的一个僻静处所,寿山已先到,略一休息,便开手对译《小约翰》。这是一本好书,然而得来却是偶然的事。大约二十年前罢,我在日本东京的旧书店头买到几十本旧的德文文学杂志,内中有着这书的介绍和作者的评传,因为那时刚译成德文。觉得有趣,便托丸善书店去买来了;想译,没有这力。后来也常常想到,但是总被别的事情岔开。直到去年,才决计在暑假中将它译好,并且登出广告去,而不料那一暑假过得比别的时候还艰难。今年又记得起来,翻检一过,疑难之处很不少,还是没有这力。问寿山可肯同译,他答应了,于是就开手,并且约定,必须在这暑假期中译完。

拂来特力克·望·藹覃

这是去年,即一九二六年七月六日的事。那么,二十年前自然是一九〇六年。所谓文学杂志,绍介着《小约翰》的,是一八九九年八月一日出版的《文学的反响》(Das litterarische Echo),现在是大概早成了旧派文学的机关了,但那一本却还是第一卷的第二十一期。原作的发表在一八八七年,作者只二十八岁;后十三年,德文译本才印出,译成还在其前,而

翻作中文是在发表的四十整年之后,他已经六十八岁了。

日记上的话写得很简单,但包含的琐事却多。留学时候,除了听讲教科书,及抄写和教科书同种的讲义之外,也自有些乐趣,在我,其一是看看神田区一带的旧书坊。日本大地震后,想必很是两样了罢,那时是这一带书店颇不少,每当夏晚,常常蝟集着一群破衣旧帽的学生。店的左右两壁和中央的大床上都是书,里面深处大抵跪坐着一个精明的掌柜,双目炯炯,从我看去很像一个静踞网上的大蜘蛛,在等候自投罗网者的有限的学费。但我总不免也如别人一样,不觉逡巡而入,去看一通,到底是买几本,弄得很觉得怀里有些空虚。但那破旧的半月刊《文学的反响》,却也从这样的处所得到的。

我还记得那时买它的目标是很可笑的,不过想看看他们每半月所出版的书名和各国文坛的消息,总算过屠门而大嚼,比不过屠门而空咽者好一些,至于进而购读群书的野心,却连梦中也未尝有。但偶然看见其中所载《小约翰》译本的标本,即本书的第五章,却使我非常神往了。几天以后,便跑到南江堂去买,没有这书,又跑到丸善书店,也没有,只好就托他向德国去定购。大约三个月之后,这书居然在我手里了,是弗垒斯(Anna Fles)女士的译笔,卷头有赉赫博士(Dr.Paul Raché)的序文,《内外国文学丛书》(Bibliothek die Gesamt-Litteratur des In-und-Auslandes, Verlag von Otto Hendel, Halle a.d.S.)之一,价只七十五芬涅,即我们的四角,而且还是布面的!

这诚如序文所说,是一篇"象征写实的童话诗"。无韵的诗,成人的童话。因为作者的博识和敏感,或者竟已超过了一般成人的童话了。其中如金虫的生平,菌类的言行,火萤的理想,蚂蚁的平和论,都是实际和幻想的混合。我有些怕,倘不甚留心于生物界现象的,会因此减少若干兴趣。但我预觉也有人爱,只要不失赤子之心,而感到什么地方有着"人性和他们的悲痛之所在的大都市"的人们。

这也诚然是人性的矛盾,而祸福纠缠的悲欢。人在稚齿,追随"旋儿",与造化为友。福乎祸乎,稍长而竟求知:怎么样,是什么,为什么?于是招来了智识欲之具象化:小鬼头"将知";逐渐还遇到科学研究的冷酷的精灵:"穿凿"。童年的梦幻撕成粉碎了;科学的研究呢,"所学的一切的开端,是很好的,——只是他钻研得越深,那一切也就越凄凉,越黯淡。"——唯有"号码博士"是幸福者,只要一切的结果,在纸张上变成数目字,他便满足,算是见了光明了。谁想更进,便得苦痛。为什么呢?原因就在他知道若干,却未曾知道一切,遂终于是"人类"之一,不能和自然合体,以天地之心为心。约翰正是寻求着这样一本一看便知一切的书,然而因此反得"将知",反遇"穿凿",终不过以"号码博士"为师,增加更多的苦痛。直到他在自身中看见神，将径向“人性和他们的悲痛之所在的大都市”时，才明白这书不在人间。惟从两处可以觅得：一是“旋儿”，已失的原与自然合体的混沌，一是“永终”——死，未到的复与自然合体的混沌。而且分明看见，他们俩本是同舟……。

假如我们在异乡讲演，因为言语不同，有人口译，那是没有法子的，至多，不过怕他遗漏，错误，失了精神。但若译者另外加些解释，申明，摘要，甚而至于阐发，我想，大概是讲者和听者都要讨厌的罢。因此，我也不想再说关于内容的话。

我也不愿意别人劝我去吃他所爱吃的东西，然而我所爱吃的，却往往不自觉地劝人吃。看的东西也一样，《小约翰》即是其一，是自己爱看，又愿意别人也看的书，于是不知不觉，遂有了翻成中文的意思。这意思的发生，大约是很早的，因为我久已觉得仿佛对于作者和读者，负着一宗很大的债了。

然而为什么早不开手的呢？“忙”者，饰辞；大原因仍在很有不懂的处所。看去似乎已经懂，一到拔出笔来要译的时候，却又疑惑起来了，总而言之，就是外国语的实力不充足。前年我确曾决心，要利用暑假中的光阴，仗着一本辞典来走通这条路，而不料并无光阴，我的至少两三个月的生命，都死在“正人君子”和“学者”们的围攻里了。到去年夏，将离北京，先又记得了这书，便和我多年共事的朋友，曾经帮我译过《工人绥惠略夫》的齐宗颐君，躲在中央公园的一间红墙的小屋里，先译成一部草稿。

我们的翻译是每日下午，一定不缺的是身边一壶好茶叶的茶和身上一大片汗。有时进行得很快，有时争执得很凶，有时商量，有时谁也想不出适当的译法。译得头昏眼花时，便看看小窗外的日光和绿荫，心绪渐静，慢慢地听到高树上的蝉鸣，这样地约有一个月。不久我便带着草稿到厦门大学，想在那里抽空整理，然而没有工夫；也就住不下去了，那里也有“学者”。于是又带到广州的中山大学，想在那里抽空整理，然而又没有工夫；而且也就住不下去了，那里又来了“学者”。结果是带着逃进自己的寓所——刚刚租定不到一月的，很阔，然而很热的房子——白云楼。

荷兰海边的沙冈风景，单就本书所描写，已足令人神往了。我这楼外却不同：满天炎热的阳光，时而如绳的暴雨；前面的小港中是十几只蜑户的船，一船一家，一家一世界，谈笑哭骂，具有大都市中的悲欢。也仿佛觉得不知哪里有青春的生命沦亡，或者正被杀戮，或者正在呻吟，或者正在“经营腐烂事业”和作这事业的材料。然而我却渐渐知道这虽然沉默的都市中，还有我的生命存在，纵已节节败退，我实未尝沦亡。只是不见“火云”，时窘阴雨,若明若昧,又像整理这译稿的时候了。于是以五月二日开手,稍加修正,并且誊清,月底才完,费时又一个月。

可惜我的老同事齐君现不知漫游何方,自去年分别以来,迄今未通消息,虽有疑难,也无从商酌或争论了。倘有误译,负责自然由我。加以虽然沉默的都市,而时有侦察的眼光,或扮演的函件,或京式的流言,来扰耳目,因此执笔又时时流于草率。务欲直译,文句也反成蹇涩;欧文清晰,我的力量实不足以达之。《小约翰》虽如波勒兑蒙德说,所用的是"近于儿童的简单的语言",但翻译起来,却已够感困难,而仍得不如意的结果。例如末尾的紧要而有力的一句:"Und mit seinem Begleiter ging er den frostigen Nachtwrinde entgegen, den schweren Weg nach der grossen, finstem Stadt, wo die Menschheit war und ihr Whe." 那下半,被我译成这样拙劣的"上了走向那大而黑暗的都市即人性和他们的悲痛之所在的艰难的路"了,冗长而且费解,但我别无更好的译法,因为倘一解散,精神和力量就很不同。然而原译是极清楚的:上了艰难的路,这路是走向大而黑暗的都市去的,而这都市是人性和他们的悲痛之所在。

动植物的名字也使我感到不少的困难。我的身边只有一本《新独和辞书》,从中查出日本名,再从一本《辞林》里去查中国字。然而查不出的还有二十余,这些的译成,我要感谢周建人君在上海给我查考较详的辞典。但是,我们和自然一向太疏远了,即使查出了见于书上的名,也不知道实物是怎样。菊呀松呀,我们是明白的,紫花地丁便有些模糊,莲馨花(Primel)则连译者也不知道究竟是怎样的行色,虽然已经依着字典写下来。有许多是生息在荷兰沙地上的东西,难怪我们不熟悉,但是,例如虫类中的鼠妇(Kellerassel)和马陆(Lauferkäfer),我记得在我的故乡是只要翻开一块湿地上的断砖或碎石来就会遇见的。我们称后一种为"臭婆娘",因为它浑身发着恶臭;前一种我未曾听到有人叫过它,似乎在我乡的民间还没有给它定出名字;广州却有:"地猪"。

和文字的务欲近于直译相反,人物名却意译,因为它是象征。小鬼头 wistik 去年商定的是"盍然",现因"盍"者疑词,稍有不妥,索性擅改作"将知"了。科学研究的冷酷的精灵 Pleuzer 即德译的 Klauber,本来最好是译作"挑剔者",挑谓挑选,剔谓吹求。但自从陈源教授造出"挑剔风潮"这一句妙语以来,我即敬避不用,因为恐怕"闲话"的教导力十分伟大,这译名也将蓦地被解为"挑拨"。以此为学者的别名,则行同刀笔,于是又有重罪了,不如简直译作"穿凿"。况且中国之所谓"日凿一窍而'混沌'死",也很像他的将约翰从自然中拉开。小姑娘 Robinetta 我久久不解其意,想译音;本月中旬托江绍原先生设法作最末的查考,几天后就有回信:——

ROBINETTA 一名,韦氏大字典人名录未收入。我因为疑心她与 ROBIN 是一阴一阳,所以又查 ROBIN,看见下面的解释:——

ROBIN:是 ROBERT 的亲热的称呼,

而 ROBERT 的本训是"令名赫赫"(!)

那么,好了,就译作"荣儿"。

英国的民间传说里,有叫作 Robin good fellow 的,是一种喜欢恶作剧的妖怪。如果荷兰也有此说,则小姑娘之所以称为 Robinetta 者,大概就和这相关。因为她实在和小约翰开了一个可怕的大玩笑。

《约翰跋妥尔》一名《爱之书》,是《小约翰》的续编,也是结束。我不知道别国可有译本;但据他同国的波勒兑蒙德说,则"这是一篇象征的散文诗,其中并非叙述或描写,而是号哭和欢呼";而且便是他,也"不大懂得"。

原译本上赉赫博士的序文,虽然所说的关于本书并不多,但可以略见十九世纪八十年代的荷兰文学的大概,所以就译出了。此外我还将两篇文字作为附录。一即本书作者拂来特力克望藹覃的评传,载在《文学的反响》一卷二十一期上的。评传的作者波勒兑蒙德,是那时荷兰著名的诗人,赉赫的序文上就说及他,但于他的诗颇致不满。他的文字也奇特,使我译得很有些害怕,想中止了,但因为究竟可以知道一点望藹覃的那时为止的经历和作品,便索性将它译完,算是一种徒劳的工作。末一篇是我的关于翻译动植物名的小记,没有多大关系的。

评传所讲以外及以后的作者的事情,我一点不知道。仅隐约还记得欧洲大战的时候,精神的劳动者们有一篇反对战争的宣言,中国也曾译载在《新青年》上,其中确有一个他的署名。

一九二七年五月三十日,

鲁迅于广州东堤寓楼之西窗下记。

原序

在我所译的科贝路斯的《运命》(Couperus' Noodlot)出版后不数月,能给现代荷兰文学的第二种作品以一篇导言，公之于世，这是我所欢喜的。在德国迄今对于荷兰的少年文学的漠视，似乎逐渐消灭，且以正当的尊重和深的同情的地位，给予这较之其他民族的文学，所获并不更少的荷兰文学了。

人们于荷兰的著作，只给以仅少的注重，而一面于凡有从法国，俄国，北欧来的一切，则热烈的向往，最先的原因，大概是由于久已习惯了的成见。自从十七世纪前叶，那伟大的诗人英雄约思忒望覃蓬兑勒（Joost van den Bondel，1587 — 1679）以他的圆满的表现，获得荷兰文学的花期之后，荷兰的文学的发达便入于静止状态，这在时光的流逝里，其意义即与长久的退化相同了。凡荷兰人的可骇的保守的精神，旧习的拘泥，得意的自满，因而对于进步的完全的漠视，永不愿有所动摇——这些都忠实地在文学上反映出来，也便将她做成了一个无聊的文学。他们的讲道德和教导的苦吟的横溢，不可忍受的宽泛，温暖和深入的心声的全缺，荷兰文学是久为站在 Mynheer 和 Mevouw（译者注：荷兰语，先生和夫人）的狭隘细小的感觉范围之外的人们所不能消受的。

在几个成功的尝试之后，至八十年代的开头，荷兰文学上才发生了新鲜活泼的潮流，将她从古老的旧弊中撕出了。我在这里应该简略地记起几个人，在荷兰著作界上，他们是取得旧和新倾向之间的中间位置的，并且也可以看作现代理想的智力的提倡者，在最后的几年，他们都在荷兰读者的文学的见解上，唤起了一种很大的转变来。

这里首先应该称道的是天才的台凯尔（Eduald Douwes Dekker，1820-87），他用了谟勒泰都黎（Multatuli）这一个名号作文，而他一八六0年所发表的传奇小说《Max Havelaar》，在文学上也造成了分明的变动。这书是将崭新的材料输入于文学的，此外还因为描写的特殊体格，那荷兰散文的温暖生动的心声，便突然付与了迄今所不识的圆熟和转移，所以这也算作荷兰的文学的发达上的一块界石。谟勒泰都黎之次，在此所当列举的是两个批评家兼美学家蒲司堪海忒（C. Busken-Huet，1826—86）和孚斯美尔（Karl Vosmaer，1826-88）。虽然孚斯美尔晚年时，当新倾向发展起来的时候，对之颇为漠视，遂在青年中造成许多敌人，然而他确有不可纷争的劳绩，曾给新倾向开路，直到一个一定之点，于是他们能够从此前进了。新理想的更勇敢的先锋是蒲司堪海忒，他在《文学的幻想和批评》这标题之中，所集成的论著，是在凡有荷兰的精神所表出的一切中，最为圆满的了。

人也可以举出波士本图珊夫人（Gertrude Bosboom—Toussaint，1812—86）作为一个新倾向的前驱，她的最初的传奇小说和人情小说，是还站在盘旋于自满的宽泛中的范围里和应用普通材料的旧荷兰史诗上的，但后来却转向社会的和心理学的问题，以甚大的熟练，运用于几种传奇小说上，如《Major Frans》及《Raymond de schrijnwerker》。

继八十年代初的新倾向之后，首先的努力，是表面的，对于形式。人们为韵文和散文寻求新的表现法，这就给荷兰语的拙笨弄到了流动和生命。于是先行试验，将那已经全没在近两世纪由冷的回想所成的诗的尘芥之中的，直到那时很被忽略了的抒情诗，再给以荣誉。直到那时候，几乎没有一篇荷兰的抒情诗可言，现在则这些不惮于和别民族的相比较的抒情诗，已占得强有力的地位了。

在这里，那青年夭死的沛克(Jacques Perk，1860-81)首先值得声叙，他那一八八三年出版的诗，始将一切的优秀联合起来，以极短的时期，助荷兰的抒情诗在世界文学上得了光荣的位置。

少年荷兰的抒情诗人中，安忒卫普(Antwerp)人波勒兑蒙德(Pol de Mont，geb.1859)实最著名于德国。他那在许多结集上所发表的诗，因为思想的新颖和勇敢，还因为异常的形式的圆满，遂以显见。他对于无可非议的外形的努力，过于一切，往往大不利于他的诗。加以他的偏爱最繁重最复杂的韵律，致使他的诗颇失掉些表现的简单和自然，而这些是抒情的诗类的第一等的必要。

一切的形式圆满，而有表现的自然者，从一八五九年生于亚摩斯达登(Amsterdam)的斯华司(Helene Swarth)可以觅得。她受教育于勃吕舍勒(Brüs sel)，较之故乡的语言，却是法兰西语差堪自信，因此她最初发表的两本诗集，《Fleurs du Rêve》(1879)和《LesPrintannières》(1881)，也用法兰西语的。后来她才和荷兰文学做了亲近的相识，但她于此却觉得熟悉不如德文。这特在她的精神生活上，加了深而持久的效力。她怎样的在极短时期中，闯入了幼时本曾熟习，而现在这才较为深信了的荷兰语的精神里，是她用这种语言的第一种著作《Eenzame Bloemen》(1883)就显示着的，在次年的续集《Blauwe Bloemen》里便更甚了。后来她还发表了许多小本子的诗，其中以《Sneeuwvlohken》(1888)和《Passiebloemen》(1892)为最有凡新荷兰的抒情诗所能表见的圆满。

繁盛地开着花的荷兰抒情诗的别的代表者，还可称道的是普林思(J.Winkker PrinS)，科贝路斯(LouisCouperus)，跛尔卫(AlbertVerwey)，望蔼覃(Frederik van Eeden)，戈尔台尔(Simon Gort-er)，珂斯台尔(E.B.Koster)及其他等等。

固有的现代的印记，即在最近时代通过一切文学而赋给以新的理想和见解的大变动，一到荷兰文学上，其效力在抒情诗却较在起于八十年代后半的小说为少。外来的影响,是无可否认的。显著的是法兰西,荷兰和它向来就有活泼的精神的往还,这便在少年文学上收了效果。弗罗培尔(Flaubert),左拉(Zola),恭果尔们(Goncourts),一部分也有蒲尔治(Bourget)和舒士曼(Huysmans),联合了屡被翻译的俄国和北欧的诗人,在现代荷兰小说的发达上加了一个广远的影响。

现代荷兰散文作家的圆舞烈契尔(Frans Retscher),以他的两部小说集《裸体模特儿之研究》和《我们周围的人们》揭晓。这些小说,因为它们的苦闷的实况的描写,往往至于无聊。其余则不坏,除了第一本结集使人猜作以广告为务的名目。

实况的描写较为质实的是蒂谟(Alberdingk Thym),以望兑舍勒(L.van Deyssel)的假名写作,那两本小说《爱》和《小共和国》,都立了强有力的才士的证明,虽然他的小说得到一般的趣味时,他也还很站在模仿的区域里。

在新近的荷兰的诗家世代之中,最年轻而同时又最显著的,是那已经说过的科贝路斯(Louis Couperus),生于一八六三年。当他已以诗人出名之后,在一八九〇年发表了一种传奇小说《ElineVere》。在那里,他给我们从荷兰首都的社会世界里,提出巧妙的典型来。落于心理学的小说的领域内较甚者,是他两种后来的公布,一八九一年的《Noodlot》(《运命》)和一八九二年的《Extaze》。在凡有现代荷兰文学迄今所能做到的一切中,《Noodlot》确是最独立和最艺术的优秀的创作。

已经称道的之外,还有一大列现代的叙事诗人在劳作,我要从他们中略叙其最显著者。

一个特殊的有望的才士是兑斯丕(Vosmeer de Spie),他那往年发表的心理学的小说《Een Passie》(《伤感》),激起了相当的注视。蔼曼兹(Marcellus Emants)以蒲尔治的模仿者出名,曾公布了不少的可取的小说。同时,什普干斯(Emile Scipgens)也以人情小说家显达。作为传奇小说作家,还可称道的是望格罗宁干(van Groenin-gen)和亚莱德里诺(A.Aletrino),他们的小说《Martha de Bruin》和《Zuster Bertha》,可算作现代荷兰文学中的最好的作品。倘我临末还说及兑美斯台尔(Johan de Meester),他的小说《Een Huwelijk》(《嫁娶》)正如他的《巴黎的影画》《Parijsche Schimmen》,证明着优秀的观察才能,则我以为已将现代文学,凭其卓越的代表者们而敬叙了。

在一八八五年,新倾向也创立了一种机关,《de Nieuwe Gids》(《新前导》),这样立名,是因为对待旧的荷兰的月刊《deGids》。这新的期刊是一种战斗和革命的机关,对于文学上的琐屑和陈腐,锋利而且毫无顾虑地布成战线,还给新理想勇敢地开出道路来。现今是新倾向在荷兰也闯通了，最高贵的期刊也为他们开了栏，而那旧的《前导》，那后来一如既往，止为荷兰的最著名的文学机关的，是成了那样的期刊，即将科贝路斯的小说，首先提出于荷兰的读者了。

可以看作群集于《新前导》周围的青年著作家的精神的领袖的，是拂来特力克望藹覃（Frederik van Eeden），象征写实的童话诗《小约翰》的作者，那新的期刊即和它一同出世，并且由德文的翻译，使读者得以接近了。我在下面，将应用了译者给我的样样的说明，为这全体世界文学中不见其比的，如此完全奇特的，纯诗的故事的作者交出一二切近的报告。

一八六〇年生于哈来谟（Haarlem），望藹覃从事于医学的研究，以一八八六年毕业。他为富裕的父母的儿子，他遂可以和他的本业，在课余时一同研习他向来爱好的文学。

当大学生时，他已以几篇趣剧的作者出名，其中的两篇，曾开演于亚摩斯达登和洛泰登（Rotterdam）的剧场，得了大的功效。《小约翰》的发表，在一八八五年，只一下，便将他置身于荷兰诗人的最前列了。他的知识的广博，在他的各种小篇文字中，明白地表示着。那他所共同建立的机关，也逐年一律揭出论著来，论荷兰的，法兰西的或英吉利的文学，论社会问题，论科学的对象，无不异常分明，因了他所表出的分明的论证。他也以抒情诗人显，在荷兰迄今所到达的抒情诗里，他的诗也可以算是最好的。一八九〇年他发表了一篇较大的诗，《爱伦，苦痛之歌》（德译《Ellen, ein Lied des Schmerzes》），远胜于他先前的著作，并且在近数十年的一切同类作品中占了光荣的地位。一八八六年受了学位之后，藹覃便到南希（Nancy），在有名的力波尔（Liébaul）的学校里研究催眠医术（Hypnotische Heilmethode）。此后不久，他在亚摩斯达登设立了一所现在很是繁忙的心理治疗法（Psychotherapie）的施医院。在接近亚摩斯达登的一处小地方蒲松（Bussum），他造起一所幽静的艺术家住所来，他在他的眷属中间，可以休息他的努力的职务，并且不搅乱地生活于他的艺术。在那里，在乡村的寂寞的沉静中，新近他完成了一种较大的作品，《约翰跋妥尔，爱之书》（德译《Johannes Viator, das Buch von dor Liebe》）。在这密接下文的诗的作品中，那成熟的艺术家，将凡有《小约翰》的作者使人期待的事都圆满了。

愿这译本也在德国增加新朋友，并且帮助了我们对于荷兰文学的渐渐苏醒的兴趣，至于稳固和进步。

一八九二年七月，在美因河边之法兰克福（Frankfutam Main）

保罗·赉赫

小约翰

一

我要对你们讲一点小约翰。我的故事，那韵调好像一篇童话，然而一切全是曾经实现的。设使你们不再相信了，你们就无须看下去，因为那就是我并非为你们而作。倘或你们遇见小约翰了，你们对他也不可提起那件事，因为这使他痛苦，而且我便要后悔，向你们讲说这一切了。

约翰住在有大花园的一所老房子里。那里面是很不容易明白的，因为那房子里是许多黑暗的路，扶梯，小屋子，还有一个很大的仓库，花园里又到处是保护墙和温室。这在约翰就是全世界。他在那里面能够作长远的散步，凡他所发现的，他就给予一个名字。为了房间，他所发明的名字是出于动物界的：毛虫库，因为他在那里养过虫；鸡小房，因为他在那里寻着过一只母鸡。但这母鸡却并非自己跑去的，倒是约翰的母亲关在那里使它孵卵的。为了园，他从植物界里选出名字来，特别着重的，是于他紧要的出产。他就区别为一个复盆子山，一个梨树林，一个地莓谷。园的最后面是一块小地方，就是他所称为天堂的，那自然是美观的罗。那里有一片浩大的水，是一个池，其中浮生着白色的睡莲，芦苇和风也常在那里絮语。那一边站着几个沙冈。这天堂原是一块小草地在岸的这一边，由丛莽环绕，野凯白勒茂盛地生在那中间。约翰在那里，常常躺在高大的草中，从波动的芦苇叶间，向着水那边的冈上眺望。当炎热的夏天的晚上，他是总在那里的，并且凝视许多时光，自己并不觉得厌倦。他想着又静又清的水的深处，在那奇特的夕照中的水草之间，有多么太平，他于是又想着远的，浮在冈上的，光怪陆离地着了色的云彩，——那后面是怎样的呢，那地方是否好看的呢，倘能够飞到那里去。太阳一落，这些云彩就堆积到这么高，至于像一所洞府的进口，在洞府的深处还照出一种淡红的光来。这正是约翰所期望的。“我能够飞到那里去吗！”他想。“那后面是怎样的呢？我将来真，真能够到那里去吗？”

他虽然时常这样地想望，但这洞府总是散作浓浓淡淡的小云片，他到底也没有能够

靠近它一点。于是池边就寒冷起来,潮湿起来了,他又得去访问老屋子里的他的昏暗的小屋子。

他在那里住得并不十分寂寞;他有一个父亲,是好好地抚养他的,一只狗,名叫普烈斯多,一只猫,叫西蒙。他自然最爱他的父亲,然而普烈斯多和西蒙在他的估量上却并不这么很低下,像在成人的那样。他还相信普烈斯多比他的父亲更有很多的秘密,对于西蒙,他是怀着极深的敬畏的。但这也不足为奇！西蒙是一匹大的猫,有着光亮乌黑的皮毛,还有粗尾巴。人们可以看出,它颇自负它自己的伟大和聪明。在它的景况中,它总能保持它的成算和尊严,即使它自己屈尊,和一个打滚的木塞子游嬉,或者在树后面吞下一个遗弃的沙定鱼头去。当普烈斯多不驯良的胡闹的时候,它便用碧绿的眼睛轻蔑地瞋视它,并且想:哈哈,这呆畜生此外不再懂得什么了。

约翰对它怀着敬畏的事,你们现在懂得了吗?和这小小的棕色的普烈斯多,他却交际得极其情投意合。它并非美丽或高贵的,然而是一匹出格的诚恳而明白的动物,人总不能使它和约翰离开两步,而且它于它主人的讲话是耐心地谨听的。我很难于告诉你们,约翰怎样的挚爱这普烈斯多。但在他的心里,却还剩着许多空间,为别的物事。他的带着小玻璃窗的昏暗的小房间,在那里也占着一个重要的位置,你们觉得奇怪罢?他爱那地毯,那带着大的花纹的,在那里面他认得脸面,还有它的形式,他也察看过许多回,如果他生了病,或者早晨醒了躺在床上的时候;——他爱那唯一的挂在那里的小画,上面是做出不动的游人,在尤其不动的园中散步,顺着平滑的池边,那里面喷出齐天的喷泉,还有媚人的天鹅正在游泳。然而他最爱的是时钟。他总以极大的谨慎去开它;倘若它敲起来了,就看它,以为这算是隆重的责任。但这自然只限于约翰还未睡去的时候。假使这钟因为他的疏忽而停住了,约翰就觉得很抱歉,他于是千百次的请他宽容。你们大概是要笑的,倘你们听到了他和他的钟或他的房间在谈话。然而留心罢,你们和你们自己怎样的时常谈话呵。这在你们全不以为可笑。此外约翰还相信,他的对手是完全懂得的,而且并不要求回答。虽然如此,他暗地里也还偶尔等候着钟或地毯的回音。

约翰在学校里虽然还有伙伴,但这却并非朋友。在校内他和他们玩耍和合伙,在外面还结成强盗团,——然而只有单和普烈斯多在一起,他才觉得实在的舒服。于是他不愿意孩子们走近,自己觉得完全的自在和平安。

他的父亲是一个智慧的,恳切的人,时常带着约翰向远处游行,经过树林和冈阜。他们就不很交谈,约翰跟在他的父亲的十步之后,遇见花朵,他便问安,并且友爱地用了小手,抚摩那永远不移的老树,在粗糙的皮质上。于是这好意的巨物们便在瑟瑟作响中向他表示它们的感谢。

在途中,父亲时常在沙土上写字母,一个又一个,约翰就拼出它们所造成的字来,——父亲也时常站定,并且教给约翰一个植物或动物的名字。

约翰也时常发问,因为他看见和听到许多谜。呆问题是常有的;他问,何以世界是这样,像现在似的,何以动物和植物都得死,还有奇迹是否也能出现。然而约翰的父亲是智慧的人,他并不都说出他所知道的一切。这于约翰是好的。

晚上,当他躺下睡觉之前,约翰总要说一篇长长的祷告。这是管理孩子的姑娘这样教他的。他为他父亲和普烈斯多祷告。西蒙用不着这样,他想。他也为他自己祷告得很长,临末,几乎永是发生那个希望,将来总会有奇迹出现的。他说过"亚门"之后,便满怀期望地在半暗的屋子中环视,到那在轻微的黄昏里,比平时显得更其奇特的地毯上的花纹,到门的把手,到时钟,从那里是很可以出现奇迹的。但那钟总是这么滴答滴答地走,把手是不动的;天全暗了,约翰也酣睡了,没有到奇迹的出现。然而总有一次得出现的,这他知道。

二

池边是闷热和死静。太阳因为白天的工作,显得通红而疲倦了,当未落以前,暂时在远处的冈头休息。光滑的水面,几乎全引出它炽烈的面貌来。垂在池上的山毛榉树的叶子,趁着平静,在镜中留神地端相着自己。孤寂的苍鹭,那用一足站在睡莲的阔叶之间的,也忘却了它曾经出去捉过蛤蟆,只沉在遐想中凝视着前面。

这时约翰来到草地上了,为的是看看云彩的洞府。扑通,扑通!蛤蟆从岸上跳下去了。水镜起了波纹,太阳的像裂成宽阔的绦带,山毛榉树的叶子也不高兴地颤动,因为他自己观察还没有完。

山毛榉树的露出的根上系着一只旧的,小小的船。约翰自己上去坐,是被严厉地禁止的。唉!今晚的诱惑是多么强呵!云彩已经造成一个很大的门;太阳一定是要到那后面去安息。辉煌的小云排列成行,像一队全甲的卫士。水面也发出光闪,红的火星在芦苇间飞射,箭也似的。

约翰慢慢地从山毛榉树的根上解开船缆来。浮到那里去,那光怪陆离的中间!普烈斯多当它的主人还未准备之先,已经跳上船去了,芦苇的干子便分头弯曲,将他们俩徐徐赶出,到那用了它最末的光照射着他们的夕阳那里去。

约翰倚在前舱,观览那光的洞府的深处。——“翅子!”他想,“现在,翅子,往那边去!”——太阳消失了。云彩还在发光。东方的天作深蓝色。柳树沿着岸站立成行。它们不动地将那狭的,白色的叶子伸在空气里。这垂着,由暗色的后面的衬托,如同华美的浅绿的花边。

静着!这是什么呢?水面上像是起了一个吹动——像是将水劈成一道深沟的微风的一触。这是来自沙冈,来自云的洞府的。

当约翰四顾的时候,船沿上坐着一个大的蓝色的水蜻蜓。这么大的一个是他向来没有见过的。它安静地坐着,但它的翅子抖成一个大的圈。这在约翰,似乎它的翅子的尖端形成了一枚发光的戒指。

“这是一个蛾儿罢,”他想,“这是很少见的。”

指环只是增大起来,它的翅子又抖得这样快,致使约翰只能看见一片雾。而且慢慢地觉得它,仿佛从雾中亮出两个漆黑的眼睛来,并且一个娇小的,苗条的身躯,穿着浅蓝的衣裳,坐在大蜻蜓的处所。白的旋花的冠戴在金黄的头发上,肩旁还垂着透明的翅子,肥皂泡似的千色地发光。约翰战栗了。这是一个奇迹!

“你要做我的朋友吗?”他低声说。

对生客讲话,这虽是一种异样的仪节,但此地一切是全不寻常的。他又觉得,似乎这陌生的蓝东西在他是早就熟识的了。

“是的,约翰!”他这样地听到,那声音如芦苇在晚风中作响,或是淅沥地洒在树林的叶上的雨声。

“我怎样称呼你呢?”约翰问道。

“我生在一朵旋花的花托里,叫我旋儿走吧!”

旋儿微笑着,并且很相信地看着约翰的眼睛,致使他心情觉得异样地安乐。

“今天是我的生日,”旋儿说,“我就生在这处所,从月亮的最初的光线和太阳的最末的。人说,太阳是女性的,但他并不是,他是我的父亲!”

约翰便慨诺,明天在学校里去说太阳是男性的。

“看哪!母亲的圆圆的白的脸已经出来了。——谢天,母亲!唉!不,她怎么又晦暗了呢!”

旋儿指着东方。在灰色的天际，在柳树的暗黑地垂在晴明的空中的尖叶之后，月亮大而灿烂地上升，并且装着一副很不高兴的脸。

"唉，唉，母亲！——这不要紧。我能够相信他！"

那美丽的东西高兴地颤动着翅子，还用他捏在手里的燕子花来打约翰，轻轻地在面庞上。

"我到你这里来，在她是不以为然的。你是第一个。但我相信你，约翰。你永不可在谁的面前提起我的名字，或者讲说我。你允许吗？"

"可以，旋儿，"约翰说。这一切于他还很生疏。他感到莫可名言的幸福，然而怕，他的幸福是笑话。他做梦吗？靠近他在船沿上躺着普烈斯多，安静地睡着。他的小狗的温暖的呼吸使他宁帖。蚊虻们盘旋水面上，并且在菩提树空气中跳舞，也如平日一般。周围的一切都这样清楚而且分明；这应该是真实的。他又总觉得旋儿的深信的眼光，怎样的停留在他这里。于是那腴润的声音又发响了：

"我时常在这里看见你，约翰。你知道我在什么地方吗？——我大抵坐在池的沙地上，繁密的水草之间，而且仰视你，当你为了喝水或者来看水甲虫和鲵鱼，在水上弯腰的时候。然而你永是看不见我。我也往往从茂密的芦苇中窥见你。我是常在那里的。天一热，我总在那里睡觉，在一个空的鸟巢中。是呵，这是很柔软的。"

旋儿高兴地在船沿上摇晃，还用他的花去扑飞蚊。

"现在我要和你做一个小聚会。你平常的生活是这么简单。我们要做好朋友，我还要讲给你许多事。比学校教师给你捆上去的好得多。他们什么都不知道。我有好得远远的来源，比书本子好得远。你倘若不信我，我就教你自己去看，去听去。我要携带你。"

"阿，旋儿，爱的旋儿！你能带我往那里去吗？"约翰嚷着，一面指着那边，是落日的紫光正在黄金的云门里放光的处所。——这华美的巨象已经怕要散作苍黄的烟雾了。但从最深处，总还是冲出淡红的光来。

旋儿凝视着那光，那将他美丽的脸和他的金黄的头发镀上金色的，并且慢慢地摇头。

"现在不！现在不，约翰。你不可立刻要求得太多。我自己就从来没有到过父亲那里哩。"

"我是总在我的父亲那里的，"约翰说。

"不！那不是你的父亲。我们是弟兄，我的父亲也是你的。但你的母亲是地，我们因此就很各别了。你又生在一个家庭里，在人类中，而我是在一朵旋花的花托上。这自然是好得多。然而我们仍然能够很谅解。”

于是旋儿轻轻一跳，到了在轻装之下，毫不摇动的船的那边，一吻约翰的额。

但这于约翰是一种奇特的感觉。这是，似乎周围一切完全改变了。他觉得，这时他看得一切都更好，更分明。他看见，月亮现在怎样更加友爱地向他看，他又看见，睡莲怎样的有着面目，这都在诧异地沉思地观察他。现在他顿然懂得，蚊虻们为什么这样欢乐地上下跳舞，总是互相环绕，高高低低，直到它们用它们的长腿触着水面。他于此早就仔细地思量过，但这时却自然懂得了。

他又听得，芦苇絮语些什么，岸边的树木如何低声叹息，说是太阳下去了。

“阿，旋儿！我感谢你，这确是可观。是的，我们将要很了解了。”

“将你的手交给我，”旋儿说，一面展开彩色的翅子来。他于是拉着船里的约翰，经过了在月光下发亮的水蔷薇的叶子，走到水上去。

处处有一匹蛤蟆坐在叶子上。但这时它已不像约翰来的时候似的跳下水去了。它只向他略略鞠躬，并且说：“阁阁！”约翰也用了同等的鞠躬，回报这敬礼。他毫不愿意显出一点傲慢来。

于是他们到了芦苇旁，——这很广阔，他们还未到岸的时候，全船就隐没在那里面了。但约翰却紧牵着他的同伴，他们就从高大的干子之间爬到陆地上。

约翰很明白，他变为很小而轻了，然而这大概不过是想象。他能够在一枝芦干上爬上去，他却是未曾想到的。

“留神罢，”旋儿说，“你就要看见好看的事了。”

他们在偶然透过几条明亮的月光的，昏暗的丛莽之下，穿着丰草前行。

“你晚上曾在冈子上听到过蟋蟀么，约翰？是不是呢，它们像是在合奏，而你总不能听出，那声音是从什么地方来的。唔，它们唱，并非为了快乐，你所听到的那声音，是来自蟋蟀学校的，成百的蟋蟀们就在那里练习它们的功课。静静的罢，我们就要到了。”

嘶尔尔！嘶尔尔！

丛莽露出光来了，当旋儿用花推开草茎的时候，约翰看见一片明亮的，开阔的地面，小蟋蟀们就在那里做着那些事，在薄的，狭的冈草上练习它们的功课。

嘶尔尔！嘶尔尔！

一个大的，肥胖的蟋蟀是教员，监视着学课。学生们一个跟着一个的，向它跳过去，总是一跳就到，又一跳回到原地方。有谁跳错了，便该站在地菌上受罚。

“好好地听着罢，约翰！你也许能在这里学一点，”旋儿说。

蟋蟀怎样地回答，约翰很懂得。但那和教员在学校里的讲说，是全不相同的。最先是地理。它们不知道世界的各部分。它们只要熟悉二十六个沙冈和两个池。凡有较远的，就没有人能够知道一点点。那教师说，凡讲起这些的，不过是一种幻想罢了。

这回轮到植物学了。它们于此都学得不错，并且分给了许多奖赏：各样长的，特别嫩的，脆的草干子。但约翰最为惊奇的是动物学。动物被区分为跳的，飞的和爬的。蟋蟀能够跳和飞，就站在最高位；其次是蛤蟆。鸟类被它们用了种种愤激的表示，说成最大的祸害和危险。最末也讲到人类。那是一种大的，无用而有害的动物，是站在进化的很低的阶级上的，因为这既不能跳，也不能飞，但幸而还少见。一个小蟋蟀，还没有见过一个人，误将人类数在无害的动物里面了，就得了草干子的三下责打。

约翰从来没有听到过这等事！

教师忽然高呼道：“静着！练跳！”

一切蟋蟀们便立刻停了学习，很敏捷很勤快地翻起筋斗来。胖教员带领着。

这是很滑稽的美观，致使约翰愉快得拍手。它们一听到，全校便骤然在冈上迸散，草地上也即成了死静了。

“唉，这是你呀，约翰！你举动不要这么粗蛮！大家会看出，你是生在人类中的。”

“我很难过，下回我要好好地留心，但那也实在太滑稽了。”

“滑稽的还多哩，”旋儿说。

他们经过草地，就从那一边走到冈上。呸！这是厚的沙土里面的工作；——但待到约翰抓住旋儿的透明的蓝衣，他便轻易地，迅速地飞上去了。冈头的中途是一匹野兔的窠。在那里住家的兔子，用头和爪躺在洞口，以享受这佳美的夜气。冈蔷薇还在蓓蕾，而它那细腻的，娇柔的香气，是混合着生在冈上的麝香草的花香。

约翰常看见野兔躲进它的洞里去，一面就自己问：“那里面是什么情形呢？能有多少聚在哪里呢？它们不担心吗？”

待到他听见他的同伴在问野兔，是否可以参观一回洞穴，他就非常高兴了。

“在我是可以的，”那兔说。“但适值不凑巧，我今晚正把我的洞穴交出，去开一个慈善事业的典礼了，因此在自己的家里便并不是主人。”

“哦，哦，是出了不幸的事吗？”

“唉，是呵！”野兔伤感地说。“一个大大的打击，我们要几年痛不完。从这里一千跳之外，造起一所人类的住所来了。这么大，这么大！——人们便搬到哪里去了，带着狗。我家的七个分子，就在那里被祸，而无家可归的还有三倍之多。于老鼠这一伙和土拨鼠的家属尤为不利。癞蛤蟆也大受侵害了。于是我们便为着遗族们开一个会，各人能什么，他就做什么；我是交出我的洞来。大家总该给它们的同类留下一点什么的。”

富于同情的野兔叹息着，并且用它的右前爪将长耳朵从头上拉过来，来拭干一滴泪。这样的是它的手巾。

冈草里索索地响起来，一个肥胖的，笨重的身躯来到洞穴。

“看哪！”旋儿大声说，“硕鼠伯伯来了。”

那硕鼠并不留心旋儿的话，将一枝用干叶包好的整谷穗，安详地放在洞口，就灵敏地跳过野兔的脊梁，进洞去了。

“我们可以进去吗？”实在好奇的约翰问。“我也愿意捐一点东西。”

他记得衣袋里还有一个饼干。当他拿了出来时，这才确实觉到，他变得怎样的小了。他用了两只手才能将这捧起来，还诧异在他的衣袋里怎么会容得下。

“这是很少见，很宝贵的！”野兔嚷着……“好阔绰的礼物！”

它十分恭敬地允许两个进门。洞里很黑暗；约翰愿意使旋儿在前面走。但即刻他们看见一点淡绿的小光，向他们进来了。这是一个火萤，为要使他们满意，来照他们的。

“今天晚上看来是要极其漂亮的，”火萤前导着说。“这里早有许多来客了。我觉得你们是妖精，对不对？”那火萤一面看定了约翰，有些怀疑。

“你将我们当作妖精去禀报就是了，”旋儿回答说。

“你们可知道，你们的王也在赴会吗？”火萤接着道。

“上首在这里吗？这使我非常喜欢！”旋儿大声说，“我本身和他认识的。”

“阿呀！”火萤说，——“我不知道我有光荣，”因为惊讶，它的小光几乎消灭了。“是呵，陛下平时最爱的是自由空气，但为了慈善的目的，他倒是什么都可以的。这要成为一个很有光彩的会罢。”

那也的确。鬼子建筑里的大堂，是辉煌地装饰了。地面踏得很坚实，还撒上含香的麝香草；进口的前面用后脚斜挂着一只蝙蝠；它禀报来客，同时又当着帘幕的差。这是一种节省的办法。大堂的墙上都用了枯叶，蛛网，以及小小的，挂着的小蝙蝠极有趣致地装潢着。无数的火萤往来其间，还在顶上盘旋，造成一个动心的活动的照耀。大堂上面是朽烂的树干所做的宝座，放着光，弄出金刚石一般的结果来。这是一个辉煌的情景！

早有了许多来客了。约翰在这生疏的环境中,觉得只像在家里的一半,唯有紧紧地靠着旋儿。他看见稀奇的东西。一匹土拨鼠极有兴会的和野鼠议论着美观的灯和装饰。一个角落里坐着两个肥胖的癞蛤蟆,还摇着头诉说长久的旱天。一个蛤蟆想挽着手引一个蝎虎穿过大堂去,这于它很为难,因为它是略有些神经兴奋和急躁的,所以它每一回总将墙上的装饰弄得非常凌乱了。

宝座上坐着上首,妖的王,围绕着一小群妖精的侍从,有几个轻蔑地俯视着周围。王本身是照着王模样,出格地和蔼,并且和各种来客亲睦地交谈。他是从东方旅行来的,穿一件奇特的衣服,用美观的,各色的花叶制成。这里并不生长这样的花,约翰想。他头上戴一个深蓝的花托,散出新鲜的香气,像新折一般。在手里他拿着莲花的一条花须,当作御杖。

一切与会的都爱着他的恩泽。他称赞这里的月光,还说,本地的火萤也美丽,几乎和东方的飞萤相同。他又很合意地看了墙上的装饰,一个土拨鼠还看出陛下曾经休憩,惬意地点着头。

"同我走,"旋儿对约翰说,"我要引见你。"于是他们直冲到王的座前。

上首一认出旋儿,便高兴地伸开两臂,并且和他接吻。这在宾客之间搅起了私语,妖精的侍从中是嫉妒的眼光。那在角落里的两个肥胖的癞蛤蟆,絮说些"谄媚者""乞怜者"和"不会长久的"而且别有用意地点头。旋儿和上首谈得很久,用了异样的话,于是就将约翰招过去。

"给我手,约翰!"那王说。"旋儿的朋友就是我的朋友。凡我能够的,我都愿意帮助你。我要给你我们这一党的表记。"

上首从他的项链上解下一个小小的金的锁匙来,递给约翰。他十分恭敬地接受了,紧紧地捏在手里。

"这匙儿能是你的幸福,"王接着说,"这能开一个金的小箱,藏些高贵的至宝的。然而谁有这箱,我却不能告诉你。你只要热心地寻求。倘使你和我和旋儿长做好朋友而且忠实,那于你就要成功了。"

妖王于是和蔼地点着他美丽的头,约翰喜出望外地向他致谢。

坐在湿的莓苔的略高处的三个蛤蟆,联成慢圆舞的领导,对偶也配搭起来了。有谁不跳舞,便被一个绿色的蜥蜴,这是充当司仪,并且奔忙于职务的,推到旁边去,那两个癞蛤蟆就大烦恼,一齐诉苦,说它们不能看见了。这时跳舞已经开头。

但这确是可笑！各个都用了它的本相跳舞，并且自然地摆出那一种态度，以为它所做得比别个好得多。老鼠和蛤蟆站起后脚高高地跳着，一个年老的硕鼠旋得如此粗野，使所有跳舞者都从它的前面躲向旁边，还有一匹唯一的肥胖的树蜗牛，敢于和土拨鼠来转一圈，但不久便被抛弃了，在前墙之下，以致她（译者按：蜗牛）因此得了腰胁痛，那实在的原因，倒是因为她不很懂得那些事。

然而一切都做得很诚实而庄严。大家很有几分将这些看作荣耀，并且惴惴地窥伺王，想在他的脸上看出一点赞赏的表示。王却怕惹起不满，只是凝视着前方。他的侍从人等，那看重它们的技艺的品格，来参与跳舞的，是高傲地旁观着。

约翰熬得很久了。待到他看见，一匹大的蜥蜴怎样的抡着一个小小的癞蛤蟆，时常将这可怜的癞蛤蟆从地面高高举起，并且在空中抡一个半圆，便在响亮的哄笑里，发泄出他的兴致来了。

这惹起了一个激动。音乐喑哑了。王严厉地四顾。司仪员向笑者飞奔过去，并且严重地申斥他，举动须要合礼。

“跳舞是一件最庄重的事，”它说，“毫没有什么可笑的。这里是一个高尚的集会，大家在这里跳舞并非单为了游戏。各显各的特长，没有一个会希望被笑的。这是大不敬。除此之外，大家在这里是一个悲哀的仪节，为了重大的原因。在这里举动务须合礼，也不要做在人类里面似的事！”

这使约翰害怕起来了。他到处看见仇视的眼光。他和王的亲密给他招了许多的仇敌。旋儿将他拉在旁边：

“我们还是走的好吧，约翰！”他低声说，“你将这又闹坏了。是呵，是呵，如果从人类中教育出来的，就那样！”

他们慌忙从蝙蝠门房的翅子下潜行，走到黑暗的路上。恭敬的火萤等着他们。“你们好好地行乐了吗？”它问。“你们和上首大王扳谈了吗？”

“唉，是的！那是一个有趣的会，”约翰说，“你必须永站在这暗路上吗？”

“这是本身的自由的选择，”火萤用了悲苦的声音说。“我再不能参与这样无聊的集会了。”

“去罢！”旋儿说，“你并不这样想。”

“然而这是实情。早先——早先有一时，我也曾参与过各种的会，跳舞，徘徊。但现在我是被忧愁扫荡了，现在……”它还这样的激动，至于消失了它的光。

幸而他们已近洞口,野兔听得他们临近,略向旁边一躲,放进月光来。

他们一到外面野兔的旁边,约翰说:"那么,就给我讲你的故事罢,火萤!"

"唉!"火萤叹息,"这事是简单而且悲伤。这不使你们高兴。"

"讲罢,讲它就是!"大家都嚷起来。

"那么,你们都知道,我们火萤是极其异乎寻常的东西。是呵,我觉得,谁也不能否认,我们火萤是一切生物中最有天禀的。"

"何以呢?这我却愿意知道,"野兔说。

火萤藐视地回答道:"你们能发光吗?"

"不,这正不然,"野兔只得赞成。

"那么,我们发光,我们大家!我们还能够随意发光或者熄灭。光是最高的天赋,而一个生物能发最高的光。还有谁要和我们竞争前列吗?我们男的此外还有翅子,并且能够飞到几里远。"

"这我也不能,"野兔谦逊地自白。

"就因为我们有发光的天赋,"火萤接着说,"别的动物也哀矜我们,没有鸟来攻击我们。只有一种动物.是一切中最低级的那个,搜寻我们,还捉了我们去。那就是人,是造物的最蛮横的出产。"

说到这里,约翰注视着旋儿,似乎不懂它。旋儿只微笑,并且示意他,教他不开口。

"有一回,我也往来飞翔,一个明亮的迷光,高兴地在黑暗的丛莽里。在寂寞的潮湿的草上,在沟的岸边。这里生活着她,她的存在,和我的幸福是分不开的。她华美地在蓝的碧玉光中灿烂着,当她顺着草爬行的时候,很强烈地蛊惑了我的少年的心。我绕着她飞翔,还竭力用了颜色的变换来牵引她的注意。幸而我看出,她已经怎样的收受了我的敬礼,腼腆地将她的光儿韬晦了。因为感动而发着抖,我知道收敛起我的翅子,降到我的爱者那里去,其时正有一种强大的声响弥漫着空中。暗黑的形体进来了。那是人类。我害怕得奔逃。他们追赶我,还用一种沉重的,乌黑的东西照着我打。但我的翅子担着我是比他们的笨重的腿要快一点的。待到我回来的时候……"

讲故事的至此停止说话了。先是寂静的刺激一刹那——这时三个听的都惴惴地沉默着——它才接着说:

"你们早经料到了。我的娇嫩的未婚妻——一切中最灿烂和最光明的——她是消失了,给恶意的人们捉去了。娴静的,潮湿的小草地是踏坏了,而她那在沟沿的心爱的住所

是惨淡和荒凉。我在世界上是孤独了。"

多感的野兔仍旧拉过耳朵来,从眼里拭去一滴泪。

"从此以后我就改变了。一切轻浮的娱乐我都反对。我只记得我所失掉的她,还想着我和她再会的时候。"

"这样吗?你还有这样的希望吗?"野兔高兴地问。

"比希望还要切实,我有把握的。在那上面我将再会我的爱者。"

"然而……"野兔想反驳。

"兔儿,"火萤严肃地说,"我知道,只有应该在昏暗里彷徨的,才会怀疑。然而如果是看得见的,如果是用自己的眼来看的,那就凡有不确的事于我是一个疑案。那边!"光虫说,并且敬畏地仰看着种满星星的天空,"我在那边看见她!一切我的祖先,一切我的朋友,以及她,我看见较之在这地上,更其分明地发着威严的光辉。唉唉,什么时候我才能蓦地离于这空虚的生活,飞到那诱引着招致我的她那里去呢?唉唉!什么时候,什么时候……?"

光虫叹息着,离开它的听者,又爬进黑暗的洞里去了。

"可怜的东西!"野兔说,"我盼望,它不错。"

"我也盼望,"约翰赞同着。

"我以为未必,"旋儿说,"然而那倒很动人。"

"爱的旋儿,"约翰说,"我很疲倦,也要睡了。"

"那么来罢,你躺在这里我的旁边,我要用我的氅衣盖着你。"

旋儿取了他的蓝色的小氅衣,盖了约翰和自己。他们就这样躺在冈坡的发香的草上,彼此紧紧地拥抱着。

"你们将头放得这么平,"野兔大声说,"你们愿意枕着我吗?"

这一个贡献他们不能拒绝。

"好晚上,母亲,"旋儿对月亮说。

于是约翰将金的小锁匙紧握在手中,将头靠在好心的野兔的蒙茸的毛上,静静地酣睡了。

他在那里呢,普烈斯多?——你的小主人在哪里呢?——在船上,在芦苇间醒来的时候，怎样的吃惊呵——只剩了自己——主人是无踪无影地消失了。这可叫人担心和害怕。——你现在已经奔波得很久，并且不住地亢奋的呜呜着寻觅他罢？——可怜的普烈斯多。你怎么也能睡得这样熟，且不留心你的主人离了船呢？平常是只要他一动，你就醒了的。你平常这样灵敏的鼻子，今天不为你所用了。你几乎辨不出主人从那里上岸，在这沙冈上也完全失掉了踪迹。你的热心的齅也不帮助你。唉，这绝望！主人去了！无踪无影地去了！——那么，寻罢，普烈斯多，寻他罢！且住，正在你前面，在冈坡上——那边不是躺着一点小小的，暗黑的东西吗？你好好地看一看罢！

那小狗屹立着倾听了一些时，并且凝视着远处。于是它忽然抬起头来，用了它四条细腿的全力，跑向冈坡上的暗黑的小点那里去了。

一寻到，却确是那苦痛的失踪的小主人，于是它尽力设法，表出它的一切高兴和感谢来，似乎还不够。它摇尾，跳跃，呜呜，吠叫，并且向多时寻觅的人齅着，舐着，将冷鼻子搁在脸面上。

“静静的罢，普烈斯多，到你的窠里去！”约翰在半睡中大声说。

主人有多么糊涂呵！凡是望得见的地方，没有一个窠在近处。

小小的睡眠者的精神逐渐清楚起来了。普烈斯多的齅，——这是他每早晨习惯了的。但在他的灵魂之前，还挂着妖精和月光的轻微的梦影，正如丘冈景色上的晓雾一般。他生怕清晨的凉快的呼吸会将这些驱走。“合上眼睛，”他想，“要不然，我又将看见时钟和地毯，像平日似的。”

但他也躺得很异样。他觉得他没有被。慢慢地他小心着将眼睛睁开了一线。

明亮的光！蓝的天！云！

于是约翰睁大了眼睛，并且说：“那是真的吗？”是呀！他躺在冈的中间。清朗的日光温暖他；他吸进新鲜的朝气去，在他的眼前还有一层薄雾环绕着远处的山林。他只看见池边的高的山毛榉树和自家的屋顶伸出在丛碧的上面。蜜蜂和甲虫绕着他飞鸣；头上唱着高飞的云雀，远处传来犬吠和远隔的城市的喧嚣。这些都是纯粹的事实。

然而他曾经梦见了什么还是没有什么呢？旋儿在哪里呢？还有那野兔？

两个他都不见。只有普烈斯多坐在他身边，久候了似的摇着尾巴向他看。

“我真成了梦游者了吗？”约翰自己问。

他的近旁是一个兔窟。这在冈上倒是常有的。他站起来，要去看它个仔细。在他紧握的手里他觉得什么呢？

他摊开手，他从脊骨到脚跟都震悚了。是灿烂着一个小小的，黄金的锁匙。

他默默地坐了许多时。

“普烈斯多！”他于是说，几乎要哭出来，“普烈斯多，这也还是实在的！”

普烈斯多一跃而起，试用吠叫来指示它的主人，它饥饿了，它要回家去。

回家吗？是的，约翰没有想到这一层，他于此也很少挂念。但他即刻听到几种声音叫着他的名字了。他便明白，他的举动，大家是全不能当作驯良和规矩的，他还须等候那很不和气的话。

只一刹那，高兴的眼泪化为恐怖和后悔的眼泪了。但他就想着现是他的朋友和心腹的旋儿，想着妖王的赠品，还想着过去一切的华美的不能否认的真实，他静静地，被诸事羁绊着，向回家的路上走。

那遭际是比他所预料的还不利。他想不到他的家属有这样的恐怖和不安。他应该郑重地认可，永不再是这么顽皮和大意了。这又给他一个羁绊。“这我不能，”他坚决地说。人们很诧异。他被讯问，恳求，恫吓。但他却只想着旋儿，坚持着。只要能保住旋儿的友情，他怕什么责罚呢——为了旋儿，他有什么不能忍受呢。他将小锁匙紧紧地按在胸前，并且紧闭了嘴唇，每一问，都只用耸肩来做回答。“我不能一定，”他永是说。

但他的父亲却道：“那就不管他罢，这于他太严谨了。他必是遇到了什么出奇的事情。将来总会有讲给我们的时候的。”

约翰微笑，沉默着吃了他的奶油面包，就潜进自己的小屋去。他剪下一段窗幔的绳子，系了那宝贵的锁匙，贴身挂在胸前。于是他放心去上学校了。

这一天他在学校里确是很不行。他做不出他的学课，而且也全不经意。他的思想总是飞向池边和昨夜的奇异的事件去。他几乎想不明白，怎么一个妖王的朋友现在须负做算术和变化动词的义务了。然而这一切都是真实，周围的人们于此谁也不知道，谁也不能够相信或相疑，连那教员都不，虽然他也深刻地瞥着眼，并且也轻蔑地将约翰叫作懒东西。他欣然承受了这不好的品评，还做着惩罚的工作，这是他的疏忽拉给他的。

“他们谁都猜不到。他们要怎样呵斥我，都随意罢。旋儿总是我的朋友，而且旋儿于我，胜过所有他们的全群，连先生都算上。”

约翰的这是不大恭敬的。对于他的同胞的敬意，自从他前晚听到议论他们的一切劣点之后，却是没有加增。

当教员讲述着，怎样只有人类是由上帝给予了理性，并且置于一切动物之上，作为主人的时候，他笑起来了。这又给他博得一个不好的品评和严厉的指摘。待到他的邻座者在课本上读着下面的话："我的任性的叔母的年龄是大的，然而较之太阳，没有伊的那么大，"——约翰便赶快大声地叫道："他的！"

大家都笑他，连那教员，对于他所说那样的自负的糊涂，觉得诧异，教约翰留下，并且写一百回："我的任性的叔母的年龄是大的，然而较之太阳，没有伊的那么大，——较之两个更大的，然而是我的糊涂。"

学生们都去了，约翰孤独地坐在广大的校区里面写。太阳光愉快地映射进来，在它的经过的路上使无数白色的尘埃发闪，还在白涂的墙上形成明亮的点，和时间的代谢慢慢地迁移。教员走了，高声地关了门。当约翰写到第二十五任性的叔母的时候，一匹小小的，敏捷的小鼠，有着乌黑的珠子眼和绸缎似的小耳朵，无声地从班级的最远的角上沿着壁偷偷走来了。约翰一声不响，怕赶走了那有趣的小动物。但这并不胆怯，径到约翰的座前。它用细小的明亮的眼睛暂时锋利地四顾，便敏捷地一跳，到了椅子上，再一跳就上了约翰在写着字的书桌。

"阿，阿，"他半是自言自语地说，"你倒是一匹勇敢的鼠子。"

"我却也不知道，我须怕谁，"一种微细的声音说，那小鼠还微笑似的露出雪白的小牙。

约翰曾经阅历过许多奇异的事——但这时却还是圆睁了眼睛。这样地在白天而且在学校里——这是不可信的。

"在我这里你无须恐怖，"他低声说，仍然是怕惊吓了那小鼠——"你是从旋儿那里来的吗？"

"我正从哪里来，来告诉你，那教员完全有理，你的惩罚是恰恰相当的。"

"但是旋儿说的呵，太阳盖是男性，太阳是我们的父亲。"

"是的，然而此外用不着谁知道。这和人类有什么相干呢。你永不必将这么精微的事去对人类讲。他们太粗。人是一种可骇的恶劣和野蛮的东西，只要什么到了他的范围之内，他最喜欢将一切擒拿和蹂躏。这是我们鼠族从经验上识得的。"

"但是，小鼠，你为什么停在他们的四近的呢，你为什么不远远地躲到山林里去呢？"

"唉，我们现在不再能够了。我们太惯于都市风味了。如果小心着，并且时时注意，避开他们的捕机和他们的沉重的脚，在人类里也就可以支撑。幸而我们也还算敏捷的。最坏的是人类和猫结了一个联盟，借此来补救他们自己的蠢笨，——这是大不幸。但山林里却有枭和鹰,我们会一切都死完。好,约翰,记着我的忠告罢,教员来了!"

跳动的小鼠

"小鼠,小鼠,不要走。问问旋儿,我将我的匙儿怎么办呢。我将这帖胸挂在颈子上。土曜日我要换干净的小衫,我很怕有谁会看见。告诉我罢,我藏在那里最是稳当呢,爱的小鼠。"

"在地里,永久在地里,这是最为稳当的。要我给你收藏起来吗?"

"不,不要在这里学校里!"

"那就埋在那边冈子上。我要通知我的表姊,那野鼠去,教她必须留神些。"

"多谢,小鼠。"

蓬,蓬!教员到来了。这时候,约翰正将他的笔尖浸在墨水里,那小鼠是消失了。自已想要回家的教员,就赦免了约翰四十八行字。

两日之久,约翰在不断地忧惧中过活。他受了严重的监视,凡有溜到冈上去的机会,都被剥夺了。已经是金曜日,他还在带着那宝贵的匙儿往来。明天晚上他便须换穿干净的小衫,人会发现这匙儿,而且拿了去——他为了这思想而战栗。家里或园里他都不敢藏;他觉得没有一处是够安稳的。

金曜日的晚上了,黄昏已经闯进来。约翰坐在他卧室的窗前,出神地从园子的碧绿的丛草中,眺望着远处的冈阜。

"旋儿!旋儿!帮助我,"他忧闷地絮叨着。

近旁响着一种轻轻地拍翅声,他闻到铃兰的香味,还忽然听得熟识的,甜美的声音。

旋儿靠近他坐在窗沿上,摇动着一枝长梗的铃兰。

“你到底来了！——我是这么渴想你！”约翰说。

“同我走，约翰，我们要埋起你的匙儿。”

“我不能，”约翰惨淡地叹息说。

然而旋儿握了他的手，他便觉得他轻得正如一粒蒲公英地带着羽毛的种子，在静穆的晚天里，飘浮而去了。

“旋儿，”约翰飘浮着说，“我这样地爱你。我相信，我能为你放下一切的人们，连普烈斯多！”

旋儿吻他，问道：“连西蒙？”

“阿，我喜欢西蒙与否，这于它不算什么。我想，它以为这是孩子气的。西蒙就只喜欢那卖鱼的女人，而且这也只在它肚饿的时候。从你看来，西蒙是一匹平常的猫么，旋儿？”

“不，它先前是一个人。”

呼——蓬！——一个金虫向约翰撞来了。

“你们不能看清楚一点吗，”金虫不平地说，“妖精族纷飞着，好像他们将全部的空气都租去了！会无用到这样，总是单为了自己的快乐飘来飘去，——而我辈，尽着自己的义务，永是追求着食物，只要能吃多少，便尽量吃多少的，却被他们赶到路旁去了。”

它啾啾着飞了开去。

“我们不吃，它以为不好吗？”约翰问。

“是呵，金虫类是这样的。金虫以为这是它们的最高的义务，大嚼得多。要我给你讲一个幼小的金虫的故事吗？”

“好，讲罢，旋儿！”

“曾经有一个好看的幼小的金虫，是刚从地里钻出来的。晤，这是大奇事。它坐在黑暗的地下一整年，等候着第一个温暖的夜晚。待到它从地皮里伸出头来的时候，所有的绿叶和鸣禽，都使它非常慌张了。它不知道它究竟应该怎样开手。它用了它的触角，去摸近地的小草茎，并且扇子似的将这伸开去。于是它觉得，它是雄的。它是它种族中的一个美丽的模范，有着灿烂的乌黑的前足，厚积尘埃的后腹，和一个胸甲，镜子似的放光。幸而不久它在近处看见了一个别的金虫，那虽然没有这样美，然而前一天已经飞出，因此确是有了年纪的。因为它这样地年青，它便极其谦恭地去叫那一个。

‘什么事,朋友?’那一个从上面问,因为它看出这一个是新家伙了,‘你要问我道路吗?’

‘不,请你原谅,’幼小的谦恭地说,‘我先不知道,这里我必须怎样开头。做金虫是应该怎么办的?’

‘哦,原来’,那一个说,‘那你不知道吗?我明白你,我也曾经这样的。好好地听罢,我就要告诉你了。金虫生活的最要义是大嚼。离此不远有一片贵重的菩提树林,那是为我们而种的,将它竭力地勤勉地大嚼,是我们所有的义务。’

‘谁将这菩提树林安置在那里的呢?’年幼的甲虫问。

‘阿,一个大东西,是给我们办得很好的。每早晨这就走过树林,有谁大嚼得最多的,这就带它去,到一所华美的屋子里。那屋子是放着清朗的光,一切金虫都在那里幸福地团聚着的。但要是谁不大嚼,反而整夜向各处纷飞的,它就要被蝙蝠捉住了。’

‘那是谁呢?’新家伙问。

‘这是一种可怕的怪物,有着锋利的牙,它从我们的后面突然飞来,用残酷的一嘎咭便吃尽了。’

甲虫正在这么说,它们听得上面有清亮的霍的一声,透了它们的心髓。‘呵,那就是!’长辈大声说。‘你要小心它,青年朋友。感谢罢,恰巧我通知你了。你的前面有一个整夜,不要耽误罢。你吃得越少,祸事就越多,会被蝙蝠吞掉的。只有能够挑选那正经的生活的本分的,才到有着清朗的光的屋子去。记着罢!正经的生活的本分!’

年纪大了一整天的那甲虫,于是在草梗之间爬开去了,并且将这一个惘然地留下。——你知道吗,什么是生活的本分,约翰?不罢?那幼小的甲虫也正不知道。这事和大嚼相连,它是懂得的。然而它须怎样,才可以到那菩提树林呢?

它近旁竖着一枝瘦长的,有力的草梗,轻轻地在晚风中摇摆。它就用它六条弯曲的腿,很坚牢地抓住它。从下面望去,它觉得仿佛一个高大的巨灵而且很险峻。但那金虫还要往上走。这是生活的本分,它想,并且怯怯地开始了升进。这是缓慢的,它屡次滑回去,然而它向前;当它终于爬到最高的梢头,在那上面动荡和摇摆的时候,它觉得满足和幸福。它在那里望见什么呢?这在它,似乎看见了全世界。各方面都由空气环绕着,这是多么极乐呵!它尽量鼓起后腹来。它兴致很稀奇!它总想要升上去!它在大欢喜中掀起了翅鞘,暂时抖动着网翅。——它要升上去,永是升上去,——又抖动着它的翅子,爪子放掉了草梗,而且——阿,高兴呀! ……呼——呼——它飞起来了——自由而且快乐——到那静穆的,温暖的晚空中。"——

"以后呢?"约翰问。

"后文并不有趣,我下回再给你讲罢。"

他们飞过池子了,两只迁延的白蝴蝶和他们一同翩跹着。

"这一程往那里去呀,妖精们?"它们问。

"往大的冈蔷薇那里去,那在那边坡上开着花的。"

"我们和你们一路去!"

从远处早就分明看见,她有着她的许多嫩黄的,绵软的花。小蓓蕾已经染得通红,开了的花还显得红色的条纹,作为那一时的记号,那时她们是还是蓓蕾的。在寂寞的宁静中开着野生的冈蔷薇,并且将四近满注了她们的奇甜的香味。这是有如此华美,致使冈妖们的食养,就只靠着她们。蝴蝶是在她们上面盘旋,还一朵一朵地去接吻。

"我们这来,是有一件宝贝要托付你们,"旋儿大声说,"你们肯给我们看管这个吗?"

"为什么不呢? 为什么不呢?"冈蔷薇细声说,"我是不以守候为苦的——如果人不将我移去,我并不要走动。我又有锋利的刺。"

于是野鼠到了,学校里的小鼠的表姊,在蔷薇的根下掘了一条路。它就运进锁匙去。

"如果你要取回去,就应该再叫我。那么,你就用不着使蔷薇为难。"

蔷薇将她的带刺的枝条交织在进口上,并且郑重允许,忠实地看管着。蝴蝶是见证。

第二天的早晨,约翰在自己的床上醒来了,在普烈斯多的旁边,在钟和地毯的旁边。那系着锁匙的挂在他颈上的绳子是消失了。

四

"煞派门! 夏天是多么讨厌的无聊呵!"在老屋子的仓库里,很懊恼地一同站着的三个火炉中的一个叹息说,——"许多星期以来,我见不到活的东西,也听不到合理的话。而且这久远的内部的空虚! 实在可怕!"

"我这里满是蜘蛛网,"第二个说,"这在冬天也不会有的。"

"我并且到处是灰尘,如果那黑的人再来的时候,一定要使我羞死。"

几个灯和火钩,那些,是因为预防生锈,用纸包着,散躺在地上各处的,对于这样轻率的语气，都毫无疑义地宣布抗争。

但谈论突然沉默了，因为吊窗已被拉起，冲进一条光线来，直到最暗的角上，而且将全社会都显出在它们的尘封的混乱里面了。

那是约翰，他来了，而且搅扰了它们的谈话。这仓库常给约翰以强烈的刺激。现在，自从出了最近的奇事以来，他屡屡逃到那里去。他于此发现安静和寂寞。那地方也有一个窗，是用抽替关起来的，也望见冈阜的一面。忽然拉开窗抽替，并且在满是秘密的仓库之后，蓦地看见眼前有遥远的，明亮的景色，直到那白色的，软软地起伏着的连冈，是一种很大的享用。

从那天金曜日的晚上起，早过了三星期了，约翰全没有见到他的朋友。小锁匙也去了，他更缺少了并非做梦的证据。他常怕一切不过是幻想。他就沉静起来。他的父亲忧闷地想，约翰从在冈上的那晚以来，一定是得了病。然而约翰是神往于旋儿。

"他的爱我，不及我的爱他吗？"当他站在屋顶窗的旁边，眺望着绿叶繁花的园中时，他琐屑地猜想着，"他为什么不常到我这里来，而且已经很久了呢？倘使我能够……。但他也许有许多朋友吧。比起我来，他该是更爱那些罢？……我没有别的朋友，——一个也没有。我只爱他。爱得很，唉，爱得很！"

他看见，一群雪白的鸽子的飞翔，怎样的由蔚蓝的天空中降下，这原是以可闻的鼓翼声，在房屋上面盘旋的。那仿佛有一种思想驱遣着它们，每一瞬息便变换方向，宛如要在它们所浮游着的夏光和夏气的大海里，成了排豪饮似的。

它们忽然飞向约翰的屋顶窗前来了，用了各种的鼓翼和抖翅，停在房檐上，在那里它们便忙碌地格磔着，细步往来。其中一匹的翅上有一枝红色的小翎。它拔而又拔，拔得很长久，待到它拨到嘴里的时候，它便飞向约翰，将这交给他。

约翰一接取，便觉得他这样的轻而且快了，正如一个鸽子。他伸开四肢，鸽子飞式的飞起来，约翰并且漂浮在它们的中央，在自由的空气中和清朗的日光里。环绕着他的更无别物，除了纯净的蓝碧和洁白的鸽翅的闪闪的光辉。

他们飞过了林中的大花园，那茂密的树梢在远处波动，像是碧海里的波涛。约翰向下看，看见他父亲坐在住房的敞开的窗边；西蒙是蜷着前爪坐在窗台上，而且晒太阳取暖。

"他们看见我没有？"他想，然而叫呢他却不敢。

普烈斯多在园子里奔波，遍觑着各处的草丛，各坐的墙后，还抓着各个温室的门户，想寻出小主人来。

"普烈斯多！普烈斯多！"约翰叫着。小狗仰视，便摇尾，而且诉苦地呻吟。

"我回来，普烈斯多！等着就是！"约翰大声说，然而他已经离得太远了。

他们飘过树林去，乌鸦在有着它们的窠的高的枝梢上，哑哑地叫着飞翔。这正是盛夏，满开的菩提树花的香气，云一般从碧林中升腾起来。在一枝高的菩提树梢的一个空巢里，坐着旋儿，额上的他的冠是旋花的花托，向约翰点点头。

"你到这里了？这很好，"他说。"我教迎娶你去了。我们就可以长在一处——如果你愿意。"

"我早愿意，"约翰说。

他于是谢了给他引导的友爱的鸽子，和旋儿一同降到树林中。

那地方是凉爽而且多荫。鹧鸪几乎永是呼哨着这一套，但也微有一些分别。

"可怜的鸟儿，"旋儿说，"先前它是天堂鸟。这你还可以从它那特别的黄色的翅子上认出来——但它改变了，而且被逐出天堂了。有一句话，这句话能够还给它原先的华美的衣衫，并且使它再回天堂去。然而它忘却了这句话。现在它天天在试验，想再觅得它。虽然有一两句的类似，但都不是正对的。"

无数飞蝇在穿过浓荫的日光中，飞扬的晶粒似的营营着。人如果留神倾听，便可以听出，它们的营营，宛如一场大的，单调的合奏，充满了全树林，仿佛是日光的歌唱。

繁密的深绿的莓苔盖着地面，而约翰又变得这么小了，他见得这像是大森林区域里的一座新林。干子是多么精美，丛生是多么茂密。要走通是不容易的，而且苔林也显得非常之大。

于是他们到了一座蚂蚁的桥梁。成百的蚂蚁忙忙碌碌地在四处走——有几个在颚间衔着小树枝，小叶片或小草梗。这是有如此杂沓，致使约翰几乎头晕了。

许多工夫之后，他们才遇到一个蚂蚁，愿意和他们来谈天。它们全体都忙于工作。他们终于遇见一个年老的蚂蚁，那差使是，为着看守细小的蚜虫的，蚂蚁们由此得到它们的甘露。因为它的畜群很安静，它已经可以顾及外人了，还将那大的窠指示给他们。窠是在一株大树的根上盖造起来的，很宽广，而且包含着百数的道路和房间。蚜虫牧者加以说明，还引了访问者往各处，直到那有着稚弱的幼虫，从白色的襁褓中匍匐而出的儿童室。约翰是惊讶而且狂喜了。

年老的蚂蚁讲起，为了就要发生的军事，大家正在强大的激动里。对于离此不远的另一蚁群，要用大的强力去袭击，扫荡窠巢，劫夺幼虫或者杀戮；这是要尽全力的，大家就必须预先准备那最为切要的工作。

“为什么要有军事呢？”约翰说，“这我觉得不美。”

“不然，不然！”看守者说，“这是很美的可以赞颂的军事。想罢，我们要去攻取的，是战斗蚂蚁呵；我们去，只为歼灭它们这一族，这是很好的事业。”

“你们不是战斗蚂蚁吗？”

“自然不是！你在怎样想呢？我们是平和蚂蚁。”

“这是什么意思呢？”

“你不知道这事吗？我要告诉你。有那么一个时候，因为一切蚂蚁常常战争，免于大战的日子是没有的。于是出了一位好的有智慧的蚂蚁，它发现，如果蚂蚁们彼此约定，从此不再战争，便将省去许多的劳力。待到它一说，大家觉得这特别，并且就因为这原因，大家开始将它咬成小块了。后来又有别的蚂蚁们，也像它一样的意思。这些也都被咬成了小块。然而终于，这样的是这么多，致使这咬断的事，在别个也成了太忙的工作。从此它们便自称平和蚂蚁，而且都主张，那第一个平和蚂蚁是不错的；有谁来争辩，它们这边便将它撕成小块子。这模样，所有蚂蚁就几乎都成了平和蚂蚁了，那第一个平和蚂蚁的残体，还被慎重而敬畏地保存起来。我们有着头颅，是真正的。我们已经将别的十二个自以为有真头的部落毁坏，并且屠戮了。它们自称平和蚁，然而自然倒是战斗蚁，因为真的头为我们所有，而平和蚂蚁是只有一个头的。现在我们就要动手，去歼除那第十三个。这确是一件好事业。”

“是呵，是呵，”约翰说，“这很值得注意！”

他本有些怕起来了，但当他们谢了恳切的牧者并且作过别，远离了蚂蚁民族，在羊齿草丛的阴凉之下，休息在一枝美丽的弯曲的草梗上的时候，他便觉得安静得许多了。

“阿！”约翰叹息，“那是一个喝血的糊涂的社会！”

旋儿笑着，一上一下地低昂着他所坐的草梗。

“阿！”他说，“你不必责备它们糊涂。人们若要聪明起来，还须到蚂蚁那里去。”

于是旋儿指示约翰以树林的所有的神奇，——他们俩飞向树梢的禽鸟们，又进茂密的丛莽,下到土拨鼠的美术的住所,还看老树腔里的蜂房。

末后,他们到了一个围着树丛的处所。成堆成阜地生着忍冬藤。繁茂的枝条到处蔓延在灌木之上,群绿里盛装着馥郁的花冠。一只吵闹的白颊鸟,高声地唧唧足足着,在嫩枝间跳跃而且鼓翼。

“给我们在这里过一会罢,”约翰请托,“这里是美观的。”

“好,”旋儿说,“你也就要看见一点可笑的。”

地上的草里,站着蓝色的铃兰。约翰坐在其中的一株的近旁,并且开始议论那蜜蜂和蝴蝶。这些是铃兰的好朋友,因此这谈天就像河流一般。

但是,那是什么呢?一个大影子来到草上,还有仿佛白云似的东西在铃兰上面飘下来。约翰几乎来不及免于粉身碎骨——他飞向那坐在盛开的忍冬花里的旋儿。他这才看出,那白云是一块手巾,——并且,蓬!——在手巾上,也在底下的可怜的铃兰上,坐下了一个肥胖的太太。

他无暇怜惜它,因为声音的喧哗和树枝的骚扰充满了林中的隙地,而且,来了一大堆人们。

“那就,我们要笑了,”旋儿说。

于是他们来了,那人类——女人们手里拿着篮子和伞,男人们头上戴着高而硬的黑帽子。他们几乎统是黑的,漆黑的。他们在晴明的碧绿的树林里,很显得特殊,正如一个大而且丑的墨污,在一幅华美的图画上。

灌木被四散冲开,花朵踏坏了。又摊开了许多白手巾,柔顺的草茎和忍耐的莓苔是叹息着在底下担负,还恐怕遭了这样的打击,从此不能复原。

雪茄的烟气在忍冬丛上蜿蜒着,凶恶地赶走它们的花的柔香。粗大的声音吓退了欢乐的白颊鸟的鸣噪,这在恐怖和愤怒中唧唧地叫着,逃向近旁的树上去了。

一个男人从那堆中站起来,并且安在冈尖上。他有着长的,金色的头发和苍白的脸。他说了几句,大家便都大张着嘴,唱起歌来,有这么高声,致使乌鸦们都嘎嘎地从它们的窠巢飞到高处,还有好奇的野兔,本是从冈边上过来看一看的,也吃惊地跑走,并且直跑至整一刻钟之久,才又安全地到了沙冈。

旋儿笑了,用一片羊齿叶抵御着雪茄的烟气;约翰的眼里含了泪,却并不是因为烟。

“旋儿,”他说,“我要走开,有这么讨厌和喧闹。”

“不，我们还该停留。你就要笑，还有许多好玩的呢。”

唱歌停止了，那苍白男人便起来说话。他大声嚷，要使大家都懂得，但他所说的，却过于亲爱。他称人们为兄弟和姊妹，并且议论那华美的天然，还议论造化的奇迹，论上帝的目光，论花和禽鸟。

“这叫什么？”约翰问。“他怎么说起这个来呢？他认识你吗？他是你的朋友吗？”

旋儿轻蔑地摇那戴冠的头。

“他不认识我，——太阳，禽鸟，花，也一样地很少。凡他所说的，都是谎。”

人们十分虔敬地听着，那坐在蓝的铃兰上面的胖太太，还哭出来了好几回，用她的衣角来拭泪，因为她没有可使的手巾。

苍白的男人说，上帝为了他们的聚会，使太阳这样快活地照临。旋儿便讪笑他，并且从密叶中将一颗槲树子掷在他的鼻子上。

“他要换一个别的意见，”他说，“我的父亲须为他们照临，——他究竟妄想着什么！”

但那苍白的男人，却因为要防这仿佛从空中落下来似的槲树子，正在冒火了。他说得很长久，越久，声音就越高。末后，他脸上是青一阵红一阵，他捏起拳头，而且嚷得这样响，至于树叶都发抖，野草也吓得往来动摇。待到他终于再平静下去的时候，大家却又歌唱起来了。

“呸，”一只白头鸟，是从高树上下来看看热闹的，说，“这是可惊的胡闹！倘是一群牛们来到树林里，我倒还要喜欢些。听一下子罢，呸！”

唔，那白头鸟是懂事的，也有精微的鉴别。

歌唱之后，大家便从篮子，盒子和纸兜里拉出各种食物来。许多纸张摊开了，小面包和香橙分散了。也看见瓶子。

于是旋儿便召集他的同志们，并且开手，进攻这宴乐的团体。

一匹大胆的蚱蜢跳到一个年老的小姐的大腿上，紧靠着她正要咀嚼的小面包，并且停在那里，似乎在惊异它自己的冒险。这小姐发一声大叫，惊愕地凝视着攻击者，自己却不敢去触它。这勇敢的例子得了仿效。碧绿的青虫们大无畏地爬上了帽子，手巾和小面包，到处散布着愁闷和惊疑，大而胖的十字蜘蛛将灿烂的丝放在麦酒杯上，头上以及颈子上，而且在它们的袭击之后，总接着一声尖锐的叫喊；无数的蝇直冲到人们的脸上来，还为着好东西牺牲了它们的性命，它们倒栽在食品和饮料里，因为它们的身体连东西也弄得不能享用了。临末,是来了看不分明的成堆的蚂蚁,随处成百的攻击那敌人,不放一个人在这里做梦。这却惹起了混乱和惊惶！男人们和女人们都慌忙从压得那么久了的莓苔和小草上跳起来;——那可怜的小蓝铃儿也被解放了,靠着两匹蚂蚁在胖太太的大腿上的成功的袭击。绝望更加厉害了。人们旋转着,跳跃着,想在很奇特的态度中,来避开他们的追击者。苍白的男人抵抗了许多时,还用一枝黑色的小棍,愤愤地向各处打;然而两匹勇敢的蚂蚁,那是什么兵器都会用的,和一个胡蜂,钻进他的黑裤子,在腿肚上一刺,使他失了战斗的能力。

这快活的太阳也就不能久驻,将他的脸藏在一片云后面了。大雨淋着这战斗的两党。仿佛是因为雨,地面上突然生出大的黑的地菌的森林来似的。这是张开的雨伞。几个女人将衣裳盖在头上,于是分明看见白的小衫,白袜的腿和不带高跟的鞋子。不,旋儿觉得多么好玩呵！他笑得必须紧抓着花梗了。

雨越下越密了,它开始将树林罩在一个灰色的发光的网里。纷纷的水溜,从伞上,从高帽子上,以及水甲虫的甲壳一般发着闪的黑衣服上直流下来,鞋在湿透的地上噼噼啪啪地响。人们于是交卸了,并且成了小群默默地退走。只留下一堆纸,空瓶子和橙子皮,当作他们访问的无味的遗踪。树林中的空旷的小草地上,便又寂寂与安静起来,即刻只听得独有雨的单调的淅沥。

"唔,约翰,我们也见过人类了,你为什么不也讥笑他们呢?"

"唉,旋儿,所有人们都这样的吗?"

"阿！有些个还要恶得多,坏得多呢。他们常常狂躁和胡闹,凡有美丽和华贵的,便毁灭它。他们砍倒树木,在他们的地方造起笨重的四角的房子来。他们任性踏坏花朵们,还为了他们的高兴,杀戮那凡有在他们的范围之内的各动物。他们一同盘踞着的城市里,是全都污秽和乌黑,空气是浑浊的,且被尘埃和烟气毒掉了。他们是太疏远了天然和他们的同类,所以一回到天然这里,他们便做出这样的疯癫和凄惨的模样来。"

"唉,旋儿,旋儿!"

"你为什么哭呢,约翰?你不必因为你是生在人类中的,便哭。我爱你,我是从一切别的里面,将你选出来的。我已经教你懂得禽鸟和蝴蝶和花地观察了。月亮认识你,而这好的柔和的大地,也爱你如它的最爱的孩子一般。我是你的朋友,你为什么不高兴的呢?"

“阿，旋儿！我高兴，我高兴的！但我仍要哭，为着一切的这人类！”

“为什么呢？——如果这使你忧愁，你用不着和他们在一处。你可以住在这里，并且永久追随着我。我们要在最密的树林里盘桓，在寂寞的，明朗的沙冈上，或者在池边的芦苇里。我要带你到各处去，到水底里，在水草之间，到妖精的宫阙里，到小鬼头的住所里。我要同你飘泛，在旷野和森林上，在远方的陆地和海面上。我要使蜘蛛给你织一件衣裳，并且给你翅子，像我所生着的似的。我们要靠花香为生，还在月光中和妖精们跳舞。秋天一近，我们便和夏天一同迁徙，到那繁生着高大的椰树的地方，彩色的花伞挂在峰头，还有深蓝的海面在日光中灿烂，而且我要永久讲给你童话。你愿意吗，约翰？”

“那我就可以永不住在人类里面了吗？”

“在人类里忍受着你的无穷的悲哀，烦恼，艰窘和忧愁。每天每天，你将使你苦辛，而且在生活的重担底下叹息。他们会用了他们的粗犷，来损伤或窘迫你柔弱的灵魂。他们将使你无聊和苦恼到死。你爱人类过于爱我吗？”

“不，不！旋儿，我要留在你这里！”

他就可以对旋儿表示，他怎样的很爱他。他愿意将一切和所有自己这一面的抛弃和遗忘。他的小房子，他的父亲和普烈斯多。高兴而坚决地他重述他的愿望。

雨停止了，在灰色的云底下，闪出一片欢喜的微笑的太阳光，经过树林，照着湿而发光的树叶，还照着在所有枝梗上闪烁，并且装饰着张在槲树枝间的蛛网的水珠。从丛草中的湿地上，腾起一道淡淡的雾气来，夹带着千数甘美的梦幻的香味。白头鸟这时飞上了最高的枝梢，用着简短的，亲密的音节，为落日歌唱——仿佛它要试一试，怎样的歌，才适宜于这严肃的晚静，和为下坠的水珠作温柔的同伴。

“这不比人声还美么，约翰？是的，白头鸟早知道敲出恰当的音韵了。这里一切都是谐和，一个如此完全的，你在人类中永远得不到。”

“什么是谐和，旋儿？”

“这和幸福是一件事。一切都向着它努力。人类也这样。但他们总是弄得像那想捉蝴蝶的儿童。正因为他们的拙笨的努力，却将它惊走了。”

“我会在你这里得到谐和吗？”

“是的，约翰！——那你就应该将人类忘却。生在人类里，是一个恶劣的开端，然而你还幼小——你必须将在你记忆上的先前的人间生活，一一除去；这些都会使你迷惑和错乱，纷争，零落；那你就要像我所讲的幼小的金虫一样了。”

“它后来怎样了呢？”

“它看见明亮的光，那老甲虫说起过的；它想，除了即刻飞往那里之外，它不能做什么较好的事了。它直线地飞到一间屋，并且落在人手里。它在那里受苦至三日之久；它坐在纸匣里，——人用一条线系在它腿上，还使它这样地飞，——于是它挣脱了，并且失去了一个翅子和一条腿，而且终于——其间它无助地在地毯上四处爬，也徒劳地试着往那园里去——被一只沉重的脚踏碎了。一切动物，约翰，凡是在夜里到处的彷徨，正如我们一样，是太阳的孩子。它们虽然从来没有见过它们的晃耀的父亲，却仍然永是引起一种不知不觉的记忆，向往着发光的一切。千数可怜的幽暗的生物，就从这对于久已迁移和疏远了的太阳的爱，得到极悲惨的死亡。一个不可解的，不能抗的冲动，就引着人类向那毁坏，向那警起他们而他们所不识的大光的幻象那里去。”

约翰想要发问似的仰视旋儿的眼。但那眼却幽深而神秘，一如众星之间的黑暗的天。

“你想上帝吗？”他终于战战兢兢地问。

“上帝？”——这幽深的眼睛温和地微笑。——“只要你说出话来，约翰，我便知道你所想的是什么。你想那床前的椅子，你每晚上在它前面说那长的祷告的——想那教堂窗上的绿绒的帏幔，你每日曜日的早晨看得它这么长久的——想那你的赞美歌书的花纹字母——想那带着长柄的铃包——想那坏的歌唱和熏蒸的人气。你用了那一个名称所表示的，约翰，是一个可笑的幻象——不是太阳而是一盏大的煤油灯，成千成百的飞虫儿在那上面无助地紧粘着。”

“但这大光是怎么称呼呢，旋儿？我应该向谁祷告呢？”

“约翰，这就像一个霉菌问我，这带着它旋转着的大地，应当怎样称呼。如果对于你的询问有回答，那你就将懂得它，有如蚯蚓之于群星的音乐了。祷告呢，我倒是愿意教给你的。”

旋儿和那在沉静的惊愕中，深思着他的话的小约翰，飞出树林，这样高，至于沿着冈边，分明见得是长的金闪闪的一线。他们再飞远去，变幻的成影的丘冈景色都在他们的眼下飞逝，而光的线是逐渐宽广起来。沙冈的绿色消失了，岸边的芦苇见得黯淡，也如特别的浅蓝的植物，生长其间。又是一排连冈，一条伸长的，狭窄的沙线，于是就是那广远的雄伟的海。——蓝的是宽大的水面，直到远处的地平线，在太阳下，却有一条狭窄的线发着光，闪出通红的晃耀。

一条长的，白的飞沫的边镶着海面，宛如黄鼬皮上，镶了蓝色的天鹅绒。

地平线上分出一条柔和的，天和水的奇异的界线。这像是一个奇迹：直的，且是弯的，截然的，且是游移的，分明的，且是不可捉摸的。这有如曼长而梦幻地响着的琴声，似乎绕缭着，然而且是消歇的。

于是小约翰坐在沙阜边上眺望——长久地不动地沉默着眺望——一直到他仿佛应该死，仿佛这宇宙的大的黄金的门庄严地开开了，而且仿佛他的小小的灵魂，径飘向无穷的最初的光线去。

一直到从他那圆睁的眼里涌出的人世的泪，幕住了美丽的太阳，并且使那天和地的豪华，回向那暗淡的，颤动的黄昏里……

"你须这样地祷告！"其时旋儿说。

五

你当晴明的秋日，在树林里徘徊没有？当太阳如此沉静和明朗，在染色的叶子上发光，当树枝萧骚着，枯叶在你的脚下颤抖着的时候。

于是树林显得很疲倦，——它只是还能够沉思，并且生活在古老的记忆里。一片蓝色的雾围住它，有如一个梦挟着满是神秘的绚烂。还有那明晃晃的秋丝，飘泛在空气里懒懒的回旋，像是美丽的，沉静的梦。

单在莓苔和枯叶之间的湿地上，这时就骤然而且暧昧地射出菌类的奇异的形象来。许多胖的，不成样子而且多肉，此外是长的，还是瘦长，带着有箍的柄和染得亮晶晶的帽子。这是树林的奇特的梦。

于是在朽烂的树身上，也看见无数小小的白色的小干，都有黑的小尖子，像烧过似的。有几个聪明人以为这是一种香菌。约翰却学得一个更好的：

那是烛。它们在沉静的秋夜燃烧着，小鬼头们便坐在旁边，读着细小的小书。

这是在一个极其沉静的秋日，旋儿教给他的，而且约翰还饮着梦兴，其中含有从林地中升腾起来的熏蒸的气息。

"为什么这槲树的叶子带着这样的黑斑的呢？"

“是呵，这也是小鬼头们弄的，”旋儿说。“倘若他们夜里写了字，就将他们小墨水瓶里的剩余洒在叶子上。他们不能容忍这树。人从槲树的木材做出十字架和铃包的柄来。”

对于这细小的精勤的小鬼头们，约翰觉得新奇了，他还请旋儿允许，领他去见他们之中的一个去。

他已经和旋儿久在一处了，他在他的新生活中，非常幸福，使他对于忘却一切旧事物的誓约，很少什么后悔。他没有寂寞的一刹那，一寂寞是常会后悔的。旋儿永不离开他，跟着他就到处都是乡里。他安静地在挂在碧绿的芦干之间的，苇雀的摇动的窠巢里睡眠，虽然苇雀也大叫，或者乌鸦报凶似的哑哑着。他在潇潇的大雨或怒吼的狂风中，并不觉得恐怖，他就躲进空树或野兔的洞里去，或者他钻在旋儿的小氅衣下，如果他讲童话，他还倾听他的声音。

于是他就要看见小鬼头了。

这是适宜的日子。太沉静，太沉静。约翰似乎已经听到他们的细语和足音了，然而还是正午。禽鸟们是走了，都走了，只有嗌雀还馋着深红的莓果。一匹是落在圈套里被捕了，它张了翅子挂在那里，而且挣扎着，直到那紧紧夹住的爪子几乎撕开。约翰即刻去放了它，高兴地啾唧着，它迅速地飞去了。

菌类是彼此都陷在热烈的交谈中。

“看看我吧，”一个肥胖的鬼菌说。“你们见过这样的吗？看罢，我的柄是多么肥，多么白呀，我的帽子是多么亮呀。我是一切中最大的。而且在一夜里。”

“哼！”红色的捕蝇菌说，“你真蠢。这样棕色和粗糙。而我却在芦干一般的我的苗条的柄上摇摆。我华美地红得像鸟莓，还美丽地加了点。我比一切都美。”

“住口！”早就认识它们的约翰说，“你们俩都是毒的。”

“这是操守，”捕蝇菌说。

“你大概是人罢？”肥胖者讥笑地唠叨着，“那我早就愿意了，你吃掉我！”

约翰果然不吃。他拿起一条枯枝来，插进那多肉的帽里去。这见得很滑稽，其余的一切都笑了。还有一群微弱的小菌，有着棕色的小头，是大约两小时内一同钻出来的，并且往外直冲，为要观察这世界。那鬼菌因为愤怒变成蓝色了。这也正表白了它是有毒的种类。

地星在四尖的脚凳上，伸起它们的圆而肿起的小头。有时就用那圆的小头上的嘴里的极细的尘土，喷成一朵棕色的小云彩。那尘土落在湿地上，就有黑土组成的线，而且第二年便生出成百的新的地星来。

“怎样的一个美的生存呵！”它们彼此说。“扬尘是最高的生活目的。生活几多时，就扬尘几多时，是怎样的幸福呵！”

于是它们用了深信的向往，将小小的尘云驱到空气中。

“他们对吗，旋儿？”

“为什么不呢？它们那里还能够更高一点呢？它们并不多要求幸福，因为此外它们再不能够了。”

夜已深，树影都飞进了一律的黑暗里的时候，充满秘密的树林的震动没有停。在草和丛莽中间，处处有小枝们瑟瑟着，格格着，枯的小叶子们簌簌着。约翰感觉着不可闻的鼓翼的风动，且知道不可辨的东西来到近旁了。现在他却听得有分明的声音在细语，还有脚在细步地跳跃了。看哪，丛莽的黑暗的深处，正有一粒小小的蓝的火星在发光，而且消失了。那边又一粒，而且又一粒！静着！……倘若他留神倾听，便听得树叶里有一种簌簌声，就在他极近旁。——靠近那黑暗的树干的所在。这蓝的小光就从它后面起来，并且停在尖上了。

现在约翰看见到处闪着火光；它们在黑暗的枝柯间飘浮，小跳着吹到地面，还有大的闪烁的一堆，如一个愉快的火，在众星间发亮。

“这是什么火呢？”约翰问。“这烧得辉煌。”

“这是一个朽烂的树干，”旋儿说。

他们走向一粒沉静的，明亮的小光去。

“那我就要给你介绍将知了。他是小鬼头们中最年老，且最伶俐的。”

约翰临近的时候，他看见他坐在他的小光旁边。在蓝色的照映中，可以分明地辨别打皱的脸带着灰色的胡须；他蹙着眉头，高声地诵读着。小头上戴一顶槲斗的小帽还插一枝小翎，——前面坐着一个十字蜘蛛，并且对他倾听。

待到他们俩接近时，小鬼头便扬起眉毛来看，却不从他的小书上抬头。十字蜘蛛爬去了。

“好晚上，”小鬼头说，“我是将知。你们俩是谁呢？”

“我叫约翰。我很愿意和你相识。你在那里读什么呢？”

“这不合于你的耳朵，”将知说，“这仅只是为那十字蜘蛛的。”

“也给我看一看罢，爱的将知，”约翰恳求说。

“这我不可以。这是蜘蛛的圣书，我替他们保存着的，并且永不得交在别一个的手里。我有神圣的文件，那甲虫的和蝴蝶的，刺猬的，土拨鼠的，以及凡有生活在这里的一切的。它们不能都读，倘它们想要知道一些，我便读给它们听。这于我是一个大大的光荣，一个信任的职位，你懂吗？”

那小男人屡次十分诚恳地点头，且向高处伸上一个示指去。

“你刚才做了什么了呢？”

“讲那涂鸦泼剌的故事。那是十字蜘蛛中的大英雄，很久以前活着的，而且有一个网，张在三棵大树上，它还在那里一日里捉获过一千二百匹飞蝇们。在涂鸦泼剌时代以前，蜘蛛们是都不结网，单靠着草和死动物营生的，涂鸦泼剌却是一个明晰的头脑。并且指出，活的动物也都为着蜘蛛的食料而创造。其时涂鸦泼剌又靠着繁难的计算，发明了十分精美的网，因为他是一位伟大的数学家。于是十字蜘蛛才结它的网，线交线，正如它所传授的一样，只是小得多。因为蜘蛛的族类也很变种了。涂鸦泼剌曾在它的网上捉获过大禽鸟，还杀害过成千的它自己的孩子们，——这曾是一个大的蜘蛛呵！末后，来了一阵大风，便拖着涂鸦泼剌和它的网带着紧接着网的三棵树，都穿过空中，到了远方的树林里，在那里它便永被崇拜了，因了它的大凶心和它的机巧。”

“这都是真实吗？”约翰问。

“那是载在这书儿上的，”将知说。

“你相信这些吗？”

小鬼头细着一只眼，且将示指放在鼻子上。

“在别种动物的圣书里，也曾讲过涂鸦泼剌的，它被称为一个剽悍的和卑劣的怪物。我于此不加可否。”

“可也有一本地祇的书儿呢，将知？”

将知微微怀疑地看定了约翰。

“你究竟是一个什么东西呢，约翰？你有点——有点是人似的，我可以说。”

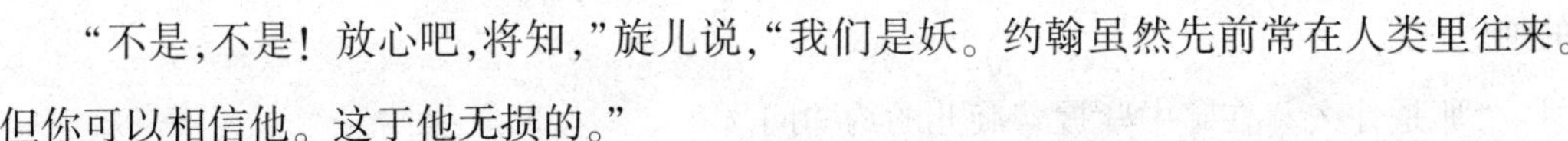

“不是，不是！放心吧，将知，”旋儿说，“我们是妖。约翰虽然先前常在人类里往来。但你可以相信他。这于他无损的。”

“是呵，是呵！那很好，然而我倒是地祇中的最贤明的，我并且长久而勤勉地研究过，直到知道了我现今所知道的一切。因了我的智慧，我就必须谨慎。如果我讲得太多，就毁损我的名声。”

“你以为在什么书儿上，是记着正确的事的呢？”

“我曾经读得很不少，但我却不信我读过这些书。那须不是妖精书，也不是地祇书。然而那样的书儿是应该存在的。”

“那是人类书吗？”

“那我不知道，但我不大相信，因为真的书儿是应该能致大幸福和大太平的——在那上面，应该详细地记载着，为什么一切是这样的，像现状这样。那就谁也不能再多问或多希望了。人类还没有到这地步，我相信。”

“阿，实在的，”旋儿笑着说。

“然而也真有这样的一本书儿吗？”约翰切望地问。

“有，有！”小鬼头低声说，“那我知道——从古老的，古老的传说。静着呀！我又知道，它在那里，谁能够觅得它。”

“阿，将知！将知！”

“为什么你还没有呢？”旋儿问。

“只要耐心，——这就要来了。几个条件我还没有知道。但不久我就要觅得了。我曾毕生为此工作而且向此寻求。因为一觅得，则生活将如晴明的秋日，上是蓝色的天而周围是蓝色的雾；但没有落叶簌簌着，没有小枝格格着，也没有水珠点滴着；阴影将永不变化，树梢的金光将永不惨淡。谁曾读过这书，则凡是于我们显得明的，将是黑暗，凡是于我们显得幸福的，将是忧愁。是的，我都知道，而且我也总有一回要觅得它。”

那山鬼很高地扬起眉毛，并且将手指搁在嘴上。

“将知，你许能教给我吧。”约翰提议道，但他还未说完，便觉得有猛烈的风的一突，还看见一个又大又黑的形象，在自己前面迅速而无声地射过去了。

他回顾将知时，他还及见一只细小的脚怎样的消没在树干里，扑哧！小鬼头连那书儿都跳进他的洞里去了。小光烧得渐渐地微弱了，而且忽然消灭了。那是非常奇特

的烛。

“那是什么?”在暗中紧握着旋儿的约翰问。

“一个猫头鹰,”旋儿说。

两个都沉默了好些时。约翰于是问道:“将知所说的,你相信吗?”

“将知却并不如他所自负似的伶俐。那样的书他永远觅不到,你也觅不到的。”

“然而有是有的罢?”

“那书儿的存在,就如你的影子的存在,约翰。你怎样的飞跑,你怎样的四顾着想攫取,也总不能抓住或拿回。而且你终于觉着,你是在寻觅自己呢。不要做呆子,并且忘掉了那山鬼的胡说罢!我愿意给你讲一百个更好的故事呢。同我来,我们不如到林边去,看我们的好父亲怎样的从睡觉的草上,揭起那洁白的,绵软的露被来罢。同来呵!”

约翰走着,然而他不懂旋儿的话,也不从他的忠告。他看见灿烂的秋晨一到黎明,便想那书儿,在那上面,是写着为什么一切是这样,像现状这样的——他并且低声自己反复着说道:“将知!将知!”